Das silberne Horn

Trilogie »Das silberne Horn«
Band 1: Schatten über Quellenland
Band 2: Rätsel um den Adlerstein
Band 3: Gefahr am schwarzen See

Cherith Baldry
wurde in Lancaster geboren und wuchs auch dort auf, nicht weit entfernt vom Lake District, der den Hintergrund für die Trilogie »Das silberne Horn« bildet. Etwa 20 Kinderbücher und etliche Kurzgeschichten für Erwachsene hat Cherith Baldry bereits veröffentlicht. Sie selbst liest am liebsten Fantasy- und Sciencefiction-Bücher und interessiert sich besonders für Erzählungen um König Arthur.
Die Autorin lebt heute in Surrey und hat zwei erwachsene Söhne.

Das silberne Horn

Cherith Baldry

Schatten über Quellenland

Aus dem Englischen
von Ursula Höfker

Mit Illustrationen
von David Wyatt

Arena

Für Helen

Titel der Originalausgabe: »Eaglesmount – The Silver Horn«

erschienen bei Macmillan Children's Books, London, 2001

In neuer Rechtschreibung

1. Auflage 2003
Für die deutsche Ausgabe:

Aus dem Englischen von Ursula Höfker
Umschlag- und Innenillustrationen: David Wyatt
Gesamtherstellung: Westermann Druck Zwickau GmbH
ISBN 3-401-05516-X

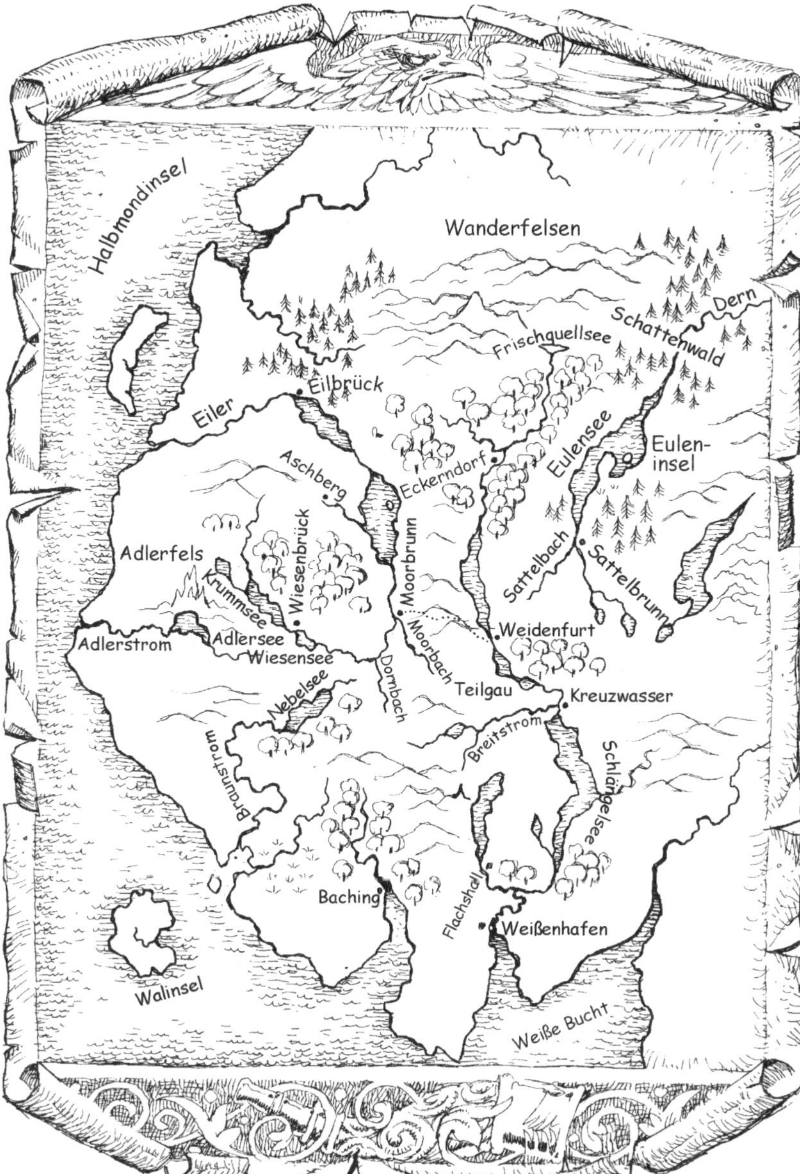

Halbmondinsel
Wanderfelsen
Dern
Schattenwald
Frischquellsee
Eilbrück
Eiler
Eulensee
Eulen-
insel
Aschberg
Eckerndorf
Moorbrunn
Wiesenbrück
Adlerfels
Krummsee
Sattelbach
Sattelbrunn
Weidenfurt
Adlerstrom
Adlersee
Wiesensee
Moorbach
Dornbach
Nebelsee
Teilgau
Kreuzwasser
Braunstrom
Breitstrom
Schlängelsee
Baching
Flachshall
Weißenhafen
Walinsel
Weiße Bucht

PROLOG

Vor langer Zeit regierten im Quellenland die Adler. In ihrem Land herrschten Gerechtigkeit und Glück, doch sollte die Herrschaft der Adler nicht ewig währen. In der Zeit, als Aquila der Neunte regierte, stieg Dunkelheit aus dem Dernsee auf. Schwarze Nacht legte sich vor die Sonne; Schneeregen fiel im Sommer und knickte das fast reife Korn.

König Aquila rief seine Adlerkrieger zusammen, schwang sich in die Lüfte und führte sie zum Dernsee, den wir heute Eulensee nennen. Da er ahnte, dass er zu seiner letzten Schlacht flog, sagte er voraus, dass eines Tages, in vielen, vielen Jahren, ein Thronfolger kommen und dem Land wieder zu Wohlstand und Glück verhelfen würde.

Über dem See kämpfte König Aquila mit seinen Kriegern gegen einen riesigen schwarzen Drachen, dessen Atem den Wald versengte und das Dorf Sattelbrunn in Schutt und Asche legte. Lange und erbittert kämpften sie, einen Tag und eine Nacht lang, bis König Aquila und seine Krieger den Drachen besiegten und in den See stießen, wo er ertrank.

Doch die tapferen Adler zahlten einen hohen Preis für ihren Sieg. Ermattet und tödlich verletzt, fielen sie vom Himmel, und keiner kehrte je zum Adlerfels, ihrer Wohnstatt in luftiger Höhe, zurück. Die Herrschaft der Luftkönige war zu Ende.

In großem Schmerz schworen die Falken, welche die Verwalter des Königreichs gewesen waren, das Andenken der Adler zu bewahren und alles aufzuschreiben, was diese geschaffen und erreicht hatten. Dann schmiedete Weiland, der Dachs, ein silbernes Horn und gravierte die Prophezeiung König Aquilas hinein. Und damit man den Thronfolger der königlichen Adler auch erkennen würde, fertigte er das Horn so, dass nur der rechtmäßige Erbe es zum Tönen bringen konnte.

Dies alles wurde getan, und die königlichen Gemächer auf dem Adlerfels sollten unbewohnt bleiben, bis der Thronfolger kam. Doch die Jahre zogen ins Land, und das silberne Horn ging verloren und niemand wusste, was aus ihm geworden war.

Gurman, *Die Geschichte des Quellenlandes*, Kap. 14

1. KAPITEL

Edelor packte den Griff seines Schwertes. Er war ein junger Marder, stark und gelenkig. Sein Fell hatte die Farbe einer glänzenden Haselnuss, und er hatte strahlende, wachsame Augen.

Er war auf der Hut, als er am Rand der Lichtung entlangpirschte und auf eine Gelegenheit zum Angriff wartete. Sein Gegner, ebenfalls ein Marder, war älter als er, und die Narben unter seinem dichten braunen Fell zeugten von vielen Kämpfen.

Sonnenstrahlen tanzten durch die Bäume und ließen die Klinge von Edelors Schwert aufblitzen. Vögel sangen in den Zweigen, und ganz in der Nähe hörte Edelor das leise Gurgeln eines Baches. Der Geruch des Frühsommers lag in der Luft.

Mit der friedlichen Stimmung war es ganz plötzlich vorbei, als Edelors Gegner auf ihn zustürmte, das Schwert fast am Boden, um Edelors Deckung zu umgehen. Edelor parierte. Die Schwerter schlugen aneinander, und einen Augenblick lang stand Edelor seinem Angreifer von Angesicht zu An-

gesicht gegenüber und sah das Vergnügen in den Augen des älteren Marders aufblitzen. Dann machte er einen Satz rückwärts; die Schwerter lösten sich voneinander.
Das ältere Tier lachte. Edelor vergaß alle Vorsicht, warf sich nach vorn, und sein Schwert durchschnitt die Luft in einer raschen Folge von Hieben. Sein Gegner verlor an Boden, und Edelor dachte schon, er könnte ihn an den Stamm einer gewaltigen Eiche drängen, die auf der anderen Seite der Lichtung stand. Doch im letzten Moment wich der andere Marder zur Seite hin aus und zielte nach Edelors Hinterpfoten.
Edelor sprang über die Klinge – und musste feststellen, dass nun er derjenige war, der mit dem Rücken zum Baum stand.
»Gibst du auf?«, fragte sein Gegner grinsend.
»Nein!«
Verbissen kämpfte Edelor wieder um Boden, schlug die Klinge des Gegners zur Seite. Schritt um Schritt, zurück zur Mitte der Lichtung. Schweißperlen rannen ihm durchs Fell und in die Augen und er atmete heftig.
»Du bist nicht fit, Junge«, höhnte sein Gegner und hob sein Schwert zu einem gewaltigen Hieb. Edelor warf sich ihm entgegen. Durch eine Drehung seiner eigenen Klinge traf er die Waffe am Griff. Sie flog dem Gegner aus der Pfote und landete im Gebüsch.
Mit einem Triumphschrei ließ Edelor sein Schwert fallen, stürzte sich auf den älteren Marder und warf ihn rücklings

ins Moos. Seine Pfoten griffen in das cremeweiße Fell an der Kehle seines Gegners.

»Wer ist hier nicht fit?«, fragte er mit gefletschten Zähnen. Der ältere Marder lachte. Er packte Edelor und drückte ihn an sich, dann versucht er ihn von sich herunterzuschubsen.

»Uff! Runter mit dir, du Fettkloß. Wie wär's mit etwas Respekt gegenüber deinem armen, alten Vater?«

»Armer, alter Vater?« Edelor rappelte sich auf und streckte seinem Vater die Pfote hin, um ihm aufzuhelfen. »Das ist das erste Mal, dass du mich überhaupt an dich herangelassen hast.«

Sandor legte seinem Sohn die Pfoten auf die Schultern und schaute ihm fest in die Augen. »Ich habe dich nicht gelassen, Junge. Diese Runde ging an dich. Wenn ich nicht Angst hätte, dass du dir was darauf einbildest, würde ich sagen, du hast das Zeug zum besten Schwertkämpfer, den ich gesehen habe – und ich kenne etliche.«

Edelor platzte fast vor Stolz. »Meinst du wirklich?«

»Ganz im Ernst. Du hast viel gelernt. Nur eines will ich dir noch sagen: Wenn du kämpfst, richtig um dein Leben kämpfst, darfst du nicht zulassen, dass dein Feind dich wütend macht. Denn dann machst du Fehler.« Er reckte sich und stöhnte. »Morgen werde ich ganz steif sein. Komm, wir sollten uns jetzt auf den Weg machen. Deine Mutter wird sich schon fragen, wo wir so lange bleiben.«

Sandor ging zum Fluss, und Edelor folgte ihm, nachdem er die Schwerter eingesammelt hatte.

Bis auch er das Ufer erreicht hatte, kniete Sandor bereits am Rand des Wasserbeckens unterhalb eines kleinen Wasserfalls und zog eine Fischreuse aus Weidengeflecht heraus. Er warf drei ausgewachsene Forellen ins Gras und tötete sie rasch mit seinem Messer, während Edelor ein paar kleinere Fische in den Fluss zurückwarf. Er schaute ihnen nach, wie sie davonschwammen und zwischen den Algen und der Wasserkresse in den tiefen, von herunterhängenden Ästen überschatteten Felslöchern verschwanden.

Edelor seufzte. Kaum zu glauben, dass dieses Flüsschen im Frischquellsee seinen Ursprung hatte, jenem Gebirgssee, bei dem Edelor und seine Familie wohnten; dass es anschwoll, bis es zu einem richtigen Fluss wurde, dem gewaltigen Nordsüdstrom, der sich durch das gesamte Quellenland zog bis hin zum Meer.

»Ich habe mir überlegt . . .«, begann er.

»Hmm?« Sandor warf seinen Fang in einen Binsenkorb und riss ein Büschel Gras aus, um damit die Klinge seines Messers zu säubern. »Was hast du dir überlegt?«

»Als du so alt warst wie ich, bist du durch die ganze Welt gereist. Du hast uns von Segelschiffen erzählt, von Piraten und . . . Ich war noch nirgendwo, außer hier.«

Sandor schaute sich mit einem zufriedenen Lächeln um. »Du musst weit gehen, Junge, bis du ein schöneres Fleckchen Erde findest als dieses hier.« Er hob eine Pfote, als er merkte, dass Edelor Protest einlegen wollte. »Aber du bist jung und siehst die Dinge anders, ich weiß.«

»Ich will ja nicht weg. Nicht für immer. Aber ich möchte gern . . .«

»Los, Junge, spuck es aus.«

»Ich würde gern . . . könnten wir nicht nach Kreuzwasser zum Mittsommermarkt gehen? Wir könnten mit dem Boot fahren, fast den ganzen Weg. Das wäre nicht anstrengend. Und ich habe mir überlegt . . .« Er zögerte. Es machte ihn ein wenig verlegen, dass er seinen Traum in Worte fassen sollte. »Sie veranstalten doch Wettbewerbe dort, nicht wahr? Bogenschießen und Schwertkampf? Ich möchte mitmachen. Ich möchte wissen, ob ich wirklich gut bin!«

Sandor lächelte. »Ach so, darum geht's! Nun ja . . .« Er erhob sich, steckte sein Messer in den Gürtel und das Schwert in die Scheide und warf sich den Binsenkorb mit den Fischen über die Schulter. »Warten wir mal ab, was deine Mutter dazu sagt.«

Er wandte sich flussaufwärts, schlug den kaum erkennbaren Pfad am Flussufer ein, und Edelor folgte ihm. Der junge Marder war bester Laune. In Gedanken hörte er schon den Applaus der jubelnden Menge auf dem Jahrmarkt von Kreuzwasser, nachdem er seinen Gegner besiegt und den Preis gewonnen hatte. Dann schüttelte er beschämt den Kopf. Egal, was sein Vater sagte, Edelor glaubte nicht im Ernst, dass es ihm gelingen könnte, die besten Schwertkämpfer im Land zu besiegen. Ihm würde es schon reichen, einfach nur an dem Wettbewerb teilzunehmen und so erfolgreich zu sein, dass Sandor stolz auf ihn sein konnte.

Die Sonne ging bereits unter, als Edelor und Sandor die ausladende Buche erreichten, in der sie zu Hause waren. Als Sandor den Riegel an der Tür im Baumstamm zurückschob, hörte Edelor seine Mutter vor sich hin summen. Riska zündete gerade die Lampen in dem großen Raum zwischen den Baumwurzeln an.

»Fisch fürs Abendessen!«, rief Sandor.

Das Summen ging weiter, doch dazu kam der Freudenschrei von Edelors kleinem Bruder Kuffi, der in den Flur stürmte und sich seinem Vater in die Arme warf. Sandor lachte und gab Edelor den Binsenkorb, damit er den Kleinen auf seine Schulter setzen konnte.

Edelors Mutter säuberte sich die Pfoten, nachdem sie die

letzte der irdenen Lampen angezündet hatte, und trug den Fisch in die Küche, wo sie ihn gleich geschickt ausnahm. Edelor deckte den Tisch, während seine Schwester Mirra Nüsse und getrocknete Holzäpfel aus dem Vorratsschrank in eine Schüssel füllte.

Bald saß die Familie am Tisch und ließ sich gebackene Forellen mit Brunnenkresse und Brot schmecken.

»Hört mal her«, begann Sandor. »Unser Edelor möchte, dass wir alle zum Mittsommermarkt nach Kreuzwasser gehen. Was haltet ihr davon?«

Mirras Augen funkelten vor Aufregung, und Kuffi hüpfte auf seinem Stuhl auf und ab und quietschte: »Kreuzwasser! Kreuzwasser!«

Seine Mutter ermahnte ihn zur Ruhe. Sie legte Messer und Gabel auf den Tisch und sagte: »Ich weiß nicht recht. Erst heute Morgen hat mir Fräulein Heiliggut erzählt, sie habe gehört, dass Banditen die Wälder unsicher machen. Ich glaube nicht, dass es zur Zeit klug wäre, eine Reise zu machen.«

»Ach, Mutter!«, sagte Mirra enttäuscht.

»Alles nur Karnickeltratsch«, bemerkte Sandor unverblümt. »Und Fräulein Heiliggut gehört zu den schlimmsten Tratschweibern. Ich habe kein Wort von irgendwelchen Banditen gehört.«

»Vater und ich können kämpfen, falls es Schwierigkeiten gibt«, sagte Edelor.

»Ich auch!«, tönte Kuffi und fuchtelte mit seinem Messer in

der Luft herum, als sei es ein Schwert. »Ich mache alle Banditen tot!«

»Das reicht jetzt«, wies ihn Riska zurecht.

»Vergiss nicht, dass ja noch viele andere Tiere nach Kreuzwasser gehen«, sagte Sandor. »Wenn wir erst in Eckerndorf sind, können wir uns einer größeren Gruppe anschließen. Dann werden sämtliche Banditen es sich zweimal überlegen.«

»Bitte, Mutter!«, sagte Edelor.

Riska zögerte, dann lächelte sie. »Na gut . . . ihr gebt ja doch keine Ruhe, bevor ich nicht Ja gesagt habe.«

»Heißt das, wir gehen?«, vergewisserte sich Mirra.

»Ich denke schon.«

Kuffi stieß einen Freudenschrei aus und hüpfte wieder auf seinem Stuhl herum, wedelte mit den Pfoten und warf beinahe seinen Becher mit Holunderblütensaft um. Edelor musste über die Mätzchen seines Bruders lachen; trotzdem bemerkte er den besorgten Blick seiner Mutter.

Als er die Fensterläden schloss, weil es Nacht geworden war, hörte er in der Ferne mehrmals eine Eule schreien.

2. Kapitel

Sandor blies in den Haufen aus Zweigen und trockenem Laub, und eine Flamme züngelte in den Abendhimmel. Er grunzte zufrieden und legte vorsichtig weitere Zweige auf das Feuer. »Es ist bald so weit«, sagte er.

Edelor kauerte sich neben den Berg Holz, den er gesammelt hatte, und beobachtete seinen Vater. Der dritte Tag ihrer Reise neigte sich dem Ende zu. Nichts hatte den Waldfrieden auf ihrem Weg flussabwärts gestört. Am nächsten Tag würden sie Eckerndorf erreichen, einen quirligen Flecken, wo sie sicher auf andere Tiere trafen, die alle auf dem Weg nach Kreuzwasser waren. Seit sie von zu Hause aufgebrochen waren, war Edelor auf der Hut gewesen, doch nun entspannte er sich langsam.

Sobald das Feuer richtig brannte, steckte Sandor zu beiden Seiten einen gegabelten Ast in die Erde und legte einen dritten Ast darüber.

Darauf aufgespießt waren zwei dicke Flussbarsche, die Edelor und Mirra gefangen hatten. Riska hatte sie geputzt und mit frischen Kräutern gefüllt. Als sie anfingen zu zi-

schen, sog Edelor den köstlichen Duft ein und merkte wieder, wie hungrig er war.
Sandor hatte das Feuer auf einem flachen, kieselbedeckten Uferstück aufgeschichtet. Ein Stück weiter das Ufer hinauf breitete Riska die Schlafmatten aus. Kuffi half ihr dabei. Er schlüpfte unter die Matten, brummte und tat so, als sei er ein Bär.
Plötzlich richtete Riska sich auf. »Pst! Ich glaube, ich habe etwas gehört.«
Zuerst nahm Edelor nichts wahr außer dem gleichmäßigen Plätschern des Flusses und dem leisen Seufzen des Windes in den Zweigen. Dann hörte er schwere Pfoten durch das Unterholz brechen, als bahne sich ein großer Trupp Tiere seinen Weg durch den Wald.
Das Geräusch wurde lauter, als die Tiere näher kamen. In der beginnenden Dämmerung erkannte Edelor zunächst nichts. Dann teilte sich der Adlerfarn unter den Bäumen, und der erste der Neuankömmlinge trat in den Lichtkreis des Feuers. Es war ein riesiger Silberfuchs. Er trug einen schäbigen Samtmantel, der einmal scharlachrot gewesen war und den fleckige goldene Tressen schmückten. Er blieb stehen, eine Vorderpfote auf dem Hirschfänger, der in seinem Gürtel steckte. Hinter ihm drängten sich weitere Tiere.
Edelor sprang auf. Sandor, der neben ihm am Feuer kauerte, rührte sich nicht. »Seid gegrüßt, Freunde«, sagte er. »Was können wir für euch tun?«

Der Fuchs grinste und verbeugte sich spöttisch vor Sandor. »Schön, dass du deine gute Kinderstube noch nicht vergessen hast, Marder. Was du für uns tun kannst? Zunächst einmal essen wir mit euch zu Abend, dann sehen wir weiter.«
»Ihr könnt euch gern zu uns ans Feuer setzen«, erwiderte Sandor ungerührt, »aber wenn ihr Fisch wollt, müsst ihr euch schon selber welchen fangen.«
»Habt ihr das gehört, Jungs?« Der Fuchs schaute über die Schulter auf die Tierschar hinter sich. »Das nenne ich unhöflich, höchst unhöflich. Ich denke, wir sollten ihm eine Lektion erteilen.«
»Jawohl, Kapitän Reineck.« Das Tier, das gerade gesprochen hatte, war das größte Frettchen, das Edelor je gesehen hatte. Es hatte spitze, unregelmäßige Zähne und einen ver-

schlagenen Blick. Es zog sein Schwert und baute sich neben dem Fuchs auf.
Einen Augenblick stand Edelor wie erstarrt. Er sah, wie seine Mutter sich bückte und Kuffi auf den Arm nahm. Mit der freien Hand packte sie das lange Messer, das sie zum Fischesäubern benutzt hatte. Mirra stellte sich dicht neben sie.
Gleichzeitig machte Sandor einen Satz nach hinten und packte die Schwerter, die am Ufer gelegen hatten. »Edelor!«, rief er.
Edelor fing sein Schwert auf, das der Vater ihm zuwarf, und drehte sich zu Kapitän Reineck und seiner Meute um.
Der Fuchs grinste noch immer. »Oho, tapfere Marder«, sagte er. »Das macht ja dann noch mehr Spaß. Was, Jungs?«
»Jawohl, Kapitän!«, tönte es im Chor.
Der Fuchs zog seinen Hirschfänger und trat einen Schritt vor. Edelor straffte die Schultern. Dabei wusste er, dass er und sein Vater gegen den zerlumpten Banditenhaufen nichts ausrichten konnten; es waren einfach zu viele, die da drohend vor ihnen standen.
Sandor zog einen glühenden Ast aus dem Feuer und schleuderte ihn Reineck ins Gesicht. Der Fuchs duckte sich darunter weg, doch ein Aufheulen hinter ihm sagte Edelor, dass einer aus der Truppe wohl nicht schnell genug reagiert hatte.
Die Banditen stürmten vorwärts. Edelor lief ihnen entgegen. Ein zerlumptes Wiesel kam brüllend auf ihn zu und

schwenkte sein Schwert. Edelor durchlief ein Zittern, als die beiden Waffen aufeinander krachten. Er sprang zurück und führte einen Hieb quer über die Brust des Wiesels. Dessen Gebrüll ging in einen gurgelnden Schrei über, dann fiel es hintenüber.

Edelor schaute nicht nach, was mit ihm los war, sondern wirbelte herum. Er hatte das Schwert mit beiden Pfoten gepackt und hielt Ausschau nach dem nächsten Angreifer. Der brennende Ast, den Sandor nach Reineck geworfen hatte, hatte das Unterholz in Brand gesteckt, und jetzt ballten sich Rauchwolken über dem Lager zusammen.

Edelor konnte seinen Vater nicht sehen, aber er hörte ihn rufen: »Nein, Riska! Nicht kämpfen, lauf! Wir halten sie auf – bring du die Kleinen in Sicherheit!«

Edelor hustete in dem Rauch und lief in die Richtung, aus der die Stimme seines Vaters gekommen war. Doch der dunkle Schatten vor ihm war nicht Sandor. Edelor erkannte das Frettchen und schaffte es gerade noch, den Schwerthieb des riesigen Tiers abzuwehren. Die Wucht des Hiebs ließ ihn straucheln.

Das Frettchen grinste. »Gut so, kleiner Marder«, sagte es. »Es geht doch nichts über 'nen guten Kampf.«

Edelor führte einen Hieb gegen ihn, der jedoch ins Leere ging. Er sah das Schwert des Frettchens aufblitzen und spürte, wie es ihm in Schulter und Brust schnitt. Er sprang zurück. Er sah sein eigenes Blut, leuchtend rot, wo es auf sein Hemd spritzte, dunkel, wo es ins Fell floss.

Einen großen Schmerz spürte er nicht. Er wusste nur, dass er aufrecht stehen bleiben und das Frettchen in Schach halten musste, bis seine Mutter und die Kleinen in Sicherheit waren. Er hob das Schwert zum nächsten Schlag, doch es war plötzlich entsetzlich schwer.

Das Frettchen kam näher. Es grinste und die Augen glänzten triumphierend. Dann, als es Edelor doch gelang, einen Hieb zu führen und das Hinterbein des Frettchens bis zur Pfote aufzuschlitzen, wurde aus dem Siegerlächeln ein wütendes Zähnefletschen.

Das Frettchen wankte, kam jedoch mit einem Wutgebrüll näher. Edelor wich zurück; er hoffte einen Baum zu finden, an den er sich lehnen konnte, um Rückendeckung zu haben, während er weiterkämpfte, solange er konnte. Rauch und Schweiß brannten ihm in den Augen, in der Nase hatte er den Geruch von Blut und Feuer. Er holte noch einmal aus, spürte jedoch, wie seine Kräfte nachließen. Das Frettchen schlug das Schwert zur Seite.

Während Edelor sich auf den Hieb gefasst machte, der gleich kommen würde, verfing sich seine Hinterpfote in etwas. Er stolperte und fiel rücklings auf eine Baumwurzel. Ein stechender Schmerz zuckte durch seinen Kopf. Sein Schwert fiel ihm aus der Hand. Er versuchte sich aufzurichten und dem Angriff auszuweichen, doch als er sich mit den Vorderpfoten abstützte, durchfuhr ihn der Schmerz der Wunde.

Er machte noch einen Versuch, aufzustehen, und glaubte

dabei das Lachen des Frettchens zu hören. Seine Glieder wollten ihm nicht gehorchen. Er konnte nicht mehr. Dunkelheit hüllte ihn ein. Mit leisem Bedauern dachte er noch, dass er Sandor jetzt nicht mehr würde sagen können, dass er sein Bestes gegeben hatte. Dann überließ er sich der Dunkelheit.

3. KAPITEL

Edelor öffnete die Augen. Er lag im Moos unter den Bäumen. Es war Nacht, und im Wald war es sehr still.
Im ersten Moment wusste er nicht, was geschehen war. Dann, als er sich aufsetzen wollte, spürte er den Schmerz in seiner Schulter von der Wunde, und ihm war schwindelig, weil er sehr viel Blut verloren hatte. Er sah verbranntes Farnkraut und roch den beißenden Rauch, der immer noch aus dem verkohlten Unterholz aufkräuselte, in das Sandors brennender Ast gefallen war.
Er fragte sich, ob wohl jemand aus seiner Familie nah genug war, um ihn zu hören, und wollte schon rufen, tat es dann aber doch nicht. Er wusste ja nicht, was mit den Banditen geschehen war; vielleicht waren sie noch in der Nähe.
Ein paar Minuten saß er da, den Kopf in die Pfoten gestützt, und versuchte Kraft zum Aufstehen zu sammeln. Er hatte entsetzlichen Durst. Er wollte etwas zu trinken und er wollte, dass der Schmerz aufhörte.
Als er sich schließlich aufgerappelt hatte und auf den Hinterpfoten stand, sah er weiter flussabwärts den Schein ei-

nes Feuers. Er stolperte darauf zu, bis raues Gelächter an sein Ohr drang, und er merkte, dass die Banditen um das Feuer saßen, das Sandor gemacht hatte.

Er wusste nicht, was er tun sollte, drehte sich halb um und wäre fast über die Leiche eines Wiesels gestolpert, das mit gefletschten Zähnen auf dem Rücken lag. Er erkannte es als dasjenige, das er selbst getötet hatte. Vorsichtig ging Edelor um die Leiche herum. Er musste näher ans Feuer, um zu sehen, ob jemand aus seiner Familie in Gefangenschaft geraten war. Als er die nächsten Büsche erreichte, blieb er abrupt stehen und presste die Pfoten auf den Mund, um sich nicht übergeben zu müssen.

Zwischen dem Gebüsch und dem Flussufer lag Sandor auf dem Rücken. Sein Fell war zerfetzt und blutgetränkt. Edelor musste sich zum Weitergehen zwingen. Er beugte sich über seinen Vater und suchte verzweifelt nach einem Lebenszeichen. Er spürte keinen Herzschlag mehr. Sandor war tot, doch er hatte drei der Banditen mit in den Tod genommen.

Blind vor Tränen, drehte Edelor sich um und fiel am Uferrand auf die Knie. Er schöpfte kaltes Wasser mit den Pfoten, trank in großen Schlucken und spritzte es sich auf Gesicht und Nacken, bis sein Kopf klarer wurde und er wieder denken konnte.

Er zog sein schmutziges Hemd aus und riss es in Streifen. Unbeholfen wusch er mit einer Pfote seine Wunde aus und legte einen Verband an.

Dann ging er zu seinem Vater zurück. Ein paar Augenblicke lang schaute er auf ihn hinunter und dachte daran, wie viel Spaß sie zusammen gehabt hatten, als er so klein war wie Kuffi jetzt, und wie viel er von Sandor gelernt hatte, als er älter wurde. Er wusste, dass er jetzt stark sein, dass er sich um seine Mutter und die Kleinen kümmern musste.

Er nahm Sandor das Schwert aus der Pfote und stand einen Augenblick über die Leiche seines Vaters gebeugt. »Ich finde die anderen«, sagte er. »Ich verspreche es. Ich werde sie in Sicherheit bringen.«

Das Schwert fest in der Pfote, schlich er flussabwärts zum Lagerfeuer. Im flackernden Licht sah er Reineck gemütlich dasitzen, einen Becher in der Pfote. Neben ihm saßen das Frettchen, das Edelor verwundet hatte, und das nun einen Verband um die Hinterpfote trug, sowie vier weitere Bandenmitglieder, ein Wiesel und drei Ratten. Sie hatten die Rucksäcke seiner Familie geöffnet und futterten nun, was Riska für die Reise eingepackt hatte.

Edelor wusste, dass es keinen Sinn hatte, zu kämpfen; sie waren zu viele. Aber er musste herausbekommen, ob seine Mutter oder die Kleinen Gefangene waren, und wenn ja, nach einer Möglichkeit suchen, wie er sie befreien konnte, ohne dass der Fuchs und seine Meute es merkten.

Lautlos schlich er durchs Gebüsch, bis er nah genug war, um hören zu können, was sie redeten.

»Nicht schlecht, das Zeug hier, Kapitän«, nuschelte eine

Ratte; sie hatte den Mund voll Brot, das Riska gebacken hatte.

»Ja«, meinte Reineck leutselig, »haltet euch an Kapitän Reineck, und er sorgt für euch. Das hier ist ein gutes Land, kein kampflustiges, und wir werden es uns hier gut gehen lassen. Wir können uns nehmen, was wir wollen, denn es gibt niemand, der tapfer genug wäre uns daran zu hindern. Seid ihr auf meiner Seite, Jungs?«

Es ertönten Rufe wie: »Aber immer!« und: »Mit Leib und Seele, Kapitän!«

Das Wiesel, das ein Stückchen weiter weg saß und sich die Schulter hielt, an der es eine Brandwunde hatte, sagte: »Haben sie keine Krieger, die gegen uns kämpfen könnten, Kapitän?«

»Krieger!« Reineck spuckte ins Feuer. »Sie sind nicht kampflustig, wenn ich es euch sage. Zu fett und träge vom guten Leben.«

»Wie der Marder, den du getötet hast?«, fragte das Wiesel. »Er war nicht fett und sehr wohl kampflustig, Kapitän. Er hat meinen besten Kumpel getötet.«

»He, Ketsch.« Reinecks Stimme war plötzlich so leise, dass Edelor ihn kaum noch verstand. »Du verlierst doch jetzt nicht den Mut, oder? Du denkst doch nicht etwa daran, mich im Stich zu lassen, oder? Weil mir das nämlich nicht gefallen würde, Ketsch. Das würde mir überhaupt nicht gefallen.«

»Aber nein, Kapitän!« Das Wiesel klang jetzt verängstigt. »Das würde ich nie tun, Kapitän, um nichts in der Welt!«

Edelor hatte genug gehört. Von seiner Familie sah er niemanden, und er hatte Hoffnung, dass sie entkommen waren. Jetzt war es seine Aufgabe, sie zu finden.
Er schlich sich vom Feuer weg zu der Stelle, wo er seine Mutter und die kleinen Geschwister zuletzt gesehen hatte. Das war in der Nähe der Schlafmatten gewesen, die immer noch ein Stück vom Fluss weg ausgerollt auf dem Boden lagen.
Direkt dahinter war der Farn an einer Stelle niedergedrückt. Edelor sah ein dunkles Loch, das in den Wald hineinführte. Es sah so aus, als sei jemand in diese Richtung geflohen.
Seine Hoffnung wuchs. Er ließ das Lagerfeuer und die Banditen hinter sich und lief darauf zu.
Als er am Waldrand stehen blieb, spürte er einen Stich im Nacken. Er erstarrte.
Eine Stimme sagte: »Ja, wo wollen wir denn hin?«
Eine Pfote packte seinen Arm und wirbelte ihn herum. Edelor schaute in das grinsende Gesicht eines Wiesels, das in der anderen Pfote ein Schwert hielt. Als er sich loszureißen versuchte, durchzuckte ihn wieder ein heftiger Schmerz. Er wollte Sandors Schwert heben, doch das Wiesel schlug es ihm aus der Pfote, so mühelos, als schlage es nach einer Fliege. Es ließ Edelor los, als er sich danach bückte, doch dieser konnte nur schwankend daneben stehen. Er war zu schwach, um die Gelegenheit zur Flucht zu nutzen.
Das Wiesel wies mit dem Kopf Richtung Lagerfeuer. »Beweg dich.«

Es blieb Edelor dicht auf den Fersen und stupste ihn immer wieder mit der Schwertspitze an, als dieser auf das Lager zustolperte. Als sie in den Lichtkreis des Feuers traten, sagte das Wiesel: »Schaut, wen ich hier habe, Kapitän.«
Der Silberfuchs säuberte sich gerade die Krallen mit einem Dolch. Als Edelor näher kam, schaute er auf. Er klang gelangweilt, als er zu dem Frettchen sagte: »Hast du nicht behauptet, er sei tot, Gorm?«
»Er war auch tot, Kapitän Reineck«, versicherte das Frettchen. »Mausetot.« Es verzog das Gesicht zu einem boshaften Grinsen, bei dem es seine krummen Zähne entblößte. »Ich kann ihn noch mal für Euch erledigen, Kapitän. Kein Problem.«
»Vielleicht. Vielleicht auch nicht.« Kapitän Reineck musterte Edelor von oben bis unten. »Möglich, dass er uns lebendig mehr nützt. Wie heißt du, kleiner Schisser?«
»Das sage ich nicht!«, fauchte Edelor. »Und Ihr könnt mich nicht dazu zwingen.«
»Das kann ich wohl. Gorm ist sehr geschickt, wenn es darum geht, andere zum Reden zu bringen. Nicht wahr, Gorm? Sei lieber höflich, kleiner Schisser, sonst könnte ich Gorm erlauben sich ein bisschen mit dir zu amüsieren.«
»Und Ihr glaubt, das macht mir Angst?« Edelor schwirrte der Kopf vor Schmerz und Erschöpfung. Er wusste, dass er wütend bleiben musste, sonst würde er zusammenbrechen und vor ihren Augen anfangen zu heulen. »Ihr habt meinen Vater umgebracht.«

Der Fuchs grinste belustigt. »Und was willst du jetzt machen, kleiner Schisser? Mich zu einem Zweikampf herausfordern? Ich zittre schon vor Angst!«
Edelor schwieg.
Reineck lachte. »Seht ihr?«, sagte er zu seiner Truppe. »Kein Kampfgeist, wie ich gesagt habe.«
»Überlasst ihn mir«, bat das große Frettchen gierig.
»Oh nein«, erwiderte Reineck. »Der gehört mir. Ich wollte schon lange einen Diener haben.«
»Ich werde Euch nicht dienen«, sagte Edelor.
Reinecks Pfote schoss nach vorn. Er packte Edelor bei sei-

nem cremefarbenen Brustfell und zog ihn zu sich heran. Mit der anderen Pfote hielt er ihm die Klinge seines Dolches an den Hals. »Schisser«, sagte er, »du wirst tun, was ich dir befehle, oder du stirbst.«

Edelor hätte am liebsten eine trotzige Erwiderung in Reinecks höhnisch grinsendes Gesicht geschrien. Er wäre gern gestorben, wenn er diesen Reineck vorher umbringen und seinen Vater hätte rächen können. Doch noch lieber wollte er seine Mutter finden und Mirra und Kuffi, und um das zu können, musste er am Leben bleiben. Er versuchte sich wegzuducken und tat so, als habe er Angst.

»Nicht – bringt mich nicht um, Kapitän«, sagte er. »Ja, ja, ich diene Euch. Ich tue alles, was Ihr wollt.«

Reineck ließ ihn mit einem spöttischen Lachen los. »Dann leg frisches Holz aufs Feuer. Und mach unsere Betten. Wir brauchen eine gute Mütze voll Schlaf, nicht wahr, Jungs? Wir haben morgen eine wichtige Verabredung.«

Während Edelor trockene Äste von dem aufgeschichteten Haufen ans Feuer zerrte, fragte er sich, was für eine Verabredung das wohl sein mochte und welche anderen Gemeinheiten der Fuchs noch plante.

4. KAPITEL

Am nächsten Morgen brachen die Banditen ihr Lager ab und marschierten durch den Waldgürtel, der sich den Fluss entlangzog, Richtung Osten, zu dem dahinter liegenden Moor. Edelor stapfte mit, die Schultern unter einem schweren Bündel gebeugt. Er hatte zu große Schmerzen, als dass es ihn interessiert hätte, wohin sie gingen. Er brauchte alle seine Kraft, um sich auf den Beinen zu halten.

Nachdem sie den Wald hinter sich gelassen hatten, wurde das Land trostlos und öde. Es gab keinen Schutz vor der heißen Sonne. Edelor keuchte unter der Hitze. Sein Mund war wie ausgedörrt. Bald hatte er das Gefühl, keine Pfote mehr vor die andere setzen zu können, doch sobald er stolperte, war das riesige Frettchen hinter ihm und drückte ihm Sandors Schwert in den Rücken, um ihn zum Weitergehen zu bewegen.

Die heiße Wut packte Edelor, wenn er an das Schwert seines Vaters in der Hand dieser Kreatur dachte. Er schwor Rache, auch wenn er im Augenblick keine Möglichkeit dazu sah. Seine Wunde hatte ihn geschwächt, und es waren einfach zu viele Banditen, als dass er sie allein hätte angreifen können. Er konnte nicht einmal mehr auf Flucht hoffen. Bilder von seiner Mutter und seinen Geschwistern stiegen vor seinem inneren Auge auf. Er sah sie vor sich, wie sie zum Lager zurückkehrten und Sandors Leiche fanden. Dann wieder flohen sie durch den Wald, und er hörte sie seinen Namen rufen und weinen, weil sie keine Antwort bekamen. Und manchmal – und das war das schlimmste Bild – sah er sie daliegen, tot wie Sandor. Edelor fragte sich, ob er wohl je erfahren würde, was aus ihnen geworden war.

Gegen Mittag rasteten die Banditen kurz und marschierten dann weiter Richtung Berge. Bis Sonnenuntergang sahen sie keine anderen Tiere. Dann hörte Edelor heiseres Singen, und ein Trupp Mauswiesel kam in Sicht, der im Gänsemarsch über den Hügelkamm zuckelte.

Reineck begrüßte den Anführer: »Sei gegrüßt, Grimm! Was gibt's Neues?«

Das Wiesel an der Spitze blieb stehen, und die nachfolgenden machten ebenfalls Halt. »Reineck! Ich hätt's mir denken können, dass du hier bist.«

Der Silberfuchs lachte. »Kein Grund, unfreundlich zu sein, Grimm. Es wird genug Beute für alle geben.«

»Mag schon sein«, brummte das Mauswiesel. »Trotzdem: Komm mir nicht in die Quere, Reineck, dann lass ich dich auch in Ruhe.«

Er marschierte wieder los, und die Banditen rempelten sich an und knurrten, da die beiden Trupps denselben Pfad ein-

schlugen. Als sich das Durcheinander gelegt hatte, merkte Edelor, dass Reineck die Führung übernommen hatte und Grimm und die anderen Wiesel hinterhertrotteten.
Bald hatten sie das Moor erreicht. Die dunkle Linie des Kiefernwaldes, der sich auf der gegenüberliegenden Seite der Senke die Hänge hinaufzog, sah Edelor vor Schwäche nur noch verschwommen.
Der Schattenwald. Er war nie zuvor hier gewesen, hatte aber schon viel darüber gehört. Abenteuerliche Geschichten, wenn man gemütlich zu Hause saß, ein helles Feuer im Kamin brannte und man eine stabile Tür zwischen sich und der Nacht draußen hatte. Geschichten von Gespenstern und Schlimmerem. Als Edelor jetzt auf den Wald hinunterschaute und die Sonne dahinter versinken sah, fand er die Geschichten gar nicht mehr so abenteuerlich.
Zwischen den Kiefern blitzte ein See durch; die letzten Strahlen der untergehenden Sonne färbten das Wasser blutrot. Die Geschichten, die man über den Eulensee hörte, waren noch schlimmer als die, die man sich vom Wald erzählte. Keiner traute sich in seine Nähe, nur die Eulen, nach denen er benannt war. Reineck wollte doch nicht etwa zum Eulensee?
Der Silberfuchs schlug den Weg am Hügelkamm entlang ein. Sie waren nicht weit gegangen, als Edelor vor sich Stimmen hörte und die Geräusche vieler Tiere, die hin und her liefen. Sie waren offensichtlich in der Nähe des Treffpunktes angekommen, den Reineck ansteuerte.

Der Silberfuchs ging voraus zu etlichen zerklüfteten Felsen, die in etwa einen Kreis bildeten, und schob sich durch eine Lücke. Edelor hörte, wie er einen Gruß rief, und vernahm dann das vielstimmige Gebrumm und Geschrei, mit dem dieser erwidert wurde. Jetzt trat auch er zwischen die Felsen und schaute hinunter.

Er stand am Rand einer kraterartigen Senke. Sie war von Felsen umgeben, und ein einzelner Fels stand in der Mitte. Die steilen Wände des Kraters waren voll finster aussehender Gestalten. Edelor schaute hinunter auf einen Wald aus glänzenden Augen, scharfen Zähnen und Klauen – und auf blanke Waffen.

Mit einem breiten Grinsen führte Reineck seine Truppe den Abhang hinunter zu einer Stelle nahe des Felsens in der Mitte der Senke. Andere Tiere machten ihm Platz, und er salutierte im Vorbeigehen. Dann setzte er sich in die Nähe des Felsens.

Endlich konnte Edelor seinen Rucksack ablegen und sich daneben auf den Torfboden fallen lassen. Das plötzliche Befreitsein von der Last machte ihn ganz schwindelig, doch er zwang sich dazu, aufrecht zu sitzen und sich umzuschauen.

Am Felsen in der Mitte lehnte ein Wolf. Er trug ein schwarzes Hemd und eng anliegende schwarze Reithosen, die jeden Muskel seines sehnigen grauen Körpers zur Geltung brachten. Seine Schnauze war von Narben übersät, und er trug eine schwarze Augenklappe über dem linken Auge.

An seiner Hüfte hing ein schmales Schwert. Er trug Stiefel und hatte die Hinterbeine übereinander geschlagen und die Arme vor der Brust gekreuzt. Er schaute über die Köpfe der Banditen hinweg, als langweilten sie ihn.

Die Banditen reichten Essen und Getränke herum, unterhielten sich oder beleidigten lautstark ihre Feinde. Ein paar kamen noch über den Rand der Senke und suchten sich einen Platz. Der Wolf ignorierte sie, und als die Sonne unterging, merkte Edelor, dass alle auf etwas warteten.

Es wurde immer dunkler, ein paar Sterne erschienen am Himmel, und der Mond erhob sich über den Felsen. Dann schwebte lautlos wie ein Nachtgespenst ein blasses Flügelpaar über die Banditen hinweg. Die zogen den Kopf ein und schrien erschrocken auf. Edelor kauerte sich auf den Boden, als sein Blick auf scharfe Krallen fiel. Es war eine Eule, die zu dem Felsen in der Mitte flog, sich auf dessen Spitze niederließ und sich lauernd umsah. Die Banditen verstummten, und die Eule ließ ihren gebieterischen Blick über sie hinweggleiten.

Edelor hielt beim Anblick des Vogels die Luft an. Noch nie hatte er eine so große und so Furcht erregende Eule gesehen. Ihr Bauch war hell, doch Rücken und Flügel waren von einem dunklen, mit schwarzen Federn durchsetzten Haselnussbraun. Ihre Augen glühten in der Dunkelheit bernsteingelb. Edelor drückte sich an den Rucksack, den er getragen hatte, und hoffte, die Eule würde einen kleinen, unbedeutenden Marder übersehen.

Der Wolf zog sein Schwert und erhob es zum Gruß. »Seid gegrüßt, Eulenbaron!« Er sprach abgehackt, und seine Stimme war rau, aber sie drang bis in den letzten, Winkel des Kraters. »Eure Diener sind versammelt.«
»Das sehe ich«, zischte die Eule. »So hört denn, Gesindel. Vergangenen Monat schickte ich meine Boten aus, um euch ausfindig zu machen und diesen Treffpunkt bekannt zu geben. Jetzt ist die Zeit gekommen, da ich euch sagen will, weshalb ich euch zusammengerufen habe, hier in der Dunkelheit, euch Kreaturen der Nacht. Ich habe einen Auftrag für euch. Einen Auftrag, bei dem ihr euch eine hohe Belohnung verdienen könnt.«
Einer der Banditen, mutiger als die anderen, rief: »Und was ist das für ein Auftrag?«
»Und was für eine Belohnung?« Das war Reineck. Der Silberfuchs stand auf und verbeugte sich. »Sagt, Eulenbaron, was springt für uns dabei heraus?«
Die Eule drehte ihren großen Kopf und heftete den stechenden Blick ihrer Bernsteinaugen auf Reineck.
»Genug«, sagte sie. »So viel, dass selbst du zufrieden sein kannst, Fuchs. Schweig, und hör zu. Dies kleine Land hier hat keinen König. Die Tiere leben in Dörfern. Sie sind so dumm, dass sie glauben, sie könnten sich selbst regieren.« Sie stieß ein verächtliches Zischen aus. »Bald werden sie eines Besseren belehrt werden. Ich, der Eulenbaron, habe die Absicht, das Quellenland zu regieren. Ich werde alle unter meinen Fängen zermalmen und zu meinen Sklaven machen.«

»Und was haben wir damit zu tun?«, fragte Grimm, das Mauswiesel. Der riesige Vogel drehte den Kopf und fixierte das Wiesel. »'tschuldigung, großer Eulenbaron«, fügte Grimm rasch hinzu.

»Ihr werdet meine Vorhut sein«, erklärte der Eulenbaron. »Jede Gruppe sucht sich ein Dorf aus und marschiert dort ein. Macht es euch gemütlich. Versetzt die elenden Feiglinge, die dort leben, in Angst und Schrecken. Bringt ihnen Gehorsam bei, und wenn sich einer als unbelehrbar erweist, bringt ihr ihn gnadenlos um. Bis ich komme, sind sie dann zu schwach und verängstigt, um mir Widerstand zu leisten.«

»Ich sehe immer noch nicht, was für uns dabei herausspringt«, sagte Reineck, der immer noch aufrecht dastand. »Tut mir Leid, Eulenbaron, aber weshalb sollten wir Euch die Arbeit abnehmen?«

Der Eulenbaron stieß einen langes, wütendes Zischen aus. »Dummkopf!«, sagte er. »Ihr könnt das Dorf, das ihr euch aussucht, plündern, und alles wird euch gehören. Und ihr werdet Herr über das Dorf sein, wenn ich König bin.«

Reineck legte eine Pfote auf die Brust und verbeugte sich noch tiefer vor dem Eulenbaron. Edelor glaubte Furcht hinter der großtuerischen Geste zu erkennen. »Gut und schön, Eulenbaron«, sagte der Fuchs, »aber ich und meine Jungs, wir können uns das alles auch so nehmen. Was könnte uns daran hindern?«

Hinter Reineck stand Ketsch, das Wiesel, und murmelte:

»Sachte, Kapitän. Der Vogel könnte Euch die Leber ausreißen.«
Edelor wäre nicht überrascht gewesen, wenn der Eulenbaron Reineck angegriffen hätte, doch stattdessen mischte sich der Wolf ein. Seine Stimme klang gelangweilt, hatte jedoch einen bösen Unterton.
»Glaub mir, mein Freund, du willst lieber nicht wissen, was passiert, wenn du den Eulenbaron verärgerst.«
Voller Panik zupfte Ketsch an Reinecks Mantel, damit der sich hinsetzte und still war. Reineck stieß ihn wütend zur Seite, setzte sich aber auf den Boden.
»Sehr schön«, sagte der Eulenbaron. »Die Versammlung ist beendet. Geht, wohin ihr wollt – nur ein Dorf lasst außen vor. Geht nicht nach Kreuzwasser. Für Kreuzwasser habe ich andere Pläne. Und denkt dran, dass ich euch beobachte.«
Leises Murmeln breitete sich in der Senke aus, wurde langsam lauter und aufgeregter. Einige Tiere machten sich sofort auf den Weg, als könnten sie nicht bis Tagesanbruch warten. Vielleicht aber wollen sie auch nur dem Eulenbaron nicht vor die Füße laufen, dachte Edelor.
Reineck machte seiner Mannschaft ein Zeichen, damit sie sich um ihn scharte. »Dieser räudige Vogel hat sie nicht mehr alle, wenn ihr mich fragt«, begann er, doch Edelor sah, dass er dabei verstohlen über die Schulter schaute und sich vergewisserte, dass der Eulenbaron ihn nicht hören konnte. »Will sich zum König erheben! Einen solchen Un-

sinn habe ich ja noch nie gehört! Aber passt auf!« Die Ratten und Wiesel rückten noch näher, und Germ, das Frettchen, lauschte mit einem Zahnlückengrinsen auf dem Gesicht. »Wir werden tun, was er sagt. Warum auch nicht, wenn in diesem Land die Reichtümer auf der Straße liegen und nur darauf warten, dass wir sie einsammeln.«

»Was für Reichtümer, Kapitän?«, wollte eine der Ratten wissen und schaute mit leerem Blick um sich.

»Reichlich zu essen und zu trinken, Dummkopf«, sagte Reineck. »Schöne Kleider und weiche Betten in gemütlichen Häusern. Willige, dumme Tiere, die uns bedienen. Wir brauchen uns das alles nur zu nehmen, wie der Eulenbaron sagt. Was kann sich ein Tier sonst noch wünschen?« Er sprang auf. »Hört her, Jungs –«, fuhr er fort, brach aber mit einem gurgelnden Laut ab. Der Wolf war leise von hinten über den Torf gekommen. Jetzt wirbelte er den Fuchs herum und drückte ihm die Schwertspitze in das Fell an der Kehle. In der Dunkelheit und bei dem Durcheinander, das die aufbrechenden Banditen veranstalteten, hatte Reinecks Mannschaft ihn nicht kommen sehen.

»Fuchs«, sagte er leise, »du redest zu viel. Komm mit und erzähl das alles dem Eulenbaron.«

Reineck versuchte, ohne sich umzudrehen, die Blicke der anderen aufzufangen, um sie um Hilfe zu bitten, doch seine eigenen Leute waren starr vor Angst, und die übrigen Banditen machten sich so schnell sie konnten aus dem Staub.

»In Ordnung«, sagte Reineck heiser, als der Wolf die

Schwertspitze senkte, »kein Grund, unangenehm zu werden.«
Der Wolf hielt sein Schwert kampfbereit, als er hinter Reineck über den Torf zum Fuß des Felsens ging, auf dem der Eulenbaron immer noch hockte. Edelor und Reinecks Trupp blieben, wo sie waren, kauerten nicht weit weg am Boden und beobachteten alles. Es wurde still, als der letzte der abziehenden Banditen zwischen den Felsen oben am Kraterrand verschwand. Wolken schoben sich vor den Mond. Reineck und der Eulenbaron wurden abwechselnd in Licht gebadet und von Dunkelheit umhüllt.
Der Eulenbaron fixierte Reineck lange Zeit mit seinem stechenden Blick. Edelor staunte, als er ihn schließlich sagen hörte: »Ich mag dich, Fuchs. Ich mag ein Tier, das seine eigene Großmutter hereinlegen würde.« Er sah Reineck von oben herab in die Augen und seine Stimme wurde leiser. »Aber nur, solang du mich nicht hereinlegst.«
Reineck räusperte sich. »Nie im Leben, großer Eulenbaron.«
»Schwörst du, dass du mir dienen wirst? Ich brauche jemanden, dem ich vertrauen kann, für eine spezielle Mission.«
Einen kurzen Moment schien Reineck unentschlossen. Er schaute sich um, als suchte er einen Fluchtweg, doch der Eulenbaron war bereit sich auf ihn zu stürzen, die Flügel halb ausgebreitet, den grausam gekrümmten Schnabel auf die Augen des Fuchses gerichtet. Der Wolf lehnte wieder

am Felsen und schaute auf seine Schwertschneide hinunter. Gorm und der Rest von Reinecks Truppe hatten zu große Angst, um ihm den Rücken zu stärken.
Reineck richtete sich zu seiner vollen Größe auf. »Ich werde den Eid ablegen, Baron.«
»Dann knie nieder.«
Edelor nahm an, dass jeder Schwur, den Reineck ablegte, nur so lange hielt, wie der Eulenbaron ihn im Blick hatte. Er fragte sich, warum dieser das nicht selbst längst erkannt hatte. Dann, als der Eulenbaron die Schwingen über dem knienden Reineck ausbreitete, als wollte er sich auf ihn stürzen, spürte Edelor etwas in der Dunkelheit außerhalb des Trichters.
Sehen konnte er nichts, doch er spürte eine so mächtige Bedrohung, dass er sich am liebsten flach auf den Torf geworfen und gewimmert hätte wie ein kleines Kind, das einen Alptraum hat. Etwas – vielleicht die Nacht selber – kreiste sie unaufhaltsam ein. Die silberne Mondsichel hoch oben am Himmel hatte sich in mattes Gold verwandelt, als verhüllte ein dunkler Nebel ihr Licht. Edelor fragte sich, ob Reineck und die anderen das Böse genauso deutlich spürten wie er.
Als der Eulenbaron sprach, hallten seine Worte in der Senke wider. »Sprich mir nach: Ich schwöre dem Eulenbaron zu folgen . . .«
»Ich schwöre dem Eulenbaron zu folgen . . .« Reinecks Stimme zitterte. ». . . sein Untertan zu sein . . . ihn mit Wort

und Tat zu unterstützen . . . und ihn als meinen König anzuerkennen.«

Als der Eid gesprochen war, glaubte Edelor zu spüren, dass die bedrohliche Gegenwart außerhalb des Felsrings sich ein Stück weit zurückzog. Er entspannte sich etwas und merkte erst jetzt, dass er zitterte.

»Es ist gut.« Der Eulenbaron setzte sich wieder entspannt auf den Felsen. Er drehte den Kopf und schaute den Wolf an. »Konrad, gib ihm seine Befehle.«

»Nun, Fuchs«, fragte der Wolf in schleppendem Tonfall, »wie stehst du zu einem kleinen Ausflug nach Kreuzwasser?«

»Ihr habt gesagt, dass wir uns von Kreuzwasser fern halten sollen«, erwiderte Reineck.

»Und jetzt sagen wir dir, dass du hingehen sollst. Irgendwo in Kreuzwasser, Fuchs, gibt es ein Horn. Ein silbernes Horn, in das seltsame Zeichen eingraviert sind. Finde es, und bring es dem Eulenbaron. Er wird sich nicht als undankbar erweisen. Bringst du es nicht . . .« Er zuckte elegant mit den Schultern und ließ seine Schwertspitze über Reinecks Brust gleiten. »Ich schlage vor, du gibst dein Bestes.«

5. Kapitel

Kyria summte vor sich hin, während sie in dem Topf rührte, der auf dem Küchenherd stand. Sie war eine junge Füchsin mit glänzendem rotbraunem Fell und einem hellwachen, intelligenten Gesicht. An diesem Tag trug sie für die Küchenarbeit ein altes braunes Kleid, dessen Ärmel sie aufgerollt hatte, und darüber eine Schürze.
Kyria wusste, dass einige aus dem Dorf glaubten, sie verzaubere ihre Medizin mit beschwörenden Gesängen, doch heute sang sie, weil die Sonne über Kreuzwasser schien und in wenigen Tagen der Mittsommermarkt begann.
Sie ließ den Topfinhalt vor sich hin köcheln und begann die irdenen Krüge mit den Kräutern und Salben, die eine ganze Wand ihrer Küche einnahmen, zu überprüfen. Die letzten Wochen hatte sie damit zugebracht, ihre Heilkräuter und Tees zu sammeln, zu trocknen und zu mischen, und sie wollte sicher sein, dass alles bereit war.
Die Küchentür ging auf, und Flick, ihr Vater, kam herein. Er hustete und wedelte mit der Pfote vor dem Gesicht herum.

»Was braust du denn da zusammen?«, fragte er. »Ich hab's schon oben beim *Fröhlichen Frettchen* gerochen.«
»Ein Stärkungsmittel aus wildem Thymian«, antwortete Kyria. »Und wenn du im *Fröhlichen Frettchen* warst, solltest du gleich einen Schluck davon trinken, damit du morgen keine Kopfschmerzen hast.«
Sie nahm Flicks silbernes Trinkhorn vom Regal, schöpfte etwas von dem Stärkungstrank hinein und stellte das Horn in seinem hölzernen Ständer neben ihren Vater auf den Tisch.
Flick gluckste. »Ich habe Wigbert gerade zum Hilfswachtmeister ernannt. Ich muss zusehen, dass alles glatt läuft, wenn der Markt beginnt.«
Kyria schnaubte. In ihren Augen waren die Marktvorbereitungen eine gute Ausrede für Flick, den Wachtmeister von Kreuzwasser, und Wigbert, den Wirt vom *Fröhlichen Frettchen,* sich zusammenzusetzen und Wigberts berühmtes Malzbräu zu probieren.
Flick nahm das silberne Horn, blies in das heiße Gebräu und nahm einen vorsichtigen Schluck. »Wigbert fürchtet fürs Marktfest könnte ihm der Holunderbeerwein ausgehen«, berichtete er. »Ich soll dich fragen, ob er noch ein Fass davon haben kann.«
»Vielleicht.« Kyria trat wieder an den Herd, rührte noch einmal in dem Topf und zog ihn dann zum Abkühlen zur Seite. »So. Der ist fertig. Dann geh ich jetzt mal ins Dorf und rede mit Wigbert.«

»Tu das.« Der alte Fuchs grinste. »Deine Freundin Flora ist auch dort. Sie ist gerade angekommen.«

»Flora! Warum hast du das nicht gleich gesagt?« Kyria zog rasch die Schürze aus und wischte sich, bevor sie sie in den Wäschekorb warf, noch schnell die Pfoten daran ab. »Bis später!«

»Vergiss über dem Tratschen mein Abendessen nicht«, sagte Flick.

Kyria schaute ihren Vater mit zusammengekniffenen Augen an, um sicher zu sein, dass er nur Spaß machte. »Tratschen!«, wiederholte sie. »Pah! Wenn ich nicht rechtzeitig zurück bin, kannst du dir dein Abendessen selber machen.« Damit ging sie hinaus und warf die Küchentür hinter sich zu.

Kyrias Zuhause, das sie mit ihrem Vater teilte, war in den Hügel gebaut, der sanft vom Ufer des Breitstroms aufstieg. Der Weg in die Dorfmitte führte am Wasser entlang. Das Sonnenlicht glitzerte auf dem seichten Fluss, der ohne Eile in seinem Bett dahinplätscherte.

Schwalben schossen über Kyrias Kopf durch die Luft, als sie den Weg hinunterging. Sie hob die Pfote und winkte ihnen zu, doch die Vögel beachteten sie nicht. Schwalben sind doch ein verrücktes Volk, dachte sie.

Das Gasthaus zum *Fröhlichen Frettchen* stand auf einer kleinen Landzunge an der Stelle, an welcher der Breitstrom in den Nordsüdstrom mündete. Kurz vor der Mündung war ein hölzerner Landungssteg, an dem ein paar Boote festgemacht waren. Kyria stieg die in die Uferböschung geschlagenen Stufen hinauf.

Zwischendurch blieb sie stehen und schaute flussabwärts. Von hier aus hatte sie einen Blick über die Mündung des Breitstroms und den Nordsüdstrom hinunter bis zum nördlichen Ende des Schlängelsees, der sich in der blauen Ferne verlor. An der Mole am Nordende des Sees lag ein in Weiß und Gold gestrichener Raddampfer. Kyria wusste nicht recht, ob sie einem Boot, das ohne Wind oder Paddel gegen die Strömung fuhr, trauen konnte, und die Tiere von Weißenhafen, denen es gehörte, kamen selten so weit nach Norden. Trotzdem fand sie nichts Ungewöhnliches dabei. Zum Mittsommermarkt waren in Kreuzwasser alle willkommen.

Als sie die restlichen Stufen hinaufstieg, hörte sie Gesang und wunderte sich nicht, auf dem Dorfplatz den Chor zu sehen, der sich im Schatten einer Silberbirke aufgestellt hatte und für das Marktfest probte. Es waren in der Mehrzahl junge Sänger – Wasserratten, Kaninchen und Igel und ganz hinten ein einzelner Dachs –, und sie standen sehr gerade und sangen voller Inbrunst, um ihre mangelnden Sangeskünste wettzumachen.

Rufus, das Eichhörnchen, das den Chor leitete, dirigierte mit seiner Flöte als Taktstock.

Nein, nein, *nein*!«, rief er, gerade als Kyria stehen blieb, um zuzuhören. »Das ist H, kein C. Du dort, ja, dich meine ich, Wasserratte. Wie heißt du gleich noch mal? Wo hast du deine Noten?«

Einer nach dem anderen hörte auf zu singen. Die junge Wasserratte, die Rufus angesprochen hatte, fuhr sich mit der Pfote über die Nase. »Vergessen«, murmelte sie.

»Vergessen? So?« Rufus fasste sich an die Brust. »Wie willst du denn singen, wenn du keine Noten hast? Nun gut.« Er hob die Flöte. »Noch einmal ganz von vorn. Eins, zwei, drei – du, ja, der Igel dahinten! *Kaust* du etwa?«

Der Igel, den Kyria als einen aus Wigberts weit verzweigter Sippschaft erkannte, schluckte hastig und schaute Rufus dann unschuldig an. »Kauen? Ich?«

Zwei Kaninchenmädchen in identischen rosaroten Kleidchen mit weitem Rock schauten sich an und kicherten.

»Ich geb's auf«, stöhnte Rufus. »Wirklich, ich geb's auf. Geht nach Hause, alle miteinander. Morgen um dieselbe Zeit sehen wir uns wieder. Und denkt an eure Noten!«, rief er noch, als die Tiere auseinander liefen.

Als sie weg waren, schlenderte er zu Kyria hinüber. Er war nicht viel älter als die meisten seiner Sänger, und er grinste fröhlich. »Bis zum Fest klappt alles«, versprach er.

»Das sagst du immer.«

»Und ich hab immer Recht!«

Kyria schnaubte. Er hatte zwar tatsächlich Recht, aber zugeben würde sie es nie.

Rufus ging neben ihr her zum *Fröhlichen Frettchen*. Das alte Gasthaus war in einem heruntergekommenen Holzhaus untergebracht, das früher vielleicht einmal ein Schindeldach gehabt hatte. Jetzt wuchsen darauf Moos, Unkraut

und Hauswurz. Die Fenster- und Türrahmen hatten sich verzogen, als hätte das Haus sich über die Jahre gemütlich in die Erde gesenkt.
Sämtliche Räume im Haus waren in die Uferböschung hineingebaut worden, und darunter gab es weitere Zimmer und Keller, deren Fenster auf den Fluss hinausgingen. Es gab sogar Zimmer in der gewaltigen Kastanie, die ihre Äste über das Gasthaus breitete. Im *Fröhlichen Frettchen* fand fast jeder ein Plätzchen, das ihm gefiel.
Vor dem Gasthaus, am Rand des Dorfplatzes, standen mehrere Tische. An dem, der Kyria am nächsten war, saßen, sauber und adrett in ihren weißen Uniformen, drei Otter aus Weißenhafen von der Besatzung des Raddampfers. Als Kyria und Rufus an ihnen vorbeigingen, nickten sie ihnen freundlich zu.
Wigbert, der Gastwirt, legte gerade rot-weiß karierte Tischtücher auf, hielt jedoch inne, als Kyria und Rufus näher kamen.
»Hast du deinen Vater schon gesehen, Kyria?«, fragte er.
»Ja, er hat mich wegen des Weins gefragt. Das geht in Ordnung, Wigbert, wenn du jemanden schicken kannst, der ihn abholt. Reicht ein Fass?«
Der dicke Igel kratzte sich an seinen Stacheln. »Wenn ich zwei haben könnte, würde ich nicht Nein sagen. Sobald die Meute hier erst mal am Tisch sitzt –«
»Kyria Flickstochter!« Ein fröhliches Grölen übertönte die Worte des Gastwirts. »Sprichst du nicht mehr mit deiner alten Freundin?«

Am letzten Tisch hatte es sich eine enorm große Wildkatze gemütlich gemacht. Sie trug grelle, karierte Hosen, die sie in die Stiefel gesteckt hatte, sowie ein ebenfalls kariertes, an der Schulter zusammengehaltenes Cape über einer weißen Leinenbluse. Sie hatte ein Schwert an der Seite, und aus dem Stiefel ragte der Griff eines Dolches. Vor ihr auf dem Tisch stand ein Becher mit Malzbräu.

»Flora MacKaro!«, rief Kyria und lief zu ihrer Freundin hinüber.

Die Wildkatze sprang auf, ihr gestreiftes Fell wogte dabei, und sie schloss Kyria in ihre Arme. »Du bist eine wahre Augenweide!«, sagte sie. »Und du auch, kleine Baumratte«, fügte sie mit Blick auf Rufus hinzu. Dann verpasste sie ihm einen solchen Schlag auf den Rücken, dass er Mühe hatte, sich auf den Beinen zu halten. »Singst du immer noch?«

»Ich singe immer noch«, keuchte Rufus. »Aber nenn mich nicht Baumratte.«

»Es ist schön, wieder hier zu sein.« Flora tätschelte den Griff ihres Schwertes. »Wollen wir ein kleines Übungskämpfchen machen, Kyria?«

»Vielleicht später.«

»Später kann zu spät sein«, sagte die Wildkatze mit sorgenvoll gerunzelter Stirn.

»Was soll das heißen?«

»Banditen«, erwiderte Flora. »In den Hügeln sind Banditen gesehen worden. Vielleicht solltest du auf der Hut sein, Kyria.«

Kyria lachte, doch Rufus schaute sich gleich ängstlich um. »Ach, Flora, das sind doch nur Gerüchte«, sagte sie. »Der Mittsommermarkt wird jetzt schon jahrelang in Kreuzwasser abgehalten, und bisher hatte Flick noch immer alles im Griff.«

Die gewaltige Wildkatze schaute immer noch besorgt drein. »Es sind nicht nur Gerüchte, Kyria. Ich habe auf meinem Weg hierher in den Süden ein paar getroffen.« Sie hauchte auf ihre Krallen und polierte sie an ihrem karierten Umhang. »Jetzt sind es allerdings schon ein paar weniger.«

»Ich glaube trotzdem –«, begann Kyria.

»Sieh doch, Kyria!«, unterbrach Rufus sie. Er zeigte hinauf zum oberen Landungssteg am Nordsüdstrom.

Flora wirbelte herum; ihre Pfote fasste automatisch nach dem Schwertgriff. Kyria zog scharf die Luft ein.

Über den Dorfplatz stolzierte ein Silberfuchs in einem schäbigen scharlachroten Mantel, gefolgt von einer Meute aus gefährlich aussehenden Ratten und Wiesel und einem riesigen Frettchen. Hinter ihnen her trottete schwer beladen ein zerlumpter Marder.

»Kyria«, flüsterte Rufus nervös, »ich denke, Flora könnte Recht haben.«

6. KAPITEL

Edelor wankte unter der Last von Reinecks Rucksack den Pfad vom Landungssteg herauf. Seine Wunde pochte schmerzhaft, und er war entsetzlich müde, aber wenigstens war er endlich in Kreuzwasser angekommen.
Auf der rechten Wegseite befand sich eine befestigte Uferböschung mit Türen und Fenstern darin. Als Reineck vorbeiging, flog eines der Fenster auf und eine ältere Kaninchendame beugte sich heraus und schüttelte einen Staubwedel aus. Als sie die Banditen sah, starrte sie sie mit offenem Mund an und warf dann schnell das Fenster wieder zu. Edelor schämte sich sehr.
Der Pfad wand sich vom Fluss zum Dorfplatz hinauf. Diesen säumte ein Kranz aus hohen Ulmen, Buchen und Kastanien. Der Boden war mit weichem Torf bedeckt, auf dem Gänseblümchen blühten. Edelor sah, dass in den Bäumen Tiere wohnten. Zwischen den Ästen waren Wäscheleinen gespannt, hier und dort baumelte eine Strickleiter herunter und verlockende Küchendüfte zogen durch die Luft.
An einer Seite des Dorfplatzes standen Tische vor einem al-

ten, gemütlich aussehenden Gasthaus. Reineck ging, gefolgt von seiner Truppe, über den Platz darauf zu; Edelor bildete das Schlusslicht.

An einem der Tische saßen ein paar Otter, und andere Tiere standen herum und beobachteten Reineck, wie er auf sie zukam. Edelor konnte den Blick nicht von der riesigen Wildkatze abwenden, die karierte Hosen und einen ebensolchen Umhang trug. Reineck hatte behauptet, dass alle Dorfbewohner friedliebend und dumm seien, aber die Wildkatze sah so aus, als könnte sie es locker mit dem Kapitän aufnehmen.

Neben ihr standen eine junge Füchsin und ein Eichhörnchen sowie ein dicklicher Igel mit einem Geschirrtuch über dem Arm. Auf ihren Gesichtern stand eine Mischung aus Angst und Feindseligkeit, als Reinecks Haufen sich näherte. Edelor spürte die Blicke wie frische Wunden. Diese Tiere sahen ihn zusammen mit Reineck und den anderen und dachten nun, er sei genauso ein Bandit wie sie. Sie würden nie seine Freunde werden.

Reineck hatte das Gasthaus erreicht und ließ sich auf einen Stuhl an einem der Tische fallen. Seine Männer scharten sich um ihn; nur Edelor ließ den Rucksack ins Gras fallen, setzte sich daneben und hoffte, dass keiner Notiz von ihm nahm.

»Wirt!«, bellte Reineck und schlug mit der Faust auf den Tisch. »Bring uns Bier!«

Der alte Igel setzte sich langsam in Bewegung.

»Und ein bisschen plötzlich, Dummkopf!«, befahl Reineck.

Der Igel ging kein bisschen schneller. Er lächelte, nickte grüßend mit dem Kopf, als er an den Tisch trat, und strich das Geschirrtuch glatt, das er über dem Arm trug.
»Guten Tag, die Tierschaften«, grüßte er. »Willkommen in Kreuzwasser. Ich bin Wigbert, der Wirt dieses Gasthauses. Was kann ich für euch tun?«
»Du hast doch gehört«, knurrte Reineck, »bring uns Bier. Oder bist du nicht nur dumm, sondern auch taub?«
»Bier soll es sein.« Wigberts Ton war immer noch freundlich, auch wenn sein Lächeln verschwunden war. »Wollt ihr später auch etwas essen? Ich habe feinen Spießbraten mit Fenchel und –«
So schnell, dass Edelor die Bewegung gar nicht sah, zog Reineck sein Messer aus dem Gürtel und stieß es durch die Tischdecke hindurch in die hölzerne Tischplatte. »Bier«, sagte er durch zusammengebissene Zähne. »*Sofort*. Beweg dich!«
»Kein Grund zur Aufregung«, sagte Wigbert.
Im selben Augenblick legte die Wildkatze die Pfote auf den Griff ihres Schwertes und trat einen Schritt vor.
Die Füchsin fasste sie am Arm. »Tu's nicht, Flora!«
»Ich werde nicht zulassen, dass dieser Flegel sich hier so aufspielt«, erwiderte die Wildkatze. »Das geht mir ganz und gar gegen den Strich, Kyria.«
»Aber wir wollen doch keinen Streit so kurz vor dem Markt«, wandte die Füchsin ein. »Das würde Flick gar nicht gefallen.«

»Wahrscheinlich nicht.« Die Stimme der Wildkatze war ein leises Knurren, doch sie ließ sich von Kyria zur Seite ziehen.

»Und jetzt hör mir mal gut zu«, sagte Reineck. Er beugte sich über den Tisch zu Wigbert. »Herr Wirt – Wigbert oder wie immer du heißt –, mein Name ist Kapitän Reineck, und wenn ich dir befehle, etwas zu tun, dann tust du es auch. Ist das klar?«

Wigbert zögerte. Unsicher schaute er in den Kreis der finster dreinblickenden Tiere und dann zurück zu Reineck. »Klar. Das Bier kommt sofort«, sagte er und verschwand in der Gaststube.

Kyria wandte sich an das Eichhörnchen und bat so leise, dass Edelor es gerade eben noch verstand: »Rufus, geh, und hole Flick.«

Augenblicklich war das Eichhörnchen um die Ecke des Gasthauses verschwunden. Edelor, der das beobachtet hatte, gewann den Eindruck, als sei es froh gewesen, sich aus dem Staub machen zu können.

Reineck lehnte sich auf seinem Stuhl zurück, zog seinen Dolch aus der Tischplatte, warf ihn in die Luft und fing ihn am Griff wieder auf. Edelor stellte fest, dass er bester Laune war, jetzt, wo er alle eingeschüchtert hatte und sie taten, was er wollte.

Bald erschien Wigbert wieder mit einem Tablett, auf dem ein Krug und mehrere Becher standen. Nachdem Reineck sich eingeschenkt hatte, balgten sich seine Mitstreiter um

den Rest, rempelten sich gegenseitig an und verschütteten beim Eingießen in ihre Becher die Hälfte des Biers.
Edelor legte den Kopf auf die Pfoten und wünschte irgendwo anders zu sein, nur nicht hier. In Kreuzwasser würde ihn nun keiner mehr willkommen heißen. Seinen Traum konnte er vergessen, und auf der Suche nach seiner Mutter und den Kleinen war er keinen Schritt weitergekommen. Stattdessen war er Reinecks Gefangener und in die bösen Machenschaften des Eulenbarons verwickelt, der das geheimnisvolle silberne Horn suchte.

Ein Schrei von Kyria ließ ihn wieder aufschauen. Angestachelt von den anderen Banditen, hatte Ketsch, das Wiesel, seine Armbrust vom Rücken genommen und zielte nun auf den Tisch, an dem die drei Otter saßen. Die Otter versuchten sich in Sicherheit zu bringen und stießen dabei den Tisch um.

Edelor konnte nicht länger einfach nur dasitzen und zuschauen. Er rappelte sich auf und wollte sich Ketsch schnappen, blieb aber sofort stehen, als Reineck ihn an seiner verletzten Schulter packte.

»Halt dich da raus, Schisser.« Der Silberfuchs gab ihm eine kräftige Ohrfeige. »Lass Ketsch seinen Spaß.«

Edelor hockte wieder auf dem Boden, ganz benommen vor Schmerz. In der Zwischenzeit hatte Kyria einen Satz auf Ketsch zugemacht, und es war ihr gelungen, die Armbrust nach oben zu schlagen. Der Pfeil flog hoch hinauf und grub sich dann in das mit Moos bewachsene Dach des *Fröhlichen Frettchens*. Ketsch drehte sich zu ihr um und zischte eine Verwünschung.

Die Füchsin hatte bereits die Pfote an dem Messer in ihrem Gürtel, als Flora sich zwischen ihre Freundin und das Wiesel drängte.

»Haben wir denn nichts Besseres zu tun, Bürschchen?«, fragte sie. »Möchtest du vielleicht, dass ich dir deine Bogensehne um den Hals wickele?«

Als er Ketschs angstverzerrtes Gesicht sah, hätte Edelohr fast laut gelacht. Das Wiesel stolperte rückwärts, aus der

Reichweite von Floras Zähnen und Krallen. Es schob sich zwischen seine Kameraden, schnappte sich seinen Bierbecher und vergrub die Schnauze darin, als die anderen sich über ihn lustig machten.

Die Otter stellten gerade ihren Tisch wieder auf, als Edelor das Eichhörnchen um die Ecke des Gasthauses kommen sah. Mit ihm kam ein alter Fuchs. Er sah der jungen Füchsin sehr ähnlich, und Edelor nahm an, dass sie Vater und Tochter waren.

Der Fuchs ging zu dem Tisch, an dem Reineck saß, und tippte ihm auf die Schulter. »Kapitän Reineck? Was geht hier vor?«

Reineck drehte sich langsam um und schaute zu dem Fuchs auf. »Wer will das wissen?«, fragte er frech.

»Ich bin Flick, der Wachtmeister von Kreuzwasser. Ruft Eure Tiere zur Ordnung.«

»Und wenn ich es nicht tue?«, fragte Reineck.

»Dann müsst ihr das Dorf verlassen.«

Reineck lachte, doch Gorm sprang auf und zog sein Schwert. Es war Sandors Schwert, das er Edelor abgenommen hatte, und bei seinem Anblick stieg der ganze Schmerz erneut in Edelor auf. Noch immer hatte er nichts unternommen, um Sandors Tod zu rächen, und da seine Verletzung ihn immer mehr schwächte, spürte er alle Hoffnung schwinden.

»Nein!«, schrie Kyria, als das Frettchen das Schwert gegen Flick führte.

Flick war unbewaffnet, doch Gorms Drohung schien ihn

nicht zu beeindrucken. Er machte einen Schritt zur Seite und packte mit einer schnellen Drehbewegung das Handgelenk des Frettchens. Dieses stieß einen Fluch aus und ließ das Schwert fallen. Es rieb sich das Handgelenk und fixierte Flick mordlüstern.

»Könnt Ihr Eure Bande nicht unter Kontrolle halten?«, fragte Flick wütend.

»Reg dich nicht auf«, sagte Reineck gelangweilt. »Sie wollen nur ihren Spaß.«

»Das ist für mich kein Spaß«, erwiderte Flick.

Flora trat zu ihm und schnappte Gorm, der sich gerade danach bückte, das Schwert vor der Nase weg.

»He, das gehört mir!«, protestierte Gorm.

Flora fletschte die Zähne. »Willst du mit mir darum kämpfen, Bürschchen?«

Das Frettchen knurrte, und seine Pfote fuhr zu dem gefährlich langen Dolch in seinem Gürtel, doch es ließ ihn stecken. Edelor nahm an, dass schon bessere Kämpfer es sich zweimal überlegt hatten, ob sie Flora angreifen wollten. Er konnte nichts dafür, aber er freute sich an Gorms ohnmächtiger Wut und empfand Erleichterung, dass das miese Frettchen Sandors Schwert nicht mehr hatte.

Reineck räkelte sich faul, stand auf und baute sich vor Flick auf. Seine Banditenbande versammelte sich um ihn. Gorm schlich sich zu ihm hinüber, beobachtete Flora aber misstrauisch dabei. Die folgte jeder seiner Bewegungen mit bösen Blicken, das Schwert fest im Griff.

»Wir wollen keinen Ärger«, sagte Flick. »Der Markt von Kreuzwasser soll für alle eine schöne Zeit sein.«
»Dann ist ja gut«, meinte Reineck. »Wir machen es uns schön, Jungs, nicht wahr?«
»Jawohl, Kapitän«, antwortete die Bande und grinste.
»Dann bleibt aber unter euch, und lasst die anderen Tiere in Ruhe«, sagte Flick.
Reineck lachte ihm ins Gesicht. »Und wie willst du uns, bitte schön, dazu zwingen?«
»Gemäß unseren Gesetzen –«, begann Flick.
Der Silberfuchs unterbrach ihn mit einem erneuten Lachen. Er spuckte auf den Boden. »Damit du weißt, was ich von euren Gesetzen halte«, sagte er. »Ich rede hier von einem Kampf. Aber das traust du dich nicht, wie? Ganz allein gegen uns zu kämpfen?«
»Er ist nicht ganz allein«, sagte Flora sofort. »Ich bin dabei, Flick.«
»Ich ebenfalls.« Zwei der Otter waren verschwunden, doch der dritte kam herüber und legte die Pfote an seine Kapitänsmütze. »Kapitän Tafftau von der *Flusskönigin*, zu Euren Diensten.«
»Und ich«, sagte Kyria.
Einen Augenblick lang war Edelor voller Hoffnung, aber noch während Flick und seine Freunde sprachen, stellte er fest, dass es eben doch nur vier waren, die sieben unerschrockenen, kampferfahrenen Banditen gegenüberstanden. Flora sah aus, als könne sie es mit jedem aufnehmen,

doch bei den anderen war er sich nicht so sicher. Seine Hoffnung schwand. Keiner hier war stark genug, um Reinecks Bande zu besiegen.

Flick schüttelte den Kopf. »Ich danke Euch, aber lieber nicht. Ich will kein Blutvergießen so kurz vor dem Markt. Nicht, wenn ich es verhindern kann.«

Nachdenklich betrachtete er Reineck von oben bis unten. Der Silberfuchs verbeugte sich spöttisch vor Flick und stolzierte Richtung Wirtshaustür.

Flick rief ihn zurück. »Kapitän Reineck! Wohin geht Ihr?«

»Wir suchen uns jetzt unsere Zimmer aus, Herr Wachtmeister. Dieses ganze Gerede hat uns müde gemacht. Stimmt's, Jungs?«

Lärmende Zustimmung von den anderen Tieren.

»Dann seht zu, dass ihr euch anständig benehmt. Oder ihr bekommt es mit mir zu tun.«

»Ich zittere vor Angst«, meinte Reineck. »Kommt, Jungs.«

»Und was ist mit meinem Schwert?«, wollte das Frettchen wissen.

»Ihr könnt es bei mir abholen, wenn der Markt vorbei ist. Bevor ihr wieder geht.«

»Wieder gehen?«, wiederholte Reineck. »Wer hat denn was von wieder gehen gesagt? Uns gefällt es hier. Was, Jungs?«

»Jawohl, Kapitän«, antwortete die Truppe erneut im Chor.

Edelor sah, wie Kyria und Rufus sich besorgte Blicke zuwarfen. Offenbar hatten sie nicht im Traum daran gedacht, dass Reineck und seine Bande sich im Dorf niederlassen wollten.

»Niemand hat euch zum Hierbleiben eingeladen«, sagte Flick mit fester Stimme.

»Soll das heißen, wir sind nicht willkommen?«, fragte das Frettchen angriffslustig.

»Alle Tiere, die guten Willens sind, sind willkommen«, sagte Flick. »Tiere, die sich hier niederlassen und mit uns arbeiten und am Dorfleben teilnehmen wollen. Nicht aber solche, die nur auf Ärger aus sind.«

»Jetzt hör mir mal gut zu, Herr Wachtmeister.« Kapitän Reineck trat einen Schritt vor, packte Flicks Halstuch und zog den Fuchs zu sich heran, sodass ihre Nasen sich fast berührten. »Wenn wir sagen, wir bleiben hier, bleiben wir auch hier. Und ihr werdet tun, was wir euch sagen, weil keiner von euch den Mumm hat, was anderes zu machen.«

»Keinen Mumm?«, brüllte Flora. Sie hob das Schwert, das sie Gorm abgenommen hatte. »Keinen Mumm? Das sagst du nicht zweimal zu einer MacKaro!«

»Nein, Flora«, sagte Flick. »Nicht jetzt.«

Im selben Atemzug sagte Gorm: »Verpiss dich, Miezekatze.«

»Miezekatze!« Flora fletschte die Zähne. Ihr gestreifter Schwanz war plötzlich doppelt so dick wie vorher. »Kennst du das Motto der MacKaros? ›Fass die Katze nie ohne Handschuh an.‹ Das wird dir noch Leid tun, dass du mich Miezekatze genannt hast!«

»Wir können's kaum erwarten«, meinte Reineck gelangweilt. Er wandte sich wieder Flick zu, den er immer noch an seinem Halstuch gepackt hielt. »Ihr seid mir vielleicht ein Haufen, lebt hier so hübsch und friedlich und gemütlich vor euch hin. Ihr habt alles, was ihr wollt, und braucht euch um nichts zu sorgen. Aber ihr wisst nicht, was ihr tun müsst, damit es so bleibt. Ihr habt den Mumm nicht und auch nicht die Kraft.«

Edelor sah, wie Kyria und das Eichhörnchen sich wieder einen verzweifelten Blick zuwarfen, als wollten sie sagen: Er hat Recht! Sie hielten sich ganz fest an den Pfoten.

»Deshalb werden wir genau das tun, was uns gefällt«, sagte Reineck. »Und ihr könnt uns nicht daran hindern. Und sehr bald schon werden auch andere Dörfer in diesem hübschen, friedlichen Land lernen müssen, was ihr jetzt lernt.«

Edelor dachte an die Versammlung der Banditen in den Bergen und stellte sich schaudernd vor, wie sie plündernd und mordend durch dieses friedliche, glückliche Land zogen. Er hätte Flick gern alles erzählt, doch wahrscheinlich würde der Fuchs ihm gar nicht zuhören und erst recht nicht glauben wollen, was er zu berichten hatte.

»Was soll das heißen?«, fragte Flick. »Welche anderen Dörfer?«

»Das geht dich nichts an.« Reineck ließ ihn los und stieß ihn weg. »Du wirst es früh genug erfahren.«

»Lass mich Hackfleisch aus ihm machen«, bettelte Flora.

»Lass ihn mich durch den Fleischwolf drehen, hübsch langsam!«
Reineck beachtete sie nicht. »Dann gehen wir jetzt mal rein und suchen uns Zimmer in dem Gasthaus hier«, sagte er. »Wie heißt es noch mal? *Zum Fröhlichen Frettchen?* Das passt ja wunderbar. Du bist doch fröhlich Gorm, nicht wahr?«
»Und wie, Kapitän!«, antwortete das riesige Frettchen. »So fröhlich wie nie bin ich. Ha, ha!«
Der Rest der Bande brach in schepperndes Gelächter aus, als Kapitän Reineck sich noch einmal vor Flick verbeugte und sie dann in das Wirtshaus führte. Edelor zögerte; er hätte gern noch etwas gesagt.
»He, Schisser!«, brüllte Reineck. »Beweg dich!«
Edelor warf ihm einen kurzen Blick zu, dann schaute er hinüber zu Flick und seinen Freunden, die die Köpfe zusammengesteckt hatten und leise beratschlagten, während sie Reineck beobachteten. Niemand beachtete ihn.
Also stand Edelor auf, schulterte sein Bündel und folgte Reineck ins Haus.

7. Kapitel

Am nächsten Morgen ging Kyria früh hinauf zu dem Platz im Norden des Dorfes, wo der Jahrmarkt stattfand und wo auswärtige Händler bereits damit begonnen hatten, unter den Bäumen ringsum ihre Zelte aufzustellen und die hölzernen Buden aufzubauen, in denen sie ihre Waren feilbieten wollten.

Kyria hob ihre Röcke und die weiße Schwanzspitze, damit sie vom Morgentau nicht nass wurden. Das Gras war ganz schwer vom Tau, doch die Sonne hatte bereits begonnen den Bodennebel aufzusaugen und versprach einen heißen Tag. Amseln sangen in den Büschen.

»Guten Morgen, Frau Flockseide«, grüßte Kyria ein Kaninchen aus Flachsfelden, eine Weberin, die regelmäßig auf dem Markt ausstellte. »Hattet Ihr eine gute Reise?«

Frau Flockseide war gerade dabei gewesen, einen Ballen Leinen aufzuschnüren, und hielt nun kurz inne. »Gut bis mittelmäßig, danke, Fräulein Kyria. »Aber mein Bodo hat sich einen Dorn oder sonst etwas in den Fuß getreten und kann nun mit der Hinterpfote kaum auftreten.«

»Schickt ihn zu mir herunter, dann schau ich mir die Sache einmal an«, versprach Kyria, auch wenn sie vermutete, dass Bodo den »Dorn« nur erfunden hatte, damit er im *Fröhlichen Frettchen* sitzen konnte, während seine Mutter die ganze Arbeit machte.

»Und eben kamen zwei Ratten vorbei«, fuhr Frau Flockseide fort, »die in meinen Sachen herumgewühlt haben, obwohl ich ihnen sagte, dass der Markt noch nicht begonnen hat. Kennt Ihr sie vielleicht, Fräulein Kyria?«

»Ich glaube, ja«, erwiderte Kyria. Sie fragte sich besorgt, was Reinecks Truppe wohl im Schild führte. »Tut mir Leid, dass sie Euch belästigt haben, Frau Flockseide. Ich werde es nachher Flick sagen.«

Ein Stückchen weiter hörte sie fröhliches Pfeifen und sah ein paar Eichhörnchen aus Eckerndorf ihre Musikinstrumente auspacken, die sie in den Eichenwäldern im Norden herstellten.

Erleichtert stellte Kyria fest, dass sie nicht belästigt wurden. Sie winkte und rief ihnen zu, dass sie Rufus Bescheid sagen würde.

Als sie sich wieder auf den Heimweg machen wollte, hörte sie einen empörten Aufschrei. Sie schaute sich um und sah gerade noch, wie eine von Reinecks Ratten einen Maulwurfshändler in das hohe Gras und das Dornengestrüpp am Rand des Platzes stieß.

»He, lass das!«, rief sie.

Als sie hinübereilte, kam eine zweite Ratte aus dem Zelt

des Maulwurfs. Sie stopfte sich ein knuspriges Brötchen in den Mund und nuschelte: »Nö, hier isses nich.«
Was ist nicht hier?, fragte sich Kyria. Wonach suchen sie?
»Halt, das ist mein Frühstück!«, protestierte der Maulwurf, während er sich aus dem Gestrüpp kämpfte und an seiner zerkratzten Vorderpfote saugte.
»Lass das, habe ich gesagt«, wiederholte Kyria.
Die erste Ratte musterte sie von oben bis unten und grinste hämisch. »Halt uns davon ab!«
Sie hatte in einem Weidenkorb gewühlt, in dem in Stroh eingewickelte Tontöpfe lagen. Jetzt richtete sie sich auf und warf einen davon von einer Pfote in die andere.
»Wollt ihr ihn kaufen?«, fragte der Maulwurf.
»Nö, der ist mir zu hässlich.«
Die Ratte warf den Topf ihrem Kumpan zu, der jedoch keine Anstalten machte, ihn aufzufangen. Der Topf fiel auf den Boden und zerbrach. »Ach, was bin ich doch für ein Tollpatsch«, sagte die Ratte und kicherte, »ich hab ihn nicht erwischt.«
Kyria zog ihr Messer aus dem Rockbund. Mit einem Satz war sie bei der Ratte, die ihr am nächsten stand, drehte ihr die Vorderpfote auf den Rücken und hielt die Messerspitze dicht an die zitternde Schnauze.
»Ich denke, eine Entschuldigung wäre angebracht«, sagte sie.
»Mach sie fertig!«, kreischte die Ratte ihrem Kumpan zu.
Doch der Maulwurf war in seinem Zelt verschwunden und

kam mit einem dicken Prügel wieder heraus. »Lass die Pfoten von ihr!«, drohte er.
»Nun?«, meinte Kyria.
»'tschuldigung«, murmelte die Ratte.
Kyria ließ sie los und stieß sie weg. »Und jetzt macht, dass ihr wegkommt.«
Die beiden Ratten traten den Rückzug an, warfen dabei aber drohende Blicke über die Schulter. »Wartet nur, bis Kapitän Reineck davon hört«, heulte die eine.
Kyria blieb mit gezücktem Messer stehen, bis sie ein gutes Stück weg waren. »Tut mir Leid«, sagte sie zu dem Maulwurf.
Der Maulwurf wischte sich den Schweiß von der Stirn. »War nicht Ihre Schuld, Fräulein.«
»Ich sag Wigbert Bescheid, dass er Euch aus dem *Fröhlichen Frettchen* etwas zum Frühstücken hochschickt«, versprach Kyria.
Der Maulwurf strahlte und pfiff leise vor sich hin, während er die Scherben wegräumte. Kyria verabschiedete sich und war auf dem Weg zum Gasthaus, als sie plötzlich Flügel schlagen hörte. Sie schaute auf. Die Sonne verdunkelte sich. Ein Wanderfalke stürzte, die schiefergrauen Flügel angelegt, senkrecht vom Himmel und landete mit ausgestreckten Krallen und aufgesperrtem Schnabel nur Zentimeter von ihr entfernt.
»Herr von Wanderfalk«, rief sie, »erschreckt mich doch nicht so!«

Die gelben Augen des Falken funkelten böse. »Was geht hier vor?«, wollte er wissen. »Was wollen die Ratten?«
Kyria stieß einen tiefen Seufzer aus. »Oh, dann habt Ihr es also gesehen, ja? Wenn ich es nur wüsste. Sie scheinen irgendetwas zu suchen, aber ich weiß nicht, was.«
Der Wanderfalke klickte mit dem Schnabel. »Und was gedenkt ihr dagegen zu tun? Wenn keiner sie aufhält, könnt ihr den Jahrmarkt vergessen.«
»Ich werde Flick Bescheid sagen«, erklärte Kyria geduldig.
»Und was will er tun?«
»Ich weiß es nicht.« Kyria versuchte ihre Angst vor dem wütenden Blick und den scharfen Krallen des Falken zu verbergen. Sie wusste, dass er trotz seines einschüchternden Gebarens ein anständiger Vogel war, wenn auch der Umgang mit ihm nicht einfach war. »Herr von Wanderfalk, Ihr seid herzlich willkommen in Kreuzwasser, aber das Sagen habt Ihr hier nicht. Wenn Ihr uns helfen wollen, könnt Ihr –«
»Früher, unter der Herrschaft der königlichen Adler, waren die Falken die Verwalter des Königreichs«, ließ Herr von Wanderfalk sie von oben herab wissen. »Wir hatten überall das Sagen.«
»Das ist lange her«, bemerkte Kyria.
»Tja!« Mit funkelnden Augen starrte der Wanderfalke sie noch einen Augenblick lang an, dann erhob er sich mit ein paar kräftigen Flügelschlägen wieder in die Luft.
Kyria schaute ihm nach. Zuerst die Ratten, die Ärger mach-

ten, und jetzt auch noch Herr von Wanderfalk mit seinem Gejammer. Der schöne Morgen war ihr verdorben. Und wahrscheinlich war der ganze Markt verdorben, wenn sie Reineck und seine Bande nicht loswurden.

Rufus war frühmorgens vors Dorf gegangen, um sich ein ruhiges Plätzchen zu suchen, wo er sein Flötensolo für das Jahrmarktsfest üben konnte. Es war fast Mittag, bevor er mit seinem Spiel zufrieden war und sich wieder auf den Heimweg machte.

Kurz vor der Mündung des Breitstroms in den Nordsüdstrom sah Rufus drei Gestalten den Pfad herunterkommen. Er erkannte Gorm, das riesige Frettchen, das Reinecks Leutnant zu sein schien, und seine beiden Wiesel. Die Wiesel hatten ihre Schwerter gezogen und hieben auf das Gras und das Unkraut ein, das in Büscheln entlang dem Flussufer wuchs.

Rufus schaute sich um; sonst war niemand in Sicht. Es gab nichts, wo er sich hätte verstecken können, und falls er versuchen würde davonzulaufen, hätten sie ihn bald eingeholt. Vielleicht wollen sie ja gar keinen Ärger machen, dachte er. Ich habe schließlich nichts dabei, das für sie interessant sein könnte.

Als sie fast auf gleicher Höhe waren, trat er beiseite und machte ihnen Platz. Er sagte »Guten Morgen« und versuchte so auszusehen, als meinte er es so.

Eines der Wiesel machte einen Schritt zur Seite, rempelte

ihn im Vorbeigehen an und hätte ihn fast umgeworfen. Als er sein Gleichgewicht wieder gefunden hatte, packte ihn das Wiesel am Hemdkragen.

»Du dämlicher Tollpatsch«, rief es. »Fast hättste mich umgerannt!«

»Aber ich –« Rufus beendete den Satz nicht. Drei Augenpaare waren auf ihn gerichtet. Drei doppelte Zahnreihen grinsten ihn an. Das wird also gespielt, dachte er. Und laut sagte er: »Entschuldigung.«

Gorm, das Frettchen, packte sein Ohr und drehte es um. Es tat höllisch weh. Er beugte sich über Rufus, sodass das Eichhörnchen ihm direkt in den Mund mit den schiefen Zähnen sehen und seinen stinkenden Atem riechen konnte.

»*Wie* heißt das?«

Rufus wusste, was der andere hören wollte, und er wollte hier nicht den Helden spielen. »Entschuldigt bitte, Herr Leutnant«, sagte er.

Das Wiesel stieß ihn grob weg, doch Gorm ließ sein Ohr nicht los.

»Ich glaube, dir sollte man mal Manieren beibringen«, sagte er. »Was meint ihr, Jungs?«

Die Wiesel bekundeten Zustimmung. Ihre Augen glänzten hinterhältig. Gorm schüttelte Rufus am Ohr und hob ihn dabei fast von den Hinterpfoten. Es tat so weh, dass dem Eichhörnchen die Tränen kamen. Er hoffte nur, dass das Frettchen jetzt nicht dachte, er würde anfangen zu weinen.

»Wie heißt du, Baumratte?«, fragte Gorm.

»Rufus, Herr Leutnant.«
Das andere Wiesel war näher gekommen, streichelte Rufus' Schwanz und tat so, als bewundere es ihn. Rufus überlief ein Schauer.
»Hübscher Schwanz«, meinte das Wiesel. »Hält die Fliegen ab, was?«
»Äh . . . ja.«
»Wenn ich ihn abschneide«, sagte das Wiesel und schielte auf sein Schwert, »könnte er die Fliegen von mir abhalten.«
Rufus war sich nicht sicher, ob es ernst gemeint war oder ob sie ihm nur einen Schreck einjagen wollten.
»Und was haben wir denn da?«, fragte Gorm. »'n bisschen Feuerholz?«
Rufus wurde plötzlich übel, ihm war eisig kalt und zum ersten Mal hatte er richtig Angst. »Das ist meine Flöte. Ich bin Musiker.«
»Spielst du uns was vor?«
»Wenn – wenn ihr wollt.«
»Nö. Ich find Musik grässlich. Fang, Ketsch.«
»Nein!« Als eines der Wiesel einen Satz machte und nach der Flöte griff, begann Rufus sich wütend zu wehren. Er trat um sich, damit Gorm ihn losließ. Das riesige Frettchen heulte auf, als Rufus' Hinterpfote ihn an einer empfindlichen Stelle traf.
Dann schoss ein scharfer Schmerz durch Rufus' Pfote, als das Wiesel sie nach hinten bog, und er konnte die Flöte nicht mehr halten. Das Wiesel hob sie auf, als sie ihm aus

der Hand fiel, und hielt sie triumphierend hoch, während es ein paar Schritte zurücktänzelte.

»Hört auf!«, rief Rufus. »Gib sie sofort her!«

Doch das Wiesel warf die Flöte ins Wasser, wo sie auf den Wellen schaukelte und flussabwärts trieb. Gorm stieß Rufus heftig von sich, sodass dieser auf alle viere fiel.

»Hol sie dir, wenn du sie haben willst«, sagte er.

Rufus schaute ihn wütend an, dann sah er der Flöte nach. Die Strömung war hier, kurz vor dem Zusammentreffen der beiden Flüsse, ziemlich stark und trug die Flöte rasch weg. Wenn sie in den See trieb, würde er sie nie wieder sehen.

In seiner Verzweiflung zog er Schuhe und Hemd aus und sprang in die Fluten.

Als er wieder auftauchte, hörte er vom Ufer her heiseres Lachen. Er kümmerte sich nicht darum, sondern sah nach der Flöte, entdeckte sie, schwamm darauf zu und bekam sie zu fassen.

Als er sich umdrehte, um zum Ufer zurückzuschwimmen, sah er, dass die drei auf ihn warteten.

Sie warteten, bis er nach dem überhängenden Gras griff und sich aus dem Wasser zu hieven begann. Dann setzte ihm Gorm die Hinterpfote mit dem Stiefel auf die Brust.

»Nein – nicht!«, keuchte Rufus.

Gorm lachte nur und versetzte ihm einen Tritt.

Das Grasbüschel löste sich und Rufus fiel zurück ins Wasser. Als er wieder auftauchte, hatte die Strömung ihn weiter in die Mitte des Flusses getrieben. Das Frettchen und die beiden Wiesel folgten ihm am Ufer. Immer noch war außer den drei Schurken niemand in Sicht.

Rufus schwamm entschlossen zum zweiten Mal ans Ufer. Mit der Flöte in der Pfote war das Vorankommen schwerer, doch er würde sie nicht loslassen.

Als er beim zweiten Versuch nach einem Stein griff, der aus der Uferböschung ragte, trat ihm eines der Wiesel mit dem Stiefelabsatz fest auf die Pfote.

Rufus fiel zurück. Er trat Wasser, während die Strömung ihn weiter flussabwärts trieb. Das Ufer war hier steiler und er sah keine Möglichkeit, an einer anderen Stelle herauszuklettern. Je näher der Fluss dem See kam, desto breiter wurde er, und er wusste, dass er bereits zu müde war, um ans andere Ufer hinüberzuschwimmen.

Er versuchte, um Hilfe zu rufen, und schluckte Wasser.

Obwohl die Sonne schien, begann er zu frieren. Sein Fell hatte sich mit Wasser voll gesogen; sein Schwanz war schwer und zog ihn nach unten. Hustend und keuchend, griff er nach einem vorbeitreibenden Ast, verfehlte ihn aber. Das Letzte, was er hörte, als sein Kopf unter Wasser sank, war lautes Gelächter vom Ufer her.

8. Kapitel

Edelor überquerte die Brücke über den Nordsüdstrom und bog in den Weg zum See ein. Reineck hatte ihn losgeschickt Gorm und die beiden Wiesel Ketsch und Murr zu holen, damit sie eine gründliche Suche nach dem silbernen Horn organisieren konnten, nach dem der Eulenbaron verlangte.

Die Sonne schien, und die Felder neben dem Weg leuchteten in einem frischen Grün. Als er das Dorf hinter sich ließ, überlegte Edelor, was wohl passieren würde, wenn er einfach weiterginge, weg von Reineck und seiner Bande. Falls ihm die Flucht gelang, könnte er sich auf die Suche nach seiner Mutter und den Kleinen machen.

Doch seine Wunde schmerzte mehr denn je, und er befürchtete, dass er bei einem Fluchtversuch nicht weit kommen würde. Und wenn er Reineck verließ, verscherzte er sich damit seine letzte Chance, Sandors Tod zu rächen.

Dann sah er Gorm und die Wiesel. Sie standen auf dem Pfad, lachten und schauten auf den Fluss. Edelor sah ein Tier im Wasser schwimmen und erkannte Rufus, das junge

Eichhörnchen, das tags zuvor beim *Fröhlichen Frettchen* gewesen war. Kaum hatte er begriffen, dass irgendetwas nicht stimmte, da sah er auch schon den Kopf des Eichhörnchens im Wasser verschwinden.

Blinde Wut überkam ihn. Mit wenigen Schritten war er bei Reinecks Schlägern, ohne sich Zeit zum Nachdenken zu lassen. Gorm und die Wiesel sahen ihn nicht kommen.

Das riesige Frettchen stieß einen überraschten Schrei aus, als Edelor sich von hinten auf ihn warf und in den Fluss stieß. Um sich schlagend und heulend, ging er unter.

Dann packte Edelor Ketsch am Hemdkragen und zerrte ihn rückwärts. Als das Wiesel das Gleichgewicht verlor, ließ es sein Schwert fallen. Edelor hob es rasch auf. Mit gefletschten Zähnen drehte er sich zu dem zweiten Wiesel um. Sekundenlang standen sie sich gegenüber.

»Komm schon«, sagte Edelor. »Gerade eben warst du doch so tapfer. Du wirst doch jetzt keine Angst vor mir haben?«

»Angst vor dir, Schisser?« Murr lachte wenig überzeugend. »Dich ess ich doch zum Frühstück!« Er legte die Pfote auf den Schwertgriff, doch als Edelor einen Schritt vortrat, machte er einen Rückzieher. »Mit dir geb ich mich doch überhaupt nicht ab«, sagte er und floh Richtung Dorf.

Ketsch wälzte sich stöhnend auf dem Weg und behauptete, sein Rückgrat sei gebrochen.

Edelor stupste ihn mit dem Schwert an. »Steh auf, oder ich brech dir auch noch die restlichen Knochen!«

Das Wiesel starrte angstvoll auf die Schwertklinge und

kroch winselnd davon. Erst als es ein gutes Stück weg war, stellte es sich auf die Hinterpfoten. »Warte nur, bis der Kapitän das erfährt!«, heulte es und wankte seinem Kameraden nach.

Edelor wandte sich dem Ufer zu. War Rufus ertrunken? Da sah er ihn unter dem Überhang der Böschung. Es war dem Eichhörnchen gelungen, eine frei liegende Wurzel zu packen, an die er, sich nun mit geschlossenen Augen klammerte. Wie es aussah, war er, so erschöpft, dass er, zu mehr nicht in der Lage war.

Edelor ließ das Schwert fallen, kniete sich hin und beugte sich vor, bis er Rufus' Pfoten zu fassen bekam. Mit einer Pfote hielt das Eichhörnchen krampfhaft die Flöte fest. Edelor hievte ihn nach oben.

»Komm«, sagte er, »jetzt passiert dir nichts mehr.«

Rufus' Augenlider flatterten. Als er Edelor erkannte, trat Panik in seinen Blick. Für Edelor war es wie ein Schwerthieb. Er wandte das Gesicht ab und zog das Eichhörnchen vollends aus dem Fluss und ans sichere Ufer, wo es sich zitternd und Wasser spuckend zusammenkauerte.

Langsam richtete Edelor sich auf. Ein kleines Stück flussabwärts sah er Gorm, der sich unter wütendem Fauchen ans Ufer zog. Es gab keine Möglichkeit, ihm auszuweichen. Edelor fasste das Schwert erneut mit festem Griff und wartete.

Gorm platschte auf ihn zu, das Flusswasser strömte nur so an ihm herunter. Edelor war auf einen Angriff gefasst, doch

das Frettchen ließ das Messer stecken. Überrascht stellte Edelor fest, dass Angst in seinem Blick lag, auch wenn er sie, als er näher kam, zu verbergen versuchte.
»Oh nein, Schisser«, sagte er, »ich bring dich nicht um. Das überlass ich Reineck. Der bringt dich langsam um und richtig interessant. Darauf freu ich mich schon, Schisser.«
»Das mach mal«, sagte Edelor.
Er behielt das Frettchen im Blick, als es weiterging, und senkte das Schwert erst, als es außer Sichtweite war. Dann schaute er sich um, sah Rufus' Hemd am Ufer liegen und holte es für ihn.

»Hier. Du gehst am besten nach Hause und ziehst dir was Trockenes an.«

Das Eichhörnchen setzte sich auf und versuchte unbeholfen sich mit dem Hemd abzutrocknen. Der Blick, mit dem es Edelor ansah, war jetzt offen und nachdenklich und ohne Angst.

»Warum hast du mir geholfen?«, fragte es. »Du bist doch einer von ihnen?«

»Nein, ich bin –« Edelor wollte protestieren, doch dann zuckte er nur mit den Schultern. »Spielt keine Rolle.« Er streckte die Pfote aus. «Ich geh mit dir zurück, falls sie noch in der Nähe sind.«

Als er Rufus' Pfote nahm und ihm aufhalf, schoss ihm ein heftiger Schmerz durch die Schulter. Er konnte ein Stöhnen nicht unterdrücken.

»Was ist los?«, fragte Rufus. »Haben sie dich verletzt?«

»Nein, es ist eine alte Wunde. Halb so schlimm.«

»Du solltest sie Kyria zeigen. Sie ist unsere Heilerin. Ich bring dich zu ihr.«

Er holte seine Schuhe und eilte den Pfad zurück zum Dorf. Edelor ging mit, für den Fall, dass die Luft doch nicht rein war, aber Gorm und die Wiesel waren verschwunden.

Als sie die Brücke erreichten, sagte er: »Eure Heilerin wird mir sicher nicht helfen wollen.«

»Kyria ist nicht so«, erwiderte Rufus. Er zitterte heftig, sah Edelor aber immer noch mit diesem klaren Blick an. »Außerdem ...«, fügte er fast ein wenig schüchtern hinzu, »hast du mir geholfen.«

Er überquerte die Brücke und ging den Weg voraus, der direkt am Ufer des Breitflusses, zwischen dem Wasser und der Böschung, entlangführte. Edelor folgte ihm fast wie im Traum. Er wusste, dass er von keinem der Dorfbewohner Hilfe erwarten konnte, doch Rufus hatte etwas an sich, das es ihm unmöglich machte, Nein zu sagen.

Endlich stieg das Eichhörnchen ein Stück die Böschung hinauf und klopfte an eine Tür, die dort eingelassen war. Sie ging auf und Kyria schaute heraus.

»Rufus!«, rief sie, als sie sah, in welchem Zustand das Eichhörnchen sich befand. »Was ist passiert? Und warum hast du den da mitgebracht?« Der Blick, mit dem sie Edelor bedachte, war voller Abneigung.

Edelor schämte sich und wollte schon gehen, doch Rufus nahm seine Pfote.

»Nein – nein, Kyria, du darfst nichts Böses von ihm denken«, sagte er. »Er hat mir das Leben gerettet, und er ist verletzt.«

»Ach, kommt erst mal rein, ihr zwei«, sagte Kyria, zog Rufus über die Schwelle und hielt die Tür für Edelor auf. »Wann lernst du endlich Ärger aus dem Weg zu gehen, Rufus?«

Das Eichhörnchen versuchte zu lachen, aber es zitterte zu sehr. »Ich – ich weiß auch nicht, Kyria.«

»Aber ich. Wenn die Adler zurückkommen, vorher nicht.

In anderen Worten: Nie.« Sie schob ihn auf eine Tür zu. »Du weißt, wo die Handtücher sind. Lass deine nassen Kleider da, ich trockne sie später.« Als er verschwunden war, wandte sie sich an Edelor. »Und jetzt zu dir.«

Edelor sah sich um. Er stand in einer großen, mit Steinplatten ausgelegten Küche. Durch ein in die Uferböschung eingelassenes Fenster schien die Sonne. Ringsum an den Wänden standen Regale mit irdenen Töpfen und Krügen. Von den Deckenbalken hingen Kräuterbüschel, und auf dem Herd zischte leise ein Kessel. In den Sesseln beim Kamin und auf dem Sofa unter dem Fenster lagen Berge von Kissen in leuchtenden Farben. Erleichtert stellte Edelor fest, dass Flick nicht da war.

»Nun?«, fragte Kyria. »Was ist passiert?«

Edelor erklärte ihr das, was er wusste. Bis er fertig war, kam Rufus zurück. Sein feuchtes Fell stand in Büscheln ab und er hatte eine Decke um sich gewickelt.

»Komm, und setz dich ans Feuer«, sagte Kyria. »Wenn du dich erkältest, haben wir beim Jahrmarktsfest keine Musik.« Sie drückte ihn in einen der Sessel neben dem Herd.

»Kyria«, sagte Rufus, »er ist verletzt und –« Er unterbrach sich. »Ich weiß nicht mal deinen Namen.«

»Ich heiße Edelor.«

»Edelor«, wiederholte Kyria. Sie lächelte ihm zu, und plötzlich hatte Edelor das Gefühl, dass sie und Rufus vielleicht doch seine Freunde werden könnten. Sie wies auf das

Sofa unter dem Fenster. »Komm, setz dich da rüber, und zeig mir deine Wunde.«
Edelor setzte sich ins Licht und zog sein Hemd aus, damit sie sich die Wunde ansehen konnte. Obwohl sie sich geschlossen hatte, war sie geschwollen und fühlte sich heiß an, und er spürte einen ständigen, pochenden Schmerz.
Kyria untersuchte sie sorgfältig und stieß einen langen Pfiff durch die Zähne aus. »Wie bist du denn dazu gekommen?«, fragte sie.
»Das war Gorm.«
»Gorm? Dieses große, hirnlose Frettchen? Ihr bekämpft euch also untereinander?«
»Da war ich noch nicht bei ihnen!«, wehrte Edelor entrüstet ab. »Ich würde doch nicht –«
»Du bist keiner von denen«, sagte Rufus, »das weiß ich.«
Kyria schaute Edelor an und rieb sich nachdenklich die Schnauze. »Du solltest uns besser alles erzählen.«
Und Edelor erzählte, wie Reineck und seine Bande ihn und seine Familie auf dem Weg flussabwärts angegriffen hatten. Er beschrieb den Kampf und wie er später aufgewacht und festgestellt hatte, dass sein Vater tot war und seine Mutter und die jüngeren Geschwister verschwunden.
Seine Stimme wurde brüchig. Er ballte die Pfoten und schaute auf den Boden, als er sich zum Weitersprechen zwang. Als er fertig war, barg er das Gesicht in den Pfoten und vergoss endlich die Tränen für seinen Vater und seine Mutter und die Kleinen, die er bis jetzt zurückgehalten hatte.

Nach ein paar Augenblicken spürte er, wie ihn jemand am Arm berührte. Er schaute auf und sah Rufus neben sich.

»Es tut mir so Leid«, flüsterte das Eichhörnchen. Es versuchte zu lächeln. »Aber jetzt bist du nicht mehr allein. Du hast Freunde hier. Wir helfen dir bei der Suche nach deiner Familie.«

Edelor fuhr sich mit den Pfoten übers Gesicht. Kyria hatte zwei Becher geholt und goss eine Art Sirup hinein, den sie aus einer Steingutflasche abmaß. »Das ist Baldrian mit Honig«, erklärte sie. »Trink es, dann fühlst du dich gleich besser.« Sie füllte die Becher mit heißem Wasser aus dem Kessel auf und gab einen Edelor und einen Rufus.

Dankbar legte Edelor die Pfoten um den Becher und nippte an der heißen Flüssigkeit. Sie tat seinem Hals gut, und bald breitete sich eine wohlige Wärme im ganzen Körper aus.

»Hör zu«, sagte Kyria, »die Wunde, die du da hast, ist entzündet. Ich muss sie nochmals öffnen und säubern. Es wird weh tun, aber eine andere Möglichkeit gibt es nicht. In Ordnung?«

Edelor biss die Zähne zusammen. »In Ordnung.«

»Trink aus, während ich alles vorbereite.«

Während Edelor den Becher leerte, breitete Kyria ein sauberes Tuch über die Kissen auf dem Sofa, legte Binden und Salbe auf dem Küchentisch bereit und goss heißes Wasser in eine Schüssel. Dann stellte sie sich mit einem schmalen, scharfen Messer in der Pfote vor Edelor hin.

»Leg dich hin«, sagte sie, »es ist gleich vorbei.«

Edelor legte sich hin. Rufus kniete sich neben ihn und nahm seine Pfoten. Mit großen Augen schaute er Kyria ängstlich an.
»Kyria, er wird doch wieder ganz gesund?«, fragte er.
»Natürlich. Mach kein Theater.«
Bevor Edelor es richtig merkte, beugte sie sich über ihn und machte einen Schnitt mit dem Messer. Ein Aufschrei entfuhr ihm, als der Schmerz wie eine glühend heiße Nadel in seine Schulter fuhr. Gelblich grüner Eiter floss aus dem Schnitt, den Kyria gemacht hatte. Edelor hörte, wie Rufus entsetzt die Luft einzog.
Vor seinen Augen verschwamm alles. Als er wieder zu sich kam, war Kyria bereits dabei, die Wunde auszuwaschen. Sie arbeitete schnell und konzentriert. Edelor spürte schon einen Unterschied; es tat immer noch weh, doch die Hitze und die Schwellung waren weg.
»Das sieht ganz gut aus, Edelor«, meinte Kyria. »Ein paar Tage später, und es wäre sehr viel schlimmer gewesen. Jetzt . . .« Sie nahm einen Tiegel und schmierte eine dicke grünliche Paste auf die Wunde, die stechend, aber irgendwie sauber roch. »Braunheil oder Braunelle«, erklärte Kyria, »es gibt nichts Besseres.«
Geschickt wickelte sie eine Binde um Edelors Brust und Schulter und fixierte sie mit einem ordentlichen Knoten. »So. Fertig. Du musst aber jeden Tag herkommen, damit ich den Verband hier wechseln kann.«
»Danke«, sagte Edelor. Er lehnte sich in die Kissen. Jetzt,

wo der Schmerz nachließ, fühlte er sich müde und schlapp. Er hätte einschlafen können, zwang sich aber zum Aufsitzen. »Ich gehe jetzt besser. Reineck sucht vielleicht schon nach mir.«

»Aber du kannst doch nicht zu ihm zurückgehen!«, widersprach Rufus.

Edelor zuckte mit den Schultern. »Ich will nicht, dass ihr Ärger bekommt.«

»Reineck sucht doch geradezu Ärger.« Bei dem Gedanken an den Silberfuchs schaute Kyria angewidert drein. »Ich glaube nicht, dass etwas, das du tust, es noch schlimmer machen kann. Er sagt, er will sich hier niederlassen und dass er nach etwas sucht –«

»Weißt du, was es ist?«, fragte Rufus.

»Ja.«

Kyria hatte angefangen die Sachen aufzuräumen, die sie für den Eingriff gebraucht hatte, hielt jetzt aber inne und wandte sich Edelor wieder zu. »Kannst du darüber reden? Etwas sagen, das uns hilft?«

»Ich werde euch sagen, was ich weiß«, erwiderte Edelor.

Er begann mit der Geschichte von dem Banditentreffen und dass der Eulenbaron verkündet habe, er wolle das Quellenland regieren. Kyria und Rufus starrten ihn an, die Augen ganz groß vor Entsetzen, als ihnen klar wurde, dass Reineck nur der Beginn der Schwierigkeiten war, die ihnen bevorstanden.

»Als die anderen Banditen gingen, hieß der Eulenbaron

Reineck noch dableiben. Er schickte ihn hierher, um nach einem silbernen Horn zu suchen. Ich weiß nicht, weshalb, aber dieses Horn ist dem Eulenbaron wichtiger als alles andere.«

Rufus zog scharf die Luft ein. Kyria schaute Edelor mit zusammengekniffenen Augen an, ging dann durch die Küche und holte etwas von einem Regal beim Herd. Als sie sich wieder umdrehte, sah Edelor, dass sie ein silbernes Trinkhorn in einem hölzernen Ständer in der Hand hielt.

»Ein Horn wie dieses hier?«, fragte sie.

9. KAPITEL

Edelor sprang auf.

»Woher hast du das?«

»Wir haben es, seit ich denken kann«, erwiderte Kyria. »Meine Urgroßmutter brachte es von einer ihrer Reisen mit. Es ist der Lieblingsbecher meines Vaters.«

Kyria hielt ihm das Horn hin, und Edelor drehte es in den Pfoten. Es war schwer. Der Rand war mit einem Muster aus Adlerflügeln geschmückt; der Rest des Horns war mit geschwungenen Linien bedeckt, die in das Silber eingraviert waren. Edelor war sich nicht sicher, ob sie wirklich nur Schmuck waren oder ob sie nicht eine Botschaft enthielten, die er nur nicht entschlüsseln konnte.

»Das muss das Horn sein, nach dem der Eulenbaron sucht«, sagte er. »Ich weiß nicht, wozu er es braucht, aber etwas Gutes kann es nicht sein. Er darf es nicht in die Pfoten bekommen. Versteck es besser, Kyria.«

Noch während er sprach, waren draußen auf dem Pfad Schritte zu hören und laute Stimmen. Kurz darauf hämmerte jemand an die Tür. Kyria schnappte sich das Horn,

hob den Deckel einer Truhe am hinteren Ende der Küche und legte es hinein.

»Schließ die Tür ab«, sagte sie zu Edelor. Sie schloss den Deckel der Truhe wieder und setzte sich darauf.

Es wurde erneut an die Tür gehämmert, und Reinecks Stimme verlangte: »Aufmachen!« Bevor Edelor an der Tür war, öffnete der Silberfuchs sie weit und marschierte in die Küche, gefolgt von Ketsch, dem Wiesel, und einer Ratte.

»Was wollt ihr?«, fragte Kyria knapp.

Reineck sah sich um, als gehöre ihm die Wohnung. Ketsch griff sich das Schwert, das Edelor ihm abgenommen und an den Küchentisch gelehnt hatte, und schaute den Marder böse an, als er es in die Scheide steckte.

»Ich habe gefragt, was ihr wollt«, wiederholte Kyria.

Statt einer Antwort bellte Reineck einen Befehl, worauf Ketsch und die Ratte die Küchenregale zu durchsuchen begannen, hinter Flaschen und Schüsseln schauten, Schachteln öffneten und irdene Töpfe. Ketsch warf eine ganze Reihe von Krügen um. Rufus flitzte hin und konnte einen auffangen, doch der Rest zersplitterte, und die Salben darin liefen als zähe Masse über die Steinplatten. Die Ratte hob den Deckel von einem Honigtopf, steckte eine Pfote hinein und schleckte sie gierig ab.

»Ihr könnt doch hier nicht einfach hereinmarschieren –«, begann Kyria wütend.

»Oh doch, das können wir«, sagte Reineck. »Wer sollte uns denn aufhalten? Und was dich betrifft, Schisser –« Er packte Edelor am Nackenfell und zog ihn dicht zu sich heran. »Du hast Gorm sehr unglücklich gemacht. Und wenn er unglücklich ist, wird er böse. Ich wollte nicht in deiner Haut stecken, Schisser.«

Edelor entwand sich seinem Griff. »Mir kann er keine Angst machen.«

Reineck entblößte die Zähne zu einem hässlichen Grinsen. »Dann bist du noch dümmer, als ich dachte. Gorm wird Mus aus dir machen.«

»Er kann es ja versuchen«, meinte Edelor.

Reineck ließ ein kurzes, bellendes Lachen hören und wand-

te sich dann wieder an Ketsch und die Ratte. »Und? Etwas gefunden?«
»Nein, Kapitän.« Ketsch zeigte auf die Tür zu dem anderen Zimmer. »Soll ich da mal nachschauen?«
»Was soll die Frage, Idiot? Ich habe gesagt, schaut überall nach.«
Ketsch und die Ratte verschwanden durch die Tür. Edelor hörte es poltern, als sie die übrigen Zimmer durchsuchten. Kyrias weiße Schwanzspitze zuckte, als wollte sie ihnen nachgehen, sie traute sich aber nicht von der Truhe zu rutschen, auf der sie saß.
In dem Augenblick waren draußen wieder Schritte zu hören und Flick trat durch die offene Tür. »Was ist hier los?«, wollte er wissen.
»Reineck und seine Kerle sind da«, antwortete Kyria. »Sie sind einfach so hereinmarschiert. Sie suchen irgendetwas.«
»Dann können sie einfach wieder hinausmarschieren«, erwiderte Flick ruhig. »Kapitän Reineck, ich habe Euch schon einmal gesagt, dass ich keinen Ärger will. Dies ist mein Haus, und Ihr seid hier nicht willkommen.«
Reineck lachte. »Ich bleibe, so lange ich will. Was willst du denn dagegen machen?«
Flick beantwortete die Frage nicht mit Worten. Stattdessen verschwand er durch die Tür zum Nebenzimmer und erschien einen Augenblick später wieder, wobei er Ketsch vor sich herstieß und die Ratte am Nackenfell hinter sich herschleifte. Die Ratte heulte verängstigt.

»Raus«, sagte Flick und stieß beide Richtung Haustür.
»Habt ihr es gefunden?«, fragte Reineck.
Ketsch schüttelte den Kopf. »Wir sind noch nicht fertig mit Suchen, Kapitän.«
Reineck musterte Flick wütend, doch Edelor nahm an, dass er es sich zweimal überlegte, bevor er sich mit ihm einließ.
»Gut«, sagte er schließlich, »wir gehen, aber wir kommen wieder. Und du, Schisser«, fügte er hinzu und wies mit dem Kopf Richtung Edelor, »kommst mit.«
»Er geht nicht mit Euch!«, widersprach Rufus. »Wir sind jetzt seine Freunde.«
Flick schaute überrascht drein, bis Kyria ihm rasch erzählte, was passiert war. »Bei uns gibt es keine Sklaven«, sagte sie dann noch wütender zu Reineck. »Ihr könnt ihn nicht zwingen mitzukommen.«
»So, das kann ich nicht?«, fragte der Silberfuchs.
Seine Pfote fuhr an seinen Hirschfänger, doch bevor er ihn aus der Scheide ziehen konnte, hatte Flick ihn am Handgelenk gepackt. »Geht einfach still und leise, und keinem wird etwas geschehen.«
»Wer will mich dazu zwingen?«, fauchte Reineck. »Du etwa? Dass ich nicht lache! Dich würde ich selbst dann noch fertig machen, wenn mir eine Hand auf den Rücken gebunden wäre!«
»Wirklich?« Flick ließ ihn los. »Wie würde es Euch gefallen, wenn Ihr mir das beweisen dürftet?«
»Was soll das heißen?«, fragte Reineck argwöhnisch.

»Ich fordere Euch heraus«, sagte Flick. »Zum Duell. Wenn Ihr gewinnt, könnt Ihr hier bleiben und tun, was Ihr wollt. Wenn Ihr verliert, geht Ihr und macht uns keine Scherereien mehr. Was sagt Ihr dazu?«

Reineck zögerte. Edelor hatte den Eindruck, dass er unsicher war. Auch wenn er jünger und größer war als Flick, bedeutete das nicht automatisch, dass er ihn besiegen würde. Der alte Fuchsrüde sah aus, als sei er ein beachtlicher Kämpfer.

»Nun?«, hakte Flick nach, als Reineck nicht antwortete. »Ihr werdet Euch doch nicht vor mir fürchten? Ihr dürft sogar beide Pfoten benutzen.«

»Los, Kapitän«, sagte Ketsch aufgeregt, »Ihr könnt Hackfleisch aus ihm machen.«

»Halt 's Maul, Dummkopf«, fuhr Reineck ihn an. »Ich muss mich nicht mit ihm anlegen. Wir bleiben hier, ob ihm das passt oder nicht.«

»So ist das also«, meinte Flick. »Ihr macht gern große Sprüche, habt aber Angst, Euch in einem fairen Kampf mit mir zu messen.«

»Aber, Kapitän«, sagte die Ratte, »Ihr lasst ihn doch nicht ungestraft solche Sachen sagen?«

Reineck schaute seine Gefolgsleute unsicher an. Edelor war überzeugt, dass Flick Recht hatte. Der Silberfuchs hatte Angst vor einem Kampf, doch wenn er ihn verweigerte, hatte seine Truppe keinen Respekt mehr vor ihm. Wenn er jetzt klein beigab, musste er sich geschlagen zurückziehen.

»Woher soll ich wissen, dass du fair kämpfst?«, polterte er.

»Das könnte ich Euch auch fragen«, konterte Flick. »Wir werden uns einfach gegenseitig trauen müssen.«

Er lächelte verstohlen, als wisse er, dass er Reineck verunsichert hatte.

»Los, Kapitän«, sagte Ketsch, »hackt ihm die Ohren ab!«

Reineck richtete sich zu seiner vollen Größe auf und zupfte an seinem schäbigen roten Mantel. »In Ordnung«, sagte er. »Kapitän Reineck fürchtet sich nicht vor einem Kampf. Aber du hast mich herausgefordert, also darf ich Ort und Zeit bestimmen.«

Flick nickte. »Sagt mir, wo und wann.«

»Nun . . .« Edelor glaubte ein listiges Flackern in Reinecks Augen zu sehen. »Wie wär's gleich mit morgen früh? Auf dem Dorfplatz. Dann können alle sehen, dass es ein fairer Kampf ist.«

»Das können sie«, bestätigte Flick. »Sehr schön. Dann also morgen früh.«

10. Kapitel

Die Sonne ging schon unter, als Edelor vorsichtig aus Kyrias Tür schaute. »Die Luft ist rein«, sagte er.
Er kletterte die Uferböschung hinunter zu dem Pfad neben dem Fluss. Flick hatte ihm einen Umhang geliehen, unter dem das silberne Horn verborgen war. Er gab Rufus das Zeichen zum Mitkommen, und zusammen eilten sie flussaufwärts, weg vom Dorf.
Nachdem Reineck und seine Kumpane gegangen waren, hatten Kyria und Rufus das Durcheinander in der Küche aufgeräumt, während Edelor Flick berichtet hatte, worum es überhaupt ging.
Flick saß in dem Sessel neben dem Küchenherd und drehte das silberne Horn in den Pfoten. »Meine Großmutter brachte es von einer ihrer Reisen mit«, sagte er, als Edelor geendet hatte. »Du warst noch ganz klein, als sie starb, Kyria. Erinnerst du dich noch an sie?«
»Oh ja!« Kyria hielt beim Zusammenfegen der Krugscherben inne. »Sie saß immer in dem Sessel, in dem du jetzt sitzt, und erzählte herrliche Geschichten.«

»Unsere Oma war sehr reiselustig, als sie jung war«, fuhr Flick fort. »Sie sagte, sie hätte sich mit Piraten geschlagen, und brachte das Horn aus deren Schatz mit. Keine Ahnung, woher *sie* es hatten. Mein Vater steckte einen Stöpsel ins schmale Ende und schnitzte den hölzernen Ständer, damit er es als Trinkhorn benutzen konnte.«

»Und jetzt sucht der Eulenbaron danach«, sagte Edelor.

»Aber weshalb?«, fragte Kyria. »Was hat er davon? Das würde mich interessieren.«

»Er will über das Quellenland herrschen«, sagte Edelor. »Aber ich verstehe nicht, wie das Horn ihm dabei helfen soll.«

»Gibt es denn keine Möglichkeit, ihn aufzuhalten?«, fragte Rufus verzweifelt.

»Wir müssen die Tiere in allen anderen Dörfern warnen«, sagte Flick. »Ich werde schauen, ob ich Herrn von Wanderfalk dazu bringen kann, dass er ein paar Vögel losschickt.«

»Das wird ihm gefallen. Er organisiert doch so gern«, meinte Kyria und verbiss sich ein Grinsen, als sie schwungvoll weiterfegte.

»Und sie können gleichzeitig die Augen nach deiner Familie offen halten, Edelor«, sagte Flick.

Dankbar lächelte Edelor ihn an. Zum ersten Mal hatte er wieder Hoffnung, dass er seine Mutter und seine Geschwister bald in die Arme schließen konnte.

Kyria begann den Tisch zu decken. »Und was machen wir

mit dem Horn? Wir müssen ein sicheres Versteck dafür finden.«

»Reineck wird es nicht wagen, noch einmal hierher zu kommen«, sagte Flick.

»Da wäre ich mir nicht so sicher«, erwiderte Kyria. »Er hat hier noch nicht alles durchsucht. Rufus, ich glaube, du solltest es zu dir nehmen.«

»Ich?«, fragte das Eichhörnchen erschrocken.

»Du wohnst ganz oben in dieser riesigen Eiche. Ich glaube nicht, dass Reineck und seine Bande viel klettern, auch die Wiesel nicht. Und wenn du die Leiter hochziehst, sieht niemand, dass da oben jemand wohnt.«

Widerstrebend hatte Rufus zugestimmt. Jetzt führte er Edelor den Breitstrom hinauf, bis sie zu einer Eiche an der Uferböschung kamen, die ihre Äste über das Wasser streckte. Dicht am Stamm hing eine Strickleiter, doch sonst wies nichts darauf hin, dass der Baum bewohnt war.

Rufus ließ die Leiter Leiter sein und sprang den Stamm hoch, bis er zwischen den Blättern verschwunden war. Edelor, behindert durch das Horn und den Umhang, folgte etwas langsamer, bis er eine Plattform aus Brettern sah, die auf ein paar dicke Äste genagelt worden waren. Ineinander geflochtene Zweige dienten als Geländer.

Rufus beugte sich darüber und schaute auf Edelor hinunter. »Da wären wir«, sagte er und fügte schüchtern hinzu. »Herzlich willkommen.«

Edelor kletterte auf die Plattform. Eine Tür führte in den

Baumstamm hinein, und darüber war ein Fenster. Die Plattform war die Veranda von Rufus' Baumhaus. Ringsherum bildeten die Eichenblätter einen grünen Vorhang, der leise im Wind raschelte. Das rötliche Sonnenlicht, das den hereinbrechenden Abend ankündigte, drang durch Lücken im Blattwerk herein.
Edelor entspannte sich und holte das Horn unter dem Umhang hervor. »Kyria hatte Recht«, sagte er zu Rufus, der schon dabei war, die Strickleiter hochzuziehen, »hier oben findet Reineck es nie.«
Er betrachtete das Horn noch einmal ganz genau, bewunderte das in der Sonne glänzende Silber und fragte sich, welches Geheimnis es wohl in sich barg.
»Die Zeichen hier sehen fast aus wie eine Schrift«, sagte er. »Aber wenn es eine ist, kann ich sie nicht lesen.«
»Lass mich mal sehen.« Rufus nahm das Horn und untersuchte es nun seinerseits. »Irgendeine alte Sprache vielleicht«, vermutete er. »Das Horn muss sehr alt sein. Heutzutage macht keiner mehr so etwas, da bin ich ganz sicher.«
Er zog den Stöpsel heraus und hob das Horn ohne Vorwarnung an die Lippen.
»Rufus!«, rief Edelor.
Er streckte die Hand nach dem Horn aus, doch Rufus hatte es schon wieder abgesetzt. Verwundert schaute er den Marder an. »Ich bekomme keinen Ton heraus.«
»Umso besser«, meinte Edelor. »Rufus, das war jetzt wirk-

lich eine Schnapsidee. Wir versuchen hier das Horn zu verstecken und du –«

»Oh . . .« Das Eichhörnchen sah beschämt drein. »Tut mir Leid. Aber es ist wirklich seltsam.« Er betrachtete das Mundstück mit gerunzelter Stirn. »Ich sollte eigentlich in der Lage sein, ihm einen Ton zu entlocken, aber ich kann es nicht.«

»Das ist im Moment unsere geringste Sorge«, meinte Edelor. Wenn wir –«

Er brach ab, als es plötzlich über ihm laut wurde; irgendet-

was brach durch das Blätterdach. Als er aufschaute, sah er einen Wanderfalken wie einen Stein durchs Geäst plumpsen. Der Vogel landete auf dem Verandageländer und krallte sich mit seinen mächtigen Fängen daran fest.
Rufus hatte mit einem erschrockenen Aufschrei einen Satz rückwärts zum Baumstamm hin gemacht und dabei das Horn fallen lassen. Edelor schnappte es sich und wappnete sich zum Kampf. Doch er entspannte sich wieder, als Rufus einen Augenblick später sagte: »Herr von Wanderfalk, Ihr seid es! Ihr habt mich vielleicht erschreckt!«
Dass er sich entschuldigen könnte, schien dem grimmigen Vogel nicht in den Sinn zu kommen. Er sagte nur: »Das Horn. Zeigt es mir.«
Edelor schaute Rufus an, und als das Eichhörnchen nickte, ging er mit dem Horn hinüber zu dem Falken. Der nahm es mit einem Fang und richtete seinen durchdringenden Blick darauf. »Ich frage mich –« Er inspizierte es sorgfältig. »Ja!«, zischte er leise. »Das ist es!«
Er breitete halb die Schwingen aus, und einen Augenblick lang dachte Edelor, er würde mit dem Horn davonfliegen. Dann legte er die Flügel wieder an.
Mit finsterem Blick fragte er: »Woher habt ihr es? Wo habt ihr es gestohlen?«
»Gestohlen?«, wiederholte Rufus nervös.
Edelor trat einen Schritt vor. »Jetzt hört aber –«
Herr von Wanderfalk schaute ihn böse an. »Wer bist du, dass ich dir zuhören sollte?«

»Er heißt Edelor«, stellte Rufus ihn vor. »Edelor, das ist Herr von Wanderfalk.«
Edelor verbeugte sich. »Es ist mir eine Ehre, Euch kennen zu lernen.«
Seine Höflichkeit schien den arroganten Falken nicht zu beeindrucken. Gereizt klickte er mit dem Schnabel. »Dieses Horn«, sagte er, »ist das verschollene – das legendäre – Horn vom Adlerfels.«
Edelor wechselte einen raschen Blick mit Rufus, doch das Eichhörnchen schien genauso wenig zu begreifen wie er selbst. »Ich verstehe nicht, was Ihr meint«, sagte er. »Was ist das Horn vom Adlerfels.«
»Bauerntölpel«, erwiderte der Falke.
Edelor musste die Zähne zusammenbeißen, um nicht die Beherrschung zu verlieren. Dieser Herr von Wanderfalk wusste etwas Entscheidendes; sie durften sich nicht mit ihm anlegen. »Erzählt es uns«, bat er.
Rufus setzte sich auf die Veranda und stützte das Kinn auf die Pfoten. »Ja, bitte«, sagte er. »Ich weiß, auf dem Adlerfels lebten früher die Großkönige der Adler – als es noch einen Großkönig gab. Aber von dem Horn ist mir nichts bekannt.«
Einen Augenblick lang zögerte Herr von Wanderfalk. Er hatte das Horn immer noch in seinem Fang und warf wütende Blicke um sich. Dann schien er sich ein wenig zu entspannen. »Ihr habt von der letzten Schlacht des letzten Großkönigs der Adler gehört, ja?«

Edelor setzte sich neben Rufus. »Ich habe davon gehört«, sagte er, »aber es ist doch nur eine Legende, oder?«
»Es ist keine Legende!«, schnauzte ihn Herr von Wanderfalk an. »Es ist wahr und Teil der Vergangenheit. Der letzte Großkönig der Adler führte seine Krieger in die Schlacht gegen einen schwarzen Drachen, der sein Land verwüstete. Er besiegte ihn, doch er und alle seine Krieger starben dabei. Bevor er in die Schlacht flog, prophezeite er, wer sein Nachfolger sein würde. Ein überaus begabter Dachs schmiedete ein silbernes Horn, und er fertigte es so, dass nur der rechtmäßige Erbe der Adler es blasen kann.«
»Deshalb brachte ich keinen Ton heraus«, platzte Rufus dazwischen.
Herr von Wanderfalk fuhr fort: »Die Prophezeiung ist in ihrem vollen Wortlaut auf dem Horn eingraviert, damit sie nie in Vergessenheit gerät. Doch nach dem letzten Kampf, als die regierenden Adler alle tot waren, folgte eine Zeit großer Verwirrung und irgendwie ging das Horn dabei verloren. Seit damals ist es nie mehr aufgetaucht – bis heute.« Er hob den Fang mit dem Horn. »Dies ist das Horn vom Adlerfels.«
Bei den letzten Worten zitterte seine Stimme, und Edelor stellte überrascht fest, dass der grimmige Vogel ganz gerührt war.
»Augenblick«, sagte Rufus, »eines verstehe ich nicht. Adler können wie alle Vögel keine Hörner blasen. Ihr Schnabel ist ihnen im Weg.«

»Das stimmt«, bestätigte Herr von Wanderfalk. »Der rechtmäßige Erbe der königlichen Adler kann demzufolge kein Adler sein.«
»Und keine Eule«, fügte Rufus nachdenklich hinzu.
»Wer ist es dann?«, fragte Edelor. »Was sagt denn die Prophezeiung dazu? Könnt Ihr sie lesen?«
Herr von Wanderfalk warf ihm einen verächtlichen Blick zu. »Natürlich kann ich sie lesen. Die Wanderfalken waren die Verwalter der königlichen Adler, und wir – und nur wir allein – erinnern uns heute noch an die Tage ihrer Größe und an all ihr Wissen.«
Edelor war skeptisch. Ob das stimmte? Zumindest der Eulenbaron wusste ebenfalls von dem Horn. Er wusste genug darüber, um Reineck nach Kreuzwasser zu schicken, damit er danach suchte. Was Herr von Wanderfalk ihnen gerade erzählt hatte, erklärte allerdings, weshalb er es so dringend haben wollte. Falls er vorhatte sich zum König über das ganze Quellenland ausrufen zu lassen, wäre es ein enormer Vorteil, wenn das Horn vom Adlerfels in seinem Besitz wäre – und der rechtmäßige Erbe es nie zu Gesicht bekäme. Vielleicht hatte der Eulenbaron einen Falken in seinem Dienst oder er hatte andere Möglichkeiten, herauszufinden, was er wissen musste.
»Herr von Wanderfalk, bitte lest uns die Prophezeiung vor«, bat Rufus aufgeregt.
Der Wanderfalke hob das Horn und sprach:

»Allein und nicht allein, mein Sohn,
Geboren für der Adler Thron.
Holst dein Zeichen dir aus dem Wasser herauf,
Doch die Krone bleibt in der Wasser Lauf.
Deine Stimme vernimmt der Kopf aus Stein
Und flüstert dir seine Geheimnisse ein.
Vor der doppelten Klinge nimm dich in Acht!
Doch Licht entspringt in des Waldes Nacht.
Dein Los erwarte und mutig aufsteh,
Wenn Dunkelheit teilt den gefrorenen See.
Allein und nicht allein bist du, mein Sohn.
Steh auf, blas das Horn, und besteige den Thron!«

»Und was *bedeutet* das jetzt?«, fragte Rufus. Er war ganz durcheinander, doch plötzlich hellte sich seine Miene auf. »Edelor! Hör doch: ›Allein und nicht allein, mein Sohn.‹ Das könntest du sein. Du warst allein, als du hier angekommen bist, obwohl du mit Reineck und seiner Bande kamst. Und jetzt bist du nicht mehr allein, weil wir deine Freunde sind. Du könntest der Erbe der Adler sein!«

Edelor lachte. »Und was ist mit den restlichen Versen?«

»Na ja . . .« Mit einem Wedeln der Pfote schob Rufus die Frage beiseite. Seine Augen glänzten. »Versuch das Horn zu blasen, Edelor. Bitte!«

Edelor zuckte mit den Schultern und nahm das Horn von Herrn von Wanderfalk. Er legte es an die Lippen und blies mit aller Kraft, doch nicht einmal das leiseste Quieken kam heraus. »Zufrieden?«, fragte er Rufus. »Kopf hoch«, fügte er hinzu, als er die Enttäuschung des Eichhörnchens sah. »Wenigstens wissen wir jetzt, weshalb das Horn so wichtig ist. Reineck darf es auf gar keinen Fall in die Pfoten bekommen, und es darf nie in den Besitz des Eulenbarons gelangen.«

»Was höre ich da?«, erkundigte sich Herr von Wanderfalk streng.

Edelor und Rufus erzählten die Geschichten abwechselnd noch einmal.

»Ha!«, machte der Falke. »Eulen? Wollen unser Land regieren? Nur über meine Leiche!« Er richtete sich auf und breitete die Flügel aus. »Ich rede mit Flick.«

Er hob ab, flog zwischen den Ästen hindurch und verschwand.

Rufus drehte sich um und öffnete seine Tür. »Wir müssen einen sicheren Platz finden, wo wir –« Er unterbrach sich und griff nach Edelors Arm. »Was war das?«

Reglos standen sie da und lauschten. In der einsetzenden Dunkelheit war durch die Bäume der Schrei einer Eule zu hören.

11. Kapitel

Als Kyria aufwachte, krochen gerade die ersten Sonnenstrahlen durch ihr Schlafzimmerfenster. Sie setzte sich auf. Erst als ihr wieder einfiel, dass dies der Tag war, an dem ihr Vater gegen Reineck kämpfen würde, wusste sie, weshalb sie sich so unwohl fühlte.

Nachdem sie sich gewaschen und angezogen hatte, schürte sie das Feuer im Küchenherd und stellte einen Kessel mit Wasser für Kamillentee auf. Sie schaufelte Hafermehl aus einem irdenen Topf und machte Teig für Haferbrötchen, und als sie im Ofen waren, ging sie Flick wecken.

Das Zimmer ihres Vaters war leer und das Bett unberührt. Nachdem die erste Überraschung vorbei war, wurde Kyria zornig. Wenn die Tiere sich zum Markt im Dorf trafen, ging Flick oft nachts durch die Straßen, um sicherzustellen, dass niemand Scherereien machte. Doch in ihren Augen war es ausgesprochen dumm von ihm, auch in der Nacht vor dem Kampf seine Runde zu drehen, wenn er eigentlich gut ausgeruht sein sollte.

»Ich geh ihn wohl besser suchen«, murmelte sie, warf ihre

Schürze auf einen Sessel und nahm ihren Kapuzenumhang von dem Haken an der Rückseite der Küchentür. »Reineck macht nur noch mehr Scherereien, wenn Flick nicht rechtzeitig da ist.«

Rasch lief sie den Pfad hinunter bis zum Anlegesteg und der Treppe in der Uferböschung. Ein kalter Nebel lag über dem Wasser, doch im Osten ging bereits die Sonne auf. Das einzige Geräusch war das Plätschern des Wassers auf den Steinen im Flussbett.

Als Kyria die Treppe hinaufstieg, hörte sie Gesang – nicht von Rufus' Chor, sondern ein raues Grölen, das durch die Fenster des *Fröhlichen Frettchens* drang. Als sie um die Ecke des Gasthauses bog, sah sie als Erstes Flora MacKaro. Die Wildkatze saß mit hängenden Schultern an einem der Tische und starrte wütend in einen dampfenden Becher gewürztes Bier.

»Die wecken selbst Tote auf, Kyria«, sagte sie, und ihre Schwanzspitze zuckte ärgerlich. »So ist das die ganze Nacht zugegangen.«

Kyria wunderte sich, dass auch Reineck nicht an Schlaf gedacht hatte, doch sie nahm sich keine Zeit, darüber nachzudenken.

»Hast du Flick gesehen?«, fragte sie.

»Ist er denn nicht zu Hause?«

Kyria erklärte es ihr.

»Hier ist er nicht«, sagte die Wildkatze. »Und ich habe ihn nicht gesehen. Aber ich helf dir suchen, Kyria.«

Zusammen gingen sie den Pfad zum Nordsüdstrom hinunter, dann zurück zum Marktgelände, wo die Händler, die hier übernachtet hatten, schon auf den Beinen waren. Einer oder zwei hatten Flick am Abend zuvor gesehen, doch seither nicht mehr.

»Vielleicht solltest du nach Hause gehen, Kyria«, meinte Flora, als sie sich wieder auf den Weg zum Dorfplatz machten. »Möglich, dass Flick inzwischen daheim ist.«

»Möglich«, stimmte Kyria zu. Wenn sie anfangs noch sauer gewesen war auf ihren Vater, machte sie sich nun von Minute zu Minute mehr Sorgen. Flick war nicht verantwortungslos. Er würde am Morgen eines so wichtigen Kampfes – eines Kampfes, der über die Zukunft des ganzen Dorfes entscheiden konnte – nicht aus freien Stücken verschwinden. »Wenn er nicht bald kommt, schimpft Reineck ihn einen Feigling. Flora, ich fürchte, ihm ist etwas zugestoßen.«

Als sie zum Dorfplatz kamen, sahen sie, dass Reineck und seine Meute das Gasthaus verlassen hatten. Der Fuchs im roten Mantel lehnte lässig an einem der Tische.

»Wo ist dein Vater?«, rief er Kyria zu, als er sie erkannte. »Versteckt er sich zu Hause? Geh ihn besser holen, sonst kommt er zu spät.«

Kyria machte sich nicht die Mühe, zu antworten. Wortlos lief sie am Gasthaus vorbei. Da kamen Edelor und Rufus vom Fluss herauf. Nachdem er in der Nacht gut geschlafen hatte, sah Edelor frisch und erholt aus. Jetzt erst sah Kyria, was für ein starkes, durchtrainiertes Tier er gewesen war, bevor Gorm ihn verwundet hatte.

»Kyria!« Rufus lief auf sie zu und schwenkte dabei seinen Schwanz wie eine Fahne. »Wir haben etwas erfahren! Herr von Wanderfalk –«

»Habt ihr Flick gesehen?«, unterbrach Kyria ihn. Rufus' Neuigkeiten mussten warten, egal, wie interessant sie waren.

Edelor schüttelte den Kopf. »Wir haben bei euch geklopft, aber keine Antwort bekommen. Ist er denn nicht bei dir?«

»Ich weiß nicht, wo er ist«, sagte Kyria und rang die Pfoten.

»Hast du schon unten beim See nachgesehen?«, fragte Rufus. »Vielleicht hat er Kapitän Tafftau auf der *Flusskönigin* einen Besuch abgestattet.« Als Kyria den Kopf schüttelte, fuhr er fort: »Komm mit, Edelor, wir schauen mal nach.«

Kyria sah ihnen nach. Flora legte eine schwere Pfote auf ihre Schulter und sagte: »Lass es uns im Wald beim Nordsüdstrom versuchen. Von dort kommen Tiere mit Wagen. Vielleicht hilft er denen.«

Die junge Füchsin folgte ihrer Freundin zurück zum Dorfplatz; sie ignorierten die Pfiffe und Rufe von Reineck und seiner Bande, als sie am *Fröhlichen Frettchen* vorbeigingen.

Die Sonne war inzwischen aufgegangen, und die Wolken verzogen sich. Im Wald war alles ruhig. Tau glitzerte auf dem Gras und perlte in Spinnennetzen im Gebüsch. Adlerfarnzweige bogen sich über dem ausgefahrenen Pfad.

Als Kyria den Namen ihres Vaters rief, kam keine Antwort. Sie verließ den Pfad, zwängte sich durch Farnbüschel und umging Brombeerhecken, immer auf der Suche nach irgendeinem Zeichen, dass ihr Vater hier gewesen war. Flora begann die Suche auf der anderen Seite des Weges.
Dann ging Kyria um einen Haselnussstrauch herum – und blieb wie angewurzelt stehen. Im hohen Gras unter den Bäumen sah sie einen Tuff rotbraunes Fell und ein Stück blauen Stoff, in dem sie den Mantel ihres Vaters erkannte. Sie presste die Pfoten auf den Mund, schluckte und holte tief Luft. »Flora! Flora, komm hierher!«
Während die Wildkatze durch das Unterholz brach, ging Kyria weiter. Flick lag mit dem Gesicht nach unten im Gras. Er rührte sich nicht. Ein Messer mit langem Griff steckte in seinem Rücken.

»Flick ist nicht tot«, sagte Kyria mit fester Stimme, »aber schwer verwundet. Er kann nicht kämpfen.«
Flora hatte einige Dorfbewohner geholt, die Flick nach Hause getragen hatten, wo Kyria seine Wunde versorgt hatte. Er war immer noch bewusstlos, atmete aber gleichmäßig, und Kyria hatte es für unbedenklich gehalten, ihn in der Obhut von Frau Wigbert zu lassen, während sie sich Reineck vorknöpfte.
Besorgte Dorfbewohner hatten sich vor dem *Fröhlichen Frettchen* versammelt. Edelor und Rufus, die Kapitän Taff-

tau von der *Flusskönigin* mitgebracht hatten, waren auch darunter, und Kyria erzählte ihnen, was sie über die Verletzung ihres Vaters sagen konnte.

»Wird er sich wieder erholen?«, fragte Braunherr, der Dachs, der Dorfältester von Kreuzwasser war.

»Ich denke, ja«, antwortete Kyria. »Aber gewiss nicht dank Euch!«, fügte sie an Reineck gewandt hinzu. Der lehnte immer noch lässig am Tisch, ein leichtes Grinsen im Gesicht. »Ihr hattet Eure Hände im Spiel!«

Reineck gähnte. Er klang gelangweilt, als er sprach. »Ich war die ganze Nacht im Gasthaus. Frag Wickel hier.«

»Das stimmt, Fräulein Kyria.« Wigbert war ganz rot im Gesicht und höchst verlegen. »Sie waren die ganze Nacht auf, haben getrunken und gesungen und ein Spektakel vollführt, dass alle meine anderen Gäste gestört waren. Reineck hat deinem Vater nichts getan, das müsste ich beschwören.«

»Aber er wusste etwas davon«, meldete Edelor sich zu Wort. »Warum wäre er sonst aufgeblieben, um zu trinken, anstatt ins Bett zu gehen?«

»Du hältst dich da raus, Schisser«, sagte Reineck.

»Edelor hat Recht!« Kyria machte erst gar keinen Versuch, ihre Wut zu unterdrücken. Sie war krank vor Sorge um ihren Vater, und ihre Geduld mit dem Silberfuchs und seiner Bande war zu Ende. Außerdem war ihr plötzlich eingefallen, wo sie das Messer mit dem langen Griff schon einmal gesehen hatte, das in Flicks Rücken steckte – nämlich im

Gürtel von Gorm, dem Frettchen. »Fragt das blöde Frettchen, wo es war!«
Gorm grinste nur und zeigte dabei seine schiefen Zähne.
»Das kann ich nicht mit Sicherheit sagen«, meinte Wigbert. »Reineck war die ganze Nacht hier, aber bei den anderen bin ich mir nicht sicher.«
»Da hörst du es!«, sagte Kyria zu Braunherr. »Willst du denn nichts unternehmen?«
Bevor der alte Dachs etwas darauf erwidern konnte, sagte Reineck: »Vergeudet nicht länger meine Zeit. Flick hat mich zum Duell herausgefordert, und jetzt ist er nicht da. Das bedeutet, dass ich nun das Sagen im Dorf habe. Geht nach Hause, alle miteinander!«
Die Dorfbewohner murrten, rührten sich aber nicht vom Fleck.
Braunherr, der Dorfälteste, machte ein beleidigtes Gesicht. »Die Dorfbewohner wählen ihren Dorfältesten«, sagte er, »und zufällig bin ich das.« Er tippte sich an die Brust. »Und falls Ihr –«
»Halt 's Maul, Opa«, sagte Reineck. »Noch einmal: Ich habe jetzt das Sagen hier!«
»Nicht ohne einen Kampf«, entgegnete Kyria hitzig. »Ihr habt zwar dafür gesorgt, dass Flick nicht gegen Euch kämpfen kann, aber ich kann es!«
»Nein, Kyria«, sagte Braunherr mit Nachdruck. »Du wirst zu sehr gebraucht. Was wird, ohne deine Heilkünste, aus Flick?«

Kyria wollte protestieren, fing dann aber Braunherrs Blick auf und schwieg.
Während der Dachs geredet hatte, hatte sich Flora MacKaro durch die Menge gedrängelt. Sie stand jetzt vor dem Silberfuchs und schaute böse auf ihn herunter. Sie hatte die Ohren angelegt, und der Schwanz peitschte von einer Seite zur anderen.
»Auf die Hinterpfoten, Fuchs!«, sagte sie. »Wagst du es, dich dem Schwert einer MacKaro zu stellen?«
Kyria sah sekundenlang schiere Panik auf Reinecks Gesicht stehen. Dann riss er sich zusammen. »Gegen dich soll ich kämpfen? Gegen ein zu groß geratenes Kätzchen?«, höhnte er. »Warum? Du bist nicht aus dem Dorf – das hier hat nichts mit dir zu tun.«
Flora fletschte die Zähne und fauchte ihn an. »Du schmalbrüstiger Feigling, du!«
Gorm, das Frettchen, hob seinen Bierkrug, als wollte er ihn auf Flora werfen, überlegte es sich dann jedoch noch einmal, trank das Bier lieber, fuhr sich mit dem Pfotenrücken über die Schnauze und sagte nur: »Hau ab, Miezekatze.«
Floras Barthaare knisterten vor Wut, doch sie konnte nichts tun und trat einen Schritt zurück.
Reineck blies auf seine Krallen und polierte sie dann an seinem roten Mantel. »Das wäre also geregelt. Es sei denn, einer von euch tapferen Dorfbewohnern will mich herausfordern.«
Verzweifelt schaute Kyria sich um. Das einzige Tier, das

Reineck gewachsen war, war Kapitän Tafftau, und der war genauso wenig ein Dorfbewohner wie Flora. Die Tiere von Kreuzwasser waren keine Kämpfernaturen. Sie zogen sich bereits zurück, beschämt und mit gesenktem Kopf.

Da hörte man eine Stimme: »Ja, ich will«, sagte Edelor. »Ich fordere Euch heraus.«

12. Kapitel

Einen Augenblick lang starrte Reineck Edelor sprachlos vor Verblüffung an, dann warf er den Kopf zurück und lachte. Seine Mannschaft brach in heiseres Grölen aus.

Edelor stand ruhig da und wartete, aufrecht und mit erhobenem Kopf. Sein Herz hämmerte in Erwartung des Kampfes. Endlich hatte er die Gelegenheit, sich mit Reineck zu messen.

Der allgemeine Lärm übertönte, was Kyria ihm ins Ohr flüsterte. »Du musst verrückt sein!«

»Nein, bin ich nicht«, entgegnete Edelor entschlossen. »Ich weiß, wie man ein Schwert führt.«

Er spürte, wie Rufus nach seiner Pfote griff, und sah, dass das Eichhörnchen ängstlich zu ihm aufblickte. »Aber kannst du Reineck auch besiegen?«

»Und was ist mit deiner Wunde?«, fragte Kyria dazwischen. »Du solltest nicht kämpfen, bevor sie nicht ganz verheilt ist.«

»Sie ist schon viel besser geworden, dank deiner Hilfe«, erwiderte Edelor. Und es stimmte. Er spannte die Schultermuskeln an und spürte kaum noch etwas.

»Es kann trotzdem sein, dass du noch nicht so schnell bist wie sonst«, gab Kyria besorgt zu bedenken.
»Aber ich war nicht die ganze Nacht auf und hab Malzbräu gekippt wie Reineck«, meinte Edelor. Er lächelte. »Mach dir keine Sorgen, Kyria. Jemand muss es tun.«
Kyria schüttelte zweifelnd den Kopf, sagte aber nur: »Du hast ja nicht mal ein Schwert.«
»Oh doch!« Edelor hatte immer mehr das Gefühl, dass das, was er tat, richtig war. »Erinnerst du dich an das Schwert, das Flick Gorm am Tag, als wir ankamen, abgenommen hat? Es war das Schwert meines Vaters, und jetzt ist es meines. Weißt du, was Flick damit gemacht hat?«
»Es liegt in der Truhe in der Küche, wo ich auch Du-weißt-schon-was versteckt habe.«
»Ich hole es«, sagte Rufus und flitzte schon um die Ecke des Gasthauses.
In der Zwischenzeit hatte Reineck sich von seinem Lachanfall erholt. Er wischte sich mit einem schmuddeligen Taschentuch über die Augen und sagte: »Du bringst mich noch ins Grab, Schisser. Du kannst mich doch nicht herausfordern, du blödes Vieh!«
»Doch, ich kann!«, erwiderte Edelor. »Und ich werde Euch ins Grab bringen, das verspreche ich Euch. Ihr habt meinen Vater getötet, meine Mutter und meine Geschwister sind vor Euch geflohen, und ich weiß nicht, wo sie sind. Ich werde mich an Euch rächen und gleichzeitig das Dorf retten.«
Er hörte leisen Applaus und Anfeuerungsrufe von den

Dorfbewohnern, die sich wieder vor dem Gasthaus versammelt hatten. Er straffte die Schultern. Ein stolzes Gefühl ergriff ihn. Er würde ihr Held werden, und vielleicht konnte er sich so für die Hilfe und Freundschaft revanchieren, die Kyria und Rufus ihm entgegengebracht hatten.

»Große Worte«, höhnte Reineck, »aber ich muss nicht gegen dich kämpfen, genauso wenig wie gegen die räudige Katze da drüben. Du gehörst nicht hierher.«

»Doch, das tut er!«, erwiderte Kyria trotzig. »Er bleibt hier.«

Braunherr, der Dorfälteste, trat vor und stellte sich vor Edelor hin. Dieser schaute in sein freundliches, weises Gesicht.

»Marder Edelor«, begann Braunherr, »ist es dein Wunsch und Wille, in Kreuzwasser zu bleiben und unserer Gemeinschaft anzugehören?«

»Ja, Herr Dorfältester.«

»Und schwörst du mit uns zu arbeiten, zu helfen, wo du kannst, und unseren guten Namen zu verteidigen?«

»Ich schwöre es.«

Braunherr wandte sich an den Kreis der Dorfbewohner. »Ist jemand hier anwesend, der der Meinung ist, Edelor sollte nicht zu uns gehören? Wenn ja, soll derjenige nun seine Gründe nennen.«

Edelor fragte sich nervös, ob wohl jemand Einspruch erheben würde, schließlich war er mit Reineck ins Dorf gekommen. Doch niemand meldete sich.

»Dann heiße ich dich in Kreuzwasser herzlich willkommen, Edelor«, sagte Braunherr und legte ihm eine Pfote auf die Schulter. »Du bist von jetzt an einer von uns.«

Die Dorfbewohner applaudierten. Edelor fürchtete vor Stolz zu platzen, als Kyria ihn umarmte und Flora mit beiden Vorderpfoten seine umschloss und heftig schüttelte.

Der Applaus war noch nicht ganz verebbt, da erschien Rufus mit Sandors Schwert. Seine Augen glänzten, als er es Edelor reichte.

Edelor fasste den Griff mit fester Pfote. »Nun, Reineck«, sagte er, »meine Herausforderung habt Ihr gehört. Werdet Ihr sie annehmen?«

Langsam breitete sich ein Grinsen über Reinecks Gesicht aus. Er zog seinen purpurroten Mantel aus und warf ihn einem der Wiesel zu. Es war plötzlich so still, dass man das leise Schaben hörte, als er seinen Hirschfänger aus der Scheide zog.

»Ja, Schisser, ich nehme deine Herausforderung an. Ich werde dir Respekt vor den Älteren und Besseren beibringen. Und ich werde den anderen Idioten hier zeigen, was sie erwartet, wenn sie mir in die Quere kommen.«

Mit erhobenem Schwert trat Edelor rasch auf den leeren Dorfplatz hinaus, wo die Dorfbewohner einen großen Kreis um ihn und Reineck bildeten.

»Jetzt ist es zu spät zum Weglaufen, Schisser«, spottete Reineck.

Er warf sich auf Edelor und ließ seinen Hirschfänger heruntersausen. Edelor wich seitwärts aus und stoppte Rei-

necks Klinge mit seiner eigenen. Er drückte sie zur Seite und preschte vorwärts. Reineck konnte gerade noch rechtzeitig sein Messer heben und parieren.
Die Miene des Silberfuchses veränderte sich. Edelor sah ihm an, dass ihm soeben klar geworden war, dass das duckmäuserische Tier, das er bislang nur verachtet hatte, ein geübter Kämpfer war. Er wich zurück, und Edelor folgte, führte einen Hieb nach dem anderen und suchte nach Reinecks Schwachpunkt in der Verteidigung. Seine Schwertspitze zerriss Reinecks Hemd, doch der Fuchs wich weiter zurück, bevor Edelor ihn verwunden konnte.
Edelor hoffte auf einen schnellen Sieg und griff in noch schnellerer Folge an. Die Hiebe des Fuchses wurden immer unkontrollierter, sodass es für Edelor einfacher wurde, die Klinge beiseite zu schlagen.
Als sich ihre Klingen wieder einmal kreuzten, sagte er: »Ergebt Euch, Fuchs! Ergebt Euch, und geht – dann verschone ich Euer Leben.«
Reineck lachte. Bevor Edelor merkte, was er vorhatte, sprang der Fuchs zurück und dann wieder nach vorn, unter den Klingen hindurch, und streckte eine Hinterpfote aus, um Edelor zu Fall zu bringen.
Edelor kam aus dem Gleichgewicht und stürzte. Ein Schmerz durchzuckte ihn, als er mit der verwundeten Schulter aufschlug. Vor seinen Augen verschwamm alles; er sah Reineck als drohenden Schatten über sich stehen, bereit zuzustechen. Rufe aus der Menge dröhnten in seinen

Ohren. Im letzten Moment bekam er sich wieder so weit in die Gewalt, um zur Seite rollen zu können.
Sein Schwert hatte er nicht losgelassen. Er kniete mit einem Bein und konnte gerade noch die Klinge hochreißen und Reinecks Hieb parieren. Der Fuchs stand über ihm und drückte mit aller Kraft. Edelor wusste, dass er sterben würde, wenn ihn jetzt die Kräfte verließen.
Langsam, Zentimeter für Zentimeter, gelang es ihm, Reinecks Hirschfänger so weit von sich wegzudrücken, dass er wieder aufstehen konnte. Er wurde müde und die alte Wunde pochte schmerzhaft. Schweiß brach ihm aus und lief ihm in die Augen. Reineck musste genauso müde sein, doch man sah es ihm nicht an.
Langsam geriet Edelor in Verzweiflung. Er führte einen Hieb, Reineck wich zur Seite hin aus und schwang seinen Hirschfänger gegen ihn. Edelor spürte, wie sich die Spitze in seinen Schwertarm bohrte. Als er zurückwich, tropfte Blut ins Gras.
»Merkst du was, Schisser?«, fragte Reineck. »Ich bring dich um, wie ich deinen Vater umgebracht habe.«
Die Wut machte Edelor fast blind. Mit einem zornigen Aufschrei stürzte er nach vorn, doch Reineck war nicht da, wo er ihn vermutet hatte. Sein wild durch die Luft sausendes Schwert fand keinen Widerstand. Er hörte Reinecks Gelächter. Zum ersten Mal wurde ihm bewusst, dass er sterben würde.
Dann erinnerte Edelor sich an den sonnigen Nachmittag

am Frischquellsee und an den Übungskampf mit Sandor. Er hörte die Stimme seines Vaters sagen: »Wenn du kämpfst, richtig um dein Leben kämpfst, darfst du dich von deinem Feind nicht wütend machen lassen. Denn dann machst du Fehler.«

Es war, als wehte eine frische Brise über ihn hinweg, kühlte seine Stirn und ließ ihn wieder klar denken. Er war immer noch wütend, doch jetzt war es kalte und kontrollierte Wut. Er holte tief Luft, wirbelte zu Reineck herum, der von der Seite her angriff, und parierte den Hieb, der ihn getötet hätte.

Voll konzentriert preschte er erneut vorwärts. Ohne ein Übermaß an Zuversicht kämpfte er sich Schritt für Schritt vor und drängte Reineck zurück. Das Siegerlächeln auf dem Gesicht des Fuchses wich einem unsicheren Ausdruck. Er rang nach Atem, als zeige die durchzechte Nacht im *Fröhlichen Frettchen* endlich doch Wirkung.

Dann sah Edelor seine Chance. Reineck hob seinen Hirschfänger, der Körper war ungeschützt. Edelor stieß zu. Sandors Schwertklinge bohrte sich in Reinecks Brust und der Fuchs sank zu Boden. Er stieß einen erstickten Schrei aus; Blut floss ihm aus dem Maul. Dann lag er reglos auf dem sonnenbeschienenen Gras.

Edelor zog sein Schwert heraus und hob die blutverschmierte Klinge in einer Art Gruß, als schaue Sandor ihm von irgendwoher zu. Dann ließ er die Waffe fallen. Es war vorbei; Sandor war gerächt, und Edelor hoffte, dass der Vater jetzt seine Ruhe fand.

Er glaubte tosenden Donner zu hören. Er wankte vor Erschöpfung, sank neben seinem toten Feind auf die Knie und bedeckte das Gesicht mit den Pfoten.

13. Kapitel

Kyria verfolgte den Kampf schweigend, den Blick unentwegt auf die beiden Tiere gerichtet. Dass ihr neuer Freund sein Leben riskierte und sie nichts tun konnte, war schwer auszuhalten. Rufus neben ihr zitterte vor Aufregung und drückte fest ihre Pfote.

Als der Silberfuchs fiel, herrschte einen Augenblick lang Stille, während der Edelor sein Schwert hob. Dann brachen sämtliche anwesenden Dorfbewohner in donnernden Jubel aus. Sie rannten auf den Platz.

»Komm!«, sagte Kyria.

Sie lief zu Edelor. Rufus war schneller.

»Edelor – Edelor, bist du verletzt?«, fragte er, als er neben ihm stand.

Edelor hob den Kopf. Erleichtert sah Kyria, dass er lächelte. »Kaum. Alles in Ordnung.«

»Bleibt zurück«, bat Kyria die Dorfbewohner, die sich um ihn scharten, ihm gratulieren und die Pfote schütteln wollten. »Er ist verletzt. Er braucht jetzt Ruhe.«

»Nein, es ist nicht schlimm«, protestierte Edelor, als sie sich

über ihn beugte, um sich den Schnitt an seinem Unterarm anzuschauen. Er stand auf. »Was ist mit Gorm und den anderen? Wo sind sie?«

In der Aufregung des Kampfes hatte Kyria Reinecks Truppe ganz vergessen. Jetzt schaute sie sich nach den Tieren um.

Das riesige Frettchen und der Rest der Bande standen dicht beieinander vor dem *Fröhlichen Frettchen*. Zwei oder drei hatten ihre Schwerter gezogen, doch sie traten nervös von einer Hinterpfote auf die andere, als wollte keiner der Erste sein, der angriff.

»Da!«, rief Kyria wütend und zeigte mit der Pfote auf die

Bande. »Wollen wir zulassen, dass sie unser Dorf kaputtmachen?«
»Nein!«, brüllten sämtliche Dorfbewohner im Chor. »Schmeißen wir sie raus!«
Sie stürmten über den Dorfplatz. Die Banditen starrten sie sekundenlang ungläubig an, dann gaben sie Fersengeld und flüchteten sich in den Schutz des Waldes, dicht gefolgt von den Dorfbewohnern.
Als die Menge an ihr vorbeirannte, sah Kyria, wie Wigbert mit einem Besen auf Ketsch, das Wiesel, einschlug und rief: »Das ist dafür, dass du mein Bier verschüttet hast!«
Kapitän Tafftau hieb mit seinem Entermesser nach dem Schwanz einer fliehenden Ratte. Gleich dahinter kam Gorm, das Frettchen, dem vor Angst fast die Augen aus dem Kopf fielen. Flora folgte ihm und schwang ihr großes, zweihändiges Schwert über dem Kopf.
»Miezekatze hast du zu mir gesagt, ja?«, brüllte sie. »Das tust du nicht noch einmal! Bleib stehen, und kämpfe!«
Edelor packte sein Schwert, und es sah so aus, als wollte er sich anschließen, doch Kyria griff rasch nach seinem gesunden Arm. »Oh nein, du nicht«, sagte sie. »Du kommst mit mir nach Hause, damit ich deine Wunde versorgen kann.«
Zunächst schien es, als wollte Edelor protestieren, doch dann rammte er sein Schwert in den Boden. Auf den Griff gestützt, beobachtete er, wie die Banditen und ihre Verfolger im Wald verschwanden. Am Waldrand begegneten ihnen Neuankömmlinge mit Wagen und Rucksäcken, die auf

dem Weg zum Markt waren. Verwundert schauten sie ihnen nach, sie konnten ja nicht wissen, was hier passiert war.
»Ich gehe besser rüber und rede mit den Leuten«, sagte Kyria. Langsam wurde ihr klar, dass ihre Sorgen nun ein Ende hatten und der Jahrmarkt doch noch friedlich vonstatten gehen konnte. »Rufus, bring du doch bitte Edelor nach Hause und setz schon mal Wasser auf. Es dauert –«
Sie unterbrach sich, als Edelor sie am Arm packte. Der Marder starrte auf den Waldrand, wo weitere Neuankömmlinge zwischen den Bäumen hervortraten. Mit erstickter Stimme sagte er: »Sieh doch!«
Kyria sah eine große, schlanke Marderfrau, die am Waldrand stehen geblieben war und sich umschaute. Auf ihrer Hüfte hockte ein kleiner Marderjunge und ein etwas älteres Mardermädchen stand neben ihr.
»Edelor, sind das . . .?«, fragte Rufus.
Ein Lächeln voll ungläubiger Freude lag auf Edelors Gesicht. Er stolperte vorwärts. Im selben Moment rutschte der kleine Marder von der Hüfte seiner Mutter, stürmte über den Dorfplatz und kreischte: »Edelor! Edelor!«
Er warf sich Edelor entgegen, und die beiden kullerten über die Wiese.
»Sachte, sachte«, sagte Kyria und lief zu ihnen hinüber. »Edelor ist verletzt.«
Edelor und der Kleine waren so mit sich beschäftigt, dass sie sie gar nicht hörten. Kyria musste lächeln, als sie sah, wie glücklich die Brüder waren, sich wieder gefunden zu

haben. Sie drehte sich zu der Marderfrau um, die über die Wiese auf sie zukam, und streckte ihr die Pfote entgegen. »Willkommen in Kreuzwasser«, sagte sie. »Ihr müsst Edelors Mutter sein.«

Die Marderfrau drückte ihr herzlich die Pfote. »Ja«, sagte sie, »ich bin Riska, und das ist Mirra.« Das Mardermädchen machte einen schüchternen Knicks. »Und das ist Kuffi«, fuhr Riska fort, beugte sich zu ihrem Jüngsten hinunter und zog ihn von Edelor weg. »Kuffi, lass gut sein! Edelor bekommt ja keine Luft mehr!«

Edelor stand auf und umarmte seine Mutter und Mirra. »Ich kann's nicht glauben«, sagte er. »Ich kann's nicht glauben, dass ihr alle gesund und munter seid. Woher wusstet ihr, wo ich bin?«

»Wir waren schon auf dem Weg hierher«, erzählte Riska, »weil wir hofften, dass du dich ebenfalls nach Kreuzwasser aufgemacht hättest. Und wenn nicht, hätte vielleicht jemand etwas von dir gewusst. Da trafen wir einen Vogel.«

»Einen großen, grimmigen Falken«, sagte Kuffi. »Er fiel – wusch – vom Himmel. So, pass auf!« Er ließ sich auf Edelors Hinterpfoten fallen, die Krallen ausgestreckt wie Klauen.

»Herr von Wanderfalk«, sagte Rufus. »Das macht er immer so.«

»Ja, so hieß er«, bestätigte Riska. »Er sagte uns, dass du am Leben seist, dass wir dich in Kreuzwasser finden würden und dass der Wachtmeister ihn und noch ein paar andere Vögel ausgeschickt hätte, um nach uns zu suchen.«

»Natürlich!«, rief Edelor. »Flick, so heißt der Wachtmeister, sagte, dass er das tun wollte.«
»Ich will zu ihm und mich bei ihm bedanken«, sagte Riska.
»Flick ist mein Vater«, erklärte Kyria. Sie stellte sich und Rufus vor. »Es ist möglich, dass mein Vater noch zu schwach ist, um mit Euch zu reden«, fuhr sie fort. »Er –«
»Edelor, du bist ja verletzt!«, unterbrach Riska sie. Erst jetzt war ihr Edelors Wunde aufgefallen. »Was ist passiert?«
»Ich habe mich mit Reineck geschlagen«, erklärte Edelor, »mit dem Silberfuchs, der Vater umgebracht hat. Du weißt das von Vater?«
Ein Schatten legte sich auf Riskas Gesicht. »Ja. Wir gingen zu unserem Lager zurück, um nach dir zu schauen, und fanden Sandor. Wir begruben ihn am Ufer.«
»Edelor hat ihn gerächt«, erzählte Kyria. »Reineck hat auch hier Scherereien gemacht, und Edelor hat sich mit ihm geschlagen. Er ist der Held des Dorfes.«
Verlegen sah Edelor zu Boden, während Kuffi jubelnd auf der Stelle hüpfte und Mirra ihren Bruder bewundernd anlächelte.
Riska nahm Edelor noch einmal in den Arm, und der Schatten auf ihrem Gesicht verschwand. »Sandor wäre stolz auf dich«, sagte sie.
Inzwischen kamen die ersten Dorfbewohner wieder aus dem Wald. Sie gratulierten einander lautstark und klopften einander gegenseitig auf den Rücken. Flora kam mit einem selbstgefälligen Lächeln auf Kyria und die anderen zu. Sie

pfiff leise durch die Zähne und säuberte die Klinge ihres Schwertes mit einem Büschel Gras.
Kyria wollte schon fragen, was aus Gorm, dem Frettchen, geworden war, überlegte es sich dann jedoch anders. Sie wollte es gar nicht wissen.
»Gehen wir nach Hause«, sagte sie. »Riska, ihr seid alle meine Gäste. Wir haben eine Menge zu bereden, und heute Abend ist das Marktfest.«

Als die Sonne über dem Fluss unterging, kehrte Rufus zu seiner Eiche zurück, um seine Flöte zu holen. Wenn er sich beeilte, hatte er vielleicht gerade noch Zeit, den Chor für eine letzte Probe zusammenzutrommeln, bevor das Marktfest begann und sie ihren Auftritt hatten.
Die Strickleiter zu seiner Veranda war noch hochgezogen, doch Rufus lief mühelos den Stamm hinauf und summte zufrieden vor sich hin. Jetzt, wo Reineck und seine Meute keine Bedrohung mehr darstellten, konnte das Leben im Dorf wieder normal weitergehen und sie konnten sich in aller Ruhe überlegen, was sie mit dem Horn vom Adlerfels machen sollten. In seinem Baumhaus kontrollierte Rufus, ob das Horn noch in seinem Versteck im Wäscheschrank lag, zwischen zwei Lagen einer zusammengefalteten Decke. Mit einer Pfote strich er über die merkwürdige Inschrift in jener alten Sprache der Adler und fragte sich zum tausendsten Mal, was der Eulenbaron wohl mit dem Horn vorhatte, sollte es ihm je in die Hände fallen.

Dann fiel ihm wieder ein, wie spät es war. Er legte das Horn in sein Versteck zurück, ließ das schmutzige Frühstücksgeschirr links liegen und holte seine Flöte vom Notenständer und die Mappe aus Birkenrinde, in der seine Noten für die Festmusik steckten.

Er trat hinaus auf die Veranda, schloss die Tür hinter sich, drehte sich um – und sah sich von Eulen umgeben.

Im ersten Schreck dachte er, es sei eine ganze Menge; dann erst erkannte er, dass es nur drei waren. Zwei hockten im Baum, während die dritte sich mit starken Fängen am Verandageländer festhielt. Eine war ganz weiß; ein schwacher

Glanz schien von ihr auszugehen. Die zweite war braun mit weißer Brust und einem ausdruckslosen weißen Gesicht.

Doch die dritte Eule machte Rufus am meisten Angst. Sie war riesig, hatte ein dunkles, mit schwarzen Streifen durchzogenes Gefieder und stechende bernsteinfarbene Augen. Rufus fiel der Eulenbaron ein, den Edelor beschrieben hatte und der die Banditen in den Bergen zusammengerufen hatte. Ein Schwall reiner Bosheit schien von ihm auszugehen, was Rufus mehr Angst einjagte als der gebogene Schnabel und die Klauenfüße.

Sein erster Gedanke war, ins Haus zu flüchten und die Tür hinter sich zu verriegeln. Doch in den Sekunden, die er, gelähmt vor Schreck, hatte verstreichen lassen, war die weiße Eule lautlos herabgeschwebt und hatte sich zwischen ihm und dem Baumstamm postiert. Als Rufus sich umdrehte, umfingen ihn weiche Schwingen, die ihn halb erstickten und dann über die Veranda stießen, sodass er vor dem Eulenbaron auf die Knie fiel.

»Was wollt Ihr?«, fragte er.

Der Eulenbaron löste einen klauenbewehrten Fuß vom Geländer und wies damit auf Rufus. »Gib mir das Horn.«

»Das Horn? Ich – ich weiß nicht, wovon Ihr sprecht.«

Leises, gespenstisches Lachen kam von der Eule im Baum über ihnen. Der Eulenbaron stimmte nicht mit ein.

»Du lügst, Eichhorn«, sagte er. »Man hat dich letzte Nacht gesehen, dich und den Marder und den Falken, der sich für so klug hält. Da hattest du das Horn, und du hast es noch immer. Gib es her!«

Verzweifelt schaute Rufus sich um. Die Dämmerung brach herein, und hier oben im Wipfel der Eiche war er allein mit den Eulen. Alle anderen Dorfbewohner versammelten sich bestimmt schon auf dem Dorfplatz. Es gab niemanden, der ihm helfen konnte.

»Gib mir das Horn«, wiederholte der Eulenbaron, »oder ich reiße dich in Stücke und hol es mir dann.«

Rufus zitterte, doch es gelang ihm, sich auf die Hinterpfoten zu stellen. »Nein«, sagte er.

Er biss die Zähne zusammen in der Erwartung, dass die gekrümmten Klauen sich jeden Augenblick in seine Brust bohren würden. Stattdessen streckte der Eulenbaron den Kopf vor und schaute ihm direkt in die Augen. Rufus stellte fest, dass er den Blick nicht abwenden konnte. Ihm war kalt, und vor seinen Augen verschwamm alles, als trieben dunkle Nebelschwaden vor seinem Gesicht, und dann sah er nur noch die bernsteingelben Augen des Eulenbarons. Er glaubte zu fallen und hatte Mühe, zu atmen, als schlüge kaltes dunkles Wasser über ihm zusammen. Als der Eulenbaron wieder sprach, schien seine Stimme als Echo aus weiter Ferne zu kommen.

»Du wirst mir das Horn geben«, sagte der Eulenbaron. »Du wirst es mir *jetzt* geben.«

14. Kapitel

Die Nacht war warm, und der Mond ging rund und silbern über dem Dach des *Fröhlichen Frettchens* auf. Eine leichte Brise trug die Düfte des Sommers über den Dorfplatz. Dort waren lange Tische und Bänke aufgestellt worden für sämtliche Dorfbewohner und für die Händler, die beim Jahrmarktsfest ihre Gäste waren.

Kyria wischte sich die Pfoten ab und ließ den Blick zufrieden über die Tische gleiten. Weiße Leinentücher waren darüber gebreitet und darauf standen die besten Speisen, die Kreuzwasser zu bieten hatte: pikante Torten mit Forelle und Fenchel, Pilzeintopf, ein ganzer, mit Kräutern gefüllter Hecht, riesige Schüsseln mit Minzsuppe und Wasserkressesuppe, Hefebrötchen mit Bucheckernbutter, Apfelkuchen und Honigtorten und Schüsseln voll kandierter Nüsse.

Flora trat hinter Kyria und legte ihr die Pfoten auf die Schultern. »Das ist ein wunderbarer Abend und ein wunderbarer Festschmaus, den du uns da bescherst.«

»Wir haben ja auch einiges zu feiern«, erwiderte Kyria lächelnd. »Stell dir nur vor, Reineck und seine Meute wären noch hier.«

»Die werden uns nicht mehr belästigen«, sagte Flora.

Wigbert rollte im Eiltempo ein Bierfass an ihnen vorbei, während zwei seiner Kinder mit langen Kerzen die Laternen anzündeten, die in den Bäumen hingen. Die ersten Händler kamen den Weg vom Jahrmarktsgelände herauf, und die Dorfbewohner traten aus ihren Häusern.

»Flick geht es schon viel besser«, erzählte Kyria. »Er war bei Bewusstsein, als ich nach dem Kampf nach Hause kam, und konnte sogar aufsitzen und eine Suppe essen. Aber er wird sich noch lange schonen müssen, bevor er wieder ganz bei Kräften ist.«

»Meinst du so?«, fragte Flora und wies mit dem Kopf auf die Treppe, die vom Ufer heraufführte.

Als Kyria sich umdrehte, sah sie ihren Vater in seinem besten Anzug in einem Sessel sitzen, der von Edelor und Riska und zwei kräftigen Burschen aus dem Dorf getragen wurde. Mirra und Kuffi gingen nebenher.

»Vater!« Kyria marschierte hinüber und baute sich vor dem Sessel auf, sodass Flicks Träger stehen bleiben mussten. »Was machst du denn hier? Du gehörst ins Bett!«

»Der Wachtmeister von Kreuzwasser kann doch das Marktfest nicht versäumen.« Flicks Stimme war noch schwach und zittrig, aber seine Augen glänzten schon wieder. »Keine Angst, Kyria, ich bleibe nicht lang. Aber es gibt da noch einige Dinge, die ich gern sagen möchte, bevor das Fest beginnt.«

»Und ich habe *dir* noch einiges zu sagen«, erwiderte Kyria. »Aber das kann warten.«

Sie trat zur Seite und ließ Flicks Träger seinen Sessel zu dem Tisch in der Mitte tragen und neben dem geschnitzten Eichenstuhl abstellen, auf dem Braunherr, der Dorfälteste, sitzen würde. Die Tiere begannen bereits ihre Plätze einzunehmen, und es gab ein großes Hallo, als die Händler alte Freunde begrüßten, die sie seit dem letzten Jahrmarkt nicht gesehen hatten.

Kyria setzte sich neben ihren Vater, und Flora kam an ihre andere Seite. Die Schnurrhaare der Wildkatze zitterten vor Ungeduld, wenn sie all die leckeren Sachen anschaute, die vor ihr ausgebreitet waren.

»Wo ist eigentlich die kleine Baumratte?«, fragte sie.

»Rufus? Er wollte nach Hause gehen und seine Flöte holen. Wahrscheinlich übt er noch.«

»Wenn er sich nicht beeilt, verpasst er noch das Fest«, meinte Flick.

Kyria verdrehte die Augen. »Er hat das Zeitgefühl einer Eintagsfliege. Wenn er nicht bald kommt, geh ich ihn holen.«

In diesem Moment erschien Braunherr, der Dorfälteste. Er trug den schäbigen schwarzen Frack, den er schon zu mehr Marktfesten getragen hatte, als die Tiere denken konnten, und suchte in einer der Taschen nach dem zusammengefalteten Stück Papier mit seinen Notizen.

Er bat um Ruhe, indem er auf den Tisch klopfte. Dann begann er: »Herzlich willkommen, meine Tierschaften. Ein herzliches

Willkommen euch allen. Morgen bei Sonnenaufgang beginnt der Jahrmarkt, und ich wünsche euch allen eine erfolgreiche und ... äh ... glückliche Zeit. Die Gefahr für unser Dorf ist vorüber und –« Er hielt inne und schaute gutmütig lächelnd über den Rand seiner Brille, während die Dorfbewohner Hurra schrien. »Und dafür«, fuhr er fort, als der Lärm sich gelegt hatte, »müssen wir dem jüngsten Mitglied unserer Dorfgemeinschaft danken, Edelor, dem Marder.«

Noch mehr Hurrarufe. Edelor wäre vor Verlegenheit am liebsten unter den Tisch gekrochen. Riskas Augen strahlten vor Stolz und Kuffi hüpfte auf seinem Platz herum und klatschte in die Pfoten.

Sobald er sich wieder Gehör verschaffen konnte, sprach Braunherr weiter: »Wir alle hoffen, dass dies für Edelor der Beginn einer langen und glücklichen Zeit in Kreuzwasser ist. Und nun«, – er schaute wieder verstohlen auf seine Notizen – »bleibt mir nur noch zu sagen: Genießt das Fest!«

Heftiger Applaus brach aus, und Braunherr nickte und lächelte und setzte sich dann.

Flick räusperte sich, um die Aufmerksamkeit auf sich zu lenken. Kyria warf ihm einen finsteren Blick zu, als Warnung, falls er auf die Idee kommen sollte, zu seiner Rede aufzustehen.

»Mit Eurer Erlaubnis, Dorfältester, würde ich gern etwas sagen«, begann er. »Ich wurde heute Morgen ziemlich schwer verletzt, und auch wenn ich mich wieder erholen werde, fürchte ich doch, dass ich nicht mehr werde kämp-

fen können. Ich möchte meinen Dienst als Wachtmeister hiermit quittieren.«
Protestrufe kamen von den versammelten Tieren, die sich bestürzt ansahen. Kyria wollte ebenfalls protestieren, doch sie schwieg. Sie musste zugeben, dass ihr Vater Recht hatte. Es würde lange dauern, bis er wieder so kämpfen konnte wie früher.
»Seid Ihr ganz sicher?«, fragte Braunherr.
»Sehr sicher«, erwiderte Flick.
Der alte Dachs schaute sorgenvoll drein. »Dann werden wir einen neuen Wachtmeistern wählen müssen.«
»Das werden wir.« Ein breites Lächeln erschien auf Flicks Gesicht. »Ich habe auch schon einen geeigneten Kandidaten.« Er schaute über den Tisch zu Edelor und seiner Familie. »Wer wäre besser geeignet als der junge Bursche, der uns heute Morgen alle gerettet hat?«
Edelor sprang auf. Er wirkte ganz erschrocken. »Ich – Flick – ich kann nicht Wachtmeister werden. Ich . . . ich bin zu jung für eine solche Stellung.«
»Jung oder nicht, du bist der tapferste Kämpfer, der mir je begegnet ist«, erwiderte Flick.
»Aber ich bin doch gerade erst ins Dorf gekommen.«
»Und in dieser kurzen Zeit hast du mehr für das Dorf getan als mancher, der schon sein Leben lang hier wohnt«, meinte Braunherr. »Doch wir sollten die Sache in aller Form angehen und eine Wahl abhalten.«
Er erhob sich und klopfte wieder auf den Tisch, damit Ru-

he eintrat. »Freunde, wir brauchen einen neuen Wachtmeister für Kreuzwasser. Flick hat Edelor vorgeschlagen. Möchte jemand von euch einen anderen Vorschlag machen?«

Keiner meldete sich.

»Dann erkläre ich Edelor als gewählt – falls er die Wahl annimmt.«

»Du musst sie annehmen, Edelor«, drängte Kyria. »Wir brauchen dich hier.«

Nach kurzem Zögern meinte Edelor: »In diesem Fall – ja. Und danke – danke euch allen.«

Er sah ganz benommen aus vor Glück, als die Tiere in Jubel ausbrachen, auf die Tische trommelten und die Becher hoben, um auf sein Wohl zu trinken.

Flick beugte sich über den Tisch und schüttelte ihm die Pfote. »Morgen reden wir über alles«, versprach er. »Du wirst deinen Dienst sofort antreten müssen. Wenn Markt ist, gibt es immer Probleme, aber keine, mit denen du nicht fertig würdest.«

»Und jetzt«, sagte Flora, »kann das Fest vielleicht beginnen. Mein Magen denkt schon, mir sei die Kehle durchgeschnitten worden.«

Sie zog eine von Frau Wigberts Barschpasteten mit Petersilie zu sich heran und schnitt sich ein großes Stück davon ab. Kyria goss sich gerade einen Becher Holunderblütensaft ein, als jemand sie am Ärmel zupfte. Es war eines der jungen Kaninchen aus Rufus' Chor.

»Bitte, Fräulein«, sagte es und blinzelte nervös, »wir sollen bald singen, aber Rufus ist nicht da.«
Kyria stieß einen genervten Seufzer aus. »Gut, gut, ich kümmere mich darum.« Und zu Flora sagte sie: »Ich muss dieses verrückte Eichhörnchen suchen. Heb mir ein Stück von der Pastete auf.«
Flora, den Mund voll saftigem Barsch und Teigkrümel auf der Nasenspitze, schaute von ihrem Teller auf und wackelte als Antwort mit den Schnurrhaaren.
Gerade als Kyria aufstand, sah sie Rufus über den Dorfplatz hetzen, den Schwanz waagerecht ausgestreckt. Vor dem mittleren Tisch kam er zum Stehen. Seinem entsetzten Blick nach zu urteilen, hatte er etwas ganz Schreckliches erlebt. Er rang nach Atem und zitterte.
Edelor, der ihm am nächsten saß, stand auf und ging zu ihm. »Was ist los?«, fragte er und legte dem Eichhörnchen den Arm um die Schultern. »Was ist passiert?«
Rufus klammerte sich an ihn. »Edelor, es war schrecklich! Und ich konnte es nicht verhindern, ehrlich, ich konnte es nicht!«
»Was konntest du nicht verhindern?«, fragte Kyria schroff.
Rufus holte mit einem Schluchzen Luft. »Es war der Eulenbaron«, berichtete er. »Ach, Edelor, der Eulenbaron hat das Horn geholt!«

Das silberne Horn

Cherith Baldry

Rätsel um den Adlerstein

Der Eulenbaron, in Besitz des silbernen Horns, unterwirft nach und nach mehr Gebiete des Quellenlands. Es regieren Angst und Elend. Doch Edelor glaubt zu wissen, wie er das silberne Horn zurückerobern kann. Mit seinen Freunden macht er sich auf den Weg zum geheimnisvollen Hort der Adler – eine Festung hoch oben im Gebirge. Doch was sie dort vorfinden, lässt sie erschaudern.

144 Seiten. Gebunden. Ab 9 Jahren

Arena

Zur Orientierung

Dieses Buch ist der zweite Band einer Gesamtdidaktik und -methodik des Faches Deutsch. Es soll Ihnen eine *Orientierung* ermöglichen und *Hilfen* geben auf allen Schulstufen und in allen Schularten. Nach einem Vorwort, das vor allem der Verknüpfung dieses Bandes mit der pädagogischen und didaktischen Grundlegung im ersten Band dient, folgt die Darstellung des Lernbereichs „Schriftliches Arbeiten" („Aufsatzunterricht"). Sie können durchaus selektiv mit diesem Band umgehen, ihn also fast wie ein Nachschlagewerk benutzen. Ich weiß aber nicht, ob es mir gelungen ist, meine im ersten Band dargestellte Konzeption tatsächlich so „kleinzuarbeiten", daß sie in den einzelnen Kapiteln deutlich wird. Deshalb hoffe ich, daß Sie die Darstellung der pädagogischen Grundlagen auch kennen und das folgende auf diesem Hintergrund lesen.

Bei den „Schreibaufgaben" finden Sie jeweils eine als *„Definition"* bezeichnete Erläuterung dessen, worum es hier geht, und meistens eine Darstellung der *Spielarten*, in denen diese Aufgabe oder Aufsatzart vorkommt; dazu gehört bisweilen eine Abgrenzung gegenüber Verwandtem. Es folgt eine Auseinandersetzung mit dem Warum und Wozu dieser speziellen Schreibaufgabe; ich habe dies *„Didaktische Problematik"* genannt. Wo es nötig schien (z. B. bei der Erörterung), bin ich auch auf die *Geschichte* der Aufsatzart eingegangen. Unter der Überschrift *„Entwicklung"* weise ich auf Möglichkeiten und Schwierigkeiten der jeweiligen Schreibaufgabe in verschiedenen Entwicklungs- und Altersstufen hin; damit möchte ich eine allzu rasche Festlegung der Aufsatzarten auf bestimmte Schulstufen verhindern. – Sie werden bemerken, daß ich die erwähnten Punkte nicht immer in derselben Weise untergliedere; manchmal schlage ich die „Abgrenzungen" und „Spielarten" zur Definition, manchmal zur „Didaktischen Problematik".

Erst wenn Sie sich durch all das Definitorische und Problematisierende durchgelesen haben, belohne ich Sie mit Hinweisen, die Ihnen hoffentlich beim Unterrichten direkt hilfreich sind: Ich mache *Vorschläge zum praktischen Vorgehen*. Manches darin ist Ihnen wahrscheinlich schon vertraut; aber ich habe versucht, auch neue Ideen einzufügen und Bekanntes anders zu akzentuieren.

Natürlich konnte ich nicht alle Aufsatzarten, Textsorten, Schreibaufgaben berücksichtigen. Kriterien der Auswahl waren einerseits die häufige Verbreitung im Unterricht, in Lehrplänen und Schulbüchern, andererseits die Relevanz für das von mir vertretene Konzept. Schließlich habe ich in einem Fall auch eine Schreibaufgabe unberücksichtigt gelassen, weil sie besser in einen anderen Lernbereich paßt: Die schriftliche „Textanalyse" bzw. „Interpretation" und ihre Vorformen („Fragen zum Text" usw.) gehört so sehr in den Literaturunterricht, daß sie im Zusammenhang der Darstellung des Literaturunterrichts (Band 3: „Umgang mit Literatur") behandelt wird. Hier wie auch an anderen Stellen wird die Problematik der Gliederung des Gesamtwerks nach Lernbereichen deutlich; Schreiben und Lesen und Reden und über-Sprache-Nachdenken gehören zusammen und kommen ja auch im Unterricht immer wieder im Zusammenhang vor.

Nach der Behandlung der verschiedenen Schreibaufgaben folgen Kapitel, die übergreifende Fragen des Schreibens betreffen: einzelne Phasen des *Schreibprozesses*, z. B. das Textüberarbeiten, dann *„Stilbildung"*, also die Frage nach richtiger und guter Formulierung, und schließlich ein umfangreiches Kapitel zum *Bewerten*, *Benoten* und *Korrigieren*. Wer wissen möchte, wo die Wurzeln unserer heutigen Aufsatzpraxis liegen, kann sich im letzten Kapitel zur *„Geschichte des Aufsatzunterrichts"* informieren. Am Ende dieses Bandes finden Sie ein *Sach-* und ein *Personenregister* und ein *Literaturverzeichnis*, das alle Titel nennt, auf die im Text verwiesen wird.

Vorwort

Dieser zweite Band der „Didaktik und Methodik des Deutschunterrichts" eröffnet die Behandlung der einzelnen Lernbereiche mit der Darstellung dessen, was traditionell „Aufsatzunterricht" hieß. Es geht dabei um das Verfassen von schriftlichen Texten, und zwar auf allen Klassenstufen.

Das im ersten Band vorgestellte pädagogische Konzept hat mehrere Konsequenzen für die Schreibdidaktik und damit für die Ausführungen in diesem Band:

1. Ich nehme nicht das Faktum des Aufsatzschreibens als gegeben hin und frage, wie man damit am besten in der Schule zurechtkommt (= „Methodik"), sondern ich gehe zunächst der Frage nach, was für einen Sinn es haben kann, den Schülern „Aufsatzunterricht" zu geben (= „Didaktik"). Was leistet das Schreiben? Wofür lernt man es? Wozu lehrt man es? Da ich Unterricht nicht primär als Vermittlung schulimmanenter Fähigkeiten und Kenntnisse verstehe, sondern als Unterstützung beim Aufbau von Kompetenzen, die auch außerschulisch erworben, nun aber durch schulisches Lernen gefördert werden, spielt der Gesichtspunkt der *individuellen* Entwicklung die entscheidende Rolle. Alle Schreibaufgaben werden im Hinblick darauf analysiert, inwiefern sie zur Entwicklung der Grundkompetenzen beitragen können. Schreiben hat also dienende Funktion, es ist ein *Medium* der Entwicklung und des Lernens. Erst sekundär wird es auch zum *Gegenstand* des Lernens, und schließlich dient es drittens, wie wir alle wissen, der Lern*kontrolle*.

In der pädagogischen Grundlegung habe ich Nachdruck darauf gelegt, daß die Beschäftigung mit den Gegenständen Sprache und Literatur vor allem mediale Funktion hat („Erziehung durch ..." statt „Erziehung zu ..."). Was das konkret heißt und wie es zu bewirken ist, wird nun am Fall des schriftlichen Arbeitens in allen Einzelheiten ausgeführt.

2. Gewöhnlich wird Aufsatzunterricht/schriftliche Kommunikation als Teil des Sprachunterrichts verstanden, und zwar so, daß beim Schreiben ein bestimmter Sprachgebrauch gelernt werden soll – die Konventionen der Schriftsprache überhaupt, aber auch diejenigen bestimmter Stile und Textarten (Aufsatzarten). Dieser Beschränkung auf den sprachlichen Aspekt des Schreibens schließe ich mich nicht an. Da jeder Text einen Inhalt hat und dieser auszudrückende und mitzuteilende Inhalt das Worum-willen des Schreibens ist, stehen die Gedanken, Wünsche, Empfindungen der Schreiber im Vordergrund. Die Sprache ist das gestaltende Medium, durch das sie zum Vorschein kommen – nicht mehr und nicht weniger. Dieses Medium gilt es zu nutzen und zu erweitern, damit die Schüler immer besser und ihrer psychischen Entwicklung gemäß in der Lage sind, das auszudrücken, was sie ausdrücken wollen, und es so auszudrücken, daß sie verstanden werden.

3. Die Betonung der Textinhalte hat zur Folge, daß sich der Aufsatzunterricht dem Literaturunterricht nähert, daß die „Aufsatzdidaktik" zur „Di-

daktik der schriftlichen Produktion“ wird. Dabei verändern sich die Proportionen: Die Schreibaufgaben, die es produktiv oder analytisch mit *poetischen Texten* zu tun haben, stehen im Vordergrund. Dabei gehe ich nicht von einem formalen Verständnis von poetischer Literatur aus (so, als sei diese Literatur bloß eine bestimmte Art von Sprache, die sich lexikalisch und syntaktisch von Alltagssprache unterscheidet), sondern von einem materialen: Poetische Literatur (wie Ästhetisches überhaupt) erfüllt eine bestimmte Aufgabe im psychischen Haushalt des Menschen und im Gefüge der Gesellschaft. Der Aufsatzunterricht leistet einen Beitrag dazu, daß die Schüler den „Umgang mit Texten“ lernen, und zwar auch gerade mit poetischen Texten: Er macht sie literarisch handlungsfähig. Kein anderes Fach leistet das oder stellt auch nur diesen Anspruch.

4. Die Betonung des Inhaltlichen hat demnach auch zur Folge, daß *Zweckformen und Sachtexte* im Aufsatzunterricht zurücktreten; denn ihre Inhalte sind Gegenstand anderer Fächer, und der Deutschunterricht kann hier nur Hilfsdienste leisten. Für den Deutschunterricht werden sie wichtig, wo Bezüge zur Literatur bestehen, etwa beim Protokoll einer Literaturstunde, bei der Beschreibung und Inhaltswiedergabe von Texten oder bei der Erörterung von Konflikten in Erzählungen und Dramen. Im übrigen spielen sie eine Rolle unter dem Gesichtspunkt der Ausstattung der Jugendlichen mit Kenntnissen und Fertigkeiten für Alltag und Beruf. Allerdings zeigen vielfältige Erfahrungen in Grund-, Haupt-, Berufs- und Sonderschulen, daß gerade für diese Schüler der vermeintliche Umweg über persönliches, kreatives, literarisches Schreiben ihre Schreibfähigkeit mehr schult und zu besseren schriftlichen Leistungen auch bei pragmatischen, expositorischen Texten führt, da jenes einen positiven Bezug zum Schreiben überhaupt schafft und durch vermehrte Schreibpraxis zu Routine führt, wogegen dieses auch bei angestrengter Übung nur kurzfristige Lernerfolge zeigt und die Schüler Schreiben als eine institutionell geforderte Tätigkeit erfahren läßt, die nichts mit ihnen zu tun hat.

5. Im Vordergrund der Darstellung stehen, wie schon erwähnt, didaktische Fragen, also solche nach dem Wozu und Warum. *Didaktik* ist eine normsetzende Wissenschaft. Viele unterrichtspraktische Probleme verschwinden oder werden doch lösbar, wenn Klarheit herrscht, welche Ziele warum angestrebt werden. Um aber die Phantasie beim Finden von Wegen zu den Zielen anzuregen, mache ich auch durchgängig Vorschläge zur *Methode* und gebe Anregungen für Aufgaben und den Umgang mit Schülertexten. Nach meinem Verständnis sind diese Vorschläge nur sinnvoll und legitim, wenn sie im Hinblick auf die erörterten Ziele gemacht werden. Mit anderen Worten: Die Trennung der Methodik von der Didaktik führt auch noch bei der schönsten Aufgabe („den Schülern hat es doch unheimlich Spaß gemacht!“) zu unverantwortlichem Handeln, z. B. zu blinder Geschäftigkeit oder nutzlosem Lernen für die nächste Klassenarbeit.

6. Besonders groß ist die Gefahr, über dem Weg das Ziel zu vergessen, bei der Frage der *speziellen Lerngegenstände* des Bereichs Schreiben. Die didaktische Diskussion hat sich gegen Ende der 70er Jahre in Anlehnung an die sprachwissenschaftliche Theoriebildung dafür entschieden, als eigentliche Lerngegenstände bestimmte „Sprachhandlungen" anzusehen und die Textsorten bzw. Aufsatzarten nur als Beispiele oder allenfalls Konkretisationen dafür. Der Gegensatz ist aber m. E. nur oberflächlich; denn selbstverständlich entstehen bei jeder Sprachhandlung Texte, und diese lassen sich nach äußeren Merkmalen, aber auch nach ihrer pragmatischen Funktion klassifizieren. Umgekehrt läßt sich nicht leugnen, daß jeder konkrete Text eine Sprachhandlung darstellt, ob sich der Schreiber dessen bewußt ist oder nicht.

Ich werde an mehreren Stellen begründen, warum ich gegen den Strom schwimme und von traditionellen *Aufsatzarten*, die ich als Schreibaufgaben verstehe, ausgehe und nicht von Sprachhandlungen. (Den Bezug zu Handlungen mache ich dabei schon in den Kapitelüberschriften deutlich.) Im Hinblick auf das pädagogische Konzept, das ich zugrundelege, möchte ich hier auf einen wesentlichen Aspekt hinweisen: So, wie der Begriff „Sprachhandlung" gewöhnlich verwendet wird, meint er ein soziales Geschehen und berücksichtigt nicht die Folgen dieses Geschehens für das schreibende Individuum. Das „Erörtern" etwa wird gelernt, weil es in bestimmten Lebenssituationen nützlich und nötig ist. Welche Folgen der Erwerb der Fähigkeit zum Erörtern aber für die kognitive, sprachliche und interaktive Entwicklung des Schülers hat, steht nicht zur Debatte. Gerade um diese Folgen jedoch geht es in der hier vorliegenden Konzeption. Insofern dienen alle vorgeschlagenen Aufgaben nicht der „Vorbereitung aufs Leben" in einem direkten und platten Sinn, sondern sie sind „schulische Übungen", die der Stärkung der Individuen dienen. (Auch ein Sportler, etwa ein Ruderer, trainiert nicht nur das, was er im Wettbewerb können muß, er rudert nicht nur, sondern macht „Hanteltraining", „Zirkeltraining", „Lauftraining" usw.) Es sind Aufgaben für die Schule, und die Schule wird dabei ausdrücklich als besondere Institution anerkannt: Sie bietet die Möglichkeit, abseits von entfremdeter Arbeitswelt und Konsum- und Unterhaltungszwängen nichts anderes zu tun als zu lernen – eine einmalige Chance! Freilich vergibt sie diese Chance, wenn sie sich abschottet gegenüber der gesellschaftlichen Wirklichkeit und damit auch das Leben ihrer Schüler nicht wahrnimmt oder nicht ernstnimmt.

7. Der *Lehrplan des Aufsatzunterrichts* folgte seit geraumer Zeit einer undifferenzierten Entwicklungspsychologie. Danach sollte das Grundschulkind vor allem erzählen, der Schüler in der Sek. I vor allem sachlich darstellen (berichten und beschreiben) und der Schüler in der Sek. II argumentieren. Die in Band 1 ausführlich dargestellte und begründete Unterscheidung von vier Grundkompetenzen bietet nun die Möglichkeit, Entwicklungen innerhalb dieser Bereiche zu verfolgen. Daraus ziehe ich die Konsequenz, bei jeder einzelnen Schreibaufgabe (Aufsatzart) Entwicklungsmöglichkeiten

von der Primarstufe bis zur Sek. II nachzuweisen. Allerdings verläuft die Entwicklung nicht synchron zu den Schulstufen (dies wäre eher der Fall, wenn der Schnitt zwischen der Primarstufe und der Sek. I nach der 6. oder 7. Klasse erfolgte – aber auch dann wären noch z. T. drastische individuelle Entwicklungsunterschiede zu berücksichtigen); ich orientiere mich deshalb nicht an Schulstufen, sondern an Entwicklungsstufen nach dem Muster (1) präkonventionell – (2) konventionell – (3) postkonventionell. (Für den Hausgebrauch kann man sich die gerade in der Schule relevanten Übergänge von Stufe (1) zu Stufe (2) als „Einführung in die Gepflogenheiten“ und von (2) zu (3) als „Gewinnen eines kritischen Verhältnisses dazu“ übersetzen.)

Bei der Analyse der Aufsatzarten zeigt sich freilich, daß die traditionelle Lehrplangestaltung nicht völlig falsch war, sondern nur zu einseitig und pauschal. Tatsächlich kann man den Sprachgebrauch der Kinder weitgehend als „Erzählen“ charakterisieren; allerdings enthält dieses Erzählen neben erzählend-berichtenden auch darstellende und argumentierende Elemente. Im Laufe der Entwicklung werden diese Elemente differenziert, so daß dann übungshalber unterschiedliche Aufgaben möglich sind, je nachdem, ob Sachverhalte dargestellt und Textinhalte wiedergegeben und analysiert werden (kognitiv-sprachlicher Aspekt), ob über Entscheidungen öffentlich nachgedacht wird (interaktiv-moralischer Aspekt) oder ob Erlebtes und Vorgestelltes sprachlich gestaltet wird (ästhetischer Aspekt).

8. Von den einzelnen Lerngegenständen des Aufsatzunterrichts auszugehen bedeutet, daß die Texte, also die fertigen *Produkte*, im Vordergrund stehen. Diese Sichtweise wird der Tatsache nicht gerecht, daß es im Unterricht ja gerade um die Produktion und damit um den *Schreibprozeß* geht. Obwohl ich innerhalb der einzelnen Aufsatzartenkapitel Fragen des Vorgehens beim Schreiben erörtere, scheint mir eine zusammenhängende Darstellung der Probleme und methodischen Möglichkeiten nötig, die sich grundsätzlich und überall beim Schreibvorgang zeigen. Dem dient das Kapitel „Phasen des Schreibprozesses“, das von der Vorbereitung des Schreibens bis zur Textüberarbeitung und zur wichtigen Frage des Umgangs mit den fertigen Texten reicht.

9. Der häufigste „Umgang mit Schülertexten“ ist die Korrektur und Bewertung: der Aufsatz als *Klassenarbeit*. Schreiben ermöglicht Kontrolle. Aus verschiedenen Gründen dominiert diese Funktion des Schreibens im Bewußtsein der meisten Schüler und Lehrer. Deshalb widme ich ihr ein besonders umfangreiches Kapitel mit der erklärten Absicht, das Gewicht, welches Beurteilen und Bewerten üblicherweise haben, zu verringern. Es scheint mir zwingend, daß die Kontrollfunktion des Schreibens zurückgenommen werden muß, wenn seine Lern- und Entwicklungsfunktion gestärkt werden soll.

10. Den in der pädagogischen Grundlegung vorgenommenen Überblick über die historische Entwicklung des Faches präzisiere und konkretisiere ich

in einem besonderen Kapitel über die *Geschichte des Aufsatzunterrichts*. Dabei verbinde ich historische und systematische Gesichtspunkte: Sowohl allgemeine Kompetenzen als auch bestimmte Qualifikationen haben die Zielsetzungen des Aufsatzunterrichts im Laufe seiner Geschichte bestimmt. Die Vergegenwärtigung dieser Geschichte macht zudem deutlich, wie aktuelle Tendenzen auf historische Positionen zurückgehen, und zeigt auch deren Gefahren.

11. Ich habe mich nicht vor Wiederholungen gescheut, weil ich annehme, daß niemand das Buch von vorn bis hinten durchliest (so sehr ich mir das wünschte!). Im großen und ganzen gilt dies auch im Hinblick auf das Verhältnis von erstem und zweitem Band: Dieser zweite Band sollte auch ohne Kenntnis des ersten verständlich und brauchbar sein. Deshalb bin ich mit Hinweisen auf den ersten Band sparsam umgegangen. Was ich oben über das Verhältnis von Didaktik und Methodik gesagt habe, gilt aber natürlich mindestens ebenso für das Verhältnis von allgemeiner pädagogischer Grundlegung und Didaktik eines Lernbereichs: Letztere ist die Konsequenz aus ersterer. Ohne pädagogische „Fundamentalreflexion" hat die Didaktik keinen Grund unter den Füßen. Selbst wenn diese Reflexion auch die Unterrichtspraxis bisweilen nur in Einzelheiten verändert, so sind doch gerade sie entscheidend; der Teufel steckt bekanntlich im Detail. Die Auseinandersetzung mit pädagogischen Grundsatzfragen führt nicht zwangsläufig zu einer besseren Praxis (was führte zwangsläufig dazu?), aber sie schärft das Bewußtsein für die praktischen Möglichkeiten und erlaubt eine *entschiedene* Praxis. Mehr kann und darf Pädagogik als „Normwissenschaft" nicht leisten.

Lüneburg, März 1994

NB: Ich verwende im Anschluß an die Tradition bei Berufsbezeichnungen (Lehrer, Schüler) durchgängig die unmarkierte Form; Thematisierung dieses Sprachgebrauchs im Vorwort zu Band 1.

I Allgemeines

1 Didaktische Grundfragen

Warum Schreiben lehren?

Die Antwort scheint leicht zu fallen: Damit alle Kinder und Jugendlichen schreiben lernen. Zwar würden wohl in einer so schriftdurchdrungenen Kultur wie der unsrigen die meisten Heranwachsenden auch ohne besondere Lehre schreiben lernen – schon bei Schuleintritt kann heutzutage etwa jedes fünfte Kind lesen (Rathenow 1982), und viele Kinder kommen mit der Fähigkeit, ihren Namen und einige Wörter zu schreiben bzw. zu drucken, in die Schule –, aber zum einen zeigt die sogar trotz Unterricht beträchtliche Zahl der noch heute bei uns vorhandenen Analphabeten (man schätzt 1–2% der erwachsenen Bevölkerung, Schmitz 1985), daß der Erwerb der Schreibfähigkeit eben doch nicht einfach von selbst geschieht, zum anderen kämen die meisten Kinder und Jugendlichen wohl nicht so weit in ihrer Schreibfähigkeit, wie es durch die Schule möglich ist. Durch kontinuierlichen Unterricht, durch zweckmäßige Lehre sollen die Schüler mit der Schrift möglichst gut vertraut werden. Aber warum eigentlich sollen sie schreiben lernen? Wie läßt sich der Schreibunterricht rechtfertigen? Manche Kinder scheinen ja schon bei Schuleintritt wenig Interesse an dieser aktiven Form der „Teilnahme an Schriftkultur“ zu haben, und je länger Kinder in der Schule sind, desto geringer wird offenbar ihre Schreiblust. Inwiefern ist denn dann aber für alle Kinder, für alle Menschen das Schreibenlernen gut und nützlich? Welche Begründungen – und damit zugleich Ziele – lassen sich für die Lehrbemühungen anführen?

Durch die Geschichte hindurch gibt es auf diese Frage unterschiedliche, aber immer wiederkehrende Antworten, die an verschiedenen menschlichen Grundmotiven und gesellschaftlichen Grundbedürfnissen ansetzen:

1. Schreiben ermöglicht *schriftliche Kommunikation*. Schriftlich treten wir mit Menschen, die außerhalb unseres Nahbereichs sind, in Kontakt und teilen ihnen etwas mit, und wenn wir uns selbst etwas notieren, sind wir gewissermaßen über die Zeit hinweg unser eigener Kommunikationspartner. Zwar ist schwer vorauszusagen, wie wichtig dafür Schreibenkönnen in Zukunft sein wird. Ohne Zweifel ermöglichen die elektronischen Medien auch ohne Schrift Sprachübertragung und -speicherung. EDV, Schreibcomputer und Telefax machen aber deutlich, daß die technische Entwicklung zumindest auf absehbare Zeit eher erhöhte Anforderungen an die Schreibfähigkeit der Menschen stellt. Je industrialisierter und bürokratisierter eine Gesellschaft ist, desto mehr verlangt sie von ihren Mitgliedern die Beherrschung der Schrift. Die Abnahme körperlicher Tätigkeiten und die Zunahme von Steuerungs- und Verwaltungstätigkeiten machen den Umgang mit

Symbolen und darüber hinaus eben auch Schreibenkönnen für immer mehr Berufe unentbehrlich: Man muß schriftlich Daten eingeben, Berichte, Weisungen, Protokolle, Stellungnahmen, Vorlagen schreiben, Formulare und Kontrollblätter ausfüllen und Aktennotizen machen (BUHOFER 1983 und HÄCKI-BUHOFER 1985). „Höherqualifikation" bedeutet fast immer auch erweiterte Schreibfähigkeit und Arbeit in einem Beruf, der in höherem Maße Schreibenkönnen verlangt. (Dabei heißt „Schreiben" natürlich immer weniger per Hand Schreiben und immer häufiger das Tippen von Buchstaben, die „Texteingabe". Auch in der Schule dürfte die Bedeutung des Schreibens per Hand in Zukunft zurückgehen; in den USA ersetzen schon jetzt tragbare Minischreibcomputer in der Größe von Federtaschen die herkömmlichen Schreibgeräte.) – Schreibenkönnen ist also eine wichtige gesellschaftliche *Qualifikation*, und schon das wäre ein ausreichender Grund für Schreibunterricht. Noch weitreichender aber sind die folgenden Gründe.

2. Schreiben fördert *Reflexion und Erkenntnis*; dadurch ist es ein *Mittel der geistigen Arbeit*. Dieser Aspekt betrifft also die Gegenstände, denen wir uns beim Schreiben in Gedanken zuwenden. Schreiben ermöglicht Festhalten und Wiederlesen von Gedanken und die Arbeit an ihnen. Durch das Aufbewahren und optische Präsenthaben sprachlich verfaßter Gedanken können größere mentale Zusammenhänge hergestellt werden. Schrift als „externes Gedächtnis" ermöglicht die Ausarbeitung von Gedanken auch über einen längeren Zeitraum hinweg. Weil Schrift ein „dekontextualisierter", also aus der aktuellen Situation herausgelöster, Sprachgebrauch ist, fördert Schreiben das Abstraktionsvermögen. „Mit der Schrift erwerben Kinder ein intellektuelles Produktionsmittel" (MAAS 1985). Schrift ermöglicht dem Menschen eine aktive Teilnahme am geistigen Leben: „Der allgemeine Verkehr ruht größthenteils auf der Schrift und ist durch diese bedingt; es muß demnach die Fähigkeit, mittelst der Schrift an dem allgemeinen Verkehr Theil zu nehmen, die conditio sine qua non für die Ausbildung des praktischen Verstandes sein. Es ist kein Recht da, irgendeinem Individuum diese Fähigkeit vorzuenthalten" (SCHLEIERMACHER 1826:386). Zwar begründet SCHLEIERMACHER hier die Forderung nach Schriftkenntnis durch Hinweis auf deren gesellschaftliche Bedeutung, aber für ihn ist klar, daß sie zugleich die Bedingung für die „Ausbildung des praktischen Verstandes" ist. Gegenstand der schriftlichen Reflexion kann sowohl äußere Wirklichkeit sein (wie bei einer wissenschaftlichen Arbeit) als auch das eigene Ich (wie beim Tagebuch, teilweise im Brief und in literarischen Texten).

Da Schreiben in dieser Hinsicht dem Denken und der Erkenntnis dient, kann man von einer *kognitiven* Leistung sprechen. Diese Leistung kommt besonders in der Schule zur Geltung. Schreiben unterstützt in den meisten Bereichen das Lernen; Schüler, die Schwierigkeiten mit dem Schreiben haben, sind in fast allen Fächern benachteiligt. Im Deutschunterricht (DU) hilft das Schreiben beim Umgang mit Literatur und beim Nachdenken über Sprache; im Grammatikunterricht ist es unentbehrlich. Um Schreiben in dieser Funktion instrumentell nutzen zu können, müssen Schüler das Instrument beherrschen – vom Notizenmachen über das Ideenfinden und Ideenfesthalten bis hin zu einzelnen, dem Text- bzw. Problemverständnis dienenden Schreibaufgaben wie Inhaltswiedergabe und Erörterung.

Schrift als Instrument des Denkens wirkt auf das Denken zurück. Schreiben fördert die kognitive Entwicklung, und zwar doppelt:

a) Da durch die Verschriftlichung Gedanken objektiviert werden, können sie analysiert und synthetisiert werden. Solche Analyse und Synthese von Gedanken verändert das Denken qualitativ. Zudem fördert das Schreiben die Planungs- und Antizipationsfähigkeit, das Auswählen und Ordnen von Wissen und die Kritikfähigkeit – also allgemeine intellektuelle Funktionen.
b) Schreiben fordert und fördert „Dezentralisierung", nämlich ein bewußtes Sich-Einstellen auf andere, auf nicht anwesende und oftmals unbekannte Leser. Damit dient es der Entwicklung des Verständnisses für andere Menschen, der „sozialen Kognition".

3. Schreiben ermöglicht absichtsvollen sprachlich-symbolischen (Selbst-) *Ausdruck*. Dieser Aspekt betrifft also den Schreibenden selbst, der sich mit dem, was er schreibt, nach außen wendet. Die materialisierten sprachlichen sowie die sinnlich-ästhetischen Qualitäten der Schrift werden genutzt, um die je eigene Sichtweise, Befindlichkeit, Bedürfnislage auszudrücken und öffentlich zu machen. Einen Tisch vollkritzeln, einen Spruch an die Wand sprühen, einen Brief schreiben: Schriftliches zu hinterlassen, scheint ein menschliches Grundbedürfnis zu sein. Indem sie „ein Zeichen setzen" (PIELOW 1984), weisen Subjekte einerseits auf sich hin („Ich war hier"), andererseits bringen sie ihre Sicht und Absicht in den öffentlichen Diskurs ein („Das meine ich"). Schrift ermöglicht durch bewußte Wortwahl und Formulierung („Sprachgestaltung") in eigentümlicher Weise individuellen, eigenen Ausdruck; auch historisch gibt es einen Zusammenhang zwischen Individualisierung/Subjektivierung und Verbreitung des Schreibens. (Zur gegenläufigen Tendenz von Schrift vgl. unten 2g.)

Es liegt auf der Hand, daß die drei genannten Aspekte den Grundfunktionen der Sprache entsprechen, wie wir sie seit PLATON kennen – in KARL BÜHLERS (1934) Terminologie: Appell, Darstellung, Ausdruck. Bei jeder sprachlichen Äußerung sind alle drei Funktionen im Spiel, aber sie spielen unterschiedliche Rollen. Jede kann zurücktreten, und jede kann dominieren. BÜHLER weist auf die Dominanz der Darstellungsfunktion in der Sprache der Wissenschaft, auf die Dominanz der Ausdrucksfunktion in der Sprache der Lyrik und die Dominanz der Appellfunktion in der Sprache des Militärs hin:

> „daß so gut wie alles abgesteckt und zugerüstet sein kann auf die Darstellungsfunktion der Sprachzeichen hin; das gilt sicher am ausgesprochensten für die wissenschaftliche Sprache und erreicht einen Höhepunkt im Darstellungssystem der modernen Logistik. Was kümmert sich der reine Logiker um die Ausdrucksvalenzen der Zeichen, die er mit Kreide auf die Tafel malt? Er soll sich auch gar nicht darum küm-

mern; und doch würde vielleicht an dem und jenem Kreidestrich oder am Duktus der ganzen Zeilen ein geübter Graphologe seine Freude haben und seine Deutekunst nicht vergebens bemühen. Denn ein Rest von Ausdruck steckt auch in den Kreidestrichen noch, die ein Logiker oder Mathematiker an die Wandtafel malt. Man muß also nicht erst zum Lyriker gehen, um die Ausdrucksfunktion als solche zu entdekken; nur freilich wird die Ausbeute beim Lyriker reicher sein. Und wenn es ein ganz eigenmächtiger Lyriker ist, so schreibt er manchmal über seine Pforte, der Logiker soll draußen bleiben. Das ist dann wieder eine jener Übertreibungen, die man nicht zu ernst zu nehmen braucht. Auf das *dritte* hin, auf eine exakte Appellfunktion, ist alles zugerüstet, z.B. in der Kommandosprache [...]" (1934:31f.).

In der Geschichte des Aufsatzunterrichts (AU) dominierte bis zum Beginn des 18. Jahrhunderts die appellative Funktion. Die *Wirkung* von Geschriebenem stand im Vordergrund; denn der Schreibunterricht war ein Kind der Rhetorik. Diese Tradition lebte wieder auf bei den Erwägungen zur Zweckmäßigkeit des schriftlichen Sprachgebrauchs (SCHNEIDER 1926) und im kommunikations- und projektorientierten AU der 70er Jahre. – Die expressive Funktion wurde im 18. Jh. als „Ausdruck von Gedanken" betont und dominierte in der Reformpädagogik, wo es um den Ausdruck von Erlebtem ging. Sie wird heute wieder akzentuiert im „freien" und „kreativen" Schreiben. – Die Darstellungsfunktion wurde ab dem 19. Jh. in den Vordergrund gestellt; sie bestimmte den sachlich orientierten und den „sprachbildenden" AU (SEIDEMANN 1927).

2 Charakteristika der Schrift

Die dargestellten psychischen Leistungen des Schreibens gehen auf Charakteristika der Schrift oder vielmehr der produktiven Verwendung von Schrift, also des Schreibens, zurück. (Auf den Unterschied von Merkmalen der Schrift selbst und ihrer jeweiligen Verwendung machen SCRIBNER/COLE aufmerksam; vgl. die Wiedergabe ihrer Forschungen in der afrikanischen Vai-Kultur bei GREENFIELD 1987:70ff.) Im Hinblick auf die verschiedenen Kompetenzen sind diejenigen Merkmale wichtig, die die geistige Entwicklung des Kindes beeinflussen. Wenn wir Kinder in die Schrift einführen, vermitteln wir ihnen ja keineswegs nur eine Technik, sondern wir greifen tief in ihre psychische und soziale Entwicklung ein. Wie der ethnologische und kulturhistorische Vergleich aliteraler und literaler Gesellschaften zeigt, hatten Literalisierung und Alphabetisierung in jeder Kultur beträchtliche Folgen. Ähnlich folgenreich ist der Erwerb der Schriftsprache für die Entwicklung des einzelnen Kindes. SCRIBNER (1969) behauptet sogar, Schriftkenntnis sei eine notwendige Bedingung für das Erreichen der Stufe der formalen Operationen, also der höchsten Intelligenzstufe nach PIAGET.

Ich stelle mögliche Folgen des Schriftspracherwerbs differenzierter dar, indem ich Merkmale der Schrift beschreibe und damit die Sachstruktur erläutere; welche Folgen der Schriftspracherwerb bei Kindern tatsächlich hat, ist Gegenstand empirischer psychologischer Forschung.

a) Schrift ist elaborierte Sprache.

„Die geschriebene Sprache ist eine Sprache ohne Gesprächspartner. Darum ist sie eine maximal entwickelte; die syntaktische Gliederung erreicht damit ihr Maximum. In dieser Sprache wird auf Grund der Trennung der Gesprächspartner eine Verständigung durch Andeutungen und prädikative Aussagen selten möglich. Die Gesprächspartner befinden sich bei der geschriebenen Sprache in verschiedenen Situationen, was die Möglichkeit eines gemeinsamen Subjekts in ihren Gedanken ausschließt. Daher ist die geschriebene Sprache im Vergleich zur mündlichen eine maximal entwickelte und syntaktisch komplizierte Sprachform, in der wir zum Ausdruck jedes einzelnen Gedankens weitaus mehr Wörter benötigen als in der mündlichen" (Wygotski 1964:333f.).

Wygotski vergleicht mündliche und schriftliche Sprache. Während wir uns in mündlicher Sprache – gemeint ist face-to-face-Kommunikation – in derselben Situation befinden und im einfachsten Fall auf die in Rede stehenden Dinge zeigen können, so daß sprachlich nur noch prädiziert zu werden braucht, müssen wir beim Schreiben dasjenige, über das Aussagen gemacht werden, immer auch nennen – „das da" reicht nicht. Deshalb ist Schriftsprache ausführlicher und benötigt mehr Wörter. Ergänzen kann man: Faktisch gebrauchen wir mündlich oft mehr Wörter, wie Transkriptionen mündlicher Texte zeigen; das rührt aber von Wiederholungen und Umformungen her. Mündliche Sprache ist wesentlich redundanter als schriftliche. Allerdings erlaubt das, was oberflächlich als Redundanz erscheint, auch Modalisierungen und Abtönungen, die in der Schrift meistens verloren gehen.

b) Schrift ist abstrakt.

„Die schriftliche Sprache setzt [...] für ihre wenn auch nur minimale Entwicklung einen hohen Grad der Abstraktion voraus. Sie ist eine Sprache ohne Intonation, ohne das Musische, Expressive, überhaupt ohne ihre lautliche Seite. Sie ist eine Sprache im Denken, in der Vorstellung" (Wygotski 1964:224).

Dies gilt nicht uneingeschränkt. Durch Ausrufe- und Fragezeichen, Gedankenstriche, Punkte, Klammern, Unterstreichungen und dergleichen können wir Expressives und Intonatorisches zum Teil in die Schrift hinüberretten. Poetische Mittel der Sprachgestaltung gehen hier noch weiter. Auch durch nicht normgerechte Schreibung versuchen wir, Sinnliches (Aussprache) wiederzugeben („Spanischä Nächtä", Arno Schmidt; „Büsd nn Payjurn onturweiggs, süchsde munchch oin Krautzifeikx", Koeppel 1983) und die Reduktion der Sprache aufs Begriffliche zu vermeiden. Und schließlich ist daran zu erinnern, daß Schrift etwas Materielles, Sichtbares und Manipulierbares ist, und deshalb ist sie vor allem für Kinder gegenüber dem flüchtigen Mündlichen die konkretere Form von Sprache.

c) Schrift ist absichtlich („willkürlich").

„Die erste Eigenart [...] besteht darin, daß das Kind in der schriftlichen Sprache *willkürlich* handeln muß, daß die geschriebene Sprache willkürlicher ist als die mündliche [...]. Wenn das Kind ein Wort sagt, legt es sich nicht bewußt Rechenschaft darüber ab, welche Laute es ausspricht, und führt keine absichtlichen Operationen beim Aussprechen jedes einzelnen Lautes aus. In der geschriebenen Sprache dagegen muß es sich die lautliche Struktur des Wortes bewußt machen, muß das Wort zergliedern und willkürlich in den Schriftzeichen reproduzieren" (WYGOTSKI 1964:226).

WYGOTSKI weist nach, daß dies nicht nur für die Ebene der Laute, sondern auch für die syntaktische und semantische gilt: Schreiben ist zwangsläufig ein absichtsvollerer, bewußterer Sprachgebrauch als Sprechen. Allerdings muß man auch hier wieder einschränken: Die Regeln des Schriftgebrauchs werden offenbar weitgehend nicht absichtlich, sondern intuitiv erworben (WEIGL 1974:105).

d) Schrift hat Bestand.
Verba volant, scripta manent. Daraus folgt der (schon unter b erwähnte) im Vergleich zur mündlichen Rede eher gegenständliche Charakter der Schrift (KAINZ 1967,IV:39). Durch die Verschriftlichung wird es möglich, ein „Stück Sprache" ähnlich zu bearbeiten wie einen materiellen Gegenstand. (Die Grammatik als Beschäftigung mit den grammata, den Buchstaben, bezieht sich primär auf die Schriftsprache.) Damit ist Schrift zugleich konservierend und konservativ: Sie hält einen historischen Sprachzustand länger fest als mündliche Kommunikation.

e) Schrift speichert und transformiert Wissen.
Die Fähigkeit, einen Textzusammenhang herzustellen und ihn aufzunehmen, ist durch das Kurzzeitgedächtnis grundsätzlich begrenzt. Die Schrift ist nun das technische Mittel, das diese Begrenzung aufhebt. Im schriftlichen Text können mehr Elemente verarbeitet und aufeinander bezogen werden, der „Speicher" hat eine größere Kapazität. Schrift erlaubt die Akkumulation von Wissen und seine Ordnung. Dies ist ein wesentlicher Aspekt ihrer kognitiven Funktion. (Daß die Gedächtnisentlastung auch zum geringeren Training des Erinnerungsvermögens führt, zeigen uns orale Kulturen; siehe unten h.)

f) Schrift ist öffentlich.
Was geschrieben ist, steht grundsätzlich allen Sprach- und Lesekundigen offen, Geheimhaltung ist schwierig. Durch Schriftlichkeit kann eine größere Öffentlichkeit hergestellt werden. Schriftlich Verfaßtes kann gründlicher geprüft und erwogen werden. Dadurch ist in ganz anderem Umfang Kritik möglich; die Entwicklung kritischen Bewußtseins – und damit die Entwicklung von Wissenschaft – ist in einer Gesellschaft ohne Schrift ebensowenig vorstellbar wie die Entwicklung eines differenzierten Rechtssystems. Die Kehrseite ist: Durch Schrift werden Gedanken kontrollierbar. Im Verbund mit Bürokratisierung erweist sich Schrift als besonders geeignetes Instrument zur Prüfung und Einstufung von Menschen.

g) Schrift ist unpersönlich.
Während bei mündlicher Rede die Gebundenheit an die Leiblichkeit des Sprechers und an die gemeinsame Kommunikationssituation dafür sorgt, daß die Rede als *meine* verstanden wird, muß die Individualisierung bei der Schriftsprache im Gegenzug gegen die Generalisierungstendenz der Sprache eigens bewirkt werden. SCHILLER an GOETHE am 27. Februar 1778:
„Wenn nur jede individuelle Vorstellungs- und Empfindungsweise auch einer reinen und unvollkommenen Mitteilung fähig wäre, denn die Sprache hat eine der Individualität ganz entgegengesetzte Tendenz, und solche Naturen, die sich zur allgemeinen Mitteilung ausbilden, büßen gewöhnlich so viel von ihrer Individualität ein und verlieren also sehr oft von jener sinnlichen Qualität zum Auffassen der Erscheinungen. Überhaupt ist mir das Verhältnis der allgemeinen Begriffe und der auf diesen erbauten Sprache zu den Sachen und Fällen und Intuitionen ein Abgrund, in den ich nicht ohne Schwindeln schauen kann. Das wirkliche Leben zeigt in jeder Minute die Möglichkeit einer solchen Mitteilung des Besonderen und Besondersten durch ein allgemeines Medium, und der Verstand als solcher muß sich beinah die Unsinnigkeit beweisen ..."

In der Schriftsprache wird die Schwierigkeit, Besonderes im Medium des Allgemeinen auszudrücken, nachhaltig deutlich; wird sie überwunden, so bleibt das nicht ohne Folgen für die mündliche Sprache, indem nämlich nun auch hier der Tendenz zur unpersönlichen Phrase entgegengewirkt wird. Der von SCHILLER konstatierte Widerspruch ist eventuell auf den Unterschied von mündlicher und schriftlicher Sprache zurückzuführen: Im „wirklichen Leben" ist Sprache leibgebunden und enthält alle Möglichkeiten der leibhaften Modulation und damit der pragmatischen Interpretation (= implizite Metakommunikation); der Verstand richtet sich bei seinem Beweis des Gegenteils auf die objektive Schriftsprache.

Die Unpersönlichkeit der Schriftsprache erschwert, sie als Mittel persönlichen Ausdrucks zu gebrauchen. Das Problem wurde virulent, als sich seit der Renaissance Individuen in Abgrenzung von der Gesellschaft als Persönlichkeiten verstanden: Das Ich muß einen eigenen, originellen Stil schreiben, um als Individuum anerkannt zu werden. Das später auftretende Problem des Kommunikationsverlusts ist hier schon angelegt; SCHILLERS Äußerung zeigt drastisch, wie Selbstausdruck und kommunikative Verständigung zu Gegensätzen werden.

h) Schrift trennt Subjekt und Sprache.
Dies geschieht sowohl durch die schon erwähnte Allgemeinheit der Begriffe als auch wegen der Möglichkeit der bloßen Übernahme von Fremdem (z. B. beim sog. Verbalismus). Das Fremde wird nicht angeeignet, sondern bloß abgeschrieben. Daß dies eine Gefahr fürs Denken und Lernen darstellt, sah schon PLATON. Im „Phaidros" läßt er Sokrates den Mythos von der Erfindung der Schrift durch den ägyptischen Gott Theuth erzählen. (Die Vorstellung vom göttlichen Ursprung der Schrift war weit verbreitet. Vgl. ECKARDT

1965): König Thamus, dem Theuth seine Erfindung anbot, weist sie zurück, weil er befürchtet, daß sie das eigene Denken und das Erkennen der Wahrheit eher behindern als fördern werde:

„Denn diese Erfindung wird den Seelen der Lernenden vielmehr Vergessenheit einflößen aus Vernachlässigung der Erinnerung, weil sie im Vertrauen auf die Schrift sich nur von außen vermittels fremder Zeichen, nicht aber innerlich sich selbst und unmittelbar erinnern werden. Nicht also für die Erinnerung, sondern nur für das Erinnern hast du ein Mittel erfunden, und von der Weisheit bringst du deinen Lehrlingen nur den Schein bei, nicht die Sache selbst. Denn indem sie nun vieles gehört haben ohne Unterricht, werden sie sich auch vielwissend zu sein dünken, obwohl sie größtenteils unwissend sind, und schwer zu behandeln, nachdem sie dünkelweise geworden statt weise" (275a).

Die Trennung von Subjekt und Sprache ist auch noch in anderer Hinsicht bedeutsam. Die Untersuchungen zum schichtspezifischen Sprachgebrauch haben auf das Problem aufmerksam gemacht, daß Kinder das stark von der Schriftsprache geprägte „Schuldeutsch" u. U. als „Fremdsprache" lernen müssen, wenn ihre „Haussprache" davon bemerkenswert abweicht. Bleibt es bei einem unverbundenen Nebeneinander von öffentlicher Schulsprache und privater bzw. schichtgebundener Haussprache, so hat der Sprachunterricht die Schüler nur zum Code-Switching befähigt, aber zur sprachlichen Sozialisation im Sinne der Elaboration sprachlicher Strukturen nichts beigetragen. WÜNSCHE (1972) hat die Folgen drastisch dargestellt:

„Eine Serie von sechs gleichförmigen Verbotssätzen (‚Es ist verboten, während der Schonzeit ...') durch eine ebenfalls gleichförmige Serie der gleichen, nur grammatisch veränderten Sätze (‚Das Schießen des Wildes während ...') zu ersetzen, das ist von so aufreizender Penetranz, daß nur sogenannte gute Schulkinder das widerspruchslos hinnehmen. Als Jost das las, rief er dazwischen: ‚Da könnt ich jeden Buchstaben einzeln rausreißen!' Nur leider spätestens bei der Entlassung aus der Schule, erst recht im Rückblick auf die Schule, jedenfalls dann, wenn ihre Rolle als Schüler nicht mehr gegeben ist, machen sie sich die Sprache des Schweigens zu eigen, weil sie glauben, anders nicht erwachsen sein zu können. Jahrelang haben sie es ja vorgemacht bekommen und trainiert: in vollständigen Sätzen antworten, nachsprechen, laut vorlesen, beugen, auswendig lernen, wiederholen, und was sie sagten, war nichts anderes für sie, als was sie sagten. Es war die korrekte Wiedergabe von Gesagtem. Darauf kam es an. Es war noch nicht einmal Nacherzählung, auch wenn es unter dem Titel Nacherzählung aufgeschrieben war. Es war eine Fremdsprache, in dem Sinne, wie auch ihre Eltern sofort zur Fremdsprache greifen, wenn sie eine Entschuldigung für ihre Kinder an den Lehrer schreiben: ‚Werter Herr Lehrer. Möchte hiermit meinen Sohn Peter entschuldigen. Peter hatte gestern starkes Erbrechen. Hochachtungsvoll Frau K.' Was heißt da Fremdsprache?" (WÜNSCHE 1972:16f.).

Bei WÜNSCHE wird deutlich, daß die Trennung nicht nur Sprecher und Sprache betrifft, sondern, damit zusammenhängend, auch Sprache und Handeln. Wenn Schriftsprache als „Fremdsprache" gelernt wird (eine Gefahr, der der „Aufsatz als Lerngegenstand", s. u., kaum je entgeht), wird nicht die eigene Sprache elaboriert; damit geht die Möglichkeit verloren, mit der Elaboration der Sprache zugleich auch das praktische Bewußtsein zu elaborieren. Schließlich fallen Sprache und Handeln auseinander.

Auf einen dritten Aspekt der Trennung von Sprecher und Sprache hat der Psychoanalytiker BITTNER hingewiesen, und zwar im Zusammenhang von Überlegungen zum richtigen Sprachniveau in der Psychoanalyse von Kindern. Seine Bemerkungen sind insofern interessant, als Schriftsprache in besonderem Maße abstrakt und formal ist. BITTNER stellt nämlich fest, daß

„gerade sprachliche Abstraktionen besonders leicht in den Dienst der Affektverdrängung treten können. [...] Daher dürfte es auch illusorisch sein, sich von jeder sprachlichen Differenzierung des Kindes zugleich einen Zuwachs an affektiver und emotionaler Differenzierung zu versprechen. Wenn Sprache nur insoweit Affekt wirksam zu formulieren vermag, als sie selbst ihre affektiven Wurzeln nicht verleugnet, wird man die Eignung einer rein formal eingeübten Sprache zur emotionalen Kultivierung eher pessimistisch einschätzen und einhergehend mit der perfekteren Sprachbeherrschung eine zunehmende Selbst- und Affektentfremdung erwarten" (BITTNER 1969:41).

In der Schule ist Derartiges z.B. dann wahrnehmbar, wenn Kinder „altklug" die Sprache Erwachsener übernehmen.

Die hier zusammengestellten Bedenken richten sich gegen eine allzu optimistische Auffassung von den Wirkungen des Schriftspracherwerbs und damit indirekt auch des Schreibunterrichts. Sie betreffen allerdings eher die Methode und den Zeitpunkt der Vermittlung als die Sache selbst. Gewarnt wird vor bloß äußerlicher Übernahme (PLATON) oder einem Oktroyieren der Schriftsprache, vor Entfremdung, wenn die Sprache der Kinder nicht entwickelt wird (WÜNSCHE), und vor einem formalen Drill, durch den die solcherart gelernte Sprache den Affekten fernbleibt (BITTNER). Gegen den Erwerb der Schriftsprache als solcher ist damit nichts gesagt. Die ironische Pointe liegt ja darin, daß PLATON im Gegensatz zu SOKRATES philosophierender Schriftsteller war, daß WÜNSCHE seine Schüler weitaus mehr als sonst in der Schule üblich schreiben ließ und daß BITTNER seine Bedenken gegen die abstrakte Sprache in eben dieser Sprache vorträgt und nur vortragen kann.

i) Schrift isoliert.

Wer schreibt, zieht sich auf sich selbst zurück. Dies ist in gewisser Weise paradox; denn Schreiben ist Kommunikation, und Kommunikation bedeutet Zuwendung zu anderen Menschen. Aber tatsächlich gehören beim Schreiben (wie auch beim Lesen) Zuwendung und Abwendung zusammen: Der Schreiber oder Leser wendet sich von den real anwesenden Menschen ab und allenfalls einem nur vorgestellten Leser oder Schreiber zu. Analphabeten – sowohl kleine Kinder wie schriftlose Völker – wundern sich über dieses merkwürdige soziale Verhalten, dessen Folgen für die psychosoziale Entwicklung schwer abschätzbar sind. („Einzelgänger", „Stubenhocker" u. ä. als Vorwürfe an den kontaktarmen Nurleser/Nurschreiber; andererseits kann sich der zeitweilige Rückzug fördernd auf die Individuation auswirken.) Interessanterweise isolieren Schreiben und Lesen wesentlich stärker als Fernsehen oder Computerspiele, denn diese Mediennutzung geschieht im allgemeinen zu mehreren (HURRELMANN 1990).

3 Schreiben: Medium oder Gegenstand des Lernens?

Die drei genannten sprachlichen Funktionen, in denen Schreiben wichtig wird – Ausdruck, Darstellung, Appell –, kommen im Unterricht in zweierlei Weise zur Geltung. Wenn wir sagen, das Schreiben *dient* der Kommunikation, der Reflexion, dem Ausdruck, so apostrophieren wir es als *Medium*. Diese doch eigentlich primäre Funktion spielt aber im Unterricht meistens eine untergeordnete Rolle. Wann schreiben die Schüler Mitteilungen? Höchstens als Notizen, d. h. sie schreiben für sich selbst, kommunizieren gewissermaßen über einen Zeitabstand hinweg mit sich. Wann reflektieren die Schüler schriftlich? Höchstens bei Aufgaben wie „Nimm schriftlich Stellung..." oder bei schriftlichen Interpretationen; aber das Schreiben wird hier im allgemeinen als Festhalten von schon vorhandenen Gedanken, als ihre bloße Äußerung und Dokumentation, nicht jedoch als Moment des Denkprozesses verstanden. Wann benutzen die Schüler das Schreiben gar zum Ausdruck ihrer Subjektivität? Gewiß gibt es Aufgaben, die dies nahelegen, wie das Schreiben einer „Erlebniserzählung". Aber nur allzu oft dominiert dabei die Form (eine „gute Geschichte", eine „ordentliche Erzählung") über die Ausdrucksfunktion. – Wenn wir uns die kognitiven und die darüber hinausgehenden psychischen Leistungen des Schreibens klarmachen, können wir versuchen, Schreiben stärker zu einem Medium des Lernens werden zu lassen.

Häufiger als der funktionale und damit mediale Gebrauch des Schreibens ist gewöhnlich im DU seine ausdrückliche Thematisierung: Schreiben als *Gegenstand* des Unterrichts. Der Unterricht bezweckt eine Förderung der Schreibfähigkeit – um nicht zu sagen der Schreibtechnik. Die Schüler lernen, wie man schreibt und wie man mit Schriftsprache umgeht. Sie lernen etwa das Verfassen einer Einladung (kommunikative Funktion), das schriftliche Erörtern (reflexive F.), das Gestalten eines Selbstporträts (expressive F.). Sie machen Übungen zur Erweiterung des Wortschatzes, zur Verbesserung des Satzbaus, zum Erlernen von Verschriftungsnormen und Textmustern.

Wie verhalten sich Medium und Gegenstand? Gewöhnlich gehen wir davon aus, daß man eine Fähigkeit erst erwerben muß, um sie dann anzuwenden. Das hieße hier, daß zunächst in die drei Verwendungsweisen eingeführt werden müßte (Schreiben als Gegenstand), um danach diese Fähigkeiten zu gebrauchen (Schreiben als Medium). Im Verhältnis von Schulfächern zueinander ausgedrückt: Der DU führt in das schriftliche Protokollieren, Interpretieren, ästhetische Gestalten ein, die anderen Fächer greifen auf diese Fähigkeiten zurück.

Dieses einfache Einführungs-Ausführungs-Verhältnis stimmt jedoch nicht, und zwar nicht nur in bezug auf die Fächer. Dies liegt daran, daß es sich bei den drei genannten sprachlichen Funktionen um Grundfunktionen des Symbolgebrauchs handelt, die nicht erst beim Schrifterwerb, sondern während der gesamten Entwicklung des Menschen erworben und ausgebildet werden; und natürlich gibt es Darstellung, Ausdruck, Appell auch beim mündlichen Sprachgebrauch. Der Unterricht führt also nicht eigentlich ein, sondern er baut auf und setzt fort. Wo dies nicht beachtet wird, kommt es zu Künstlichkeit und Lebensferne, d. h. der Unterricht wird jetzt erst eigentlich „schulisch". Nötig ist darum, einzelne Schreibfähigkeiten und -kenntnisse so zu thematisieren (zum Gegenstand des Lernens zu machen), daß ihr medialer, funktionaler Charakter immer durchscheint. Das heißt zweierlei. Einerseits muß jede einzelne Aufgabe exemplarisch sein für andere Aufgaben, die dasselbe Ziel – Erwerb einer bestimmten Teilfähigkeit oder Funktion des Schreibens – haben; andererseits muß die Aufgabe als Mittel zum Zweck erkennbar sein, und der Zweck ist vor allem der Erwerb und Gebrauch eines Mediums.

4 Schreiben zur Lernkontrolle

Im Unterricht – nicht nur im DU oder gar AU – dient das Schreiben oft noch einem anderen, oben (unter f) schon erwähnten Zweck: dem der Kontrolle. Schrift hält ja fest und dokumentiert. Wenn man annimmt, daß die Schüler mit Hilfe von Schrift ihre Kenntnisse und Fähigkeiten äußern, kann man aufgrund ihrer schriftlichen Ausführungen diese Kenntnisse und Fähigkeiten kontrollieren, d.h. feststellen und beurteilen. Aus verschiedenen Gründen spielt die Kontrolle des Könnens und des Lernens eine immer wichtigere Rolle in der Schule, und das hat zur Folge, daß sich für die Schüler eine feste Assoziation zwischen dem Instrument der Kontrolle, dem Schreiben, und dem Kontrolliertwerden einstellt. Da die Kontrolle im Ernstfall (bei Klassenarbeiten) immer eine Fremdkontrolle innerhalb eines Autoritäts- und Abhängigkeitsverhältnisses darstellt, kann man sich die negativen Folgen denken, die das für die Einstellung der Schüler gegenüber dem Schreiben hat: Die „Klassenarbeit" färbt auf das Schreiben überhaupt ab. Wegen der institutionellen Bedingungen, unter denen der Schrifterwerb geschieht, entwickeln viele Schüler eine Antipathie gegenüber dem Schreiben, die verhindert, daß sie die medialen Leistungen des Schreibens überhaupt erfahren. Besonders auffällig wird diese Behinderung beim expressiven Schreiben, weswegen ja oft vorgeschlagen wird, es aus der Beurteilung herauszunehmen. Dies ist aber allenfalls eine temporäre und vordergründige Lösung. Die grundsätzliche Differenz zwischen Medium und Kontrolle bleibt erhalten und wirkt weiter.

Wegen der Bedeutung, die die Kontrollfunktion des Schreibens hat, müssen die Schüler lernen, ihre Kenntnisse gemäß schriftsprachlichen Konventionen zu dokumentieren, und eine solche Geläufigkeit im Gebrauch der Schrift erwerben, daß die Schreibtätigkeit ihre Aufmerksamkeit nicht von den Inhalten ablenkt, um die es – vor allem ja in anderen Fächern – geht. Außerdem ist das Junktim zwischen Lernkontrolle und Aufsatzschreiben durch viel „unkontrolliertes" Schreiben wenn nicht aufzulösen, so doch wenigstens zu lockern.

5 Der Begriff „Aufsatz"

Der Begriff „Aufsatz" bezog sich zunächst auf Schriftstücke (vor allem Dokumente), die „aufgesetzt" wurden, d. h. bei denen Sprache in bestimmte Schriftmuster gegossen wurde. GRIMMS Deutsches Wörterbuch (1854) nennt den Aufsatz „das, was aufgeschrieben wird" und gibt als Synonym den Begriff „Abhandlung". Seit dem 18. Jh. bezieht sich der Ausdruck aber auch schon auf schulische Texte, und in der Folge heißt der Lernbereich „Aufsatzlehre" (vgl. Kapitel VI.). Im 20. Jh. ist mehrfach versucht worden, den Begriff durch andere zu ersetzen, etwa „Gestalten" (HELMERS), „schriftliches Arbeiten" (ULSHÖFER), „(schriftliche) Texte verfassen/produzieren", „schriftliches Darstellen", „schriftlicher Ausdruck", „schriftliche Kommunikation" oder einfach „Schreiben". Gründe für solche Umbenennungen sind:

1. „Aufsatz" klingt nach anstrengender und womöglich bürokratischer Arbeit; Schreiben soll aber als spontane und befreiende Tätigkeit erfahren werden.
2. Bei „Aufsatz" denkt man an umfangreichere, abgerundete, ausformulierte und überarbeitete Texte; der Ausdruck umfaßt nicht kurzes Geschriebenes wie z.B. Sprechblasen, Notizen und Vorläufiges.
3. Vor allem assoziiert man bei „Aufsatz" einen traditionellen Kanon rein schulischer Schreibformen; dem Schreiben fehlt die pragmatische Funktion (der „Sitz im Leben").
4. Schließlich erinnert „Aufsatz" an Klassenarbeit; alles schulische Schreiben scheint mit Klassenarbeiten in Verbindung zu stehen. BEINLICH empfiehlt deshalb: „Das Wort ‚Aufsatz' muß man bis zur zweiten Hälfte des 4. Schuljahrs vermeiden und einfach von ‚Geschichten' sprechen, weil der herkömmliche Begriff Eltern und Kinder immer noch in den Zustand unnatürlicher Verkrampfung versetzt" (BEINLICH 1969:436). Nur bis zur zweiten Hälfte des 4. Schuljahrs?

(Zur Begrifflichkeit vgl. im übrigen MARENBACH 1980.)

Wegen dieser Einwände benutze ich die Begriffe „Aufsatz" und „Aufsatzunterricht" (AU) gewissermaßen nur zitathaft (also in Anführungszeichen – selbst da, wo ich diese nicht ausdrücklich setze); aber es sind eben die noch immer gängigen Ausdrücke, mit denen man sich vorläufig verständigen kann, d. h., der Praktiker weiß, wovon die Rede ist, und aus diesem pragmatischen Grund gebrauche ich sie weiterhin. Die als Alternative vorgeschlagenen Begriffe „Gestalten", „Darstellen", „schriftlicher Ausdruck",

„schriftliche Kommunikation" können alle auch einschränkend verstanden werden, nämlich so, als gehe es in diesem Lernbereich nur um ästhetisches Schreiben („Gestalt") oder nicht um appellatives und expressives Schreiben („Darstellung") oder nicht um darstellendes und appellatives Schreiben („Ausdruck") oder schließlich nur um leserorientiertes Schreiben („Kommunikation"). Die Bezeichnung „(schriftliche) Texte verfassen" trifft zwar die Sache, aber „Textschreiben" wurde auch schon einschränkend gebraucht und sollte unterrichtlich vorbereitete und bewertete Aufsätze, also vor allem den Aufsatz in der Funktion der Lernkontrolle, ausschließen (HOPPE 1984). ESSEN (1956) gebraucht die Ausdrücke „schriftliche Übung" und „schriftliche Arbeit", die freilich auch nicht vor falschen Assoziationen sicher sind: „Arbeit" scheint spielerische Texte auszuschließen, und „Übung" scheint das Schreiben auf schulische Exerzitien zu beschränken. Kein Ausdruck ist vor Mißverständnissen, Fehldeutungen und falschen Assoziationen sicher.

Als Oberbegriff für den gesamten Bereich verwende ich wo immer möglich **„Schreibaufgaben"**. Nicht zu leugnen ist ja, daß jeder Text, den man sich zu schreiben vornimmt, eine „Aufgabe" ist, ganz anders als beim mündlichen Gespräch, wo die Äußerungen im allgemeinen wie von selbst kommen. Und man muß auch zugeben, daß in der Schule fast immer „Aufgaben" gestellt werden, und zwar selbst dann, wenn die Schüler mit Begeisterung ans Schreiben gehen. Auch Aufgaben, die sich im Rahmen größerer Zusammenhänge gewissermaßen von selbst ergeben, behalten doch ihren Charakter als „Aufgabe". Aber ach, natürlich ist auch dieser Ausdruck nicht frei von irreführenden Konnotationen. So grenzt er ja z. B. nicht klar die Bereiche „Nachschreiben" und „Abschreiben" vom hier gemeinten „Aufschreiben", also dem „Textverfassen" ab.

Unter „Schreibaufgaben" verstehe ich alle Aufgaben, die zu schriftlichen Ausführungen von Schülern führen, welche nicht Ab- oder Nachschrift sind. Diese Definition sagt also weder etwas über die Länge noch über den Verwendungszusammenhang (innerschulisch – außerschulisch) bzw. die Kommunikationsfunktion (auch ein in der Schule verfaßtes Gedicht ist in diesem Sinne das Ergebnis einer Aufgabenlösung), noch sagt sie etwas über den Schreibprozeß; auch nicht völlig ausformulierte, nicht „gestaltete" Texte sind einbegriffen, solange sie überhaupt als „Texte" bezeichnet werden können. Damit etwas aber als „Text" bezeichnet werden kann, muß es syntaktisch-semantisch kohärent und kommunikativ einheitlich sein: „‚Text' bezeichnet eine Folge von sprachlichen Zeichen (hauptsächlich Sätzen), die in sich kohärent ist und die als Ganzes eine erkennbare kommunikative Funktion signalisiert" (BRINKER 1988). Diese linguistische Definition ist absichtlich sehr weit und umfaßt viel mehr als der traditionelle „Sprachwerk"-Begriff, der dem „Aufsatz"-Verständnis bisher zugrunde lag. „Kohärenz" bezieht sich auf die sprachliche Struktur und kommunikative Funktion; der Begriff drückt kein Qualitätsurteil aus wie der der „Stimmigkeit" und des „Werks", sondern er erfaßt auch Unvollkommenes, Widersprüchliches und Brüchiges, solange es eine „erkennbare kommunikative Funktion signalisiert". „Kohärenz" kann nicht objektiv von außen festgestellt werden; ob sprachliche Elemente sich zu einem kohärenten Text fügen, entscheidet der Sprachteilnehmer in seinem Verstehensversuch.

6 Die Inhalte des „Aufsatzunterrichts" und die Gliederung des Curriculums

6.1 Problematik der Bestimmung und Ordnung von Unterrichtsinhalten im Lernbereich Schriftliches Arbeiten

Es finden sich heute drei Möglichkeiten, Inhalte des AU festzulegen und zu ordnen:

1. nach Aufsatzarten/Textsorten,
2. nach Sprachhandlungen/Schreibintentionen,
3. nach Phasen des Schreibprozesses.

Die häufigste Lösung ist die erste. Sie ist uns nicht nur aus der Geschichte des AU wohl vertraut, sondern sie findet sich offen oder versteckt auch heute noch vielerorts in Lehrplänen, und vor allem bestimmt sie die Praxis. Ausgangs- und Zielpunkt sind hier die *Produkte* des Schreibens, also die fertigen, festumrissenen Texte. Daß diese vor allem durch substantivierte Verben bezeichnet werden (Erzählung, Beschreibung, Erörterung usw.), ist nicht uninteressant, zeigt es doch, daß die Texte gewissermaßen geronnene Sprachhandlungen sind: Die Erzählung ist das Ergebnis des Erzählens, die Beschreibung das Ergebnis des Beschreibens usw.

Mit den Begriffen werden systematische Unterscheidungen getroffen, d.h., die Vielfalt möglicher Texte wird unter bestimmten Gesichtspunkten klassifiziert, und der einzelne Text erscheint als „Fall von". Wichtige Klassifikationsgesichtspunkte sind

- die *Situation* und der Anlaß des Schreibens (man schreibt anders für sich selbst als für andere, berichtet einem Brieffreund anders über einen Vorfall als einem Rechtsanwalt),
- der *Zweck* und die Absicht des Schreibens (man schreibt anders, wenn man einen Leser an eigenen Erfahrungen teilnehmen lassen, als wenn man ihn zu einer Handlung auffordern will),
- *Thema, Stoff, Inhalt* (man stellt einen begrifflichen Zusammenhang anders dar, als man ein Erlebnis erzählt).

Solche Gesichtspunkte helfen nicht nur, die Fülle vorhandener Texte zu ordnen, sondern sie dienen zugleich der Orientierung beim Schreiben neuer Texte, und dabei erhalten sie den Charakter von Normen bzw. Erwartungen – deutlich sichtbar beim nicht-privaten „Schriftverkehr", erkennbar aber auch etwa bei literarischen Formen („Das soll ein Gedicht sein?" fragt man, wenn die Formerwartungen nicht erfüllt sind). Traditionen und Institutionen sorgen dafür, daß solche Normen verfestigt und auch über das Zweckmäßige hinaus erweitert werden. Dabei lösen sich nur allzu leicht Formen von Funktionen, und das Ergebnis ist „Formalismus“, also das Einhalten von Schreibnormen, die nicht von Sinn und Zweck des Schreibens her zu rechtfertigen sind. Solchen Formalismus konstatiert man besonders im Aufsatzunterricht, wo aus methodischen Gründen intuitive Erwartungen abstrahiert und den Schülern expressis verbis als Formulierungsnormen an die Hand gegeben werden.

Der Gefahr der Verselbständigung von Formen bzw. Textmustern versucht das zweite Ordnungsprinzip zu entgehen, indem es die Texte nach Sprachhandlungen bzw. Schreibintentionen ordnet. Dabei wird der Gesichtspunkt „Zwecke/Absichten“, der ja auch beim erstgenannten Klassifikationsversuch berücksichtigt wurde, absolut gesetzt. Texte werden jetzt eingeteilt nach solchen Intentionen wie jemanden unterhalten, jemandem etwas berichten, jemanden zu etwas auffordern, ein Problem erörtern, sich etwas ausdenken. Dabei greift man auf sprachpsychologische und linguistische Unterscheidungen allgemeiner Sprachfunktionen zurück, etwa die schon erwähnte BÜHLERSCHE Unterscheidung Darstellung, Ausdruck, Appell, die von JAKOBSON um die Funktionen „phatisch“, „metasprachlich“ und „poetisch“ erweitert und dabei in ihrem Sinn verändert wurde (so liegt dem Begriff „poetisch“ natürlich eine spezielle Literaturauffassung, nämlich eine strukturalistisch-formalistische zugrunde); DELL HYMES hat diesen nunmehr schon sechs Sprachfunktionen als siebente noch die Funktion „kontextuell“ hinzugefügt. In der Tat vermeidet man auf diese Weise die Festlegung bestimmter *Formen*; aber zugleich nagelt man jeden Text auf eine bestimmte *Intention* fest. (Offen bleibt, ob es sich um eine Intention des Textes oder des Verfassers handelt.) Viele Texte lassen sich aber nicht auf eine Intention festlegen (JAKOBSON sprach deshalb vorsichtig von einer jeweils *dominierenden* Funktion), und umgekehrt ergeben sich aus der Intention noch nicht ausreichend Gesichtspunkte für die Textgestaltung. Geht man z. B. von einer Intention bzw. Sprachhandlung „Erzählen“ aus, so stehen einem eine Vielzahl von sprachlichen Realisierungsmöglichkeiten offen, zu denen man je nach Situation und Adressat greifen wird. Vor allem wird man sich an den Vorstellungen und Erwartungen orientieren, die sich durch Lektüre ähnlicher Texte ergeben haben. Intuitiv greift man zu Mustern, um die Sprachhandlungen zu vollziehen.

Dies gilt natürlich besonders im schriftlichen Bereich. Während man beim Ausgang von Formen bzw. Textsorten von vornherein schriftliche Texte im Auge hat, die also mit einem ersten Wort beginnen und einem letzten enden, ist der Ausgang von Sprachhandlungen auf mündliche Texte gemünzt und findet sich deshalb besonders bei solchen didaktischen Konzeptionen, die mündliche und schriftliche Kommunikation zusammenfassen. Je mehr auf die Unterschiede von beiden geachtet wird, desto eher wird man zu dem Ansatz bei den Textformen greifen. (Ein Blick in die Geschichte der Linguistik und der neueren Aufsatzdidaktik zeigt deutliche Parallelen zwischen dem Siegeszug des Sprachhandlungskonzepts und der Verwischung der Unterschiede von mündlichem und schriftlichem Sprachgebrauch, und es kann kaum bezweifelt werden, daß die in den 80er Jahren erfolgte Rückbesinnung auf die Besonderheiten und besonderen Schwierigkeiten des Schriftlichen mit der üblichen didaktischen Verzögerung auch wieder zu einer stärkeren Anerkennung der Bedeutung von Schreibformen führen wird, so daß man vielleicht auch als Ziel des Unterrichts nicht länger die anspruchsvolle Erweiterung der Fähigkeit zu schriftlichem Sprachhandeln nennen wird, sondern schlicht die Verbesserung der Schreibfähigkeit. Allerdings bleibt das Verhältnis von mündlichem und schriftlichem Sprachgebrauch in der Didaktik weiterhin umstritten; die in den 90er Jahren erschienenen hessischen Lehrpläne fassen Sprechen und Schreiben wieder zusammen. DINGELDEY 1993.)

Der dritte Ordnungsversuch bezieht sich ausdrücklich auf den schriftlichen Sprachgebrauch, achtet aber weniger auf die Besonderheiten verschiedener Texte als vielmehr auf das bei ihrer Herstellung Gemeinsame. Die Rede ist von Phasen des Schreib*prozesses*. Ohne Zweifel entgeht man damit sowohl dem Formalismus als auch dem Intentionalismus, aber bei diesem Vorgehen bleibt zu vieles offen. Im Schreibprozeß wendet der Schreibende seine Sprachhandlungsfähigkeit an und greift auf sein Textsortenwissen zurück. Die Schreibdidaktik kann deshalb den Schreibprozeß nur als zusätzlichen Gesichtspunkt berücksichtigen, nicht aber ihn zum alleinigen Inhalt oder Gliederungsgesichtspunkt machen.

6.2 „Aufsatzarten" als Lerngegenstände

Aufsatzarten zum Inhalt des Schreibunterrichts zu machen ist nach dem Gesagten alles andere als unproblematisch; denn zu fragen ist, ob der Unterricht im Schreiben zur Beherrschung von (schulischen) Aufsatzarten führen oder ob er den Schülern das Schreiben als Mittel des Denkens, der Kommunikation und des Selbstausdrucks verfügbar machen soll. Sollen (schulische) Formen eingeübt werden, oder soll der Schüler eine allgemeine Sicherheit und Geläufigkeit im Schreiben erwerben? Soll der Schüler erfahren, was er alles nicht kann (die Aufsatzarten unterscheiden und „erfüllen") oder was er kann (schreiben)? Soll der Schüler Sprachmuster erlernen oder einen einfachen, natürlichen und zweckmäßigen Sprachgebrauch? In der Theorie wurde lange Zeit so getan, als seien dies gar keine Alternativen. Man ging davon aus, daß die Schüler gerade durch das Erlernen der Aufsatzarten zweckmäßigen Sprachgebrauch und unterschiedliche Weisen der Sprachverwendung kennenlernten, Schreibroutine bekämen und ganz allgemein ihren Geist schulten. Man erwartete also Verallgemeinerung und Transfer von dem, was die Schüler beim Üben der Aufsatzarten lernten. Die immer wieder erneuerte Kritik am „Aufsatzformalismus" richtete sich demgegenüber auf eine Praxis, in der die Aufsatzarten zum Selbstzweck und eigentlichen Lerngegenstand geworden waren. Die Verselbständigung geschah fast zwangsläufig, weil man den Schülern methodische Hilfen schuldig zu sein glaubte, damit sie die Ziele besser erreichten, und zwar um so mehr, je lernzielorientierter der Unterricht wurde. Unter dem Druck, Lerninhalte scharf zu konturieren, um sie einübbar und Lernfortschritte meßbar zu machen, wurden aus natürlichen Sprachhaltungen immer stärker künstliche, standardisierte Textsorten. Aufsatzdidaktische Bemühungen galten dann vor allem der deutlichen Unterscheidung und Ordnung der Aufsatzarten, und die Methodik ersann immer neue und ausgeklügeltere Übungsmöglichkeiten.

Es gab vielfältige Versuche, Ordnung in die Vielzahl von Aufsatzarten zu bringen. Für den AU vor allem der 50er und 60er Jahre war die Systematisierung charakteristisch, die MARTHALER 1962 – unter Rückgriff auf Gliederungen aus den 20er Jahren, aber auch schon aus dem 19. Jh. – vorgenommen hat. Er unterschied einerseits *sachliche* und *persönliche* Darstellungsweisen, andererseits unterschied er bei den dargestellten Gegenständen *Zeitliches*, *Räumliches* und *Gedankliches*. Durch die Verbindung beider Einteilungsgesichtspunkte erhielt er sechs Aufsatzarten:

	Zeitliches Miteinander	Räumliches Nebeneinder	Gedankliche Durchdringung
Sachliche Aufsätze	Bericht	Beschreibung	Abhandlung
	Wie ein Dokumentarfilm	Wie eine Photographie	Wie eine Röntgenaufnahme
Zweck: Etwas ausdrücken, unterrichten	Sich erinnern (Gedächtnis)	Beobachten (Sinnesorgane)	Nachdenken (Wissen)
Stil: Wirklichkeitstreu, kurz, klar	Beispiel: Zeugenaussage	Beispiel: Unsere Ferienwohnung	Beispiel: Unsere Hausordnung
Persönliche Aufsätze	Erzählung	Schilderung	Betrachtung
	wie ein Spielfilm	wie ein Gemälde	wie eine Mikro- oder Teleskopaufnahme
Zweck: Sich ausdrücken; erfreuen	Erfinden (Phantasie)	Schauen (Intuition)	Bewerten (Gewissen)
Stil: Richtig, spannend, schön	Beispiel: Als ich einmal	Beispiel: Beim Losverkäufer	Beispiel: Autostopp, ja oder nein?

Wie man sieht, enthält MARTHALERS Schema über die genannten Gesichtspunkte hinaus weitere, nämlich *Zweck* und *Stil*. Diese Gesichtspunkte werden allerdings den anderen bloß zugeordnet und dienen nicht etwa der weiteren Differenzierung der Kategorien. Durch die Angabe von Beispielen erzielt MARTHALER auch keine größere begriffliche Schärfe, sondern dies schafft zusätzliche Komplikationen: Daß der Stil der persönlichen Aufsätze „richtig“ zu sein habe, ist nichtssagend, und daß „Als ich einmal“ ein Phantasieaufsatz werden soll, ist – wenngleich es der damaligen Praxis durchaus entsprach – verblüffend, da ja bei diesem Beginn mit einer Erlebniserzählung zu rechnen wäre.

Offensichtlich hat MARTHALER versucht, gleichzeitig die vorhandenen Aufsatzarten zu ordnen, ihnen einen kommunikativen Zweck zuzuweisen, die geforderte geistige Leistung anzugeben und den verlangten Stil zu charakterisieren.

Wenige Jahre nach MARTHALERS Systematisierungsversuch veröffentlichte in der DDR DORA HUJER (1963:244) eine ähnliche Übersicht:

Gegenstand	*Art der Darstellung*	
	sachlich, mit Ausschaltung persönlicher Anteilnahme	gefühlsbetont, lebendig, mit persönlicher Anteilnahme
ein einmaliger Vorgang	Bericht Inhaltsangabe	Erzählung Nacherzählung
ein beliebig wiederholbarer Vorgang, ein Gegenstand, ein Tier, eine Pflanze, ein Bild, ein Raum, eine Landschaft	Beschreibung	Schilderung
Menschen	Beurteilung	Charakteristik
Problem	Erörterung	

Anders als MARTHALER unterscheidet HUJER beim Gegenstand „Problem" nicht nach sachlich – persönlich; außerdem enthält ihre Übersicht noch zwei eigene Aufsatzarten für das Thema „Mensch" und ebenfalls zwei für die Wiedergabe von Texten. Die Gliederungsprinzipien sind jedoch dieselben: Auch HUJER unterscheidet einerseits nach den zu behandelnden Gegenständen, andererseits nach der Art der Darstellung („begrifflich-wissenschaftlich" oder „bildhaft-künstlerisch"), wobei die Art der Darstellung von Zweck und „Gesprächspartner" abhänge. Nicht im Schema enthalten, aber im Text erwähnt sind die „Gebrauchsformen des täglichen Lebens"; HUJER nennt hier Brief, Lebenslauf, Protokoll, Wandzeitungsartikel, Bewerbungsschreiben und Formulare.

6.3 Kommunikative Intentionen als Lernziele

Ordnungsversuche der 70er Jahre waren bescheidener als diese Systeme. Um dem Aufsatzformalismus zu entgehen, unterschied man nicht mehr „Aufsätze", sondern zu schreibende „Texte", und zwar jetzt allein nach dem kommunikativen Zweck bzw. der Wirkungsabsicht (Intention) des Schreibers. Die Einteilung sah z. B. so aus:

informierende Texte
appellierende Texte
argumentierende Texte
unterhaltende Texte

Derartige auf den ersten Blick plausible Unterscheidungen wurden oft aufwendig kommunikations- und texttheoretisch begründet. Dabei zeigten sich erhebliche Schwierigkeiten bei der linguistischen Abgrenzung einzelner Kommunikationsabsichten und bei der begrifflichen Hierarchisierung. Ist Erzählen eine Form des Informierens? Gehört die Darstellung eines Problemzusammenhangs zum Informieren oder Argumentieren? Geschieht das Spielen mit Sprache tatsächlich in der Absicht zu unterhalten? Wohin gehören die poetischen Texte?

Als besonders problematisch erwies sich die Einteilung der Schreibtätigkeiten nach kommunikativen Zwecken bei der Anwendung dieser Kategorien auf schulisches Schreiben, d. h. didaktische Theorie und schulische Tradition gerieten in Konflikt. Die Erörterung: Informiert sie? Appelliert sie? Dient sie der Argumentation? Oder sollte sie, weil sie sich nicht eindeutig zuordnen läßt, gar nicht mehr verfaßt werden? MARTHALER hatte festgestellt, daß es sich bei den Aufsatzarten um schulische *Übungs*formen handele; denn in solcher Reinheit kommen die Gattungen außerhalb der Schule nicht vor. Der in den 70er Jahren propagierte „kommunikative Aufsatzunterricht" verzichtete nun auf schulische Übungsformen und hielt sich an die im wirklichen Leben vorkommenden Texte. Da aber im Unterricht ausgewählt werden muß, wurden die tatsächlichen Texte, z.B. ein Leserbrief, nicht um ihrer selbst willen, sondern als Stellvertreter für eine kommunikative Absicht geübt (im Beispiel: für die Absicht des Appellierens). Zwei Bereiche des Schriftsprachgebrauchs sperren sich allerdings offensichtlich gegen die Subsumtion unter kommunikative Absichten: das heuristische (oder wie auch gesagt wird: reflektierende, kognitive) und das poetische Schreiben. Beim heuristischen Schreiben dient das Schreiben nicht der Information des Lesers, sondern allenfalls der des Schreibers selbst: Er kommt nämlich beim Schreiben erst auf Gedanken, nimmt Gegenstände schärfer wahr, erinnert sich und erkennt Zusammenhänge. Beim poetischen Schreiben drückt der Schreiber Bedürfnisse (auch unbewußte), Befindlichkeiten, „innere Natur" aus, er gibt sie kund und macht sie damit wahrnehmbar und diskutierbar; keinesfalls dient das poetische Schreiben einfach der „Unterhaltung" – wie es die Einteilung nach kommunikativen Absichten nahelegt. ULSHÖFER (1974:215ff.) erweitert „Unterhaltung" um „künstlerische Gestaltung": „Stilform der Unterhaltung und der künstlerischen Gestaltung"; aber erstens schafft er damit eine sonderbare Mischkategorie, in der sich Witz und Rätsel ebenso finden könnten wie Liebeslyrik und Protestsong, und zweitens tut er so, als sei das Unterhalten und künstlerische Gestalten in gleicher Weise für Schüler relevant wie das Verfassen eines Bewerbungsschreibens. Der Ansatz, der von einer Vielzahl kommunikativer Funktionen ausgeht, greift zu kurz und ist als Grundlage für das Aufsatzcurriculum nur beschränkt tauglich.

6.4 „Aufsatzarten" und Textformen als Lernmedien

Den unterschiedlichen *Funktionen* des Schreibens im Unterricht wird die folgende Einteilung gerechter; sie geht von den oben erwähnten Leistungen des Schreibens und der Schrift aus:

Schreiben als Mittel der Reflexion	*Schreiben als Mittel des Ausdrucks*	*Schreiben als Mittel der Kommunikation*
(Förderung vor allem der kognitiven und interaktiven Kompetenz)	(Förderung vor allem der ästhetischen Kompetenz)	(Förderung vor allem der interaktiven Kompetenz und der Qualifikation)
Nacherzählung Inhaltsangabe Précis Textanalyse Interpretation Sachverhaltsdarstellung Stellungnahme Erörterung ...	erzählende Texte lyrische Texte dialogische Texte Mischformen	Brief Beschwerde Nachricht Anleitung Bewerbung Kommentar Plädoyer Werbetext Polemik ...

Dieses Schema hält zwar in der ersten Spalte weitgehend an den *traditionellen schulischen Aufsatzarten* fest, gibt diesen Schreibaufgaben aber einen bestimmten, eingeschränkten Sinn, nämlich als Mittel der Reflexion, der geistigen Arbeit zu dienen und damit vor allem die kognitive und interaktive Kompetenz zu fördern: Schreibend wird sich der Schüler über den Sachverhalt klar, den er darstellt. Der Schüler dokumentiert nicht nur sein Verständnis, sondern er gewinnt es beim Schreiben. Von dieser Funktion des Schreibens her sind manche Regeln, die für einzelne Aufsatzarten aufgestellt wurden, in Frage zu stellen, und die Abgrenzung der einzelnen Textarten verliert an Bedeutung. Die Aufsatzarten werden nicht als Grundformen für Texte verstanden, die im gesellschaftlichen Leben vorkommen; vielmehr handelt es sich um „Übungen" (besser gesagt: Erschließungsinstrumente) im Hinblick auf die Inhalte. Im einzelnen dienen sie dem genauen Wahrnehmen und dem Verstehen von

a) äußerer Wirklichkeit (z.B. Sachverhaltsdarstellung),
b) Meinungen, Gedanken, Vorstellungen (z.B. Problemerörterung) und
c) Texten (z.B. Inhaltsangabe).

Da durch das Verschriftlichen der Wahrnehmungen und Überlegungen nicht nur der Geist geschult wird, sondern auch das Schreiben, werden hierbei auch allgemeine Voraussetzungen geschaffen für das Schreiben mit kommunikativer oder expressiver Absicht. – Die sprachliche Funktion, um die es hier geht, ist die der reflektierenden „Darstellung". Deshalb wurden diese Schreibaufgaben auch „Darstellungsformen" genannt.

Das Schema berücksichtigt zum zweiten das *poetische Schreiben* (im weitesten Sinn). Damit trägt es nicht nur oberflächlich modernen curricularen Tendenzen Rechnung, sondern den dahinterstehenden psychologischen Einsichten in den Nutzen, den dieses Schreiben für die Entwicklung der Heranwachsenden und für die Ausdrucksfähigkeit des Menschen haben kann. Das poetische Schreiben fördert die ästhetische Kompetenz. Das Poetische liegt allerdings nicht primär in der kunstvollen Gestaltung, sondern in der Funktion, die die Texte haben: Hier werden subjektive Sichtweisen, Befindlichkeiten, Bedürfnisse zum Ausdruck gebracht – auch und gerade, indem eine Welt, eine soziale Realität entworfen oder erinnert wird. Über diese besondere Leistung hinaus werden die Schüler hier auf die expressiven Möglichkeiten schriftlichen Sprachgebrauchs insgesamt aufmerksam. – Die sprachliche Funktion, um die es hier geht, ist die des „Ausdrucks". Diese sprachpsychologische Kategorie weist zwar auf den sehr bedeutsamen existentiellen Bezug von Literatur hin, muß aber weit verstanden werden; denn natürlich leistet Literatur mehr als das – sie gestaltet Wirklichkeitswahrnehmung und appelliert an Leser.

Schließlich enthält das Schema in der dritten Spalte die *Zweckformen*, die im gesellschaftlichen und beruflichen Leben beherrscht werden sollen („Schriftverkehr"), und die Texte mit primär *rhetorischer* Absicht. Beides wird unter dem Begriff „Kommunikation" zusammengefaßt. Für diese Texte gelten mehr oder weniger feste Konventionen und sprachliche Gestaltungsmittel (rhetorische Mittel); im übrigen muß sich der Schreiber am Leser, auf den er einwirken will, orientieren. Deshalb lernen die Schüler über die speziellen Formen hinaus hier grundsätzlich, sich auf Leser einzustellen, um Verständnis zu erreichen und ihre Absichten zu verwirklichen. Dies fördert die interaktive Kompetenz (Rollen- und Perspektivenübernahme) und dient im übrigen der besonderen Qualifikation der Schüler zu gesellschaftlich und beruflich handlungsfähigen Subjekten. – Die sprachliche Funktion, um die es hier geht, ist die des „Appells".

Wie man sieht, gebrauche ich den Ausdruck „kommunikativ" in einem eingeschränkteren Sinn; er bezieht sich hier auf Zweckformen und rhetorische Texte. Daneben gibt es natürlich auch „literarische Kommunikation"; denn poetische Texte stehen nicht im luftleeren Raum. (Allerdings können sie in der Schublade bleiben, ohne ihre Funktion ganz zu verlieren; bei kommunikativen Texten im oben gemeinten Sinn ist das nicht der Fall.) Und die schulischen Texte, die der eigenen geistigen Arbeit dienen, werden auch oft von Fremden gelesen und kommentiert. (Auf das Problem, das entsteht, wenn der fremde Leser ein beurteilender Lehrer ist, komme ich gleich zu sprechen.)

Überhaupt gibt es eine Reihe von Funktionsüberschneidungen zwischen den drei Sparten. Nicht nur haben auch schulische und poetische Texte kommunikative Funktion, sondern das Schreiben in der Schule hat überhaupt selten nur eine Funktion; meistens jedoch dominiert eine, und von dieser dominanten Funktion her wird die Textform als schulische Aufgabe gerechtfertigt. Es ist klar, daß in die Nacherzählung, in die Inhaltsangabe, in die Interpretation, in die Erörterung und in die anderen der geistigen Arbeit dienenden Schreibaufgaben Momente des Selbstausdrucks, also subjektive Momente eingehen, da es ja ein Subjekt ist, das Klarheit gewinnen will (oder soll!), und insbesondere wenn solche Texte – wie üblich – für andere Leser geschrieben werden, spielen kommunikative Aspekte (etwa: Sich verständlich machen) und Aspekte der Selbstdarstellung (etwa: Sich ins rechte

Licht rücken) eine nicht zu unterschätzende Rolle. Wenn der Selbstausdruck und die persönliche Gestaltung wichtiger werden, geraten die Textformen der ersten Kategorie in die Nähe der zweiten: Die Interpretation und die Erörterung werden zum Essay, die Naturbeschreibung zur poetischen Schilderung, die Personenbeschreibung zur literarischen Charakteristik usw. Umgekehrt erfüllen die literarischen Texte oft die Funktion, die der ersten Kategorie zugeschrieben wurde: Sie dienen dem Gewinnen von Klarheit und Bewußtheit. Auch enthalten ohne Zweifel die Texte der dritten Kategorie heuristisch-reflexive und expressive Momente. Und schließlich gibt es enge Beziehungen zwischen Texten der ersten und der dritten Kategorie: Die Stellungnahme, die jemand zur Klärung des eigenen Standpunkts geschrieben hat, wird zum Plädoyer, wenn sie für andere verfaßt wird; die Erörterung, die der Selbstverständigung dient, kann Grundlage eines tendenziösen Kommentars oder einer geistvollen Polemik sein; das Protokoll, das der Schüler sich als Gedächtnisstütze schreibt, kann auch für andere, also in kommunikativer Absicht verfaßt werden usw.

Aus motivationalen und methodischen Gründen ist mehrfach vorgeschlagen worden, ganz auf die reflektierenden, schulischen Texte zu verzichten und sie in die kommunikativen zu integrieren; denn welcher Schüler schreibt schon gern eine Stellungnahme, die nur der Klärung seiner Position dient, nicht aber dazu, seinen Standpunkt in einer öffentlichen Diskussion auch zu vertreten? Und schreibt sich die Stellungnahme nicht viel leichter, wenn ich weiß, vor wem und in welcher Situation ich sie abgeben muß? Tatsächlich erweist sich die Trennung reflektierenden und kommunikativen Schreibens mitunter als künstlich: Beim reflektierenden Schreiben kommuniziere ich, indem ich mein eigener Leser bin, und beim kommunikativen Schreiben muß ich den Gegenstand, den ich vermitteln will, kennen und mich auch ihm zuwenden. Aber gerade diese Formulierung macht auf den Unterschied aufmerksam, der für den Lernprozeß relevant ist: Beim reflektierenden Schreiben geht es *primär* um die Sachklärung, und ich kümmere mich zunächst gar nicht um mögliche Leser; daß ich selbst Leser bin, stelle ich nicht bewußt in Rechnung. Beim kommunikativen Schreiben setze ich umgekehrt die Sache als für mich klar voraus und kümmere mich *primär* um die Vermittlung. Sprechakttheoretisch ausgedrückt: Beim reflektierenden Schreiben liegt der Akzent auf dem propositionalen Akt, beim kommunikativen Schreiben auf dem illokutionären Akt. Im Beispiel gesprochen: Wenn ich eine Einladung zu einem Elternabend formuliere, geht es für mich nicht um die Klärung der Fakten (obwohl mir womöglich erst beim Schreiben auffällt, daß ich den Raum noch gar nicht festgelegt habe, wozu eine Rücksprache mit dem Hausmeister nötig gewesen wäre), sondern um die angemessene und wirkungsvolle Formulierung. Wenn ich dagegen nach einer Auseinandersetzung mit dem Schulleiter zu Hause den Streit in einem Gedächtnisprotokoll aufschreibe, geht es mir um eine reflektierende Rekonstruktion der Argumente (und um deren Festhalten). Da sich die Aufmerksamkeit auf Unterschiedliches richtet, ist eine Trennung beider Aspekte zur Übung sinnvoll.

Die drei Kategorien von Texten unterscheiden sich nicht nur hinsichtlich ihrer didaktischen Funktion, sondern auch in bezug auf die Beurteilungskriterien. Für die „schulischen" Texte (Spalte 1) ist – paradoxerweise! – der *persönliche Nutzen* der Maßstab; für die zweite Kategorie gelten im Prinzip Maßstäbe der *Literaturkritik*, und die Texte der dritten Kategorie sind danach zu beurteilen, wie *zweckmäßig* sie sind.

Eine Anmerkung zu dem Paradoxon, das vor allem die erste Kategorie betrifft, weil diese Texte besonders gern für Klassenarbeiten benutzt werden: Versteht man diese Texte nämlich als Mittel der geistigen Arbeit und macht den persönlichen Nutzen zum Maßstab, so kann über ihre Qualität eigentlich nur der Schreiber selbst urteilen, weil nur er weiß, ob das Schreiben ihm bei der Klärung geholfen hat oder nicht. Der Schreiber ist sein eigener Adressat; aber der Lehrer liest und beurteilt den Text. Es ist fraglich, ob in dieser double-bind-Situation das Schreiben überhaupt die genannte Leistung erbringen kann. Weil der Lehrer nicht in den Schüler hineinsehen und deswegen nicht beurteilen kann, ob das Schreiben bei der geistigen Arbeit geholfen hat, beurteilt er ersatzweise den Text – eine paradoxe Handlung. Der oft beklagte „Formalismus" des AU dürfte hier eine seiner Wurzeln haben. Während nämlich z. B. der *Précis* seinen Sinn darin hat, daß der Schüler sich intensiv mit dem Inhalt und der Schreibweise eines Textes auseinandersetzt und sich damit den Text „aneignet", kann der Lehrer nur feststellen, ob der Schüler die formalen Regeln der Aufsatzart einhält und sinnvoll anwendet: Statt das Verständnis zu beurteilen, zählt der Lehrer Wörter aus. Bei der üblichen schulischen Beurteilung dominiert die Form über die Funktion.

Dasselbe Problem taucht, wenn auch weniger drastisch, natürlich auch bei den Texten der anderen Kategorien auf: Der Lehrer kann – allein am häuslichen Schreibtisch (siehe „monologische Beurteilung" in Kapitel IV) – im allgemeinen nur das Produkt beurteilen, nicht die expressive oder kommunikative Leistung. In der Praxis wird deswegen immer unterstellt, daß bestimmte Textmerkmale die gewünschte psychische oder kommunikative Funktion verbürgen, und nach diesen Merkmalen werden die Texte beurteilt. (So z. B. bei MANN 1977, die ihrem Aufsatzcurriculum eine Trias von Sprach*formen* und eben nicht Sprachfunktionen zugrundelegt.)

6.5 Noch einmal: „Aufsatzarten" = Formalismus?

Wenn der Unterricht von Aufsatzarten ausgeht, begibt er sich immer in die Gefahr des Formalismus, d. h. das sinnvolle Lernziel, sich schriftlich ausdrücken, schriftlich kommunizieren und etwas klären zu können, wird unter der Hand umgebogen zur Beherrschung von Aufsatzarten. Statt daß die Schüler lernen, etwas aus der Erinnerung zu erzählen, lernen sie die „Erlebniserzählung". Statt daß die Schüler lernen, eine literarische Figur zu charakterisieren, lernen sie die „Charakteristik". Statt daß die Schüler lernen, sich schriftlich zu beschweren, lernen sie die „Beschwerde" usw. Gelernt werden sollten Sprachhandlungen, faktisch orientiert sich der Unterricht an den Ergebnissen dieser Handlungen – und damit auch nicht am Schreibprozeß, sondern an den Schreibprodukten.

Obwohl also die Gefahr nicht von der Hand zu weisen ist, daß dadurch der Schreibunterricht formalistisch wird, werden im folgenden Schreibaufgaben mit den Begriffen aufgeführt, die in Lehrplänen und Unterricht üblich sind und spätestens dann zum Vorschein kommen, wenn Schülerleistungen beurteilt werden sollen. In Lehrplänen finden sich diese Begriffe, die Aufsatzarten bzw. Textformen bezeichnen, etwa „Protokoll", bisweilen unter „Hinweise", wogegen als Ziel die Tätigkeit genannt wird, also „Protokollieren". Der Text, das Protokoll, ist demnach das Mittel, mit dem die Schüler das Protokollieren lernen sollen, und er dient dann auch zur Feststellung ihrer Fähigkeit. Wichtig ist aber, daß auch die einzelne Sprachhandlung, also hier das Protokollieren, selbst wieder nur Mittel ist, um übergreifendere sprachliche, kognitive, soziale oder ästhetische Ziele zu verfolgen. Um dies deutlich zu machen, werden im folgenden die üblichen Schreibaufgaben bzw. Aufsatzarten hinsichtlich ihrer didaktischen Funktionen und methodischen Möglichkeiten aufgeschlüsselt, so daß ein vernünftiger und kritischer Umgang mit ihnen möglich wird.

Die Behandlung der einzelnen Aufsatzarten dient ihrer gründlichen sachlichen und didaktischen Analyse. Dabei werden nicht selten Überschneidungen und Analogien der einen mit anderen Aufsatzarten deutlich. Im Unterricht werden die Aufsatzarten nur zur Einführung und Übung isoliert; in „komplexen Schreibsituationen" (WEINMANN 1970) wird die Beherrschung unterschiedlicher Textsorten verlangt. Über den Unterschieden ist nie das Allgemeine zu vergessen: Die Schüler sollen, wann immer sie schreiben, das Schreiben als Möglichkeit des individuellen Ausdrucks, der Kommunikation und der klärenden Darstellung erfahren – manchmal alles drei gleichwertig, im allgemeinen aber deutlich akzentuiert. Dies ist wichtiger als die Beherrschung einzelner Aufsatzarten und ermöglicht eine Beschränkung des Aufsatzcurriculums auf wenige Inhalte bzw. Formen.

Im übrigen wird die Darstellung einzelner Aufsatzarten und Schreibaufgaben in Kapitel III ergänzt durch die Erörterung der verschiedenen übergreifenden Aspekte des Schreibprozesses: **Sammlung**, **Planung**, **Ausarbeitung** und **Verbesserung** (Überarbeitung).

7 Die Entwicklung der Schreibfähigkeit

Die Schreibfähigkeit der Kinder entwickelt sich in der Auseinandersetzung mit der gesprochenen, schon beherrschten Sprache einerseits, mit der in der Gesellschaft vorhandenen, aber noch nicht beherrschten Schriftsprache andererseits. Diese beiden Punkte bestimmen – neben den zu vermutenden anlagebedingten – das Tempo der Entwicklung und sind weitgehend für die Leistungsunterschiede verantwortlich. Wenn die Kinder in einer schriftfernen Umgebung aufwachsen, in der sich die mündliche Sprache der Erwachsenen stark von der Schriftsprache unterscheidet (Soziolekt, Dialekt), ist der Weg, den sie zurücklegen müssen, natürlich länger und schwieriger.

Der Einfachheit halber unterscheide ich auch bei der Darstellung dieser

Entwicklung drei Stufen oder Phasen. Ich stütze mich dabei vor allem auf die empirische Untersuchung von AUGST/FAIGEL (1986), in der (durchaus traditionell) eine Stufe des *erlebnishaften* Sprachgebrauchs von einer Stufe des *sachlichen* Sprachgebrauchs und schließlich einer Stufe des *reflexiven* Sprachgebrauchs unterschieden wird. (Vgl. auch KUHL 1988 und zur Forschung FEILKE 1993.) Diese Stufen sind allerdings nur sehr grob und ungefähr auf Alters- und Schulstufen beziehbar: Die erste Stufe betrifft etwa das 2. bis 7. Schuljahr, die zweite Stufe das 7. bis 11. Schuljahr, die dritte Stufe die danach folgenden Jahre (bezogen auf Gymnasium und Hochschule). Diese Jahrgangsangaben für die drei Stufen entsprechen in etwa denen bei der moralischen Entwicklung, und die folgenden Charakterisierungen der Stufen lassen die Analogie zu präkonventioneller, konventioneller und postkonventioneller Orientierung hervortreten. Doch Vorsicht: Es handelt sich um sehr starke Verallgemeinerungen; nicht selten weist die schriftliche Sprache von Kindern schon in der Grundschule Züge auf, wie sie erst für die zweite und womöglich (BAMBACH 1989, SPITTA 1992) sogar für die dritte Stufe charakteristisch sind. Das ist ein Hinweis auf die starke Abhängigkeit der sprachlichen Entwicklung von Umwelteinflüssen, zu denen natürlich auch literarische Einflüsse gehören.

Im übrigen fragt es sich, ob die Entwicklung – wie bei der sozialen Kognition – einer Logik folgt oder ob es sich nur um eine empirische Regelmäßigkeit handelt. „Stufen" scheinen hier noch stärker als bei Kognition und Interaktion theoretische Konstrukte zu sein, die zwar bestimmte Ausprägungen deutlich machen, die tatsächliche Entwicklung aber nicht erklären. (BEREITER lehnt auf der Grundlage seiner amerikanischen Untersuchungen die Vorstellung einer stufenweisen Schreibentwicklung ab: „... daß es keine natürliche Ordnung der Schreibentwicklung gibt im Sinne einer festen Abfolge, die alle Schreiber durchlaufen müssen" [1980:89], er hält aber die Unterscheidung bestimmter Entwicklungsphasen dennoch für sinnvoll.) Während es bei kognitiver und moralischer Entwicklung offenbar vor allem Problemlösekonflikte sind, die zu einer Weiterentwicklung der Strukturen führen, scheint die sprachliche Entwicklung eher vom allmählichen Zuwachs an sprachlichen Mitteln (z. B. Wortschatz und Satzmuster) und im übrigen sekundär von der kognitiven Entwicklung abzuhängen.

1. Stufe: Zwei Faktoren bestimmen die schriftlichen Texte von Grundschülern: Die Schriftsprache steht zunächst noch stark unter dem Einfluß der mündlichen Kommunikation, und das Schreiben als körperliche und geistige Tätigkeit bereitet große Mühe.

Beim Schreiben ist kein Kommunikationspartner anwesend, man muß ihn sich vorstellen. Man muß gewissermaßen einen Monolog halten, ohne durch Nicken, Mienenspiel und Äußerungen zum Weitermachen stimuliert zu werden. Mangels Erfahrung nehmen die jungen Schüler zunächst keine Rücksicht darauf, daß der Leser nicht in derselben Situation ist wie der Schreiber und daß sie ihm die Situation vor sein geistiges Auge stellen müssen. Sie beziehen sich auf die Dinge, als seien sie dem Leser so bekannt wie ihnen selbst (Gebrauch des bestimmten Artikels auch bei der Einführung von Personen oder Dingen, Hinweise auf Ort und Zeit so, als seien sie für Schreiber und Leser identisch), und sie verzichten auf eine Leserorientierung, z. B. in einer „Einleitung".

Die Sätze sind kurz und syntaktisch einfach. Wie im Mündlichen, wo Sprache selten bewußt gestaltet wird, werden die Sätze meistens nicht konstruiert, also nicht unter-, sondern nebengeordnet (häufig die Reihung mit „und", „und dann", „und danach"), und sie werden eher gleichförmig (nach demselben Satzbaumuster) gebildet. Logische Beziehungen zwischen den Sätzen werden selten ausgedrückt. Bisweilen sind die Sätze unvollständig oder werden abgebrochen. Am auffälligsten sind aber vor allem die großen Schwierigkeiten, die die Kinder mit Satzgrenzen und der Gliederung des Textes haben; denn Satzzeichen kommen ja im Mündlichen nicht vor.

Auch die grammatischen Fehler gehen häufig auf die mündliche Sprache zurück. Was in der Schrift ein Fehler ist, wäre im Mündlichen tolerabel, oder es wäre sogar kein Fehler oder jedenfalls kein wahrnehmbarer: Kasusendungen werden verwechselt (Akkusativ für Dativ), weil sie akustisch nicht deutlich unterschieden werden („Sie waren in einen Auto", „wir sind in einem schnellem Auto gefahren"), oder es kommt zu Fehlern, weil die Umgangssprache oder die Mundart von der Schriftsprache abweicht („sie rief mir", „ich hing den Mantel an den Haken", „ich bin erschreckt, als ich das Gespenst gesehen habe"). Regionale Umgangssprache wirkt sich auch beim Gebrauch von Präpositionen aus („Ich wollte nach meiner Oma gehen").

Im Wortschatz und in den Formulierungen gibt es zunächst wenig Unterschiede zum Mündlichen; es werden umgangssprachliche Wörter („toll", „kaputt", „schmeißen") und Wendungen naiv gebraucht und in der Bedeutung kaum differenziert (alles Positive ist „toll" o. ä.). Abtönungspartikel („ja") werden anfangs häufig verwendet. Für diese Phase gilt weitgehend, was DODERER für den Schulanfänger feststellt: „Im Grunde genommen ist auch die Schreibe ‚Spreche'" (DODERER 1969:309).

Nicht durch die mündliche Sprache, sondern durch die Mühe des manuellen Schreibens werden andere Erscheinungen erklärbar, z. B. Satzbrüche und „logische" Fehler. Da das Schreiben viel langsamer geht als das Denken und Sprechen, verlieren die Schüler den Faden und machen Fehler bei der Kongruenz von Person, Numerus und Verbflexion innerhalb eines Satzes oder bei der Referenz (Anknüpfung, Verweisung und Substitution innerhalb des Textes). Solche Fehler werden auch beim Durchlesen und Überarbeiten häufig übersehen, da die Kinder noch so langsam und stückweise lesen, daß sie den Zusammenhang auch beim Lesen verlieren.

Auch die Kürze der Sätze und Texte ist eine Folge der Mühe, die das Schreiben den Schülern rein technisch in dieser Phase noch macht. Wieviel Kraft es kostet, wird besonders sichtbar am Nachlassen der Konzentration gegen Ende der Texte; hier häufen sich die Fehler, und oft wird auch der Inhalt schwächer. Dies zeigt noch einmal sehr deutlich, daß die Schreiber Schwierigkeiten mit der Kommunikationssituation bzw. der besonderen

Weise der Sprachproduktion haben. Während nämlich beim Gespräch ein Wort das andere gibt, der Impuls also immer wieder von außen kommt, verlangt das Schreiben, daß man immer an die *eigene* Äußerung anknüpft und sich selbst stimuliert; alles Schreiben ist in gewissem Sinn Kommunikation mit sich selbst. Schreiberfahrene, „gewiefte" Kinder lesen bei längeren Texten nochmal die Anknüpfungsstelle (Bambach 1989:164). Wie ja auch professionelle Schreiber immer wieder den Rat geben, bei größeren Arbeiten das Schreiben an einer Stelle zu unterbrechen, wo es gerade im Fluß ist.

Durch experimentelle Untersuchungen wurde festgestellt, daß schriftliche Stellungnahmen von Viert- und Sechstkläßlern im Hinblick auf Klarheit und Zusammenhang der Argumentation nicht schlechter sind als mündliche – sie sind nur kürzer; d. h. die technischen Schwierigkeiten des Schreibens wirken sich nicht auf die Textqualität, sondern auf die Quantität aus. Wenn nämlich Schüler in dieser Phase ihrer Schreibentwicklung durch Impulse zur Fortsetzung und Erweiterung ihres Textes angeregt werden, so geraten sie offenbar nicht, wie man erwarten könnte, ins „Schwafeln" und wiederholen schon Geschriebenes, sondern sie äußern neue, relevante Gedanken (Scardamalia u.a. 1982).

Britton (1970:165) empfiehlt das zusammenhängende, monologische mündliche Erzählen als Vorübung für das Schreiben, denn „es beruht nicht auf der Rückkopplung durch einen Zuhörer", und er zitiert Moffet (1968:165): „... der erste Schritt zum Schreiben ist getan, wenn ein Sprecher eine Bemerkung in einem Gespräch aufnimmt und über ein Gesprächsthema allein zu reden fortfährt. Er hat angefangen, eine Soloabhandlung vorzubringen, die, weil sie als Mitteilung an andere gedacht ist, weniger auf andere eingeht, weniger von anderen beeinflußt wird und weniger durch Rückantwort korrigiert ist als der Dialog. ... Die Stichworte für seine nächste Äußerung liefert nicht, was sein Gesprächspartner sagte, sondern was er selbst gerade gesagt hat." Erfahrungen in Grundschulklassen bestätigen dies: Das mündliche Erzählen, die „Soloabhandlung" vor der Klasse ist eine gute Vorübung für das Schreiben von Texten. Britton empfiehlt darüber hinaus das Vorlesen von Geschichten, damit die Schüler mit der monologischen Schriftsprache vertraut werden. Diesen Einfluß des Vorlesens bestätigen auch deutsche Erfahrungen sehr nachdrücklich: Viele der oben als Charakteristika des Schreibens von Grundschulkindern genannten Merkmale, die auf den mündlichen Sprachgebrauch zurückgehen, treten bei Kindern, denen viel vorgelesen wird und die dadurch zu viel eigenem Schreiben angeregt werden, kaum auf. Durch häufiges (Geschichten-)Schreiben wird die Schriftkompetenz verbessert, weil die Schüler offenbar dabei Teilfähigkeiten automatisieren und Routinen erwerben, so daß sie ihre Aufmerksamkeit dann auf anderes richten können.

Weder von der Mühe des Schreibens als technischem Vorgang noch von der Orientierung an der mündlichen Kommunikation her, sondern vor allem durch die geistige Entwicklung sind andere Auffälligkeiten dieser Phase zu erklären: Die Schreiber konzentrieren sich primär auf Einzelheiten; der Zusammenhang ist nicht logisch, sondern „psychologisch" und anschaulich.

Die Kinder wählen dasjenige aus, was ihnen selbst wichtig ist, und nicht, was von der Sache her oder für den Leser wesentlich ist. Dasselbe gilt für die Anordnung der Einzelheiten und für den Aufbau der Texte: Nicht Sachlogik oder Lesbarkeit entscheidet darüber, sondern emotionale Bedeutsamkeit. „Daraus ergibt sich ein *vorführendes*, *reihendes* Schreiben, das an eine Zirkusvorstellung erinnert: eine sehenswerte Nummer folgt der anderen. Der erlebnisreihenden Veranschaulichung beim Erzählen, der nebenordnenden bei der Beschreibung (was alles zu sehen ist), der Attribut-reihenden bei der Selbstdarstellung (was alles zu mir gehört), entspricht bei der schriftlichen Meinungsäußerung die Beispiel-sammelnde Veranschaulichung, die auf eine verallgemeinernde Aussage zuläuft oder von ihr ausgeht. [...] Ein wichtiges Hilfsmittel für die gedankliche Ordnung sind auch Gegensatzpaare. Beliebig viele Einfälle lassen sich hier wie in zwei große Schubladen sortieren: draußen und drinnen, früher und heute, gut und böse, erwünscht und abgelehnt, Angst und Mut, richtig und falsch" (KUHL 1988:50, bezogen auf das Schreiben von 10–12jährigen).

Diese egozentrische, nicht um den Leser besorgte „Schreibhaltung kann sich natürlich beim Erzählen am leichtesten durchsetzen. Da gibt ein Wort das andere – ganz im Sinn kindlich-assoziativer Phantasietätigkeit. Bei der Wiedergabe einer Abenteuergeschichte kann es sogar passieren, daß der Erzähler im spannendsten Moment seine betrachtende Haltung aufgibt und die Rolle des Helden (mit dem er ohnehin identisch ist) kurzerhand selbst weiterspielt" (KUHL 1988:46) – das Kind wechselt von der Er- in die Ichform.

Auch hinsichtlich der Wortbedeutungen bewegen sich die Kinder noch auf vorkonventioneller Stufe: Sie gebrauchen die Wörter so, wie sie sie in Handlungszusammenhängen kennengelernt haben, und grenzen die Bedeutungen nicht durch systematische Oppositionen und hierarchische Ordnung voneinander ab. Dadurch unterscheidet sich ihre Wortverwendung teilweise von der der Erwachsenen. Durch den Einfluß der Medien kommt es zu Interferenzen zwischen den abstrakten Begriffen, die in der öffentlichen Kommunikation gebraucht werden, und den eher privaten Bedeutungen, die die Kinder den Begriffen (die sie ja nicht in Handlungszusammenhängen kennenlernen) zulegen. D. h. die Kinder machen sich häufig „einen Reim" auf abstrakte Begriffe, deren Bedeutung ihnen nicht zugänglich ist.

Weil eine solche vergleichende Charakterisierung der ersten Stufe im wesentlichen Mängel aufzeigt, hat man in der Vergangenheit den Schluß gezogen, mit dem (Aufsatz-)Schreiben so lange zu warten, bis die Kinder dazu geistig und vor allem technisch besser in der Lage sind, es also bis ans Ende der 2. oder den Beginn der 3. Klasse aufzuschieben. Damit entsteht aber eine fatale Aufteilung: Erst kommt die Technik („Schön"schreiben und Rechtschreiben), dann die Funktion (Schreiben als Mittel von Ausdruck und Kommunikation). Damit bleibt die ursprüngliche Schreibmotivation, mit der viele Kinder in die Schule kommen, ungenutzt. Es ist deshalb günstiger, die Schüler von Anfang an zum konzeptionellen Schreiben zu ermuntern, auch wenn die technische Ausführung noch mühsam ist und das Ergebnis aus der Sicht des Erwachsenen mangelhaft. Der Stolz der Kinder auf das, was sie können (das erste selbst geschriebene Wort, der erste Satz) ist wichtig; die Gefahr, daß sie über ihre ersten Versuche nicht hinauskommen (weil sich falsche „Wortbilder einprägen“ o. ä.), ist nicht größer als die, daß Kinder nie richtig laufen lernen, wenn sie anfangs noch hinfallen. Die Einsicht, daß man Schreiben nur durch Schreiben lernt, gilt auch für die erste Stufe der Entwicklung. Solche Erscheinungen wie der erwähnte „Egozentrismus“ kann durch die wiederholte Erfahrung, wie Zuhörer die selbst geschriebenen und dann vorgelesenen Texte aufnehmen, überwunden werden; denn die kognitive Entwicklung geschieht nicht unabhängig von Lernerfahrungen. Schreiberfahrung ist wichtiger als Schreibunterweisung.

2. Stufe: Diese Stufe ist durch das Bewußtsein des Unterschieds von Schreiben und Sprechen gekennzeichnet. Die Schüler nehmen typisch Schriftsprachliches auf, gehen aber damit noch ungeschickt um. Die Schriftsprache bedeutet eine Fessel, die das Ausdrucksvermögen hemmt. Die Schüler orientieren sich dankbar an Mustern und Vorbildern, an konventionalisierten „Textordnungsschemata“ (das sind auch Regeln für bestimmte Aufsatzarten), um ihre Texte homogen zu machen, und sie greifen bereitwillig zu Formeln (z. B. formelhafte Anreden und Briefschlüsse). Zu Beginn dieser Phase kommt es häufig zu Stilbrüchen, weil die Schüler noch zwischen Sprechsprache und Schriftsprache hin- und herwechseln. Die persönliche und lebendige Ausdrucksweise tritt gegenüber einer betont sachlichen, überpersönlichen zurück; diese unpersönliche Sprache wird für Schriftsprache gehalten. Dazu paßt, daß die Jugendlichen in dieser Phase statt in Ich-Form lieber in Man-Form schreiben. Fehler, die sie nun machen, rühren mehr von Schwierigkeiten mit der Schriftsprache als von Übernahmen aus der Sprechsprache her. Die Jugendlichen greifen auf dieser Stufe gern zu imponierenden Redewendungen, gebrauchen Klischees und Phrasen, mit denen sie versuchen, älter zu wirken, als sie sind. Da die Verwendung dieser Sprachhülsen entwicklungsbedingt ist und mit der Erringung einer neuen Identitätsstufe (Rollenidentität) zusammenhängt, hat es wenig Sinn, den Heranwachsenden diesen Sprachgebrauch zum Vorwurf zu machen. „Um die Selbstverständlichkeit ihrer subjektiven Wahrnehmungen zu betonen, versehen Jugendliche ihre entsprechenden Mitteilungen mit einem gewissen Nachdruck. Sie bedienen sich auftrumpfender Redewendungen und benutzen erfolgreiche Darstellungsklischees, mit denen viel transportiert werden kann, was sich noch nicht so genau formulieren läßt“ (Kuhl 1988:63).

Auch konstatiert Kuhl (1988:79f.) auf dieser Stufe eine deutliche Diskrepanz von Sprache und Inhalt: „Hier wird etwas deutlich, was in den Texten der 15/16jährigen immer wieder zu beobachten ist: Die Jugendlichen haben sich argumentative Gesten und literarische Darstellungsmittel angeeignet, deren inhaltlichen Ansprüchen sie noch nicht gewachsen sind: Die Allegorien wirken aufgesetzt, die Metaphern laufen auseinander, die Argumente binden nicht, die großen Gedanken verlaufen sich. Es handelt sich hier um eine gleichsam ‚großspurige‘ Schreibweise, die in ihrer allgemeinen Weltklugheit ein bißchen an die vorgreifende Gescheitheit der 10- bis 12jährigen erinnert." Ohne Zweifel ist diese Schreibweise doppelt bedingt: einmal durch die soziale und emotionale Entwicklung (worauf KUHL unter dem der älteren Entwicklungspsychologie vertrauten Stichwort „Pubertät" vor allem eingeht) und durch die sprachliche, speziell schriftsprachliche Entwicklung – der erweiterte Umgang mit geschriebener Sprache, mit „Literatur" im allgemeinen Sinn, wirkt sich aus.

Vor allem in darstellenden und argumentativen Texten zeigt sich jetzt nicht nur ein größerer und differenzierterer Wortschatz, sondern es treten auch verstärkt Fremdwörter, Komposita, Abstrakta und Sammelbegriffe auf, und Nominalisierungen werden immer mehr bevorzugt (Nomen auf -heit, -keit und vor allem -ung). Die Wissenschafts- und Verwaltungssprache als angenommener Prototyp der Schriftsprache zeigt Wirkung: Häufig werden einfache Verben („fragen", „behaupten", „unterteilen", „leisten") auch an unnötigen Stellen durch sog. „Funktionsverbgefüge" ersetzt („Frage stellen", „Behauptung aufstellen", „Unterteilung vornehmen", „Leistungen erbringen"). Dadurch klingen die Texte gespreizt und künstlich.

Die Sätze werden nicht mehr vorwiegend assoziativ gereiht, sondern zunehmend logisch geordnet. Die einzelnen Aussagen werden durch Konjunktionen verknüpft; der Gebrauch von neben- und unterordnenden Konjunktionen geht dabei vom 7. zum 10. Schuljahr zurück (jedenfalls bei Argumentationen), weil die Jugendlichen zunehmend auf die innere Verknüpfung, die der Leser vornimmt, vertrauen und sie deshalb nicht mehr eigens an der Sprachoberfläche ausdrücken.

Die Sätze werden länger und Satzgefüge häufiger. Während auf der ersten Stufe die gesprochenen Sätze länger sind als die geschriebenen, kehrt sich auf dieser Stufe das Verhältnis um, und beim Übertritt auf die dritte Stufe sind die geschriebenen Sätze länger als die gesprochenen (BEREITER 1980).

Die Aussagen werden jetzt auch häufig modalisiert (verneint oder eingeschränkt mit „vielleicht", „wohl", „wahrscheinlich", „ich würde sagen" usw.); durch intentionale Ausdrücke (vor allem Verben, die „repräsentative" Sprechakte ausdrücken: ich möchte wissen, ich will, ich glaube) werden Sachverhalte unterschieden von der Haltung, die das Subjekt ihnen gegenüber einnimmt; d. h. der pragmatische Sinn der Rede wird zum Ausdruck gebracht. Auf dieser Stufe ist es deshalb möglich, eine Äußerung zu verstehen, ohne ihr zuzustimmen.

Die Berücksichtigung des Lesers zeigt sich in der stärker dialogischen Struktur der Texte. Die Schreiber versetzen sich in die Leser („Ihr meint jetzt sicher, daß ...") oder berücksichtigen mögliche Einwände, indem sie die eigene Meinung als subjektive kennzeichnen („das ist nur meine persönliche Meinung").

Die größere Sprachbewußtheit erlaubt den Schülern nun auch, ihre Texte gemäß Konventionen (Schemata) zu gliedern und diese Struktur durch Satzzeichen und Absätze dem Leser mitzuteilen.

Auf dieser Stufe trennen sich **rhetorisches** und **poetisches Schreiben**. BRITTON (1973) führt diese beiden Schreibweisen auf unterschiedliche Einstellungen zurück: Rhetorisch („transactional") schreibt man in einer Teilnehmerhaltung, poetisch („poetic") schreibt man in einer Zuschauerhaltung. Diese Kennzeichnung bezieht sich auf Handlungen. Wenn ich sprachlich an Handlungen teilnehme, also durch Sprache handle und Handlungen provoziere, so gebrauche ich Sprache rhetorisch; wenn ich Handlungen vergegenwärtige (ausdrücke, darstelle, wiedergebe), so gebrauche ich Sprache poetisch (ARISTOTELES nannte die Poesie eine Nachahmung von Handlungen). Beim rhetorischen Sprachgebrauch ist die Orientierung an bestimmten Adressaten entscheidend für den Erfolg; und in der Tat beginnen die Schüler auf dieser Entwicklungsstufe darauf zu achten, an wen sie schreiben. – Der Unterscheidung BRITTONS liegt eine grundsätzlichere Differenz zugrunde, die sprechakttheoretisch als diejenige von propositionaler und performativer Einstellung bezeichnet werden kann. Denn nicht nur beim poetischen Sprachgebrauch, sondern auch beim wissenschaftlichen äußere ich mich als Zuschauer, nicht als Handelnder, wenn ich meine Wahrnehmungen wiedergebe.

3. Stufe: Falls diese Stufe des routinierten Schreibers überhaupt erreicht wird, so geschieht dies im allgemeinen erst in der Adoleszenz oder im Erwachsenenalter. (Vgl. aber die dem widersprechenden Erfahrungen von BAMBACH 1989 und SPITTA 1992: Bei entsprechenden Erfahrungen sind schon Grundschulkinder ansatzweise zu bewußtem, individuellem Sprachgebrauch fähig.) Schriftsprache wird jetzt zum Ausdruck individueller Bedeutungen gebraucht. Konventionen (Textmuster, Stilebenen usw.) werden bewußt eingehalten oder durchbrochen; die Schreiber beherrschen die formelhafte und standardisierte Sprache, sind aber nicht auf sie festgelegt. Sie bilden einen persönlichen Stil aus, der sich in der Wortwahl, im Satzbau und im Sprachduktus zeigt. Dieser Individualstil wird je nach der rhetorischen oder poetischen Funktion des Textes und nach der Textsorte variiert.

Die Schreiber können den Schreibprozeß steuern, indem sie bewußt planen, ausformulieren und revidieren; dabei handelt es sich nicht einfach um aufeinanderfolgende Komponenten, sondern diese greifen ineinander: Wie fange ich an, was mache ich als nächstes, wo stehe ich jetzt, was will ich noch sagen usw. Die Schreiber sind also in der Lage, das Schreiben insgesamt als Handlung zu betrachten, die in Teilhandlungen zerlegt werden kann.

Die Möglichkeiten des hypothetischen Denkens werden für die Unterscheidung von Faktischem und Hypothetischem genutzt; ironischer und metaphorischer Sprachgebrauch wird beherrscht, und Besonderes (Beispiele) wird zur Veranschaulichung von Allgemeinem gebraucht. Rhetorische bzw. poetische Stilmittel werden intentional verwendet.

Sätze und Texte sind auf dieser Stufe hierarchisch strukturiert, d. h. sie sind gemäß der logischen Ordnung von Ober- und Unterbegriffen miteinander verbunden. Die Texte sind im allgemeinen nicht mehr nacheinander gereiht, sondern sie sind um ein Thema zentriert, und die Sätze sind miteinander verwoben; allerdings hängen Art und Grad der Integration auch von der

Textsorte ab: Wissenschaftliche und bürokratische Sprache ist im allgemeinen stärker integriert als poetische.

Auf der Ebene der Schrift werden jetzt orthographische Regeln bewußt durchbrochen, wenn dies vom Sinn her nötig erscheint; Satzzeichen wie Kommas, Punkte, Strichpunkte, Klammern und Gedankenstriche werden ebenso wie die Gliederung des Textes in Abschnitte und die Möglichkeiten der Hervorhebung (Unterstreichen usw.) zur Phrasierung und Dynamisierung des Textes gebraucht.

II Schreibaufgaben

Entsprechend der curricularen Einteilung (Kap. I, 6.4) werden drei Kategorien von Schreibaufgaben unterschieden:

1. Schreibaufgaben, die primär der *Klärung* von Sachverhalten und Texten dienen; dabei spielen freilich auch die Aspekte „Selbstausdruck“ und „Kommunikation“ eine wichtige Rolle. Traditionell wurde vor allem für diese Texte der Ausdruck „Aufsatz“ gebraucht, und der „Aufsatzunterricht“, wie er uns in Lehrplänen und Lehrbüchern begegnet, hat hier nach wie vor seinen Schwerpunkt. Darauf nehme ich Rücksicht, indem ich vorrangig diese Aufgaben didaktisch analysiere und dafür methodische Hinweise gebe.
2. Schreibaufgaben, die dem *Ausdruck* einer subjektiven Sichtweise von innerer und äußerer Wirklichkeit dienen. Da dies mit literarischen Mitteln und in literarischen Formen geschieht, handelt es sich um „literarische Texte“, ohne daß wir freilich an sie hochliterarische Maßstäbe anlegen dürfen. Sowohl der „produktionsorientierte Literaturunterricht“ als auch das „kreative Schreiben“ haben hier ihren Platz. Ich beschränke mich auf Hinweise zum „Kreativen Schreiben“ und gehe auf den „produktionsorientierten Literaturunterricht“ im Band „Umgang mit Texten“ ein. Im übrigen bleibt eine ausführliche Didaktik und Methodik der literarischen Produktion noch ein Desiderat. Solch eine „praktische Poetik für den Schulgebrauch“ wird wohl erst verfaßt werden, wenn der Wunsch danach von der Schulpraxis aus geäußert wird; davon sind wir noch weit entfernt.
3. Schreibaufgaben, die aus gesellschaftlichen *Kommunikations*bedürfnissen resultieren. Ich gehe auf sie unter dem Titel „Zweckschreiben“ ein und behandle hier auch den „Brief“, der freilich ebenso ein literarischer Text sein und darüber hinaus der Sachdarstellung und Sachklärung dienen kann.

Ergänzt werden diese drei Sparten durch ein grundschulspezifisches Kapitel, das sich ihnen nicht zuordnen läßt: „Schreiben im Erstunterricht“.

Diese Gliederung und ihre im folgenden vorgenommene weitere Ausdifferenzierung bezwecken nicht eine strenge systematische Unterscheidung, sondern sie erlauben eine vorläufige Ordnung vor allem traditioneller Schreibaufgaben. Zugleich machen sie auf Leerstellen und Defizite aufmerksam und regen damit – hoffentlich – die didaktische Phantasie zur Entwicklung neuer Schreibaufgaben an.

1 Klärendes Schreiben

Übersicht:

	Ereignisse, Sachverhalte und Vorstellungen klären	*Texte klären*
Erzählen	Erlebniserzählung Phantasieerzählung Bildererzählung	Nacherzählung (Weitererzählung und Umerzählung)
Darstellen	Sachverhaltsdarstellung Protokoll	Précis
Argumentieren	Erörterung	Inhaltsangabe

1.1 Ereignisse, Sachverhalte und Vorstellungen klären

Man kann sich und anderen Klarheit verschaffen über Ereignisse, Sachverhalte und Vorstellungen, indem man sie erzählt bzw. erzählerisch ausgestaltet (1.1.1), indem man sie deutlich darstellt (1.1.2) oder indem man sich argumentierend damit auseinandersetzt (1.1.3).

1.1.1 Erzählen

„Erzähl doch mal!" Diese Aufforderung hören wir oft, nicht nur in der Schule oder etwa besonders im Deutschunterricht – da vielleicht sogar seltener als anderswo. Wer erzählt,

- läßt die anderen teilhaben an dem, was er erlebt und erfahren oder sich (aus)gedacht hat, er will an das Erlebte oder Vorgestellte erinnern: Sachaspekt.
- Zugleich will er Sympathie und Interesse dafür gewinnen: Hörer-/Leseraspekt,
- und schließlich hat das Erzählen auch eine emotionale Funktion für den Erzähler: Er beansprucht Aufmerksamkeit für sich: Autoraspekt.

Erzählen ist eine natürliche und jedermann geläufige Form der Sprachverwendung. Häufig wird das Wort umgangssprachlich sogar für beschreiben, darstellen und wiedergeben (referieren) gebraucht: „Erzähl doch mal!" fordert die Studentin den Kommilitonen auf, der ein Referat über die Prinzipien der deutschen Rechtschreibung übernommen hat. Damit hat die Erzählung wieder den Sinn, den schon die antike „narratio" in der Redepraxis hatte: die hörerzugewandte anschauliche, lebendige Darstellung eines Sachverhalts. Zweifellos bedeutet es eine Verengung, wenn das Erzählen, wie bisweilen in Lehrplänen, auf die Sprachfunktion der „Unterhaltung" festgelegt wird. Auch in der Wissenschaft wird Erzählen unter die „Sachverhaltsdarstellung" subsumiert: „In der alltäglichen Interaktion ist Erzählen die Form der Sachverhaltsdarstellung, in der singuläre Handlungs- und Ereignisabläufe retrospektiv vermittelt werden mit der Intention, dem Hörer ein Nacherleben der Geschichte zu ermöglichen" (HURRELMANN 1980:300). Was unterscheidet dann das Erzählen überhaupt vom Darstellen und Erörtern? Vorgreifend kann man pauschal sagen: Die emotionale Beteiligung von Autor und Adressat. Obwohl das Erzählen durchaus auch dem Informieren dient, geht es eben nicht ausschließlich darum, sondern es geht auch um das Mit- und Nach*erleben* dessen, was da erzählt wird. Beim Erzählen geht es um Spaß, um Ärger, um Angst, um Freude und Schrecken. „Geteiltes Leid ist halbes Leid": In *diesem* Sinn ist die Erzählung Mitteilung.

Vieles am Erzählen ist charakteristisch für die mündliche Kommunikation: Meistens kennt der Erzählende seine Zuhörer, und das Erzählen ist eingebettet in eine laufende Kommunikation; neben Information, Unterhaltung und Selbstdarstellung ist eine wesentliche kommunikative Funktion des Erzählens das Herstellen sozialen Kontakts. Der Erzähler wird durch Reaktionen der Zuhörer animiert und beeinflußt, und um seine Rede eindrucksvoller zu machen, begleitet er sie mit Mimik und Gestik. In einem Punkt allerdings ähnelt die mündliche Erzählsituation der Situation beim Verfassen eines schriftlichen Textes: Einer allein äußert sich für eine gewisse Zeit monologisch. Dies ist ein Grund, warum sich das Erzählen besonders zum Übergang vom Mündlichen zum Schriftlichen eignet. (Und dennoch sollte man nicht den in didaktischer Hinsicht wichtigen Unterschied aus den Augen verlieren: Beim mündlichen monologischen Erzählen gibt es die Reaktion der Zuhörer, sei es in ihren Einwürfen, sei es im bloßen Mienenspiel, und diese Reaktion animiert den Erzähler zum Fortfahren. Wie mühsam ist demgegenüber das „selbstversorgte" Schreiben, wo man solche Stimulation entbehren muß!)

Im Unterricht wurde das Erzählen in den letzten Jahrzehnten in fünf schriftlichen Formen durchgeführt: in der Form der **Erlebniserzählung**, der **Phantasieerzählung**, der **Bildererzählung** („Bildergeschichte") sowie der **Nacherzählung** und der ihr nahestehenden **Um- und Weitererzählung**. Was diese Formen unterscheidet, ist ihr Stoff. Erlebnis- und Phantasieerzählung stimmen darin überein, daß sie normalerweise keine Vorlagen haben; der Stoff wird vom Schüler selbst produziert – sei es aus der Erinnerung („Erlebnis"), sei es aus der Vorstellung („Phantasie"). Die Erlebniserzählung steht dem brieflichen Erzählen nahe; außerhalb der Schule wird das Erlebte und Erfahrene fast nur in Briefen und im Tagebuch schriftlich festgehalten, falls überhaupt. Die Phantasieerzählung ist die schulische Vorform der literarischen Erzählung. Sicherlich haben literarische Erzählungen meistens in irgendeiner Weise auch Erlebtes zum Inhalt; aber das trifft ja auch auf unsere Phantasien zu. Nicht immer ist die Phantasieerzählung stofflich völlig frei; beim Um- oder Weitererzählen wird das Erfinden durch vorliegende Texte oder Textteile angeregt, und der Schreiber muß an das schon Vorhandene anknüpfen. – Die Bildererzählung ist eine schultypische Übungs- und Kontrollform, bei der der zu erzählende Stoff in einem nichtsprachlichen Medium vorgegeben ist. Erzählen bedeutet hier Umsetzen in ein anderes Medium. – Die Nacherzählung und die Um- oder Weitererzählung hat nicht nur einen Stoff zur Vorlage, sondern sogar einen Text; deshalb behandele ich sie bei den Schreibaufgaben, die primär dem Verstehen von Texten dienen.

Und damit ist es heraus: „Erzählen" steht hier unter dem Oberbegriff „Klären". Warum? Was soll diese merkwürdige Zuordnung? Ist es statthaft, das Erzählen in einem Atemzug mit dem Darstellen und Erörtern zu nennen? Handelt es sich nicht um eine völlig andere Sprachfunktion? Sicherlich ist es richtig, daß beim Erzählen die soziale (kommunikative) Funktion wichtig ist und vor allem erzählt wird, um andere teilnehmen zu lassen, zu unterhalten und zu informieren („Erzählbericht"). Ich ordne aber das Erzählen dem Sprachgebrauch zu, der der Klärung und dem Verstehen dient, um den thematischen, gegenständlichen Bezug des Erzählens zu akzentuieren. Allzu leicht wird nämlich übersehen, daß wir erzählen, weil wir etwas auf der Seele haben, das wir loswerden wollen, und daß wir unsere Erfahrungen, Erlebnisse und Vorstellungen „in Ordnung bringen" oder doch wenigstens uns zu Bewußtsein bringen, indem wir sie aussprechen oder aufschreiben. Daß es beim Erzählen „um die Sachen" geht, zeigt sich auch bei den Rückfragen: „Wie war das genau?", „Wer war denn da noch dabei?", „Wie sah das aus?", „Wie kam es denn dazu?" usw. Verstärkt wird der Sachbezug des Erzählens durch die Art und Weise, wie es im Unterricht geschieht: schriftlich und in der Schule. Der Legitimationsgrund für die Schreibaufgaben im Bereich des Erzählens ist also nicht primär der Erwerb von „Erzählfähigkeit" (als ein Aspekt der „Fähigkeit zum Unterhalten" oder der Fähigkeit zur poetischen Gestaltung oder einfach der Sprachfähigkeit), sondern: Klarheit gewinnen über die Inhalte, die da erzählt werden, also Klarheit gewinnen über Menschen, über ihr Handeln, ihre Motive, ihre Gefühle, ihre Bestrebungen, also natürlich auch Klarheit gewinnen über sich selbst. Die Menschen verstehen, sich selbst verstehen, das Leben verstehen, die Welt verstehen (nichts anderes meinen solche wissenschaftlichen Begriffe wie „soziale Kognition", „interaktive Kompetenz", „Fähigkeit zur Perspektivenübernahme") – das ist ein Motiv, das Schüler mitbringen. Deswegen braucht der Unterricht im Erzählen eigentlich keine „Motivation", sondern er bedarf nur gelinder Anstöße, plausibler Anlässe und geeigneter Bedingungen.

Gerade beim Erzählen kann deutlich werden, daß das Schreiben nicht Selbstzweck ist, sondern Mittel:

> „Es ist das ganze Schreiben nur Mittel zum Zweck. Viel wichtiger als der einzelne mehr oder minder gelungene Aufsatz ist uns das Arbeiten an sich. Das Erschließen der Umwelt, das Belauschen der Natur, das bewußte Studium der Natur, das Studium ihrer Gebärden, ihrer Farben, ihrer Gerüche, ihrer Geräusche, das Studium des ganzen lebendigen Spiels. Die frohe, auf Eroberung gerichtete Arbeitsstimmung ist das Wesentliche. Von diesem zielsicheren Streben muß nicht nur eine literarische, sondern eine jede Erziehung ausgehen." (JENSEN/LAMSZUS 1912:7f.)

Die beiden Autoren aus der Zeit der Reformpädagogik weisen auf die Leistung des Schreibens beim Wahrnehmen der äußeren Natur hin: Da Schreiben die Form bewußter Sprachverwendung ist, zwingt es zur Genauigkeit, und zwar nicht erst beim Formulieren, sondern dem voraus schon beim Wahrnehmen selbst. Ohne Zweifel gilt dies nicht nur für das Wahrnehmen der „Natur“ im Sinne des „lebendigen Spiels“ von Pflanzen und Tieren, sondern man darf dies durch die oben genannten Aspekte ergänzen: Nicht nur die äußere Natur soll schreibend studiert werden, sondern auch die innere Natur und das soziale Mit- und Gegeneinander der Menschen. Und deshalb eignet sich nicht nur das sinnlich Gegebene als Stoff, sondern genauso wichtig sind sprachliche Dokumente, Texte, literarische Vorlagen. Infolgedessen kann man zusammenfassen: Die Fremdheit der Schriftsprache zwingt den Schreiber zu einem distanzierten Blick von außen auf seinen Erzählgegenstand. Deshalb gewinnt er beim schriftlichen Erzählen bis zu einem gewissen Grad Klarheit über das, was er erzählt. Dies, und nicht der Erwerb einer Sprachfunktion, dürfte der wichtigste Grund dafür sein, dem schriftlichen Erzählen im Unterricht einen wesentlichen Platz einzuräumen.

Schriftlichkeit verlangt Auswahl und Beschränkung: Man schreibt nicht alles X-beliebige auf. Mehr noch als bei mündlichem Erzählen ist der Stoff beim schriftlichen das Nichtalltägliche, das Besondere, das Ungewöhnliche. „Ich habe ein Eichhörnchen gesehen“ ist heute eher ein Satz, den ein Erstkläßler aufschreibt, als „Ich habe Computer gespielt“. Im übrigen: Das, was schiefgeht, reizt eher zum Erzählen, als das, was glatt verläuft. „Das Eisenbahnunglück“ (THOMAS MANN) ist eher ein Sujet als die Reise ohne Pannen. Und das gilt natürlich auch bei Erfundenem: Spät erst finden wir Geschmack am Erzählen und Lesen des stofflich Belanglosen, bei dem allein die Art der Darstellung reizt. Schließlich gilt das Kriterium des Ungewöhnlichen auch bei literarischen Vorlagen: Wer würde eine Geschichte nacherzählen, die er im wahrsten Sinn des Wortes als „witzlos“ empfindet?

1.1.1.1 Erlebniserzählung: Von Erlebtem, selbst Wahrgenommenem erzählen

1. Definition und Geschichte

Die E. ist die schriftliche Darstellung und Gestaltung von Ereignissen, die man selbst erlebt und im Gedächtnis aufbewahrt hat und die man für wichtig genug hält, um sie aufzuschreiben. Abgesehen vom Tagebuch wendet sich die E. immer an einen Leser, den sie an dem Erlebten teilnehmen lassen will. Für Produktion wie Rezeption der E. ist zwar das Interesse am Stoff entscheidend; aber kaum minder wichtig ist die Beziehung von Schreiber und Leser. Die E. basiert auf Gemeinsamkeit, und sie fördert Gemeinsamkeit.

Die E. geht auf die antike mündliche „narratio“, die Wiedergabe von tatsächlichen Ereignissen (vor allem bei der Rechtsprechung), zurück; die E. diente hier der klarstellenden Information. Seit der Reformpädagogik gehört sie zum Kanon schulischer Aufsatzarten; damals wurde sie in Opposition zu dem an Vorlagen gebundenen, logisch-gedanklichen Aufsatz in den Lehrplan eingeführt, und zwar von Volksschullehrern. Die E. wurde dem gymnasialen Aufsatz sowohl inhaltlich als sprachlich gegenübergestellt: Die

Inhalte des Aufsatzes sollten nicht mehr von allgemeinen moralischen Sentenzen und literarischen Stoffen herstammen, sondern von persönlichen Wahrnehmungen und Erfahrungen, und die Sprache sollte anschaulich, lebendig und ungekünstelt, also alltäglich sein. Man wandte sich ab vom Nachgestalten dessen, was andere gesagt oder geschrieben hatten; denn das führte in aller Regel doch nur zu hohlen Phrasen. Statt dessen wandte man sich hin zum schriftlichen Darlegen dessen, was den Schreiber selbst betroffen hatte. Das Motiv der Reformpädagogen war also ihr Interesse an einem natürlichen, ungekünstelten Stil, es war ein sprachpädagogisches Interesse. Nur wer das wirklich kennt, worüber er schreibt, kann gut schreiben. Und was kennen wir besser als das, was wir selbst erlebt haben?

Bis heute ist die E. vor allem in der ehemaligen Volksschule – der Grundschule und den Klassen 5 und 6 – verbreitet. Der Hauptgrund dafür ist entwicklungspsychologisch und besteht in der vermeintlichen Nähe, die das Kind zu dieser Schreibform hat: Kinder sind ich-bezogen, sie treten der Welt nicht distanziert und erkennend gegenüber, sondern sie nehmen miterlebend und mitfühlend teil. Darüber hinaus wurde das Erleben als Grundlage des Ausdrucks und der Ausdruck als das Wesen von Sprache überhaupt angesehen, so daß gefolgert werden konnte: (Schrift-)Sprachunterricht fängt mit dem Ausdruck von Erlebtem an. „Die Sprache ist Ausdruck. [...] Diese Tatsache erfordert, daß die Grundlage des schriftsprachlichen Gestaltens das persönliche Erleben sein muß“ (SINGER 1966:13). Was dieses Zitat nicht deutlich macht, was aber den Reformpädagogen (etwa JENSEN/LAMSZUS oder MÜNCH) völlig klar war: Die E. erfordert nicht nur ein Erlebtes als stoffliche Grundlage und einen Erzähler, dem das Herz überquillt, sondern auch einen Zuhörer bzw. Leser. Sprache ist eben nicht nur Ausdruck, sondern auch Mitteilung: Kinder wollen das, was sie erzählen, einem Zuhörer oder Leser mitteilen. Und Darstellung ist die Erzählung natürlich allemal.

Die E. wurde zu einer Zeit als Schulaufsatz in den Deutschunterricht eingeführt, als der Erlebnisbegriff in der Philosophie eine besondere Rolle spielte: in der „Lebensphilosophie“ BERGSONS und vor allem DILTHEYS (DILTHEY: Das Erlebnis und die Dichtung, 1905; das Buch wurde 1906 von dem Aufsatzreformer WAETZOLD rezensiert und dort als entscheidend für die E. bezeichnet). Recht willkürlich konstruierten Sprachpädagogen einen Zusammenhang zwischen Erlebnis und Kind und verstanden dabei das Erlebnis in einem engen und mystifizierenden Sinn: „Im Denken der Lebensphilosophie gelten Leben und Lebenskraft als höchster Wert, und gerade sie treten im Erlebnis zutage. Dabei ist es das Kind, das das höchste Maß an Lebensschwungkraft besitzt“ (REUMUTH/SCHORB 1963:214). Nach dieser romantischen Vorstellung vom Kind erlebt der Erwachsene eigentlich nichts, denn ihm fehlt der nötige Lebensschwung. Das Kind dagegen – es schmökert nicht mit Vorliebe in Comics, es sitzt nicht tagtäglich vor dem Videogerät, seine Finger umkrampfen nicht stundenlang den Joystick, sondern es erlebt voll „Lebensschwungkraft“ die Welt. – Wenig später stellen REUMUTH/SCHORB fest, es gebe neben diesem „tiefgreifenden Sinn“ auch eine „verflachte Bedeutung“: „Wenn man heute sagt, ‚so etwas muß man erlebt haben', so meint man damit weiter nichts, als daß man dabeigewesen sein muß."

Eben in dieser „verflachten Bedeutung" wird der Begriff in der Tat heute meistens gebraucht, wenn in der Schule vom schriftlichen Erzählen von Erlebnissen die Rede ist; der Begriff bezieht sich nicht auf die Gefühlsintensität, sondern schlicht auf die Herkunft des Stoffes. So unterscheidet schon Steinbügl (1965:14) die E. von der Bildgeschichte und der Phantasieerzählung: „Steht im Mittelpunkt der Handlung eigenes Erleben, so sprechen wir von einer Erlebniserzählung." Die E. ist also die Art und Weise, wie das erzählt wird, was der Schreiber selbst wahrgenommen hat. Er verfolgt dabei keine spezifische kommunikative Absicht (etwa Information oder Unterhaltung oder Selbstdarstellung), sondern will den Leser bloß an dem, was sich vor seinen Augen und Ohren abgespielt hat, teilnehmen lassen. Er erzählt von sich. Daß der Schreiber sich dabei mit dem Stoff indirekt auseinandersetzt, versteht sich von selbst; denn er artikuliert ja das Erlebte, und die Schriftsprache sorgt eo ipso für Distanzierung und Objektivierung. Erzählen „dient nämlich auch dazu, Erlebnisse zu verarbeiten und sich davon zu befreien, indem man sie für andere aufbereitet und erfahrbar macht" (Frommer 1992:22).

Schon in der Reformpädagogik gab es auch einen sehr viel weiteren und unscharfen und zugleich – in anderer Hinsicht – engeren Begriff von „Erlebnis". Auf ihn greift Sennlaub (1980:22) zurück: „Wenn jemand etwas ‚erlebt' hat, dann heißt das nicht, er habe einem Ereignis beigewohnt. Sondern: Ihn hat etwas innerlich bewegt. [...] Es kann ein äußeres Ereignis gewesen sein. Es kann auch ein Traum gewesen sein, eine bloße Vorstellung in der Phantasie." Wie Reumuth/Schorb weist Sennlaub zunächst die „verflachte" Bedeutung von „Erlebnis" zurück: Das Erlebnis ist nicht einfach irgendein Ereignis, sondern eines mit innerer Anteilnahme. Dann aber geht er darüber hinaus und bezeichnet alles, „was auf die Nerven drückt", was also aufregend ist und bewegt, als „Erlebnis", z. B. auch Plädoyers und Rätsel. Damit werden die üblichen Unterscheidungen (Erlebnisaufsatz, Phantasieaufsatz, Erzählung und Argumentation) aufgehoben, und jeder Text, den ein Schüler mit innerer Anteilnahme schreibt, gilt nun als Niederschrift eines Erlebnisses – eine recht fragwürdige Ausweitung des Begriffs.

2. Entwicklung

In ihrer ersten und am wenigsten anspruchsvollen Form handelt es sich bei der E. um die Wiedergabe irgendeines Geschehnisses, das das Kind wahrgenommen, erfahren, erlebt hat und das ihm wichtig genug ist, um aufgeschrieben zu werden. „Gestern war ich bei meiner Oma. Da ist ein Bach. Ich habe Fische gesehen." In der Freinet-Pädagogik heißen solche Texte „textes libres", weil keine Themen (und auch keine Schreibvorschriften) gegeben sind; Helmers nennt sie folgerichtig „themenfreie Aufsätze". Zum Aufschreiben wird das Kind primär motiviert durch den Wunsch, Erlebtes festzuhalten und mitzuteilen; denn in einer Klasse können ja nicht immer alle Kinder mündlich erzählen, und schon gar nicht gleichzeitig. Dagegen können diese Texte – in den Waldorfschulen mit der Hand geschrieben und ästhetisch ausgestaltet, in Freinet-Klassen mit dem Setzkasten gedruckt – an die Wand gehängt, in einem Buch gesammelt oder verschickt und verschenkt werden: Das Erlebte, das für das Kind Wichtige wird festgehalten, durch das Aufschreiben erhält es bleibende Bedeutung. Adressat der mitgeteilten Erlebnisse sind zunächst sowohl der Lehrer als auch die Mitschüler.

Besonders in den ersten Schuljahren kommt das schriftliche Erzählen von Erlebtem dem Ausdrucks- und Mitteilungsbedürfnis der Kinder entgegen. Dabei kann an das mündliche Erzählen angeknüpft werden; die in der E. gebrauchte Sprache steht dem Mündlichen noch nahe (Gebrauch von wörtlicher Rede). Kinder schreiben bereitwillig etwas auf, das sie schon mündlich erzählt haben, sofern die mündliche Erzählung Eindruck gemacht hat.

Mit der Zeit und sicher auch unter dem Einfluß der Schule entwickeln die Kinder das Bedürfnis, ihre auf Vergangenes bezogenen Mitteilungen einprägsamer und eindrucksvoller zu machen. Ihre kurzen, oft nur aus einem Satz oder wenigen Sätzen bestehenden Texte (Mädchen schreiben gewöhnlich deutlich längere Texte als Jungen) werden jetzt zu kleinen *Geschichten*, die oft noch mit Zeichnungen verbunden werden. Bei den Geschichten orientieren sich die Kinder zunehmend an schriftsprachlich Erzähltem, das sie gelesen oder gehört haben (so tauchen oft Eingangs- und Schlußformeln, vor allem Märchenwendungen, auf); hier wirkt sich aus, wie stark die Kinder zuhause oder in der Schule mit Schriftsprache konfrontiert sind. Als „Geschichte" ist die E. nicht mehr – wie der Brief – persönliche Mitteilung, sondern literarischer Text, auch wenn der Stoff noch immer aus dem Erleben stammt. Die Aufsätze zeigen in dieser Phase allerdings eine charakteristische Spannung zwischen Mitteilung von Erlebtem und literarischem, durch gehörte und gelesene Geschichten geprägtem Stil. Das „Flunkern", also das Hinzuerfinden und Übertreiben, ist zumindest teilweise eine Folge der Literarisierungsanstrengung; zum anderen ist es die Folge mangelnder Unterscheidung von Wunsch und Wirklichkeit. E. und Phantasieerzählung gehen in der „Alltagsfiktion" (Stempel 1980) ineinander über.

Zwar wird das schriftliche Erzählen in der Grundschule üblicherweise mit dem Ausdrucksbedürfnis und Mitteilungswillen der Kinder begründet, aber die traditionelle Methodik der E. fördert nachdrücklich die Literarisierung der Texte durch sprachliche Gestaltung. Dabei tritt das eigene Erleben immer stärker zugunsten der Darstellung von Geschehnissen zurück; die Schüler schreiben immer mehr „Geschichten". So unterscheidet Scoppewer (1960) drei aufeinanderfolgende „Erlebnisformen": Zunächst schreiben die Schüler über wirkliche, individuelle Erlebnisse. Auf der nächsten Stufe schreiben sie über eigens inszenierte gemeinsame Erlebnisse (z. B. einen dafür vorgenommenen Besuch im Tierpark oder etwas, das ihnen in Bild, Film und Text medial vermittelt wird). Hier ist eine gründlichere sprachliche Vorbereitung der Aufsätze möglich, und die Texte werden schon bewußt gestaltet. Auf der dritten Stufe schließlich schreiben die Schüler über Ausgedachtes. Jetzt handelt es sich also nicht mehr um wahre, sondern nur noch um mögliche oder wahrscheinliche Erlebnisse. Für den Leser ist die Fiktion jetzt „ein Hilfsmittel, das ihm den Zugang zur Vergangenheit erleichtert" (FROMMER 1992:93), und ebenso ist die Fiktion für den Schreiber ein Hilfsmittel beim Überliefern des Vergangenen. Der Begriff „Erlebnis" im strengen Sinn ist hier nicht mehr angebracht.

SENNLAUB (wie vor ihm schon die Reformpädagogen zu Beginn des Jahrhunderts) ist konsequenter und verzichtet auf die zweite und dritte Stufe; er läßt die Schüler während der gesamten Grundschulzeit hauptsächlich über das schreiben, was sie individuell erlebt haben. Dadurch behalten die Texte ihre Mitteilungsfunktion: Man teilt ja nicht jemandem etwas mit, das er selbst erlebt hat („Unser Besuch im Zoo"). Doch hindert dies nicht, daß die mitteilenden Texte auch unter leserbezogenen Gestaltungsaspekten beurteilt werden (Verständlichkeit, Genauigkeit, Reihenfolge, Lebendigkeit der Darstellung, sprachliche Originalität und ähnliches). Auch hier werden also unter dem Einfluß der Hörer/Leser aus den anfänglichen erzählhaften Mitteilungen allmählich „Geschichten" mit Höhepunkt und interessanter Überschrift, und die Qualität der Geschichten wird in bezug auf Wahrheit (Genauigkeit, Übereinstimmung mit der Wirklichkeit) und Wirkung (Verständlichkeit, Lebendigkeit, Spannung) beurteilt.

Auf der Sekundarstufe trennen sich mitteilendes und literarisches Erzählen (vgl. BRITTONS Unterscheidung von „transactional" und „poetic writing"). Erlebnisse werden, falls überhaupt, nur noch im Brief ausgewählten Vertrauten mitgeteilt, nicht aber mehr einer Öffentlichkeit wie der Schulklasse. (ESSEN empfiehlt für die Wiedergabe von Erlebtem deshalb in der Schule die klare, nüchterne Berichtsprache.) Erlebnisse dienen aber andererseits als Stoff, der literarisch gestaltet werden kann, um nun indirekt Anteilnahme zu wecken und auf etwas aufmerksam zu machen. Zunehmend werden dabei Erlebtes und Phantasiertes bewußt gemischt, und Erlebtes wird mit gestalterischen Mitteln „verfremdet". Auf diese Weise können nun auch innere Erlebnisse und verdrängte Erfahrungen zum Ausdruck gebracht werden; es können aber auch Erlebnisse wirkungsvoll zur Unterhaltung erzählt werden.

Im Aufsatzcurriculum tritt allerdings bisher die E. im Laufe der Sek. I zugunsten von nicht-literarischen Darstellungsformen (Bericht, Beschreibung, Erörterung u. ä.) zurück. Dies wird entwicklungspsychologisch mit einer realistischeren Einstellung des Heranwachsenden in der späten Kindheit begründet. Damit sei die Möglichkeit gegeben, den kindlichen Egozentrismus zu überwinden und sich in einer sachlichen Haltung den Gegenständen der Welt zuzuwenden. Ein nicht zu unterschätzendes zusätzliches Motiv für diese realistische Wende, die von den Schülern meistens ab der 7. Klasse erwartet wird, lag früher darin, daß die meisten Schüler nach der 8. Klasse die Schule verließen und ins Arbeitsleben eintraten, und für die Arbeitskräfte war nicht Pflege von Individualität oder gar Innerlichkeit, sondern nüchterne Sachorientierung geboten. (Möglicherweise hat man bei der Lehrplangestaltung die mittlerweile erfolgte Verlängerung der Schulzeit übersehen.)

Wird die E. als erste Stufe auf dem Weg zum literarischen Erzählen verstanden, so ist nicht einzusehen, warum sie im Aufsatzcurriculum durch Formen des argumentativen und darstellenden Sprachgebrauchs abgelöst wird. Sinnvoll ist vielmehr, sowohl das Erzählen als literarische Tätigkeit zum Zweck der Ausbildung ästhetischer Kompetenz und zum Gewinnen personaler Identität weiterhin zu pflegen als auch auf höheren Klassenstufen dem Ausdruck von Erlebnissen und Erfahrungen Raum zu geben, also „autobiographisch“ zu erzählen. Die E. dient hier als Korrektiv gegenüber der verbreiteten Forderung, alle Informationen zu beurteilen, zu allem eine Meinung zu äußern, persönliche Erfahrungen nur als Beispiel und Beleg zu verstehen, d.h., diese Form des Erzählens dient der Anerkennung des Individuellen, des Nicht-Allgemeinen.

3. Abgrenzungen
Häufig wird der Erzählung der **Bericht** gegenübergestellt: Die Erzählung sei subjektiv, der Bericht objektiv. BRITTON (1973:167f.) unterscheidet beides, indem er auf unterschiedliche Kommunikationssituationen hinweist: „Nehmen wir an, jemand erzählt, was ihm bei einer früheren Gelegenheit passiert ist. Auf einer Polizeistation wird er das wahrscheinlich in einem neutralen, gleichmäßig ausdruckslosen Ton tun: so als ob er die nackten Tatsachen für sich selbst sprechen lassen will. Aber einem engen Freund gegenüber mag er an jedem Punkt seine Stellungnahme zu dem offenbaren, was er erzählt; und dies bringt die Ereignisse zum Leben, so wie er sie erfahren hat.“ BRITTON spricht hier über mündliche Kommunikation von Erwachsenen. Mindestens in den ersten Schuljahren ist diese Unterscheidung nicht sinnvoll. SANNER (1964) hat darauf hingewiesen, daß der von PREGEL (1969) beschriebene mündliche Stil des Schulanfängers eher ein Berichtstil sei (gleichgeordnete Sätze, assoziativ verknüpft) als ein Erzählstil (spannungsreich, auf Höhepunkt zulaufend); GEISSLER (1968) hat daraus gefolgert, daß die E. gar nicht so kindgemäß sei, wie immer behauptet wird, vielmehr handle es sich bei der E. um eine Kunstform. HELMERS (1971) spricht deshalb nicht von der Erlebnis*erzählung*, sondern vom Erlebnis*bericht*.

Tatsächlich entspricht der Mitteilungsabsicht, mit der Kinder zunächst mündlich wie auch schriftlich erzählen, eher der **Brief**, in dem sich ja berichtende und erzählende Elemente mischen, und die FREINET-Pädagogik handelt konsequent, wenn sie die „Klassen*korrespondenz*“ zu einem wesentlichen Faktor beim Schreibenlernen macht. Bei der E. wird dagegen das Mitteilungsbedürfnis zunehmend als Motiv für literarisches Schreiben genommen. Die Literarisierung ist eine Folge der Kommunikationssituation: Während sich der persönliche *Brief* an einen einzelnen richtet, mit dem man wohlvertraut ist, wendet sich die *literarische Erzählung* an eine Öffentlichkeit – erfahrbar zunächst als die Schulklasse (BAMBACH). (Kritisch zur Unterscheidung von Erzählung und Bericht LUDWIG/WOLFF 1978.)

Die E. ist also eine Kunstform, die mündlichem Erzählen und einfachen Formen schriftlichen Erzählens nahesteht. GEISSLERS Einwand (s.u.), die E. halte an einer längst überholten literarischen Erzählweise fest, träfe nur zu, wenn die Schüler auch und ausschließlich in der Sek. II noch dieselbe

Form verwendeten; sie folgten dann dem Muster konventioneller Literatur und schrieben unter Umständen Trivialliteratur.

4. Hinweise zur Methodik und Aufgabenvorschläge

EGGERER/EGGERER (1980:103) nennen folgende Grundsätze für das Schreiben einer E.:

1. Sie soll wahr sein!
2. Sie darf nur ein Erlebnis bringen, dies aber ausführlich in Erzählschritten.
3. Sie soll einem Höhepunkt zustreben und diesen eindrucksvoll ausgestalten.
4. Sie soll wörtliche Rede verwenden.
5. Sie soll spannend sein, deshalb darf nicht alles in den ersten Sätzen verraten werden.
6. Erzählzeit ist das Präteritum (die erste Vergangenheit)! Nur beim Höhepunkt kann der Schreiber zum Präsens (Gegenwart) übergehen. Der Schüler darf aber nicht willkürlich die Zeitstufen wechseln.
7. Sie soll sprachlich anschaulich und lebendig gestaltet werden.

Zu Unrecht legt die erste Regel den Akzent auf das *eigene* Erlebnis, und andere Methodiker (siehe oben SCOPPEWER) schränken diese Forderung ein; denn nichts ist dem Schreiben schädlicher, als wenn die Schüler sich krampfhaft ein „eigenes Erlebnis" aus den Fingern saugen müssen. Die Regel hat allerdings insofern Sinn, als die Schüler, wenn sie über Selbsterlebtes schreiben, weniger in Versuchung sind, aus Mangel an Sachkenntnis und Detailwissen zu sprachlichen und inhaltlichen Stereotypen zu greifen, und sie hat auch insofern Sinn, als das Schreiben dem Verarbeiten von Erlebtem dienen und damit entlastende Funktion haben kann: SENNLAUB läßt – wie schon JENSEN/LAMSZUS – die Kinder über das schreiben, was ihnen „auf die Nerven drückt". Diese quasi-therapeutische Wirkung ist aber nicht das Ziel des Unterrichts, sondern sie ergibt sich – wie beim mündlichen Erzählen – bisweilen nebenbei; Ziel des Unterrichts ist der gute, leserfreundliche Text.

Die anderen von EGGERER/EGGERER genannten Regeln basieren auf Erwartungen, die *Leser* an eine Geschichte stellen. Mit Blick auf solche Erwartungen kann man sie reduzieren, umformulieren und kommunikativ begründen. Dann lauten sie folgendermaßen:

1. Bei einer kurzen Geschichte sollte ein zentrales Ereignis im Mittelpunkt stehen, so daß der Leser weiß, „worum es eigentlich geht". Dieses Ereignis sollte geordnet dargestellt werden, damit der Leser nicht die Orientierung verliert.
2. Eine kurze Geschichte fesselt den Leser besonders dann, wenn sie auf einen Höhepunkt zusteuert – so wie der Witz auf die Pointe. Diesen Höhepunkt sollte man deutlich machen.
3. Wörtliche Rede, Fragen und Ausrufe machen oftmals die Geschichte lebendiger und ermöglichen es dem Leser, das Geschehen mitzuerleben.

4. Gewöhnlich werden schriftliche Erzählungen im Präteritum verfaßt; dadurch wird das Geschehen allerdings sowohl vom Schreiber als auch vom Leser weggerückt. Will man das vermeiden und den Leser die Geschichte wie in einem Film miterleben lassen, verwendet man das Präsens. Wenn man im Präteritum schreibt, kann man trotzdem beim Höhepunkt ins Präsens wechseln; nur sollte man nicht aus Versehen mal diese und mal jene Zeitstufe nehmen. (Es kann auch sinnvoll sein, den Text durch Zeitwechsel zu gliedern.) – Das Perfekt ist die Vergangenheitsform, in der wir mündlich erzählen. Das Präteritum ist nicht etwa eine bessere oder irgendwie gehobene Vergangenheitsform, zu der der Erzähler greift, wenn er älter geworden ist (derartiges suggerierte die frühere Sprachentwicklungstheorie), sondern es ist typisch für schriftliches, literarisches Erzählen (man vergleiche: „Da ist ein Mann gewesen, und der hat drei Söhne gehabt" versus „Es war einmal ein König, der hatte drei Söhne"). Das Präteritum distanziert und fiktionalisiert.

Solche und ähnliche Gesichtspunkte sollten nicht, wie bei EGGERER/EGGERER offenbar vorgesehen, als eine Art „Checkliste" verstanden werden, bei der einzelne Punkte nacheinander abgehakt werden. Vielmehr geht es darum, daß die Schüler beim Besprechen ihrer eigenen und fremder Texte sich bewußt werden, warum manche Texte ihnen mehr gefallen als andere. Dabei wird es nicht selten geschehen, daß die genannten Punkte unberücksichtigt bleiben oder abgewandelt werden. (Besonders fragwürdig ist das Kriterium des „Höhepunkts": Je jünger die Kinder sind, desto weniger sind sie an derlei Kunstfertigkeit interessiert; auch als Hörer/Leser verweilen sie mit Vorliebe bei Details. Sie amüsieren sich über dieses oder jenes Wort und verlangen nicht nach einem Spannungsbogen.) Statt angelesenen Kriterien zu folgen, sollte der Lehrer versuchen, die Kriterien, die die Kinder intuitiv in ihren Textbesprechungen selbst verwenden, zu verstehen, auf den Begriff zu bringen und den Kindern zurückzuspiegeln.

Häufig wird eine grobe Gliederung in Einleitung, Hauptteil und Schluß verlangt. Da diese Teile oft schwer gegeneinander abzugrenzen sind, ist es sinnvoller, das Augenmerk auf den ersten und den letzten Satz zu richten: Der erste Satz sollte dem Leser die Ausgangslage mitteilen, ihn über das Wann und Wo orientieren oder ihn unmittelbar in die Geschichte hineinziehen; der letzte Satz sollte den Leser entlassen und dem Text ein deutliches Ende setzen. Freilich: Es gibt auch Erzählungen, die absichtlich auf beides verzichten (vgl. die Gattung „Kurzgeschichte").

Es versteht sich von selbst, daß solche Regeln, selbst in vorsichtiger Formulierung, das Erzählen normieren, indem sie ein bestimmtes Ideal von „Erzählung" aufstellen. GEISSLER (1968) hat dieses Ideal als antiquiert, epigonal und trivial gebrandmarkt und festgestellt, zeitgenössische Literatur folge diesen Regeln nicht. Er geht sogar noch weiter: Nicht nur werde den Schülern hier eine falsche Vorstellung von Literatur vermittelt, sondern überdies ein falsches Bild von gegenwärtiger Wirklichkeit. Weder in der Wirklichkeit nämlich noch in der modernen Literatur gebe es Geschlossenheit (das Ende führt zum Anfang zurück), linearen Aufbau und klare Verhältnisse; vielmehr herrsche Offenheit, Gebrochenheit, Nebeneinander und Widersprüchlichkeit vor. Unschwer erkennt man hier eine dichtungstheoretische Auffassung, die ja schon MUSIL (1930:665) in „Der Mann ohne Eigenschaften“ zum Ausdruck gebracht hat: Abhanden gekommen sei heute das „primitiv Epische“, „woran das private Leben noch festhält, obgleich öffentlich alles schon unerzählerisch geworden ist und nicht einem ‚Faden‘ mehr folgt, sondern sich in einer unendlich verwobenen Fläche ausbreitet“.

Diese literaturtheoretisch motivierte Kritik GEISSLERS muß aber vom pädagogischen Standpunkt aus zurückgewiesen werden; denn Pädagogik hat es mit Entwicklung zu tun und muß deshalb unterschiedliche Stufen des Erwerbs der Erzählfähigkeit berücksichtigen. Dem Erzählen des Kindes entsprechen nicht Erzählformen der fortschrittlichen Hochliteratur dieses Jahrhunderts, sondern mündliche Alltagserzählungen einerseits, Märchen und Kinderliteratur andererseits. Mündliche Erzählungen ähneln in ihrem Aufbau den Forderungen an die E.: Es gibt bei ihnen die Phasen „Orientierung, Komplikation, Evaluation, Resultat und Coda“ (LABOV, W./J. WALETZKY 1973). Das heißt, der Hörer wird zunächst über die Situation in Kenntnis gesetzt, dann wird ihm – mit persönlicher Wertung – das besondere Ereignis (oder eine Folge von Ereignissen) erzählt, ein Ergebnis beendet schließlich die Erzählung, und in einem Nachklapp (Coda) führt der Erzähler vom Vergangenen, das er erzählt hat, zurück in die Gegenwart des Erzählens. DEHN (1981) hat auf die Ähnlichkeit dieses Erzählens mit der Struktur von Märchen aufmerksam gemacht; auch andere Literatur, die Kinder kennenlernen, folgt oft diesem Aufbau. Daß dichterische Werke der anspruchsvollen Erwachsenenliteratur häufig anders und komplizierter aufgebaut sind, ist kein Gegenargument. (Vgl. auch FROMMER 1992:61-66, der seine ausführliche Auseinandersetzung mit GEISSLER folgendermaßen beendet: „Geißlers Aufsatz mag seinerzeit ein verdienstlicher Denkanstoß gewesen sein. Aus heutiger Sicht wiedergelesen, mutet er doch recht zeitbedingt und, mit Verlaub, verschroben an. Um so verwunderlicher ist es, daß er in der fachdidaktischen Literatur z. T. wie eine Legende gehandelt wird und neuere Sprachbücher sich noch immer auf ihn berufen.“)

Wie kann in der Schule das schriftliche Erzählen von Erlebnissen angestoßen und gefördert werden? Traditionell wurde der **Themenstellung** besondere Bedeutung beigemessen. Da ja eigene Erlebnisse erzählt werden sollen, müssen die Themen aus der Lebenswelt der Kinder stammen und ihr Mitteilungsbedürfnis wecken. Um den unterschiedlichen Voraussetzungen zu entsprechen, werden häufig **Rahmenthemen** gegeben, die so weit sind, daß jeder Schüler ein eigenes Erlebnis erzählen kann und sich nicht etwa eines ausdenken muß, andererseits aber so eng, daß sie die Erinnerung des Schülers in Gang setzen. Der erste Arbeitsschritt für den Schüler besteht deswegen darin, sein Thema innerhalb des Rahmenthemas zu finden.

Für die Grundschule weist SENNLAUB (1980) einen anderen Weg: Nicht Rahmen*themen* sind nötig, sondern ein *unterrichtlicher*, d.h. organisatorischer Rahmen, der das Publikwerden der Texte ermöglicht. Mit anderen

Worten: Es kommt nicht so sehr auf die Themen als auf den sozialen Kontext an, in dem das Schreiben steht. (Die Themen wählen sich die Schüler selbst; bei einem Einheitsthema hätten sie ja später als Leser bzw. Zuhörer gar kein Interesse.) Neben den Gesprächskreis muß also die Vorlesestunde treten, bei der die Schüler nach einem festgelegten Verfahren mit dem Vorlesen eigener Texte drankommen. Die Zuhörer interessieren sich für den Inhalt; sie anerkennen aber auch die Gestaltung, wenn der Text sie amüsiert oder getroffen hat, und sie kritisieren ihn, wenn er langweilig oder unverständlich war. Die Schreiber lernen auf diese Weise allmählich, sich auf Leser einzustellen. Subjektiver Ausdruck wird nicht unterdrückt, sondern leserorientiert entwickelt. Dieses nicht lehrer-, sondern mitschülerorientierte Schreiben bedarf, wie gesagt, keines gemeinsamen Themas, sondern jeder Schüler schreibt über das, was er erlebt hat, und nur dann, wenn es ihm mitteilenswert erscheint. (Solches individualisierendes Vorgehen empfahlen auch schon die Aufsatzlehrer der Reformpädagogik.)

Wenn das spontane Interesse am Mitteilen von Erlebtem geringer wird, können *Ratespiele* zum Schreiben anregen; sie eignen sich besonders für die Sekundarstufe. Bei diesen Schreibimpulsen sind keine Themen nötig; es kann aber sinnvoll sein, in der Klasse mögliche Themenbereiche gemeinsam zu ermitteln, damit die Schüler auf Ideen kommen. Spielerische Schreibaufgaben sind z. B.:

1. Jeder schreibt eine E., die auf tatsächlich Erlebtem beruht. Eine wesentliche Einzelheit ist aber dazuerfunden. Die Klasse rät, welche. Zusätzlichen Reiz erhält das Vorlesen, wenn es anonym geschieht und dann noch erraten werden muß, von wem die Geschichte ist. Dabei wird auch der Wert einer leserlichen Handschrift und korrekten Schreibweise einsichtig; denn der Lehrer kann die Texte sonst nicht flüssig vorlesen.

2. Jeder schreibt zwei Geschichten, eine E. und eine Phantasieerzählung. Die Klasse rät, welche Geschichte die E. ist. Durch geschickte Wahl des Themas und durch die sprachliche Gestaltung kann man die Leser (Hörer) ganz schön zum Narren halten! („Wahr oder erfunden", FRITZSCHE 1989.) Mit dem Verhältnis von Wahrheit und Fiktion hat es auch die folgende Aufgabe zu tun:

3. Einige Schüler erzählen mündlich ein Erlebnis, das sie in letzter Zeit hatten – ein Ferienerlebnis vielleicht. (Warum nicht?) Sie brechen aber auf dem Höhepunkt ab und lassen offen, wie es ausgeht. Nun wählt sich jeder der zuhörenden Schüler stillschweigend eines dieser erzählten Erlebnisse und macht daraus eine Geschichte, wobei er die Erzählung auch fortsetzt, also den Ausgang erfindet. Wenn am Ende vorgelesen wird, herrscht große Spannung; denn abgesehen von den sowieso recht unterschiedlichen Geschichten gibt es erstens die unterschiedlichsten Schlüsse, und zweitens möchte man natürlich wissen, wie es denn in Wirklichkeit war. Das erzählt dann der, der das Erlebnis gehabt hat, als letzter. („Halbwahre Erlebnisse", FRITZSCHE 1989.)

Ähnliches bezweckt auch die folgende Aufgabe. Bei ihr geht es um den Unterschied von alltäglichem und literarischem und von mündlichem und schriftlichem Erzählen:

4. Ein Schüler erzählt einem anderen mündlich ein Erlebnis. Dann schreibt der Zuhörer das eben Gehörte auf, und zwar in Ich-Form, wogegen der Erzähler sein mündlich erzähltes Erlebnis noch einmal schriftlich erzählt, aber verfremdet in der dritten Person (er/sie, oder der Erzählende spricht von sich als „der Junge/das Mädchen"). (WALDMANN/BOTHE 1992:11)

Noch weiter weg von der wahren E., aber doch nicht ohne Bezug zu ihr, führt die Aufgabe, die möglichen Erlebnisse eines Mitschülers zu erzählen:

5. „Anja auf dem Reiterhof", „Thomas stellt einen Dieb". Durch Los wird bestimmt, wer wessen Erlebnis(se) erzählt; bei der Wahl des Inhalts hat natürlich jeder Schüler freie Hand: „Dein schönstes Ferienerlebnis". Dabei ist es gut, wenn der Schreiber nichts weiß von den tatsächlichen Erlebnissen des Mitschülers, über den er schreibt. Jüngere Schüler neigen dazu, einfach eigene Erlebnisse aufzuschreiben und nur den Namen des Mitschülers einzusetzen. Ältere Schüler denken sich in den Mitschüler hinein und nutzen auch die Gelegenheit, ihre positive oder negative Einschätzung des Mitschülers in der Geschichte indirekt zum Ausdruck zu bringen. Beurteilt werden die Texte danach, wie interessant (lustig, spannend), plausibel, verständlich und passend (für die eingesetzte Person) sie sind. – Eine Variante dieser Aufgabenstellung besteht darin, daß nicht festgelegt wird, wer wessen Erlebnisse fingiert, sondern jeder wählt sich selbst einen Mitschüler aus und schreibt dessen Erlebnisse so auf, daß aus äußeren Daten nicht hervorgeht, wer es ist. Beim Vorlesen errät die Klasse, wer das fiktive Ich ist.

Die E. ist eine Form autobiographischen Erzählens; sie ermöglicht eine Selbstdarstellung, die Anlaß gibt zum Nachdenken über sich selbst. In höheren Klassen lohnt es sich, sie im Zusammenhang mit (Ausschnitten aus) Autobiographien zu behandeln. Zum eigenen autobiographischen Erzählen regen dann folgende Aufgaben an:

6. Jeder schreibt drei Orte (oder drei Daten oder Namen), die in seinem bisherigen Leben besonders wichtig waren, auf einen Zettel. Dieser Zettel geht reihum. Jeder Mitschüler kreuzt den Ort (das Datum, den Namen) an, über den der Schüler schreiben soll. Der Ort (das Datum, der Name), der am häufigsten angekreuzt wurde, bildet das Thema, über das der Schüler nun schreiben muß. – Das sieht nach einem umständlichen Verfahren aus. Aber der Aufwand lohnt sich; denn das Verfahren erhöht die Schreibmotivation und die innere Beteiligung beträchtlich: Die Texte sind ja jetzt gewissermaßen angeboten und bestellt.

7. Jeder schreibt das Inhaltsverzeichnis seiner in mehrere Kapitel unterteilten Autobiographie auf einem Zettel auf, z. B.:

Schneemann im Kindergarten
Der erste Schultag
Kloppe
Wie ich mich nicht nach Hause traute
Ich bekam einen Hund
usw.

(Wenn das Formulieren interessanter Überschriften noch nicht gelernt worden ist, muß es jetzt geschehen; am besten sieht man in einigen Jugendbüchern nach.)

Nun geht der Zettel reihum, und jeder Mitschüler kreuzt an, welches Kapitel ihn am meisten interessieren würde. Dieses Kapitel muß der Schüler dann verfassen. (Ein besonderer Stimulus sind Photos, die die Schüler zu ihren Überschriften mitbringen; ältere Schüler bringen dabei gern Überschrift und Bild in ein ironisches Verhältnis.)

Für jüngere und ungeübte Schüler gibt es verschiedene Hilfen zur *Vorbereitung* des Schreibens:

- Das Thema oder Rahmenthema wird zunächst in der Klasse besprochen, und für wichtige Bereiche werden Wortfelder erarbeitet.
- Die Schüler erzählen die Erlebnisse zunächst mündlich (Partnerarbeit).
- Die Schüler zeichnen die Erlebnisse in einer Bildfolge (Comic-Strip-Verfahren). Die Bilder erhalten Sprechblasen und Unterschriften.
- Die Schüler spielen Ereignisse nach und verschriftlichen sie dann.
- Der Textanfang (der erste Satz) wird vorgegeben.

Je individueller die Texte sind, je breiter die Themen streuen, desto geringer sind die Möglichkeiten einer gemeinsamen Vorbereitung in der Klasse. Um diese Hilfe nicht entbehren zu müssen, lehnt ZANDER (1972) thematisch motivierte Aufsätze generell ab. Erfahrungen mit freien Aufsätzen (SENNLAUB, FREINET) zeigen aber, daß auch Grundschüler durchaus in der Lage sind, ohne gemeinsame inhaltliche und sprachliche Vorbereitung Erlebnisse schriftlich zu erzählen, und die Vorbereitungen und Vorlagen, die als Hilfe gedacht sind, geraten nur allzu leicht zur Fessel. Werden die Aufsätze nicht weiter vorbereitet, so verlagert sich das Lernen mehr auf das Zuhören beim Vorlesen in der Klasse sowie auf die Besprechung, eventuell Korrektur und Überarbeitung der Texte.

5. Übersicht über Möglichkeiten der Unterrichtsplanung und -durchführung im Aufsatzunterricht am Beispiel der Erlebniserzählung

Wie bei allen zielgerichteten menschlichen Tätigkeiten lassen sich auch beim Aufsatzunterricht verschiedene Phasen unterscheiden. Bei der folgenden Übersicht wird vorausgesetzt, daß alle Schüler zur gleichen Zeit an ihren Aufsätzen arbeiten. Das ist zwar üblich, aber wie die Praxis von SENNLAUB (1980) zeigt, keineswegs optimal.

Einstieg und Vorbereitung: Der Einstieg soll Interesse für den Unterrichtsgegenstand wecken und die Aufmerksamkeit auf ihn lenken. Die Vorbereitung dient unmittelbar dem danach folgenden Schreiben. Beide Phasen hängen eng zusammen. Es sind verschiedene Möglichkeiten denkbar:
a) Als Einstieg erzählt der Lehrer mündlich ein eigenes Erlebnis; zur Vorbereitung des Schreibens erzählen verschiedene Schüler ähnliche eigene Erlebnisse. (Dies ist ein sehr „natürliches" Vorgehen; denn im Alltag beobachten wir immer wieder, wie eine Erzählung Parallelgeschichten von Zuhörern hervorruft: „Ach, da fällt mir ein, ich habe neulich was ganz Ähnliches erlebt ...").
b) Als Einstieg schreibt der Lehrer ein Thema oder ein dafür wesentliches Wort an die Tafel. Zur Vorbereitung des Schreibens stellen die Schüler Mutmaßungen an und erzählen mündlich, was ihnen zu dem Thema (Stichwort) einfällt.
c) Als Einstieg zeigt der Lehrer ein Bild oder mehrere Bilder, die auf das Thema, das er im Sinn hat, hinlenken. Die Schüler äußern mündlich, was ihnen dazu einfällt.
d) Als Einstieg liest der Lehrer einen Erlebnisaufsatz vor (einen von ihm selbst oder von einem Schüler verfaßten). Zur Vorbereitung des Schreibens wird dieser Aufsatz durchgesprochen. – Der Unterschied zu den vorher dargestellten Möglichkeiten des Unterrichtsbeginns liegt vor allem darin, daß hier von vornherein ein schriftlicher Text verwendet wird.
e) Als Einstieg schreibt der Lehrer „Erlebniserzählung" an die Tafel. Zur Vorbereitung des Schreibens wird besprochen, was diese Schreibaufgabe verlangt und worauf beim Schreiben besonders zu achten ist. Es ist klar, daß dies der schulischste Unterrichtsbeginn ist; außer in sehr lernbereiten Klassen wirkt er entmotivierend und stellt eine Überforderung dar.

Themenstellung: Nach der Vorbereitung wird das Thema gestellt, entweder eines gemeinsam für alle Schüler oder mehrere Themen zur Wahl, oder die Schüler stellen sich ihr Thema selbst.

Stoff-, Gedanken- und Wörtersammlung: Insbesondere wenn nur ein Thema gestellt ist, kann gemeinsam (an der Tafel) Stoff gesammelt werden mit dem Ziel, den Schülern bei der Suche in ihrem Gedächtnis zu helfen. Dazu sind verschiedene Techniken möglich (vgl. Kap. III, 1.).

Aus- und Überarbeitung: Auch hier gibt es mehrere Möglichkeiten, die aber nicht an bestimmte Arten der Vorbereitung oder Themenstellung gebunden sind:
a) Die übliche Form ist, daß jeder Schüler nun individuell allein seinen Aufsatz ausarbeitet.
b) Schreibungewohnte Schüler (z.B. in der 1. Klasse) oder besonders schreibschwache Schüler können aber auch mündlich erzählen, und eine andere Person (Lehrer, gewandter Mitschüler) schreibt den Text auf (MÜNCH 1926:25 „Der Junge diktiert mir also, und dann lese ich der Klasse mein Ste-

nogramm vor", ebenso SENNLAUB 1980 und sogar noch in der 6. Klasse der Schriftsteller MARTIN 1981).

c) Eine dritte Möglichkeit ist, daß der Aufsatz gemeinsam an der Tafel erstellt wird; auch kann sich der Lehrer die Sätze jeweils diktieren lassen und auf dem Tageslichtschreiber festhalten.

d) Eine vierte Möglichkeit besteht schließlich darin, daß die Schüler ihre Aufsätze in Gruppen gemeinsam formulieren; dabei ist die Benutzung eines Computers besonders günstig.

Nachbereitung: Natürlich hängt es von der Erarbeitungsphase ab, welche konkreten Möglichkeiten es jeweils gibt, wenn die Texte fertig sind. Grundsätzlich lassen sich folgende Möglichkeiten unterscheiden:

a) Üblicherweise werden die einzeln geschriebenen Texte von einem einzigen Leser, dem Lehrer, gelesen und korrigiert, und dann machen die Schüler Verbesserungen: Kein sehr lustvolles und kein sehr effektives Verfahren!

b) Statt dessen oder zusätzlich kann ein Aufsatz herausgegriffen und in der Klasse besprochen werden. Dabei gilt es abzuwägen zwischen dem vermuteten Lernerfolg für alle und den psychischen Folgen für den einen.

c) Die Hervorhebung oder auch Stigmatisierung eines Schülers vermeidet man, wenn man einen „Modellaufsatz" vorlegt und bespricht, also jetzt nachträglich das tut, was bei einer anderen Unterrichtsplanung schon in der Phase der Vorbereitung geschieht.

d) Möglich ist auch, ohne Bezug auf einen bestimmten Text allgemein die Probleme anzusprechen, die die Schüler beim Schreiben hatten.

e) Zusätzlich oder anstelle von Besprechungen können alle Texte in irgendeiner Weise „publiziert" werden. Natürlich ist das witzlos, wenn die Inhalte (oder gar die Texte nach „gründlicher Vorbereitung"!) einander stark ähneln.

Übersicht:

Einstieg und Vorbereitung	L erzählt mündlich ein Erlebnis.	L liest Aufsatz vor.	Bild(er)	TA: „Erlebniserzählung"	
Stoff-/Gedanken-/Wörtersammlung					
Themenstellung					
Aus- und Überarbeitung	Jeder S schreibt allein.	Schüler erzählen mündlich, diktieren	Aufsatz entsteht gemeinsam an der Tafel	Gruppenarbeit	
Nachbereitung	L liest und korrigiert, S verbessert	Ein Aufsatz wird besprochen	Modellaufsatz wird besprochen	Allgemeine Besprechung	Publikation

Literatur:
Bambach 1987, Beck 1973:131–175, Eggerer/Eggerer 1980:103–138, Frommer 1992:61–92, Geißler 1968, Helmers 1971:225–231, Ludwig 1981, Merkelbach 1979, Münch 1926, Sennlaub 1980, Singer 1966:42–99, Wagner, L. 1952, Wagner, R. 1979, Waldmann/Bothe 1992, Zander 1972:51–59.

1.1.1.2 Phantasieerzählung: Einen erfundenen Stoff erzählen

1. Definition
Die P. ist die Niederschrift einer selbsterfundenen Geschichte. Darin unterscheidet sie sich von der Erlebniserzählung einerseits, der Bildererzählung und Nacherzählung andererseits. Oft gibt es aber Mischformen; so können der Stoff oder Teile des Stoffes von Vorlagen stammen, Bilder können zu Erzählungen angeregt haben, und eigene oder fremde (berichtete) Erlebnisse können die P. angestoßen haben und in sie eingegangen sein. Wahres und Erfundenes lassen sich nur selten reinlich trennen.

2. Spielarten
Es gibt einerseits P.en, die „in der uns bekannten Wirklichkeitssphäre spielen", die also zwar erfunden sind, „aber im Rahmen unseres intersubjektiv verfügbaren Wissens" denkbar erscheinen, und es gibt andererseits P.en, bei denen das Ambiente oder das Figureninventar „ganz oder teilweise der Wirklichkeit unserer ‚irdischen Normalität' in entscheidenden Punkten widersprechen" (Klein 1981). Es gibt also, einfach gesagt, die *realistische* und die *phantastische* P. Ein Beispiel für erstere wäre „Ein Tag als Lehrling", geschrieben von einem Hauptschüler, der sich ausdenkt, wie das Leben als Lehrling sein wird (Wünsche 1972), oder eine Erzählung (ein Bericht?) zum Thema „Auf der Barrikade" im Zusammenhang mit dem Geschichtsunterricht (Wünsche 1976) oder die Ausgestaltung eines Wunschtraums durch eine Grundschülerin: „Wenn ich ein Pferd hätte" (Sennlaub 1980:25f.). Natürlich gehören auch Detektivgeschichten und Krimis zu dieser Spezies. Beispiele für die phantastische P. wären dagegen „Als ich einmal unsichtbar war" oder „Verrückte Welt" oder „Im Jahr 2020". Beide Arten kommen in der erzählenden Literatur vor, die ja von der surrealen Geschichte über die phantastische Literatur und die Sonderform der „Fantasy Story" bis hin zur realistischen Fiktion und Utopie reicht. Die P. ist also die schulische (Vor-)Form des größten Teils der erzählenden Prosa.

3. Didaktische Problematik
Es gibt verschiedene Begründungen, warum man Schüler P.en schreiben läßt. Doderer (1956) wählt eine anthropologische Perspektive, wenn er feststellt, die Phantasie sei eine „menschliche Urkraft, die der Pflege bedarf". Eine allseitige Bildung der geistigen Kräfte des Kindes erfordere auch eine Förderung der Phantasie. Doderer stützt diese Forderung durch die Autorität Eduard Sprangers, der 1955 – also vor der massenhaften Verbrei-

tung der modernen elektronischen Medien! – schrieb: „Schon jetzt ist die Gesamtentfaltung unserer Kultur bedroht durch den Phantasiemangel". (Gab es eine Zeit, wo die Menschen dies nicht meinten?) – Daß es nötig sei, die Phantasie zu pflegen und zu entwickeln, ist seither, auch ohne anthropologische Theorie, so sehr zum Topos geworden, daß die Didaktik häufig meint, ohne alle weitere Begründung das Schreiben von Phantasiegeschichten fordern zu können. Seit den 70er Jahren verwendet man dabei eher den Ausdruck „Kreativität" als „Phantasie".

KLEIN (1981) rechtfertigt das Schreiben von P.en psychologisch: Es diene der „Aufarbeitung von eigenen Wünschen, Befürchtungen, sozialen Wertvorstellungen, Sympathien, Antipathien u.ä.". Fabulieren sei nützlich für „Realitätserfassung, -verarbeitung und -reflexion" und diene auch der Selbstdarstellung und seelischen Entlastung. Dabei darf nicht der soziale Aspekt übersehen werden: Nicht nur der Schreibakt selbst ist wichtig, sondern auch das Vorlesen und Besprechen in der Runde der Mitschüler. – Im übrigen fördert das Erfinden von Geschichten auch das Verständnis für andere Menschen, weil ja – im Unterschied zur Erlebniserzählung – bei der P. auch eher die Perspektive verschiedener Figuren eingenommen und ihre Interaktion dargestellt wird.

Während für DODERER das Entwickeln von Phantasie allein schon dadurch gerechtfertigt ist, daß die Phantasie grundsätzlich zum Menschen gehört, hat es bei KLEIN die Funktion, dem Schreiber gerade durch das Ausbuchstabieren seiner Phantasien zur Selbst- und Fremderkenntnis zu verhelfen. Pointiert gesagt: Die (literarische) Erfindung dient nicht dem Aufbau eines Lügengebäudes, sondern dem Entdecken der Wahrheit.

P.en schreiben zu lassen kann deshalb darüber hinaus auch den Sinn haben, daß Schüler dadurch Verständnis für einige Grundfragen fiktiver Literatur gewinnen, z.B. lernen, Autor und Erzähler auseinanderzuhalten, Erzählperspektiven wahrzunehmen usw.: Schreiben im Dienst des Literaturunterrichts.

Schließlich dient das Schreiben von P.en als literarisches Handeln auch der Entwicklung ästhetischer Kompetenz (die Schüler erweitern ihre Möglichkeiten des Ausdrucks „innerer Natur") und dem Gewinnen personaler Identität.

Doch das Schreiben von P.en in der Schule ist keineswegs unumstritten. So wurde der P. vorgeworfen, daß sie die Kinder vom Alltag weg- statt zum Leben hinführe; für den normalen Menschen sei die P. unnütz. RAHN (1952) lehnte sie aus literarischen und entwicklungspsychologischen Gründen ab: Kinder seien noch nicht in der Lage, Geschichten zu erfinden, die einen über sie hinausweisenden (moralischen, philosophischen) Sinn hätten, und solcher Sinn sei das Charakteristikum aller Dichtung. Von seiten der Kommunikationsdidaktik schließlich wurde kritisiert, daß die P. in der Regel nicht für ein Publikum geschrieben werde und eine rein schulische Übung sei.

Den Einwänden stehen nicht nur die genannten positiven Begründungen gegenüber, sondern für die P. spricht vor allem auch die Tatsache, daß sie bei Schülern jeder Altersstufe außerordentlich beliebt ist. Kinder und Jugendliche denken sich gern etwas aus; wenn sie für ihre Geschichten die Klasse als Publikum haben, macht ihnen dieses Schreiben mehr Spaß als andere Arten des Erzählens, ja es steht deutlich höher in der Gunst der Schüler als die nützlichen Arten des Schreibens. Wer die Schüler für das Schreiben begeistern will, muß ihnen die Möglichkeit schaffen, P.en zu schreiben.

4. Entwicklung

Gewöhnlich wird die P., wie andere Erzählaufgaben auch, auf die Primarstufe und die Klassen 5 und 6 beschränkt, weil die Kinder in diesem Alter angeblich besonders gern „fabulieren". Demgegenüber muß man kritisch feststellen, daß die Beschränkung auf die unteren Klassen weniger psychologische als vielmehr wirtschaftliche Gründe hat: Die Kinder sind noch weit genug weg vom Eintritt ins Arbeitsleben, so daß ihnen das – als nutzlos angesehene – Phantasieren erlaubt wird. Je näher sie der Berufswelt rücken, desto stärker müssen sie sich auf die Realität einstellen; denn im Leben der Erwachsenen ist nicht Subjektivität, sondern „vernünftiges" Verhalten in der gegenständlichen und sozialen Welt gefragt. (Neuerdings tritt zu diesem Gesichtspunkt ein gegenläufiger: Die Wirtschaft braucht – zumindest in den höheren Positionen – kreative, originelle Menschen. Deshalb sei die Pflege von „Kreativität" und Vorstellungskraft doch nicht ganz unnütz, und recht blauäugig wird offenbar bisweilen ein Transfer vom Schreiben von Phantasiegeschichten auf das spätere Entwickeln neuer Marketingstrategien erwartet.)

Dieser traditionellen Auffassung steht die Einsicht in die psychische und soziale Bedeutung der Phantasietätigkeit gegenüber: Phantasie ist eine geistige Kraft, deren Bedeutung im Laufe des Lebens keineswegs erlischt. Literarische Phantasie kommt aber in verschiedenen Entwicklungsstufen unterschiedlich zum Ausdruck:

Auf Stufe I zeigt das Kind zunächst eine für den Erwachsenen wild anmutende Phantasie: Erlebtes, durch Medien Vermitteltes und Ausgedachtes sind kunterbunt bzw. nach einer privaten, dem Erwachsenen kaum einsehbaren Logik gemischt. Das Kind schreibt nieder, was ihm durch den Kopf geht; die Ausdrucksfunktion dominiert. Die Geschichten sind nicht im Hinblick auf literarische Muster gestaltet, sondern enthalten nur Einzelelemente daraus (z.B. die Märcheneingangsformel „Es war einmal", oft in der Kurzform: „Da war mal"). Das Kompositionsprinzip ist die Aneinanderreihung unterschiedlicher Episoden, die manchmal kaum mehr als einen Satz umfassen. Später sind die Geschichten schon auf dieser Stufe homogener; die einzelnen thematisch zusammengehörenden Elemente werden bisweilen durch Konjunktionen oder Adverbien verbunden und auf einen Hauptpunkt hin angelegt. Meist sind die Texte aus einer einzigen Perspektive (nämlich der des Autors) verfaßt; darin ähneln sie noch den Erlebniserzählungen.

Auf Stufe II orientieren sich die Heranwachsenden an literarischen, oft durch Fernsehen, im übrigen auch durch Unterricht vermittelten Mustern:

Sie schreiben Märchen, „Action-Stories"; Gruselgeschichten, Fantasy-Geschichten, Lügengeschichten, Krimis usw., mit denen sie gleichaltrige Leser beeindrucken wollen. Es ist ihnen bewußt, daß sie sich etwas ausdenken, und sie übertreiben das Phantastische gern (Münchhausen-Geschichten, Ulktexte: Je verrückter, desto besser). Wenn aber realistische Geschichten ausgedacht werden, so wird besonderer Wert auf Wirklichkeitstreue gelegt, und zwar auch bei unwesentlichen Details. – Die Schüler sind jetzt schon zur Darstellung der Sicht und der Gedanken verschiedener Figuren in der Lage.

Auf Stufe III verfahren die Jugendlichen poetisch: Sie verfremden Erlebtes, indem sie es z. B. einer Figur in den Mund legen, und stellen das bloß Ausgedachte als wahr hin, d. h., auf dieser Stufe werden Phantasie und Wirklichkeit wieder verbunden, allerdings jetzt bewußt und gezielt. Die Schreiber bevorzugen die realistische Fiktion gegenüber dem erkennbar Ausgedachten, wobei Abweichungen von der Wirklichkeit gewissermaßen augenzwinkernd vorgenommen werden. Die Jugendlichen probieren komplexere literarische Formen aus und gebrauchen die Sprachgestaltung als indirektes Ausdrucksmittel. Sie schreiben für einen erwachsenen Leser.

5. Aufgabenvorschläge und Hinweise zur Methode

Es ist strittig, ob eine gemeinsame Vorbereitung der P. in der Klasse möglich ist. Befürworter halten sie für nötig, damit schwächeren Schülern geholfen wird; dies sei auch besonders wichtig, weil sich der Schüler bei der P. im Unterschied zur Erlebniserzählung nicht an einem tatsächlichen Verlauf orientieren, sondern sich eine Abfolge ausdenken muß. Dabei folgten jüngere Schüler wahllos ihren Einfällen und berücksichtigten nicht die Leserbedürfnisse. Die gemeinsame Vorbereitung soll also dazu dienen, die Texte lesbarer zu machen und den Schülern eine Entwicklung von Stufe I zu Stufe II nahezulegen.

Bei der Vorbereitung werden gemeinsam Stoffe ausgedacht und Ideen gesammelt, es werden ein Gesamtablauf („Spannungsbogen" und „Höhepunkt") und einzelne Geschehensschritte fixiert, und vor allem werden Wortfelder für Vorgänge und Handlungen erarbeitet (Verben). Die Tätigkeit des einzelnen Schülers besteht dann in der Auswahl, Verknüpfung und Ausformulierung des gemeinsam Erarbeiteten. Bisweilen wird auch in der Klasse eine Kurzfassung (etwa in Stichworten) erstellt, die dann jeder Schüler zu einem Aufsatz erweitert, oder der Inhalt der Erzählung wird als Stummfilm, Pantomime oder Bilderfolge dargeboten. Die Aufsatzvorbereitung betrifft also Inhaltliches und Sprachliches.

Solche Vorbereitung führt natürlich zu ähnlichen, recht konformen Texten; sie sind für die Klasse als Publikum langweilig. Deshalb wird von Kritikern der gemeinsamen Vorbereitung eingewandt, die Schüler lernten durch sie nur abstrakte Schriftsprach- und Textbildungsnormen; wichtiger für die Entwicklung der Erzählfähigkeit sei die Orientierung an einem wirklichen Lesepublikum. Dafür wäre es nötig, unterschiedliche Texte zu haben, die nicht nur von einem Leser, dem Lehrer, gelesen werden, sondern die der Klasse als Publikum vorgelegt oder vorgelesen werden.

Wie können die Schüler etwas lernen, wenn die Aufsätze nicht in der Klasse vorbesprochen werden? Die entscheidenden Lernphasen sind dann das Schreiben selbst sowie die angeleitete Überarbeitung; außerdem lernen die Schüler etwas, wenn sie den Texten ihrer Mitschüler zuhören. Insbesondere die schwächeren Schüler können hier sehen, worauf es beim Schreiben von P.en ankommt. Wichtiger als die Vorbereitung ist also das Schreiben selbst (vorzugsweise in der Klasse, so daß auch individuell geholfen werden kann), das Vorlesen, das Überarbeiten und das Schreiben der nächsten P. auf Grund einer neuen Anregung (Aufgabe). Von nicht zu unterschätzender Bedeutung ist auch die Lektüre von „Modelltexten" und überhaupt das Lesen und Hören von Geschichten.

Für das Überarbeiten muß es einen Grund geben, und der ist am ehesten das Veröffentlichen. Die Reihenfolge von Vorlesen und Überarbeiten liegt nicht fest. Wenn das Vorlesen in der Gruppe schon als Veröffentlichen verstanden wird, kann es sinnvoll sein, die Texte vor dem Vorlesen zu überarbeiten. Ist eine andere Form der Publikation geplant (öffentliches Vorlesen z.B. auf einem Elternabend, Herausgabe eines Heftes mit eigenen Geschichten), so können durchaus Erstfassungen in der Gruppe vorgelesen werden; gemeinsam wird dann überlegt, wie die Texte zu verbessern sind, und sie werden für die Publikation überarbeitet. Beim Zuhören sollten die Schüler Stift und Papier zur Hand haben und sich Notizen machen, um dem Schreiber Hinweise zur Überarbeitung zu geben; solches Notizenmachen muß eingeführt und eingeübt werden. Die Besprechung kann dann damit beginnen, daß die Schüler auf Stellen hinweisen, die ihnen besonders gut gefallen haben oder die ihnen aufgefallen sind, weil da ein gestalterischer Gesichtspunkt, über den man neulich gesprochen hat, offensichtlich beachtet worden ist.

Die Notizen und Hinweise betreffen meist spezielle Punkte; allgemein aber kann geachtet werden auf:

- *Überschrift:* Paßt sie zu der Geschichte? Welche Alternativen gäbe es? Man kann Übungen zum Erfinden von Überschriften zu vorhandenen Geschichten machen, und man kann Überschriften ausdenken lassen, zu denen es noch keine Geschichten gibt: Welche Überschrift würde uns zum Lesen einer Geschichte verlocken? Was würden wir erwarten?
- *Einleitungspassage:* Hier gilt Ähnliches wie bei der Überschrift. Auch durch den Beginn einer Geschichte wird der Leser orientiert, gefesselt, in Erwartung versetzt – oder nicht.
- *Schluß:* Ist er befriedigend? Überzeugt das Happy-End oder der traurige Schluß? Fehlt noch etwas? Wird eine Abrundung erreicht, indem der Erzähler am Ende auf den Anfang zurückkommt? (Eine beliebte Übung besteht im Erfinden von Schlüssen zu einer gegebenen Geschichte, deren Schluß vorenthalten wird.)
- *Aufbau:* Kann der Leser gut folgen? Könnte man irgendwo raffen? Müßte man irgendwo ausführlicher sein? Wird Spannung aufgebaut und erhal-

ten? Gibt es einen oder mehrere Höhepunkte? Ist die Geschichte zu lang oder zu kurz? Ist dafür gesorgt, daß der Leser an jedem Punkt das weiß, was er wissen soll, aber auch das nicht weiß, was er nicht wissen kann? Sind Mittel der Zeitraffung und -dehnung sinnvoll verwendet?

- *Figuren:* Kann man sie sich vorstellen und sich in sie hineinversetzen? Ist die Wahl der Namen geschickt (nicht zu ähnlich, um Verwirrungen zu vermeiden; eventuell sprechende Namen)? Ist die Anzahl der Figuren der Textlänge angemessen? Gibt es Haupt- und Nebenfiguren, und könnte man auf Nebenfiguren verzichten?

- *Lebendigkeit:* Geschichten werden oft lebendiger durch wörtliche Rede, durch Fragen, Ausrufe und prägnante, anschauliche Ausdrücke. Auch ein variabler Satzbau (unterschiedliche Länge der Sätze und Verwendung unterschiedlicher Satzbaupläne) trägt zur Lebendigkeit bei. Andererseits kann natürlich auch Monotonie beabsichtigt sein oder Gleichförmigkeit als Mittel zur Intensivierung.

- *Wörtliche Rede:* Wirkt sie echt? Reden die Leute wirklich so? Oder wird bewußt stilisiert? Sprechen die Figuren unterschiedlich, oder haben sie alle dieselbe Sprechweise – nämlich die des Autors (oder eines Fernsehhelden)?

- *Erzählerrolle:* Wer erzählt, und wieviel weiß der Erzähler? Manchmal ist es besser, eine Ich-Erzählung in eine Er-Erzählung umzuschreiben oder umgekehrt; auch bekommt es manchen Geschichten, wenn der Erzähler vorgeblich nicht mehr weiß als der Leser.

- *Tempus:* Ist die Wahl der Erzählzeit (Präsens oder Präteritum, evtl. Perfekt) geschickt? Wird sie durchgehalten oder sinnvoll gewechselt?

- *Grammatik:* Manchmal fallen Grammatikfehler auf, die den Zuhörer stören und ablenken; manchmal gibt es aber auch Zuhörer, die mit Vorliebe solche Fehler aufspießen und nur Oberflächenphänomene kritisieren, ohne sich auf die Geschichte inhaltlich einzulassen. (Fehler, die durch mundartliche oder fremdsprachliche Einflüsse entstehen, sollten ohne Aufhebens korrigiert werden.)

- *Satzbau und Wortwahl:* Auf Stufe I fehlen den Schülern oft Möglichkeiten, Sätze unterschiedlich zu bauen. Man kann den Schülern Satzanfänge vorlegen (zeitlich: damals, seitdem, als, nachdem, bald danach usw.; räumlich: dort, an dieser Stelle, neben ... usw.; kausal, konsekutiv usw.), auf unterschiedliche Satzarten sowie Satzbaumuster hinweisen und Wortersetzung üben.

Immer gibt es Schüler, denen nichts einfällt, und solche, deren schriftsprachliche Fähigkeiten schwach sind. Diese Schüler brauchen vor allem Ermutigung; formale Ansprüche an die Texte lähmen sie. Die beste Hilfe ist für sie das spielerische gemeinsame Schreiben in der Gruppe oder mit einem Partner und das Zuhören beim Vorlesen der anderen Geschichten.

Vor allem in der Grundschule, aber auch noch in der Sek. I besteht die Gefahr, daß den Schülern durch Hinweise zur Textüberarbeitung bestimmte Normen vermittelt werden, die zu stereotypen Texten führen. Der Freiraum, den die P. bietet, wird dadurch eingeschränkt; die Schüler können dann nicht das, was sie ausdrücken wollen, „zu verstehen geben" (WÜNSCHE 1976), sondern sie müssen Erwartungen erfüllen. Dies passiert um so leichter, je detaillierter und konkreter solche Überarbeitungshinweise sind. Eine wirkliche Hilfe ist es, wenn die Schüler erfahren, wie ihre Texte auf Leser wirken und wie sie verstanden werden (DEHN 1991). Dazu fehlt im Unterricht leider oft die Zeit.

Als *Anregungen zum Schreiben* von P.en werden meistens a) Themen und Überschriften, b) Bilder, c) Textteile, d) eine Folge von Wörtern oder e) ein „Erzählkern" vorgegeben:

a) Themen, Rahmenthemen, Überschriften: DODERER (1956/57) hält die richtige Themenstellung für das Entscheidende bei der P. überhaupt; sie sei wichtiger als vorausgehende Spracherziehung (also gemeinsame Vorbereitung) und nachträgliche Korrektur (also Textüberarbeitung). Die Themen sollten nicht zu eng sein; sie sollten den Stoff umreißen und die Stimmung einfangen. Dafür schlägt er *Überschriften* vor, die konkret sind, also nicht „Ein Badeerlebnis", sondern „Unsere Wasserschlacht" oder „Wie unser Lehrer ins Wasser stieg" (dies sind allerdings eher Themen für Erlebniserzählungen!). WAGNER (1979) schlägt als Rahmenthema für eine P. in der 3. Klasse „Ich bin verzaubert" vor; der Ausdruck „Rahmenthema" bedeutet, daß jeder Schüler sich selbst eine Überschrift für seinen Text ausdenken muß. Das macht den Unterschied von Thema und Überschrift deutlich: Das Thema bezieht sich auf den Stoff, die Überschrift auf den Text und den Leser. Begrifflich verwirrend ist, daß für „Thema" oft „Rahmenthema" gesagt wird, für „Überschrift" aber „Thema". – Themen wie „Ich bin verzaubert" oder „Mein Traum" erlauben die Gestaltung aus einer einzigen Perspektive (dem Ich). Dies stellt geringere Anforderungen als die Darstellung der Wünsche und Gedanken mehrerer Figuren, die durch entsprechende Themen oder Aufgaben provoziert werden kann (z. B. „Figurengeschichte", FRITZSCHE 1989: Die Schüler denken sich in Kleingruppen mehrere Personen aus, die in einer Geschichte vorkommen sollen).

Will man das Interesse an den entstandenen Texten steigern, so kann man die Schüler bitten, sich – evtl. zu einem festgelegten Thema (z. B. „Regen") – selbst Überschriften auszudenken für Geschichten, die sie gern lesen würden. Diese Überschriften werden verlost, und jeder Schüler schreibt nun zu einer von einem Mitschüler vorgeschlagenen Überschrift eine Geschichte. Natürlich hat der, der die Überschrift vorgeschlagen hat, ein besonderes Interesse an der entstandenen Geschichte, und er wird nach dem Vorlesen gefragt, wie sie ihm gefallen hat und ob er sich etwas anderes bei seiner Überschrift gedacht hatte („Bestellte Texte", FRITZSCHE 1989).

Früher wurden auch gern *Sprichwörter* und *Redewendungen* als Überschriften für P.en gegeben, z. B. „Man muß mit den Wölfen heulen“, „Einmal ist keinmal“, „Scherben bringen Glück“, „Einem geschenkten Gaul schaut man nicht ins Maul“, „Aller Anfang ist schwer“ (EGGERER/EGGERER 1980:225-232).

b) Bilder: Im Unterschied zur „Bildergeschichte“, bei der mehrere Bilder einen Handlungsverlauf schon festlegen, steht die P., die durch ein einzelnes Bild (Zeichnung, Photo) angeregt wird („Erzählen zu einem Bild“, WAGNER). Der Erfolg der Aufgabe hängt stark von den Bildern ab; deshalb empfiehlt es sich, verschiedene Bilder zur Auswahl anzubieten (vgl. die Aufgabe „Schreiben zu Kunstpostkarten“ in FRITZSCHE 1989). WAGNER schlägt für die 4. Klasse ein Mittelding vor: Es werden mehrere unzusammenhängende Einzelbilder vorgelegt, die in einer Geschichte zu verbinden sind. Dies geht natürlich nur, wenn auf den Bildern einfache Dinge zu sehen sind; in WAGNERS Beispiel sind dies eine Palme, ein Vogel und eine Wurst. Man kann diese drei Elemente freilich genauso gut als Wörter vorgeben und erhält so eine „Reizwortgeschichte“.

c) Textteile: Besonders beliebt ist, den Anfang einer Geschichte vorzugeben und die Geschichte weiterschreiben zu lassen. Auch läßt man gern (vor allem im Literaturunterricht) Schüler den Schluß einer gegebenen Geschichte erfinden. Beliebt ist diese Aufgabe allerdings mehr bei Lehrern als bei Schülern; denn sie erlaubt Kontrolle und Leistungsbewertung.

Eine weniger bekannte Variante, die beide Arten des Weiterschreibens kombiniert und eine Individualisierung ermöglicht, sieht so aus:

Die Schüler bekommen eine Geschichte stückweise ausgeteilt, d. h., zunächst erhalten sie die Überschrift, und wem das schon reicht, der fängt an zu schreiben. Andere Schüler wollen mehr haben und bekommen nun den Anfang der Geschichte. Einigen reicht auch das nicht, und sie erhalten weitere Teile. Einige Schüler schließlich wollen fast die ganze Geschichte und begnügen sich damit, das Ende neu zu schreiben (*„Geschichte in Stücken“*, FRITZSCHE 1989). Erfahrungsgemäß wollen die Schüler aber eher wenige als viele Stücke haben, denn sie fühlen sich sonst zu beengt. Das zeigt, daß die vermeintliche Hilfe, die ein Textanfang darstellen soll, von den Schülern eher als Fessel für ihre Phantasie angesehen wird: Sie können nicht ihren eigenen Vorstellungen folgen, sondern müssen versuchen, die Vorgabe möglichst sinnvoll fortzusetzen.

Mehr Spaß macht das Fortsetzen, wenn die Textteile aus der Klasse kommen, also von den Mitschülern stammen. Dies ist der Fall, wenn Geschichten reihum geschrieben werden: Einer fängt an, dann wird der Zettel offen weitergegeben, und der Text wird vom Nachbarn weitergeschrieben. Solche gemeinsam geschriebenen *„Reihumgeschichten“* sind relativ anspruchslos und machen viel Spaß; deswegen werden sie auch gern mit Schreibschwachen im Förderunterricht oder im Unterricht mit erwachsenen Analphabeten durchgeführt. Der Übungseffekt darf dabei nicht unterschätzt werden;

die Schüler müssen ja eine Textvorgabe lesen und sie möglichst konsequent fortsetzen.

„Vom Anfang weg – zum Ende hin“: Bei einer schwierigeren Variante der Reihumgeschichte wird zunächst der Anfang einer vorhandenen Geschichte vorgegeben; der erste Schüler denkt sich eine Fortsetzung aus, der zweite setzt weiter fort usw. bis zur Mitte der Gruppe. Dann wird dieser Gruppe das Ende der Geschichte verraten, und die nächsten Schreiber müssen auf das Ende hinschreiben.

Ebenfalls gemeinsames Schreiben ist gefordert, wenn man die Schüler einen Text in Partnerarbeit schreiben läßt: Zunächst schreibt jeder eine Geschichte bis zu einer entscheidenden Situation, einem Spannungspunkt; dann werden diese ersten Hälften verlost, und ein anderer schreibt die Fortsetzung und Lösung (*„Problemgeschichte“*, FRITZSCHE 1989). Auch solche gemeinsam geschriebenen Texte können überarbeitet werden, sinnvollerweise nun nur von jeweils einem Schüler.

Anspruchsvoll ist die Aufgabe, unterschiedliche Teile einer Geschichte zu erfinden, also sowohl einen Anfang als auch ein Mittelstück als auch einen Schluß; die Teile müssen nicht zueinander passen, denn sie werden jetzt verlost, und die Aufgabe jedes Schülers in der nun folgenden Phase ist, aus den drei nicht zusammenpassenden Stücken durch geschickte Überleitungen oder das Erfinden einer Rahmenhandlung doch noch eine plausible Erzählung zusammenzukitten (*„Bausteingeschichte“*, FRITZSCHE 1989).

„Lücke ausfüllen“: Nicht nur Phantasie, sondern vor allem auch Einfühlungsvermögen erfordert die Aufgabe, eine Lücke in einem vorgegebenen Text zu füllen. Dazu muß ein kurzer Prosatext vom Lehrer präpariert werden: Ein entscheidendes Ereignis wird herausgestrichen, und den solchermaßen amputierten Text erhalten die Schüler mit der Aufforderung, die entstandene Lücke zu füllen. Die Füllung muß inhaltlich und stilistisch zu dem Davorstehenden und dem Nachfolgenden passen.

Anspruchsloser ist eine ähnliche Aufgabe, die bisweilen im Literaturunterricht gestellt wird: das Ergänzen von Textteilen an *„Leerstellen“*. Jede Geschichte ermöglicht ja Ergänzungen; man kann hinzuerfinden, was eine Figur sich denkt, man kann Gespräche einfügen und auch Handlungselemente.

Schließlich sei noch auf die Möglichkeit hingewiesen, nicht von schriftlichen Textteilen, sondern von mündlichen auszugehen: Ein Schüler erzählt ein spannendes Erlebnis, bricht aber auf dem Höhepunkt ab (FRITZSCHE 1989: *„Halbwahre Erlebnisse“*). Wie geht die Sache aus? Die anderen Schüler schreiben eine Geschichte, die diese Erzählung wiedergibt und fortsetzt. Ihre Geschichten sind also in der ersten Hälfte schriftliche Nacherzählungen der mündlichen Erlebniserzählung, in der zweiten Hälfte Phantasieerzählungen. Übrigens ist es besser, wenn mehrere Schüler (etwa sechs oder sieben) solche halben Erlebniserzählungen mündlich darbieten und sich die Schüler aus diesen Erzählungen eine auswählen können, die sie zur Grundlage ihrer Geschichte machen. Beim Vorlesen gibt es dann mehrere ähnliche Geschichten zum Vergleich, aber es beruhen doch nicht alle auf derselben

Vorgabe. Spannend ist es natürlich immer, am Ende von demjenigen, der die Geschichte erlebt hat, zu erfahren, wie sie denn in Wirklichkeit ausgegangen ist.

d) Wortfolge („Reizwörter"): Zu unterscheiden sind zwei Arten von Wortfolgen. Bei der ersten Art gibt der Lehrer Wörter vor, die auf einen bestimmten Zusammenhang hinweisen, z.B. „Zug – Ohrfeige – Geld" oder „Fundbüro – Regenschirm – zerstreuter Professor" oder „Geldschrank – Wald – Polizei" (EGGERER/EGGERER, 1980:209f.). Hier gibt es eine konventionelle Aufgabenlösung, die vermutlich viele Schüler wählen werden. Allerdings sollten auch unkonventionelle Lösungen akzeptiert und eher besonders gelobt werden. DODERER (1956/57:463) warnt vor zu vielen und eindeutigen Angaben wie „Bahnhof – auf Bahnsteig 3 Reisender mit viel Gepäck – Weiche falsch gestellt – Zug fährt auf totes Gleis – Verspätung – noch einmal gutgegangen"; bei solch einem „Kreuzworträtsel" wisse das Kind „schon zu viel, um noch ungehemmt schreiben zu können".

Welche Wörter sind für diese Art von *„Reizwortgeschichten"* geeignet? FROMMER (1988:95f., ebenso 1992:95ff.) weist auf drei Eigenschaften hin, die die Wörter haben sollten:

- *„Konkretheit.* Die Kinder geben dem Wort *Pudel* den Vorzug vor dem Wort *Hund*, der *Limousine* vor dem *Auto*, dem *Landstreicher* vor dem *Mann*. Je konkreter das Reizwort, desto lebendiger und suggestiver die Vorstellung, die es weckt."
- „Das Reizwort soll *interessant* sein. Das Interessante ist das Ausgefallene, Unalltägliche, Entlegene. Die *Großtante* ist interessanter als die *Mutter*, die *Nacht* interessanter als der *Tag*, die *Angst* interessanter als die *Langeweile*."
- *„Signalwert":* „Legt man Kindern etwa die Reizwörter *Lehrer* und *Pauker* zur Wahl vor, so werden sie sich unverzüglich für den *Pauker* entscheiden. Mit Konkretheit und Interessantheit hat das nichts zu tun, denn beide Begriffe bezeichnen schließlich den gleichen Gegenstand. Was den Spitznamen *Pauker* so attraktiv macht, sind seine Konnotationen. Zum Pauker gehört die *Penne* und der Gedanke an die vielen Streiche und Geschichten, die davon handeln. [...] Mit anderen Reizwörtern ist es ähnlich bestellt: *Hütte* oder *Falltür* klingt nach Abenteuer-, *Friedhof* nach Gruselgeschichte, *Fee* nach Märchen. Auch die Signalwörter bringen auf ihre Weise etwas hervor, sie öffnen eine Schleuse und lassen Erzähltraditionen in die erzählte Welt einströmen."

Mit dieser letzten Bemerkung weist FROMMER darauf hin, daß durch geschickte Wahl der Reizwörter nicht nur bestimmte Inhalte, sondern zugleich auch bestimmte Erzählgenres provoziert werden können.

Auf etwas anderes machen EGGERER/EGGERER aufmerksam: Eine Wortfolge kann auch zum Schreiben von Nacherzählungen oder Erlebniserzählungen anregen, nämlich dann, wenn ein Schüler sich an eine Geschichte erinnert, wo diese Wörter bzw. Inhaltselemente wichtig waren (Nacherzählung), oder wenn er sich bei diesen Wörtern bzw. Inhaltselementen an ein Erlebnis erinnert (Erlebniserzählung).

Nun gibt es neben diesen vom Lehrer (bzw. Schulbuch oder Lehrmaterial) ausgesuchten Reizwörtern auch eine andere Art, nämlich solche, die der Zufall bestimmt hat. Der Reiz, aus solchen Wörtern einen Text zu machen, besteht gerade darin, das Nicht-Zusammenpassende doch zusammenzufügen zu einer plausiblen Geschichte. Das heißt, es müssen möglichst alle Wörter verwendet werden, aber natürlich bestehen die Geschichten nicht nur aus diesen Wörtern. Dennoch ist es eine besondere Leistung, möglichst wenig zusätzliche Wörter zu verwenden, also eine möglichst kurze Geschichte zu schreiben. Es muß ausgemacht werden, ob die Wörter in einer bestimmten Reihenfolge vorkommen sollen oder ob die Reihenfolge beliebig ist. Es gibt verschiedene Möglichkeiten, zu den „Reizwörtern" zu kommen, z. B.:

„Erwürfelte Wörter": Ein Würfel geht reihum, jeder Schüler würfelt und muß ein Wort nennen, das so viel Buchstaben hat, wie der Würfel Augen zeigt. Da es keine einbuchstabigen Wörter gibt, bedeutet 1, daß ein Wort mit mehr als sechs Buchstaben gefunden werden muß. Die Wörter werden gemeinsam gesammelt (Tafelanschrieb), und dann muß jeder Schüler sie in einer Geschichte unterbringen.

„Wörterbuch-Wörter": Jeder Schüler hat ein Wörterbuch. Einige Schüler werden als „Ansager" bestimmt (ausgelost). Ohne das Wörterbuch aufzuschlagen, nennt der erste Ansager nun eine beliebige Seitenzahl, bestimmt eine Spalte und sagt z. B. „Das fünfte Stichwort". Alle schlagen auf und schreiben sich das Wort auf.

„Mein Wort": Jeder Schüler überlegt sich ein Wort; die Wortart sollte festgelegt werden, am besten nur Nomen. Die Wörter werden angeschrieben und müssen nun verwendet werden. Je nachdem, wie ernst die Schüler die Wahl ihres Wortes nehmen, haben die Texte etwas mit jedem der Schüler zu tun.

„Versteckte Wörter": Bei den bisherigen Vorschlägen mußten alle Schüler dieselben Wörter unterbringen; und der Reiz beim Vorlesen besteht nicht zuletzt darin, zu sehen, wie jeder damit zurechtgekommen ist. Bei den „versteckten Wörtern" hat jeder Schüler andere Wörter. Sie werden folgendermaßen ermittelt:

Jeder Schüler schreibt 20 möglichst ungewöhnliche, auffällige Wörter auf; die Wörter sollten aber allen Schülern bekannt sein, und es sollten keine Fremdwörter oder gar fremdsprachlichen Wörter darunter sein. Diese Wortlisten werden verlost. Jeder Schüler wählt sich nun aus den 20 Wörtern diejenigen 10 Wörter aus, die er für am wenigsten auffällig hält. Diese 10 Wörter versteckt er dann in einer Geschichte, d. h., er verwendet sie als „Reizwörter" für eine Geschichte. Danach muß die Klasse bei jedem Text raten, welches denn die 10 Wörter waren, die da versteckt worden sind.

(Ein Trick der Schreiber besteht natürlich darin, in ihren Texten zusätzlich noch auffällige, ungewöhnliche Wörter zu verwenden, die nicht auf ihrer Liste stehen!)

„Ein Wort": Ein Sonderfall innerhalb dieser Kategorie von Aufgaben liegt dann vor, wenn nur ein einziges Wort vorgegeben ist. Dieses ist dann entweder Thema oder Überschrift oder doch wesentlicher Bestandteil des Textes.

e) Erzählkern: Häufig wird für P.en ein Erzählkern vorgegeben. Dieser kann die Gestalt einer Zeitungsmeldung haben:
„Vier Buben und ein Hund aus Seenot gerettet
Vor der libanesischen Küste rettete ein Fischer mit seinem Sohn vier Buben im Alter zwischen sechs und elf Jahren. Sie waren am Strand in eine Kunststoffkiste gestiegen, um mit einem Hund, der in der Kiste war, zu spielen. Unbemerkt trieb die Kiste aufs offene Meer hinaus. Nach fünf Tagen wurden sie zufällig entdeckt und gerettet" (EGGERER/EGGERER 1980:189).

Diese Meldung kann in verschiedener Form zu einer Geschichte ausphantasiert werden, als personale Erzählung aus der Sicht des Fischers oder eines Jungen (eher witzig auch aus der Sicht des Hundes), als auktoriale Erzählung, als belehrende oder unterhaltende Geschichte usw.

„Aus Meldungen werden Geschichten": Will man vermeiden, daß alle Schüler denselben Erzählkern benutzen und die Geschichten dementsprechend ähnlich und womöglich für den Zuhörer oder Leser langweilig werden, so kann man den Schülern mehrere Meldungen zur Wahl vorlegen oder gar sie auffordern, sich aus Zeitungen selbst eine Meldung zu suchen, die als Erzählvorlage geeignet ist. (Da Schüler in der Sek. I gar zu leicht nur Horrormeldungen aufgreifen, sollte sich der Lehrer eine Sammlung geeigneter, nämlich absonderlicher und witziger, Meldungen anlegen.)

„Aus Inhaltsangaben werden Geschichten": Auch Inhaltsangaben von Filmen in Fernsehzeitschriften sind oft brauchbar, wobei zu beachten ist, daß diese Inhaltsangaben den Leser meistens über ein wesentliches Element oder den Ausgang der Geschichte im ungewissen lassen. Die Schüler sollten die Geschichte schreiben, ohne den Film zu kennen, und es kann spannend, aber auch enttäuschend sein, wenn sie ihn danach sehen. Übrigens können sie sich zu dieser Erfahrung auch wieder schriftlich äußern, indem sie in einem kurzen reflektierenden Text die Unterschiede zwischen ihrer Geschichte und dem Film nennen und beurteilen.

In einem aufwendigeren Unterrichtsprojekt wird das Schreiben von Inhaltsangaben mit dem Schreiben von P.en verbunden: Zunächst schreiben die Schüler auf Grund eines beliebigen Impulses P.en. Die Texte werden verlost, und nun schreiben die Schüler knappe Inhaltsangaben der P.en. Diese Inhaltsangaben werden wiederum verlost und als „Erzählkern" für neue P.en verwendet. Am Ende werden der Ausgangstext und die nun entstandene zweite Geschichte miteinander verglichen.

„Wer? Wo? Was?“: Man kann auch Elemente eines Erzählkerns isoliert festlegen und dann kombinieren, so daß recht verrückte „Plots“ entstehen, die dann ausgestaltet werden müssen: Zunächst schreibt jeder Schüler auf einen Zettel, um welche bekannten oder erfundenen Personen es in der Geschichte gehen soll, dann auf einen zweiten Zettel, wo die Handlung spielen soll, und auf einen dritten Zettel, um was es geht (eine Entführung, eine Veräppelung, eine Rache usw.). Die Zettel werden eingesammelt und gemischt, und dann zieht jeder Schüler aus jeder der drei Kategorien einen Zettel. Damit hat er drei Vorgaben (etwa: auf dem Mond – der Bundeskanzler – ein schweres Unglück), aus denen er nun eine Geschichte machen muß.

Noch mehr Vorgaben müssen in der *„Klatschblattgeschichte“* (FRITZSCHE 1989:93ff.) untergebracht werden. Hier gehen nämlich zunächst Zettel reihum, auf denen jeder Schüler Antworten auf folgende Fragen festhält: 1. Wie heißt die männliche Hauptperson? 2. Wie sieht die Person aus? 3. Wie heißt die weibliche Hauptperson? 4. Wie sieht sie aus? 5. Wo trafen sie sich? 6. Was sagte er zu ihr? 7. Was antwortete sie? 8. Was geschah dann? 9. Was meinst Du dazu? Nach jeder Antwort wird der Zettel umgefaltet und verdeckt dem Nachbarn gereicht, so daß am Ende lauter nicht zusammenpassende Angaben auf dem Zettel stehen. Diese bilden das Gerüst für eine Geschichte, die nun der 10. Schüler schreiben muß. (Die neunte Frage kann bei jüngeren Schülern weggelassen werden, da ihre Antwort den Geschichtenschreiber vor ein beträchtliches erzähltechnisches Problem stellt.)

Literatur:
Beck 1970, 212–220, Doderer 1956/57, Eggerer/Eggerer 1980, 151–212, Fritzsche 1989, Frommer 1988, Frommer 1992, Klein 1981, Obrig 1969, Rahn 1952, Singer 1966, Wagner, R. 1979, Waldmann/Bothe 1992, Zimmermann 1960

1.1.1.3 Bilderzählung: Geschichten nach Bildern und Bildfolgen erzählen

1. Definition und Spielarten

Die B. ist eine schulische Übungsform des Erzählens, bei der ein Bild oder eine Folge von Bildern zur Grundlage für eine Geschichte gemacht wird. Der Ausdruck „B.“ ist nicht ganz treffend, weil meistens mehrere Bilder vorgelegt werden; man müßte also eigentlich von einer „Bildererzählung“ sprechen und den Ausdruck „B.“ für den Sonderfall reservieren, daß nur ein einziges Bild vorgelegt wird. Die Bildfolge selbst wird begrifflich von der B. abgehoben, indem man sie als **„Bild(er)geschichte“** bezeichnet, manchmal werden aber auch die Ausdrücke „Bildergeschichte“ und „Bild(er)erzählung“ synonym gebraucht.

Zu unterscheiden sind B. und **Bildbetrachtung**: Bei der B. wird eine Geschichte erwartet, bei der Bildbetrachtung dagegen eine Schilderung des Dargestellten unter Berücksichtigung der künstlerischen Mittel. Auch von der **Bildbeschreibung** unterscheidet sich die B.: Bei der B. soll nicht beschrieben werden, was auf den Bildern dargestellt ist, sondern es soll eine Handlung aus dem Bild bzw. den Bildern herausgelesen und (nach)erzählt werden.

2. Didaktische Problematik

Nach Bildfolgen zu erzählen ist eine schulische Übung, der außerschulisch nichts entspricht. Man verspricht sich von ihr eine methodische Unterstützung des Erzählenlernens. Außerdem dienen Bildvorlagen ganz allgemein als Sprech- und Schreibanlaß, und über das Erzählen hinaus sollen bei dieser Übung übertragbare sprachlich-kognitive Fähigkeiten erworben werden (Unterscheidung von Wesentlichem und Unwesentlichem, Deutung von Einzelheiten mit Rücksicht auf das Ganze, Herstellen eines Zusammenhangs usw.). Die B. sei hierfür besser geeignet als andere Erzählaufgaben: Die Nacherzählung leiste der sprachlichen Imitation Vorschub und schränke die Darstellungsfreiheit stark ein, weil das zu Erzählende ja schon sprachlich verfaßt ist; die Erlebniserzählung überfordere die Schüler stofflich, weil sie nicht immer etwas erlebt haben, was des Erzählens wert ist, und deshalb flunkerten sie; die Phantasieerzählung verleite zur zügellosen Phantasterei, wobei gern Klischees übernommen würden, auch neigten die Schüler hier zur Übertreibung und – wie auch bei der Erlebniserzählung – zum „Sensationalismus".

Dagegen die B.: Sie erziehe zur Disziplin und rege dennoch die Vorstellungskraft an. Bilder seien leichter zu versprachlichen als die Wirklichkeit selbst, da die Bilder ja schon eine symbolische Darstellung (also eine Abstraktion) sind; in den Bildfolgen ist das Wesentliche schon hervorgehoben, das Gezeichnete ist nicht wie auf Photos die gesamte Wirklichkeit, sondern es sind „Bildsignale", die es zu deuten gilt. Die logische und zeitliche Gliederung des Ablaufs ist klar, wenn man auch die unterschiedlich großen Zeitsprünge zwischen den Bildern beachten muß.

Ein weiterer Grund, der für die B. spreche, sei, daß sie das Erzählen lehrbar mache, weil man die Aufsätze ordentlich vorbesprechen, methodisch sauber Schritt um Schritt vorgehen und die Schwierigkeiten steigern könne; dies sei besonders für die schwächeren und schüchternen Schüler wichtig. Und schließlich könnten die Aufsätze leichter beurteilt werden, da sie sich auf Vorlagen beziehen; die Arbeiten seien auch leichter in der Klasse zu besprechen, da die Bilder bei der Besprechung für alle gleichzeitig sichtbar sind. Vermutlich ist die (freilich nur scheinbar) objektive Beurteilbarkeit der Hauptgrund für die seit etwa 40 Jahren (Tille 1952) anhaltende und immer noch zunehmende Beliebtheit der B. Die B. paßt offenbar besonders gut in den Rahmen einer bürokratisierten, verwalteten Lernschule, in der ja das Erzählen eigentlich ein Fremdkörper ist.

Zwar ermöglicht das Nacherzählen von Bildfolgen, daß alle Schüler – bei entsprechendem Training – eine „ordentliche Geschichte" zustande bringen, aber es ist doch fraglich, ob damit überhaupt ihre Ausdrucks- und Erzählfähigkeit entwickelt wird. Es kann nämlich sein, daß sie eine Technik erwerben, ohne daß sich dies auf ihre eigentliche Erzählfähigkeit auswirkt, weil sich die Bilder weder auf ihre Erlebnisse noch auf ihre Vorstellungen beziehen. Zweifelhaft ist also der Transfer des bei der B. Gelernten auf das echte Erzählen. (Ähnliches kann bei der Nacherzählung passieren; aber diese läßt sich immerhin damit rechtfertigen, daß sie dem Verstehen interessanter, bedeutsamer Texte dient. Die Bildvorlagen sind aber für sich genommen so relevant wie Diktattexte: Beide sind nur Mittel zum Zweck; beide dienen nur dazu, eine bestimmte Technik zu erwerben.) Der Wert der B. dürfte begrenzt sein auf die Schulung einer speziellen Fähigkeit, nämlich die einzelnen Ereignisse einer Geschichte vollständig und in richtiger Reihenfolge zu erzählen. Die Lückenhaftigkeit, der mangelnde Zusammenhang und die Sprunghaftigkeit des Erzählens sind ja Mängel, die bei Schülertexten in der Primarstufe bisweilen auffallen. Sie haben ihren Grund darin, daß die Schüler sich nicht genügend in Leser (Hörer) hineinversetzen. Das beste Mittel, um dem abzuhelfen, ist allerdings nicht die Orientierung an einer Bilderfolge, sondern das Vorlesen und Besprechen freier Texte in der Klasse. Dabei nämlich läßt der Wechsel aus der Schreiber- in die Hörerperspektive und umgekehrt die Schüler die Notwendigkeit des geordneten Erzählens erkennen. – Ein anderer Mangel, dem die B. abhelfen will, wird durch sie erst erzeugt: Die Schüler erzählen nicht, sondern beschreiben. In echten Erzählsituationen, in denen die Schüler mündlich erzählen, taucht dieser „Fehler“ nicht auf.

Bei der B. ist besonders gut zu beobachten, wie sich eine Aufsatzart als Lerngegenstand verselbständigt, wobei ihre ursprüngliche Aufgabe – Hilfe zu sein beim geordneten und dadurch verständlichen Erzählen – aus dem Blick gerät. Es werden nämlich nun ganze Lehrgänge, nach Schwierigkeit gestuft, ersonnen (s. u. „Hinweise zur Methode“), und es werden Regeln und Beurteilungskriterien aufgestellt, die mit dem Bewältigen des Problems der Erzählordnung nichts zu tun haben; z. B. müssen die Schüler den Figuren Namen geben und wörtliche Rede, Ausrufe und Fragen verwenden, sie müssen die „innere Handlung“ rekonstruieren, sie müssen Gestik und Mimik deuten. D. h. die B. wird wie eine selbständige Erzählung, nicht wie eine Vorübung beurteilt, obwohl es die B. nur in der Schule gibt. (Dagegen werden Erlebnisse sowohl mündlich als auch schriftlich außerhalb der Schule erzählt, und literarische Erzählungen sind die außerschulische Form der Phantasieerzählung, von literarischen Nacherzählungen ganz zu schweigen.)

Die B. stellt die Schüler im übrigen vor eine widersprüchliche Aufgabe: Sie sollen einerseits Nichtsichtbares erfinden, nämlich außer Namen und Dialogen auch Gedanken und Motive der handelnden Personen, und sie sollen „lebendig erzählen“, andererseits aber sollen sie sich streng an das Sichtbare halten und ja kein Detail übersehen. Sie können also nicht frei mit den Bildvorlagen umgehen, sie dürfen sich nicht von den Bildern zu Geschichten anregen lassen, sondern sie erfüllen eine Aufgabe, die auf Konformität abzielt. Die Forderung, ja keine Einzelheit zu übersehen, erinnert an die Auslegung poetischer Texte; nur ist bei der Textauslegung längst bekannt, daß es sich dabei um eine hermeneutische Leistung handelt, weil jedes (Sprach-) Zeichen mehrdeutig ist und der Leser den Sinn nur versteht, wenn er die einzelnen Zeichen mit den ihm bekannten Bedeutungen versieht. In der Didaktik der B. wird demgegenüber an eindeutigen Zuordnungen festgehalten: Ein herumschwirrender Schmetterling bedeutet „Frühling“, ein ausgestreckter Zeigefinger „drückt Tadel aus“ (METTENLEITER 1988). Falls die Einzelheiten in einer Bildergeschichte tatsächlich so eindeutig wären, bedeutete gerade dies einen entscheidenden Unterschied zu sprachlichen Erzählungen.

Ähnlich wie die Nacherzählung verlangt die B. also sowohl eine Verstehens- als auch eine Schreibleistung. Verstanden wird die Bildergeschichte wie ein Witz („aha“!); wenn man sie sprachlich nacherzählt, geht dieser Witz in der Regel verloren, und die Geschichte wird langweilig. Nur durch Veränderung der in der Vorlage enthaltenen Pointe entsteht wieder eine lesens- oder hörenswerte Geschichte (KOCHHEIM 1981).

3. Entwicklung

Daß die B. ein reines Übungsmittel ist, zeigt sich auch darin, daß sie normalerweise auf die ersten sechs Schuljahre beschränkt ist. Während Erlebnis- und Phantasieerzählungen und sogar Nacherzählungen nahtlos in literarisches Erzählen übergehen, hat die B. keine Entwicklung: Sie ist spätestens mit dem 6. Schuljahr zu Ende.

Varianten der B. sind allerdings auch später als Hilfsmittel sinnvoll. So kann auf der Sekundarstufe zur Gestaltung der „inneren Handlung“ und der Binnensicht von literarischen Figuren dadurch angeregt werden, daß man die Schüler „Gedankenblasen“ zu den auf Bildern gezeigten Figuren ausfüllen läßt. Auch das Erfinden von Überschriften bzw. Bildunterschriften ist wegen der dafür nötigen Abstraktion eine Übung, die noch in der 7. und 8. Klasse sinnvoll sein kann.

Wenn die Schüler selbst Bilder zeichnen und damit Geschichten erzählen, verläuft die Entwicklung wie bei der Phantasieerzählung.

4. Materialauswahl

Bildvorlagen gibt es in vielen Sprachbüchern und in Einzelveröffentlichungen. Beliebt sind vor allem die „Vater und Sohn“-Geschichten von O. E. PLAUEN; das liegt einmal an ihrem Inhalt (Kind als Identifikationsfigur, Witz, der Listige besiegt den Starken), zum anderen an der Kürze (meistens sechs Bilder) und dem klaren Aufbau. Ähnliches gilt für die Adamson-Geschichten von OSCAR JACOBSEN. Der Witz dieser Geschichten geht allerdings in der sprachlichen Fassung verloren – oder hätte man je beim Vorlesen der B. das befreiende Lachen gehört, das das Verstehen der bildlichen Vorlage anzeigt?

Allgemein ist bei der Auswahl der Bildvorlagen darauf zu achten, „daß die Bilder eine interessante ‚Geschichte‘ erzählen, das Wesentliche hervorheben, klar und übersichtlich dargestellt sind und nicht zu viele Einzelheiten enthalten“ (ZANDER 1972:106). In der Grundschule hält BECK eine Folge von drei bis vier Bildern für angemessen.

ZANDER rät von Comics und von WILHELM BUSCHS Bilderbögen ab: Bei beiden seien Bild und Text untrennbar miteinander verbunden; außerdem zerlegten Comics die Handlungsabläufe in zu kleine Schritte, „so daß der Vereinfachungs- und Gliederungseffekt durch die Einzelbilder, den wir gerade an den Bildergeschichten hervorgehoben haben, verloren geht" (1972:107), und bei Busch würden „zu komplizierte und vielgliedrige Vorgänge" dargestellt.

5. Hinweise zur Methode und Aufgabenvorschläge

Möchte man die Schüler eng binden und möglichst konforme, schulische Aufsätze erzielen, weil man ihnen eigene Phantasie nicht zutraut oder ihr schriftliches Ausdrucksvermögen für gering hält, wird man viele einzelne, detaillierte Bilder vorlegen und die Geschichte gemeinsam genau vorbesprechen (brauchbare Wörter werden an der Tafel gesammelt und „rechtschreiblich gesichert"). Traut man den Schülern viel zu und will sie nur optisch anstoßen, so wird man ein einzelnes Bild vorlegen, das mehrdeutig ist, und sie ohne weitere Vorbereitung mit der Aufforderung „Erzählt zu diesem Bild eine Geschichte" schreiben lassen. Zwischen diesen beiden Extremen liegen die methodischen Möglichkeiten (vgl. auch König 1957 und Beck 1966 u. 1969):

1. Mehrere Bilder werden vorgelegt, aber die Reihenfolge müssen die Schüler erstmal selbst finden. Dann erzählen sie die Geschichte.
2. Mehrere Bilder werden vorgelegt, aber an einer Stelle ist eine Lücke, oder der Schluß fehlt (das letzte Bild ist ein leerer Rahmen mit Fragezeichen), oder die Schüler müssen überhaupt die Geschichte fortsetzen, evtl. auch zeichnerisch.
3. Die Schüler müssen keinen zusammenhängenden Text schreiben, sondern nur Sprechblasen ausfüllen oder – was wegen der geforderten Abstraktion schwierig ist – Bildunter- bzw. -überschriften erfinden.
4. Zur Vorbereitung bekommen die Schüler ein Diktat, das ein ähnliches Geschehen zum Inhalt hat wie die Bilderfolge.
5. Die Schüler bekommen nicht alle Bilder auf einmal, sondern sukzessive; sie müssen feststellen, was auf einem Bild zu sehen ist, bevor sie das nächste erhalten. (Höchst problematisch, weil es den Handlungsgang zerreißt und zum Beschreiben verführt!)
6. Man stellt den Schülern Fragen zu den einzelnen Bildern, so daß die B. zu einer „Kette von Antworten" wird (Zander 1972:118). „Die Antwortkette ergibt zwar noch keine zusammenhängende Erzählung, das Kind lernt aber die Bilder ‚ausfragen'" (Beck 1969:192).

Bei allem Nacherzählen von Bildergeschichten muß die Perspektive festgelegt werden: Erzählt ein Erzähler (Er-Perspektive) oder eine der handelnden Personen (Ich-Perspektive)?

Anspruchsvollere Aufgabenstellungen:

7. Die Geschichte wird von jemandem erzählt, der sie gehört hat.
8. Eine Parallelgeschichte wird erfunden.

Literatur:
Albrecht 1974, Beck 1969:176–197, Beck 1966:110–120, Beck/Hofen 1990, Bertlein 1971, Ebeling 1966 Eggerer/Eggerer 1980, Elflein 1979, Gerth 1972, Gümbel 1973, 63ff., Hinkel u.a. 1978, Hirschenauer 1968, Kochheim 1981, König 1957, Mettenleiter 1988:126–141, Sanner 1973, Tille 1952, Ulrich 1976, Wagner 1979, Wallrabenstein 1974, Zander 1972.

1.1.2 Darstellen

Erzählungen enthalten im allgemeinen auch darstellende Passagen. Deshalb kann man die folgenden Schreibaufgaben so verstehen, daß es sich dabei um Ausgliederungen einzelner Teile von erzählenden Texten handelt. Was da ausgegliedert wird, ist vor allem statisch: ein Zustand wird geschildert, eine Person charakterisiert, ein Sachverhalt dargestellt, ein Gespräch zusammengefaßt. Freilich: Schon das Gespräch verläuft ja in der Zeit, und der „Bericht“ bezieht sich natürlich auf einen zeitlichen Vorgang.

Normalerweise stellen wir etwas dar, um es *jemandem* vor Augen zu bringen und mitzuteilen. Weniger bewußt als dieser kommunikative Aspekt ist uns ein anderes Motiv, das wir gleichwohl häufig verfolgen: Wir stellen etwas dar und geben es schriftlich wieder, um es *uns* klarzumachen. Für den Deutschunterricht wird dieser klärende Aspekt besonders dann wichtig, wenn es um die Darlegung eines Stoffes geht, mit dem wir gefühlsmäßig verbunden, ja in den wir verwickelt sind, weil wir dann beim Schreiben nicht nur den Gegenstand klären, sondern zugleich unsere Beziehung dazu. Dabei werten wir. Das Schreiben dient also (auch) dem Verstehen des Eindrucks, den Dinge, Menschen, Situationen auf uns machen. Wichtig ist hier nicht, wie sie sind, sondern wie sie wirken. Sich affizieren lassen, die Affektationen ausdrücken und darlegen und sie zur Diskussion stellen: Das ist das primäre Ziel der folgenden beiden Schreibaufgaben „Schilderung“ und „Charakteristik“. „Sachverhaltsdarstellung“ und „Protokoll“ dienen zwar auch der Klärung von Gegenständen, aber bei ihnen fehlt das Interesse an Selbstverständigung. Da sie vor allem aus praktischen Gründen verfaßt werden und bei ihnen der Nützlichkeitsaspekt dominiert, stehen sie den „Zweckschreiben“ nahe. Dabei leitet das Protokoll schon zum Kapitel 1.2 „Texte klären“ über; denn es bezieht sich im allgemeinen auf mündlich Geäußertes, mithin auf Dialogtexte.

Die folgenden vier Schreibaufgaben kommen gewöhnlich erst ab der zweiten Hälfte der Sek. I zum Zuge. Macht man sich aber klar, daß es sich um Ausgestaltungen von Passagen handelt, die sowohl in mündlicher Alltagskommunikation als auch in schriftlichen Erzählungen von Kindern vorkommen, macht man sich darüber hinaus klar, daß auch Kinder Urteile über Personen („doof“) fällen, Situationen schildern („das war ganz unheimlich“), Gespräche wiedergeben („dann hat der das gesagt und dann hab ich das gesagt“) und Sachverhalte darstellen („der Lenker ist verbogen gewesen und das Hinterrad hat einen Achter gehabt“) – dann kann man Vorformen dieser „Darstellungsarten“ schon in den Texten der Grundschüler erkennen. Warum sollten Achtjährige, Zehnjährige, gar Zwölfjährige nicht schildern, charakterisieren, protokollieren, berichten und beschreiben können? Mündlich tun sie es ja laufend!

1.1.2.1 Schilderung: Den Eindruck von Situationen und Zuständen wiedergeben

1. Definition
Die S. ist die Wiedergabe des Eindrucks, den der Schreiber von einer Situation hat. Da die Situation momentan festgehalten wird, kann man die S. auch als Sprachbild, als sprachliches Stimmungsbild oder als „Situationsbild“ (ULSHÖFER 1952:222f.) bezeichnen. Bei der S. wird versucht, nicht nur das Wahrnehmbare zu beschreiben, sondern das auszudrücken, was der Betrachter dabei empfindet. Die S. gibt den Niederschlag der Wirklichkeit im Subjekt wieder.

2. Abgrenzungen
Im Unterschied zur **Beschreibung** versucht die S. nicht, Wirklichkeit sachlich und objektiv wiederzugeben. Während die Beschreibung normalerweise die zweckorientierte Sprachhandlung eines Teilnehmers an einer Kommunikation ist, wird die S. aus einer Zuschauerhaltung heraus verfaßt. Ihr Ziel ist das Miterlebenlassen, die (mit)geteilte Subjektivität.

ULSHÖFER (1974:149) unterscheidet S. und Beschreibung so:

> „Schilderung (Skizze) und Beschreibung vermitteln ein geschlossenes Vorstellungsbild von einem konkreten Ganzen: Mensch, Landschaft, komplexe Situation, Gemälde. Die Beschreibung gibt die Oberflächenumrisse mit Hilfe der reflektierenden, kognitiven, wissenschaftlichen Sprache; die Schilderung gibt eine Gesamtdarstellung, die psychische Vorgänge und ästhetische Qualitäten erfaßt, mit Hilfe einer bildhaft-gegenständlichen Sprache möglichst unter Verzicht auf Abstrakta, auf begründende und erläuternde Nebensätze. Die Beschreibung ist eine Zweckdarstellung; dieser Zweck muß mitgeteilt werden, denn er bestimmt die Auswahl der zu vermittelnden Einzelheiten. Die Schilderung hingegen verfolgt eine künstlerische Absicht; sie verzichtet auf Einführung und Schluß und bringt statt dessen ein Gesamtbild zum Anfang und/oder zum Schluß.“

So treffend diese Unterscheidung ist, so liegt ihr doch eine so strenge Auffassung von der Form des Resultats zugrunde, daß Schülern ob des hohen Anspruchs die Lust am Schreiben vergehen könnte. Wichtiger als das Einhalten formaler Vorschriften dürfte für die S. die grundsätzliche Orientierung auf subjektiven Ausdruck des Wahrgenommenen sein.

Sprachlich steht die S. dem **lyrischen Gedicht** nahe, da sie Wirklichkeit wie dieses mit poetischen Stilmitteln, also indirekt, zur Darstellung bringt.

Von der **Charakteristik** unterscheidet sich die S. durch den Stoff: Bei der Charakteristik handelt es sich im allgemeinen um Menschen, bei der S. um Landschaft in den Varianten Natur, „Stadtlandschaft“ und „Industrielandschaft“ (ULSHÖFER 1974:216 u. 234).

Der S. steht die **Skizze** nahe. Der Ausdruck „Skizze" betont den Herstellungsprozeß: Die Skizze ist eine Improvisation oder eine Momentaufnahme. Die Skizze ist die „Darstellung eines Augenblicks, und schon diese geforderte Stoffbeschränkung ist wichtiger Teilsinn der Aufgabe: Sie schult den Blick für das Wesentliche. [...] Und doch ist das Wie, ist die Art der Gestaltung in ihrem Bildungswert noch höher einzuschätzen: In der Skizze soll der Schüler nicht über Sachen oder Geschehnisse oder Gefühle reden, sondern sie selbst darstellen. [...] Der Schüler braucht keine allgemeingültigen Urteile abzugeben, sondern nur darzustellen, was er erlebt und wie er es erlebt" (BROKERHOFF 1976:21f.).

3. Didaktische Problematik

„Keine Darstellungsart ist didaktisch suspekter als die Schilderung" (HELMERS 1971:236). Woran liegt das?

Die S. verträgt sich nicht mit einem AU, bei dem es lernzielorientiert um das Sammeln von Punkten geht; denn es gibt keine klaren Kriterien, an denen man sich beim Schreiben orientieren kann. Auch von einem kommunikationsorientierten Ansatz her ist die S. schlecht zu rechtfertigen; immerhin geschieht es bisweilen in Briefen, daß wir jemandem eine Situation schildern, d. h. wir stellen sie so plastisch dar, daß sie der Briefpartner vor sich sieht, und wir tun dies nicht, damit er eingreift, sondern um ihn an dem, was wir erlebt haben, teilnehmen zu lassen.

Schon im Brief drückt die S. also aus, was uns Eindruck gemacht hat. Noch deutlicher leistet sie dies in poetischen Formen. Das Schreiben von S.en ist deshalb im Hinblick auf die Entwicklung ästhetischer Kompetenz und auf das aktuelle Ausdrucksbedürfnis hin zu rechtfertigen. Die S. zwingt das Subjekt, seine Wahrnehmungen ernst zu nehmen, indem es sie aufschreibt ohne falschen Objektivitätsanspruch. Dem Leser wird das Wahrgenommene in einer subjektiven Perspektive nahegebracht, und dadurch zwingt die S. den Schreiber, sich des eigenen Eindrucks bewußt zu werden.

Daß die S. in Verruf geraten ist, liegt sicher weniger daran, daß die heutige Generation zu sachlich dafür ist (so ESSEN 1965:69f.), sondern viel eher an den schulischen Bedingungen, die außerordentlich ungünstig für sie sind. Außerdem bedarf es methodischen Einfallsreichtums; dazu gehört auch, daß die S. nicht eng gefaßt und auf Stilvorbilder des 19. Jahrhunderts (Impressionismus!) festgelegt wird.

4. Entwicklung

Mit viel zu hohem literarischem Anspruch wurde die S. früher als eine Art lyrischer Prosaerguß in der Pubertät eingeführt. Demgegenüber gilt es, die schildernden Elemente in Texten von Kindern zu erkennen. Wenn Kinder nämlich ihre Wirklichkeitswahrnehmungen wiedergeben, so tun sie dies zunächst ganz naiv egozentrisch, d. h. sie unterscheiden nicht zwischen Beobachtung und Eindruck – sie „schildern" mehr als daß sie „beschreiben".

Erst in der „realistischen“ Phase der Vorpubertät werden äußere und innere Wirklichkeit geschieden. Da die Heranwachsenden zunächst noch nicht die unterschiedlichen Darstellungsweisen funktional einsetzen können, versuchen sie, Wirklichkeit möglichst sachlich zu beschreiben – auch auf Kosten persönlicher Anteilnahme. Eine nicht-sachliche Darstellung finden sie eo ipso „kitschig“.

Auf der dritten Entwicklungsstufe gelingt es den Jugendlichen, äußere Wahrnehmung und inneres Erleben reflektiert in Beziehung zu setzen und Äußeres so darzustellen, daß es (symbolischer) Ausdruck ist. Es ist fraglich, ob diese Stufe schon in der Pubertät oder erst in der Adoleszenz erreicht wird. BIRNER (1978:17) hat die Erfahrung gemacht, daß Mittelstufenschüler besonders dann gern einen stimmungshaften Text schreiben, wenn ihm ein intellektueller wie die Inhaltsangabe vorausgegangen ist: „Ganz offensichtlich nutzen die Schüler der Pubertätszeit, die sich nach außen hin oft so betont sachlich geben, gern eine angebotene Möglichkeit, um etwas von ihrem sonst zurückgehaltenen reichen inneren Erleben auszudrücken“.

5. Aufgabenvorschläge und Hinweise zur Methode

Vorübungen: Die folgenden Vorschläge sind alternativ gemeint und bilden also keine hintereinander folgenden Schritte der Erarbeitung einer Schilderung.

1. Es wird eine S. (oder es werden mehrere) analysiert; dabei werden Stilmittel (besondere Verben und Adjektive, Metapher, Vergleich, Personifikation) beachtet. Die S. wird mit einer themengleichen Beschreibung verglichen. Allerdings berücksichtigen diese Analyse und der Vergleich nur die Form; sie machen den Schülern nicht die Funktion deutlich (Beispieltexte für solche Analysen und Vergleiche z. B. in JÄGEL 1972:189–193).
2. Eine gelungene und eine mißlungene Schülerarbeit (aus einer anderen Klasse) werden analysiert. „Hauptfehler: Der Verfasser bietet statt des Augenblicks doch ein Nacheinander, eine Geschichte“ (BROKERHOFF 1976:24).
3. Das Stimmungshafte der Schilderung wird in kitschigen Parodien übertrieben (Beispiele dafür z. B. bei HIRSCHENAUER 1975).
4. Realitätsausschnitte werden mündlich wiedergegeben. Die mündliche Beschreibung ist zwar nicht künstlerisch gestaltet, sie gerät aber von selbst subjektiv und zeigt damit ein wesentliches Moment der Schilderung. Die mündlichen Beschreibungen können zur Wiederholung und genaueren Analyse auf Tonband festgehalten werden.
5. Technisch konservierte Realität wird mündlich oder schriftlich geschildert. Dazu benutzt man Tonaufnahmen, Photos oder schließlich Videoaufnahmen. Da die Schüler die Realität hier nicht selbst sinnenhaft erleben, sondern sie beobachten, entstehen eher Beschreibungen als Schilderungen. Dies liegt auch daran, daß in der Wirklichkeit mehrere Sinne (und z. B. auch der Geruchssinn: Wie riecht es im U-Bahn-Schacht?) an-

gesprochen werden, bei den Konserven aber nur einer oder höchstens zwei (Tonvideo).

Aufgaben:

6. Die Schüler wählen sich – wie ein Fotograf – individuell einen Wirklichkeitsausschnitt und geben ihn in Prosaform wieder. Dabei können vorweg Themen oder es kann ein Rahmenthema vereinbart werden. In einem zweiten Schritt können die Prosatexte durch Weglassen und Umformulieren in lyrische Texte umgewandelt werden. Das verstärkt den subjektiven Charakter der Texte und macht die Verwendung der sprachlichen Mittel bewußt (Birner 1978:20ff. und Fritzsche 1989:82ff.: „Ein Bild aus der Wirklichkeit"). Wichtig ist die Beschränkung auf einen dominanten Eindruck; dieser kann in einer Textüberschrift oder Bildunterschrift formuliert werden („Feierabend", „Übermut", „Spukhaus", „Matsch", „Elfmeter") und ermöglicht die Auswahl und Komposition der Einzelheiten.
   Die „Sprachbilder" können durch Fotos oder Bilder, die die Schüler machen, ergänzt werden, und dadurch kann man eine Ausstellung von Texten und Bildern für die Öffentlichkeit zusammenstellen.
7. Die Schüler nehmen gemeinsam eine stimmungshafte Situation wahr: Flimmernde Hitze, Regen, Gewitter, Nebel. Jeder schreibt eine S., wobei er Lichtverhältnisse, Temperatur, Sicht-, Hör- und Spürbares möglichst sinnlich wiedergibt.
   Einige Schüler geben ihre Texte ab, ihre Namen werden an der Tafel aufgeschrieben. Dann liest der Lehrer die Texte anonym vor, und die Klasse rät, von wem jeder Text ist. Das Erraten ist möglich, weil es sich ja um subjektive Eindrücke handelt. (Daß dies nur in harmonierenden Klassen möglich ist, versteht sich von selbst.)
8. Die Schüler schreiben zwei Schilderungen: eine bloß aufgrund einer Themenvorgabe, etwa „Bahnhof", „Fußgängerstraße", „Weihnachtsmarkt", und die nächste zum selben Thema, nachdem sie vor Ort waren und Eindrücke gesammelt haben. Die beiden Texte werden verglichen. Eventuell kann auch hier vorgelesen und geraten werden: Welcher Text war ausgedacht, welcher ist nach der bewußten Wahrnehmung geschrieben worden? (Achtung: Es geht nicht um genaue, detaillierte Beschreibung, sondern um die möglichst sinnfällige Wiedergabe eines Eindrucks!)
9. Die Schüler stellen einzeln oder gemeinsam einen „Skizzen-Zyklus" her: „Im Skizzen-Zyklus kann man die bei der Einzelskizze so verpönte Dimension der Zeit wieder hereinholen – die ‚Geschichte', das Nacheinander in der Zeit! Drei oder vier Skizzen-Augenblicke können schon einen Ablauf festhalten." Brokerhoff (1976:27) schlägt dafür Themen wie „Griechenlandfahrt", „Typen auf einem Tanzfest" oder „Berlin" vor.

Literatur:
Asmuth 1978, Birner 1978, Brokerhoff 1976, Fritzsche 1989, Hirschenauer 1969, 1970 Jägel 1972, Lecke 1967, Storz 1948, Ulshöfer 1952, Ulshöfer 1954, Ulshöfer 1957, Ulshöfer 1974.

1.1.2.2 Charakteristik: Menschen charakterisieren, porträtieren, schildern, beschreiben

1. Definition

Die C. ist die Schilderung eines Menschen, und zwar so, daß man ihn sich als Individuum gut vorstellen kann: „Einen Menschen charakterisieren heißt: ihn mit solchen Begriffen kennzeichnen, daß er für Dritte in seiner Eigenart wiedererkennbar wird“ (K.-F. GRAUMANN, zit. nach ULSHÖFER 1974:221). Es wird vor allem Äußeres wiedergegeben, von dem auf Inneres geschlossen werden kann. Die C. drückt das Wesen eines Menschen aus, indem er in seinem Aussehen, seiner Haltung, seinen Handlungen und seiner Sprache beschrieben wird. Oft verrät gerade die Sprache viel, und zwar nicht nur in dem, *was* die Person sagt, sondern auch in dem, *wie* sie es sagt. Bedeutsam ist darüber hinaus die Körpersprache (Gestik, Mimik). Auch das Drumherum der Person kann aufschlußreich sein, etwa ihre Kleidung und ihr Schmuck und das, was sich im Umkreis der Person befindet (Mobiliar, Bücher, Bilder, Schallplatten, Speisen usw.), also alles, was geeignet ist, dem Leser eine Vorstellung von dieser besonderen Person zu geben. Oft wird deshalb die Person in Aktion und in einer für sie typischen Situation gezeigt.

2. Didaktische Problematik

Aus moralischen und ästhetischen Gründen ist die C. in Verruf geraten; außerdem wird sie innerhalb eines eng kommunikativ orientierten AU als künstliche, rein schulische Aufsatzart verworfen.

Vom moralischen Standpunkt wird eingewendet, die C. beruhe auf einem statischen Menschenbild („Wesen des Menschen“) und mache den einzelnen Menschen in unzulässiger Weise für seine Handlungen und Äußerungen verantwortlich („Personalisierung“), d.h. sie berücksichtige zu wenig die äußeren Bedingungen, unter denen Menschen erscheinen. Auch sei der Schluß vom Äußeren auf Inneres nicht statthaft, er führe allzu leicht zu Klischees und Vorurteilen: Was für einen Charakter hat ein Buckliger? Was erwarten wir von einem Brillenträger? Wie sieht ein Gauner aus? Die Einwände kulminieren schließlich im Leugnen, daß es so etwas wie einen Charakter überhaupt gebe; die Psychologie habe ja deshalb den Begriff auch aufgegeben.

Die ästhetischen Einwände betreffen die Perspektivität dieser Darstellungsform, die ja verlangt, einen Menschen zu *schildern*, und das heißt, einzelne Wahrnehmungen auszuwählen, zu deuten und zu einem durchaus subjektiven Eindruck zusammenzufassen. Daß mit sprachlichen Mitteln ein Eindruck wiedergegeben und ein Charakter so *konstruiert* wird, daß auch beim Leser dieser Eindruck entsteht, wird als Verstoß gegen intellektuelle Redlichkeit angesehen. Aber genau auf diese konstruktive, produktive Leistung, die jedes Wahrnehmen begleitet, macht Literatur aufmerksam: „Selbst das Sehen eines Bekannten, dieser so einfache Vorgang, bedeutet zum Teil eine geistige Aktivität. Wir statten die physische Erscheinung des Menschen, den wir sehen, mit all den Vorstellungen aus, die wir von ihm haben, und in dem Gesamtbild, das wir uns machen, spielen diese Vorstellungen sicherlich die Hauptrolle. Sie füllen schließlich so vollkommen die Wangen aus, sie halten sich so eng an die Linie der Nase, sie verstehen es so gut, dem Klang der Stimme eine Nuance zu geben, als ob sie nur eine durchsichtige Hülle wäre, daß es jedesmal, wenn wir dieses Gesicht sehen und diese Stimme hören, eben jene Vorstellungen sind, die wir wiederfinden und auf die wir horchen" (M. Proust, Auf der Suche nach der verlorenen Zeit, Band 1, Frankfurt 1979:29f.). Auf die Subjektivität der Wahrnehmung macht auch die Redensart aufmerksam, daß Liebe blind (bzw. sehend) mache.

Der ästhetische Einwand trifft sich mit dem moralischen, ja es fragt sich, ob er nicht letztlich auf ihn zurückgeführt werden kann: Eine subjektive Sicht ist unstatthaft, und den Sinnen ist sowieso nicht zu trauen, zumal wenn es sich um die Wahrnehmung von Menschen handelt.

Die Einwände sind hier nun schon so wiedergegeben, daß der springende Punkt deutlich wird: Mit der berechtigten Kritik am oberflächlichen Subjektivismus wird hier zugleich der Ausdruck von Subjektivität und das Gestalten von Subjektivität verworfen. Statt den Blick für den Zusammenhang von Wesen und Erscheinung zu schärfen, die vielfältigen Möglichkeiten dieses Zusammenhangs zu erkennen und sich der subjektiven, konstruktiven Leistung bewußt zu werden, wird er pauschal geleugnet. Das behindert nicht nur literarische Personendarstellung und Figurenwahrnehmung, sondern auch die Entwicklung eines Blicks für die äußere Erscheinung von Menschen und der Aufarbeitung von Vorurteilen.

Es kommt demgegenüber darauf an, die Schüler zu ermutigen, die Außen-Innen-Verbindungen, die sie ja im Alltag ständig herstellen, auch bei der schriftlichen Figurendarstellung zu beachten. Dadurch erst werden die Beziehungen von Wesen und Erscheinung der Menschen diskutierbar; das Problem, das die Kritiker der C. veranlaßt, auf sie zu verzichten, kommt nun in der Klasse auf den Tisch: Was sagt das, wie sich einer *gibt* oder wie er in der Darstellung durch den Autor *erscheint*, über ihn aus? Was passiert, wenn wir uns ein Bild von jemandem machen, und wie kommt es zu diesem Bild? Inwiefern ist jemand für seine Erscheinungsweise verantwortlich? Gibt es ein objektives Bild eines Menschen?

Das Schreiben der C. legt nicht nur die Diskussion dieser Fragen nahe, sondern es schärft auch den Blick für Details. Häufiges Charakterisieren führt allmählich weg von klischeehaften Außen-Innen-Verbindungen, wie sie für Märchen und Trivialromane typisch sind.

Die C. ist in der Tat eine *schulische* Aufsatzform; als solche ist sie ein Medium zur Förderung der Entwicklung sowohl interaktiver als auch ästhetischer Kompetenz. Der DU fördert hier Menschenkenntnis und die Fähigkeit zum Selbstausdruck: „Wer fiktive Personen erfaßt, dem sind auch reale Personen transparenter" (Oeser 1984). Die C. leistet dies auch, wenn sie als Aufgabe im Literaturunterricht gestellt wird; dabei wird Schreiben ein Instrument zum Erkenntnisgewinn. Als Zweckform kommt die C. nicht vor; schriftliche Charakterisierungen begegnen außerliterarisch am ehesten bei

Gutachten über Bewerber um Arbeits- oder Ausbildungsplätze und Stipendien. Hierfür kann die C. eine nützliche Vorbereitung sein, da sie den Blick für das Problematische solcher Darstellungen schärft. Außerdem gibt es schriftliche Charakterisierungen von Personen oftmals in Briefen, in Presseberichten und in Biographien, seltener als isolierte Kleinform; an solches Material kann der Unterricht anknüpfen.

Im übrigen ist den Schülern das Charakterisieren aus der mündlichen Kommunikation vertraut: Wir kommen nicht umhin, Menschen zu charakterisieren, wann immer wir von ihnen erzählen. Das literarische Schreiben konzentriert hier nur eine sprachliche Alltagshandlung und rückt sie damit ins Licht des Bewußtseins.

3. Entwicklung

Die C. fördert das Verständnis von Individualität; deshalb eignet sie sich besonders für den Übertritt von Stufe II zu Stufe III. In dieser Phase werden Ich und Rolle unterschieden; die Schüler interessieren sich dafür, welche Anteile der Erscheinungsweise eines Menschen seinem „eigentlichen Ich" zugerechnet werden können und welche Anteile auf Kosten der Rolle (und natürlich auch der Natur) gehen. Deshalb ist es im allgemeinen nicht sinnvoll, die C. vor der 9. Klasse schreiben zu lassen; erst dann kann mit einem Verständnis für die Problematik des Schlusses von Außen nach Innen und einem Interesse am Vermeiden klischeehafter Äußerungsformen gerechnet werden. In diesem Alter orientieren sich die Jugendlichen zwar noch stark an der Gleichaltrigengruppe, sind aber doch schon bemüht um individuelle Erscheinung. Vorformen der C. (Personenbeschreibung und -beurteilung, s. u.) sind schon vor der 9. Klasse möglich; dagegen gelingt das Zusammenführen unterschiedlicher Erscheinungsformen zu einem Gesamtbild in der Weise, daß jeder einzelne Zug bezeichnend für dieses Individuum ist, meist nicht vor der Sek. II.

4. Abgrenzungen

Personenbeschreibung: Die Personenbeschreibung erfaßt äußerliche Merkmale der Person, aber nichts außerhalb ihrer. Sie bevorzugt objektive, möglichst quantitative Angaben und gebraucht Fachausdrücke. Sie versucht nicht, wichtige und weniger wichtige Einzelzüge zu unterscheiden und die wichtigen zu einem einheitlichen Bild (Gesamteindruck) zusammenzufassen. Die Auswahl der einzelnen Fakten geschieht nicht unter dem Gesichtspunkt, eine möglichst plastische Vorstellung von der Person zu geben, sondern aufgrund bestimmter praktischer Zwecke, vor allem dem des Identifizierens bzw. Wiedererkennens der Person. Deshalb wird gern die Aufgabe gestellt, die Personenbeschreibung in Form eines **„Steckbriefes"** anzufertigen; doch macht es den Schülern keinen Spaß, wenn hierbei besonderer Wert auf Objektivität gelegt wird, und es ist zweifelhaft, ob sie dabei etwas lernen. Viel lieber gestalten sie Phantasiesteckbriefe. Solche **Steckbriefe erfundener Personen** können zur Grundlage von Geschichten gemacht werden (vgl. unten den Vorschlag „Figurengeschichte"): Die Steckbriefe werden „verlebendigt" (OESER 1984:27). Umgekehrt können auch **Steckbriefe von literarischen Figuren** angefertigt werden; dabei wird deutlich, wie wenig „objektive" Angaben die C. einer literarischen Figur oftmals enthält. Der Vergleich von Steckbrief und C. macht deutlich, mit welchen Mitteln es Autoren gelingt, uns einen Eindruck der zu schildernden Figur zu vermitteln. (Ein besonders sinnvolles Beispiel für Steckbriefe literarischer Figuren gibt HAAS 1984:120f., denn es handelt sich bei den Personen, deren Steckbriefe die Schüler schreiben, um die Mitglieder der Gaunerbande aus „Oliver Twist".) Solche Steckbriefe literarischer Figuren gehören zur „sekundären C." (s. u.). – **Steckbriefe realer Personen** finden am ehesten dann Anklang, wenn eine Klasse oder Schülergruppe neu zusammengesetzt ist und die Steckbriefe als stichwortartige Porträts von Mitschülern (ohne großartigen Objektivitätsanspruch) angefertigt werden; denn auf diese Weise haben die „Steckbriefe" eine kommunikative Funktion: Sie dienen der Vorstellung eines Mitschülers und damit dem Bekanntwerden der Schüler untereinander.

Das Anfertigen von Personenbeschreibungen wird im allgemeinen als schulische Übung gerechtfertigt: Die Schüler sollen dabei lernen, genau zu beobachten, sachlich zu beschreiben und sich subjektiver Urteile zu enthalten. SPINNER (1985:36) hält dies für eine „inhumane Angelegenheit. Man sollte einen Menschen nicht zu einem zu beschreibenden Objekt machen." Eine sachliche Darstellungsweise sollte dort geübt werden, wo sie schon dem Wort nach hingehört: an Sachen.

Typik: Das für mehrere ähnliche Personen Wesentliche wird (oft etwas überzeichnet) dargestellt, also „Der Putzteufel", „Der Radfahrer", „Die Kratzbürste". Bei größerer Überzeichnung entsteht eine **Karikatur**. Sie muß nicht – als „Zerr-, Spottbild, Fratze" (Duden) boshaft, sondern kann auch mit Sympathie geschrieben sein wie z. B. der folgende Text aus „Die wunderbaren Jahre" von Reiner KUNZE (1976:26ff.):

Fünfzehn

Sie trägt einen Rock, den kann man nicht beschreiben, denn schon ein einziges Wort wäre zu lang. Ihr Schal dagegen ähnelt einer Doppelschleppe: lässig um den Hals geworfen, fällt er in ganzer Breite über Schienbein und Wade. (Am liebsten hätte sie einen Schal, an dem mindestens drei Großmütter zweieinhalb Jahre gestrickt haben – eine Art Niagara-Fall aus Wolle. Ich glaube, von einem solchen Schal würde sie behaupten, daß er genau ihrem Lebensgefühl entspricht. Doch wer hat vor zweieinhalb Jahren wissen können, daß solche Schals heute Mode sein würden.) Zum Schal trägt sie Tennisschuhe, auf denen sich jeder ihrer Freunde und jede ihrer Freundinnen unterschrieben haben. Sie ist fünfzehn Jahre alt und gibt nichts auf die Meinung uralter Leute – das sind alle Leute über dreißig. [...]

Die Psychologie hat wiederholt versucht, systematische Typologien zu entwickeln, so die Einteilung in die vier Temperamente Sanguiniker, Melancholiker, Choleriker und Phlegmatiker (HIPPOKRATES) oder in extrovertierte und introvertierte Typen von Menschen (C. G. JUNG).

Da das Typisieren dem Erfassen von Individualität vorausgeht, können auch jüngere Schüler einen Typ charakterisieren; dabei sind Pantomime und szenisches Darstellen hilfreich.

5. Arten der Charakteristik

Primäre Charakteristik: Eine Person wird durch sprachlich-literarische Mittel charakterisiert; einem potentiellen Leser wird ein Bild von ihr vermittelt. Man kann dies auch als *Personengestaltung* bezeichnen (JENTZSCH 1989). Die C. einer realen Person, d.h. die authentische C., entspricht dem Schaffen eines Porträts; die C. einer fiktiven Person entspricht dem Schaffen einer literarischen Figur. Beides ist oft vermischt: In die literarischen Figuren gehen Anteile realer Personen ein. – Das Charakterisieren kann direkt („Sie war eine resolute Frau“) oder indirekt geschehen. In Erzählungen erwartet man eher indirekte Charakterisierungen: Es wird nicht gesagt, wie jemand ist, sondern es wird gezeigt.

Sekundäre Charakteristik: Eine Person, die in einem literarischen Werk vorkommt, wird in nicht literarischer Beschreibung nochmals, und zwar konzentriert und isoliert, charakterisiert. Diese abgeleitete C., die oft mißverständlich „literarische Charakteristik“ genannt wird, steht der Beschreibung näher als der Schilderung; es kommt hier weniger auf den Eindruck an, den eine Figur macht, als auf ein nüchternes Erfassen und Wiedergeben der Eigenheiten, mit denen der Autor die Figur ausgestattet hat. Diese C. ist eine Vorarbeit zur Interpretation oder ein Teil von ihr. Die Schüler lernen, daß im literarischen Text jede Einzelheit bedeutsam ist und sich alle Einzelzüge zu einem (bisweilen auch uneinheitlichen, brüchigen oder widersprüchlichen) Gesamtbild fügen. Je mehr dieses Gesamtbild herausgearbeitet und auf den Begriff gebracht wird, desto größer ist die Deutungsleistung. – Die sekundäre C. hat ihren historischen Ursprung im Literaturaufsatz des 19. Jahrhunderts.

Zur Erstellung einer sekundären C. gibt ULSHÖFER (1974:233) folgende Ratschläge:

> „Es wird mit dem Bleistift in der Hand gelesen; alle zum Verständnis der literarischen Figur wichtigen Aussagen werden unterstrichen und im Arbeitsheft mit Angabe der Seitenzahl und einem Stichwort vermerkt. Wichtige Sätze werden als Zitate exzerpiert. Registriert werden:
> - Äußerungen des Autors über die Figur: direkte Menschenzeichnung
> - Äußerungen anderer Personen des Werkes über die Figur. Frage: Sind diese Äußerungen charakteristisch oder zutreffend? Drücken sie die Meinung des Autors aus?
> - Äußerungen der Figur über sich selbst: Selbstcharakteristik. Frage: Versteht sich die Figur selbst richtig, oder täuscht sie sich über sich?
> - Hinweise des Autors in Regieanmerkungen bei dramatischen Werken
> - Aufschlußreiche Handlungen der Figur: indirekte Charakteristik. Frage: Aus welchen Motiven handelt sie? Wie werden die Handlungen von der Umwelt aufgenommen und interpretiert? Reaktion der Umwelt auf diese Handlungen? Frage: Ist die Reaktion der Umwelt gerechtfertigt oder von Vorurteilen diktiert?“

Zur Motivation eignet sich ein *Ratespiel*: Jeder Schüler wählt sich aus der Klassenlektüre oder aus allgemein bekannten (Jugend-)Büchern eine Figur und charakterisiert sie. Die Klasse rät, wer gemeint ist.

Eine C., die zwischen primärer und sekundärer steht, liegt dann vor, wenn sich die Schüler als Vorlage eine Figur nehmen, die sie aus Film oder Fernsehen kennen. Wie bei der primären C. müssen sie das sinnlich Wahrnehmbare als Ausdruck eines Charakters deuten. Aber wie bei der sekundären C. ist die Deutung schon teilweise durch den Autor vorweggenommen, und sie müssen sie reproduzieren, und außerdem fehlt ihnen die für die authentische primäre C. geforderte persönliche Vertrautheit mit der geschilderten Person.

6. Methodische Hinweise und Vorschläge für die „primäre Charakteristik"

Es geht um das Verhältnis von Wesen und Erscheinung eines Menschen. Verschiedene spielerische Aufgaben eröffnen Wege zu diesem Thema:

a) „Was bin ich?" (Eine Vorübung, bei der noch nicht geschrieben wird.) Wie bei der ehemals bekannten Fernsehsendung dieses Titels werden Berufe geraten aufgrund von Körperbewegungen („typische Handbewegung", Mimik, pantomimische Darstellung) und von Ja-Nein-Fragen an einen Kandidaten. Zu bedenken ist hierbei zweierlei: Erstens haben die Kandidaten nicht wirklich diesen Beruf, sondern die Schüler stellen ihn sich nur vor, und zweitens führt das Frage- und Rateverfahren nicht unbedingt zu dem Thema „Charakter und Erscheinungsweise eines Menschen" hin.

b) „Wer bin ich?" (Auch bei dieser Vorübung wird noch nicht geschrieben.) Hier imitieren die Schüler bekannte Personen; die Klasse muß raten. Auch dabei gibt es zwei Bedenken: Erstens werden wenige Merkmale (vor allem nämlich die Sprechweise) als Erkennungszeichen verwendet, und zweitens ist das Ziel hier nicht das Charakterisieren von Personen, sondern das Identifizieren, denn jede Runde ist ja beendet, sobald die dargestellte Person erraten ist. Positiv schlägt aber zu Buche, daß die Aufmerksamkeit der Schüler überhaupt erst einmal auf mögliche Merkmale gelenkt wird.

c) „Wer ist's?" In Abwandlung des aus dem ZEIT-Magazin bekannten Ratespiels schreibt jeder Schüler die Charakteristik einer allen bekannten Person, wobei er biographische Details vermeidet und nur angibt, wie die Person aussieht, wie sie spricht, lacht, schimpft, sich bewegt usw. Dies kann zunächst in Stichworten geschehen; später werden kurze Texte geschrieben. Die Klasse rät. (Wer als erster richtig geraten hat, darf bestimmen, welcher Schüler als nächster vorliest.)

Das Ratespiel schärft zwar die Beobachtung und die Fähigkeit zur Wiedergabe von Eigenheiten, aber es nötigt nicht zur Schilderung eines Gesamteindrucks. Dieser wird eher erreicht in einer Variante der Aufgabe: „Schildere die Person in einer charakteristischen Situation." Hierfür gibt ULSHÖFER (1974:228) ein Beispiel aus der 9. Klasse:

Herr X beginnt seine Stunde
Schon vor mindestens sieben Minuten hat es geklingelt. Wache zu halten brauchen wir nicht: Herr X schimpft nicht, wenn wir Krach machen. Während wir mit Kreide rumwerfen, herumtoben usw., öffnet sich zaghaft die Tür, und mit einem riesigen Stapel Bücher, der ihn fast verdeckt, tritt unser Religionslehrer ein. Mit viel Mühe und viel Zeitaufwand schließt er die Tür wieder leise hinter sich. Während er zum Pult geht, sagt er mit einem gewinnenden Lächeln und Schweizer Dialekt betont heiter: „Grüß euch Gott, alle miteinand!" Nicht einmal die Hälfte der Klasse steht langsam auf und leiert: „Grüß Gott, Herr X." Er legt langsam die Bücher auf den Tisch und stapelt sie ordentlich in zwei Stöße und holt zögernd sein Ringbuch heraus, in welches er die ganze Stunde hineinschaut, und schlägt Seite für Seite um, bis er das Blatt gefunden hat, auf dem der Stoff für diese Stunde steht. Jetzt tritt er neben das Pult, so daß wir ihn ganz sehen können, tippelt ein wenig auf derselben Stelle herum, reibt die Hände, zieht ein paarmal die Augenbrauen hoch und runter, schaut noch Gabi an, an die er sich immer zu wenden pflegt, weil sie die einzige ist, die sich am Unterricht beteiligt, und beginnt, nachdem sie ihm aufmunternd zugelächelt hat, den Unterricht. Er bevorzugt gepunktete oder einfarbige Krawatten, graue oder beige Stoffe. Rote, blaue oder sonstige frische Farben trägt er nicht.

ULSHÖFER nennt eine solche C. „dynamisch" und zieht sie der „statischen" vor, bei der nur das Aussehen der Person beschrieben wird.

Für diese Aufgabe eignen sich auch Karikaturen und witzige Porträts wie das der Fünfzehnjährigen von KUNZE (s. o.).

d) „Puzzle-Charakteristik":
1. Schritt: Gemeinsam werden Beobachtungskategorien festgelegt, die bei einer C. berücksichtigt werden können, also z. B. Größe, Körperbau, Körperhaltung, Gesichtsform und -farbe, Haartracht und -farbe, Mimik, Gestik, Gang, Sprechweise, Stimmlage, Kleidung. Hilfreich ist, wenn der Lehrer Passagen aus literarischen Texten vorliest, in denen Figuren charakterisiert werden, so daß die Kategorien induktiv gewonnen werden können und die Schüler daraus die Kategorien abstrahieren. Ergiebig ist hierfür z. B. THOMAS MANN (Christian aus den „Buddenbrooks", der Tanzmeister aus „Tonio Kröger" oder das folgende Beispiel).

Beispiel: THOMAS MANNS Charakterisierung von Therese Weichbrodt in den „Buddenbrooks" (1. Teil, 7. Kapitel)

„Therese Weichbrodt war bucklig, sie war so bucklig, daß sie nicht viel höher war als ein Tisch. Sie war einundvierzig Jahre alt, aber da sie niemals Gewicht auf äußere Wohlgefälligkeit gelegt hatte, so ging sie gekleidet wie eine Dame von sechzig bis siebzig Jahren. Auf ihren grauen, gepolsterten Ohrlocken saß eine Haube mit grünen Bändern, die über die schmalen Kinderschultern hinabfielen, und nie war an ihrem kümmerlichen schwarzen Kleidchen etwas wie Putz gesehen worden – ausgenommen die große, ovale Brosche, auf der in Porzellanmalerei das Bild ihrer Mutter prangte. Das kleine Fräulein Weichbrodt besaß kluge und scharfe braune Augen, eine leichtgebogene Nase und schmale Lippen, die sie aufs entschiedenste zusammenpressen konnte [. . .] Überhaupt lag in ihrer geringen Figur und allen ihren Bewegungen ein Nachdruck, der zwar possierlich, aber durchaus respektgebietend wirkte. Dazu trug in hohem Grade auch ihre Sprache bei. Sie sprach mit lebhafter und stoßweiser Bewegung des Unterkiefers und einem schnellen, eindringlichen Kopfschütteln, exakt und dialektfrei, klar, bestimmt und mit sorgfältiger Betonung jedes Konsonanten. Den Klang der Vokale aber übertrieb sie sogar in einer Weise, daß sie z.B. nicht ‚Butterkruke', sondern ‚Botter'- oder gar ‚Batterkruke' sprach und ihr eigensinnig kläffendes Hündchen nicht ‚Bobby', sondern ‚Babby' rief. Wenn sie zu einer Schülerin sagte: ‚Kind, sei nich-t sa domm!' und zweimal dabei ganz kurz mit dem gekrümmten Zeigefinger auf den Tisch pochte, so machte dies Eindruck, das ist sicher; und wenn Mademoiselle Popinet, die Französin, sich beim Kaffee mit allzuviel Zucker bediente, so hatte Fräulein Weichbrodt eine Art, die Zimmerdecke zu betrachten, mit einer Hand auf dem Tischtuch Klavier zu spielen und zu sagen: ‚Ich wörde die ganze Zockerböchse nehmen!', daß Mademoiselle Popinet heftig errötete [...]"

2. Schritt: Zu jeder Kategorie macht jeder Schüler auf drei unterschiedlichen Zettelchen oder Karteikärtchen je eine Angabe. Bei der Sprache schreibt er z.B. auf einen Zettel: „Klingt heiser", auf einen anderen „Spricht langsam und schwerfällig" und auf einen dritten „stottert". (Solche Beispiele müssen zunächst in der Klasse gegeben werden, damit die Schüler eine Vorstellung von der Form haben, in der die Angaben gemacht werden sollen.) Für den Fortgang der Aufgabe würde es im allgemeinen genügen, wenn jeder Schüler nur eine Angabe machte; daß drei verlangt werden, führt aber dazu, daß die Schüler sich nicht mit dem Nächstliegenden zufrieden geben, sondern gründlicher nachdenken. Eventuell kann dies auch durch eine Wortfeldübung vorbereitet werden.

3. Schritt: Die Zettel werden für jede Kategorie getrennt eingesammelt und gemischt. Dann zieht jeder Schüler aus jeder Kategorie einen Zettel.

4. Schritt: Jeder Schüler verfaßt eine C. für eine erdachte Figur, der er auch einen Namen gibt; dabei sollen die Angaben auf den erlosten Zetteln berücksichtigt werden. Die Figuren sollen möglichst plausibel, realitätsnah erscheinen, was nicht ausschließt, daß sie in sich widersprüchlich sind. Da die Schüler gern besonders verrückte Merkmale angeben, ist es recht schwierig, daraus eine einigermaßen „normale" Figur (also kein Monster oder Science-Fiction-Wesen) herzustellen. Wenn eine Angabe gar nicht paßt, darf nochmal gezogen werden.

Die Schüler können sich beim Schreiben vorstellen, sie verfaßten die C. einer Bühnenfigur, und der Regisseur oder der Spieler müßten durch die C. erfahren, wie sie die Figur darzustellen haben.

e) „Figuren-Geschichte": Die Klasse wird in Gruppen zu je drei Schülern aufgeteilt. Jede Gruppe denkt sich eine Figur aus und charakterisiert sie gemeinsam. Je drei Gruppen stellen sich dann gegenseitig ihre Figuren vor, und jeder der hierbei beteiligten neun Schüler erfindet nun eine Geschichte, in der die drei Figuren vorkommen, und zwar so, daß der Leser sie sich so gut vorstellen kann, als läse er die Charakteristiken (Beispiele in Fritzsche 1989:7–10).

Bei dieser Aufgabe müssen die Schüler ihre Ideen in einer Kleingruppe besprechen; das schärft die Reflexion und kommt der Bewußtheit beim Charakterisieren zugute. Außerdem geht es bei der Aufgabe um das Verhältnis von sekundärer und primärer C., wobei hier methodisch mit der sekundären C. begonnen wird. Und schließlich bindet diese Aufgabe die C. in die Erzählung ein und macht auf den Zusammenhang von Charakteren und Handlungen aufmerksam.

f) „Ein Lehrer – zwei Schüler“:
Aus dem Brief einer Schülerin an ihre Freundin

[...] Übrigens haben wir seit einigen Wochen einen neuen Klassenlehrer, Herrn Zettel. Er ist ziemlich jung und sieht recht gut aus. Er hat dunkles gepflegtes Haar und einen Schnurrbart. In den ersten Stunden fragte er uns, was wir bei ihm im Unterricht machen wollten. Das fanden wir Klasse. Wir diskutierten, stimmten ab, aber hinterher hatte ich – und nicht nur ich – das Gefühl, daß er doch das machte, was er von vornherein vorgehabt hatte.
Er will den Unterricht locker gestalten. Da unterscheidet er sich wirklich angenehm von manchen anderen Lehrern. Aber dann passiert es eben auch, daß die Klasse laut wird und ihm auf der Nase herumtanzt. Er ist da zu nachgiebig und zu großzügig.
Er betont immer wieder, er wolle gerecht sein. Und es stimmt, daß er auch den Schwächeren eine Chance gibt und ihnen hilft. Er bespricht ausführlich die Arbeiten und Noten und hört sich geduldig unsere Meinung an. Aber er hat auch einige Lieblinge in der Klasse, und ich muß gestehen, daß ich offenbar dazugehöre. Aber warum auch nicht.
Was ich ganz großartig finde, ist, daß er für uns immer Zeit hat, auch in den Pausen und sogar nach dem Unterricht.
Manchmal allerdings ist er wie umgewandelt. Wir merken dann sofort, wenn er reinkommt, daß er schlecht gelaunt ist. Er kann dann wütend werden und böse schreien.
Peter Lüchner hat neulich zurückgeschrien und ihm die Meinung gesagt. Mir war richtig angst um Peter. Aber da reagierte Zettel ganz überraschend. Er stellte nicht den Stärkeren heraus, sondern ließ die Sache auf sich beruhen. Sicher werde ich noch öfter von ihm berichten. Für heute aber genug.

Herzlichst
Deine Yvonne

Aus Peter Lüchners Brief an einen Freund

Hallo Mike,
ich fall gleich mit der Tür ins Haus. Ich muß Dir nämlich von einem Typ schreiben, der mich ungeheuer nervt: unser neuer Klassenlehrer.

Die Schüler schreiben Peter Lüchners Brief zu Ende.
Die Aufgabe (vorgeschlagen von Spinner 1985:38 auf der Grundlage der beiden Briefe, die im „Sprachbuch 8" des Diesterweg-Verlags 1978:57 stehen) macht auf die Subjektivität von Charakterisierungen aufmerksam: Je nach Perspektive entstehen unterschiedliche Schilderungen und Beurteilungen ein- und derselben Person.

g) „Der Ohrenzeuge": Nach dem Vorbild von Elias Canettis „Der Ohrenzeuge" (München:Hanser 1974, Frankfurt:Fischer Taschenbuch 1983) werden neue Charaktere erfunden. Man denkt sich zunächst eine sprechende Bezeichnung aus (Canetti: „Die Königskünderin", „Der Namenlecker", „Die Habundgut" usw.) und schreibt dazu dann eine Charakteristik. Die Bezeichnungen können auch verlost werden, wobei es sich empfiehlt, daß jeder Schüler mindestens zwei Bezeichnungen erfindet. Dadurch sind dann doppelt so viele Bezeichnungen vorhanden, und Schüler, die mit der erlosten Bezeichnung gar nichts anfangen können, nehmen noch ein Los.
Beispiel: Elias Canetti: „Der Verlierer"

„Es gelingt ihm, alles zu verlieren. Er fängt mit Kleinigkeiten an. Er hat viel zu verlieren. Was für Orte es nur gibt, an denen es sich gut verlieren läßt.
Die Taschen, die er eigens dazu machen läßt. Die Kinder, die ihm auf der Straße nachrennen, ‚Mister' hin, ‚Mister' her. Er lächelt erfreut und bückt sich nie. Er wird sich hüten etwas wiederzufinden. So viele können ihm gar nicht nachrennen, daß er sich bückt. Er hat verloren, was er verloren hat, und wozu hat er's überhaupt mitgenommen." Usw.

Weniger spielerisch sind die folgenden Aufgaben:

h) Selbstbeobachtung: Jeder schreibt eine C. von sich selbst, und zwar in der 3. Person. Zuvor müssen Kategorien erarbeitet worden sein, was alles beim Charakterisieren berücksichtigt werden kann (vgl. d); es sollte auch möglichst mindestens ein Beispiel vorgelesen werden, damit die Schüler eine Vorstellung davon haben, wie man so einen Text schreibt. Im übrigen ist es nicht nötig, daß die C. der Wirklichkeit entspricht; es kann sich auch um ein Wunschbild, eine Idealvorstellung oder ein Haßbild handeln.

i) Der gemeinsame Nenner: Jeder schreibt die C. einer ihm bekannten Person, und zwar so, daß sich alle Züge zu einem einheitlichen Bild zusammenfügen. Für diesen einheitlichen Eindruck wird dann ein Begriff gesucht, der in Verbindung mit dem Namen den Titel des Textes bildet, z.B. „Jürgen, der Schmarotzer", „Anna, der Glückspilz" (vgl. Joseph Roth: „Der Vorzugsschüler", zitiert von Jentzsch 1989). Den Schülern muß klar sein, daß eine solche Vereinheitlichung eine Vereinseitigung darstellt und im allgemeinen der charakterisierten Person nicht gerecht wird. Aber man kann in solcher Einseitigkeit seiner Zu- oder Abneigung ungehemmt Ausdruck geben, sofern man eben weiß, was man tut. – Diese Aufgabe macht besonders darauf aufmerksam, daß wir beim Charakterisieren nicht nur beschreiben, sondern eine Person durch die Art, wie wir sie beschreiben, zugleich auch beurteilen.

Eine spielerische Note bekommt die Aufgabe, wenn der Klasse der Titel vorenthalten wird und sie den Begriff, den „gemeinsamen Nenner", suchen muß.

j) Unter dem Rahmenthema *„Menschen"* schreibt jeder Schüler einen kurzen literarischen Text (im allgemeinen wohl Prosa, aber auch Lyrik ist reizvoll), in welchem mindestens eine Person so dargestellt wird, daß man sie sich gut vorstellen kann und eine sekundäre C. über sie schreiben könnte.

Diese Aufgabe ist sehr offen, aber wegen der mangelnden Anhaltspunkte auch recht schwierig. Sie ähnelt der Aufgabenstellung eines Wettbewerbs, der 1986 in Hessen durchgeführt wurde und Siebt- bis Zehntkläßler ansprach. In der Ausschreibung hieß es: „Findet, erfindet eine Person, die Euch besonders beschäftigt. Eine Person, die durch ihre Lebensweise, ihr Verhalten und ihre Erscheinung Eure Neugier erregt bzw. Euch irritiert oder betroffen macht ... betrachtet sie von allen Seiten. Erweckt sie literarisch oder zeichnerisch zum Leben." Der Schriftsteller FREDERIK HETMAN kommentiert:

„Einen Menschen darzustellen, zu sagen oder zu zeigen, warum man ihn liebt, bewundert, warum er einen wütend macht, warum er einen herausfordert, warum man ihm nachzueifern versucht, warum man sich vor ihm fürchtet, warum man ihn mag und zugleich nicht mag, liebt und haßt – das ist in der Tat eine schwierige Aufgabe, die schwierigste, die man sich beim Schreiben und Zeichnen überhaupt denken kann, meine ich. [...] Gewiß ist allen, die sich schreibend oder zeichnend versuchten, bald klar geworden, wie arm an Worten, Zeichen und Linien wir sind, wie hilflos, wie beschränkt, wenn es darum geht, auszudrücken, wie wir einem anderen Menschen begegnen, wie wir ihn spüren, wie wir ihn empfinden. Wir wissen es scheinbar so genau, und es drängt uns so stürmisch, es anderen klar zu machen. Aber wenn wir es versuchen, spüren wir unsere Schwierigkeiten, die Begrenztheit unserer Möglichkeiten, den Mangel an Worten und Bildern, anderen genau das mitzuteilen, was uns beschäftigt. [...] JAMES JOYCE fällt mir ein, der einen der Helden seines Romans ‚Ulysses' mit dem Satz vorstellt: ‚Mr. Leopold Bloom aß mit Vorliebe die inneren Organe von Vieh und Geflügel. Er liebte dicke Gänsekleinsuppen, leckere Muskelmägen, gespicktes Bratherz, panierte kroß geröstete Leberschnitten, gerösteten Dorschrogen.' Kein Wort über Mr. Bloom selbst – und doch sehe ich ihn leibhaftig vor mir" (HESS. KULTUSMINISTER 1987:6f.).

Bei dieser Aufgabe kommt es also nur darauf an, ein Bild zu vermitteln – womit auch immer. Natürlich geschieht dies besonders gern mit Hilfe von Vergleichen:

„Du

Ich kenne Dich schon lange,
Du bist wie ein kleiner Vogel,
neugierig schwirrst Du umher,

doch gleichzeitig bist Du Menschen gegenüber mißtrauisch,
sogar mir.
Oft denkst Du,
man will Dir wehtun,
dabei möchte man Dir nur helfen.
Hab doch ein wenig mehr Vertrauen
zu Deinen Freunden.

Dann erinnerst Du mich
an einen Vulkan,
den man nicht reizen darf,
weil er kurz vorm Ausbruch steht.
Ein Wort genügt
und Du speist Feuer.
Du merkst nicht,
daß Du damit jemanden verletzen kannst.

Du bist wie das Äffchen
auf dem Leierkasten,
das mit seiner lustigen und fröhlichen Art
die Leute anzieht
und ein Lächeln auf ihr Gesicht zaubert.

Oft bist Du auch wie ein Kind,
das liebesbedürftig ist.
Dann brauchst Du jemanden,
der für Dich da ist
und Dich versteht.

Ich bin froh,
Dich als Freundin zu haben."

ANDREA HUTH, 15 Jahre
(HESS. KULTUSMINISTER, 1987:12)

Die Aufgabe ermöglicht auch die Projektion von Selbstbildern durch die Gestaltung von Phantasiewesen:

„Mario

Immer wenn ich abends im Bett liege und über die Monotonie des vergangenen Tages nachdenke, fällt mir Mario ein.
Tief in mir lebt er, und mit seinen lustigen blitzenden Augen versprüht er ein helles Feuer der Lebenslust. Sein Herz ist frei, und das macht ihn zum freiesten Menschen der Welt.
Doch meistens sitzt Mario hinter stählernen Gittern; er braucht das Licht und bunte Farben. Im täglichen Einerlei des Alltags kann er nicht überleben. Dann verkriecht er sich in der hintersten Zelle und macht sich so klein, daß ich zu zweifeln beginne, ob er überhaupt noch da ist. Und doch muß ich immer lächeln, wenn ich an ihn denke, bis er eines Tages alle Ketten sprengt, singend und freudejubelnd ans Tageslicht zurückkehrt.

Ich sterbe, wenn er lebt, und ich lebe, wenn er stirbt.
Und doch sind wir eins.
Ich liebe Dich, Mario."

PATRIC LIEBSCHER, 14 Jahre
(HESS. KULTUSMINISTER 1987:19)

Nicht nur die Aufgabe des Hess. Wettbewerbs, sondern auch die meisten anderen der hier vorgeschlagenen Aufgaben können sowohl sprachlich wie *zeichnerisch* gelöst werden. Interessant ist auch die Verbindung der beiden Medien: Es können auf Grund eines schriftlichen Textes *Bilder* angefertigt werden, die das sprachliche ins optische Medium umsetzen, und umgekehrt. Bei den meisten Vorschlägen kann man auch von *Fotos* (eventuell auch von Zeichnungen) von Personen ausgehen; man läßt sie aus Illustrierten ausschneiden, und die Schüler dichten den Personen einen Charakter und eine Kurzbiographie an. Dabei kann auch festgelegt werden, daß eine Person sympathisch, eine andere unsympathisch sein soll.

Auch im Zusammenhang mit *Theater- und Film*projekten ist es sinnvoll, Charakteristiken zu schreiben, um sich dadurch ein klareres Bild von einer Figur zu verschaffen und die eigenen Vorstellungen mit den übrigen am Projekt Beteiligten abzustimmen.

Literatur:
Beinlich 1969:454, Busse 1979:47–51, Haas 1984, Hausmann 1948, Helmers 1971:239, Hirschenauer 1970:34–47 und Lehrerband:30–35, Jägel 1972:233–238, Jentzsch 1989, Oeser 1984, Praxis Deutsch 74 (1985), Scheunemann 1947/48, Spinner 1985, Ulshöfer 1974:216–233.

1.1.2.3 Sachverhaltsdarstellung: Dinge und Personen, Zustände und Abläufe beschreiben, von Ereignissen berichten

1. Definition

Die S. dient als Sammelbegriff für das, was traditionell „Beschreibung" und „Bericht" hieß. Bisweilen wurde beides unter dem Begriff „Bericht" zusammengefaßt, und man sprach statt von „Beschreibung" von „Sachbericht". Ein anderer Ausdruck, der dasselbe meinte, war „Beobachtungsaufsatz" (JENSEN/LAMSZUS 1912, SCHNEIDER 1927, bei HELMERS 1971 bezieht sich dieser Begriff nur auf eine spezielle Art des „Sachberichts"). Gemeinsam ist diesen Schreibaufgaben, daß sich der Schüler ganz dem Gegenstand zuwendet und ihn möglichst unperspektivisch darstellt. (Dagegen versucht der Erzähler, den Zuhörer in den Bann der eigenen Perspektive zu ziehen, und der Argumentierende nimmt absichtlich unterschiedliche Perspektiven ein. FLADER/GIESECKE 1980.) Der Unterschied von Beschreibung und Bericht liegt im Stoff: Die Beschreibung hat etwas Statisches (oder einen wiederholbaren Ablauf) zum Thema, der Bericht ein nicht wiederholbares Geschehen. Da der stoffliche Unterschied für die didaktische Problematik und die methodischen Möglichkeiten kaum ins Gewicht fällt, fasse ich Bericht und Beschreibung zusammen. Damit möchte ich auch signalisieren, daß diesen Aufsatzarten im DU (als Fachunterricht) nicht die Bedeutung zukommt, die ihnen oft eingeräumt wird; geübt wird die S. vor allem in den Sachfächern (wozu hier auch Sozialkunde, Geschichte, Religion und Philosophie zu zählen sind).

2. Arten der Sachverhaltsdarstellung
Die beiden schulischen Hauptformen sind schon genannt: **Bericht** und **Beschreibung**. Je nach Zweck und Kommunikationssituation werden einzelne Arten von Berichten und Beschreibungen unterschieden: Zum Bericht gehören z. B. der Erlebnisbericht, die Reportage, der Unfallbericht (Zeugenbericht), der Tätigkeitsbericht, der Sportbericht, die Nachricht (Meldung), und der Stundenbericht. Zur Beschreibung gehören die Gegenstandsbeschreibung, die Personenbeschreibung und die Vorgangsbeschreibung. Als Gebrauchsformen werden Wegbeschreibung, Bastelanleitung, Rezept (Kochanleitung), Gebrauchsanweisung, Spielanleitung, Prospekt, Verkaufs- und Verlustanzeige u.ä. dazu gerechnet.

3. Didaktische Problematik
Ohne Zweifel fördert es in vielen Fällen das Verständnis, wenn wir einen Gegenstand sachgemäß beschreiben oder einen Vorgang genau wiedergeben: Schreibend klären wir unsere Vorstellung, Wahrnehmung und Erinnerung. Eine solche Schreibaufgabe zwingt zum genauen Hinsehen und zum Überwinden der Selbstverständlichkeit, mit der wir gemeinhin die Dinge handhaben und mit unseren Erfahrungen umgehen, und sie verlangt die Unterscheidung von subjektiver und objektiver Sichtweise eben so sehr wie die von Tatsache, Meinung und Urteil. Beim Versuch, einen Gegenstand rein sachlich zu beschreiben oder einen Vorgang ganz objektiv wiederzugeben, zeigen sich alsbald die Schwierigkeiten dieses Anspruchs: Ohne zu wissen, wofür und in welchem Zusammenhang man etwas darstellen soll, kann man die Aufgabe nicht lösen. Die Forderung nach Sachlichkeit verwandelt sich damit in diejenige nach Zweckmäßigkeit. Es kommt nicht nur darauf an, wie die Dinge sind, sondern auch darauf, wie sie am geschicktesten einem Hörer oder Leser vergegenwärtigt werden können, und dazu muß man wissen, wofür der Text gut sein soll. Entscheidend für die sachliche Darstellung ist nicht, was der Schreiber für sachlich hält, sondern daß der Leser die Informationen als sachlich und zweckdienlich versteht. Bei der S. ist also zweierlei vonnöten: Sachorientierung und Leserorientierung. In diesem Sinn, und nur in diesem, ist die S. nicht perspektivfrei; denn der Schreiber versucht, die Perspektive eines verallgemeinerten Lesers einzunehmen.

Das Absehen von sich selbst, vom eigenen Zugang zu den Gegenständen, von den individuellen Eindrücken und Wertungen fällt Kindern und Jugendlichen schwer, und dies wirkt sich in einer häufig zu beobachtenden

Lustlosigkeit beim Schreiben von S.en aus. Kinder haben Mühe, ihre ichhafte Sichtweise zu überwinden, und Jugendliche wehren sich gegen die „Anpassung", zu der sie hier gezwungen werden. Die Selbstverleugnung macht keinen Spaß. Dem Mangel an innerer Beteiligung hat man auf verschiedene Weise abhelfen wollen, z. B. durch die Wahl von Gegenständen, die den Schülern gefühlsmäßig etwas bedeuten (SCHÖNBRUNN 1930). Es fragt sich aber, welche Seite bei dem Kampf zwischen gefühlsmäßig interessantem Gegenstand und distanziert-neutraler Darstellungsweise obsiegt: Schafft der Gegenstand eine Schreibmotivation, oder tötet die Darstellungsweise den Gegenstand? Auch durch eine Verfremdung hat man versucht, der Lustlosigkeit abzuhelfen: „Betrachte den Gegenstand mit fremden Augen und beschreibe ihn so, als ob du ihn nicht kenntest."

Eine sachliche, subjektneutrale Haltung wird in den meisten Fächern verlangt, vor allem in den Sachfächern. Die „Wissenschaftsorientierung" in der Sek. II tendiert auch zur Ausklammerung individueller Erfahrungen und lebenspraktischer Wertungen. („Sachlichkeit ist oberstes Lernziel aller wissenschaftlichen Fächer" – so schon ULSHÖFER 1974:157.) Wenn der Deutschunterricht sich vor allem der biographischen, moralischen und ästhetischen Probleme annehmen soll, so kann er sich entsprechend weniger um das kümmern, was in erster Linie Aufgabe der anderen Fächer ist – Sachklärung unter Absehung vom Subjektbezug. Der DU muß an seinen eigenen Gegenständen zum sachlichen und zweckmäßigen Sprachgebrauch anleiten (und zwar vor allem tagtäglich im mündlichen Unterricht) und kann darüber hinaus nur sehr allgemein und propädeutisch eine „sachliche Sprachhaltung" im Schriftlichen vermitteln (s. u.). Die immer wieder von anderen Fachlehrern erhobene Forderung, der Deutschlehrer möge dafür sorgen, daß die Schüler genau beobachten und ihre Wahrnehmungen sachlich und sachlogisch zu Papier bringen, ist unberechtigt. Aller Unterricht ist Sprachunterricht, und wenn Schreiben ein Mittel geistiger Arbeit ist, so gilt dies selbstverständlich in allen Fächern. (Den Nutzen der Spracharbeit in den Sachfächern weist MÖLLER 1972 nach.) Es ist nicht Aufgabe des auf drei bis fünf Wochenstunden reduzierten Deutschunterrichts, die Schüler über Abwasserklärung (KIRSCHNER 1990) oder ähnliches zu unterrichten, auch nicht unter dem Vorwand der Erziehung zu sprachlicher Genauigkeit.

Um einen Sachverhalt darzustellen, muß man ihn sich gründlich ansehen bzw. in Erinnerung rufen und vergegenwärtigen. Man muß die Einzelheiten erfassen sowie ihren Zusammenhang. Außerdem muß man die einzelnen Beobachtungen im Hinblick auf das Gesamte gewichten (hierarchisieren): Was ist die Hauptsache, was ist nebensächlich? Geht man von der Gestalt des Gegenstandes aus oder von seiner Funktion? Dies erfordert Abstraktion, begriffliches Denken und logisches Schließen. Die Darstellung geschieht oft in der Man-Form oder im Passiv. Als Lernmedium trägt die S. somit zur Entwicklung von sprachlicher und kognitiver Kompetenz bei: Sie fördert das Sprachkönnen und schult den Verstand.

Da die S. Fachwissen und -vokabular verlangt, dient sie darüber hinaus der Kenntniserweiterung (oft merkt man erst beim Schreiben, welche Fachkenntnisse und Fachausdrücke einem fehlen) und der Wissensfestigung (vom passiven zum aktiven, abrufbaren Wissen). Die Grenze zwischen Allgemeinwissen und Fachwissen ist allerdings fließend. So verlangt die Aussage eines Unfallzeugen u. U. die Kenntnis der einzelnen Teile eines Autos (Blinkleuchte, Felge, Heckmotor, Motorhaube, Spoiler, Teleskop-Antenne usw.); um einen Füllfederhalter zu beschreiben – früher eine beliebte Aufgabe – , muß man wissen, was der „Zuführer“ ist und die „Dichtungsglocke“ und was „Dorn“ und „Zunge“ hier bedeuten. Der Nutzen solcher Kenntniserweiterung ist fraglich, zumal das Gelernte wegen mangelnden Gebrauchs schnell wieder in Vergessenheit gerät. Soweit es sich um Gegenstände aus anderen Schulfächern (z. B. um technische, biologische oder geographische Sachverhalte) handelt, hat die S. in diesen Fächern ihren Platz. Der DU kann eben allenfalls die allgemeinen Grundlagen bereitstellen und die Prinzipien klarmachen, nach denen Sachverhalte darzustellen sind: Objektivität, Sachlichkeit, Genauigkeit, Folgerichtigkeit (Anordnung der Teile), Kürze – zusammengefaßt: Zweckmäßigkeit. Anwendung und Übung muß in den Sachfächern erfolgen.

Die *Primarstufe* erlaubt das Miteinander von Spracharbeit und sachlicher Kenntniserweiterung im *„verbundenen Unterricht“*; hier ist die S. sinnvoll und wird als (nicht streng sachlicher, sondern erlebnismäßig getönter) Bericht auch gern verfaßt (Berichte über Haustiere, Sportveranstaltungen u. ä.). Manchen Schülern liegt das eher nüchterne Beschreiben mehr als das lebendige Erzählen, und dem Realismus des vorpubertären Kindes kommt sie entgegen.

Im nach Fächern gegliederten Unterricht der *Sekundarstufe* bezieht sich die S. vor allem auf Gegenstände des DU: Unterrichtsprotokolle, Beschreibung des Vorgehens bei Sprachuntersuchungen, Darstellung der Buchanordnung in der Bibliothek u.ä., Referate über sprachliche und literarische Themen. Diese S.en dienen einerseits dem Erkenntnisgewinn beim Schreibenden, andererseits der Information von Lesern bzw. Zuhörern. Letzteres verlangt allerdings, daß die S. in einem sinnvollen praktischen Zusammenhang steht. Im übrigen kommt die S. in der Sekundarstufe vor allem beim fächerübergreifenden *Projektunterricht* zum Zuge; die sprachlich-stilistischen Erfordernisse ergeben sich hier logisch aus dem Verwendungszusammenhang, in dem die Texte stehen. Die S. verlangt dann meist die Zusammenarbeit von Deutsch- und Sachlehrer – etwa bei der Beschreibung des Aufbaus von Pflanzen, der Erläuterung einer Tabelle, Grafik oder Karte und ähnlichen Aufgaben.

In der Aufsatzdidaktik war jahrzehntelang die Unterscheidung von „Erlebnissprache“ und „Sachsprache“ bestimmend. Die „Erlebnissprache“ ist durch umgangssprachliches oder poetisches, bildhaftes (auch blumiges und zuweilen kitschiges) Vokabular gekennzeichnet: Man sagt „der schnittige Wagen rast, saust, flitzt, brummt, schnauft, knattert“. In der „Sachsprache“ sagt man einfach „Das Auto fährt“. Die S. diente vor allem dazu, den poetischen Schwulst, der bei der Erzählung verlangt wurde, zu widerrufen; dabei verfiel man ins andere Extrem und förderte einen bürokratischen Stil (Nominalisierung, abstrakte Begriffe, übertriebene Fachsprache, nur Aussagesätze, keine direkte Rede). Selbst wenn man zugibt, daß die Sprachwirklichkeit zu Übungszwecken vereinfacht und auf Grundformen reduziert werden muß, bedeutete die Dichotomie von Erlebnissprache und Sachsprache doch eine zu grobe Vereinfachung.

Der Sprachwirklichkeit wird man eher gerecht, wenn man sich an der Zweckmäßigkeit des Sprachgebrauchs orientiert. So gibt es neben den sachlichen, unpersönlichen S.en auch solche, die auf Anteilnahme angelegt sind, etwa der persönliche Erlebnisbericht, die Reportage, die werbende Beschreibung in der Reklame; umgekehrt gibt es streng sachliche Lyrik und literarische Prosa.

4. Entwicklung

Auf einer ersten Stufe sind Erzählung und S. noch nicht getrennt; die Schüler geben ihre Sicht der Dinge so wieder, als sei es die allgemeine; sie berichten egozentrisch. Beim knappen Festhalten von Beobachtungen im Sachunterricht und von Besprechungen üben die Schüler aber die Unterscheidung von Wichtigem und Nebensächlichem und die Verknüpfung von Einzelheiten, d.h. sie schreiben zunehmend sachgemäßer und berücksichtigen die Sicht konkreter Leser und ihrer Bedürfnisse.

Auf der zweiten Entwicklungsstufe orientieren sich die Schüler an Mustern von Berichten, Beschreibungen und Anleitungen, und sie berücksichtigen die Zweckmäßigkeit der Texte. Die unpersönliche Ausdrucksweise („man“, Passiv) steht jetzt zur Verfügung, und die Heranwachsenden können sich nun auf einen verallgemeinerten Leser, z.B. in Form einer Institution, einstellen: Genaue „Berichte werden meist von irgendwelchen Institutionen gefordert“ (Ludwig/Wolff 1978:19). Die Unterscheidung von „subjektiver“, „objektiver“ und leserbezogener Darstellungsweise unterstützt die für die Entwicklung des Heranwachsenden wichtige Differenzierung der „Umweltbereiche“ innere Natur, äußere Natur und Gesellschaft.

Auf der dritten Entwicklungsstufe gehen die Schreiber mit Mustern und Regeln flexibel und kreativ um, und sie spielen mit konventionellen Stilen. S.en können jetzt persönlich gefärbt sein, ohne an Sachgemäßheit und Zweckmäßigkeit einzubüßen. Mischformen wie **Feature** und **Essay** werden jetzt möglich.

Das folgende Beispiel zeigt, wie Schüler auf der zweiten Entwicklungsstufe das für sie Neue, nämlich die unpersönliche Wiedergabe von Erlebtem, ungewollt übertreiben. Nach einem Besuch der Hamburger Werft Blohm + Voss schrieb eine 8. Realschulklasse gemeinsam einen Bericht für die Tageszeitung:

> „Nach der herzlichen Begrüßung durch den Dienstältesten der Werft, Herrn Steeger, wurden wir für die Besichtigung mit Sicherheitshelmen ausgestattet.
>
> Anschließend erfuhren wir einiges aus der Geschichte: Schon 1877 wurde Blohm+Voss als Familienbetrieb gegründet. Nach dem letzten Weltkrieg entstand die Firma 1954 neu als Aktiengesellschaft.
>
> Insgesamt arbeiten auf der Werft 5200 Personen, davon sind 280 noch Auszubil-

dende. Ein Drittel der Beschäftigten arbeitet im Büro. Der Ausländeranteil unter den Mitarbeitern liegt bei 20 Prozent.

Beim anschließenden Hallenrundgang erfuhren wir für uns Neues: Bei Blohm + Voss werden nicht nur Schiffe und Ausrüstung dafür gebaut, sondern die Firma stellt auch Nirosta-Gestelle und ganze Kücheneinrichtungen für Krankenhäuser und Universitäten her. Dabei müssen die Arbeiter nicht nur schweißen können, sondern auch mal einen Kran bedienen.

Zum Abschluß unseres Besuchs sahen wir noch die gerade zu Renovierungsarbeiten eingelaufene ‚Queen Elizabeth II'. Leider durften wir nicht an Bord, da die Arbeiten binnen zwölf Tagen abgeschlossen sein müssen. Wir haben es auch sehr bedauert, daß wir auf dem Werftgelände nicht fotografieren durften. Unser Gruppenfoto entstand daher in der Schule."

Zwar wird der Text gegen Ende etwas persönlicher, aber insgesamt – und ganz besonders in der ersten Hälfte – ist er ein Beispiel für Selbstverleugnung. Weder teilen die Schüler dem Leser mit, was ihnen persönlich aufgefallen ist und sie beeindruckt hat, noch gebrauchen sie ihre eigene Sprache. Der erste Satz hätte kaum steifer formuliert werden können: Nominalstil, Passivkonstruktion, Phrase. Ohne jeglichen Informationsverlust und nur um zwei Worte länger hätte dasselbe auch in zwei Sätzen etwa so ausgedrückt werden können: „Zunächst begrüßte uns der Dienstälteste der Werft, Herr Seeger, sehr herzlich. Für die Werksbesichtigung bekam dann jeder von uns einen Sicherheitshelm." Dann folgt – typisch für den Bericht – eine Fülle von Fakten; hier konnten die Schüler einfach wiedergeben, was sie gehört und sich wahrscheinlich notiert hatten. Sagen diese Fakten irgend etwas? Waren sie den Schülern interessant und wichtig? Wahrscheinlich nicht. Sie standen, notiert, auf dem Papier, und von da wanderten sie wieder aufs Papier. In den Köpfen haben sie vermutlich nichts bewegt, keiner mußte nachdenken, niemandem erschienen die Sachverhalte problematisch. Zum Ritual des Berichts gehören „facts and figures". Das macht ihn scheinbar seriös und unangreifbar, das sichert ihm seine Autorität. Typisch auch hier, wie gerade die Fakten der Verschleierung von Problemen dienen: Der letzte Weltkrieg endete ja nicht 1954; was war mit der Firma zwischen 1945 und 1954 los? Gab es sie da nicht? Und warum? Was hatte die Firma denn vor 1945 produziert? Und weiter: Heute beschäftigt die Werft 5200 Personen. Wieviel denn früher? Wieviel in absehbarer Zukunft? Gab es Entlassungen? Gab es Streiks? Nichts davon in dem faktenreichen Bericht. Und wieder die unpersönliche Bürokratensprache: „Der Ausländeranteil unter den Mitarbeitern liegt bei 20 Prozent." Warum nicht: „20 Prozent der Arbeiter sind Ausländer"? Das ist genauso informativ und sogar um fast die Hälfte kürzer, entspricht aber nicht der vorgestanzten Sprache, die die Schüler auf dieser Entwicklungsstufe übernehmen.

Beim Übergang von der ersten zur zweiten Stufe kommt es leicht zu solcher Überanpassung; vielleicht läßt sie sich gar nicht vermeiden (vgl. Kapitel „Schreiben", Abschnitt „Entwicklung"). Um so nötiger ist es, daß die Schüler diese Stufe auch wieder verlassen und auf der dritten Stufe zu einer zwar zweckmäßigen und leserorientierten, aber dennoch persönlichen Sprache finden, in der sie dann auch ihre Interessen und ihre persönliche Sicht der Dinge ausdrücken können. Im übrigen erscheint es fraglich, ob die Verleugnung der eigenen Person auf der zweiten Stufe tatsächlich so rigide nötig ist oder ob hier vielleicht einfach einem Fetisch „Sachlichkeit" gehuldigt wird. Persönlich sind ja nicht nur Gefühle und Wertungen, sondern auch Gedanken. Der Verdacht drängt sich auf, daß die Durchsetzung der Norm „Sachlichkeit" gerade bei Haupt- und Berufsschülern dazu dient, sie ihrer Sprache zu entfremden und sie mundtot zu machen.

Beispiel für einen nicht-stereotypen Zeitungsbericht (von einem erwachsenen Schreiber):

Hausmeister setzte versteckte Kamera ein: Toiletten-Sprüher mit Video überführt
lni. Walsrode. Kurt und Paola Felix, die Stars der Fernsehreihe mit der „versteckten Kamera", haben Konkurrenz bekommen: „Schrotti". So jedenfalls nennen Schüler des Gymnasiums Walsrode ihren Hausmeister, der mit der Videokamera einen 17jährigen Graffiti-Maler auf der Knabentoilette auf frischer Tat ertappte.

„Schrotti" hatte sich mit seiner Kamera hinter einer geweißten Scheibe mit Guckloch in einer Toilettenkabine versteckt und den Sprüchemaler auf den Film gebannt. Er sei es leid gewesen, immer die weißen Kacheln zu säubern, meinte der Amateurfilmer. Und außerdem habe der Direktor Beweise gefordert.

„Taubensport, mein schönstes Hobby" hatte nach erledigtem Geschäft am Morgen des 22. November der 17jährige Abiturient Florian mit einem Filzstift auf die Wand über einem Becken gepinselt.

Eine Lehrerin half dem Spion später, den Schüler auf der zehn Sekunden dauernden Aufnahme zu identifizieren. Nur der Oberkörper des Täters sei erkennbar, betonen Schulleiter und Hausmeister. Florian wurde zum Direktor zitiert und versprach, den Spruch sofort zu entfernen, den seine Freunde „wegen seiner kompletten Sinnlosigkeit so wunderbar" finden.

Obwohl der Abiturient nicht bestraft wurde, empörten sich viele Schüler über ihren Schulleiter. „Er hätte zum Hausmeister sagen müssen, löschen Sie das Band, ich will es nicht sehen."

Die Lüneburger Bezirksregierung: „Auf Bubenstreiche muß man anders reagieren. So geht es jedenfalls nicht", meinte Regierungsdirektor Hans-Rudolf Paetzel. Es werde sofort ein Gespräch mit dem Schulleiter und dem Hausmeister anberaumt.
(Aus: Lüneburger Landeszeitung v. 7. 12. 1990)

5. Aufgabenvorschläge und Hinweise zur Methode

Berichte sind leichter zu schreiben als Beschreibungen, weil der zeitliche Verlauf die Anordnung erleichtert: Erst geschah dies, dann das und schließlich jenes. Auch die Auswahl der Informationen ergibt sich leichter: Was ist geschehen, wer war beteiligt, wo, wann und wie geschah es? Bei Beschreibungen muß zunächst eine Ordnung hergestellt werden. – Beschreibungen sind leichter zu geben und geraten auch meistens besser, wenn sie durch graphische Veranschaulichungen (Zeichnungen, Skizzen, Tabellen u.ä.) unterstützt werden.

Sprachbücher enthalten zu beiden Aufsatzarten reichlich Material, vor allem Beispieltexte zum Unterschied von objektiver und subjektiver Darstellungsweise. Man muß darauf achten, daß die Beispieltexte und die Aufgaben den Erfahrungsbereich der Schüler treffen (wann haben denn Kinder mit Unfallberichten zu tun? Wann gar mit einem Bericht für die Versicherung?), sie nicht überfordern und nicht trostlos langweilig sind („Ich zerlege und reinige mein Fahrrad"). Sinnvolle Aufgaben ergeben sich häufig in der Zusammenarbeit mit anderen Fächern, wenn Texte verlangt werden, die über einen Sachverhalt informieren, ihn erläutern oder erklären. Meistens werden die einzelnen Arten der S. kommunikativ eingebettet, so daß sich die Schüler nicht nur an Mustern und Stilnormen orientieren können, sondern auch daran, was ein Leser im Hinblick auf die Verwendung des Textes benötigt („Beschreibe deinem Onkel, was für ein Fahrrad du dir wünschst", „Erkläre einem Mitschüler diese Tabelle!"). Dies gilt natürlich ganz besonders bei Anleitungen und Anzeigen.

Nicht selten verschleiert aber die kommunikative Einbettung, daß es sich bei der S. um eine mehr oder weniger pedantische Übung handelt. So läßt z. B. ein Sprachbuch die Schüler vier abgebildete Fahrräder beschreiben und fordert dann auf, beim Vorlesen der Beschreibungen die Texte den Bildern zuzuordnen. Die Zuordnung gelingt meistens schon durch ein einziges auffälliges Detail; in natürlicher Kommunikation wäre es unökonomisch, mehr als das zum Identifizieren Nötige aufzuschreiben.

Die knappe, informationshaltige und objektive Darstellung kann mit folgenden Aufgaben geübt werden:

1. Ein Erzähltext wird zu einer Zeitungsmeldung verknappt. Als Vorlage kann auch die Geschichte eines Mitschülers dienen. Wichtig sind die Angaben, wer was wann und wo getan oder gesagt hat. (Zur Orientierung werden vorher Zeitungsmeldungen gelesen.) Haas (1984:106–108) schlägt vor, die Geschichte „Die Leihgabe" aus Schnurres Buch „Als Vaters Bart noch rot war" als Grundlage für Zeitungsberichte zu nehmen, empfiehlt aber darüber hinaus, dieses Umsetzen von Erzählungen in Zeitungsberichte zur regelmäßigen Übung zu machen: Eine Zeitlang stellt in jeder Deutschstunde „ein Schüler einen solchen journalistisch verfremdeten Text aus dem Lesebuch vor (wobei Erzählgedichte nicht ausgeschlossen sind), und die Klasse versucht herauszubekommen, welcher Text diesmal in einen Zeitungsbericht übersetzt wurde."

In einer Berufsschulklasse, die nach diesem Verfahren arbeitete, wurde deutlich, daß manche Erzählung nicht nur Wichtiges verliert, wenn sie in solch einen Bericht verwandelt wird, sondern daß sie durch diese Operation geradezu um ihren Sinn gebracht wird. Textvorlage war dabei Ursula Wölfels „Teezeit" aus „Die grauen und die grünen Felder" (Mülheim: Anrich 1975). Die Schüler, betroffen vom Inhalt und beeindruckt von der lakonischen Darstellung, fanden keinerlei Gefallen an dem Umformungs„spiel", dessen Ergebnis so aussah:

„Bei einem feindlichen Bombenangriff auf ein im Kriegsgebiet befindliches Dorf wurde der älteste Sohn einer Familie getötet und ein jüngerer schwer verletzt. Die Rauchwolke eines Herdfeuers, das trotz der Bombengefahr im Haus der betroffenen Familie angezündet worden war, hatte die Flugzeuge auf das Dorf aufmerksam gemacht. Der getötete Sohn galt als besonders friedfertig. Er war es, der seine Familie gebeten hatte, sich nicht wegen der Gefährlichkeit des Feuers zu streiten."

So unzufrieden die Schüler mit der Umformungsaufgabe waren, so wurde ihnen doch dabei klar, wie nichtssagend, verschleiernd und nahezu zynisch viele journalistische Berichte bzw. Nachrichten sind.
2. Aus den beim Klatschblatt-Spiel (Fritzsche 1989) erhaltenen Angaben wird ein trockener, nüchterner Zeitungsbericht verfaßt. – Die bei dem Spiel zustande gekommenen nicht zusammenpassenden Angaben lassen sich nur mit größter Mühe in die Form eines Berichts pressen. Die Schüler erfahren hier die Nötigung, ohne Phantasie auszukommen.
3. Die Schüler wählen sich Ereignisse aus, zu denen sie Berichte schreiben. Die Berichte werden verlost, und nun schreibt jeder Schüler aufgrund des Berichts eine Erzählung (Geschichte) (vgl. Spinner 1990). Die Schüler erkennen dabei bis in sprachliche Details hinein die Unterschiede der beiden Darstellungsweisen.
4. Der Lehrer zerschneidet Berichte und Erzählungen über dasselbe Ereignis satzweise; die Schüler müssen bei jedem Satz (oder Absatz) entscheiden, zu welcher Textsorte er paßt, und die Texte wieder zusammensetzen. (Da nur selten zum selben Ereignis sowohl ein geeigneter Bericht als auch eine geeignete Erzählung vorliegt, muß der Lehrer zumindest das eine von beiden selbst schreiben.)
5. Es werden Berichte über den Ablauf der Wettkämpfe verschiedener Disziplinen beim Sportfest geschrieben. Vorher wird besprochen, welche Angaben nötig sind. Die fertigen Berichte werden dann satzweise (oder abschnittweise) zerschnitten und neu montiert, so daß verrückte Zusammenhänge entstehen.
6. Die Schüler verfassen aus dem Kopf heraus Anleitungen für ihnen bekannte Zaubertricks: Was braucht man? Welche Vorbereitungen müssen getroffen werden? In welchen Schritten führt man den Trick durch? Worauf muß man besonders achten?
7. Es werden unernste, eher satirische Bastelanleitungen, Gebrauchsanweisungen, Kochrezepte usw. verfaßt: Form und Stil bleiben gewahrt, aber der Inhalt ist verrückt.
8. Es werden Zeitungsberichte oder gar Reportagen zu Stellen in der Literatur verfaßt. (So läßt Frommer 1992:180ff. eine Reportage zu einer Textstelle in Härtlings „Oma" schreiben: „Der Reporter Bodo Baier von der ‚Münchner Zeitung' hat den Auftrag, Mißständen bei den Münchner Behörden nachzugehen. Auf dem Jugendamt findet er Oma und Kalle vor; sie warten auf einer Holzbank. Er wittert einen ‚Fall' und beschließt, Oma zu befragen.")
Auf die Funktion der S. für den Schreiber selbst – Klärung der Sachlage – sind folgende Aufgaben bezogen:
9. Die Schüler berichten über einen Streit oder Konflikt in der Familie, der Schule, den Medien oder der Öffentlichkeit.
10. Die Schüler beschreiben, wie man ein Wörterbuch benutzt.

11. Die Schüler beschreiben die Sprache, den Aufbau und die Funktion eines Textes.
12. Die Schüler halten den Verlauf einer Unterrichtsstunde oder -phase fest.
13. Die Schüler beschreiben Gegenstände, Sachverhalte und Zusammenhänge anderer Fächer, und zwar als ausdrückliche Sprachübung. (In höheren Klassen ist der Deutschlehrer oft fachlich nicht kompetent und den Schülern an Sachkenntnis unterlegen, so daß eine beinahe natürliche Kommunikationssituation entsteht: „Beschreibt mir X so, daß ich es verstehe!" Aber auch jüngere Schüler verfügen über viele dem Lehrer fremde Kenntnisse, z. B. hinsichtlich ihrer Spiele.)
14. Die Schüler beschreiben Gegenstände aus dem Kopf heraus; die Mitschüler raten, um was es sich handelt.

Im übrigen werden Berichte und Beschreibungen im Rahmen von *Projekten* und in der Kooperation mit anderen Fächern angefertigt. Dem Überarbeiten der Texte kommt besonderes Gewicht zu: Sind sie so kurz, verständlich, anschaulich wie möglich? Eine besonders ertragreiche, aber auch anstrengende Arbeitsform ist das *Planspiel*, bei dem die Schüler sich wie Zeitungsredakteure verhalten (kürzen, auswählen, umschreiben usw.).

Literatur:
Jägel 1972, Kirschner 1990, Ludwig/Wolff 1978, Wagner 1979.

1.1.2.4 Protokoll: Gespräche und Diskussionen schriftlich festhalten

1. Definition und Spielarten

Das P. hält einerseits Geschehensabläufe, andererseits mündliche Sprache schriftlich fest. Naturwissenschaftler, Techniker, Mediziner, aber auch die Polizei gebrauchen den Ausdruck in ersterem Sinne (P. einer Naturbeobachtung, P. eines Versuchablaufs, P. eines Unfallhergangs); dieses P. ist eine Form der **Sachverhaltsdarstellung** und unterscheidet sich vom **Bericht** allenfalls dadurch, daß dieser ausformuliert ist, das P. aber auch tabellarisch und in Stichworten (**Stichwortprotokoll**) verfaßt werden kann und oft mit graphischen Darstellungen verbunden ist. Wenn im DU vom P. die Rede ist, so meint der Ausdruck demgegenüber immer das Festhalten sprachlicher Abläufe. Zu unterscheiden sind hier das **wörtliche Protokoll**, wie es etwa von Bundestagssitzungen oder bei Vernehmungen angefertigt wird, das **Verlaufsprotokoll**, das den Gang der Wechselrede zusammenfassend nachzeichnet, und das **Ergebnisprotokoll**, das das Resultat eines Gesprächs, einer Besprechung, Verhandlung, Konferenz, Sitzung, Diskussion oder Debatte festhält. Eine Sonderform stellt das **Gedächtnisprotokoll** dar; es hat entweder den Charakter persönlicher Notizen (die – etwa nach einem Telefonat – einfach der späteren Erinnerung helfen sollen) oder rechtliche Funktion, wenn man festhält, was man selbst in Streitfällen gesagt hat und welche Äußerungen von anderen gefallen sind. Da hierbei versucht wird, den Wortlaut möglichst genau festzuhalten, steht dieses P. dem wörtlichen P. nahe, es verfährt aber selektiv.

2. Didaktische Problematik

Es gibt unterschiedliche P.e mit unterschiedlichen Funktionen. Das zeigt, daß es mit der oft behaupteten Übertragbarkeit des im DU geübten P.s nicht weit her ist. Wenn die Schüler – wie üblich – das Verfassen von Verlaufs-und Ergebnisp.en üben, so sind sie damit keineswegs für das im Leben, aber auch nicht für das in den anderen Schulfächern möglicherweise von ihnen verlangte Protokollieren ausgerüstet, weil diese Grundformen dafür noch viel zu allgemein sind. Der Nutzen des P.-Schreibens ist nicht so direkt wie meist angenommen; insbesondere ist die Zeit vertan, die auf das Erlernen der Formalia verwendet wird, etwa daß ein P. Ort, Zeit und Anwesende verzeichnet, den Anlaß nennt und nach Tagesordnungspunkten gegliedert ist – dies alles gilt nur für eine bestimmte Art von P.en und ist für eine bestimmte Verwendung zweckmäßig. Jeder Mensch lernt diese Dinge in der Praxis unmittelbar. Vielmehr geht es beim schulischen P.-Schreiben um sprachlich-kognitive Grundfähigkeiten: Reflexion über das Thema, abstrahierendes Zusammenfassen, Umsetzen von mündlicher Sprache in schriftliche, Schreiben aus einer neutralen Perspektive. Alle konkreten Schreibregeln, die man den Schülern gibt oder die sie selbständig erarbeiten, sind von dieser Leistung des Protokollierens her zu begründen, etwa die Regel, daß das P. keine direkte Rede, sondern allenfalls indirekte enthält. Nur wenn den Schülern der Sinn der Übung, also die kognitiv-sprachliche Leistung des Protokollierens, klar ist, können sie mit Schreibregeln souverän umgehen, d.h. sie auch begründet übertreten.

Das Schreiben von P.en steht einerseits dem Schreiben von Inhaltsangaben und Textkürzungen nahe, weil dabei Sprachliches abstrahierend und distanziert wiedergegeben wird, andererseits Sachverhaltsdarstellungen, weil dabei sachlich-zweckmäßig geschrieben wird. So verstanden, ist das Schreiben von P. nicht eine bloße „Arbeitstechnik“, sondern ein Erkenntnis- und *Lernmedium*; denn das protokollierte Gespräch (z. B. das Unterrichtsgespräch) wird dem Schüler beim Aufschreiben klarer, er vergegenwärtigt sich seinen inhaltlichen Verlauf und macht sich sein Ergebnis bewußt. Diese auf die Inhalte bezogene klärende Funktion ist das Primäre; hierin liegt die eigentliche Rechtfertigung für das Verfassen von P.en im DU.

Um den Schülern dieses Instrument der geistigen Arbeit verfügbar zu machen, wird das P. als *Lerngegenstand* behandelt: Die Schüler lernen, Gespräche schriftlich zusammenzufassen und so wiederzugeben, daß ein Außenstehender die für ihn wichtigen Informationen erhält. Die Vorstellung, daß das P. einen Außenstehenden informieren soll, ist auch dann sinnvoll, wenn das P. faktisch diese Aufgabe nicht hat; denn sie zwingt den Schreiber zum Perspektivenwechsel.

Von dem tatsächlichen Zweck, den das P. erfüllen soll, hängt aber ab, ob der Verlauf oder nur das Ergebnis festgehalten wird, wie ausführlich das P. sein und welche Form es haben muß. Ein häufiger Zweck von P.en im Unterricht ist, daß der Stoff der vorhergehenden Stunde zusammengefaßt wiederholt wird, damit in der darauffolgenden Stunde daran angeknüpft werden kann. Das **Verlaufsprotokoll** ähnelt in seiner Struktur der Erörterung:

Zunächst wird die Frage, über die gestritten, oder das Thema, das besprochen wurde, dargelegt, dann werden die unterschiedlichen Standpunkte genannt, und der Argumentationsgang wird in seinem Für und Wider nachgezeichnet, und zum Schluß wird das Resultat festgehalten. Da sich das Verlaufsp. an den tatsächlichen Diskussionsgang hält, ist es allerdings im allgemeinen weniger stringent und logisch aufgebaut, als man das von einer Erörterung erwartet. Falls zweckmäßig, kann das Verlaufsp. sich auch vom tatsächlichen Gesprächsablauf lösen und nur die angesprochenen Fragen sowie die unterschiedlichen Standpunkte (Hauptthesen und -argumente) festhalten; evtl. werden dabei auch die Personen genannt, die die Thesen vertreten haben. – Beim **Ergebnisprotokoll** werden nur das Thema (die Frage) genannt und das Ergebnis (evtl. auch ein Zwischenergebnis) festgehalten, „die Gesprächsbeiträge werden im Hinblick auf eine klärende, argumentative Struktur gefiltert und angeordnet" (LDB 11, 1988:191). In der Praxis zeigt sich ein beträchtlicher Spielraum; Lehrbücher verfahren viel normativer und pedantischer und enthalten z. T. Regeln, denen man nur in der Schulstube folgt, etwa die Anweisung, das Verlaufsp. im Präsens, das Ergebnisp. im Präteritum zu schreiben (KIENZLER 1981:169).

Als Lerngegenstand werden auch oft die verschiedenen Formen von P.en, die im beruflichen und gesellschaftlichen Leben vorkommen, behandelt, z.B. das Unfallp. (JÄGEL 1972,165–169) und das Arbeitsp. Dabei werden zwei unterschiedliche Ziele verfolgt: Entweder will man auf diese Weise die Schüler für diese Textsorte und das durch sie Lernbare überhaupt gewinnen (motivationaler Aspekt), oder aber man glaubt, sie für bestimmte praktische Anforderungen ausstatten zu müssen (Qualifikationsaspekt). Grundsätzlich gilt, daß der DU bei dieser Textsorte am Besonderen das Allgemeine zeigt; die konkreten Anforderungen, die sich aus bestimmten Gegenstandsbereichen oder Situationen ergeben (etwa die für Urkunden geltende Regel, P.e mit Ort, Datum und Unterschrift zu versehen), kann der DU nicht vorwegnehmen. Das bedeutet auch, daß der DU nur allgemeine Richtlinien für das Schreiben von P.en geben kann; die für die Inhalte der verschiedenen Fächern zweckmäßige Form muß dort behandelt werden.

P.e werden im Unterricht auch oft zur *Lernkontrolle* verwendet, und zwar in zweierlei Hinsicht: Zum einen wird damit überprüft, inwieweit die Schüler den Lerngegenstand „P." beherrschen, zum anderen wird anhand von P.en festgestellt, inwieweit die Schüler den im P. festgehaltenen Unterrichtsstoff beherrschen. Letzteres setzt natürlich die Fähigkeit zum P.-schreiben voraus.

Nicht selten werden verschiedene didaktische Funktionen, die das Schreiben von P.en haben kann, vermischt: Das Protokollieren wird gegenüber allen Schülern damit gerechtfertigt, daß sie sich den Unterrichtsstoff nochmal durch den Kopf gehen lassen und ihn klären sollen; das P. eines Schülers wird dann zu Beginn der nächsten Stunde verlesen, damit der Unterricht daran anknüpfen kann, und zugleich wird dieses P. beurteilt und benotet. Diese letzte Funktion dominiert dann meistens über die anderen, und in den

Augen der Schüler dienen Protokolle hauptsächlich der Notengewinnung. Die Vermischung der didaktischen Funktionen verdunkelt den Sinn des P.schreibens im DU.

3. Entwicklung

Das P. verlangt die Fähigkeit, sich distanziert zu Sprache zu verhalten, unterschiedliche Auffassungen zu verstehen und sie auf das in Rede stehende Thema zu beziehen. Sowohl aus kognitiven (Abstraktionsfähigkeit) als auch aus sozialen (sich in andere versetzen) und aus sprachlichen (mündlich Geäußertes in schriftliche Form bringen) Gründen ist Protokollieren erst auf der zweiten Entwicklungsstufe möglich. Aber es gibt Vorformen auf der ersten Stufe: Äußerungen wörtlich festhalten und Gesprächsergebnisse gemeinsam formulieren.

Auf der zweiten Stufe schwanken die Schüler zwischen einer starren Orientierung an P.mustern und einer noch stark an mündliche Erlebnisberichte erinnernden Schreibweise („Dann hat X das und das gesagt . . .“). Das Verlaufsp. fällt ihnen leichter, verführt aber auch zum Erzählen. Daß P.e fast ausschließlich über Unterrichtsgespräche und für Mitschüler geschrieben werden, hat einen gravierenden Nachteil: Die Schüler lernen nicht, sich auf uninformierte Leser einzustellen, sondern sie schreiben für Leser, die selbst dabei waren. Da sie sich nicht an wirklichen Lesern orientieren können, werden die Schüler darin bestärkt, zu Mustern zu greifen und sich an abstrakten Regeln zu orientieren. (So werden die in Protokollen erwähnten Personen oftmals noch charakterisiert – „Herr X, der Geschichtslehrer der Klasse“ , „Schüler Soundso“ – obwohl jeder sie doch kennt.) Von Vorteil ist allerdings, daß alle die Qualität des P.s (vor allem seine Triftigkeit) beurteilen können, weil sie ja dabei waren. Die P.e sind also inhaltlich besser als kommunikativ.

Auf der dritten Stufe können die Schreiber eigene Intentionen und Lesererwartungen in Einklang bringen. Sie sind sich bewußt, daß jede neutrale Wiedergabe auf Verstehen beruht und insofern subjektiv ist, können aber diese grundsätzliche Subjektivität von naiv-selektiver oder willkürlicher Darstellung unterscheiden. Gesprächsergebnisse können sie nicht nur wiedergeben, sondern auf Grund des Gesprächsverlaufs auch selbst ermitteln.

4. Aufgabenvorschläge und Hinweise zur Methode

1. Um das Protokollieren von Gesprächsabläufen im DU zu üben, ist eine Folge von Fragen hilfreich: Worum ging es, was war das Thema? Welche Gesichtspunkte (Unterthemen) wurden angesprochen? Welche unterschiedlichen Auffassungen wurden vertreten (Thesen)? Wie wurden sie begründet (Argumente) und veranschaulicht (Beispiele, Belege)? Welche Gesprächsphasen lassen sich unterscheiden (inhaltlich oder von der Art des Gesprächs, etwa der Beteiligung, her)? Zu welchen Ergebnissen (und Zwischenergebnissen) ist man gekommen? Evtl. sind auch Fragen, die sich auf Äußerliches beziehen, sinnvoll: Wann und wo fand das zu Protokollierende statt? Wer war beteiligt? – Bei der Beantwortung der Fragen kann ganz be-

wußt zwischen subjektiver und allgemeiner Relevanz unterschieden werden: Was war für mich wichtig? Was ist mir persönlich aufgefallen? Worüber habe ich gelacht, was hat mich geärgert? Was mag dagegen von allgemeinem Interesse sein?

2. Einige Schüler machen sich während des (Unterrichts-)Gesprächs Notizen, andere erst nach dem Gespräch. Dann werden die Notizen verglichen und hinsichtlich der Quantität und Qualität beurteilt. Dabei sollte auch besprochen werden, ob und wie sich die Aufmerksamkeit während des Gesprächs verändert, wenn man dabei Notizen macht; denn die beim Protokollieren nötige Einnahme einer Beobachterrolle führt leicht dazu, daß die Schüler sich selbst nicht mehr am Gespräch beteiligen. (Für förmliche P.e wird deshalb meist ein Protokollant bestimmt – der didaktischen Funktion des Protokollierens läuft das zuwider.)

3. Hilfreich für diese Übungen sind Tonmitschnitte, weil sie ein mehrfaches Anhören erlauben und den Wechsel von der Teilnehmer- zur Beobachterrolle erleichtern. Mit ihrer Hilfe kann auch ein P. gemeinsam an der Tafel oder auf dem Tageslichtschreiber erstellt werden. – Wenn übungshalber Fernsehdiskussionen protokolliert werden, sollten sie zur späteren Kontrolle auf Videoband zur Verfügung stehen.

4. Das Notizenmachen muß eigens geübt werden: Stichwörter oder kurze Sätze, optische Aufteilung (z.B. bei Pro- und Contra-Diskussionen), Verwendung von Symbolen usw. Die Notizen müssen eine spätere Rekonstruktion des Zu-Protokollierenden ermöglichen.

5. Schwierigkeiten bereitet im allgemeinen das für die Ausarbeitung des P.s nötige Ermitteln des *Wesentlichen*. Woran kann man es erkennen? Die Bestimmung, was wichtig ist und was weniger wichtig, ist keine Äußerlichkeit, die mal eben im Vorübergehen erledigt werden kann. Es geht dabei um nichts Geringeres als die Konturierung eines geistigen Gegenstands. Wenn Florian eine Bemerkung, die in der Diskussion gefallen ist, wichtig findet und Anja eine andere, so kann nur in einer erneuten inhaltlichen Diskussion ermittelt werden, wer (mehr) recht hat.

Das Problem des Ermittelns des Wesentlichen kann thematisiert werden in der Übung, einen Gesprächsabschnitt in Stichworten wiederzugeben und bei jedem Stichwort zu begründen, warum dieses so wichtig ist, daß es genannt wird. Hierfür bietet sich eine tabellarische Form an:

Stichwort	Begründung
X	a
Y	b
Z	c

Bei den Begründungen können sich die Schüler zunächst an Äußerliches halten (das Wort stand an der Tafel, der Begriff wurde von vielen verwendet, die Frage wurde längere Zeit diskutiert, es handelt sich um ein Ergebnis usw.). Mit der Zeit müssen die Schüler dahin kommen, vom Sachzusammenhang aus zu begründen: Dieses Stichwort ist wichtig, weil es einen neuen Aspekt ausdrückt; jenes Stichwort ist wichtig, weil es die Begründung

einer These wiedergibt; ein weiteres Stichwort ist wichtig, weil es einen Oberbegriff darstellt, usw. Wenn man das Protokollieren in dieser Weise verwendet, ist nicht zu übersehen, daß es der Sachklärung dient.
6. Um die schriftliche Ausarbeitung zu üben, werden wörtliche Mitschriften zur Grundlage von P.en gemacht; Sprachbücher enthalten dazu reiches Material. Die Schüler achten bei der Umwandlung der Wortp.e in Verlaufsp.e besonders auf die Möglichkeiten, wörtliche Rede wiederzugeben: Nicht nur Objektsätze („sagte, daß ...“), sondern auch hinweisende Verben mit Nomen („wies auf X hin“, „erwähnte Y“, „erläuterte Z“). Objektsätze können außerdem so eingeleitet werden, daß die Haltung des Sprechers gleich klar wird; das erleichtert dem Leser das Verständnis: „wandte ein, daß“, „bekräftigte die Auffassung, daß“, „plädierte für“ usw.
7. P.-Parodie: Formalia und stilistische Eigentümlichkeiten des P.s machen sich die Schüler bewußt, indem sie ein fiktives P. schreiben. Dabei wird gern ein verrückter Inhalt erfunden, und die Schüler haben Spaß an dem Kontrast von trocken-sachlicher Form und komischem oder ungewöhnlichem Inhalt. Das Spiel kann auch noch weitergetrieben werden, indem die Schüler zunächst fiktive Ergebnisp.e schreiben und diese dann verlost werden. In der zweiten Runde schreibt dann jeder auf der Grundlage des erlosten Ergebnisp.s ein Verlaufsp.

Literatur:
Jägel 1972, Kienzler 1981, LDB 11 1988, Rahn 1948.

1.1.3 Argumentieren

Beim Argumentieren geht es um zweierlei: Es wird etwas behauptet oder gefordert, und dies wird begründet bzw. gerechtfertigt. Gründe und Rechtfertigungen werden immer dann gegeben, wenn die Behauptungen oder Forderungen bestritten wurden oder anzunehmen ist, daß sie in Zukunft bestritten werden. Sind die Behauptungen oder Forderungen dagegen selbstverständlich und unstrittig, so bedarf es keiner Begründungen.

In mündlicher Kommunikation treffen wir laufend Aussagen, die als Behauptungen gelten können („es ist jetzt 15.55“, „da vorne kommt die Straßenbahn“, „ihr habt zwei Stunden Sport“, „das ist doch nicht gerecht“), und meistens werden sie nicht in Frage gestellt, ja, es wird nicht einmal darüber nachgedacht. Oft dienen die Äußerungen dem Herstellen eines sozialen Kontakts, und wir erwarten als Reaktion allenfalls Zustimmung. („Heute ist es vielleicht schwül!“ „Ja, einfach nicht auszuhalten.“) Werden Behauptungen oder Forderungen aber schriftlich geäußert, so ist es wahrscheinlicher, daß über ihre Berechtigung nachgedacht wird. Weil die Reaktion des Lesers nicht vorauszusehen ist und der Schreiber ihn ja beim Lesen nicht sieht, wird er viel eher Begründungen und Rechtfertigungen geben. Das Gewicht, das Schriftliches hat, legt es nahe, nicht nur eine Meinung zu äußern, nicht nur für etwas zu einzutreten, sondern dafür Gründe zu nennen. Diese Nötigung kommt dem Verstehen der eigenen Meinung zugute. Das schriftliche

Argumentieren dient der Klärung von Meinungen, die wir über Sachverhalte, über Probleme, vor allem über strittige Fragen haben. Darüber hinaus dient das Argumentieren natürlich auch dem Überzeugen des Partners, dem wir die Argumente vortragen.

Mit der Angabe von Gründen ist das Argumentieren freilich nicht am Ende, sondern damit beginnt es erst. Denn die Gründe können ja wieder bestritten werden. Mit welchem Recht werden sie vorgebracht? Was ist ihr Geltungsanspruch? Woher beziehen die Gründe ihre Gültigkeit? Umgangssprachlich wird oft gesagt „Das ist ja gar kein Grund!". Meistens wird damit aber nur die Begründung nicht anerkannt; denn für den, der sie vorbrachte, war das Geäußerte wahrscheinlich durchaus ein Grund.

Da es einen engen Zusammenhang zwischen dem schriftlichen Behaupten und dem Begründen von Behauptungen (bzw. Forderungen) gibt, fasse ich hier beides unter dem Begriff „Argumentieren" zusammen, obwohl das Argumentieren im strengen Wortsinn erst dort beginnt, wo mit rationalen Verfahren Begründungszusammenhänge hergestellt und Aussagen auf ihre Geltungsansprüche hin untersucht werden.

Im Unterrichtsgespräch werden laufend Behauptungen aufgestellt. Je gewichtiger und weitreichender sie sind, desto eher sollten sie in eine schriftliche Form gebracht werden; denn das Schriftliche legt fest und macht die Aussagen verbindlich. Damit werden sie leichter bestreitbar, und dies provoziert Begründungen.

Derartige schriftliche Äußerungen sind

- Antworten auf Fragen,
- Stellungnahmen,
- Plädoyers,
- Erörterungen.

Unnötig zu sagen, daß in allen Arten von Textuntersuchungen, angefangen von der Inhaltsangabe bis hin zur Interpretation, ebenfalls argumentiert wird.

Traditionellerweise führte der Aufsatzunterricht vom Erzählen (Klasse 2–5) über das Berichten und Beschreiben (Klasse 6–8) zum Argumentieren (Erörtern, ab Klasse 9). Die Beobachtung des natürlichen Sprachgebrauchs zeigt aber, daß auch Kinder „argumentieren" (behaupten, bestreiten und begründen) und auch Erwachsene erzählen und Sachverhalte darstellen. Deshalb ist es nicht nur sinnvoll, sondern auch möglich, schon Grundschüler zum Aufschreiben und Begründen ihrer Meinungen anzuhalten. Meist erhält man nur kurze Äußerungen; aber SENNLAUB (1980:24f.) gibt ein ausführliches **Plädoyer** für „Nebelfrei" eines Grundschülers wieder, und die von AUGST/FAIGEL (1986:193–206) veröffentlichten Stellungnahmen zur Frage der Abschaffung von Hausaufgaben geben einen Eindruck von der Bandbreite der argumentativen Fähigkeiten von Grundschülern.

Auf der Sek. I wird das argumentierende Schreiben weitergeführt, indem die Schüler **Entscheidungsfragen** beantworten, **Stellungnahmen** abgeben und schriftlich **Streitgespräche** formulieren. Die einzige argumentative

Schreibaufgabe mit didaktisch-methodischer Tradition ist die **Erörterung** (Abhandlung). Deshalb und wegen ihrer Bedeutung im Abitur wird sie hier ausführlicher dargestellt. Dabei werden noch einmal grundsätzliche Fragen diskutiert, die alle Schulstufen betreffen; denn wenn man unter dem Erörtern das schriftliche Nachdenken über Probleme versteht, so ist nicht einzusehen, warum dies nicht schon Grundschüler auf ihre Weise tun sollten.

1.1.3.1 Erörterung: Schriftlich über Sachverhalte und Probleme nachdenken

1. Definition und Spielarten
Die E. ist die schriftliche Auseinandersetzung mit einer Behauptung; früher wurde sie auch „Abhandlung", „Problemaufsatz" oder „gedanklicher Aufsatz" genannt. Der mündlichen Diskussion gleicht die E. darin, daß auch bei ihr die Behauptung von unterschiedlichen Standpunkten (von verschiedenen *Orten:* „Erö*rt*erung") aus betrachtet und in argumentativer Rede behandelt wird; man kann die E. also eine Diskussion nennen, die ein einzelner auf dem Papier führt, und tatsächlich werden „Erörtern" und „Diskutieren" oft synonym gebraucht (darin wirkt sich möglicherweise auch der Einfluß des Englischen aus).

Während sich der Gegenstand, über den man schreibt, beim Erzählen und Berichten *zeitlich* erstreckt und beim Beschreiben und Schildern *räumlich* vorhanden ist, geht es beim Erörtern um die Entwicklung eines *gedanklichen* Zusammenhangs. An den Schreibenden stellt dies höhere Anforderungen hinsichtlich des Aufbaus; denn er kann sich nicht an eine zeitliche Abfolge oder eine räumliche Anordnung halten, sondern muß einen abstrakten Zusammenhang wiedergeben bzw. ihn selbst herstellen. Deshalb werden der Aufbau des Textes und seine Gliederung hier zum Problem. Die einzelnen Textteile (Satzglieder, Sätze, Abschnitte) müssen vom Schreiber bewußter angeordnet und miteinander verknüpft werden als bei erzählenden und schildernden Texten, bei denen der Phantasie des Lesers mehr Raum bleibt; man spricht von einer „zwingenden" Argumentation, wenn eines aus dem andern folgt und die Verbindungen eindeutig sind.

Unterschieden werden die **Sacherörterung** (SE.) und die **Problemerörterung** (PE.). Die SE. steht der Sachverhaltsdarstellung (s. d.), z. B. in Form des **Referats**, der **Abhandlung** und der **Facharbeit (Untersuchung)**, nahe. In ihr wird ein sachlicher (etwa ein historischer: „genus historicum") oder theoretischer (etwa ein philosophischer: „genus rationale") Zusammenhang mehrperspektivisch, also von verschiedenen Blickwinkeln aus *dargestellt:* „Viele Menschen sprechen einen Dialekt als ihre eigentliche Muttersprache. Erörtern Sie, welche Einschränkungen sich daraus ergeben, welche Möglichkeiten sich damit eröffnen können." Bei der PE. dagegen geht es um die Auseinandersetzung mit unterschiedlichen Antworten auf eine strittige Frage, um das Für und Wider einer Behauptung; das Ziel ist eine begründete Entscheidung: „Unser Dasein inmitten einer von Medien in Wort, Bild und

Ton reproduzierten Welt wird oft als ‚Leben aus zweiter Hand' bezeichnet. Erörtern Sie diese Behauptung!" Bei der SE. geht es darum, einen Sachverhalt von verschiedenen Seiten aus zu beleuchten; bei der PE. geht es um die Auseinandersetzung mit unterschiedlichen, ja gegensätzlichen Auffassungen. Beide Arten der E. sind nicht auf den DU beschränkt, sondern können in allen Fächern vorkommen; dabei werden jeweils fachbezogene Themen behandelt.

Eine Sonderform der E. ist der **Besinnungsaufsatz**. Er hat keine fachbezogenen Fragen, sondern allgemeine Wertfragen zum Thema: „Darf man Gesetze brechen?", „Muß man sein Leben für andere aufs Spiel setzen?", „Braucht der Mensch Vorbilder?" Ob solche Themen im DU behandelt werden sollen, ist seit langem umstritten. Legitimieren läßt es sich damit, daß derartige Fragen ja indirekt in der poetischen Literatur (vor allem der erzählenden und dramatischen) vorkommen und damit doch in einem weiteren Sinne fachbezogen sind und der DU ja zur Entwicklung von moralischer Kompetenz beitragen soll. Außerdem lassen sich diese Themen formal damit rechtfertigen, daß bei ihnen besonders deutlich die Leistung des Schreibens als Denkhilfe erfahren werden kann (und inhaltlich mag man auf die Relevanz der Themen hinweisen, für die sich aber möglicherweise kein anderes Fach zuständig fühlt). – In der Geschichte des AU wurde der Ausdruck „Besinnungsaufsatz" nicht einheitlich verwendet; er diente sowohl als Synonym für die E. überhaupt als auch für eine bestimmte Herangehensweise an Probleme, nämlich eine subjektiv-erlebnishafte. In der Folge der um 1970 einsetzenden Ideologiekritik am Besinnungsaufsatz ist der Begriff zunehmend ungebräuchlich geworden; er wurde durch „E." ersetzt. Während der Begriff „Besinnungsaufsatz" das reflexive Moment des Denkens betont (*sich* besinnen), legt der Ausdruck „Erörterung" (wie „Diskussion") den Akzent auf die Auseinandersetzung *mit anderen*. Da „Erörterung" heute der gängige Begriff für jegliche Art der monologischen Diskussion ist, muß nun – wie oben mit den Begriffen „SE." und „PE." – innerhalb der E. nach fachbezogenen Themen und allgemeinen Wertfragen unterschieden werden.

Seit Rahn 1937 die Unterscheidung von „Sachfrage" und „Gesinnungs-" bzw. „Wertfrage" einführte, wurde darüber gestritten, ob nur „Wertfragen" oder auch „Sachfragen" erörtert werden sollten, ob die E. also eine SE. sein dürfe oder PE. sein müsse (Grzesik 1963). Der Unterschied ist nicht zu leugnen: Die Frage, wie man Autos aus den Städten heraushalten kann, ist etwas anderes als die Frage, ob man es überhaupt tun soll. Beide Fragen können erörtert, d.h. mit Thesen und Argumenten einer gedanklichen Lösung nähergebracht werden. Im ersteren Fall handelt es sich um ein technisches, im letzteren Fall um ein praktisch-politisches Problem. Der Verstand wird bei beiden Fragen in Anspruch genommen, die Geisteskräfte werden aktiviert. Doch das reicht zur Legitimation der Behandlung eines Themas für den DU natürlich nicht aus; denn in diesem Sinn werden ja in allen Fächern (nicht zuletzt in Mathematik) Sachverhalte erörtert und strittige Fragen aufgrund des besseren Arguments entschieden. Wenn das Argumentieren mehr sein soll als eine Übung in schlußfolgerndem Denken, wenn die Themen und Inhalte ernst genommen werden, so müssen im DU vorrangig solche Sachfragen erörtert werden, die die Themen des Faches, also Sprache und Literatur betreffen; im übrigen aber stehen nicht fachgebundene Wertfragen zur Behandlung an. Dabei ist klar, daß Wertfragen – etwa: Sollten Tierversuche verboten werden? – ohne Erörterung von Sachgesichtspunkten und ohne Sachkenntnis nicht entschieden werden können und daß umgekehrt Sacherörterungen kritisches Infragestellen vermeintlich gewisser Sachverhalte verlangen. (Zur Einübung der „freien Erörterung" und um den fachübergreifenden Nutzen des Verfahrens deutlich zu machen, können auch Themen anderer Fächer erörtert werden.)

Die vor allem in der Sek. II und im Abitur übliche **Problemerörterung anhand eines Textes** unterscheidet sich von der PE., bei der nur ein Thema gegeben wird, einmal dadurch, daß die Schüler zunächst den Text (oder einige Kurztexte) verstehen und auf die Problemstellung beziehen müssen, zum anderen dadurch, daß sie sich zu einem guten Teil auf den Nachvollzug der gegebenen Argumentation beschränken können („AB behauptet..., aber XY meint ..."). Scheinbar wird damit erreicht, daß sich die Schüler aufgrund des vorgelegten Textes auch zu Sachthemen außerhalb des Fachs Deutsch (z. B. zur Frage des Massentourismus) äußern können: Die Argumente werden ihnen ja an die Hand gegeben. Tatsächlich aber brauchen sie sich gar nicht damit auseinanderzusetzen, sondern es reicht, wenn sie die Argumente paraphrasieren, collagieren und bestenfalls ordnen. Dies ist häufig auch dann der Fall, wenn die vorgelegten Texte oder Textausschnitte Themen des Faches betreffen (z. B. in Nordrhein-Westfalen: „Erörterung im Anschluß an eine fachspezifische Textvorlage"): Für ein ernsthaftes Sich-Einlassen, für eine wirkliche Verwicklung in das Problem reicht im allgemeinen weder das vorgelegte Material, noch steht genug Zeit für eine kritische Auseinandersetzung damit zur Verfügung. Deshalb bleibt das Nachdenken oberflächlich und das Urteilen vordergründig. Die von den Schülern bei derartigen Aufgaben geforderte Stellungnahme gleicht eher den Antworten auf Fragen von Journalisten an Politiker vor laufender Kamera: „Wie beurteilen Sie die Chancen von Goethes Auffassung, daß Reisen bildet, im Zeitalter des Massentourismus?" Erwünscht ist das griffig formulierte, scheinbar abgewogene, aber dennoch eindeutige Statement. Zwar kann das Erörtern durch Technik und Übung zur Routine werden, aber damit ernste Fragen wirklich ernsthaft erwogen werden, bedarf es mehr Zeit für die „Inkubation" des Problems, als der Antwortende hat. Kein Politiker kann sagen: Schalten Sie mal das Mikrophon aus, ich muß mir das erst überlegen. Und kein Schüler kann sagen: Für die Antwort brauche ich Zeit, fragen Sie mich in einer Woche nochmal. Die schulische Praxis des Erörterungsaufsatzes fördert also nicht selten Oberflächlichkeit, Leichtfertigkeit und phrasenhafte Geschwätzigkeit. Das Vorlegen von Texten, zu denen die Schüler Stellung nehmen sollen, verhindert das nicht, sondern verstärkt noch den Zeitdruck.

Einen anderen, diesmal positiven Gesichtspunkt gilt es noch zu berücksichtigen, wenn man den Sinn von Erörterungen anhand von Texten diskutiert: In der Klausursituation ist es nämlich bisweilen durchaus von Vorteil, daß sich die Schüler hinter den Thesen und Argumenten anderer verstecken können, liegt doch darin ein Schutz ihrer Subjektivität. Die Möglichkeit, einer gedanklichen Auseinandersetzung auszuweichen oder diese Auseinandersetzung zumindest nicht nach außen sichtbar werden zu lassen, ist im übrigen gerade in Phasen entwicklungsbedingter seelischer Unsicherheit wichtig.

Eine Form der E., die zugleich leser- und schreiberorientiert ist, ist der **Essay**. Hier soll der Leser nicht nur überzeugt, sondern auch geistvoll unterhalten werden, er soll sich nicht nur vom Inhalt, sondern auch von der Gestaltung angesprochen fühlen. Erörternde Abhandlung und Essay gehören beide zu den argumentierenden Texten; aber während die Abhandlung sich an der Wissenschaft orientiert, lehnt sich der Essay an die Literatur an. Da sich der Essay durch Geist, nicht aber durch Systematik auszeichnet, kann der Schreiber hier mehr seinen Einfällen und Assoziationen folgen als bei der E., er kann sie lockerer verknüpfen, er hat mehr Gestaltungsspielraum, z.B. im Hinblick auf die Verwendung von Metaphern statt Begriffen, er muß nicht alle Behauptungen begründen und belegen, er kann abschweifen, und er tritt, etwa durch Andeutungen und Anspielungen, auch in ein anderes, nämlich komplizenhaftes Verhältnis zum Leser. „Der Essayist maßt sich nicht an, ein Thema zu erschöpfen, er umkreist es, ohne es abschließend einzukreisen. Er handelt es nicht wissenschaftlich ab, er erzählt davon und darüber, sucht ihm persönliche Aspekte abzugewinnen. Dabei ist er durchaus auch ‚Versucher' im Sinne von ‚Verführer'. Er verführt durch Sprache" (Walter Hilsbecher 1993).

Es ist strittig, ob die größere Freiheit das Schreiben erleichtert oder ob „der Essay die am schwierigsten zu meisternde wie auch zu beurteilende literarische Form darstellt", wie Bense (1952) meint. Vielleicht ist sie ganz einfach die zeitgemäßere Form des Reflektierens über existenzielle, soziale und kulturelle Themen? Für den Unterricht kommt es nicht darauf an, daß die Schüler neben der E. noch eine weitere, literaturwissenschaftlich definierte (Adam 1981) Darstellungsform, den Essay, lernen, sondern daß Erörterungen auch essayistisch geschrieben werden können, also persönlicher und weniger trocken, stereotyp und langweilig, als das oft bei der E. der Fall ist. Die Gefahr, daß Schüler dabei das strenge, systematische Argumentieren verfehlen, ist nicht zu übersehen; aber es fragt sich, ob der Gewinn den Nachteil nicht aufwiegt, weil die Schüler ja, wenn sie mehr Spielraum haben, nicht so leicht die Freude am Schreiben und Reflektieren verlieren. Demgegenüber ist die E. lehrbarer und damit auch schwächeren Schülern eher zugänglich: Man gibt ihnen ein Schema an die Hand und trainiert seine Erfüllung. Die inhaltlich überforderten – oder gelangweilten – Schüler klammern sich an das formale Schema und produzieren eine hausbackene, biedere schulische E. (Das Schreiben von Essays ist besonders in den angloamerikanischen Ländern verbreitet; dort ist der Essay zu einer Schulform geworden, die nicht mit dem literarischen Essay identisch ist. Vgl. Philipson 1983.)

2. Didaktische Problematik

Als *Lernmedium* dient die E. dazu, sich über Sachverhalte und Probleme klarzuwerden und sich einen eigenen Standpunkt zu erarbeiten. Das Papier ersetzt die Diskussionsrunde. Natürlich ist es schwieriger, sich über ein Thema allein Gedanken zu machen, aber es hilft auch stärker der Erkenntnis, weil die E. dazu zwingt, sich in andere Positionen zu versetzen und fernerliegende oder gegnerische Argumente selbst vorzubringen oder sie zumindest aufzugreifen; außerdem gibt es Situationen, in denen der Rückzug in die Isolation („Ich muß erstmal meine Gedanken ordnen") erwünscht ist und gesucht wird.

Da die E. die „Dezentrierung" und die Fähigkeit zur Perspektivenübernahme verlangt und fördert, dient sie als Lernmedium vor allem der interaktiv-sozialen Entwicklung. Die Erörterung von moralischen Fragen, von Problemen der menschlichen Lebensführung, von politischen und gesellschaftlichen Streitfragen zwingt die Schüler, sich ihre Maßstäbe bewußt zu machen, Widersprüche zu erkennen und die eigenen Urteile zu revidieren; dadurch fördert sie die Entwicklung des Moralbewußtseins. Diese Funktion des Aufsatzschreibens ist bekanntermaßen heikel; häufig wird gefordert, die Leistungen des Aufsatzschreibens auf die Spracherziehung zu beschränken, und es wird von einer ungerechtfertigten Indienstnahme des Aufsatzes (wie auch der Literatur) für Moralerziehung gesprochen. Die Geschichte des DU kennt hierfür in der Tat abschreckende Beispiele. Die Beschränkung auf das Sprachliche ist aber künstlich (kaum jemand schreibt, ohne daß es ihm um die Sache geht, über die er schreibt). Wie kann man diese Künstlichkeit vermeiden und trotzdem keine Gesinnungserziehung und Indoktrination betreiben? KOHLBERGS Theorie der Moralentwicklung zeigt, daß es in Fragen, die menschliches Handeln betreffen, Argumente sowohl für als auch wider eine Behauptung auf verschiedenen Niveaus gibt und daß Entwicklung nicht darin besteht, die (nach Meinung des – selbstverständlich aufgeklärten, kritischen! – Lehrers) „richtige" Auffassung zu gewinnen (z. B. von einem Befürworter des Wirtschaftswachstums zu dessen Gegner zu werden), sondern darum, eine höhere Stufe der Beurteilung zu erreichen und damit einen anderen Bezugsrahmen zu erlangen. Es geht um Strukturentwicklung, nicht um Inhaltslernen. Dafür ist es nötig, daß sich die Schüler mit Argumenten auseinandersetzen, die gerade über ihrem Urteilsniveau liegen. Methodisch (s. u.) folgt daraus, daß die Texte der Schüler nicht in den Heften verschwinden dürfen, sondern die Grundlage für Diskussionen in der Klasse bilden müssen; mündliches und schriftliches Argumentieren wechseln einander ab. Zwar werden offenbar auf jeder Entwicklungsstufe bestimmte Lösungsmöglichkeiten moralischer Probleme bevorzugt (was gegen eine völlige Inhaltsneutralität moralischer Strukturen spricht, DÖBERT/NUNNER-WINKLER 1978:200), aber erst auf postkonventioneller Stufe wirkt sich die Urteilsstruktur auch inhaltlich, also im Hinblick auf die Werte und Urteile, so aus, daß bestimmte Optionen zu Selbstwidersprüchen führen; deshalb ziehen Menschen, die auf postkonventionellem Niveau urteilen, im allgemeinen postkonventionelle Werte vor (z. B. solidarisches Zusammenleben, Natur und Menschen verstehen u. ä., Döbert/Nunner-Winkler 1978:156ff.).

Im übrigen ist die E. ein Lernmedium in dem Sinn, daß man sich durch das schriftliche Erörtern die unterschiedlichsten Themen erschließt und Probleme verdeutlicht. Dies geschieht im wesentlichen so, daß mit bestimmten Verfahren (z.B. W-Fragen) Gesichtspunkte gesucht, Verbindungen (auch hierarchische Abhängigkeiten) zwischen diesen Gesichtspunkten hergestellt und eigene Auffassungen begründet werden. Dies führt dazu, daß man sich der eigenen Denkvoraussetzungen und Grundüberzeugungen bewußt wird. Als Lernmedium dient die E. also einer gewissermaßen philosophischen Bemühung.

Die Schwierigkeit der E. im Unterschied zur mündlichen Diskussion einerseits, zur Abhandlung bzw. zum schriftlich ausgearbeiteten Referat andererseits rührt vor allem daher, daß der Schüler beim Schreiben der E. im großen und ganzen auf das in seinem Kopf vorhandene Wissen angewiesen ist: Niemand kommt ihm mit weiteren Kenntnissen zu Hilfe, und er kann auch nicht Informationen aus Büchern heranziehen. Daß der Schüler also – abgesehen von vorgelegten Texthäppchen – „aus dem hohlen Bauch heraus" schreiben muß, klingt sehr bedenklich, und es ist auch gegen die E. eingewandt worden, sie werde unter Bedingungen geschrieben, die unnatürlich sind: Außerhalb der Schule mache sich niemand über ein Thema Gedanken, ohne auf das zurückzugreifen, was andere schon dazu geäußert haben. Doch trifft dies nur teilweise zu. Ein wichtiger Schritt jeder selbständigen Arbeit besteht ja darin, sich über das klarzuwerden, was man schon über das Thema weiß, und die vorhandenen Kenntnisse mit Blick auf das Thema zu reorganisieren. Dadurch werden dann auch erst die Lücken und Fragen deutlich, die eine gezielte Kenntniserweiterung ermöglichen. Ohne diese Stufe der Strukturierung des vorhandenen Wissens bleiben die neu erworbenen Kenntnisse dem Schüler äußerlich; das Schreiben besteht dann – wie bei vielen journalistischen und wissenschaftlichen Texten – ohne innere Beteiligung und also ohne Erkenntnisgewinn im bloßen Rearrangement dessen, was andere gesagt haben. Bei dem von außen unbeeinflußten schriftlichen Nachdenken öffnet sich dagegen der Schüler dem Thema. So betrachtet, ist die E. eine Vorbereitung auf Diskussion oder Facharbeit. Das Schreiben hat hier eine ähnliche Funktion wie in der rhetorischen Tradition: Es bereitet auf das Reden vor. Erst wird der eigene Standpunkt erarbeitet, dann wird er gegenüber anderen Menschen vertreten.

Im AU wird das Erörtern meistens zur E., also zu einer festumrissenen Aufsatzart, die dann *Lerngegenstand* ist. Diese Vergegenständlichung läßt sich rechtfertigen, und zwar einerseits, weil sich der Schüler das Medium aneignen, also das Verfahren des Erörterns als eines „Problemdenkens" üben muß (Kompetenzgesichtspunkt), andererseits, weil schriftliches Argumentieren (als Kern der E.) in zahlreichen Lebenssituationen verlangt wird und man erörternde Texte schreiben können muß (Qualifikationsgesichtspunkt). Wenn die E. Lerngegenstand ist, wenn sie „drankommt" und „durchgenommen wird", richtet sich die Aufmerksamkeit auf bestimmte

Aspekte des Produktionsprozesses: die Sammlung und Anordnung von Gesichtspunkten, die Logik der Argumentation (Aufbau und Zusammenhang), die zweckmäßige Verwendung rhetorischer Mittel (Beleg, Begründung, Vergleich, Beispiel) sowie die angemessene und wirkungsvolle Formulierung. Der Zwang zur Sammlung, Anordnung und Verknüpfung der einzelnen Gesichtspunkte sowie zu ihrer Konkretisierung an Beispielen ist heilsam, da er dem Verstehen des behandelten Themas zugute kommt. Zugleich fördert diese sprachlich-gedankliche Ausarbeitung die Verständlichkeit des Textes; sie ist also nötig im Hinblick auf potentielle Leser, die durch die E. aufgeklärt und überzeugt werden sollen. Das bedeutet, daß die E. nicht nur (als Lernmedium) dem Gewinnen von Klarheit dient, also kognitive Funktion hat, sondern sich zugleich auch an Leser wendet, also kommunikative Funktion hat. Selbst wenn der Text nur der Selbstaufklärung dient, ist die Fiktion eines Lesers nützlich, weil sie zur genaueren Explikation der eigenen Auffassung, zur strengeren Argumentation und zur exemplifizierenden Konkretisierung zwingt. Begriffliche und logische Mängel werden viel leichter sichtbar, wenn man versucht, seine Auffassung einem anderen darzulegen. Die unter diesem Aspekt nötige Berücksichtigung des Lesers bedeutet auch, daß dieser in einer orientierenden Einleitung an das Thema herangeführt wird (Relevanz, Aktualität, kommunikativer Zusammenhang). Dabei macht sich der Schreiber zugleich selbst klar, was das Thema heißt und welche Relevanz es für ihn hat (oder haben kann), d.h. er öffnet nicht nur dem Leser, sondern auch sich selbst einen Zugang zu dem Thema. (Methodisch geschieht dies meist durch Nennung von Beispielen für das in Rede stehende Problem.) Der bisweilen gegen Schulaufsätze vorgebrachte Einwand, diese würden nicht für Leser, sondern nur für Lehrer geschrieben, sticht im Prinzip nicht; denn gefordert wird ja gerade die Fiktion eines Lesers (bzw. einer Leserschaft); der Lehrer hätte demnach zu beurteilen, ob der Aufsatz für außenstehende Leser und nicht etwa für ihn verständlich ist. Richtig ist allerdings, daß ein tatsächliches Lesepublikum das Erlernen der Leserorientierung wesentlich erleichtert; hilfreich ist immerhin auch die Fiktion eines bestimmten Lesers, den man überzeugen möchte.

Die häufigste Verwendung der E. ist weder Lernmedium noch Lerngegenstand, sondern die E. dient der *Lernkontrolle*: Das Ziel der Behandlung des Lerngegenstands „E." ist im allgemeinen nicht ihre Aneignung als Denkmedium bzw. Instrument der Meinungsklärung, und sie dient auch nicht dazu, jemand anderen zu überzeugen, sondern das Ziel ist die Klassenarbeit, und bei der Klassenarbeit wird fast zwangsläufig nicht festgestellt, ob ein Schüler die E. in der Weise beherrscht, daß er durch das schriftliche Erörtern klüger wird, sondern ob er Äußerlichkeiten – und seien sie noch so wichtig – wie die Unterscheidung von Fakten, Meinungen und Forderungen, von Beispiel und Beleg meistert. Der Formalismus und die technische Seite des Erörterns überwiegen bei weitem und verdunkeln den Nutzen und die Funktion des Erörterns. Darüber hinaus führt die Kontrollsituation nur allzu leicht dazu, daß sich die Schüler nicht ernsthaft auf die (sie ja oft auch gar nicht berührenden) Themen einlassen, sondern zwanghaft Argumente suchen und zusammenstellen, die ihnen herzlich gleichgültig sind, und eine Entscheidung treffen, hinter der sie nicht stehen. Diese schulischen Umstände haben vor allem den **Besinnungsaufsatz** in Verruf gebracht. Fast unvermeidbar ist ja, daß sich der Schüler bei seiner Argumentation und Entscheidung von Wertfragen bewußt oder unbewußt den vermuteten Erwartungen des Lehrers anpaßt, und zwar um so mehr, je weniger sich der Schüler betroffen fühlt. Dem Beurteiler gelingt es höchst selten, formale und strukturelle Gesichtspunkte einerseits von inhaltlichen Aspekten andererseits zu trennen, und oft genug läßt schon die Themenstellung ahnen, wohin die „besseren Argumente" gehören: „Auto oder Zug für längere Reisen" verlangt sicher eine Entscheidung für letzteres (man ist ja umweltbewußt), „Für oder wider das Rauchen" kann man natürlich auch nicht neutral abhandeln, dazu ist „Gesundheit" ein viel zu hoch gehandelter Wert, und „Trampen – ja oder nein?" erfordert zweifellos eine negative Entscheidung. Der Besinnungsaufsatz stand deshalb von Anfang an in der Gefahr, zur Heuchelei zu erziehen. Aber auch die Erörterung von Urteilen zu fachbezogenen Themen (Wert des Lesens, Qualität von Büchern, Rolle der Rhetorik, Bedeutung der Klassik, Manipulation durch Medien usw.) gerät nur allzu leicht zum gedankenlosen Ritual, wenn sie als Klassenarbeit durchgeführt wird, weil unter diesen Bedingungen kaum eine ernsthafte Auseinandersetzung mit einer These möglich ist, sondern nur Wissen und Fähigkeiten vorgezeigt werden können. Der Schüler geht auch hier bei den Entscheidungen lieber kein Risiko ein, läßt sich nicht auf einen ungewissen Entdekkungsprozeß ein, sondern greift auf Versatzstücke zurück und schreibt das, wovon er glaubt, daß es erwartet wird. Die E. als Klassenarbeit fördert nicht das Denken, sondern das Taktieren (Fritzsche 1987).

3. Geschichte

Bei der E. wird besonders deutlich, daß der AU ein Abkömmling der antiken Rhetorik ist. Das älteste Lehrbuch des Erörterns ist nämlich die Topik des Aristoteles; sie entstand im Zusammenhang der Rhetorik, wurde aber bezeichnenderweise von Aristoteles aus ihr ausgegliedert (Sedding 1987). In der Topik, der Lehre von den Orten (topos = Ort), geht es um den Weg, wie man bei jeder Frage durch schlußfolgerndes, widerspruchsfreies Denken zu einer Antwort kommen kann. D.h. es geht um das Finden von Wahrheit, um Erkenntnis – nicht um das Überzeugen. Das Interesse ist philosophisch, nicht rhetorisch. Voraussetzung und Ziel des Bemühens sind allgemein anerkannte Gewißheiten, sogenannte „Gemeinplätze" (topoi). Während Aristoteles darauf vertraute, daß alle Menschen, wenn sie sich nur gedanklich anstrengen, zu denselben Gewißheiten (zu „wahrscheinlichen Sätzen") vorstoßen werden, ging dieser Glaube im Laufe der Geschichte verloren. Das Erörtern wurde zunehmend zur Methode, nicht einen gemeinsamen Platz zu finden, sondern in der Auseinandersetzung mit Gegnern den Platz zu erkennen, auf dem man selbst stand: Klären des eigenen Standpunkts. Daneben wurde die von Aristoteles vorgenommene Trennung rückgängig gemacht, die Topik wurde der Rhetorik wieder eingefügt und damit das Erörtern als eigenständige Wahrheitssuche zugunsten des Überzeugens (im politischen und gerichtlichen Bereich) aufgegeben. Im spätantiken Rhetorikunterricht war die schriftliche „Thesis" eine Vorübung für das Verfassen von Reden. „Thesis meinte ‚die Behandlung einer nicht gewissen Sache' (Hermogenes), also die Untersuchung eines problematischen Sachverhalts", z. B. der Frage, ob man heiraten solle (Ludwig/Merchert 1987:10).

Im DU fand das Erörtern auch zunächst (im 18. Jh.) im Zusammenhang mit dem Erarbeiten von Reden statt, und zwar als derjenige Teil, in dem die Gesichtspunkte und Argumente gefunden wurden („inventio"): „Die eigentliche rhetorische Lehre besteht also in der Einheit von Denken und Sprechen, so daß Reden oder Schreiben dann nicht mehr bloß eine Bekleidung von Sachen mit Worten bedeutet, sondern Erkennntis produziert und dadurch selber eine ars inveniendi, eine Erfinde- und Findekunst darstellt" (Ueding 1985:60). Das Erörtern war Bestandteil des „Räsonierens", also des vernünftigen Redens, in der Aufklärung (Gottsched: „Grundriß zu einer Vernunfftmäßigen Redekunst", 1728, „Vorübungen der Beredsamkeit zum Gebrauche der Gymnasien und höheren Schulen", 1754). Erörtert wurden Fragen der Lebensgestaltung, Handlungsmaximen, überlieferte Sentenzen. Dabei kehrte sich das Verhältnis von öffentlicher Rede und Schule um: Nicht mehr bereitete die Schule auf das öffentliche Reden vor, nicht mehr qualifizierte sie für gesellschaftliche Praxis, sondern umgekehrt bildeten die Reden Übungsmittel für schulische Zwecke, nämlich für die Moralerziehung. Dieses Ziel verfolgte der philosophisch-moralische Aufsatz durch das 19. Jh. hindurch. In dem Maße, in dem Schule nicht mehr zum eigenen Vernunftgebrauch, sondern zur Übernahme und Bekräftigung vorgegebener religiöser oder nationaler Werte bzw. des „Klassenstandpunkts" erzog, wurde die E. dabei allerdings ein Mittel der Gesinnungsbildung. „Es geht dann nicht mehr darum, die Richtigkeit von Ansichten zu prüfen, sondern nur darum, sie zu bestätigen. Natürlich müssen dazu auch die möglichen Gegengründe angeführt werden, aber sie sind pflichtgemäß zu widerlegen, das Ergebnis steht fest" (Sedding). Bis auf wenige Ausnahmen beschränkte sich der gedankliche Aufsatz im 19. Jh. – und noch weit ins 20. Jh. hinein – darauf, den Schülern beizubringen, wie man eine gegebene Behauptung beweist. Man knüpfte dabei an die rhetorische Praxis des Plädoyers an: Die vorgelegte These war zu erläutern und zu verteidigen, die Gegengründe waren zu widerlegen. Bekräftigung und Veranschaulichung von gegebenen Behauptungen war gefragt, nicht die Untersuchung ihrer Geltung, nicht Auseinandersetzung. Eigenes, gar kritisches, Denken traute man den Schülern weder zu, noch war es opportun.

Die Reformpädagogen (vor allem aus der Volksschule) liefen gegen die unpersönliche Erörterung bzw. Abhandlung Sturm und propagierten einen Aufsatz, der die wirklichen Erlebnisse und die daran geknüpften Gedanken des Schülers zum Inhalt habe.

„So erweist sich der Erlebnisaufsatz als der vollendete Gegensatz des alten Verstandesaufsatzes. Schärfer konnte in der Tat die Dialektik der Entwicklung nicht heraustreten. Hier logische Sprachauffassung, dort psychologische; hier Verstandesschulung als Ziel, dort Stilbildung; hier Denken als Voraussetzung, dort Erleben. [...] Aber nur durch eine *echte Synthese* kann es gelingen, die vielen strittigen Fragen zur Klärung zu bringen und eine feste Grundlage für den Aufbau der Stilbildung zu gewinnen. [...] Das männliche und das weibliche Prinzip, Erkennen und Erleben, müssen zueinander finden; aber so, daß jeder der beiden Partner seine berechtigte Eigenart wahrt und entfaltet" (KÜHN, 1930:18f.).

Als Synthese aus diesem subjektorientierten Aufsatz und der unpersönlichen Abhandlung konzipierte RAHN 1937 den „Besinnungsaufsatz" und machte ihn als Mitglied der Lehrplankommission im nationalsozialistischen Bildungsplan verbindlich. RAHN hatte offenbar – blauäugig? – eine kritische Auseinandersetzung des Schülers mit den in der Gesellschaft vorhandenen Wertvorstellungen im Sinne: „Eine richtig vorbereitete Gesinnungsfrage wird von jedem Schüler anders beantwortet werden, und unter einer beliebigen Zahl von Aufsätzen kann jeder anders sein als der andere" (zitiert nach SEDDING 1987: 20; unter „Gesinnungsfragen" sind moralische Fragen zu verstehen), und „Da es sich für uns darum handelt, *echte Fragen* zu stellen, so dürfen diese Themen nicht als Ausdruck gültiger Lebenserkenntnisse aufgefaßt werden: sie sollen zum Widerspruch reizen, auch wohl Anstoß erregen und sind in dieser Absicht gewählt und formuliert" (RAHN 1937:123). Solches Abwägen, solche Auseinandersetzung war natürlich von den Nationalsozialisten nicht erwünscht; ihnen ging es vielmehr um „Charakterbildung" im Sinne der Übernahme ihrer Wertvorstellungen: Statt moralischer Entwicklung bloße Affirmation.

Obwohl RAHN nach dem Krieg nicht nur (wie 1942) *Auseinandersetzung* mit Werten forderte, sondern deutlich machte, daß er vom Besinnungsaufsatz erwartete, der Schüler werde durch ihn „zum logischen *Denken* erzogen, an sittliches und ästhetisches *Urteilen* gewöhnt, zur *Stellungnahme* überhaupt befähigt" (zitiert nach LUDWIG/MERCHERT 1987:14, Hervorh. J. F.), blieb – wie schon an den Aufsatzthemen erkennbar – in der Praxis der affirmative Modus auch nach der Befreiung von der Nazi-Diktatur erhalten; statt nationalsozialistischer Werte besann man sich nun auf bürgerliche Wertvorstellungen in der BRD, auf sozialistische in der DDR.

4. Entwicklung

Die E. wurde früher in der 9. Klasse eingeführt. Da der Kern der E. aber das Argumentieren ist und die Schüler dazu auch schon früher in der Lage sind, gibt es Formen der E. auch schon in unteren Klassen. So nennt ULSHÖFER (1974) für die 7. Klasse die „Problemanalyse (Erörterung)", die „Warum-Frage" und die „Entscheidungsfrage" als schriftliche Aufgaben. Wenn man in dieser Weise den Begriff „E." erweitert, so daß er alle Formen schriftlichen Argumentierens betrifft, kann man auch schon in der Grundschule schriftliches Erörtern anregen.

Auf der präkonventionellen, ichbezogenen Stufe, auf der sich die Kinder auf der Primarstufe (und zum Teil noch später) befinden, können sie zwar noch nicht fremde Perspektiven einnehmen, aber sie können sich über ihre eigene Meinung klarwerden, indem sie sie aufschreiben, und sie können sie gegenüber Lesern mit Gründen vertreten (**Meinungsäußerung** mit Begründung, **Plädoyer**, **Verteidigung**). Auf dieser Stufe ist das Argumentieren im allgemeinen noch in kommunikative Zusammenhänge eingebunden, es geschieht häufig in Briefen, und das Reflektieren ist nicht vom Erzählen und Beschreiben getrennt. Bei ihren Entscheidungen orientieren sich die Schüler an Autoritäten und daran, was ihnen Lust bereitet. – Auch in der besonders kindorientierten „Reformpädagogik" wurde die Möglichkeit des betrachtenden und argumentierenden Schreibens auf dieser Stufe erkannt: „Die Abhandlung ist auch eine ebenso natürliche Aufsatzform wie die Erzählung und Schilderung; denn ein Verallgemeinerer ist doch eben jeder Mensch, und auch in dem kleinen Schüler steckt schon ein angehender Philosoph. Aus den Erlebnissen und Beobachtungen bildet auch er sich schon eine ‚Ansicht', die dann über seine kleine Lebenspraxis entscheidet" (GANSBERG 1914:172).

Auf der konventionellen, konkret-operationalen Stufe sind die Heranwachsenden von ihrer kognitiven Entwicklung her in der Lage, sich in fremde Perspektiven zu versetzen und von anderen Positionen als der eigenen aus zu argumentieren, aber schriftlich tun sie sich damit noch schwer. Sie können von der eigenen Person absehen und in der Man-Form argumentieren („Man sieht heute mehr fern"), nicht aber hypothetisch („Man könnte sagen ..." – aber auch die Formulierung „Es gibt Leute, die sagen ..." dürfte Ausdruck hypothetischen Denkens sein und keine faktische Feststellung). Eine Schreibaufgabe, die Argumentation erfordert, aber noch kein mehrperspektivisches Erörtern verlangt, ist die **Stellungnahme**. Bei Moralfragen orientieren sich die Schüler an Konventionen, oder sie berufen sich auf Gesetze und Regelungen.

Auf der Stufe des post-konventionellen und formal-operationalen Denkens gelingt die Verbindung und Integration mehrerer Perspektiven, so daß unterschiedliche Argumente mit Gewinn für die eigene Meinungsbildung aus einer Beobachterperspektive durchgespielt und miteinander hierarchisch verbunden werden können. Bei der Entscheidung von moralischen, das Handeln betreffenden Fragen orientieren sich die Schüler jetzt an Prinzipien, was ihnen auch ein überlegenes Verhältnis zu Konventionen und geltenden Gesetzen ermöglicht (geltendes Recht kann im Hinblick auf das Prinzip „Gerechtigkeit" in Frage gestellt werden).

Beispiel für das Argumentieren auf unterschiedlichen Entwicklungsstufen:
„An der Universität hier in Siegen hat sich Prof. GERHARD AUGST dagegen ausgesprochen, daß Hausaufgaben aufgegeben werden. Schreibt dem Professor einen Brief, in dem Ihr ihn entweder in seiner Meinung unterstützt oder in dem Ihr das eine oder andere zu bedenken gebt."

Auf diese Aufgabenstellung hin (AUGST/FAIGEL 1986) schrieben Schüler verschiedener Klassenstufen stellungnehmende Briefe, darunter die folgenden:

Stufe 1 (Achtjähriger Junge):

„Lieber Herr Professor Augst. Ich schreibe meine meinung über die Hausaufgaben. Ich finde Hausaufgaben blöd, weil an Gebutstagen kann dan länger gefeiert werden. Und im Sommer ist so schönes wetter dann kann man länger ins Schwimmbad."

Der Junge nennt zwei Gründe für seine Meinung, beide betreffen sein Gefühl. Er urteilt ganz aus seiner Perspektive; dafür ist es bezeichnend, daß er nicht von der Ich-Form abweicht. Bei Hausaufgaben macht er keine Unterschiede.

Stufe 2 (Dreizehnjähriger Junge):

„Sehr geehrter Herr Augst
Ich bin gegen Hausaufgaben, weil die Schüler gerne nachmittags zu Veranstaltungen gehen möchten wie z. B. Sport, Chor, Orchester. Die Veranstaltungen sind meistens sehr früh, und die Hausaufgaben verhindern, daß man dorthin gehen kann. Die Lehrer meinen dazu, daß man die Hausaufgaben ja auch nacher machen kann, aber dann ist man meistens müde und vergißt sie oder macht sie nicht sorgfältig genug. Man könnte sich ja darauf einigen, daß man nur in den Hauptfächern Hausaufgaben gibt, weil die Schüler ja sowieso schon bis ein Uhr Schule haben.
Außerdem wenn die Schüler sich auf Klassenarbeiten vorbereiten stören die Hausaufgaben."

Der Junge nennt zwei miteinander verbundene Gründe: Nachmittags hat man nicht viel Zeit, weil man a) Termine hat und b) auf Klassenarbeiten lernen muß. Argumentationsbasis sind Verpflichtungen (Termine), die der Schüler eingegangen ist, und seine Pflicht als Schüler, sich auf Klassenarbeiten vorzubereiten. (Die Orientierung an Pflichten ist in KOHLBERGS Theorie typisch für die „konventionelle" Stufe II.) Im Fall von a) gibt der Junge nun nicht nur ein Argument, sondern er nennt auch einen Gegengrund, setzt sich damit auseinander und schlägt einen Kompromiß vor, wobei er die Hausaufgaben unterscheidet nach solchen für Haupt- und solchen für Nebenfächer. Das Gegenargument wird nicht hypothetisch vorgebracht, nicht als potentieller Einwand, sondern als realer, den die andere Seite (die Seite der Lehrer) vorbringt. Typisch für diese Entwicklungsstufe ist die Argumentation in der verallgemeinernden Man-Form, wobei das Man zunächst für die Schüler steht, dann aber („Man könnte sich darauf einigen ...") auch noch die Lehrer mitumfaßt.

Stufe 3 (Achtzehnjährige Schülerin):

„Sehr geehrter Professor Aux!
Die Frage nach dem Sinn oder der Sinnlosigkeit von Hausaufgaben ist nicht leicht zu beantworten, doch trotzdem möchte ich versuchen, Ihnen meine Meinung betreffend dieses Themas möglichst kurz und klar darzustellen. Es gibt zwei Typen von Schülern, diese, die die Hausaufgaben brauchen, um für Arbeiten bzw. Klausuren zu üben und diese, die ohne die Hausarbeiten gar nichts mehr für die Schule bzw. (die, die nicht selbständig arbeiten können bzw. keinen Ehrgeiz haben) Uni täten. Die andere Gruppe ist die, die lieber keine Hausaufgaben hätte, lieber für sich

selber lernt und so durch die Aufgabe von Hausaufgaben nicht mehr eingeengt wird.
Für die eine Gruppe ist die Hausaufgabe also ein Übel, für die andere eine Hilfe. Beiden Parteien gerecht zu werden, ist kaum möglich, da man die Schule dann in zwei Hälften teilen müßte, von denen die eine Hausaufgaben und die andere keine Hausaufgaben bekommt. Da dieses kaum zu realisieren ist, müßte man einen Kompromiß schließen in denen beide Gruppen zu einer teilweisen Erfüllung ihrer Wünsche kommt. Hierzu gibt es zwei Möglichkeiten, entweder läßt man Hausaufgaben auf freiwilliger Basis bestehen und bietet den Leuten, die keine machen möchten, als Alternative Referate, Tests oder mündliche Prüfungen (damit die Lehrer zu ihren Noten kommen), oder man setzt ein Limit an zu erfüllenden Hausaufgaben. Als Beispiel: In einem Monat werden für das Fach X vier Hausaufgaben gestellt und mindestens zwei müssen davon erfüllt werden.
PS: Meiner Meinung nach besteht das Problem der Hausaufgaben nur darin, daß jeder Lehrer denkt sein Fach sei das Wichtigste und dementsprechend Hausaufgaben aufgibt, ohne vielleicht zu bedenken, daß die Lehrer der anderen Fächer genauso denken und somit der Schüler von den Hausaufgaben erdrückt wird."

Die Schülerin nimmt einen neutralen Beobachterstandpunkt ein und beschreibt, was für Schülertypen es gibt; es bleibt offen, zu welchem Typ sie selbst gehört. Diese Typologie ist zunächst das einzige Argument, das sie vorbringt. Im folgenden versucht sie eine Lösung des Widerspruchs, den sie konstatiert hat. Erst im „PS" trägt sie ein zweites Argument vor, ohne allerdings zu bemerken, daß es zu ihrer bisherigen Überlegung quer steht. Interessant ist die Grundlage, von der aus sie urteilt: Nicht mehr geht es um individuelle Bedürfnisse wie auf Stufe 1, auch nicht um festgeschriebene Standpunkte von Rollenvertretern (die Lehrer, die Schüler) wie auf Stufe 2, sondern ein überindividuelles Prinzip herrscht, nämlich Lernerfolg, und diesem Prinzip haben sich alle unterzuordnen: die Schüler, auch wenn sie lieber faul wären, und die Lehrer, die nur ihr Fach im Auge haben. Zu dem Ziel gibt es für die unterschiedlichen Schülertypen unterschiedliche Wege.
(Zu Unterschieden der Stufen auf der sprachlichen Ebene vgl. Kap. I.7)

5. Themen
Schreiben als Mittel, sich über einen sachlichen oder gedanklichen Zusammenhang klarer zu werden, ist, wie schon gesagt, nicht auf bestimmte Themen beschränkt. Im DU und vor allem bei Klassenarbeiten sollten die Themen aber zum einen eng begrenzt und zum anderen auf Inhalte des Faches, ja des vorangegangenen Unterrichts bezogen sein. Insofern eignet sich z. B. SARTRES Feststellung „Der Mensch ist dazu verurteilt, frei zu sein" nur dann, wenn die Schüler sich mit dem Freiheitsbegriff und insbesondere mit dem SARTRESCHEN Existenzialismus beschäftigt haben; sie verfügen dann über spezielle Kenntnisse und eine einigermaßen klare Begrifflichkeit, die es ihnen ermöglicht, die Erörterung über das Stammtischniveau hinauszuheben. Ohne einen entsprechenden Unterrichtszusammenhang fiele das Thema gewissermaßen vom Himmel, und die E. verkäme zu einer technischen, aber funktionslosen Sprachübung. Ähnlich ist ein Thema wie „Halten Sie eine Reform der Orthographie für notwendig?" nur sinnvoll im Zusammenhang

einer Unterrichtseinheit über Rechtschreibung oder Sprachwandel; allerdings ist zu vermuten, daß die Entscheidung bei diesem Thema schon im vorangegangenen Unterricht getroffen wurde.

Geeignet sind im allgemeinen Themen, die sich auf die Lektüre beziehen: Welche Motive hat eine literarische Figur, wie ist ihr Handeln zu bewerten, wie zutreffend sind bestimmte Deutungen usw. Bei solchen Themen sind die Überlegungen (Erörterungen) der Schüler Bestandteil des Lese- und Erkenntnisprozesses, d. h. sie haben eine Funktion innerhalb des LU. Das gilt natürlich auch im Hinblick auf Lektüreentscheidungen („Sollten mehr klassische Texte gelesen werden?“ oder auch: „Welches Werk wollen wir behandeln – X oder Y?“) und die Wahl von Erarbeitungsverfahren (z. B. Gruppenarbeit vs. Einzelreferat). Gerade solche Themen zeigen die Ähnlichkeit von mündlicher Diskussion und schriftlichem Erörtern; beidemal wird argumentiert.

In der Sek. I werden neben solchen Aufgaben vor allem strittige Themen aus dem schulischen und alltäglichen Erfahrungsbereich der Schüler gestellt, z. B. „Soll der Sonnabend schulfrei sein?“, „Halbtags- oder Ganztagsschule?“, „Haustiere – ja oder nein?“, „Taschengeld oder Jobben?“. Diese Themen sind aber fast immer abstrakte Übungen ohne Handlungszusammenhang; die Schüler lernen, wie man erörtert, aber nicht wozu. Was nützt das Nachdenken über derartige Fragen, wenn vom Ergebnis des Nachdenkens nichts abhängt? Sinnvoller sind Themen, über die sich die Schüler sowieso Gedanken machen, weil sie sich entscheiden müssen, z. B. hinsichtlich der Wahl von Fächern im Wahlpflichtbereich oder der Wahl von Arbeitsgemeinschaften oder auch recht konkret im Hinblick auf den Termin einer Klassenarbeit (noch vor den Ferien oder danach?) u.ä. Manchmal stellt sich bei der Suche nach solchen in Handlungssituationen eingebetteten Themen heraus, wie wenig Mitwirkungsmöglichkeiten die Schüler in der Schule und im DU haben – auch ein wichtiges Ergebnis!

Andererseits fragt es sich, ob tatsächlich nur solche Themem der Erörterung wert sind, die unmittelbare Handlungskonsequenzen haben. Schon die antike Rhetorik unterschied ja zwischen der „Thesis“ und der „Causa“. Während die Causa einen aktuellen strittigen Fall erörtert, geht es bei der Thesis um die grundsätzliche Problematik, um „eine allgemeine Frage, in der von Personen, Örtern, Zeiten usw. abgesehen wird“ (Ludwig 1988). Ein quasi philosophisches Interesse am – auch schriftlichen – Durchdenken von strittigen Fragen („‚Zwei Gefahren hören nicht auf, die Welt zu bedrohen: Ordnung und Chaos‘; Paul Valéry“, „Darf der Mensch mit Hilfe der Technik in die Natur eingreifen?“, „Brauchen die Menschen Kunst?“) kann bei den Schülern vorausgesetzt werden. Schwierig ist aber in jedem Fall, ein Thema zu finden, das das Interesse der Schüler tatsächlich trifft. Oft sind Themen, die *generell* und hypothetisch relevant sind, doch für die Schüler nicht aktuell und faktisch relevant. Dies gilt nicht nur für politische und gesellschaftliche Fragen, sondern sogar auch für solche aus dem schulischen Nahbereich wie etwa die erwähnte Entscheidung über eine bestimmte Lektüre oder die Wahl eines Kurses: Das objektiv Interessante ist eben nicht immer auch das subjektiv Interessierende.

So sehr der Lehrer auch versucht, die Themen schülernah zu stellen: Es bleibt also nie aus, daß einige Schüler mit keinem Thema „etwas anfangen" können, selbst wenn mehrere Themen zur Wahl gestellt sind. Deshalb ist es besser, die Schüler sich das Thema selbst stellen zu lassen: „Formuliere ein Thema, über das es sich für dich lohnt, schriftlich nachzudenken!" Diese Aufgabenstellung weist die Schüler auf die Intention des Schreibens hin: Es dient der Reflexion. Außerdem fördert sie die Selbständigkeit der Schüler, da sie aufgefordert werden, selbst Probleme zu erkennen und zu formulieren; die Themenfindung wird selbst zu einer wesentlichen Unterrichtsaufgabe. – Beispielhaft werden dann einige der Themen in der Klasse im Hinblick auf ihre Eignung vorbesprochen: Gibt es dazu ausreichend Gesichtspunkte? Ist das Thema überhaupt kontrovers, oder muß man sich Gegenargumente aus den Fingern saugen? Kann man das Thema mit dem vorhandenen Wissen erörtern, oder bräuchte man von vornherein Fachkenntnisse? Ist das Thema nicht schon so abgedroschen, daß sowohl Schreiben als auch Lesen langweilig werden müssen? Werden sich – in der Lerngruppe – interessierte Leser finden, die sich gegebenenfalls mit dem Geschriebenen auseinandersetzen werden? Diese Besprechung der Themen fungiert nicht nur als Entscheidungshilfe, sondern sie verdeutlicht den Schülern den Sinn des schriftlichen Erörterns: In bestimmten Lernphasen ist es nützlich, sich individuell Gedanken zu machen und diese zu Papier zu bringen und weiter zu bearbeiten. – Nach der Vorbesprechung einiger ausgewählter Themen haben die Schüler noch einige Tage Zeit, über ihr Thema nachzudenken, und dann erhalten sie so viele Themen zur Wahl, wie Schüler in der Klasse sind, d. h. die Themenliste enthält alle vorgeschlagenen (und nicht widerrufenen) Themen. Kein Schüler ist gezwungen, über das von ihm selbst vorgeschlagene Thema zu schreiben; es kann ja sein, daß ihm ein anderes Thema (vielleicht wegen der Vorbesprechung) besser gefällt.

Etwas weniger aufwendig ist es, wenn die Schüler sich in Gruppen zusammentun, sich gemeinsam ein Thema suchen und es bearbeiten. Bei Übungsarbeiten kann der Lehrer die Gruppe dann beraten, ihr bei der Materialbeschaffung helfen und Anregungen zur Textüberarbeitung geben. Für die Klassenarbeit erhalten die Schüler jeder Gruppe ein Thema, das dem zur Übung bearbeiteten verwandt ist.

6. Aufgabenvorschläge und Hinweise zur Methode

a) Motivation

Zu unterscheiden sind eine kommunikative und eine thematische Motivation. Bei der kommunikativen Motivation ergibt sich der Zwang zum Argumentieren aus dem Wunsch, andere Menschen von den eigenen Auffassungen zu überzeugen. Das Erörtern geschieht in Reden, Plädoyers, Streitschriften, Gutachten, Rezensionen, Kommentaren, (Leser-)Briefen u.ä. Bei der thematischen Motivation muß das Thema selbst zur Reflexion, zur gedanklichen Auseinandersetzung einladen. In der verbreiteten Unterrichtspraxis wird – eher zu Unrecht – eine thematische Motivation angenommen; deswegen liegt ein so großes Gewicht auf der Themenfindung. Da die Schüler bei der thematischen Motivation stärker emotional verwickelt sind, ist das Erörtern für sie zwar wichtiger, aber auch schwieriger; denn sie müssen bedächtig, behutsam, rational vorgehen, wo sie doch aufgeregt, wütend, zumindest betroffen sind. Deshalb ist die kommunikative Motivierung zur Übung besser; hier kann bei fast beliebigen Themen das rationale, überzeugende Argumentieren trainiert werden. Es fragt sich allerdings, ob diese geübten Fähigkeiten im Ernstfall angewendet werden können oder ob dieser Weg zu einer Spaltung führt: schulisch geübtes Erörtern hier – Meinungsbildung und -äußerung in wirklichen Lebenssituationen da.

b) Vorbereitung
Der erste Schritt der Vorbereitung besteht im Fixieren und genaueren Bestimmen des Themas, d. h. es wird das Formulieren und Problematisieren von Behauptungen geübt. Oft wissen die Schüler nämlich nicht, was sie eigentlich erörtern sollen. Wenn etwa die Aufgabe lautet: „Erörtern Sie das Schlagwort ‚Herrschaft durch Sprache‘!“, so muß das Problem erst noch formuliert werden. Geht es darum, ob unser aller Bewußtsein durch die Sprache determiniert ist? Oder geht es darum, daß bestimmte Menschen oder Institutionen durch Sprache Gewalt ausüben? Noch vieldeutiger ist das Thema „Erörtern Sie die Behauptung: Wer die Sprache beherrscht, beherrscht seine Mitmenschen“. Offenbar ist hier nicht der gängige Begriff von „Sprachbeherrschung“, also Sprachkönnen, gemeint, sondern in einem engeren und spezielleren Sinn Herrschaft über die Sprache, wie sie etwa von Medien ausgeübt wird. Die nötige Umformulierung würde also lauten: „Stimmt es, daß diejenigen, die Gewalt über die Sprache haben, auch Gewalt über die Menschen haben?“ Werden der Aufgabe Texte beigefügt, so ist die Themenformulierung Teil des Texterfassens: Wovon handelt der Text? Welche Frage wird erörtert? Welche Alternative steht zur Entscheidung an?

Bei begrifflich anspruchsvollen Themen sind Übungen zur **Begriffsklärung** nötig: Es werden gegensätzliche und verwandte Begriffe gesucht, Begriffshierarchien (Ober- und Unterbegriffe) gebildet und (evtl. mit Hilfe von Lexika) Erläuterungen und Beispiele gegeben.

Als nächstes (aber auch immer schon beiläufig) werden **Materialsammlungen** angelegt, indem Aspekte und Argumente zusammengetragen werden. Man kann sich dazu der Methode des Clustering bzw. Brainstorming bedienen, also eines Verfahrens, bei dem ungeordnet Einfälle notiert werden, die noch nicht hinsichtlich ihrer Brauchbarkeit oder gar Triftigkeit bewertet werden. Man kann auch ein Suchverfahren mit W-Fragen verwenden: Was ist mit dem Thema gemeint? Wo spielt es eine Rolle? Welche Vor- und Nachteile ergeben sich? Welche Gegensätze oder anderen Fälle sind bekannt? usw. Schließlich kann Material gesammelt werden, indem man sich an den aus der Rhetorik bekannten *Modi der Bekräftigung einer Behauptung* orientiert: a) Hinweis auf eigene Erfahrung, b) Zitieren von Autoritäten, c) Hinweis auf wissenschaftliche Untersuchungen, d) Appell an die Erfahrungen des Lesers.

An das zuletzt Genannte kann man anschließen, wenn man nunmehr nach *Einstiegsmöglichkeiten* sucht. Kroeger (1993) gibt folgenden Katalog: a) Historische Entwicklung, b) Anknüpfen an eine Redensart, c) direkter Einstieg durch eine These, d) persönliches Erlebnis, e) kontroverse Thesen, f)(rhetorische) Frage, g) Anknüpfen an Aktuelles, h) Eingehen auf ein unterstelltes Leserinteresse, i) Schilderung einer Zukunftsvision, j) Vorstellen des Themas (Definition, Übersicht, Gliederung), k) Provokation (z.B. Überspitzung, Übertreibung). Derartige Einstiegsmöglichkeiten, die die Schüler am besten selbst in Aufsätzen in (Fach-)Zeitschriften und Wochenzeitungen aufspüren sollten, werden analysiert und dann ausprobiert, wobei es besonders wirkungsvoll ist, wenn zu einem Thema (etwa: Energieverschwendung, Rauchen, Zukunft des Autos, vegetarische Ernährung, Werbung, Massentourismus) mehrere Einstiege versucht werden.

Schließlich werden auch Möglichkeiten des *Textaufbaus* und der Verbindung von Argumenten zunächst im Unterricht besprochen und geübt. Dabei ist die *Analyse vorhandener Erörterungen* und die *Arbeit an Fehlertexten* hilfreich. Um den Zusammenhang von Gesichtspunkten und deren logische und hierarchische Anordnung zu üben, kann man auch eine „durcheinandergeratene Gliederung“ (Schüren 1993) vorlegen.

Der Vorbereitung des schriftlichen Erörterns dienen auch mündliche **Streitgespräche**, **Debatten** („formal debate“) und **Diskussionen**; werden sie protokolliert, so haben die Schüler schon einiges Material für eine schriftliche Ausarbeitung.

Im übrigen ist ein problematisierender, **kritischer Unterricht** die beste Voraussetzung für das Schreiben von Erörterungen, denn nur wenn das Aufstellen und Begründen von Behauptungen zur Routine geworden ist, gelingt es den Schülern auch unter Belastungen. Von Vorteil ist dabei das in den Unterricht integrierte schriftliche Stellungnehmen, entweder beiläufig als Vorbereitung für das weitere Unterrichtsgespräch oder auch als eigenständiges Verfahren, die Schüler zu einer intensiveren Auseinandersetzung anzuregen: Zu einer strittigen Frage (etwa bei der Beurteilung des Verhaltens einer literarischen Figur) äußern die Schüler ihre Meinung schriftlich; diese Stellungnahmen werden in Kleingruppen ausgetauscht, und Mitschüler nehmen dazu wiederum schriftlich Stellung; erst dann diskutiert die Gruppe das Problem mündlich und fertigt darüber ein Ergebnisprotokoll an, das schließlich der gesamten Klasse vorgetragen wird. Auf diese Weise üben die Schüler nicht nur, ihre eigene Meinung zu formulieren, sondern auch, andere Auffassungen zu verstehen und bei ihren Stellungnahmen zu berücksichtigen. Je häufiger dieses Verfahren angewandt wird, desto leichter fällt es den Schülern, sich in andere hineinzuversetzen und Gegenmeinungen selbst vorwegzunehmen.

c) Erarbeitung einer E.

Die individuelle Ausarbeitung einer E. kann auf verschiedene Weise erfolgen. Dabei werden vom einzelnen Schüler Momente der gemeinsamen Vorbereitung wiederholt. So unterscheidet Sedding drei Teilaufgaben, die beim Ausarbeiten einer E. zu lösen sind:

1. *Explikation der Problemfrage:* a) Hinführung: Was ist Anlaß der E.? Wann und wo tritt das Problem auf, wie sieht es aus, hat es Bedeutung für mich oder für wen sonst? (Evtl. Beobachtung, Beispiel, Zitat); b) genaue Bestimmung der Problemfrage: Wie lautet die Frage? Ist es eine Sachfrage oder eine Wertungs- bzw. Entscheidungsfrage? Stehen sich Alternativen gegenüber? c) Klärung wichtiger Begriffe
2. *Argumentation:* Finden und genaues Formulieren von Thesen und Begründungen (Argumenten), sinnvolle Anordnung und logische Verknüpfung (Verwenden sprachlicher Verknüpfungsmittel)
3. *Entscheidung, Lösungsvorschlag:* Fazit, Schlußfolgerung, Formulieren einer Problemlösung, Verdeutlichung und Veranschaulichung, evtl. Angabe von Belegen. Reflexion des Geltungsbereichs („Ist die Gültigkeit dieser Lösung eingeschränkt? Wodurch? Unter welchen Bedingungen?"), Nennen von Konsequenzen (Forderungen, Handlungsanweisungen, Ausblicke).

Obwohl diese Aufstellung nach einer Abfolge aussieht, muß die sachsystematische Ordnung doch nicht Aufbau und Gliederung bestimmen. Rhetorische Gründe können dazu führen, z. B. mit einer These oder einem Beispiel zu beginnen und die Problemklärung nachzuschieben. Natürlich entspricht die sachsystematische Ordnung auch nicht unbedingt den Phasen des Schreibens.

Zu ergänzen wären die Teilaufgaben um zweierlei: Es müssen nicht nur Thesen gefunden, sondern dem vorweg muß erst einmal Stoff gesammelt werden (die antike „inventio"), d. h. der Schüler muß Gedanken zusammentragen, Einfälle notieren, nach Möglichkeit auch zum Thema recherchieren. Und dann muß dieser Stoff unter Gesichtspunkten geordnet werden.

Für den Aufbau der Argumente nennt SEDDING vier Möglichkeiten: Entweder werden sie (evtl. nach ihrem Gewicht *steigernd*) bloß aufgezählt, oder sie werden eines auf dem anderen *aufbauend entwickelt*, oder sie werden *antithetisch* den jeweiligen Thesen zugeordnet (erst die Argumente zu These A, dann die zu These B), oder sie werden *nach Gesichtspunkten gruppiert*, und das Problem wird unter diesen Gesichtspunkten jeweils mit Argumenten und Gegenargumenten diskutiert.

Ein komplizierterer Aufbau ergibt sich, wenn zwischen Einwänden und Widerlegungen unterschieden wird. Dann können – wie beim antithetischen Aufbau – nacheinander zunächst Argumente für These A vorgebracht werden, und zwar nun jeweils mit möglichen Einwänden und gegebenenfalls auch deren Widerlegung: Argument A1 + Einwand + Widerlegung, Argument A2 + Einwand + Widerlegung, Argument A3 + Einwand + Widerlegung usw. Danach dann ebenso für These B: Argument B1 + Einwand + Widerlegung, Argument B2 + Einwand + Widerlegung usw. Erst bei dieser Übung wird den Schülern klar, daß Gegenthesen (also B) nicht dasselbe sind wie Einwände gegen A, sondern selbständige Gesichtspunkte. Am Beispiel: These A: *Für* das Schreiben von Erörterungen spricht, daß der Schreiber sich dabei über ein Problem klar wird. These B: *Dagegen* spricht, daß die Erörterung als selbständige Textform im Leben kaum vorkommt. Die beiden Thesen betreffen also Unterschiedliches, sie liegen auf verschiedenen Ebenen. Nun kann man aber auf derselben Ebene jeweils Einwände formulieren: Gegen These A kann man einwenden, daß dies unter schulischen Bedingungen, zumal während einer Klassenarbeit, wohl nicht gelingt. Gegen These B läßt sich einwenden, daß Übung und Praxis nicht dasselbe sind – ein Pianist spielt auch nicht im Konzert die Fingerübungen, die er zu Hause durchführt. Und nun kann man auch gegen diese Einwände wiederum Einwände (Widerlegungen) oder Bedenken formulieren: Gegen den Einwand zu These A etwa, daß die Bedingungen doch sehr unterschiedlich sein können, weil sie von vielerlei Faktoren abhängen; der Einwand kann höchstens eingeschränkt gelten. Gegen den Einwand zu These B läßt sich das Bedenken vorbringen, daß der Nutzen der Übung für das tatsächliche Argumentieren in gesellschaftlicher Praxis erst einmal nachgewiesen werden müßte usw. Solche komplizierten Argumentationsstrukturen (die ebenso stur übungshalber wie aber auch spaßeshalber durchgespielt werden können) bilden recht genau Diskussionsverläufe in einer diskussionsgewandten Gruppe oder Auseinandersetzungen zwischen zwei sich Streitenden ab. Bei allen Schemata gilt: Sie können ebenso als Krücke dem Schüler helfen, auf Gedanken zu kommen, wie sie auch das freie Denken, den persönlichen Zugriff blockieren und zum „schrecklichen Formalismus“ verkommen können.

Ob am Ende der E. eine Entscheidung stehen muß, ist fraglich. Das Nachdenken kann ja auch zu der Erkenntnis geführt haben, daß eine Lösung nicht möglich ist, weil z. B. die Voraussetzungen dafür nicht gegeben sind; oder aber der Schreiber sieht sich außerstande, eine Lösung anzugeben, weil das Problem mit seinen aktuellen Mitteln nicht zu lösen ist. Der Zwang, eine Lösung oder auch nur einen Lösungsvorschlag zu präsentieren, verführt leicht zur Unredlichkeit, und bei einer Klassenarbeit tendieren die Schüler verständlicherweise zum oft genug faulen Kompromiß des „zwar – aber“, „einerseits – andererseits“, „weder – noch“. Nötig ist freilich, daß sich der Schüler am Ende Rechenschaft ablegt, wohin ihn die Erörterung geführt hat (oder wohin er den Leser führen wollte), daß er also Konsequenzen des Gedankengangs aufzeigt und ein Fazit zieht. Völlig widersinnig ist die bisweilen am Ende der E. verlangte „persönliche Stellungnahme“. Der Schüler sollte sich ja durch das Hin- und Herdrehen der Argumente eine Meinung bilden und den Leser an diesem Meinungsbildungsprozeß so teilnehmen lassen, daß auch er von dem Ergebnis (und sei es ein offenes) überzeugt ist. Wenn dann noch eine davon unabhängige „persönliche Meinung“ folgt, so zeigt das, daß die ganze Argumentation nutzlos gewesen ist: eine unredliche Gedankenspielerei.

Ein anderer Fehler ist, daß der Schüler sich auf eine wirkliche Auseinandersetzung nicht einläßt, weil sein Urteil von vornherein feststeht und keinen Zweifel zuläßt. Der Grund hierfür kann ein Thema sein, das ein ernsthaftes Erwägen einer Alternative nicht erlaubt, jedenfalls nicht in den Augen des Schülers („‚Die heutigen Schüler sind dumm und faul.‘ Erörtern Sie diese Behauptung!"). Dann kann er sich nur retten, indem er einen parteilichen **Kommentar** oder eine tendenziöse, womöglich ironische **Glosse** schreibt. Der Grund kann aber auch sein, daß dem Schüler die Aufgabe des Erörterns nicht klar ist, daß er also seinem eigenen Vorurteil aufsitzt und gerade das nicht leistet, was das Ziel des Erörterns ist: die Prüfung der eigenen Annahmen. Die einfache Regel, sein Urteil bis zum Schlußteil der E. aufzuschieben, kann vor diesem Fehler bewahren. Und nicht nur für den Schreiber ist dieser Aufschub des Urteils hilfreich, sondern er erhöht auch die Spannung für den Leser, der die Argumentation wie einen Wettkampf verfolgt und sich fragt, wie er wohl ausgehen wird. (Aus rhetorischen Gründen kann natürlich auch das Umgekehrte zweckmäßig sein: dem Leser die eigene Meinung gleich zu Beginn mitzuteilen.)

d) Unterrichtliche Funktion der E.
Häufig beschließt die E. eine Unterrichtseinheit (Lernkontrolle), oder sie steht als Lerngegenstand in deren Zentrum. Wird sie aber als Lernmedium verstanden, so sollten die Texte Grundlage für weitere inhaltliche Diskussionen sein (s. o.): Die Arbeiten werden in Kleingruppen getauscht, und es nimmt jeweils ein anderer Schüler zu dem Inhalt schriftlich Stellung; es folgt eine mündliche Besprechung; zum Schluß verfaßt die Gruppe ein Protokoll, das auf die unterschiedlichen Auffassungen eingeht und mitteilt, ob ein Konsens gefunden wurde.

e) Andere Formen des Erörterns
Das Erörtern unterschiedlicher Auffassungen muß nicht immer in der Form der E. geschehen. Besonders in der Sek. I hat sich die Form des schriftlich ausformulierten **Streitgesprächs** bewährt: Die Schüler erfinden einen Dialog, in dem sich z. B. eine literarische Figur rechtfertigt oder in dem sich zwei Leute über eine Frage streiten. Die Fiktion ermöglicht den Schülern ein freieres, spielerisches Umgehen mit dem Thema, und sie können sich auf ihre Kenntnisse aus dem Unterricht beziehen (DIEHM 1962). Eine entsprechende Aufgabe in der Sek. II lautet z. B.: Erfinden Sie ein Streitgespräch zwischen SCHILLER und BRECHT über Form und Funktion des Dramas!

Es fördert die Abstraktionsfähigkeit und damit das Bewußtsein der eigenen Tätigkeit, wenn solche erfundenen (oder auch reale) Streitgespräche im nachhinein auf ihre Argumente und ihren Aufbau hin analysiert werden: Welche Positionen wurden vertreten (thesenförmige Zusammenfassung), mit welchen Argumenten wurden sie vertreten (Zuordnung der dialektisch vorgebrachten Argumente), welche Veranschaulichungen und Beispiele wurden vorgebracht, zu welchem Schluß sind die Kontrahenten schließlich gekommen? Das Streitgespräch kann auch als Modell für eine ganze E. dienen. Dabei übernimmt der Schreibende vier verschiedene Rollen. Zu Beginn (Einleitungsteil) ist er Gesprächsleiter (Moderator), der das Thema vorstellt und erläutert und es dem Leser nahebringt. Dann (Hauptteil) versetzt er sich in die Rolle der Kontrahenten, spielt also Ankläger und Verteidiger. Schließlich übernimmt er die Rolle des Richters und fällt ein Urteil

(Schlußteil). Während Gesprächsleiter und Richter „Ich-Rollen“ sind – der Schüler äußert seine Meinung –, sind die Rollen der Kontrahenten „Er-Rollen“ – der Schüler spielt distanziert-beobachtend Argumente durch.

Aus Motivationsgründen (s.o.) liegt es nahe, die E. als kommunikativen Text schreiben zu lassen, z.B. als **Leserbrief**. Dies erweist sich aber als anspruchsvolle Aufgabe; denn der Schüler sollte Gegengründe zu seiner eigenen Meinung nennen – entweder erfundene oder vorgefundene. Am besten bezieht er sich auf einen argumentativen Text, etwa einen anderen Leserbrief, zu dem er Stellung nimmt: „Sie behaupten ...; dagegen meine ich ... Sie behaupten ferner ...“ usw. Daß diese einfache, schmucklose Pro-Contra-Argumentation nicht nur eine schulische Übungsform ist, sondern auch im guten Journalismus zu Ehren kommt, möge ein Beispiel illustrieren. Auf der Titelseite der Wochenzeitung DIE ZEIT vom 15. 3. 1991 stand folgender – m. E. keineswegs tadellose – Beitrag der Herausgeberin, in dem sie sich gegen einen Kommentar ihres Chefredakteurs Theo Sommer zum Golfkrieg (Januar/Februar 1991) wendet:

Ein dubioser Sieg

Lieber Drückeberger als Mittäter/Von Marion Gräfin Dönhoff

Einleitung: Anknüpfung Vorbereitung des Lesers

In unserer Zeitung ist es nicht unüblich, daß Kommentatoren einander widersprechen – gelegentlich tut dies auch der Verleger dem Chefredakteur oder dem Herausgeber gegenüber. Manche auf Ordnung und Einstimmigkeit bedachte Leser ärgert dies; aber in einer liberalen Zeitung sollte Meinungsvielfalt selbstverständlich sein. So mag auch der Widerspruch der Herausgeberin gegen den Leitartikel der vorigen Woche gewertet werden.

„Widerspruch“ als Motiv für das folgende

Gegnerthese

Theo Sommer schrieb, der große Sieg der antiirakischen Koalition habe „auch all jene Zweifler und Warner entwaffnet, die sich dagegen gesträubt hatten, die Lösung des Kuwait-Konflikts ganz der Logik des Krieges anheimzugeben.“

Begründung

Begründung: Kaum eine der schlimmen Befürchtungen: Chemiewaffen, Israels Involvierung, weltweiter Terrorfeldzug ... seien eingetreten.

Einwand

Als ob es für den, dem die Füße zerschmettert werden, eine Befriedigung sein kann, daß ihm die Hände nicht abgehackt wurden.

Eigene Thesen (zusammengefaßt)

Nein, dieser Krieg war a) keineswegs unvermeidlich, b) im Einsatz der Mittel unverhältnismäßig, c) ist er in seinem Ergebnis äußerst dubios.

1. These

Zu a): Noch nie war die Möglichkeit, Sanktionen erfolgreich einzusetzen, so groß wie in diesem Fall, weil es die Vereinten Nationen waren – also zum ersten Mal alle Staaten der Erde –, die sich zur Einhaltung des Embargos verpflichteten. Auch läßt sich im Irak die Ausfuhr des Öls leicht überwachen, deren Erlös mit etwa vierzehn Milliarden Dollar der Summe aller Einfuhren entspricht (davon 25 Prozent Nahrungsmittel). In Anbetracht der hohen Verschuldung wären Geschäfte auf Kredit für Saddam gar nicht möglich. Hätte man sich also für eine solche Prozedur ein Jahr Zeit genommen und gleichzeitig Saddam ein scharfes Ultimatum gestellt: „Jeder Übergriff gegen Israel oder ein arabisches Nachbarland wird mit sofortiger Bombardierung Bagdads geahndet", ein positives Ergebnis wäre durchaus möglich gewesen.

Zu b): Unverhältnismäßigkeit: wahrscheinlich 200 000 Tote, Bagdad weitgehend zerstört einschließlich Kraftwerken, Kanalisationssystem, Wasserversorgung, so daß ein Teil der Bevölkerung Wasser aus dem Tigris oder aus Regenpfützen trinkt. Schon bei der Einnahme des Emirats haben Saddams Truppen furchtbar gehaust, beim Rückzug entfesselten sie dann eine Orgie von Plünderung und sinnloser Verwüstung. Frauen wurden vergewaltigt, Männer wegen angeblicher Kollaboration erschossen oder verschleppt; Museen und Moscheen, Archive und Universität, Hospitäler und Hotels wurden eingeäschert, die Infrastruktur systematisch zerstört. Und nun auch noch Bürgerkrieg. „Wie im Mittelalter", schreibt ein englischer Journalist in seinem Bericht. 150 000 Palästinenser – als Verräter verfolgt – sind aus Kuwait geflüchtet, ohne zu wissen, wohin.

2. These
1. Begründung mit Beispielen

Die verheerendste Folge des Krieges, die Ölkatastrophe, ist zwar keine zwangsläufige Kriegsfolge, aber ohne die Aktion der UN-Allianz hätte der Verrückte in Bagdad wohl keinen Grund gesehen, einen künstlichen Ölteppich über den Golf zu breiten und 600 Ölquellen samt den Ölförderungsanlagen in Brand zu stekken. Die Umweltschäden sind heute noch gar nicht abzuschätzen.

2. Begründung

Zu c): In der amerikanischen Öffentlichkeit heißt es: „Es war ein durch und durch gerechtfertigter Krieg, wir haben ihn mit Präzision geführt und mit geringen Opfern gewonnen." In jenem Leitartikel der ZEIT hieß es: „Die Opfer unter den Irakis waren nicht so groß, daß die Alliierten deswegen das ganze Unternehmen hätten sein lassen müssen." Es kommt eben auf den geographischen Standort des Beobachters an.

Gegenthese

Auch wer kein Pazifist ist und Rüstung zur Verteidigung für unerläßlich hält, muß feststellen, daß jeder Krieg zur Brutalisierung der Menschen führt, daß er ferner in keinem Fall berechenbar ist, weil meist das Unvorhersehbare das Entscheidende ist und die Kosten stets alle Planung übersteigen. Im Augenblick rechnet man für die Wiederherstellung Kuwaits mit 100 Milliarden Dollar, für den Wiederaufbau des Irak mit 200 Milliarden Dollar.

Einwand

Resümee: Saddam ist glücklicherweise schwer angeschlagen und sein Militärpotential dezimiert, auch wenn er es kaum eingesetzt hat. Aber die Situation Israels ist unverändert, obgleich für die Regierung in Jerusalem eigentlich deutlich geworden sein müßte, daß der Besitz von mehr Land keinen Schutz gegen Raketen bietet. Israels Schutz besteht allein darin, daß es als einziges Land des Mittleren Ostens über Atomwaffen verfügt.

Schlußteil: Fazit

Leider stoppt niemand die Waffenlieferungen: Washington will wieder für achtzehn Milliarden Dollar Waffen an arabische Staaten liefern. Überdies werden die islamischen Fundamentalisten sich radikalisieren und die Differenzen zwischen Schiiten und

Sunniten sich vermutlich verschärfen. Schließlich sind die Zerstörungen riesig und das Leid der Menschen unermeßlich.

Man muß froh sein, daß Deutsche an diesem Krieg militärisch nicht beteiligt waren. Sollen sie uns ruhig „Drückeberger" nennen. *Abrundung durch Anknüpfung an Beginn*

Obwohl dieser **Leitartikel** keineswegs pedantisch These und Argument aufeinander folgen läßt, zeigt er doch einen streng logischen Aufbau und demonstriert den Wert schmucklosen, nüchternen Argumentierens auf der Basis von Sachkenntnissen. Unverkennbar ist natürlich (besonders am Schluß), daß der Text rhetorische Funktion hat: Die Autorin will ihre Leser überzeugen. In schulischen Übungen kann dieser Leserbezug motivierend sein und den Gedanken auf die Sprünge helfen, er kann aber die Schüler auch überfordern und von der ursprünglichen Leistung des schriftlichen Erörterns, dem Klären eines problematischen Sachverhalts, ablenken.

Literatur:
Baurmann/Ludwig 1990, Becker 1972, Berg 1968, Diehm 1962, Eggerer/Pröstler 1983, Feilke 1988, Feilke 1990, Feilke 1993, Fritzsche 1987, Glogauer 1977, Gollnick u.a. 1976, Grzesik 1963, Hippe 1962, Hujer 1965, Ivo 1971, Kienzler 1981, Kraschewski 1981, Kühn 1957, Löffler 1968, Lübke 1970, Pelster 1983, Rahn 1948/49, Reitmajer 1988, Saxalber-Tetter 1989, Schüren 1993, Sedding 1987, Stänđer 1981, Wolff 1974, Wolff 1975.

1.2 Texte klären

Man kann sich und anderen Klarheit verschaffen über Texte, indem man sie nacherzählt, weiter- oder umerzählt und erzählerisch ausgestaltet (1.2.1), indem man sie zusammenfaßt und verkürzt wiedergibt (1.2.2) oder indem man argumentativ damit umgeht, also darüber Behauptungen aufstellt und diese begründet (1.2.3). Erzählen, Darstellen, Argumentieren – diese drei Möglichkeiten entsprechen denen bei der Klärung von Ereignissen, Sachverhalten und Vorstellungen (1.1).

Im folgenden werden drei der traditionellen Schreibaufgaben näher behandelt: Nacherzählung, Précis und Inhaltsangabe. Andere zum Nachdenken über Texte auffordernde Aufgaben wie die Analyse und Interpretation von poetischen Texten werden beim „Umgang mit Literatur" (Band 3) erörtert. Das Weitererzählen und Umgestalten von Texten wird sowohl bei der Nacherzählung als auch bei der Phantasieerzählung (1.1.1.2) angesprochen; außerdem gehört es auch zum poetischen Schreiben (2).

1.2.1 **Nacherzählung:** Eine Handlung nacherzählen

1. Definition

Die N. ist eine Form des Umgangs mit Literatur, die vor allem in der Schule gepflegt wird. Sie dient primär dem Klären und Sichern des Verständnisses von erzählenden und dramatischen Texten. Im Mittelpunkt steht dabei die Wiedergabe der Handlung oder des Geschehens; daneben werden die Hauptfiguren soweit charakterisiert, daß sie sich der Leser der N. vorstellen kann. Auf den selbständigen Einsatz literarischer Kunstmittel wird meistens kein Wert gelegt, eher schon auf die Übernahme solcher Wendungen aus der Vorlage.

2. Didaktische Problematik

Die Schüler N.n schreiben zu lassen, wird auf verschiedene Weise begründet:

- Der Wortschatz und ganz allgemein das Sprachvermögen, insbesondere auch das schriftliche, werde erweitert,
- der Inhalt der vorgelegten Geschichte werde besser verstanden,
- das Erzähltalent werde entwickelt,
- die in manchen Lebenssituationen nützliche Fähigkeit des (mündlichen) Nacherzählens werde geübt.

Darüber hinaus werden bisweilen allgemeine kognitive Fähigkeiten zur Begründung erwähnt: Schüler lernen, aufmerksam zuzuhören, sie üben ihre Konzentrationsfähigkeit, sie trainieren ihr Gedächtnis.

Die N. wird aber nicht nur als *Medium* des Lernens eingesetzt, sondern sie ist ein geradezu klassisches Mittel zur Kontrolle dessen, was ein Schüler kann, und zwar sowohl im Hinblick auf Sprach- bzw. Textverständnis als auch auf (schriftliche) Sprachproduktion. Die N. wurde deshalb früher im allgemeinen bei gymnasialen Aufnahmeprüfungen verwendet (MIẞFELDT 1961). Heute ist sie besonders als Klassenarbeit in den Klassen 4–6 beliebt. Dabei geraten oft das Literarische der Texte und leserbezogene, erzählerische Qualitäten der N. (Spannung, Lebendigkeit, Anschaulichkeit) ins Hintertreffen; entscheidend ist dagegen die Menge an inhaltlichen Einzelheiten, die der Schüler in seiner N. wiedergibt. Da die Schüler gewöhnlich alle dieselbe Textvorlage haben, entsteht ein fragwürdiger Wettstreit um die genaueste Wiedergabe.

So verstanden, wäre die beste N. diejenige, die den Text wortwörtlich wiederholt – die bloße Kopie also. Diese Forderung nach *Vorlagentreue* sieht sich aber häufig mit einer gegenläufigen Forderung konfrontiert: Der Schüler solle zwar dasselbe sagen, aber mit *eigenen Worten*. Dahinter steht der Gedanke, daß sich der Schüler der 4., 5. und 6. Klasse zwar noch nicht vom inhaltlichen Verlauf, vom Handlungsgang lösen und ihn – wie bei der Inhaltsangabe – abstrahierend zusammenfassen kann, wohl aber vom Wortlaut. Der Schreiber der N. sieht sich also widersprüchlichen Anforderungen ausgesetzt, und die Maxime „so textnah wie möglich, so frei wie nötig" hilft ihm nicht aus diesem Dilemma heraus.

DAHMS (1968) schätzt den Wert einer möglichst wortgetreuen Reproduktion noch hoch ein und empfiehlt diese Form der N. deswegen für die 5. Klasse, wobei er annimmt, daß der Schüler dazu von seiner sprachlichen Entwicklung her gerade noch in der Lage sei; später verliere sich diese Fähigkeit der wörtlichen Wiederholung. DAHMS nennt dies „die Wiedergabe einer Geschichte schriftlich oder mündlich" und betrachtet sie als den ersten Schritt auf dem Weg zur N. Als Regeln für das Schreiben der N. nennt er: „Der Nacherzählende halte sich an die chronologische Reihe der Begebenheiten, bleibe im Tempus der Vorlage, erhalte die Anschaulichkeit und mache von seiner Freiheit Gebrauch, Textwörter durch Wörter seines eigenen Wortschatzes zu ersetzen, auch wenn ein solcher Tausch hie und da zu Mißverständnissen führen sollte. Texttreue, aber nicht sklavische Folgsamkeit wird verlangt" (1968:171).

DAHMS folgt in seiner Argumentation der traditionellen Begründung für die N. In der Geschichte des Aufsatzunterrichts spielte die N. nämlich eine hervorragende Rolle, weil sie, als „Reproduktion", dazu dienen sollte, Schüler an die Schriftsprache heranzuführen; dies war besonders wichtig, weil die Schüler Deutsch oft mundartlich sprachen. Durch N.en sollten sie mit der Hochsprache und mit Wörtern und Wendungen der Schriftsprache vertraut werden: Die N. im Dienst der Wortschatz- und Satzmusterarbeit! Die N. nahm also eine Mittelstellung ein zwischen dem bloßen Abschreiben und dem eigenen – freilich auch konventionell festgelegten – konzeptionellen Schreiben. Das Erlernen der Schriftsprache wurde in Analogie zum Erlernen der mündlichen Sprache als Nachahmung verstanden.

Je mehr die Kinder in einer schriftsprachlich geprägten Kultur aufwuchsen, je mehr ihnen auch selbständiger, kreativer Sprachgebrauch zugetraut wurde, desto fragwürdiger wurde die Praxis solchen schriftlichen Nacherzählens. In der Reformpädagogik – und wieder von SENNLAUB (1980) – wurde sie deshalb als „bloße Gedächtnisübung" und papageienhaftes „Nachsagen" heftig angegriffen. Möglicherweise hat der Unterricht aber vorschnell auf die bloß wiedergebende und texttreue N. als Mittel der Erweiterung der Sprachfähigkeit verzichtet, und vielleicht könnte die N. zumindest für Kinder, die Deutsch nicht als Primärsprache gelernt haben, von Nutzen sein. Andererseits sollte man nicht vergessen, daß die Schüler bei der N. keine Möglichkeit haben, ihre eigenen Phantasien und Erfahrungen auszudrükken; eine Ich-Beteiligung ist zumindest bei der üblichen, rein reproduktiven N. ausgeschlossen (HURRELMANN 1983:30).

3. Spielarten und Abgrenzungen

FROMMER (1984a) konfrontiert die *„texttreue"* N. mit drei weiteren, zweifellos moderneren Spielarten: der *„aneignenden"* N., bei der sich der Schreiber die Vorlage mehr oder minder willkürlich zu eigen macht und sie gemäß seinem Verständnis verändert, der *„partnergerichteten"*, die sich am Auffassungsvermögen und Interesse des Lesers orientiert, und der *„literarischen"*, bei der der Erzähler bewußt sprachliche Mittel zur eigenen Gestaltung verwendet. Da FROMMER die N. als Mittel zur Klärung des Textverständnisses ansieht, ist sie für ihn der erste Schritt auf dem Weg zur *Interpretation*: Mit der N. hält der Leser eines Textes auf diesen Text Rückschau, konkretisiert das Gelesene und eignet es sich an. Im Unterricht kommt es nun auf den Vergleich unterschiedlicher N.en sowie den Vergleich von N. und Ausgangstext an. Dabei stellt der Ausgangstext nicht einfach die Norm dar, an der die einzelnen N.en gemessen werden, sondern vielmehr die Folie, auf der die jeweilige Besonderheit der verschiedenen N.en deutlich wird.

Es ist allerdings fraglich, wie weit FROMMERS Ansatz trägt; denn bei den solcherart geschriebenen N.en handelt es sich um nichts anderes als schriftlich ausgearbeitete *Erstrezeptionen:* Dem Schüler, der die Erzählung nur über das Ohr aufnimmt, sie aber nicht nachlesen kann, fehlt die Möglichkeit zu einer gewissenhaften Auseinandersetzung mit dem Text. Die Unterschiede, die sich in den N.en der einzelnen Schüler zeigen, sind also zum guten Teil der besonderen Rezeptionssituation geschuldet. Die N. im Sinne von Textkonkretisation bedeutet, daß der Schüler aufschreibt, was er von der Erzählung behalten hat, und zwar mit dem Ziel, daß danach in der Klasse die Unterschiede dieser Erstrezeptionen festgestellt werden und der Frage nachgegangen wird, wie wesentlich diese Unterschiede sind und wie es zu ihnen gekommen ist.

Die Verwendung der N. als erster Schritt zu einer Interpretation ist zwar möglich, doch fragt es sich, auf welcher Klassenstufe dies geschehen kann; denn sie setzt ein hohes Können voraus. FROMMER demonstriert das Verfahren mit Beispielen aus der 7. Klasse (Gymnasium). Die von ihm vorgelegten Aufsätze zeigen, daß die Schüler offenbar alle üblichen Schwierigkeiten des Nacherzählens schon überwunden haben, so daß sich der Unterricht nunmehr der Frage zuwenden kann, wie die Vorlage durch die unterschiedlichen Texte gedeutet wird. Auch die Behandlung dieser Frage setzt hohes Können voraus.

Was bleibt, wenn die texttreue N. als überflüssig abgelehnt, die aneignend-interpretierende N. aber als zu schwer angesehen wird? Es bleibt zunächst eine inhaltsorientierte pseudo-objektive N., bei der sich der Schüler an die „wesentlichen Fakten“ und an den chronologischen Ablauf halten soll und nichts dazuerfinden darf. Als weitere Schreibnorm wird bei dieser heute besonders bei Prüfungen üblichen N. die Verwendung eines bestimmten Tempus genannt, des Präteritums. Dieses Tempus dient im wesentlichen der vordergründigen Abgrenzung der N. von der **Inhaltsangabe**; es soll sicherstellen, daß der Schüler keinen argumentierenden Text (wie bei der Inhaltsangabe), sondern einen erzählenden schreibt. Dabei wird allerdings übersehen, daß das Präsens als „historisches Präsens“ oft bei Erzählungen gerade dann verwendet wird, wenn der Leser gepackt werden soll, indem man ihm das Geschehen wie in einem Film vor Augen stellt. Die Festlegung des Präteritums als Tempus für die N. bedeutet also, daß die N. eines wesentlichen erzählerischen Gestaltungsmittels beraubt wird.

Das Verhältnis mündlich–schriftlich spielt bei der N. eine entscheidende Rolle. Gewöhnlich wird die Vorlage vorgelesen, also mündlich vorgetragen, und die Schüler müssen die N. schriftlich niederlegen. DAHMS erwähnt aber auch die mündliche N., die unmittelbar auf das Vorlesen folgt und bei der der Schüler noch eng am eben Gehörten bleibt. Daneben gibt es die mündliche N. eines schriftlich vorliegenden Textes; sie ist im Unterricht recht häufig, nämlich immer dann, wenn vor der eigentlichen Besprechung eines gelesenen Textes der Inhalt des Textes noch einmal vergegenwärtigt wird. Und schließlich gibt es die schriftliche N. eines schriftlich vorliegenden Textes.

Bei der schriftlichen N. eines schriftlich vorgelegten Textes kann die N. zur **Nach- und Umgestaltung** werden, bei der der Schreibende seine Absichten – bis hin zur Travestie und Parodie – verwirklichen kann. Die N., bei der der Ausgangstext „gegen den Strich gebürstet" wird, ist schwieriger als die bloße N., da hier das sonst beim Schreiben zu gewinnende Textverständnis und die Fähigkeit zur Reproduktion schon vorausgesetzt werden. Sie ist aber auch reizvoller und stellt eine größere Herausforderung dar. Es handelt sich hier nicht eigentlich um ein *Nach*erzählen, sondern um ein *Um*erzählen, wobei mehr die gestalterischen Erzählfähigkeiten gefordert sind als bei der bloßen N. MENZEL (1984a) nennt diese Form der N. deshalb „umgestaltende".

Eine beliebte Form der umgestaltenden N. ist das Nacherzählen aus anderer Perspektive, und zwar besonders gern in Ich-Form aus der Perspektive einer handelnden Figur. WAGNER (1979) demonstriert das *perspektivische Nacherzählen* am Beispiel der Fabel vom Löwen und der Maus; die Schüler sollen sie aus der Perspektive des Löwen oder der Maus nacherzählen. Es werden von den Schülern aber neben dem Wechsel der Perspektive noch weitere Leistungen verlangt: Sie sollen sich vorstellen, die Erzählung richte sich an bestimmte Zuhörer (die Kinder des erzählenden Tiers, seine Familie, sein Rudel), und sie sollen wörtliche Rede, Ausrufe, Fragen und „treffende" Verben sowie „ausschmückende" Adjektive gebrauchen. An die Schüler werden also Forderungen gestellt, wie sie für die „partnergerichtete" und für die „literarische" N. typisch sind. (Literarisierung ist allerdings nicht gleichzusetzen mit Ausschmückung durch Adjektive!)

MENZEL (1984a) weist darauf hin, daß es die *partnergerichtete N.* auch außerhalb der Schule gibt, und zwar überall dort, wo ein Text auf ein bestimmtes Publikum zugeschnitten wird. Dies geschieht bei Übertragungen älterer Texte (z.B. Fabeln und Schwänke) in eine moderne Sprachform und bei Adaptionen von Texten, die ursprünglich für Erwachsene geschrieben waren, für ein jugendliches Publikum (z.B. Till Eulenspiegel, Robinson Crusoe). Solche *literarischen N.en* können auch in der Schule gefordert werden, allerdings unter der Voraussetzung, daß die Sprache der Textvorlage nicht so fremd ist, daß sie die Schüler nicht verstehen. Die Schüler müssen den Text dann für ein bestimmtes Publikum (gleichaltrige oder jüngere Schüler) nacherzählen. Wenn arbeitsteilig verfahren wird, können hier auch längere Texte bewältigt werden, und die Schüler haben womöglich mehr Spaß daran, weil auf diese Weise ein Gemeinschaftswerk entsteht. – Man sollte sich allerdings nicht darüber täuschen, daß auch die partnergerichtete N. kein Pendant in der gegenwärtigen oder zukünftigen Lebenspraxis der Schüler hat, sondern eine schulische Übung bleibt, die nicht mit dem Verweis auf praktischen Nutzen durchgeführt wird, sondern im Hinblick auf abstraktere, allgemeinere sprachlich-kognitive oder interaktive und literarische Ziele.

4. Entwicklung
Nacherzählen ist eine natürliche Sprachhandlung, die das Kind mündlich schon sehr früh ausführt. In schriftlicher Form wird das Nacherzählen zu Übungszwecken meistens gegen Ende der Grundschule eingeführt.

Wenn die N. nicht primär zur Erweiterung der Sprachfähigkeiten, sondern zum Erarbeiten von Textverständnis eingesetzt wird, so kann sie dies auch auf höheren Klassenstufen leisten und ist keineswegs auf die ihr am häufigsten zugewiesenen Klassen 4–6 beschränkt. FROMMER empfiehlt ausdrücklich, N.en nicht nur auf der „Unterstufe" (gemeint sind die Klassen 5 und 6 des Gymnasiums) schreiben zu lassen, sondern entsprechend schwierigere N.en auch auf höheren Stufen. Auch MENZEL (1984b) empfiehlt die N. für höhere Klassenstufen und läßt in Klasse 10 eine „übertragende" N. schreiben. Sie stellt hohe Anforderungen, da ein altertümlicher Text nicht ohne gründliche Sprachreflexion (auf der Wort-, Satz- und Textebene) angemessen in modernes Deutsch übertragen werden kann.

Meistens treten auf höheren Klassenstufen allerdings andere Formen der Textvergewisserung an die Stelle der N., nämlich **Inhaltsangabe** und **Précis**. Diese Formen verlangen eine distanziertere und analytische Haltung gegenüber der Textvorlage.

Der Schwierigkeitsgrad der N. hängt einmal von der Textvorlage ab: Mehrsträngige Erzählungen sowie Dialogtexte sind schwieriger nachzuerzählen als einfache Fabeln, ebenso sind Texte eines fremderen Sprachstandes schwerer nachzuerzählen. Zum anderen hängt der Schwierigkeitsgrad von der Aufgabenstellung ab: So ist die N. aus einer bestimmten Perspektive schwieriger, und auch durch die Ausrichtung auf einen bestimmten Leserkreis steigen die Anforderungen. Der Lehrer sollte die Schwierigkeiten des Textes dadurch kennenlernen, daß er versucht, nach einmaliger Lektüre selbst den Text mündlich (möglichst auf Tonband) oder schriftlich nachzuerzählen.

5. Hinweise zur Methode und Aufgabenvorschläge
Wird die nachzuerzählende Vorlage den Schülern mündlich vorgetragen, so sind die Hinweise beachtenswert, die DAHMS hierfür gibt:

„Der Lehrervortrag sei daher plastisch, arbeite das Anschauliche der Erzählung deutlich heraus und unterstreiche die mimischen und gestischen Elemente, die in der Erzählung stecken. Vor allem sei er pausenreich und gehe mit gemessenem Schritt voran. Der Schüler braucht diese Pausen, um die durchs Lesen angeregten Vorstellungen in sich zur Entfaltung und anschaulichen Erfüllung kommen zu lassen. Deswegen muß der Vortragende mehr noch als in seinem Text in den Gesichtern der Zuhörenden lesen. Dort kann er erkennen, wie sich seine Geschichte im Bewußtsein der Schüler entfaltet" (1968:172f.).

Im übrigen zeigt DAHMS für das Erlernen der N. ein schrittweises Verfahren auf:

- Zunächst läßt er die Schüler eine vorgelesene Geschichte mündlich nacherzählen.

- Dann läßt er eine Geschichte schriftlich nacherzählen, die die Schüler vorher zu Hause gelesen haben; diese Geschichte wird dann gar nicht mehr im Unterricht vorgelesen.
- Als nächsten Schritt läßt er die Schüler entweder zu einer zu Hause gelesenen Geschichte Zusatzfragen beantworten – dadurch wird sichergestellt, daß die Schüler sich nicht nur memorierend mit dem Text beschäftigen, sondern auch gedanklich – oder er läßt die N. eines unbekannten, zweimal vorgelesenen Textes schreiben.
- Zuletzt müssen die Schüler die N. eines unbekannten, einmal vorgelesenen Textes schreiben und Zusatzfragen beantworten.

Üblicherweise wird der Text unmittelbar vor der Niederschrift der N. vorgelesen. Ulshöfer (1963) empfiehlt dagegen, den Text schon einige Tage vorher vorzulesen, denn dann hielten sich die Schüler beim Nacherzählen mehr an den Sinn als an den Wortlaut und aktivierten stärker ihren eigenen Wortschatz. Man wird heute allerdings zu berücksichtigen haben, daß Schüler aus leistungsorientierten Elternhäusern womöglich eine solche N. schon mehrfach zu Hause geschrieben haben werden, ehe sie sie in der Schule schreiben – und das verzerrt nicht nur den Eindruck ihrer Fähigkeiten, sondern bringt auch Ulshöfers Verfahren um seine Wirkung.

Ein etwas anderes und eher ermüdendes Vorgehen schlägt Wagner (1979) vor: Der Text wird zweimal vorgelesen. Dann haben die Schüler Gelegenheit, sich spontan zu äußern; unverstandene Sachverhalte und Textstellen werden erklärt. Danach wird die Geschichte von mehreren Schülern mündlich aus einer bestimmten Perspektive nacherzählt. Im nächsten Schritt wird ein Kriterienkatalog an der Tafel erarbeitet, und erst dann schreiben die Schüler N.en, und zwar in Gruppenarbeit. Diese Texte gelten als „Entwürfe“ und werden in der Klasse besprochen. Nach diesem Durchgang folgt ein zweiter mit einem anderen Text, und erst da schreiben die Schüler individuell N.en.

Ein stärker spielerischer Zugang zur N. sieht so aus: Zwei Freiwillige verlassen den Raum. Der Klasse wird die Erzählung vorgelesen. Der erste Freiwillige wird hereingerufen, und ein Schüler erzählt ihm die Geschichte, so gut er sie behalten hat. Dann wird der zweite Freiwillige hereingerufen, und nun erzählt ihm der erste Freiwillige, was er verstanden und behalten hat. Der zweite Freiwillige erzählt die Geschichte dann der ganzen Klasse, und diese ist aufgefordert, alle Abweichungen vom Ausgangstext festzustellen. Dieses ganz im Mündlichen bleibende Nacherzählen kann als Vorübung zur schriftlichen N. dienen.

So vielfältige methodische Möglichkeiten die N. auch bietet und so ergiebig sie als Mittel zum Gewinnen eines Textverständnisses auch sein mag, es sind doch auch nicht ihre Nachteile zu übersehen, derentwegen sie in Verruf gekommen ist. Von seiten des kommunikationsorientierten Deutschunterrichts wird kritisiert, daß die N. – zumindest in ihrer traditionellen und schriftlichen Form – eine vorwiegend schulische und oft recht künstliche Angelegenheit sei, die kaum ein Pendant in der realen Kommunikationspraxis habe: Werden die Schüler hier nicht zu etwas qualifiziert, was sie im außerschulischen Leben nie brauchen werden? Von seiten des „kreativen Schreibens" wird kritisiert, daß die traditionelle N. wenig Spielraum für das Einbringen von Phantasie und eigenen Erfahrungen läßt und alle Schüler inhaltlich ähnliche Texte verfassen – was übrigens die Lektüre der Aufsätze für den Lehrer zur Qual machen kann. Wegen ihrer Bindung an die Vorlage ist die N. bei vielen Schülern auch wenig beliebt, und häufig genug werden als Vorlagen ja Texte gewählt, die für Kinder und Jugendliche inhaltlich uninteressant sind und sprachlich jenseits ihres Horizonts liegen (z. B. Kalendergeschichten von Hebel). Verstärkt wird diese Abneigung, weil die N. häufig gar nicht wirklich zum Gewinnen von Textverständnis, sondern vielmehr zum Gewinnen von Noten verwendet wird: Die Prüfungsfunktion dominiert über die Lernfunktion. Ein positives Verhältnis zur N. haben am ehesten Schüler, denen es schwerfällt, eigene Erlebnisse schriftlich zu erzählen oder sich Geschichten frei auszudenken; sie sind bisweilen dankbar für die Stütze, die ihnen die Vorlage gibt, und können ihr Ausdrucksvermögen daran schulen. Andererseits sind schwache Schüler sowie solche, die gewöhnlich Dialekt sprechen oder nicht gut Deutsch können, dadurch im Nachteil, daß sie die schriftsprachlich verfaßten Textvorlagen mitunter nur schwer verstehen und natürlich auch weniger gut einzelne sprachliche Wendungen behalten.

Literatur:
Dahms 1968, Frommer 1984a, Hurrelmann 1983, Menzel 1984a, 1984b, Wagner, L. 1952, Wagner, R. 1979.

1.2.2 **Précis:** Einen Text kürzen

1. Definition und Abgrenzungen
Der P. ist eine strenge schulische Übungsform, die – trotz des französischen Namens – besonders in England verbreitet ist. Geübt wird das Verkürzen eines Textes auf ein Drittel seines ursprünglichen Umfangs, und zwar so, daß der Stil gewahrt wird. Der Ausdruck könnte also mit „Textzusammenfassung" übersetzt werden; besser aber wäre „Textkürzung".

Die wichtigsten Regeln sind:

1. Der Text ist auf ein Drittel seines Umfangs zu kürzen. (Die Anzahl der Wörter der Vorlage wird deshalb meistens genau angegeben.)
2. Der Stil (Wortwahl, Wortstellung, Satzbau usw.) ist beizubehalten.
3. Inhaltlich sollen alle „wesentlichen Gedanken bzw. stofflichen Einzelheiten der Vorlage" wiedergegeben werden, „ohne deren Bedeutung zu verändern und ohne zu interpretieren"; die Reihenfolge ist beizubehalten.
4. Am Ende muß ein zusammenhängender, lesbarer Text entstehen.

Siedler (1967a) verlangt darüber hinaus, der Schüler müsse den Text mit eigenen Worten wiedergeben („gewisse rhetorische Figuren, wie Bilder,

Synästhesien, Metaphern, sind sprachlich umzuformen") und direkte Rede müsse in indirekte verwandelt werden. Damit stellt er den Schüler aber vor widersprüchliche Anforderungen; denn es ist kaum möglich, den Stil z.B. einer Erzählung beizubehalten, wenn man alle darin vorkommende wörtliche Rede in indirekte umformen muß.

Der P. steht der **Nacherzählung** nahe, bezieht sich aber erstens keineswegs nur auf erzählerische und dramatische Texte, sondern kann jede Art von Prosatext zur Grundlage haben, und zweitens muß der P. im Unterschied zur Nacherzählung kürzer als die Vorlage sein. Von der **Inhaltsangabe** unterscheidet sich der P., indem er nicht wie diese den Inhalt erklärt, sondern ihn bloß gerafft wiedergibt. Während die Inhaltsangabe ein gedankliches Erfassen des Textes nötig macht, kann der P. teilweise intuitiv geschrieben werden, d.h. neben Sprachverständnis verlangt und fördert er Sprachgefühl. Nicht richtig ist dagegen, daß der P. keine Abstraktion verlange: Wenn „ehe er etwas zu essen und trinken gefordert" zu „vor der Mahlzeit" umgeformt wird oder „Wie der erschrockene Mann das hörte, und das spitzige, kalte Eisen lag auf dem Tisch" zu „Ob dieser Drohung", so ist dies selbstverständlich eine Abstraktion (HIRSCHENAUER 1969:44).

2. Didaktische Problematik

SIEDLER empfiehlt den P. aus drei Gründen:

a) Der P. sei ein vorzügliches Lernmedium, denn er schaffe eine „besonders umfassende stilistische Schulung". Durch die verkürzende Reproduktion „erstklassiger Texte seiner Nationalliteratur" bilde der Schüler seinen Stil. Dabei sei keine sklavische Nachahmung gefordert, sondern ein sinn- und stilgemäßes Neuschaffen. Da literarische Vorlagen hier nicht wie bei der Inhaltsangabe in einen anderen, nämlich argumentativen Stil transformiert würden, sondern literarisch blieben, schule der P. die poetischen Fähigkeiten.

Es ist SIEDLER zuzustimmen, daß der sprachbildnerische Wert von Nachahmungen – wohl unter dem Einfluß der Genieästhetik und der unterrichtsreformerischen Originalitätspädagogik – im deutschen AU nicht ernst genug genommen wird. Aber nicht zu übersehen ist auch, daß Stilimitationen für die meisten Schüler keinerlei Reiz haben; die Aufgabe entspricht weder einem Ausdrucksbedürfnis, noch ist sie kommunikativ motiviert. Außerdem fällt es uns heute, nachdem die Traditionen brüchig geworden sind, schwer, einen Konsens darüber zu finden, was „erstklassige Texte" sind, die als Muster dienen könnten. Gehören HEBELS Kalendergeschichten (auf die HIRSCHENAUER zurückgreift) etwa dazu? Lohnt es sich, HEBELS Stil nachzuahmen, und sei es auch nur, um diese Texte besser zu verstehen?

b) Der P. habe praktischen Wert, denn im Berufsleben müßten oft Kurzfassungen längerer Texte hergestellt werden, und darüber hinaus schule der P. überhaupt das Anfertigen von knappen, präzisen Berichten (juristische Beweisaufnahmen, ärztliche Anamnesen und Diagnosen, Protokolle usw.). Das Schreiben des P. qualifiziere also für das spätere berufliche Leben.

Es fällt auf, daß bei dieser lebenspraktischen, kommunikativen Begründung ein entscheidendes Merkmal des P., nämlich die Stilimitation, keinerlei Rolle spielt. Im übrigen ist der behauptete Transfer höchst fraglich: Kann man einen Fachaufsatz besser zusammenfassen, wenn man Kalendergeschichten „précisiert“ (!) hat?

c) Der P. ermögliche eine „verhältnismäßig gerechte Beurteilung“, denn er sei eine „‚neutrale‘ Aufsatzart“. Leicht beurteilbar sei der P., weil er auf klaren Regeln basiere.

Auf den ersten Blick trifft dies zu; aber die oben genannten „Grundregeln“ geben zu erkennen, daß die Beurteilung eines P. keineswegs so einfach ist, wie SIEDLER glauben macht. Zwar kann festgestellt werden, ob Regel 1 eingehalten wurde (allerdings: Wie sind Abweichungen zu werten?), aber ob der Stil beibehalten und alles inhaltlich Wesentliche wiedergegeben wurde, ist eine Ermessensfrage.

Ähnlich wie SIEDLER glaubt auch ULSHÖFER (1974), den P. problemlos beurteilen zu können. Er läßt die Schüler gleich die Beurteilungskriterien unter die Arbeit schreiben, so daß der Lehrer nur noch die Teilnoten dahinterzuschreiben braucht:

„1 – Wortzahl (richtiges Zahlenverhältnis)
2 – Überschrift für Text (ob inhaltlich und formal zutreffend)
3 – Gliederung (ob erkannt und beachtet)
4 – Überschriften für Teilabschnitte (richtig getroffen)
5 – Textverständnis (nicht interpretiert, sondern gekürzt)
6 – Stil der Vorlage (beibehalten)
7 – Rechtschreibung und Zeichensetzung“

ULSHÖFER treibt die Pseudo-Objektivität des Beurteilungsverfahrens auf die Spitze, wenn er verlangt: „Die sieben Kriterien werden gleich benotet. Die Gesamtnote stellt das arithmetische Mittel der Einzelnoten dar“ (1974:164).

d) Ein vierter Grund wird von RICKEN (1984) genannt: Es geht um „produktive Einfühlung“ in einen Text, d.h. das Schreiben des P. ist ein Mittel der Textaneignung, ist also Lernmedium.

3. Entwicklung

Bei seinen Vorschlägen hat SIEDLER nur das Gymnasium (und die Universität) im Blick; er empfiehlt den P. für die gesamte Sekundarstufe. Viele seiner Regeln und Hinweise machen den P. aber so anspruchsvoll, daß er heute kaum vor der Sek. II durchführbar erscheint. In Sprachbüchern taucht der P. – wenn überhaupt – dagegen schon für die 7. Klasse auf.

Um den P. schon in der Sek. I als Lernmedium zu gebrauchen, muß er auf die beiden Hauptregeln – Textkürzung und Beibehalten des Stils – reduziert werden. Auch auf vorkonventioneller Entwicklungsstufe haben die Schüler keine Mühe, geschriebene Sprache als Material anzusehen, das bearbeitet werden kann, und sie nehmen schon stilistische Unterschiede wahr. Überfordert können die Schüler allerdings dadurch sein, daß sie Schriftsprache insgesamt als einen Stil ansehen, den sie zunehmend von mündlicher Sprache zu unterscheiden lernen, und daß ihnen Binnendifferenzierungen noch schwer fallen. Als Vorlagen eignen sich deshalb vor allem Sachtexte.

Zur Differenzierung unterschiedlicher schriftsprachlicher Stile sind die Schüler dann auf konventioneller Stufe fähig, wobei das, was sie unterscheiden, noch nicht Individualstile sind, sondern Gruppen- und Rollenstile: Als Pfarrer schreibt man so, als Werbetexter so, als Wissenschaftler so. Haben die zu kürzenden Vorlagen einen in dieser Hinsicht prägnanten Stil, so können die Schüler ihn imitieren; dabei neigen sie zur Übertreibung, die dem P. dann leicht parodistische Züge verleiht. Viele nichtliterarische Texte, besonders aus Zeitungen, sind stilistisch ähnlich und eignen sich deshalb als Vorlagen; die Schüler imitieren dann den BILD-Zeitungsstil, den BRAVO-Stil, den Stil ihres Sprach- oder Geschichtsbuchs, den Predigtstil usw.

Erst auf postkonventionellem Niveau (im allgemeinen frühestens in der Sek. II) gelingt den Schülern das Erfassen und Nachahmen von Individualstilen; die Kürzung ist dann allerdings problematisch. Nicht selten kommt es zu einem produktiven Scheitern: Die Schüler stellen fest, daß der poetische Text nicht zu kürzen ist, ohne ihn sprachlich und inhaltlich zu zerstören, und sie begründen dies detailliert. (Auch bei gelungenen P.-Fassungen ist es sinnvoll, Begründungen für die gefundenen Formulierungen zu verlangen.)

4. Hinweise zur Methode und Aufgabenvorschläge

Siedler stellt ein strenges schrittweises Verfahren vor, wie der P. „auch für bescheiden Begabte zu einer weitgehend erlernbaren Aufsatzart" gemacht werden kann:

„a) Vorlage mehrmals lesen, Sinn gründlich bedenken; Überschrift finden, die Inhalt und Ton trifft (Sachlichkeit, Ironie u. a.).
b) Erneut lesen, Aufbau erkennen; Überschriften für die einzelnen Teile finden; Unterteilungen in 1a, 1b, 1c usw. können vorteilhaft sein.
c) Vervollständigung der Notizen, indem man unter jede Teil-Überschrift die wesentlichen Gedanken bzw. stofflichen Einzelheiten zusammenfaßt, und zwar noch mit den Worten der Vorlage. Diese Notizen müssen so klar und exakt sein, daß man davon einen P.-Entwurf schreiben kann, ohne die Vorlage wieder einzusehen. Diese Bestimmung zielt darauf ab, den Schüler vom Originaltext zu lösen. Er hat ihn inzwischen so eingehend studiert und in sich aufgenommen, daß er nun
d) den P.-Entwurf lediglich an Hand der Notizen machen kann. Dabei sind die Grundregeln des P. [...] zu beachten.
e) Überprüfung des Entwurfs auf Zusammenhang und Lesbarkeit; die vorgeschriebene Wortzahl muß eingehalten werden.
f) Nun nimmt man wieder das Original vor und vergleicht es mit dem P.-Entwurf. Dabei prüft man, ob der P. einem Leser, der die Vorlage nicht kennt, alle wichtigen Gedanken mit eigenen Worten vermittelt.
g) Anfertigung der Reinschrift. Am Ende gibt man die genaue Wortzahl an" (1967a:91).

Als Anlaß für diese Übung könnte die Annahme dienen, man sei Zeitungsredakteur und müsse einen umfangreichen Artikel auf ein Drittel kürzen, da nicht mehr Platz vorhanden sei. Diese Annahme funktioniert natürlich nur bei journalistischen Formen und Sachtexten.

An SIEDLER orientiert, aber stärker auf die tatsächlichen Handlungen bezogen ist der Vorschlag von DAHMS u.a. (1991). Empfohlen wird, in drei Schritten vorzugehen:

1. Streichen: Alle entbehrlichen Wörter werden gestrichen. Die Frage, was entbehrlich ist, führt zu genauester Textwahrnehmung.
2. Umformen: Was nicht (mehr) gestrichen werden kann, kann bisweilen durch Umformen gekürzt werden („bei Beginn der Nacht“ wird zu „bei Nachtbeginn“).
3. Gewichten: Der ganze Text und einzelne Abschnitte werden zu „Überschriften“ zusammengefaßt, die Satzform haben und mit den Wörtern „was“, „wie“, „weshalb“, „warum“, „wodurch“, „worin“ anfangen; zu meiden sind bloße „Titel“ („Die Eiche und das Schwein“).

Ein günstiger Einstieg ist auch, den Schülern zwei etwa gleich lange P.-Fassungen des Anfangs eines Textes vorzulegen mit der Behauptung, der eine Text sei ein Original, der andere eine Nachahmung. Wenn sich die Schüler für eine Fassung entschieden haben, erhalten sie das tatsächliche Original und erfahren, durch welche Technik – eben den „P.“ – die beiden anderen Fassungen entstanden sind (RICKEN 1984:70).

Beispiel:
MUSILS Text „Das Fliegenpapier“ beginnt so:

Das Fliegenpapier Tangle-foot ist ungefähr sechsunddreißig Zentimeter lang und einundzwanzig Zentimeter breit; es ist mit einem gelben, vergifteten Leim bestrichen und kommt aus Kanada. Wenn sich eine Fliege darauf niederläßt – nicht besonders gierig, mehr aus Konvention, weil schon so viele andere da sind –, klebt sie zuerst nur mit den äußersten, umgebogenen Gliedern aller ihrer Beinchen fest. Eine ganz leise, befremdliche Empfindung, wie wenn wir im Dunkel gingen und mit nackten Sohlen auf etwas träten, das noch nichts ist als ein weicher, warmer, unübersichtlicher Widerstand und schon etwas, in das allmählich das grauenhaft Menschliche hineinflutet, das Erkanntwerden als eine Hand, die da irgendwie liegt und uns mit fünf immer deutlicher werdenden Fingern festhält.

(111 Wörter; ein Drittel wären 37 Wörter.)

Dieser Text wird den Schülern in zwei P.-Fassungen vorgelegt, etwa so:
1. Das Fliegenpapier ist schulheftgroß, gelb und giftig. Wenn sich eine Fliege wie gewöhnlich daraufsetzt, kleben ihre Beinchen fest. Ein Gefühl wie im Dunkeln, als träten wir barfuß auf etwas Weiches, Warmes und spürten allmählich den Griff einer Hand. (38 Wörter)
2. Wenn sich eine Fliege auf dem mit vergiftetem Leim bestrichenen Papier niederläßt, klebt sie wie all ihre Vorgängerinnen mit den äußersten Gliedern ihrer Beinchen fest. Eine befremdliche Empfindung, wie wenn wir festgehalten würden von einer grauenhaft menschlichen Hand. (37 Wörter)

Dann folgt die Fortsetzung von MUSILS Text im Original. Frage: Welcher Anfang – 1. oder 2. – paßt besser? Nachdem die Schüler sich entschieden und ihre Entscheidung begründet haben, wird ihnen der echte Anfang vorgelegt, und sie erfahren, daß sie düpiert wurden: Die gekürzten Anfänge waren „P.“. Nach welchen Regeln ein P. geschrieben wird, können sie dann selbst herausfinden.

Bei literarischen Vorlagen ist ein spielerisches Vorgehen möglich: Jeder Schüler sucht sich selbst einen Text, zu dem er einen P. schreiben will. Die P. werden dann ausgetauscht, so daß jeder einen anderen erhält, und nun versucht man, den P. wieder auf die ursprüngliche Länge zu bringen, d.h. bei diesem Schritt wird der Textumfang verdreifacht. Dann werden Ausgangs- und Endtext verglichen.

Eine für die meisten Schüler attraktivere Aufgabe als die Stilnachahmung ist allerdings die Stilveränderung, d.h., der Text wird in einen anderen Stil umgeschrieben. Wenn die Schüler nicht einzeln auf Ideen kommen, können gemeinsam Sprachstile gesammelt und durch Beispiele anschaulich gemacht werden: Behördensprache, Kleinkindsprache, Szene-Jargon, Werbesprache, altertümliche Sprache, Briefstil usw. Dabei wird der Text wie beim P. auf ein Drittel seines Umfangs gekürzt.

Zwar machen solche spielerischen Verfahren das Schreiben des P. reizvoller, aber sie können doch nicht darüber hinwegtäuschen, daß der P. eine für die meisten Schüler wenig motivierende und sehr anstrengende Schreibübung ist. Das Ziel, einen Stil durch Nachahmung zu erfassen, kann auch erreicht werden, ohne daß der Text pedantisch auf ein Drittel gekürzt wird. Zur Schulung der Wahrnehmung sprachlich-stilistischer Erscheinungen und der Konsequenzen, die Wortwahl und Formulierungen für den Sinn haben, ist der P. allerdings vorzüglich geeignet.

Literatur:
Dahms u.a. 1991, Eggerer/Rötzer 1982, Hirschenauer 1969 (Schülerband:44–48, Lehrerband:29–32), Menzel 1984a, Ricken 1984, Siedler 1967a u. 1967b, Ulshöfer 1974, 164ff.

1.2.3 **Inhaltsangabe:** Den Inhalt eines Textes wiedergeben

1. Definition
Die I. ist die schriftliche Wiedergabe dessen, was für einen Leser am Inhalt eines Textes wesentlich ist. In der Schule bezieht sich der Ausdruck „I.“ meistens auf die Wiedergabe des Handlungsgerüsts (des „Plots“) von erzählenden, seltener auch von dialogisch-dramatischen Texten. Außerschulisch spricht man im allgemeinen von **„Inhaltszusammenfassung“** oder „Inhaltswiedergabe“, und der Ausdruck bezieht sich auf alle Arten von Texten.

2. Spielarten, Abgrenzungen und didaktische Problematik
Folgende Spielarten und Verwendungsweisen der I. werden unterschieden:

a) die argumentierende I.,
b) die informierende (berichtende) I.,
c) die appellierende und wertende I.

a) Die argumentierende I.
In ihrer schulischen Form dient die I. dem Erarbeiten und der Dokumentation von *Textverständnis:* Beim Erarbeiten ist sie *Lernmedium* für das Verstehen der Plot- bzw. Handlungsstruktur, bei der Dokumentation kann sie der *Lernkontrolle* dafür dienen.

Als *Lerngegenstand* wird die I. in der Regel der **Nacherzählung** gegenübergestellt: Die Nacherzählung dient der Unterhaltung und ist auf Spannung aus, die I. dient der Information und ist sachlich (METTENLEITER 1988: 108f.) Diese Charakterisierung ist nicht nur für Schüler wenig hilfreich (im Alltag pflegen wir zu erzählen, wenn wir informieren wollen), sie führt auch hinsichtlich der didaktischen Funktion von Nacherzählung und I. in die Irre: Beides sind zunächst keine Zweckformen bzw. Sprachhandlungen, die der Unterhaltung bzw. der Information dienen, sondern schulische Übungen, die besseres Textverständnis zum Ziel haben. Daß diese Übungen mit Zweckformen verbunden werden, hat motivationale und methodische Gründe, führt aber auch zur Verwirrung hinsichtlich der Zielsetzung.

Die I. ist abstrakter als die Nacherzählung und erfordert Nachdenken über das Gelesene. Sie zwingt den Schüler, vom gelesenen Text Abstand zu nehmen, sich aus seinen Fesseln zu lösen (FROMMER 1984b) und sich die Frage vorzulegen, worum es in dem Text hauptsächlich geht. Deshalb schlägt DAHMS (1967) vor, die I. mit dem Einleitungssatz zu beginnen: „In diesem Text geht es darum, daß ...“ (So auch HIRSCHENAUER 1969; FROMMER gibt den Satzanfang „Die Erzählung handelt ...“ vor.) Allerdings verführt dieser Beginn des Satzes, der ja das Resultat der Geschichte enthalten und sie auf den Begriff bringen soll, die Schüler nur allzu leicht dazu, einen Bandwurmsatz zu schreiben; sie versuchen nämlich, viele nacheinanderfolgende Ereignisse der Geschichte in einem Satz unterzubringen: „In dieser Geschichte geht es darum, daß U passiert und dann V und dann W und dann X und dann Y und dann Z.“ D. h., der vorgegebene Anfang führt nicht notwendigerweise zu einer richtigen I., sondern mit ihm kann auch eine (mißratende) Nacherzählung begonnen werden. Die I., die mit dem Resultat in Form einer Behauptung beginnt und die dann im wesentlichen aus der Begründung dieser Behauptung besteht, gehört ohne Zweifel zu den *argumentativen* und nicht zu den narrativen oder deskriptiven Texten. Wenn der Schüler eine Behauptung aufstellt („Ich behaupte, es geht darum, daß ...“), und diese Behauptung dann begründet („Und das kommt nämlich so ...“), vollbringt er zugleich eine hermeneutische Leistung. Die I. steht deshalb der **Interpretation** nahe.

In der 7. und 8. Klasse wird diese Form der I. nur selten erreicht. Meistens verharren die Schüler bei einer chronologischen und reihenden – also eigentlich nacherzählenden – Wiedergabe des Handlungsverlaufs und orientieren sich an äußerlichen Verfahrensregeln, ohne deren Funktion zu verstehen; die Regeln sollen ja nur helfen, die geforderte Distanzierung und Abstraktion zu erreichen. Solche Regeln sind: Die I. soll kürzer sein als die Vorlage, sie soll nur das Wesentliche enthalten, sie soll sachlich geschrieben sein, d.h. ohne alle Ausschmückungen und ohne wörtliche Rede (direkte Rede ist wegzulassen oder in indirekte zu verwandeln, wobei der Konjunktiv I zu gebrauchen ist), und sie soll – weil sie eine Argumentation ist – im Präsens stehen.

Diese Regeln sind keineswegs eindeutig. Insbesondere der Kernpunkt, nämlich die Beschränkung auf das Wesentliche, bereitet Schwierigkeiten, und zwar aus zwei Gründen. Zum einen erfordert gerade dies eine außerordentliche Abstraktionsleistung, muß doch die bunte Mannigfaltigkeit des Geschehens zusammengefaßt und auf den Begriff gebracht werden. (Frommer gibt das Beispiel der Lenz'schen Erzählung „So war es mit dem Zirkus“ und zitiert die Arbeit eines Siebtkläßlers, die beginnt: „Die Geschichte handelt von der Naivität der Suleyker Gemeinde“ – eine für diese Klassenstufe kaum zu glaubende Abstraktionsleistung!) Zum anderen drückt der Schüler hier sein persönliches Verständnis des Geschehens und der Charaktere aus: Er deutet. Zwar kann sein Verständnis unvollkommen oder unangemessen sein; aber die Entscheidung darüber muß wiederum in einem hermeneutischen Dialog geschehen. Aus der Sicht des Kindes oder Jugendlichen sind oft Dinge wesentlich, die für den Erwachsenen unwesentlich sind, ihm erscheint etwas als zur Sache gehörig, was der Lehrer für entbehrlich hält, und in der Charakterisierung der Figuren kommen seine Wertvorstellungen zum Ausdruck. Eine zu schnelle Entscheidung über das, was wesentlich ist und was entbehrlich, fördert nicht das individuelle Verstehen, sondern blockiert es; wichtiger als ein konformistisches Allerweltsverständnis ist die Entfaltung des individuellen Verständnisses; dies gelingt nur, wenn das subjektive Verständnis nicht übersprungen wird.

Aus diesem Grund ist es sinnvoll, die I. nicht als Endpunkt der Beschäftigung mit einem Text anzusetzen, sondern als Zwischenstation; denn die Fragwürdigkeit der eigenen I. kann der Schüler nur erkennen, wenn er seinen Text mit den Texten von Mitschülern vergleicht und eine Auseinandersetzung über die Triftigkeit bestimmter Ansichten und Deutungen stattfindet. Wenn die I. in den weiteren Unterricht einbezogen wird, erhöht dies auch die Motivation der Schüler, überhaupt eine I. zu schreiben. Dagegen ist die übliche Praxis, eine I. losgelöst vom Literaturunterricht schreiben zu lassen, außerordentlich entmotivierend, und sie bestärkt die Schüler in der Meinung, es gebe ein bestimmtes richtiges Verständnis von Texten, das sie mehr oder weniger erraten oder zufällig treffen müßten: „Nun sagen Sie uns mal, Frau X., was war denn nun das Wesentliche?“ fragten Schüler die Lehrerin nach dem Schreiben einer I. als Klassenarbeit. Dahms: „Solche ‚Identitätsfragen‘ wie Was ist das Wesentliche? Was ist der Kernpunkt hier? usw. setzen voraus, daß bekannt ist, was gerade gesucht wird. Richtige Antworten sind ihrer Natur nach nur glückliche Treffer. In Wirklichkeit treffen Schüler- und Lehrermeinung per accidens zusammen“ (1967:515).

Die Maßgabe, nur „das Wesentliche" zu schreiben, fördert noch ein anderes Mißverständnis. Handelt es sich nämlich bei der Vorlage um einen literarischen Text von einiger Qualität, so enthielte die Unterscheidung von Wesentlichem und Unwesentlichem ja den Vorwurf an den Autor, etwas Unwesentliches, also Weglaßbares geschrieben zu haben. Tatsächlich verlangt die I. weitgehend ein Entpoetisieren und Absehen von Form und Gestalt. Nicht selten gibt es gerade aus diesem Grund Auseinandersetzungen über die Frage, ob bestimmte Textelemente wesentlich oder unwesentlich sind. Die Angabe, wann und wo etwas geschieht, welche Stimmung herrscht, wer was mit welchem Tonfall sagt, wie das Mienenspiel der Personen ist – all diese Details können wesentlich sein, und oft genug versuchen wir ja im Literaturunterricht den Schülern die Bedeutung von zunächst nebensächlich Erscheinendem deutlich zu machen und ihr Verständnis für Symbole, wiederkehrende Motive, Vorausdeutungen und eher versteckte Hinweise zu wecken. Wichtiger als die Unterscheidung von Wichtigem und Unwichtigem ist deshalb die Begründung, warum dies oder jenes, das angeführt wird, wichtig ist, also die Angabe der Funktion des jeweiligen Elements. So verstanden, verlangt die I. eine Rekonstruktion der Handlung, wobei die Verknüpfungen, die die Vorlage enthält, nun ausdrücklich nachgezeichnet werden müssen. Sprachlich geschieht dieses Nachzeichnen durch erklärende, in Argumentationen gebräuchliche Konjunktionen und Adverbien („weil", „damit", „so daß", „obwohl", „denn", „aber", „deshalb" usw.) und die entsprechenden Nebensatzarten (Kausal-, Konsekutiv-, Konzessiv- und Modalsätze).

Obwohl meistens verlangt wird, die I. müsse kürzer als das Original sein, ist nicht dies das entscheidende Kennzeichen der argumentierenden I., „sondern die zwingende Beweisstruktur" (Hirschenauer) des Textes. Es ist kein Mangel, wenn diese I. genauso lang oder gar länger (expliziter) ist als die Vorlage.

In der Didaktik wurde zwischen *„einfacher"*, *„zweigliedriger"* und *„dreigliedriger"* I. unterschieden (Ulshöfer 1974). Hierbei handelt es sich jedoch nicht um einen prinzipiellen, sondern um einen graduellen Unterschied; denn – wie erläutert – geht es auch bei der „einfachen" I. um ein *Verstehen* des Inhalts und nicht um dessen einfache, objektive Wiedergabe. Ob ein Schüler einen Jungen, der in der Geschichte vorkommt, als „schüchtern", ein Motiv als „Ehrgeiz" und einen Mann als „Betrüger" bezeichnet – immer handelt es sich um Einschätzungen, Wertungen, Deutungen aufgrund von Textelementen. Wie schon gesagt, wäre es falsch, dieses subjektive Moment der I. ausmerzen zu wollen; im Gegenteil liegt hier ihre Chance als Schritt auf dem Weg zum Erarbeiten eines (gemeinsamen) Textverständnisses.

Da Jugendliche in der Pubertät ihre Unsicherheit im Verstehen und Werten von Handlungen und Eigenschaften oft durch besonderes Beharren auf ihren Meinungen überdecken, ist allerdings ein gelassenes, auf Konsens hinsteuerndes Gespräch über unterschiedliche Deutungen gerade in dieser Altersstufe recht schwierig. Um sich keine Blößen zu geben und „auf Nummer Sicher" zu gehen, vermeiden die Schüler deshalb bisweilen eigene Begrifflichkeit und übernehmen einfach die Formulierungen des Textes, natürlich besonders dann, wenn er ihnen sprachlich fern steht oder sie ihn inhaltlich nicht recht verstehen. Dies wird verstärkt durch die institutionellen Bedingungen der Leistungsschule, die dem Äußern von Subjektivität abträglich sind. Die Schwierigkeiten mit der I., die sich in der 7., 8. und auch noch 9. Klasse zeigen, sind also nicht nur – und wahrscheinlich nicht wesentlich – bedingt durch den Stand der kognitiven Entwicklung (Unfähigkeit, einen neutralen Betrachterstandpunkt einzunehmen, sachlich zu beschreiben und begrifflich zusammenzufassen), sondern vor allem durch den Stand der sozialen Entwicklung (Verlust der natürlichen Identität, nur allmählicher Erwerb von Rollen- und Ich-Identität) und durch die Angst, schulischen Erwartungen nicht zu entsprechen.

b) Die informierende (berichtende) I.
Einen Schein von Objektivität bekommt die I., wenn sie in Form eines *Lexikoneintrags* geschrieben wird, wie man ihn in Theater-, Film- oder Opernführern, in Literaturlexika (z.B. dem „Kindler") und in Programmzeitschriften findet. Wird die I. in dieser Form (als „Textzusammenfassung", BARK 1979) verlangt, so hat das den Vorteil, daß die Schüler sich an einem vorgestellten Leser orientieren können: „Schreibe den Text so, daß ein Leser weiß, wovon das Buch (das Theaterstück, die Oper...) handelt." Die Funktion des Schreibens ist aber damit eine andere. Es geht nicht um das Erarbeiten eines Textverständnisses, sondern um die Vermittlung dieses Verständnisses an Leser. Gefordert wird keine *Argumentation*, in der eine Behauptung über den Text aufgestellt und begründet würde, sondern eine *Information*. ULSHÖFER definiert in diesem Sinne: „Die I. gibt eine Information über den Inhalt eines Textes, eines Buches, eines Films, einer Hörspiel- oder Fernsehsendung" (1974:156). So verstanden, hat die *zweigliedrige* I. ihren Sinn: Hier wird im ersten Teil der Leser über den Autor, die Textgattung, über Ort und Zeit des Geschehens und evtl. die Entstehung des Textes informiert; erst im zweiten Teil, dem Hauptteil, wird dann der Inhalt der Vorlage so, wie man ihn versteht, referiert. Bei dieser I. kann nun der Inhalt des Werks durchaus chronologisch wiedergegeben werden, also im allgemeinen getreu der Abfolge in der Vorlage. Insofern ist diese Form der I. weniger abstrakt und einfacher zu schreiben.

Methodisch empfiehlt es sich, zunächst zur Orientierung eine wirkliche Inhaltswiedergabe aus einem Theater- oder Opernführer oder einem Programmheft vorzulegen:

> „Ole und Andreas gehen zusammen in die vierte Klasse und sind dicke Freunde. Nach einem ihrer Abenteuer liegt Ole mit einem Gipsbein im Krankenhaus. Dort entdeckt er ein Buch über den Meisterdetektiv Sherlock Holmes. Nun kann er es kaum noch erwarten rauszukommen. Jetzt gehen die Abenteuer erst richtig los! Ole wird Sherlock Holmes, und Andreas ist Dr. Watson. Zusammen streichen sie durch die Straßen auf der Suche nach ihrem ersten Fall. Als ein Radfahrer mit einem aufgeklebten Bart an ihnen vorbeifährt, ist es soweit: Ihre kriminalistische Neugier ist zum Zerreißen gespannt, als sie beginnen, den Mann zu verfolgen ..."

(Ankündigung eines Kinderfilms. Aus: Abaton Programmzeitung April 1989)

„1898: In Alaska ist der Goldrausch ausgebrochen, und Tausende von Glücksrittern ziehen über den vereisten Chilkoot-Paß zum Klondike. Auch den Tramp Charlie zieht es in den Norden. Ein Schneesturm treibt ihn in die Hütte von Black Larsen, der steckbrieflich gesucht wird. Einen Beschützer findet Charlie in dem gutmütigen Big Jim McKay, der gerade einen ganzen Berg voller Gold gefunden hatte, als der Sturm ihn mitriß und in Black Larsens Hütte verschlug. Als den drei Männern der Proviant ausgeht, lassen sie das Los entscheiden, wer sich auf die Suche nach etwas Eßbarem machen soll. Das Los fällt auf Black Larsen. Auf dem Weg begegnet er zwei Polizisten, die ihn verhaften wollen. Er erschießt sie, zieht weiter und findet Big Jims Goldmine. Charlie und Big Jim werden indessen vor Hunger fast wahnsinnig. Charlie opfert einen Schuh und kocht daraus ein Menü. Als der Sturm sich legt, trennen sich ihre Wege ..."

(Ankündigung des Spielfilms „Goldrausch" im Fernsehprogramm einer Tageszeitung – hier: Lüneburger Landeszeitung vom 13. 4. 1989; typisch für diese Form der I. ist, daß nur der erste Teil des Inhalts wiedergegeben wird; außerdem fehlt hier die Information über den Autor und die Entstehung des Werks: Es handelt sich also nur um das zweite Glied der zweigliedrigen I.)

Problematisch ist bei dieser angeblich realistischen I., daß in Wirklichkeit nur von eher umfangreichen Werken informierende I.n gegeben werden, keinesfalls aber von so kurzen Texten, wie wir sie – aus Zeitgründen – zu Übungszwecken in der Schule präsentieren: Vergleicht man den Umfang eines Werks wie THOMAS MANNS „Doktor Faustus" mit der Inhaltswiedergabe in einem Literaturlexikon und überträgt diese Relation auch nur ansatzweise z.B. auf eine Kalendergeschichte von HEBEL, so dürfte deren I. aus kaum mehr als einem Satz bestehen! Die informierende I. hat nur Sinn, wenn die Information deutlich schneller zu lesen ist als die Vorlage, auf die sie sich bezieht.

Die lexikonartige I. entspricht eher dem, was im Alltag vorkommt: Mündlich geben wir oft den Inhalt eines Films, Theaterstücks oder Buches wieder. Allerdings ähnelt die mündliche I. stark der Nacherzählung; sie steht zwar meistens im Präsens, folgt aber dem Nacheinander der Ereignisse. Außerdem enthält sie oft Wertungen, und selbstverständlich ist sie persönlich gefärbt und erhebt keinen Anspruch auf Objektivität. Objektivität aber erwarten wir von einer Inhaltswiedergabe im Lexikon. (STORZ 1948 rät deshalb von mündlichen Übungen zur I. ab.) Das macht deutlich, daß auch das Schreiben einer lexikonartigen I. für den Siebt- oder Achtkläßler alles andere als leicht ist und daß es sich dabei keineswegs um die bloße Verschriftlichung einer alltäglichen mündlichen Praxis handelt. Im Gegenteil: Der Schüler muß auch hier abstrahieren, er muß absehen von seinen persönlichen Eindrücken und Urteilen; er muß sich in einen Leser versetzen, der möglichst neutral informiert werden möchte. Die informierende I. ist noch unpersönlicher als die argumentierende.

Es ist möglich, daß die Verpflichtung auf Neutralität und Objektivität der Darstellung, die die informierende I. mit sich bringt, die Lesefreude und die persönliche Anteilnahme am Gelesenen mindert, daß sie sich also negativ auf das Verhältnis des Jugendlichen zur Literatur auswirkt. Die oft zu beobachtende außerordentlich heftige Aversion gegen die I. könnte ihren Grund gerade darin haben, daß das Schreiben der I. vom Schüler viel zu früh eine distanzierte, analytische, objektive Haltung gegenüber literarischen Texten verlangt. Nicht selten wird diese Haltung noch dazu als die bessere und überlegene dargestellt („reflektierendes", „kritisches" Lesen); als mangelhaft erscheint dagegen die Haltung, die der Schüler literarischen Texten gegenüber bisher eingenommen hat: Er hat sie mit Phantasie besetzt, er hat Eigenes in sie hineinprojiziert, er hat subjektiv ausgewählt und gewertet. Möglicherweise also ist die lexikonartige, informierende I. ein erster Schritt auf dem Weg zu einer szientistischen und uninteressierten Haltung gegenüber Literatur.

FROMMER bewertet diesen Wechsel der Einstellung offenbar positiv, wenn er feststellt: „Wer sich anschickt, einen literarischen Text zu bearbeiten, vollzieht einen ‚Wechsel von der interaktiven zur objektivierenden Einstellung'." Mit dieser Unterscheidung knüpft FROMMER an KREFT (1977) an. KREFT gebraucht die Ausdrücke „interaktiv" und „objektivierend" zur Kennzeichnung zweier unterschiedlicher Einstellungen zur gesellschaftlichen Wirklichkeit: Bei der „interaktiven" Einstellung sind wir in der gesellschaftlichen Wirklichkeit drin, sind Mitspieler; bei der „objektivierenden" Einstellung vergegenständlichen wir das gesellschaftliche Leben und betrachten es wie ein zu bearbeitendes Objekt von außen. Nun weist KREFT ausdrücklich auf die Gefahr hin, daß nach diesem Einstellungswechsel „Interaktion das verliert, was sie als Interaktion von in manipulierendem Umgang begegnenden Dingen unterscheidet" (1977:134). Wenn FROMMER feststellt, daß sich der Schreiber einer I. „von der Idee der Verfügbarkeit" leiten lassen müsse (1984:42), ist die von KREFT benannte Gefahr einer manipulierenden Vergegenständlichung der Texte nur allzu deutlich.

Daß die informierende I. paradoxerweise dazu führen kann, die Beschäftigung mit dem Inhalt von Literatur zu verringern und Literatur damit insgesamt zu entwerten, sei an einem Beispiel demonstriert. WINTGENS (1984) läßt die Schüler Kurztexte für ein „literarisches Schullexikon" schreiben. Dabei wird so getan, als stehe das im Interesse der Schüler: „Mit Hilfe eines solchen Lexikons sollen sich die Schüler zum einen darüber Auskunft und Anregung holen, ob sie einen Text überhaupt lesen wollen; zum andern können die Artikel das Lesen von Texten im Unterricht ergänzen und bereichern." Die wirkliche Begründung ist aber ganz offensichtlich nicht ein Bedürfnis der Schüler, sondern die Tatsache, daß für den schulischen Lerngegenstand „I." ein „Sitz im Leben" gesucht wird – das Interesse des Lehrers (oder der Institution Schule) wird den Schülern als ihr eigenes Interesse untergeschoben. – Einer der Texte, den die Schüler bearbeiten, ist die Kurzgeschichte „Reusenheben" von WOLFDIETRICH SCHNURRE. WINTGENS charakterisiert sie so: „Der Text ‚Reusenheben' von SCHNURRE ist eine höchst merkwürdige, im Grunde etwas makabre Geschichte. Der Schüler Willi trifft, als er die Schule schwänzt, auf einen Mann, der eine Frau umgebracht hat, und hilft ihm dabei, die Tote in einem See zu versenken. Das Irritierende an der Geschichte ist nun, daß nicht der Mörder über seine furchtbare Tat Gewissen zeigt, sondern Willi von Gewissensbissen über sein kleines Vergehen des Schuleschwänzens geplagt wird; daß nicht der Mörder darüber erschrickt, von dem Schüler entdeckt worden zu sein, sondern der Schüler Willi sich von dem Mann bei seinem Vergehen entdeckt glaubt; und daß der Schuleschwänzer mehr Furcht davor zeigt, verraten zu werden, als der Mörder. Am Ende können wohl beide sicher sein, daß sie sich gegenseitig ihr Geheimnis bewahren: der Mörder weiß sich durch Willis Furcht versichert, der Schüler Willi durch das Versprechen des Mörders“ (1984:60). Zweifellos trifft diese I. – denn um eine solche handelt es sich bei dieser Zusammenfassung von WINTGENS – den Kern des Textes, und der Unterricht bräuchte sich um kaum etwas anderes zu drehen als die Besprechung dieser „Irritation“. Da der Text in diesem Unterrichtsbeispiel aber nur Mittel zum Üben der informierenden I. ist, hält sich der Unterricht nicht lange bei der zentralen Problematik auf, sondern tippt diese nur in der Eingangsphase, im zweiten von insgesamt neun Unterrichtsschritten, eben mal an: „Gespräch über das Geschehen. Deutung des Verhaltens Willis. Verarbeitung der Irritationen, die durch den Text ausgelöst werden.“ Schnell müssen sie beseitigt werden, die Irritationen, damit man zum Eigentlichen kommen kann, dem Verfassen eines Lexikonartikels. Er beginnt: „In dieser Geschichte wird erzählt, wie der Schüler Willi einem Mörder hilft, die Leiche einer Frau zu beseitigen. Willi hat die Schule geschwänzt. Er treibt sich am Ufer eines Sees herum, um Tiere zu beobachten und nachzusehen, ob sich in den Fischreusen etwas gefangen hat. Auf seinem Weg beobachtet er einen Mann, der eine Frau umgebracht hat. Als auch er von dem Mörder entdeckt wird, kommt es zu einem Gespräch zwischen den beiden [...].“ In geraffter Form wird nun der Inhalt der Geschichte im Präsens nacherzählt. Von dem, was WINTGENS bei seiner eigenen Vorstellung des Textes mit größter Selbstverständlichkeit ins Zentrum gerückt hat, ist in dem von den Schülern verfaßten Lexikontext nirgendwo die Rede. So zeigt das Beispiel, wie die Transformation einer schulinternen Aufgabe – eine I. schreiben – in eine angeblich lebenspraktische – einen Lexikonartikel schreiben – zur Eliminierung des Sinns führen kann, um dessentwillen Literatur überhaupt behandelt wird.

Das Beispiel zeigt aber noch etwas anderes: Da es im Unterricht nur schwer möglich ist, informierende I.n von längeren Texten zu schreiben, wird meistens zu Übungszwecken auf Kurztexte zurückgegriffen. Dabei entsteht ein didaktischer Zwitter: Legitimiert wird das Schreiben der I. damit, daß eine Sprachfunktion ausgebildet werde, nämlich die informierende. Die den Schülern beigebrachten Arbeitsverfahren und die vorgelegten Kurztexte führen aber dazu, daß nicht Leser über einen Text informiert werden, sondern daß das Inhaltserfassen minutiös geübt wird; die Schüler wenden sich allein dem Text zu und berücksichtigen potentielle Leser überhaupt nicht. Dies wird z. B. deutlich an der Regel, alles „Unwichtige“ wegzulassen und „kurz und knapp“ zu schreiben. Reale informierende Texte bedürfen dagegen einer gewissen Redundanz, weil sie ja nicht nur inhalts-, sondern auch leserbezogen sind. (Auch die Formulierung „kurz und knapp“ ist redundant, und zwar aus rhetorischen Gründen.) Das heißt, bei der Durchführung des Unterrichts gerät das Ziel (Information) aus dem Blick, und statt dessen werden die Schüler zu einem bestimmten Vorgehen aufgefordert: Sie sollen die Textvorlage in Sinnabschnitte einteilen und den Inhalt jedes Teils in einem Satz („Findet eine Überschrift für den Abschnitt!“) oder in mehreren Sätzen zusammenfassen. Weitere Verfahren sind das Wegstreichen oder Einklammern von „Unwichtigem“ sowie das Unterstreichen und Herausschreiben von „Wichtigem“. Das „Wichtige“ muß danach wieder zu einem vollständigen, lesbaren Text verbunden werden, der aber kürzer ist als die Vorlage. Es fragt sich, ob dieses an Kurztexten eingeübte kleinschrittige Verfahren dann von Nutzen ist, wenn es darum geht, wirklich ein Publikum über den Inhalt längerer Texte (Ganzschriften) zu informieren, wie es z.B. nötig ist, wenn aufgrund von Schülerempfehlungen über eine Klassenlektüre entschieden werden soll.

c) Die appellierende I.
Eine andere Möglichkeit, die I. kommunikativ einzubetten und ihr eine Funktion im literarischen Leben zu geben, besteht darin, sie in Form eines **Klappentextes** schreiben zu lassen oder sie mit einer **Buchempfehlung** oder **Rezension** zu verbinden. Diese *appellierende und wertende* I. hat ebenfalls nicht mehr primär die Funktion, Mittel zum Gewinnen eines besseren Textverständnisses zu sein, sondern hier geht es darum, daß die Schüler produzierend Textsorten kennenlernen, auf die sie als Leser stoßen können. Das Schreiben dient also der Qualifikation zum kundigen Teilnehmer am literarischen Leben. Zu den schon bei der lexikonartigen I. erläuterten Schwierigkeiten kommt nun noch die hinzu, daß Texte, die zum Lesen eines Buches anregen sollen, in der Regel nicht den ganzen Inhalt wiedergeben, sondern den Leser gerade durch bestimmte Auslassungen und durch rhetorische Mittel zur Lektüre bewegen wollen. Der Schüler muß also nicht nur den Inhalt verstanden haben und wiedergeben können, sondern er muß noch zusätzlich werbestrategisch sinnvoll auswählen und darstellen. Allerdings hat er den Vorteil, zu wissen, mit welchem Ziel und für wen er die I. schreibt. – Die **Rezension** gibt nicht nur den Inhalt wieder (übrigens nicht zwangsläufig vollständig), sondern sie handelt auch von der Schreibweise, vom Autor und literarischen Umfeld, und sie kommentiert und beurteilt. Sie steht deshalb der **Interpretation** nahe.

3. Entwicklung
Üblicherweise wird die I. in der 7. oder 8. Klasse eingeführt und löst dann die Nacherzählung ab. Begründet wird dies damit, daß in diesem Alter die Schüler zu einer objektiveren Einstellung gegenüber Texten in der Lage seien und das Schreiben eine bewußtere und kritischere Haltung fördere. Die Praxis zeigt aber, daß für viele Schüler dieses Alters die I. ein Korsett ist, das ihr Denken und Verstehen nicht fördert. Zwar sind sie kognitiv und sozial zum Verstehen auch komplizierterer Handlungen und Motivationen in

der Lage, aber da das Schreiben selbst noch zu viel Aufmerksamkeit verlangt und Energie absorbiert, können sie es nicht als Instrument des Denkens gebrauchen. Hinzu kommt die erwähnte Unsicherheit im subjektiven Urteil, die zur ängstlichen Übernahme von Formulierungen der Vorlage und zum Beharren auf einmal getroffenen Aussagen führt. Deshalb ist es sinnvoller, die argumentierende I. erst in der 9. oder 10. Klasse einzuführen. In der Sek. II bildet sie dann einen wesentlichen Bestandteil der **Interpretation**.

Da auch jüngere Schüler (Primarstufe) schon Inhaltszusammenfassungen aus Fernsehzeitschriften kennen, können sie sich daran orientieren und informierende I.n schreiben. Obwohl dabei meistens nacherzählende Texte (das Präsens kann verbindlich gemacht werden) entstehen, kann dieses Schreiben der Aneignung und dem Verstehen des Handlungsgangs von Ganzschriften oder Filmen dienen. Daß durch einfache Verfahrensregeln schon Grundschüler zum Zusammenfassen von Handlungen angeleitet werden können und damit ihr Text- bzw. Medienverständnis verbessert werden kann, zeigen amerikanische Beobachtungen, die GREENFIELD (1987:152f.) wiedergibt:

„Sharon Neuwirth, Lehrerin einer vierten Klasse, stellte fest, daß die Schüler viele Einzelheiten ihrer Lieblings-Sendungen im Unterricht nacherzählen konnten, aber den roten Faden, die eigentliche Handlung, nicht mitbekommen hatten. [...] Sie beobachtete die gleiche Tendenz einer einseitigen Konzentration auf periphere Details bei der Diskussion gelesener Geschichten, sowie bei Inhaltsangaben von Büchern. Um dieser Tendenz entgegenzuwirken, entwickelte Neuwirth ein Projekt zur Verbesserung des Textverständnisses, das sich auf den Konflikt als Schlüssel zur Struktur einer Geschichte konzentrierte:

Ich erklärte den Schülern, daß ein Konflikt entsteht, wenn eine Person in einem Stück mit einem Problem konfrontiert wird: sie will irgendwas, und Hindernisse stellen sich ihr dabei in den Weg. Beispielsweise möchte ein neuer Schüler Freundschaften schließen, aber er ist schüchtern. Oder ein Lehrer ist entschlossen, einem Schüler zu helfen, der aus der Schule ‚aussteigen' will [...]

Um die Schüler auf die Suche nach dem grundlegenden Konflikt einzustimmen, gab ich ihnen eine unübliche Hausaufgabe: ‚Schaut euch irgendeine Sendung, die ihr gerne mögt, im Fernsehen an und bereitet euch darauf vor, morgen in nur drei Sätzen über eure Sendung zu berichten – über die Hauptperson, ihre Ziele oder Absichten und über die Hindernisse, die ihr im Weg standen.'

Ausgehend von dieser Aufgabe, ließ Neuwirth die Schüler Konflikte auch in anderen Medien identifizieren – in Kinofilmen, Schultheaterstücken und Kurzgeschichten. Die Kinder lernten so, die Grundstruktur einer Geschichte zu begreifen; dies versetzte die Kinder zum erstenmal in die Lage, lange Erzählungen und Romane zu lesen. Vorher waren sie dazu nicht fähig gewesen, weil sie kein Gespür für die übergreifenden Strukturen gehabt hatten und sich einfach von den komplizierten Strickmustern der Handlungsverläufe überfordert gefühlt hatten."

4. Aufgabenvorschläge und Hinweise zur Methode

1. Der Objektivitätsanspruch der I. und die Anforderungen an das Schreiben von I.n werden verringert, wenn sie in *spielerischer* Weise verwendet wird: Alle Schüler schreiben selbst eine Geschichte (zu einem Rahmen-

thema, einem Reizwort o.ä.); die Geschichten werden ausgetauscht bzw. verlost; jeder Schüler schreibt nun zu der Geschichte eines anderen Schülers eine *kurze* I.; diese I.n werden erneut verlost; jeder Schüler macht aus der ihm zugeteilten I. wieder eine Geschichte; am Ende werden die erste und die zweite Geschichte miteinander verglichen. Die I. hat hier eine klare Funktion: Sie soll dem zweiten Schreiber den „Plot" für eine Geschichte liefern.

2. Das Verständnis des Unterschieds von Nacherzählung und I. und damit des Unterschieds von narrativem und argumentierendem Text wird gefördert durch die Aufgabe, vom selben Text sowohl eine Nacherzählung als auch eine I. zu schreiben. Dazu kann die Klasse (auch leistungsdifferenzierend) geteilt werden – eine Hälfte schreibt Nacherzählungen, die andere I.n. Oder es arbeiten immer zwei Schüler zusammen: Erst schreibt jeder von seinem Text eine Nacherzählung, dann schreibt der andere aufgrund der Nacherzählung (also ohne den Ausgangstext zu kennen) eine I.

5. Textvorlagen für Inhaltsangaben

Die Vorlage für eine I. sollte möglichst schriftlich verfügbar sein; der Text sollte nicht nur vorgelesen werden, denn der Schreiber muß sich genau darauf beziehen und über den Text nachdenken können. Die Gefahr, daß der Schüler sich dadurch zu eng an die Vorlage hält und einiges direkt abschreibt (s. o.), muß bewußtgemacht werden.

Als Vorlage eignen sich vor allem literarische Texte, die handlungs- und ereignisreich sind und deren Geschehnisse nach einer Erklärung verlangen, wobei der Hergang in eine Kette von „Ursache, Folge und Ergebnis" (Storz 1947/48:44) gebracht wird. Prototyp hierfür ist v. Moltkes „Der Araber und sein Roß", das Ulshöfer und Dahms verwenden. Zu bedenken ist aber, ob dieser Text nicht zu kurz und ob seiner Sprache heute nicht zu fremd ist. Geeignet sind auch einzelne Kapitel von Ganzschriften. (Arbeitsteilig kann so die I. eines ganzen Buches von der Klasse geschrieben werden.) In höheren Klassen können auch I.n von gedanklicher Prosa geschrieben werden; die I. besteht hier in der (klärenden) Rekonstruktion des Gedankengangs. Bei Sachtexten sind Textkürzungen (**Précis**, Abstract oder Exzerpt) sinnvoller als I.n.

Fernsehfilme sind als Vorlage für argumentierende I.n weniger geeignet, weil man sich bei der Auseinandersetzung in der Klasse nicht auf die Vorlage beziehen kann – es sei denn, sie ist als Videofilm verfügbar. Filme können aber als Grundlage für Vorübungen (s. o.) und für eher nacherzählende und im übrigen für informierende und appellierende I.n dienen.

Literatur:

Bark 1979, Dahms 1967, Eggerer/Rötzer 1982, Frommer 1984, Graf 198, Grenz 1974, Hirschenauer 1969, Jentzsch 1988, Lehmeyer/Schober 1974, Menzel 1984, Mettenleiter 1988, Schildberg-Schroth/Viebrock 1981, Storz 1947/48, Ulshöfer 1952, Ulshöfer 1954, Ulshöfer 1974:157–163, Wintgens 1984.

2 Poetisches Schreiben

Das Entscheidende am poetischen Sprachgebrauch ist nicht die sprachliche Form, sondern die Funktion dieses Sprachgebrauchs: Er dient zum Ausdruck „innerer Natur", also zum Ausdruck subjektiver Befindlichkeit, subjektiver Antwort auf die Wirklichkeit. Diese Leistung wird allerdings durch die ästhetische Gestaltung erbracht. Beim poetischen Schreiben werden Formen und Gestaltungsmittel verwendet, die schon an sich bedeutungsvoll sind und Assoziationen, Erinnerungen und Empfindungen wachrufen. Zum poetischen Sprachgebrauch gehört die Lust an der Sprache selbst und die Empfänglichkeit für ihre sinnliche Seite, für ihren Klang, ihren Rhythmus, ihre Melodie. Im Optischen gehört dazu auch die Formung und Anordnung von Buchstaben und Texten, also die Schreibgestaltung und das Druckbild. Diese sinnlichen Gestalten sind Ausdrucksmittel, mit denen sich der Autor indirekt äußert oder seine direkten Äußerungen veranschaulicht, kommentiert und interpretiert.

Die Geschichte des Schreibunterrichts hat dazu geführt, daß poetisches Schreiben in der Schule nur eine marginale Stellung innehat; ein Blick auf Lehrpläne und -materialien zeigt, daß es im Laufe der Schulzeit – je näher der Eintritt ins Berufsleben rückt – sogar noch an Bedeutung verliert. Dem entspricht der untergeordnete Rang des Musischen und Künstlerischen in unserer von Wirtschaft, Technik und Verwaltung dominierten Gesellschaft; das Ästhetische ist Ornament und Freizeitbeschäftigung (und wird damit sekundär auch wieder zum Wirtschaftsfaktor innerhalb des Kulturbetriebs). Der Nutzen des Ästhetischen wird zwar immer wieder von Künstlern, Philosophen, Psychologen und selbstverständlich auch Pädagogen beschworen, aber er ist nicht so evident, daß diese Beschwörung Folgen hätte. Weil dem so ist, gibt es keine für alle Schulstufen und dichterischen Formen ausgearbeitete praktische Poetik. Der übliche Aufsatzunterricht enthält einige poetische Produktionsaufgaben, vor allem im Bereich des Erzählens; zu lyrischer und bisweilen dramatischer (szenisch-dialogischer) Produktion werden die Schüler allenfalls im „produktionsorientierten Literaturunterricht" angeregt.

Unter dem aktuellen Sammelberiff „Kreatives Schreiben" werden im folgenden Probleme und Möglichkeiten eines Teilbereichs des poetischen Schreibens differenzierter erörtert.

2.1 Kreatives Schreiben

1. Definition und Geschichte

K. ist eine Lehnübersetzung des amerikanischen „Creative Writing", unter dem man Übungen im literarischen und journalistischen Schreiben versteht, wie sie vor allem in speziellen Collegekursen durchgeführt werden (Rau 1988). Ihr Ziel ist zum einen der Selbstausdruck in gestalteter Sprache, zum anderen der Erwerb von Schreibtechniken für berufliche Zwecke. Darüber hinaus verfolgt das Creative Writing die für „creativity“ typischen Ziele einer Förderung des „produktiven Denkens“ (Wertheimer 1957) und einer allgemeinen geistigen Flexibilität.

In Deutschland hat sich der Ausdruck „kreativ“ im Zusammenhang mit Schreibunterricht seit Anfang der 70er Jahre eingebürgert (Meckling 1972, Pielow/Sanner 1973). Er hat den aus der Reformpädagogik stammenden Ausdruck „freier Aufsatz“ und den aus der Theorie der „Sprachgestaltung“ stammenden Ausdruck „Gestaltungsübung“ abgelöst und ist mittlerweile zu einem Sammelbegriff für alle möglichen Schreibtätigkeiten geworden, deren Gemeinsamkeit zunächst einmal negativ bestimmt werden kann: K. ist weder „Schulaufsatz“ in seiner herkömmlichen Bedeutung (es werden normalerweise nicht „Themen“ gestellt und schon gar nicht „Aufsatzarten“ geübt) noch zweckgebundenes oder rhetorisches Schreiben. Wie beim volksschulischen „freien Aufsatz“ steht das Schreibersubjekt im Mittelpunkt; wie bei den „schöpferischen Gestaltungsübungen“ des gymnasialen Deutschunterrichts der 50er und 60er Jahre (Ulshöfer 1967) werden spezifisch literarische Mittel und Formen verwendet, es werden Aufgaben gestellt oder doch wenigstens Schreibimpulse gegeben. Sozial und kulturell hat das K. Vorläufer in außerschulischen literarischen Bewegungen des 19. und frühen 20. Jahrhunderts (Mattenklott 1979), und seine Bedeutung im Deutschunterricht des ausgehenden 20. Jahrhunderts ist nur zu verstehen auf dem Hintergrund der „Schreibbewegung“ der 80er Jahre, einer Aktivität, die eng mit anderen gesellschaftlichen Tendenzen (Bürgerbewegung, Frauenbewegung, aber auch Hedonismus und Entpolitisierung) am Ausgang des 20. Jahrhunderts zusammenhängt.

K. ist also ein Begriff mit offenen Rändern. Der Ausdruck „kreativ“ darf nicht normativ und damit ausgrenzend verstanden werden – so, als wäre der Wortherkunft (creare) gemäß besondere Schöpferbegabung vonnöten oder als käme es unbedingt auf Originalität an. K. zwingt nicht zum Phantasiegebrauch, sondern erlaubt ihn; die Schüler müssen nichts erfinden, sondern dürfen es (wie ein Buchtitel es ausdrückt: „Kreativität im Deutschunterricht – Etwas erfinden dürfen ...“, Brokerhoff 1976); das Erfinden kann auch ein Finden sein. Zwar steht K. im Kontrast zu standardisiertem, formelhaftem Sprachgebrauch, aber der Anspruch, etwas Neues, Nie-Dagewesenes schaffen zu sollen, würde jegliche Schreiblust töten. Vorstellungen von schöpferischer Genialität und vom auratischen Kunstwerk, so überholt sie in der ästhetischen Diskussion auch sind (Rudloff 1991), verhindern auch heute noch ein unbefangenes Verhältnis zum literarischen Produzieren (das man gerade deswegen nicht mehr „Dichten“ nennen kann, obwohl nichts anderes gemeint ist). „Kreativ“ ist das Geschriebene nur insofern, als es für den Schreiber und seine gleichaltrigen Leser neu ist; für den älteren Leser mögen das gewählte Thema und die Sichtweise, mögen auch die verwendeten sprachlichen Mittel bekannt, ja konventionell und klischeehaft sein. Von der Literaturtheorie aus kann der Unterschied auch so bestimmt werden: Neu sind die Aussagen, die „Botschaften“ in ihrem Daß, nicht in ihrem Wie. „Ich liebe dich“ ist eine vollkommen abgegriffene Formulierung; aber das, was sie zum Ausdruck bringt, kann in einer bestimmten Situation für die angesprochene Person wichtig und sogar neu sein, und durch ihren Kontext kann die Formel entscheidende Bedeutung gewinnen (z. B. als Erkenntnis und Bekenntnis in THOMAS MANNS „Tod in Venedig“ ebenso wie in einem neueren Song von REINHARD MEY). Die Schüler wären überfordert, wenn man von ihnen das Erfinden neuer Schreib*verfahren* erwartete; wichtig ist ihnen aber, eigene neue Erfahrungen, Stimmungen, Gedanken ausdrücken zu können, und dabei greifen sie bereitwillig auf bekannte, aber für sie neue literarische Verfahren zurück. (Auf den Unterschied von literarischen „Verfahren“ und Inhalten macht BRENNER 1990 im Rückgriff auf SKLOWSKIJ aufmerksam.)

K. steht nicht im Gegensatz zum Schreiben nach Regeln und zur Orientierung an Vorbildern. Die Regeln werden aber nicht als Normen absolut gesetzt, sondern als hier und jetzt – d. h. als für diese Aufgabe gültige – „Spielregeln“, als experimentelle Möglichkeiten verstanden, und Vorbilder stellen ebenfalls keine Stilnorm dar, sondern sie erlauben, das eigene Repertoire an Ausdrucksmitteln zu erweitern.

Neben der erwähnten *Zwanglosigkeit* und der *Verwendung literarischer Formen und Mittel* ist das K. vor allem durch zwei weitere Charakteristika gekennzeichnet: Es geschieht im allgemeinen in *Gemeinschaft* (Gruppe, Klasse), und es geschieht meistens aus dem *Stegreif*. Das Schreiben in der Gemeinschaft bedeutet zum einen, daß Texte oft nicht nur von einem Schüler allein, sondern von mehreren, bisweilen auch allen gemeinsam verfaßt und daß sie häufig in Spiele (etwa Ratespiele) einbezogen werden und damit dem geselligen Vergnügen dienen; zum anderen bedeutet es, daß Schreiben und (Vor-)Lesen eng verbunden sind: Nicht nur ein einzelner Leser (der Lehrer) nimmt – stellvertretend – zu dem Text Stellung, sondern der Schreiber erfährt eine Reaktion durch ein reales Publikum, und zwar ein gleichaltriges. Als Publikum ist die Gruppe auch dort wichtig, wo, im Unterschied zu dem eben Gesagten, die Texte einzeln zu Hause geschrieben werden, was besonders im Jugendalter vorkommt. K. steht hier für die institutionelle Möglichkeit, solche Texte den Mitschülern vorzulegen und sie nicht in der Schublade verschwinden zu lassen. Diese Möglichkeit regt zu weiterem Schreiben an. Indem es den Subjekten Raum zur Darstellung gibt, fördert das K. zugleich Intersubjektivität. – Daß die Texte aus dem Stegreif geschrieben und nicht besonders überarbeitet („gestaltet“) werden, ist zwar nicht immer der Fall, aber es ist doch charakteristisch für das K. im Hinblick darauf, daß der Anspruch an die Produkte gesenkt wird – was ermutigend und befreiend wirken kann. Die eher spontane Entstehungsweise der meisten Texte beim K. unterscheidet dieses vom professionellen poetischen Schreiben, für das ja häufig lange Prozesse des Aus- und Überarbeitens kennzeichnend sind. Die beim K. entstehenden Texte sind häufig „Erstentwürfe“. Deshalb steht K. dem mündlichen Sprachgebrauch bisweilen näher als anderes Schreiben. Das macht sich bei der Präsentation der Texte bemerkbar: Viele „kreative Texte“ wirken nur beim Vorlesen in der Gruppe; werden sie später für eine Veröffentlichung schriftlich vorgelegt, sind oft sogar die Schreiber selbst davon enttäuscht. Das hat damit zu tun, daß beim K. der Prozeß (Aufgabenstellung und -besprechung, gemeinsames Schreiben, Texte vorlesen) häufig wichtiger ist als das Produkt.

2. Abgrenzungen und Spielarten

Die „offenen Ränder", von denen die Rede war, machen eine Abgrenzung des K. gegenüber anderem Schreiben schwierig. Tatsächlich steht K. nur teilweise im Gegensatz zu herkömmlichen Aufsatzarten: Das Verfassen von Zweckschreiben (Beschwerde, Entschuldigung, auch Leserbrief usw.) wird man nicht dazurechnen; und dasselbe gilt für schulische Formen wie Bericht, Protokoll, Erörterung, Textanalyse u. ä. Das bedeutet nicht, daß bei diesen Texten keine „Kreativität" im Sinne von Erfindungsgabe gefordert würde – es kommt ja durchaus auf Einfälle und geschickte Formulierungen und auf die persönliche innere Beteiligung an. Andere Aufsatzarten stehen dem K. wesensmäßig nahe: natürlich die Phantasieerzählung, sicher das Erfinden von Charakteren („primäre Charakteristik"), wohl auch die Schilderung – insgesamt also die Aufsatzarten, die traditionell als „subjektiv" bezeichnet wurden. Man kann aber nicht sagen, daß zum K. das Phantasieren, also das freie Ausdenken, gehöre und es sich grundsätzlich um „fiktive" Texte handle. Wie in der poetischen Literatur, so ist auch beim K. der Wirklichkeitsgehalt sehr unterschiedlich und im allgemeinen nur unter Vorbehalt zu bestimmen. Bei der Schilderung etwa geht es ja gerade um die Darstellung von Wirklichkeit – allerdings so, daß die tatsächliche Szenerie nicht so wiedergegeben werden muß, wie sie war (ist), sondern so, daß sie den Leser in der Weise beeindruckt, wie der Schreiber von ihr beeindruckt war. Die aus der Rhetorik bekannten und in der Aufsatzdidaktik üblichen Forderungen nach Wahrheit, Wahrhaftigkeit und Wirksamkeit gelten hier eingeschränkt: Da die Texte meistens in einer Gruppe und für diese Gruppe geschrieben werden, ist das Kriterium der Wirkung das Wichtigste; Wahrhaftigkeit – also Ehrlichkeit und Authentizität – ist keine moralisch begründete Forderung, sondern sie ist, auch im Hinblick auf Wirksamkeit, ästhetisch relevant, und analog wird Wahrheit ersetzt durch Wahrscheinlichkeit (Plausibilität).

Angesichts der zahlreichen Überschneidungen dessen, was unter K. verstanden wird, mit traditionellen Aufsatzarten fragt es sich, ob man K. überhaupt als Ergänzung zu diesen verstehen sollte oder vielmehr als eine bestimmte Herangehensweise an das Schreiben insgesamt: stärker prozeßbezogen, subjektiver und schülerzentrierter, lustvoller, freier und autoritätsentbunden. Da sich die Aufgabenstellung aber meistens von dem im AU Üblichen unterscheidet, da häufig nicht-prosaische Texte entstehen und da an die Texte andere Maßstäbe angelegt werden, wird das K. hier als besondere Form des Schreibens behandelt.

Nach den beim K. verfolgten Zielen lassen sich verschiedene *Spielarten* unterscheiden:

1. Kreativitätsförderung. Es geht um „Desautomatisierung", also um das Durchbrechen von Denk- und Wahrnehmungsstereotypen, um das Vermeiden von Sprachklischees, um das Gewinnen von geistiger Beweglichkeit („um die Ecke denken") und Einfallsreichtum (vgl. das amerikanische „creativity"-Konzept). Dem dienen Sprachspiele, Übungen im Verfremden (z. B. durch Perspektivenwechsel), Erfinden von Nonsenstexten, Schreiben nach willkürlichen Regeln, Reaktivieren der wörtlichen Bedeutung von verblaßten Metaphern, der Ausgang vom Material (z. B. abstrakte Bilder) u. ä.

2. Schreibmotivierung. Es geht darum, Mut zum Schreiben zu bekommen sowie Schreibblockaden und -verdrossenheit zu überwinden. Dem dienen assoziatives und „automatisches" Schreiben, spontanes, ungestaltetes, unkontrolliertes Schreiben, privates (nicht zum Vorlesen bestimmtes) Schreiben, gemeinsame Spiele, Gespräche über Schreibprobleme u. ä.

3. Geselliges Schreiben. Es dient der Verbesserung des sozialen Klimas, dem Abbau von Spannungen, der Förderung gegenseitigen Verstehens und der Erfahrung des kommunikativen Aspekts. Ihm dienen Schreibspiele, Ratespiele, gemeinsames Schreiben, Kettengeschichten u.ä.

4. Förderung des Selbst- und Fremdverstehens. Hier geht es darum, sich selbst und andere Menschen besser zu verstehen; es steht also dem „Klärenden Schreiben" nahe. Dem dienen z. B. Erlebnisberichte, Briefe, autobiographisches Schreiben (etwa Tagebuch), aber auch personales literarisches Erzählen), Beobachtungen und Beschreibungen, schriftliche Reflexionen sowie das Erfinden oder Nach- und Ausgestalten literarischer Figuren und Perspektiven.

5. Förderung der ästhetischen Kompetenz. Sowohl durch das Arrangement, in dem K. stattfindet, als auch durch die literarischen Formen und Verfahren, die vermittelt und angewandt werden, vor allem aber durch die Praxis des K. selbst leistet es einen wesentlichen Beitrag zur Förderung der ästhetischen Kompetenz und zur Befriedigung des Bedürfnisses nach Selbstausdruck und Selbstgestaltung von Kindern und Jugendlichen. K. ist ein Verfahren der ideellen Problemlösung: Es werden existentielle und soziale Probleme in der Phantasie und auf dem Papier durchgespielt (vgl. zu dieser Funktion des literarischen Schreibens HILLMANN 1977). Dem dienen Aufgaben zum Schreiben von Geschichten und Gedichten und das Besprechen individuell außerhalb der Schule geschriebener poetischer Texte.

6. Förderung von Literaturverständnis. Es geht darum, die Phantasie beim Lesen zu konkretisieren und dadurch in intensiveren Kontakt mit den literarischen Texten zu kommen sowie Gestaltungsprobleme selbst zu erfahren und sich literarische Formen und Stilmittel anzueignen. Außerdem sollen die Schüler durch eigenes literarisches Schreiben Verständnis für den schriftstellerischen Produktionsprozeß bekommen. Dem dienen primär alle Aufgaben, die vom „produktionsorientierten Literaturunterricht" (WALDMANN 1984) und vom „verzögerten Lesen" (FROMMER 1988) her bekannt sind, also z. B. das Verwenden bestimmter literarischer Formen, das Erweitern oder Umschreiben eines Textes und ganz allgemein das freie Produzieren poetischer Texte.

K. wird oft in einem Atemzug mit „handlungs- und produktionsorientiertem Literaturunterricht“ (HAAS 1984) genannt. Gemeinsam ist dem mit diesen Begriffen Bezeichneten, daß es sich um literarisches Schreiben von Schülern handelt und daß Produkte in Form schriftlicher Texte hergestellt werden. Während aber beim handlungsorientierten LU die zu verstehenden Texte im Mittelpunkt stehen und das Schreiben nur eine methodische Alternative zum gesprächsweisen Interpretieren darstellt, geht es beim K. vorrangig um den Selbstausdruck der Schüler. Zweck und Mittel sind also umgekehrt. Beim K. nutzen die Schüler die expressiven und kommunikativen Leistungen der Literatur für sich.

3. Didaktische Problematik

Da die angestrebten Ziele schon genannt wurden, soll es hier um die Einwände gegenüber dem K. gehen. Sie betreffen im wesentlichen einen zentralen Punkt: K. stehe im Gegensatz zu den vorhandenen – oder gar den überhaupt möglichen – schulischen Bedingungen. Dabei ist zunächst an Äußerlichkeiten zu denken wie die räumliche Situation (Klassenzimmer), die dem K. nicht günstig ist; sinnvollerweise sollten bei der Textrezeption alle Schüler im Kreis sitzen und einander sehen können, da sie beim K. ja füreinander oder sogar miteinander schreiben, und für das Schreiben selbst stellt die Anwesenheitspflicht im Klassenzimmer eine Behinderung dar. Auch die zeitlichen Möglichkeiten des (Fach-)Unterrichts sind ungünstig; denn viele der kreativen Aufgaben müssen während des Zusammenseins durchgeführt und können nicht als Hausaufgaben aufgegeben werden, und die Schulstunden sind meist zu kurz für Aufgabenstellung, Schreiben, Vorlesen und Besprechen; häufig geschieht dann die Textpräsentation unter Zeitdruck oder erst in einer folgenden Stunde, und das ist für alle unbefriedigend. Ein weiterer Nachteil ist die Klassengröße, die es im allgemeinen unmöglich macht, daß alle Texte vorgelesen werden; deswegen kommt man um eine Aufteilung in Gruppen kaum herum.

Während diese Probleme mit einigem Geschick wenigstens zeitweise gelöst werden können, trifft dies auf die gravierenden Punkte nicht zu: Erstens ist die Schulklasse nicht wie eine Schreibgruppe ein freiwilliger Zusammenschluß, sondern ein Zwangsverband, was zu Aggressivität, Konkurrenz und Anpassungsdruck führen kann, und die immer wieder genannte Bedingung für K., es müsse in der Lerngruppe ein Vertrauensverhältnis bestehen, damit die Schüler sich „öffnen“ und „persönlich einbringen“, ist kaum zu erfüllen. Zweitens kann der Lehrer seine Rolle als Repräsentant der Gesellschaft, als Initiator und Kontrolleur von Lernprozessen, als Vermittler von Wissen und Trainer nicht einfach loswerden und bloßer Animateur, Mitspieler und Mitschreiber werden. Und drittens macht vor allem die verbürokratisierte Leistungsschule mit ihrer rationalen, fremdbestimmten Unterrichtsplanung und ihrem Benotungs- und Selektionszwang auch vor dem K. nicht halt. (Vgl. WERMKE 1993 und die Hinweise zur Beurteilung kreativer Leistungen im Kap. IV.) Es wäre gewiß eine Illusion zu glauben, daß allein durch einen bestimmten Unterrichtsinhalt eine Insel der Seligen geschaffen werden könnte, daß man gewissermaßen den Schulfrust nicht nur kurzfristig, sondern auf Dauer durch K. überwinden könne. Die Frage ist also, ob die institutionellen Bedingungen nicht die positiven Ansätze zerstören und das K. zu einer eher albernen Spielerei machen, nach der die Schüler sich um so bereitwilliger dem „eigentlichen Lernen" widmen.

Diese Bedenken sind ernst zu nehmen. Ihre Pointe aber ist, daß sie keineswegs nur das K. treffen, sondern alles authentische, nicht-entfremdete, der persönlichen Entwicklung dienende Lernen. Kann denn entdeckendes, Einsichten förderndes Lernen im Rechtschreibunterricht stattfinden, wenn das Lernen fremdbestimmt, verordnet und verplant wird? Können Einsichten in die Sprache gewonnen werden, wenn es dabei primär um Noten geht? Kann gar Literatur interpretiert und verstanden werden, wenn der Unterricht total verschult ist und sich die Schüler vorwiegend opportunistisch und um der Selbstprofilierung willen äußern? Können Einsichten unter Zeitdruck gewonnen, gewissermaßen „erpreßt" werden? Bräuchte nicht der DU auch bei allen anderen Inhalten und Verfahrensweisen eine Muße, die die Institution nicht gewährt? Vielleicht wird beim K. ein Defekt offenbar, der den Unterricht über weite Strecken hin prägt, ohne daß dies Schülern und Lehrer bewußt würde. Wenn K. mißlingt, so ist dies wohl kein isoliertes Problem, sondern es weist auf eine Pervertierung des Unterrichts und die Gefahr des Mißlingens von entwicklungsrelevantem, für die Subjekte bedeutsamem Lernen überhaupt hin. Die Skepsis, ob K. die in es gesetzten Erwartungen erfüllen könne, muß ausgeweitet werden auf die Schule insgesamt: Ist in ihr unter den heutigen Bedingungen entwicklungsförderndes Lernen noch möglich? Kann sie mehr tun, als den Schülern ein paar spezifische Fachkenntnisse zu vermitteln und sie im übrigen sozialen Normen anzupassen?

4. Entwicklung

Kreativität ist kein Privileg einer bestimmten Entwicklungsstufe. Häufig wird beklagt, daß zwar Kinder in den ersten Schuljahren originelle Einfälle hätten, diese Fähigkeit aber unter dem Einfluß der Medien und vor allem der Schule mit der Zeit nachlasse und einem konformen Denken Platz mache. Die beobachteten Veränderungen dürften jedoch anders zu erklären sein: Die Kreativität des Kindes rührt von seiner Unbefangenheit und Unbeholfenheit her; mangelndes Wissen kompensiert das Kind durch Erfindungen, wobei es die in der Sprache vorliegenden Bildungsmöglichkeiten intuitiv nutzt (z.B. bei Wortbildungen durch Analogie: Wie man mit der Schaufel schaufelt, so „best" man mit dem Besen). Zum Erfinden ist das Kind gezwungen: Not macht erfinderisch. Das Kind hat aber das Bestreben, diese Idiosynkrasien zu überwinden und sich der Sprache der (erwachsenen) Umwelt anzupassen. Dabei übernimmt es oft Ausdrücke und Formulierungen, deren Anwendung es noch nicht beherrscht; dies führt zu pragmatischen (seltener auch semantischen) Unverträglichkeiten und Stilbrüchen, die nun ihrerseits bisweilen originell und kreativ (und komisch) wirken.

Daß die kreativen Fähigkeiten auf der zweiten Entwicklungsstufe keineswegs verlorengehen, zeigt das Vergnügen, das Kinder daran haben, absichtlich Gebrauchsregeln von Wörtern außer Kraft zu setzen und z. B. Nonsenswörter – nunmehr bewußt – zu erfinden. Die Kinder bedürfen dazu allerdings der Anregung (z. B. durch Hinweis auf die skurrile Speisekarte, die Franz Fühmann entworfen hat: „Speisen und Gedränge", auf der u.a. „Rolladen und Restkartoffeln" stehen, Fühmann 1978), ja sie bedürfen dafür, zumindest in der Schule, der ausdrücklichen Erlaubnis; denn gewöhnlich wird ja im Unterricht nicht die abweichende, sondern gerade die allgemein gültige Sprache und Sprachverwendung gelernt: Die Schüler werden in die übliche Hoch- oder Schrift- oder Schulsprache einsozialisiert. Im übrigen sind auf der konventionellen Entwicklungsstufe die Regeln für das Kind gewissermaßen sakrosankt; sie können nur durch andere Regeln ersetzt werden, die ausdrücklich unter besonderen Bedingungen („nur zum Spaß") gelten.

Erst auf postkonventioneller Stufe ist ein Spiel mit den Erfindungen und mit dem Unterschied von Normal und Unnormal möglich; Kreativität wird jetzt reflexiv und erlaubt eine kritische Haltung gegenüber dem erlernten Sprachgebrauch.

Die oberflächliche Ähnlichkeit von präkonventioneller und postkonventioneller Normabweichung verschleiert den Unterschied, der zwischen dichterischen Neuschöpfungen von Erwachsenen und sprachlichen Erfindungen von Kindern im allgemeinen besteht: Was z. B. ein Morgenstern oder Jandl in kritischer Absicht und mit resigniertem oder bitterem Unterton geschrieben haben, finden Kinder oft nur komisch oder witzig; und in diesem Sinn können sie dann auch analoge Sprachspiele erfinden.

5. Hinweise zur Aufgabenstellung und zum Umgang mit den Texten

Es gibt unterdessen viele Vorschläge für Aufgaben, Verfahren und Spiele in diesem Bereich (vgl. „Literatur"). Außer einer Klassifikation nach Zielen, wie sie oben unter „Spielarten des K." vorgenommen wurde, lassen sich die Vorschläge im Hinblick auf die Themenbereiche und die Gegenstände ordnen:

- Spiele an und mit *Sprache* (z. B. Texte, in denen nur ein einziger Vokal vorkommen darf wie in Jandls mittlerweile sattsam bekanntem „ottos mops"),
- Schreiben nach und zu *literarischen Vorlagen*,
- Schreiben aufgrund von *Beobachtungen und Wahrnehmungen* (z. B. Alltagsgedichte, Schilderungen, Skizzen, Reportagehaftes, Witze, Sprüche, Montagen: Man animiert die Schüler, genau hinzusehen und ihre Detailwahrnehmungen aufzuschreiben),
- Schreiben aus der *Erinnerung* (z. B. Festhalten von Erlebnissen) und aus der Vorstellung (z. B. Phantasiereise),

- Schreiben nach *Bildern* (künstlerische Bilder, Fotos mit Alltäglichem), *Tönen* (Musik), *Gerüchen* (welche Assoziationen wecken Anis, Zimt, Kaffee, Maiglöckchen usw.), *Gegenständen*,
- Schreiben nach *Verfahrensregeln* (z. B. „bouts rimés“: von einem Gedicht werden zunächst im Reihumverfahren die Endreime festgelegt, danach dazu die Verse geschrieben).

Wichtig ist, daß der Lehrer das, was er seiner Lerngruppe vorschlägt, schon vorher selbst ausprobiert hat, entweder allein oder in einer Erwachsenengruppe. (Daß ein Transfer – entgegen landläufiger Meinung – im Bereich des K. tatsächlich möglich ist, belegen jahrelange Erfahrungen.) Ob ein Vorschlag zum K. ankommt, hängt nämlich zum guten Teil davon ab, wie ihn der Lehrer vorbringt: begeistert und voll innerer Spannung („ihr werdet staunen, was dabei herauskommt“) oder zögernd und unsicher („wenn ihr das nicht machen wollt, könnt ihr auch was anderes machen“). Angst ist der Tod allen kreativen Verhaltens, und die Ängstlichkeit des Lehrers überträgt sich nur allzu leicht auf die Schüler. Es kann deswegen gar nicht genug Gewicht auf eine lebendige und geradezu appetitanregende Präsentation der Aufgabe bzw. des Spiels gelegt werden.

Meistens kann der Lehrer beim K. selbst mitschreiben, und dies ist auch sinnvoll, weil er damit die eher furchteinflößende Position des außenstehenden Beobachters oder gar Beurteilers verläßt. Außerdem kann er dabei indirekt Einfluß auf die Schüler nehmen, indem er Möglichkeiten der Aufgabenlösung zeigt, auf die sie noch nicht von selbst kommen; manchmal kann er dadurch auch auf entstehende Texte Einfluß nehmen (z. B. beim Reihumschreiben).

Wenn irgend möglich, sollten die Texte unmittelbar nach dem Schreiben vorgelesen werden; dann sind die Texte noch „warm“ und die Schüler innerlich beteiligt. Oft genügt dieses Vorlesen, und es muß nicht gründlicher darüber gesprochen werden. Eine „Auswertung“ im üblichen Sinn ist entbehrlich, weil das eigentliche Lernen beim Schreiben und teilweise auch beim Zuhören geschieht. Lerneffekte zeigen sich in den nächsten oder übernächsten Texten. Die Schüler sind häufig nur daran interessiert zu erfahren, was die anderen geschrieben haben, aber nicht daran, ausführlich auf die Texte einzugehen. Auffälliges wird natürlich spontan geäußert. Der Lehrer sollte sich zurückhalten und achtgeben, daß er nicht in die Rolle dessen zurückfällt, der auf jede Äußerung reagiert, der jeden Text kommentiert und bewertet; denn nur allzu leicht lassen sich die Schüler auf diese gewohnte Rollenverteilung ein, verzichten auf eigenes Nachdenken und unterdrücken ihre eigene Bewertung. Von der Grundschule bis in die Sek. II sollte gelten: Die Bemerkungen der Mitschüler sind (für den Schreiber und die anderen Schüler) wichtiger als die des Lehrers.

Falls es zeitlich möglich ist und die Texte es wert sind, kann ein formelles Verfahren eingeführt werden, wie auf die Texte reagiert wird. Z. B. schreibt – in einer überschaubaren Gruppe – jeder Schüler nach dem Vorlesen seinen Eindruck auf, und diese Ersteindrücke werden dann reihum vorgelesen;

erst am Ende erhält der Autor das Wort und kann sich dazu äußern („Feedback“, siehe Kapitel III.4). Bei jüngeren und unerfahreneren Schülern kann man auf die (verbindliche) Schriftform verzichten und dafür die Art der Reaktion noch genauer festlegen: Die Schüler äußern sich entweder mit einer Frage oder mit einer Feststellung („Sage“) zu dem eben Gehörten: „Wer sich äußern möchte, meldet sich; der Autor entscheidet, in welcher Reihenfolge er wen hören will: Es gibt die Freunde, von denen er besonders gern wissen möchte, was sie meinen, und Kinder, die als Fachleute für bestimmte Themen gelten; es gibt diejenigen, von denen man besonders genaue, den Text verbessernde Nachfragen zu erwarten hat, und diejenigen, die nur ausnahmsweise etwas sagen [...]“ (Bambach 1987; es handelt sich um einen Bericht aus der Grundschule).

Auf ein ausführliches schriftliches Verfahren sei noch hingewiesen: Soll gründlich auf die Texte eingegangen werden, so sollten sie alle schriftlich vorliegen. Es genügt ein Exemplar. Von maximal zwölf Schülern gehen alle Texte gleichzeitig reihum, und zwar am besten mit einem angehefteten zusätzlichen Zettel. Auf diesen schreibt jeder Leser das, was er dazu bemerken möchte – einen Kommentar, eine Frage, eine Idee, ein Urteil. Dabei kann man auch auf die Bemerkungen der anderen Leser eingehen, denn das Blatt wird offen weitergegeben („Zettellawine“, siehe Kapitel III.4).

Oft wird beim K. ein Text gemeinsam geschrieben, und der Zettel geht reihum, wobei das Geschriebene manchmal auch verdeckt wird. Diese Gelegenheit zu „Heimlichkeit“ und Anonymität nutzen manche Schüler zu unanständigen oder verletzenden Äußerungen. Der Spaß ist ja auch gar zu groß, wenn dies dann von einem anderen Schüler gelesen wird und sogar vorgelesen werden muß! Man sollte vorsichtig sein im Unterbinden solcher Äußerungen, denn das verträgt sich schlecht mit der für K. unabdingbaren Freiheit, der Abwesenheit von institutioneller Autorität und Kontrolle. Statt dessen sollte, wenn dieser Fall eintritt, mit den Schülern darüber gesprochen werden; je mehr der Lehrer Verständnis für das Verhalten der Schüler zeigt, desto eher verliert es den Charakter einer Provokation, und erfahrungsgemäß läßt der Reiz solcher Äußerungen recht bald nach. Im übrigen muß man sich erinnern, daß die Schüler, auch wenn die Form wenig erfreulich ist, sich doch eine Funktion der Literatur zunutze machen: Ventil zu sein für Unterdrücktes, das damit in den öffentlichen Diskurs eingebracht wird. Mündliches wird schriftlich – ein ungeheurer Akt! Gerade das „negative“ Verhalten zeigt, daß die Schüler hier die Rolle des braven, angepaßten Schülers abzulegen versuchen, um sich so zu verhalten, wie sie es auch außerhalb der Schule tun.

Literatur:
Brenner 1990, Brokerhoff 1976, Bullerdiek 1987, Fritzsche 1989, Haas 1984, Hurrelmann 1983, Mattenklott 1979, Meckling 1972, Pielow/Sanner (Hrsg.) 1973, Praxis Deutsch 119 (1993), Rodari 1992, Rudloff 1991, Ulshöfer 1967, Waldmann 1984, Waldmann 1988, Waldmann/Bothe 1992, Wermke 1989.

3 Kommunikatives Schreiben

Das kommunikative Schreiben dient primär der Mitteilung, dem Kontaktherstellen und der Leserbeeinflussung; die Hinwendung zum Adressaten ist für diese Form des Schreibens charakteristisch. Im folgenden werden zwei Möglichkeiten erläutert: Die breite Palette der persönlichen und förmlichen Mitteilungen wird unter dem Begriff „Brief“ dargestellt, und die vielfältigen Textformen, die dem „Schriftverkehr“ dienen, stehen unter dem Sammelbegriff „Zweckschreiben“.

3.1 Brief: Miteinander korrespondieren

1. Definition
Der B. ist eine schriftliche Mitteilung, die ein Absender an einen Empfänger schickt, wodurch er mit ihm in Kontakt tritt. Den kommunikativen Charakter betonte schon ARISTOTELES, der den B. „Hälfte eines Dialogs“ nannte. Der B.wechsel ist eine Art schriftliches Gespräch, und kein anderer schriftlicher Text steht dem mündlichen Sprachgebrauch so nahe wie der B.: „Das erste, was uns bey einem Briefe einfällt, ist dieses, daß er die Stelle eines Gesprächs vertritt“ (GELLERT 1751), und deswegen ist der Brief „zu schreiben/mit gemeinen worten/derer wir sonsten täglich gebrauchen“ (HENISCH 1616). In einem wesentlichen Punkt unterscheidet sich der B. allerdings vom Gespräch: Es gibt keine unmittelbare, sondern eine zeitverzögerte Reaktion. Auch ist das Nicht-Reagieren bei schriftlicher Kommunikation eher möglich als bei mündlicher.

Inhalt und Form des B. hängen von der Kommunikationssituation und dem Zweck des B. ab. Man unterscheidet vor allem den persönlichen Privatb. und den stärker formelhaften Geschäftsb. sowie den offiziellen B. an Behörden oder Institutionen. Als öffentliche B.e kennt man außerdem den „Leserbrief“ und den „offenen Brief“. Da B.e auch eine literarische Gattung bilden (von Abhandlungen wie der SCHILLERS „Über die ästhetische Erziehung des Menschen in einer Reihe von ‚Briefen‘ bis hin zum „Brief-roman“), sind die Grenzen von der privaten Mitteilung zum für ein Lesepublikum bestimmten Kunstwerk fließend.

2. Didaktische Problematik
Ein einzelner schreibt einem anderen, weil er ihm etwas mitzuteilen hat oder etwas von ihm möchte: Diese Konstellation macht die didaktische Problematik deutlich; denn sie sprengt den Unterrichtsrahmen. In der Schulklasse können Mitteilungen und Aufforderungen ja normalerweise mündlich „gesendet“ werden. Deshalb ist die Stellung des B. im AU prekär. Eine schulische Übungsform ist er nicht; denn weder wird durch ihn eine sprachliche Grundhaltung repräsentiert (der B. ist eine „Mischform“, MARTHALER 1962), noch ist er klar auf den Erwerb einer einzelnen Grundkompetenz bezogen. Eine Zweckform ist er im Unterricht aber auch nicht. In Lehrplänen

und Sprachbüchern kommt er dennoch regelmäßig vor, und zwar als Lerngegenstand, der damit legitimiert wird, daß die Schüler B.e schreiben können müssen, wenn sie ins Leben hinaustreten (lebenspraktische Qualifikation). Dabei werden vornehmlich zwei Ziele verfolgt: Die Schüler sollen lernen, sich auf den jeweiligen Leser einzustellen, und sie sollen die Formalia des privaten B.schreibens und der Geschäftskorrespondenz kennenlernen – vor allem Anfangs- und Schlußformeln. In diesem Sinn wird dann der B. als „wichtige Form des privaten und öffentlichen Verkehrs" in einem Atemzug mit Bewerbungsschreiben und Zeitungsanzeige genannt (Geffert 1956:15), und es wird gefordert: „Die üblichen *Mitteilungen* des täglichen Lebens müssen nach festen *Mustern* gründlich geübt werden. Das gilt vom sachlichen Brief, von der Postkarte, vom Lebenslauf (Abschlußjahr), vom Telegramm, von der Anzeige, der Eingabe bei Behörden, dem Einschreiben bis zu Bewerbungsschreiben und Familienanzeigen" (Beinlich 1969:435). Mit dieser pragmatischen Zielsetzung wurde das B.schreiben schon im antiken und mittelalterlichen Rhetorikunterricht gelehrt; die Bücher, die die Muster enthielten, nannte man – wie die professionellen B.schreiber – „Briefsteller" (Buhofer 1983, Ettl 1984, Bredenbek 1977).

Der Hinweis auf einen zukünftigen Nutzen motiviert die Schüler heute allerdings nur noch zum Teil, zumal dieser Nutzen wegen der elektronischen Medien fragwürdig geworden ist. Deshalb wird gern eine aktuelle Brauchbarkeit ins Feld geführt: „Wenn du deinem Freund oder deiner Oma schreibst, dann mußt du dies und jenes können und das und das beachten." Um diesen aktuellen Nutzen nachzuweisen und Übungsmöglichkeiten zu schaffen, werden Gelegenheiten zum B.schreiben gesucht, wobei die B.e teils privaten, teils offiziellen Charakter haben (der Klassenkamerad im Krankenhaus, der Jugendherbergsvater); bisweilen werden solche Gelegenheiten auch eigens herbeigeführt. Es fragt sich allerdings, ob die Schüler hier eine Fähigkeit erwerben, die sie tatsächlich außerschulisch anwenden. Umfragen ergeben, daß allem AU zum Trotz nur wenige Kinder und Jugendliche (abhängig von Milieu, Geschlecht und Alter) gern und häufig B.e schreiben (Sample Institut 1979); etwa 2/3 aller Jugendlichen antworten auf die Frage, ob sie sich mit Brieffreunden „auch über persönliche Probleme schreiben": „Nie" (Jugend '81). Motive, die von Fünftkläßlern für das B.schreiben genannt werden, sind z.B. Freundschaft mit jemandem, der weiter weg wohnt (etwa wenn ein Klassenkamerad weggezogen ist), den anderen an Uraubserlebnissen teilnehmen lassen, selbst einen B. bekommen, sich bei jemandem für ein Geschenk bedanken. Für die meisten Kinder und Jugendlichen ist das Telefon das übliche Kommunikationsmedium, und für sie reduziert sich das B.schreiben auf förmliche, öffentliche Situationen („Schriftverkehr"). Für ihre privaten Zwecke (Teilnahme an Preisausschreiben, Wünsche für Hitparaden u. ä.) genügt oft eine Postkarte; das Formulieren und Plazieren von Adresse und Absender wird ohne großes Aufheben gelernt – und im Ernstfall doch oft falsch gemacht, weil „vergessen": Es fehlt die alltägliche Übung, und diese kann natürlich auch nicht durch eine Unterrichtseinheit „Briefeschreiben" ersetzt werden. Gleiches gilt für einen anderen Aspekt des Lerngegenstands B., nämlich die Großschreibung der Anredefürwörter. – Eine Sonderform ist der **Leserbrief**, mit dem sich auch Jugendliche bisweilen zu Wort melden. Daß dies nicht häufiger geschieht, dürfte weniger an mangelnden sprachlichen Voraussetzungen (also auch nicht an schulischen Defiziten) als vielmehr am Desinteresse an öffentlichen Angelegenheiten liegen. Im übrigen schreiben auch nur die allerwenigsten Erwachsenen Leserb.e; einem einzig an Erfordernissen des Alltags orientierten Unterricht dürfte der Leserb. also wohl nicht zwingend ein Thema sein.

Von dieser auf lebenspraktische Situationen hin orientierten Verwendung des B. als Lern*gegenstand* ist das B.schreiben als Lern*medium* zu unterscheiden. Der Unterricht bereitet hier nicht auf das B.schreiben vor, sondern es wird im Unterricht aktuell praktiziert. Da es eine natürliche und relativ anspruchslose Form des Schreibens ist („zu schreiben/mit gemeinen worten", s. o.), zieht es wenig Aufmerksamkeit auf sich selbst und erlaubt deshalb um so mehr, das Schreiben als *Mittel* zum Festhalten, Klären und Übermitteln von Inhalten zu gebrauchen. D.h., daß unter diesem Aspekt nicht die Formalia des B.schreibens wesentlich sind, sondern der B. bloß Anlaß, vielleicht gar nur Verkleidung für den Ausdruck des Inhalts bildet. Im Mittelpunkt steht das, was der Schreiber ausdrücken und mitteilen möchte.

Zu unterscheiden sind das *faktische* und das *fiktive* B.schreiben. Beim faktischen B.schreiben haben die Klasse oder einzelne Schüler außenstehende B.partner, denen sie tatsächlich schreiben, oder aber die Schüler kommunizieren innerhalb der Klasse schriftlich miteinander und mit dem Lehrer. In der Vergangenheit wurden diese echten, tatsächlich abgeschickten B.e oft als die einzig zulässige Form des B.schreibens angesehen (Münch 1926, Sanner 1964, Singer 1966, Beck 1973, Sennlaub 1980). Beim fiktiven B.schreiben dient der B. nur als kommunikatives Stimulans und als Einbettung für andere Textsorten und Aufsatzarten, besonders für den Erzählbericht und die Beschreibung (Merchert 1981). Beidemal aber geht es nicht darum, daß die Schüler das B.schreiben lernen – dies ist nur Nebeneffekt und wird entsprechend beiläufig, aber eben funktional, behandelt –, sondern es geht um die Inhalte, also das Dargestellte und zum Ausdruck Gebrachte, und im übrigen um die soziale Leistung des miteinander Korrespondierens. Deshalb gibt es in B.en wie im alltäglichen Gespräch erzählende, berichtende, beschreibende und erörternde Passagen, es gibt Fragen, Bitten, Aufforderungen, Urteile, Argumente und alle möglichen Äußerungen, die der expressiven Selbstdarstellung und dem Kontakt mit dem B.partner dienen. In B.form fällt es den Schülern leichter, Sachverhalte genau darzustellen, Erlebnisse lebendig zu erzählen, ihren Standpunkt in einer Streitfrage schlüssig zu vertreten und damit gedankliche Inhalte zu objektivieren.

Wer einen B. schreibt, schreibt ihn für den Empfänger. Werden B.e im Unterricht geschrieben, so kann leicht eine Doppelbindungssituation entstehen: Die Schreiber müssen sich sowohl auf den Empfänger als auch auf den schulischen Leser, im allgemeinen den Lehrer, einstellen. Dieses Dreiecksverhältnis ergibt sich, wenn B.e einzelner Schüler in der Klasse besprochen werden, ehe sie abgeschickt werden, und wenn die Klasse gemeinsam einen B. schreibt. Dem Nachteil, daß die einzelnen Schreiber beim Entwerfen und bei ihren Vorschlägen stärker an die Argusaugen des Verbesserers denken als an den Empfänger, steht der Vorteil der größeren Reflexion gegenüber. Es gilt abzuwägen zwischen dem möglicherweise durch die Kontrolle bewirkten Motivationsverlust und dem Zugewinn an Einsicht und Fähigkeiten.

Die kommunikative Funktion des Schreibens steht bei solchen B.en im Vordergrund, die die Schüler individuell füreinander oder für den Lehrer schreiben. Obwohl man sich ja im Klassenzimmer sieht, ist das B.schreiben eine Möglichkeit der Kontaktaufnahme, die besonders jüngere Schüler gern ergreifen; denn beim mündlichen Erzählen kommen doch nie alle zu Wort, und manche Dinge kann man auch besser schreiben als sagen. Außerdem zwingt der B. nicht nur den Schreiber zu größerem Nachdenken, sondern auch den Leser – das Geschriebene ist vieldeutiger als die durch Mienen, Gesten und überhaupt die geteilte Gesprächssituation interpretierten mündlichen Äußerungen. Solche B.e sind also die ins Schriftliche verlagerte Kommunikation innerhalb der Klasse und mit dem Lehrer.

Eine weitere Form des B.schreibens stellen *Briefspiele* dar. Sie stehen zwischen faktischen und fiktiven B.en; denn die Schüler kommen hier zwar nicht von selbst zum Schreiben, die Situation ist gestellt, aber da die B.e innerhalb des Spiels reale Empfänger haben, handelt es sich doch nicht um bloße Übungen des Typs „Stell dir vor ...“. Zu solchen B.spielen zählen auch literarische Rollenspiele, bei denen sich die Schreiber in einen Autor oder in eine literarische Figur versetzen und aus dieser Rolle heraus einen B. schreiben.

3. Entwicklung

Auf der ersten Stufe macht das Kind naiv von seinen neu erworbenen Möglichkeiten des Schreibens Gebrauch, um seine Erlebnisse, Wünsche und Meinungen mitzuteilen. Wie bei den „Kritzelbriefen“ der Vorschulzeit bedürfen die B.e noch oft der mündlichen Erläuterung durch die Verfasser. Den Charakter von B.en erhalten die aufgeschriebenen Wörter, Satzfragmente oder Sätze zunächst dadurch, daß das Kind seinen Namen darunter schreibt, später auch durch die Anrede. – Die Inhalte der B.e reichen von Erlebnissen, die mitgeteilt werden, über den Ausdruck von Gefühlen bis hin zu Wünschen und Appellen: Das Kind nimmt beim B.schreiben kein Blatt vor den Mund.

Auf der zweiten Stufe schreiben die Schüler bewußt B.e; sie unterscheiden diese von anderen Textsorten und Schreibaktivitäten, und sie differenzieren bei Form und Stil nach Adressaten. Dabei ahmen sie die Gepflogenheiten nach, d.h. sie schreiben so, wie „man“ in dieser Situation schreibt. Die B.e der Jugendlichen sind entweder betont flapsig und witzig, dann nämlich, wenn sie an Gleichaltrige geschrieben werden; die Schreiber folgen hier den für sie geltenden Konventionen von Witz. Oder sie sind steif und konventionell, weil die Form als etwas Äußerliches übernommen wird. Dies gilt auch noch für B.e schreibungewohnter Erwachsener: „Werter Herr Lehrer. Möchte hiermit meinen Sohn Peter entschuldigen. Peter hatte gestern starkes Erbrechen. Hochachtungsvoll Frau K." (WÜNSCHE 1972:17, der dies zitiert, fragt: „Was heißt da Fremdsprache?"). – Inhaltlich sind die B.e auf der zweiten Entwicklungsstufe durch eine Scheu vor Selbstoffenbarung, vor zu viel Subjektivität gekennzeichnet. Persönliches kann deshalb am besten in fiktiven B.en zum Ausdruck kommen.

Die Stufe des konventionellen B.schreibens wird nicht leicht überwunden. Auf einer dritten Stufe werden die jeweils üblichen Formalia nun nämlich nicht nur beherrscht, sondern es ist auch ein kritischer und spielerischer Umgang mit ihnen möglich. Der B. wird zum individuellen Ausdruck seines Verfassers. Zum nächsten ist es dann nur noch ein kleiner Schritt: Der B. kann auch als literarische Kunstform gebraucht und zur indirekten Darstellung fiktiver Korrespondenten werden (Briefroman).

4. Aufgabenstellungen und Hinweise zur Methode

a) Lehrer-Schüler-Korrespondenz: Besonders in der Grundschule schreiben die Schüler dem Lehrer gern Briefe, und zwar nicht nur in Zeiten der Trennung (Ferien), sondern auch bei und trotz täglichem Zusammensein. SENNLAUB (1980) hält dies (in der Nachfolge der Reformpädagogik) für einen besonders geeigneten Einstieg ins Schreiben überhaupt:

„Die Kinder erfahren von Anfang an: Umgang mit Schrift macht Spaß (Schule macht Spaß)! Hier wird das Fundament begründet, das ein Leben lang tragfähig bleiben muß." „Weil jedes Kind auf jede schriftliche Äußerung eine Antwort des Lehrers erhält, fühlt es sich beachtet, obwohl es sich in seiner großen Klasse während des Unterrichts oft unbeachtet fühlt. Der Sog der Sache ist so groß, daß sich in den ersten Wochen alle beteiligen, manche einmal, manche fünfmal die Woche. Nur Doris, die sich nichts zutraut, braucht einen kleinen ‚Schubs': Es braucht zwei Briefe von mir, ehe sie ihren ersten schreibt." Die B.e enthalten keineswegs nur Berichte, sondern die Kinder „malen Bilder und beschriften die, laden den Lehrer zu Geburtstagen ein, beteuern während ihrer Krankheit ‚ein bischen Rechnen Gemach' zu haben, versichern dem Lehrer ihrer Liebe, klagen, sie kämen im Unterricht nicht genug zu Wort, äußern Vorfreude auf allerlei Feste, wollen wissen, wie der Lehrer seine Ferien verbringt (verbracht hat, zu verbringen gedenkt) und verbreiten sich über das Wetter" (1980:65).

b) Schüler-Schüler-Korrespondenz: Bekannt sind die Briefchen, die manche Schüler untereinander tauschen; sie sind natürlich meistens nicht für fremde Augen bestimmt. Aber es gibt auch persönliche Mitteilungen, die die Schüler sich nicht scheuen, publik zu machen. Sie werden in einer „Briefecke" an der Pinnwand angebracht. In der Grundschule wird mit solchen B.en noch keine bestimmte Absicht verfolgt, sondern es sind Äußerungen, mit denen die Kinder sich Gehör verschaffen und zeigen, was sie können und was sie bewegt – es sind „Briefe aus der Lebenswelt der Kinder" (HERBERT

1983). Später kann für die private Korrespondenz ein „Briefkasten" in der Klasse aufgestellt werden (bei SCHARRELMANN 1905 diente dazu ein Schlitz im Lehrerpult); für B.e, die alle lesen können oder sollen, wird ein „Klassentagebuch" ausgelegt bzw. ein Ordner mit Texten aufgestellt, wo jeder hineinschreibt, was ihn bewegt und er anderen mitteilen möchte. Da nutzen auch Schüler, die sonst nicht gern schreiben, die Möglichkeit der schriftlichen Kommunikation. „Während der Pause kommen Alexander, Mario und Jürgen zu mir. Mario erzählt, er habe gestern in dem Ordner mit den Texten geblättert und dabei ‚frische Texte' von der Ulrike und der Michaela gefunden. In den Texten würden sie angegriffen, vor allem der Alexander, und da hätten sie jetzt eine Antwort geschrieben. Sie bitten mich, ihre Texte der Klasse vorzulesen, noch heute, wenn es geht." Dieser Bericht, aus einer Berliner 10. Hauptschulklasse (KAGERER 1978:113), zeigt, wie die schriftliche Äußerung in der Klasse zum Anstoß für mündliche Auseinandersetzungen werden kann.

c) Klassenkorrespondenz: Vor allem aus der FREINET-Pädagogik ist uns heute die Praxis bekannt, daß eine ganze Klasse einer anderen Klasse B.e schreibt.

„Die meisten FREINET-Klassen haben Korrespondentenklassen, mit denen sie individuell (jeder Schüler hat einen Korrespondenten) und kollektiv Briefe austauschen. [...] In Frankreich wird heute unter den FREINET-Lehrern allerdings diskutiert, ob die Korrespondenz nicht selber häufig ein ‚künstliches', den Schülern aufgedrängtes Verfahren ist. Eine Reihe von Lehrern führt nicht mehr die übliche Form der Korrespondenz [...] durch, sondern die sogenannte ‚natürliche Korrespondenz'. Dabei schließen sich mehrere Klassen in ganz Frankreich zu einem ‚Korrespondentenring' zusammen. Diese Klassen schreiben sich nur, wenn das Bedürfnis dazu aufkommt. Wenn zum Beispiel eine Klasse im Elsaß Informationen über das Leben in einem bretonischen Fischerdorf haben möchte, wenn südfranzösische Schüler etwas aus Paris erfahren möchten, dann wird geschrieben. Die Regelmäßigkeit der bisher üblichen Korrespondenz [...] ist damit aufgehoben" (HENNIG 1976:17).

Ähnlich wie hier der Sinn des B.schreibens im Einholen von Informationen liegt, hatten schon die Reformpädagogik und in ihrer Nachfolge SINGER (1966) argumentiert: „Wir stoßen während einer erdkundlichen Unterrichtsepoche auf Fragen, die wir aus Büchern nicht klären können, die uns aber eine Schulklasse der betreffenden Gegend beantworten könnte. [...] Wir möchten mit Kindern im Ruhrgebiet über ihre Heimat und über ihr Leben sprechen. [...] Wir fragen die Kinder im Ruhrgebiet nach den Dingen, die bei ihnen anders sind als bei uns" (1966:159). Solche B.e entstehen also aus „natürlichen Schreibanlässen", die aufzugreifen in der didaktischen Literatur immer wieder empfohlen wurde (z.B. BECK 1973). Methodisch gibt es verschiedene Möglichkeiten, die je nach den Gegebenheiten und den Fähigkeiten der Schüler einzusetzen sind: Die B.e können einzeln oder in Partnerarbeit geschrieben werden, es kann mit oder ohne Vorbilder gearbeitet werden, man kann eine Liste der grundsätzlich zu beachtenden Punkte zusammenstellen (vgl. SINGER 1966:165 mit Bezug auf Antwortbriefe: a) Ausdruck der Freude über den empfangenen Brief, b) Ansprechen aller Punkte, die im erhaltenen B. interessant waren, c) Beantwortung von Fragen, d) etwas von sich selbst erzählen) und auf die Anordnung und Adressierung der B.e eigens eingehen. Solch eher kleinschrittiges methodisches Vorgehen empfiehlt sich auch beim nächsten Punkt:

d) Schriftverkehr: Wie man B.e an Behörden, Amtsträger oder Institutionen schreibt, lernen die Schüler bei passender Gelegenheit. Wenn sie sich z.B. über ein Verbot, auf einer öffentlichen Wiese zu spielen, ärgern, sind sie vielleicht dafür zu gewinnen, an verantwortliche Personen zu schreiben. Zunächst werden gemeinsam Punkte zusammengestellt, die in dem B. angesprochen werden sollen, und es werden Kriterien für einen Beschwerdeb. erarbeitet. Dann schreibt jeder Schüler eine Erstfassung. Die Arbeiten werden vorgelesen, und die Klasse sucht den B. heraus, der ihrer Meinung nach am gelungensten ist. Dieser Text wird an die Tafel oder auf Overhead-Folie geschrieben und in einer Endredaktion von der ganzen Klasse gemeinsam bearbeitet. Ein Schüler schreibt schließlich die endgültige Fassung ins reine; ein anderer schreibt den B. auf Matrize, damit ihn auch jeder Schüler in seiner Aufsatzmappe abheften kann. Dies ist wichtig, weil er später mit der Antwort des Adressaten verglichen werden soll. Auf diese Weise können die Schüler aus ihren realen Erfahrungen lernen und sind nicht nur auf Muster und Schreibregeln angewiesen (BOETTCHER u.a. 1973:90f.).

e) Briefwechselspiel: Die Schüler sitzen nach Möglichkeit im Kreis. Es werden fiktive Namen, die Assoziationen wecken, mit einer Altersangabe verlost (z.B. „Amalie Rosenstrauch, 75"). Jeder ist nun für die Dauer des Spiels die Person, die er erlost hat. Er schreibt deshalb den Namen gut sichtbar auf ein Schild und stellt es vor sich hin. Das Spiel beginnt mit der Aufforderung: „Jeder schreibt jetzt in seiner Rolle an irgendeine andere Figur einen Brief." Den B. überbringt jeder Schüler selbst. Der Adressat liest ihn und kann ihn, wenn er will, beantworten. (Dies ist besonders am Anfang sinnvoll.) Die B.e werden während des Spiels nicht vorgelesen; aber es muß auch nicht strikt geschwiegen werden; denn es ist günstig, wenn einige Informationen durchsickern, so daß die Runde weiß, welche Affären zwischen welchen Leuten laufen. Jeder kann in jeden B.wechsel eingreifen, man kann Querverbindungen schaffen usw. (FRITZSCHE 1989:91ff.). – Eine Variante dieses Spiels besteht darin, daß als Rollen lauter Verwandte verlost werden, so daß eine große Familie entsteht (die gesamte Klasse bildet am besten zwei Familien). – In einer weiteren Variante werden als Rollen Figuren aus der Weltliteratur, der Mythologie oder aus Märchen verlost – allerdings entsteht leicht Komik durch historischen Widersinn, wenn z.B. Odysseus einen B. schreibt.

f) Fiktiver Zeitschriftenkummerkasten: Meistens kennen die Schüler aus Jugendzeitschriften den Kummerkasten, in dem irgendeine Diplompsychologin oder irgendein Herr Dr. Sowieso kluge Ratschläge erteilt und Trost spendet. In einer ersten Runde des Spiels schreiben die Schüler B.e an den Kummerkasten. Sie fragen darin um Rat, beschweren sich, bitten um Auskunft usw. Die B.e werden eingesammelt und verlost. In der zweiten Runde werden sie beantwortet, und dann werden B.e und Antworten vorgelesen. Zwar lernen die Schüler hier kaum die Formalia des B.schreibens, aber sie haben doch nicht nur Schreibspaß bei dem Spiel, sondern sie üben sich auch darin, auf andere Schreiber einzugehen.

g) Literarische Briefe: Die Schüler schreiben Antworten zu B.en aus der Literatur. Bei den Vorlagen kann es sich um reale B.e handeln (z.B. KAFKAS „Briefe an Milena", die ja schon die Schriftstellerin RIA ENDRES als Vorlage für fiktive Antwortb.e genommen hat: Milena antwortet, Reinbek:Rowohlt 1982) oder um fiktive (z.B. aus einem B.roman). Die Schüler begeben sich damit in ein „literarisches Rollenspiel" (EGGERT/RUTSCHKY 1978); das Schreiben hat eine Funktion im Rahmen des Literaturunterrichts, es dient der intensiveren Beschäftigung mit dem jeweiligen Text und der emotionalen Verstrickung in den Inhalt und die Figuren. Schreiben und Lesen sind eng miteinander verbunden, eins stützt das andere.

FROMMER (1992:176ff.) gibt ein Beispiel, das besonders dadurch einleuchtet, daß das Briefschreiben schon im literarischen Text angelegt ist. Es geht um PETER HÄRTLINGS Jugendbuch „Oma":

> „Mehrfach ist in Härtlings Erzählung auch von Briefen die Rede. Im Kapitel ‚Die Fürsorgerin besucht Oma und Kalle' verschwindet ein Brief von Kalles Lehrerin an Oma unterwegs in einem Gully, nicht ohne Kalles Zutun (S. 53). Und als Oma einen Freiflugschein gewinnt, schreibt Kalle heimlich an die Firma und bekommt eine Antwort, deren Inhalt er seiner sich in Neugier verzehrenden Oma nur andeutungsweise mitteilt (S. 78–81).
>
> Die beiden unausgeführten Briefe sind nicht privater Natur, ihre Ausführung stellt die Kinder vor vielfältige Probleme. Wie sieht der Briefkopf aus, wie lautet die Anrede, wie die abschließende Schlußformel? Wann wird das Wort ‚ihre' großgeschrieben, wann klein? Wie trifft man die richtige Tonlage? Als Lehrer ist man immer wieder überrascht, wieviel Gefühl die Kinder schon mitbringen dafür, was in einem solchen Brief angebracht ist und was nicht. [...]
>
> Für die Kinder hat die Aufgabe, das Antwortschreiben der Firma an Kalle zu formulieren, einen besonderen Reiz. Daß ein Kind den Mut aufbringt, an eine Firma zu schreiben, als Briefpartner ernst genommen wird und auch noch Erfolg hat, wird als erregend und herausfordernd empfunden."

FROMMER zeigt dann am Beispiel zweier Briefe, die angeblich die Lehrerin an Oma geschrieben haben soll, wie unterschiedlich die Kinder sich diese von HÄRTLING erfundene Lehrerin aufgrund ihrer Lektüre vorgestellt haben. Quasi von selbst stellt sich die Frage, welches Bild dem Text angemessener ist, und so führen die von den Schülern geschriebenen Briefe unmittelbar zur Texterarbeitung zurück.

Literatur:
Boettcher u.a. 1973, Bredenbek 1977, Buhofer 1983, Ettl 1984, Herbert 1983, Jänikke 1988, Jappe 1969, Merchert 1981, Nickisch 1991, Praxis Deutsch 117.

3.2 Zweckschreiben: Texte mit einer bestimmten Wirkungsabsicht schreiben

1. Definition und Abgrenzungen
Unter „Z." werden hier all die Textformen zusammengefaßt, bei denen der Schreiber sich mit einer bestimmten appellativen Absicht an den Leser wendet: Einladung, Entschuldigung, Beschwerde, Bitte, Aufforderung, Plädoyer, Zeitungsanzeige, Aufruf usw. Offensichtlich gibt es dabei Überschneidungen mit Briefen (s. u.), und im Bereich der „Anweisungstexte" (z.B. Bastelanleitung) gibt es Überschneidungen mit der Sachverhaltsdarstellung; denn es wird sowohl ein wiederholbarer Vorgang dargestellt als auch ein Handeln angeleitet. Sicherlich kann auch das Protokoll als Zweckschreiben angesehen werden.

Natürlich sind auch poetische Texte leserbezogen: Der Schreiber möchte „ankommen", verstanden werden, Teilnahme wecken. Aber schon diese Formulierungen machen deutlich, daß die Schreibabsicht hier viel allgemeiner und dem Schreiber bei weitem nicht so bewußt ist. Ähnliches gilt für argumentative Texte und im allgemeinen für Sachverhaltsdarstellungen: Auch mit ihnen wendet sich der Schreiber an Leser, aber zugleich (oder dem voraus) klärt er den Gegenstand, über den er schreibt, für sich selbst. Diese kognitiv-heuristische Funktion geht den Z. durchaus ab, es sei denn, sie enthalten argumentative oder expositorische Teile (Darstellung des Sachverhalts, über den man sich beschwert; Beschreibung eines Gegenstands, den man verkaufen will; Begründung einer Aufforderung usw.). Durch Z. will der Schreiber den Leser zu einer bestimmten Handlung bewegen; diese Absicht fehlt sowohl bei poetischen als auch bei expositorischen Texten.

2. Didaktische Problematik
Sprache als Mittel zum Zweck zu gebrauchen ist jedem Sprecher vertraut. Geschieht dies schriftlich, so ist diese appellative Sprachfunktion für die Schüler also nicht neu. Da die Texte ganz auf Wirkung aus sind, wäre hier der Ort, wo die Schüler lernen können, sich auf Leser einzustellen. Allerdings richten sich die meisten Z. an unbekannte oder anonyme Adressaten (Ausnahme: Einladung); die persönliche Zuwendung zu Lesern geschieht dagegen wirkungsvoller im **Brief**. Mit Z. nehmen die Schüler teil an der öffentlichen, vor allem der institutionellen Kommunikation.

Die Texte sind um so erfolgreicher, je besser sie auf die möglichen Leser abgestimmt sind. Durch die Leserorientierung erweitern die Schüler ihre sprachpragmatische und damit ihre soziale Kompetenz.

Im übrigen lernen die Schüler die Konventionen einzelner Textsorten kennen und werden dadurch zur Teilnahme am „schriftlichen Leben", am Schriftverkehr, an den „Forderungen des Lebens" (SCHNEIDER 1926) qualifiziert:

„Die üblichen *Mitteilungen* des täglichen Lebens müssen nach festen *Mustern* gründlich geübt werden. Das gilt vom sachlichen Brief, von der Postkarte, vom Lebenslauf (Abschlußjahr), vom Telegramm, von der Anzeige, der Eingabe bei Behörden, dem Einschreiben bis zu Bewerbungsschreiben und Familienanzeigen. [...] Es handle sich auch hierbei nicht um bloße Formalübungen. Die Bewältigung des Formalen möge sich vielmehr möglichst aus der Erfüllung lebenspraktischer Aufgaben ergeben (Veranstaltung, Ausflug, Fahrt, Theaterbesuch, Schülerbriefwechsel, Tausch-Brett der Schule, Schülerzeitung, Berufs- und Stellenfindung). Überängstlichkeit im Wahren des Lebensbezuges sollte jedoch nicht verhindern, daß wirklich *alle* bereits im Lebensbereiche der Schüler liegenden lebenswichtigen Formen geübt werden (ohne den berufsbildenden Schulen vorzugreifen). Ein Telegramm abfassen z. B. (an Stelle der tatsächlich abgesandten Postkarte) oder das Bearbeiten einer verunglückten Zeitungsanzeige sind echte Aufgaben für den Gruppen- oder Einzelwettbewerb“ (BEINLICH 1969:435).

Formelhafte Sprache spielt im beruflichen und gesellschaftlichen Leben eine größere Rolle, als der literaturorientierte Laie gemeinhin annimmt. Gerade bei Z. kann die entlastende Funktion der vorformulierten Sprache bemerkt und diskutiert werden.

Da die Schüler aber die einzelnen Formulierungen und Textmuster meistens erst wesentlich später (falls überhaupt) anwenden können, sind Z. als Lerngegenstand im Schreibunterricht von zweifelhaftem Wert. Oft sind sie nicht mehr als eine zum Zweck der Motivation vorgenommene „Verpakkung“ von Schreibaufgaben, die ganz anders zu rechtfertigen sind: Man möchte, daß sich die Schüler mit bestimmten Gegenständen befassen, meint aber, ihnen das nur zumuten zu können, wenn man die Aufgabe in eine kommunikative Situation einkleidet („Stell dir vor, du bist Schülersprecher und willst den Schulrat einladen ...“). Da man sich und den Schülern nicht eingesteht, daß Schreiben ein Mittel der Wahrnehmungsschulung und Erkenntnisfindung ist („daß sie ihre Sinne bilden, und denkend, sinnend zuerst sehen und hören lernen!“ HILDEBRAND ^{27}1962:29), macht man es zum Gegenstand, der nun eigens motiviert werden muß, und das Z. scheint dies zu leisten. Bisweilen werden sogar ganze Projekte mit allerhand Z. arrangiert, bloß um die Schüler überhaupt zum Schreiben zu gewinnen. Auf diese Weise werden z. B. Weg- und Personenbeschreibungen kommunikativ „verpackt“.

3. Entwicklung

Bei Z. ist auf der ersten Stufe der Einfluß des Mündlichen besonders stark; und die Schüler schreiben, wie sie sprechen. Der Grund: Während sie erzählende und darstellende Texte aus Kinderbüchern kennen, ist ihnen die appellative Sprachfunktion vor allem in der Form mündlicher Sprechakte (inkl. Werbung im Fernsehen und Rundfunk) bekannt. Die Umsetzung ins Schriftliche fällt ihnen schwer, und deshalb halten sie sich meist an einzelne Vorlagen, Vorbilder oder Ratschläge.

Auf der zweiten Stufe orientieren sich die Schüler zunächst an allgemeinen Mustern („Einladungen schreibt man so“); der Appell an ihre eigenen Reaktionen als Leser („Was würdest du zu so einer Einladung sagen?“) führt sie aber auch schon zur Einsicht in die Zweckmäßigkeit bestimmter Regeln.

Auf der dritten Stufe ist es den Schülern möglich, mit Konventionen spielerisch umzugehen (Verfremdung, Stilbruch, Parodie), sie mit Rücksicht auf die kommunikative Absicht auch zu durchbrechen und die Texte individuell zu gestalten.

4. Aufgabenvorschläge und Hinweise zur Methode
Es gibt prinzipiell drei Möglichkeiten zum Verfassen von Z. im Unterricht:

1. Der Ernstfall: Es werden Texte verfaßt, mit denen wirklich ein Adressat zu einer Handlung, mindestens zu einer schriftlichen Antwort, bewegt werden soll. Dies geschieht oft im Rahmen fächerübergreifender Projekte. Beispiele: Die *Einladung* zu einer Veranstaltung, die *Anzeige* in der Schülerzeitung, die *Anfrage* beim Schullandheim. Methodisch stellt sich das Problem, daß z. B. diese Anfrage nur einmal gestellt werden kann, in der Klasse aber 20 oder 30 Schüler sitzen. Die Lösung, daß die Texte gemeinsam (etwa in Gruppen) erstellt werden und schließlich der beste Entwurf zur Grundlage der Endfassung genommen wird, befriedigt nicht; denn die meisten Schüler erfahren nun auf das, was sie geschrieben haben oder schreiben wollten, keine Reaktion vom eigentlichen Adressaten, sondern nur von beurteilenden Mitschülern. Damit verwandelt sich dieser Weg für den größten Teil der Schüler unversehens in den zweiten:

2. Die Simulation: Die Schüler tun so, als ob sie sich an einen außerschulischen Leser wendeten. Sie üben, wie man offizielle Briefe schreibt, Einladungen entwirft, Plädoyers verfaßt. Dabei orientieren sie sich neben ihren eigenen Erwartungen als Leser vor allem an Mustern (meist aus Sprachbüchern) und an Ratschlägen, die ihnen der Lehrer gibt.

3. Das Spiel: Die Schüler übernehmen (freiwillig oder aufgrund von Los oder Zuteilung) bestimmte Rollen, in denen sie für die Dauer des Spiels handeln. Hierbei werden Elemente von Ernstfall und Simulation verbunden. Im Sinne des „literarischen Rollenspiels" ist solches Schreiben auch bei der Behandlung von literarischen Texten sinnvoll.

4 Schreiben im Erstunterricht

1. Definition
Unter „Erstunterricht" wird hier der Unterricht in der 1. und (zu Beginn) der 2. Klasse verstanden, und zwar speziell der Schriftspracherwerb. Natürlich können die Schulanfänger in der Regel noch keine ganzen Texte, also keine „Aufsätze" schreiben. Wenn man aber grundsätzlich zwischen Ab- und Nachschreiben von Sprache einerseits, dem Aufschreiben von Vorgestelltem (dem „konzeptionellen Schreiben") andererseits unterscheidet, so sind auch Schulanfänger schon sehr bald zu letzterem fähig. Meist schreiben sie zunächst nur **einzelne Wörter**; der sprachliche Kontext bleibt entweder

unausgedrückt, oder er wird durch Bilder vermittelt. Dabei gibt es verschiedene Möglichkeiten: 1. Bild und Wort entsprechen einander, sie drücken dasselbe aus, z. B. als **Bildunterschrift** oder **-überschrift**; 2. **Sprechblasen**: Worte ergänzen das Bild; 3. Bilder ergänzen den sprachlich unvollständigen **Text**. Auch das Ergänzen von **Satzfragmenten** gehört zu diesem Aufschreiben. Die erste Textform, deren sich die Schulanfänger bedienen, ist im allgemeinen der persönliche **Brief**; er ist zugleich expressiv und kommunikativ.

2. Geschichte und didaktische Problematik

Lange Zeit galt die Trennung von Erstschreibunterricht und weiterführendem Schreiben – also „Aufsatzunterricht" – als selbstverständlich. BEINLICHS „Handbuch" (1961) enthält im Teil „Das geschriebene Wort" neben dem umfangreichen Kapitel „Das schriftsprachliche Gestalten und die Stilpflege" und einem Kapitel „Über das Erlernen der Rechtschreibung" drei kürzere Kapitel zur „Schreib-" bzw. „Schrifterziehung" und zur „Hilfe in Schriftnöten"; diese drei Kapitel beziehen sich ausschließlich auf den Erstschreibunterricht. HELMERS dekretiert: „Dem schriftsprachlichen Gestalten geht notwendigerweise das orthographische und kalligraphische Erlernen des Schreibens voraus" ([6]1971:222). Hinter dieser üblichen Trennung von Erstschreiben und weiterführendem Schreiben steht die Auffassung, das Schreiben sei eine graphische (zeichnerische) Handlung, durch die Wort- und Buchstabenformen aufs Papier oder auf die Tafel gebracht werden. Historisch war dies auch der Fall; denn die mittelalterlichen Schreiber und Schreiblehrer waren Graphiker und verstanden sich selbst als Schriftkünstler. Ihr Geschäft war das Abschreiben und dabei das ornamentale Ausgestalten. Individualität bewies man nicht in dem, was man schrieb, sondern allenfalls in dem, wie man schrieb. Noch in diesem Jahrhundert wurden die für Schulanfänger verbindlichen Schriftzüge und Buchstabenformen von Künstlern und Kunsterziehern entworfen (KUHLMANN, SÜTTERLIN), und Schreiben war Bestandteil der von der Reformpädagogik geforderten musisch-künstlerischen Erziehung:

„Wie ist ein Schreibunterricht zu gestalten, der die *schaffenden Kräfte* im Kinde zur Wirkung bringt, der die Schrift des Kindes zum *Ausdruck* der in ihm ruhenden Kräfte macht? Wie kann das Kind aus dem bisherigen mechanischen *Drill* und *Nachahmen* einer ihm aufgezwungenen Schreibform zu einem freien, seinem Empfinden und seiner Persönlichkeit gemäßen *Selbstgestalten* seiner Handschrift geführt werden? Kurz: Wie ist das Schreiben der künstlerischen (d. i. schaffende Kräfte entwickelnden) Erziehung dienstbar zu machen?" (KUHLMANN 1923, zitiert nach NEUHAUS-SIEMON 1981:14).

An dieser Auffassung orientiert sich noch heute die Waldorfpädagogik. Schreiben ist hier eine Sache der Bewegung und der Form:

„Bei der Gestaltung der neuen Schrift sah Sütterlin [...] bewußt davon ab, die Buchstabenformen in ihrem Bewegungsablauf der späteren Erwachsenenschrift anzupassen – im Unterschied zur heutigen Schriftreform. Durch Senkrechtstellung der

Schrift wollte er die Fingertätigkeit beim Schreiben aktivieren und die Einzelformen weiter, klarer und offener gestalten, so daß sie sich untereinander gut unterschieden und die Deutlichkeit der Schrift gewahrt blieb" (NEUHAUS-SIEMON 1981:20).

Verstand also die Reformpädagogik das Schreiben als künstlerisches Mittel des Selbstausdrucks, so ging dieser Bezug zum individuellen Gestalten in der Folgezeit verloren. Übrig blieb ein formaler Drill, dessen Ziel eine normierte, kultusministeriell erlassene Einheitsschrift war – die „Lateinische Ausgangsschrift" (seit 1954 in der BRD) bzw. die „Schulausgangsschrift" (seit 1968 in der DDR). Wenn Schulanfänger heute mit der Schreibschrift zu schreiben beginnen, so stehen noch immer Bewegungs- und Formaspekte im Vordergrund. Ehe die Schüler die Schrift nutzen können, müssen sie sich wochenlang mit „Schreibturnen" abgeben, also mit Übungen zur Verbesserung der Feinmotorik der Hände und zum Einschleifen von rhythmischen Bewegungsabläufen: „A. Lämmel, A. Frede und D. Gramm entwickelten in Zusammenarbeit mit der Fa. Pelikan, Hannover, einen Schreiblehrgang, der dem Bewegungscharakter des Schreibens Rechnung trägt. Nach einer Einspielzeit von drei Wochen, in der Spielen, Singen, Malen, Kneten, Falten und Reißen im Vordergrund stehen, folgt in der 4.–17. Woche der Vorkurs mit Großschwungübungen an der Wandtafel, in der Luft, im Heft" (NEUHAUS-SIEMON 1981:35). Der heute übliche Schreiblehrgang hat keine ästhetischen Ziele, sondern rein technische: Er dient einzig der Vorbereitung auf eine spätere normgerechte Verwendung der Schrift.

Es läßt sich nicht feststellen, wievielen Schülern durch diese Vorbereitung des Schreibens für lange Zeit oder auf Dauer die Lust am Schreiben genommen wird. Außer Frage steht aber der Widerspruch, den die Schüler zwischen ihrem mündlichen und dem neuen schriftlichen Sprachgebrauch erleben: Während sie sprechen, um sich auszudrücken und mit anderen zu kommunizieren, fehlt dieser personale und kommunikative Aspekt beim Schreiben völlig; erleben die Kinder beim Sprechen die Funktion der Sprache, so erleben sie beim Schreiben deren Form. Erst wenn die Kinder die Form beherrschen, dürfen sie allmählich dazu übergehen, Schrift auch kommunikativ und expressiv zu gebrauchen. Erst die Technik, dann die Kultur.

In Frankreich verfuhr FREINET schon in den 20er Jahren anders. Er ließ die Kinder von vornherein die Funktion des Schreibens erfahren: Sie teilten schriftlich mit, was sie bewegte, was sie sahen und dachten. Dazu bedienten sie sich eines Setzkastens, d. h. sie schrieben nicht mit der Hand, sondern verwendeten Lettern. Die Vervielfältigung mit Hilfe von „Limographen" erlaubte im übrigen schon vor der Erfindung der Umdruck- und Fotokopierapparate die Herstellung mehrerer Textexemplare; so konnten die Kinder ihre eigenen „Bücher" herstellen. Bis heute bildet das Drucken eigener Texte einen wichtigen Bestandteil der Tätigkeiten von FREINET-Klassen.

In Deutschland wurde vor allem in der aus den Reformbestrebungen zu Beginn des Jahrhunderts hervorgegangenen Waldorf-Pädagogik die Druckschrift als Erstschrift verwendet. Allerdings werden in Waldorfschulen die Druckbuchstaben mit der Hand gemalt, und das Schreiben geschieht in ästhetischer Absicht. Dies zeigt, daß es keinen logischen Zusammenhang zwischen der Verwendung der Schreib- oder Druckschrift und der Frage gibt, ob Form oder Funktion den Anfangsunterricht beherrscht.

Erst in den 70er Jahren wurde die FREINET-Pädagogik in der BRD rezipiert (VASQUEZ/OURY 1976, KOITKA 1977). Zur selben Zeit erschienen Berichte und Untersuchungen über Kinder, die vor Schuleintritt schreiben gelernt hatten („Spontanschreiber", EICHLER 1976, CASTRUP 1978) und dabei Druckbuchstaben benutzten (LIEDEL 1977) oder mit technischen Hilfsmitteln (Stempel, Schreibmaschine) schrieben. Für diese Kinder stand von vornherein die Funktion der Schrift im Mittelpunkt: Sie benutzten die Schrift zum Ausdruck und zur Mitteilung ihrer Gedanken. Die Erfahrungen der FREINET-Pädagogen und die Beobachtungen von außerschulisch schreibenden Kindern waren der Anstoß, auch in der Schule dem Funktionsaspekt des Schreibens von Anfang an mehr Beachtung zu schenken. Damit wurde die Trennung von Erstschreiben und weiterführendem Schreiben (Textverfassen, Aufsatzschreiben) im Prinzip aufgehoben, die Grenze wurde fließend. Während früher der Aufsatzunterricht erst im dritten Schuljahr begann, beginnt er nach dieser Auffassung schon am ersten Schultag (BUCHNER 1990). Kinder, die ihren Namen zu Papier bringen, gebrauchen Schrift als Ausdrucks- und Kommunikationsmittel; denn der Name bedeutet: „Ich bin hier", „Das bin ich", „Nehmt mich wahr".

Ohne den Zwang zur Schönschrift, ohne die Mühe der Graphomotorik (die Druckbuchstaben werden wesentlich größer geschrieben oder überhaupt gestempelt bzw. aufgeklebt) sind die Schulanfänger frei, die Wörter, deren Schriftbild oder Buchstaben sie kennen, zum Ausdruck ihrer Gedanken zu gebrauchen. Sie schreiben „Briefe", mit denen sie sich an andere wenden; sie schreiben „Notizen", mit denen sie etwas festhalten; sie schreiben „Geschichten", mit denen sie ihre Erlebnisse ausdrücken. Meist wird die Schrift dabei noch durch Bilder ergänzt.

Hin und wieder werden für das Schreiben Schreibmaschinen benutzt. In der Zukunft werden sich vermutlich Computer als Schreibgeräte durchsetzen (PAPERT 1982, BOHNENKAMP/BRÜGELMANN 1989, NIEMANN 1989). Da moderne Schreibprogramme auf einfachste Weise auch eine graphische Gestaltung erlauben (Veränderung der Größenverhältnisse, Wahl und eigene Gestaltung von Schriftsätzen), kommt auch der ästhetische und formale Aspekt der Schrift nicht zu kurz.

Gegen die Verwendung der Druckschrift als Erstschrift (in Bayern vorgeschrieben, in anderen Bundesländern erlaubt) wird bisweilen eingewandt, sie verhindere den späteren Erwerb einer flüssigen Handschrift, fördere den „Schriftverfall", führe zu „Schreibstottern" und behindere im übrigen den Erwerb der sicheren Rechtschreibung. Diese Befürchtung hat sich aber in empirischen Untersuchungen nicht bestätigt:

> „Die Spontanschreiber allerdings sind ein Beleg dafür, daß Kinder auf diesem Weg die Rechtschreibung und eine flüssige Handschrift erlernen können. Und für die Druckschrift ist dieser Weg auch in der Breite erprobt. So gibt es Länder wie Portugal, England oder Dänemark, in denen alle Schulanfänger mit dem Druck-Schreiben

beginnen und mit einer ‚fließenden Druckschrift' auch als Erwachsene weder in der Geschwindigkeit noch in der Lesbarkeit gegenüber einer verbundenen Schrift abfallen. Aber auch bei uns haben empirische Untersuchungen positive Ergebnisse erbracht. Schon durch die Untersuchung von WEINERT und seinen Kollegen wurde die Befürchtung widerlegt, das Druck-Schreiben sei ein Umweg, es verhindere das zügige Schreiben und die Ausbildung einer formklaren und flüssigen Handschrift: Kinder, die in der Druckschrift schreiben lernten, schrieben später auch in der Schreibschrift schneller und weniger verkrampft als Schüler, die gleich in der Schreibschrift gelernt hatten" (BRÜGELMANN 1983:188).

Auch wenn die Schüler noch sehr wenig schreiben, findet beim konzeptionellen Gebrauch der Schriftsprache schon das statt, was typisch für den AU ist: das Nachdenken über Wortwahl und Formulierung. So diktierte Tom die beiden Sätze „Ich habe einen Hund. Tom bürstet seinen Hund.", und die Klasse empfahl die Veränderung des zweiten Satzes zu „Ich bürste meinen Hund", damit die Perspektive nicht gewechselt werde (SPITTA 1985:30f.).

Die Betonung des funktionalen Aspekts der Schrift steht in engem Zusammenhang mit einer bestimmten pädagogischen Einstellung: Kinder werden nicht als Wesen betrachtet, die in der Schule unterrichtet und sozialisiert werden müssen, sondern die selbst Interesse am Lernen haben, die auf Entdeckungen aus sind und produktiv tätig werden wollen und denen die Lehrer dabei Hilfe leisten. Wenn es sich für die Kinder emotional, kognitiv und kommunikativ lohnt, eignen sie sich auch die Schrift (sogar die Handschrift) von selbst an. Bei diesem kindorientierten Ansatz kommen die individuellen Unterschiede deutlich zum Tragen und müssen beachtet werden. Deshalb verbietet sich im allgemeinen ein gleichschrittiges Vorgehen im Klassenverband. Da der Lehrer die Funktion eines Beraters bei den selbständigen Bemühungen der Kinder hat, da er nicht lehrt, sondern beim Lernen hilft, muß er ihre Lernwege kennen und ihnen Anregungen geben, wie sie ihre Schwierigkeiten meistern und den jeweils nächsten Entwicklungsschritt tun können.

3. Aufgabenvorschläge und Hinweise zur Methode

Von nicht zu unterschätzender Bedeutung ist eine zum Schreiben einladende Ausstattung des Klassenzimmers schon vom ersten Schultag an: Papier muß da sein, und zwar unterschiedlich großes, liniertes, kariertes und leeres; ein Stiftsortiment mit verschiedenen Filzstiftsorten, mit Blei- und Buntstiften darf nicht fehlen; Schreibmaschinen laden zum Ausprobieren ein (SPITTA 1988). Darüber hinaus könnten Computer mit einfachen Schreibprogrammen in Zukunft zur Verfügung stehen. Durch diese Ausstattung des Klassenraums werden die Schüler auch ohne Aufgabenstellung zum Schreiben animiert; sie probieren das Schreiben von Buchstaben, Wörtern und Sätzen aus, ohne die Verbindung von Schrift und „Vorschrift" einzugehen. (Und natürlich müssen Bilderbücher und andere Bücher zum Lesen und Schreiben anregen.)

SPITTA schildert verschiedene Möglichkeiten des Schreibbeginns: Am ersten Tag finden die Kinder ein großes Heft auf der Schulbank und dürfen auf die erste Seite etwas malen oder schreiben. Viele Kinder kommen ja heute schon mit Schriftkenntnissen zur Schule, und die Schreibmotivation der meisten Kinder ist gerade am Anfang riesengroß. Die Kinder, für die Schreiben bzw. Drucken noch neu ist, gucken bei den anderen ab, ahmen nach, lassen sich helfen und kommen so auch sehr schnell dazu, etwas zu schreiben. „Seltener trauen sich einige Kinder gar nicht zu schreiben, weil sie Angst haben, es nicht ‚richtig' zu machen. Sie malen an diesem Tag eben nur. Am nächsten oder übernächsten Schultag, nach der Erfahrung, daß in den Kreisgesprächen über die Arbeiten kein Kind wegen irgendwelcher ‚Fehler' angemeckert wurde, tauen meistens auch diese ängstlichen Kinder auf und begeben sich vorsichtig auf ihren ‚Schreibweg'" (1988:38). Da die Kinder schreiben dürfen, was sie wollen, und es mit Bildern verbinden dürfen, kommt Unterschiedlichstes zu Papier. Einige Kinder schreiben einzelne Wörter, andere ganze Sätze, andere malen Personen oder Tiere mit Sprechblasen. Die erste gemeinsame Aufgabe ist das Beschriften des Heftes mit dem eigenen Namen. Auch hierbei kein Gleichschritt – jedes Kind muß ja etwas anderes schreiben. (Als Vorlage dienen Namenskarten, die die Schüler gleich zu Beginn bekommen haben.) Die nächsten Aufgaben haben den Charakter von „Schreiberkundungsaufträgen": Namen von Geschäften und Tankstellen, von Lebensmitteln, von Türschildern, Plakaten u. ä. werden abgeschrieben. Bei „Kim-Spielen" dürfen die Schüler „mogeln", nämlich sich die Gegenstände, die sie sich ja merken wollen, auf irgendeine Weise (Anlaute, Buchstabe-Bild-Kombination, Skelettschrift, Kritzelschrift usw.) „aufschreiben". Schließlich werden Bildunterschriften und Sprechblasentexte ausgedacht. Unmerklich kommen die Schulanfänger auf diese Weise vom Ab- und Nachschreiben zum Aufschreiben dessen, was sie im Kopf haben.

Eine andere Möglichkeit besteht darin, daß den Schülern zunächst Sätze und Satzfragmente zum Ergänzen vorgelegt werden: Ein Plakat, auf dem die Lehrerin „Das bin ich" geschrieben hat, wird von den Schülern mit Name und Bildern und allmählich mit allerhand schriftlichen Angaben gefüllt; Satzfragmente wie „Ich komme aus ...", „Ich esse gern ..." werden ergänzt. Die Überschriften „Das mag ich nicht" und „Das finde ich gut" provozieren schriftliche Stellungnahmen. Natürlich handelt es sich hier noch nicht um „Aufsätze", aber die Kinder erfahren von vornherein Schreiben nicht als bloße Technik, sondern sie gebrauchen es zum Ausdruck und zur Kommunikation miteinander. Dieser funktionale Aspekt wird dadurch verstärkt, daß das Schreiben in engem Zusammenhang mit dem Sprechen geschieht.

In einer anderen Klasse begann der Unterricht am zweiten Schultag damit, daß jedes Kind sein „Lieblingswort" nannte und der Lehrer es aufschrieb; wenig später „schrieben" es die Schüler selbst – sie tippten es auf der Klassenschreibmaschine oder stempelten oder klebten es aus Buchstaben zusammen (Spitta 1988:54).

Schon im ersten Schuljahr können die Schüler **Briefe** schreiben: „Bettina hat schon nach einigen Wochen des ersten Schuljahres die schriftliche Kommunikation eröffnet. [...] Sie hat Wörter, die sie bisher lesen gelernt hat, aufgeschrieben und ihre Haustiere dazugemalt. Natürlich schrieb ich ihr sofort einen Brief zurück, indem ich ihn in einen Umschlag steckte und feierlich überreichte" (HERBERT 1983). Der Wert der Briefe wird noch dadurch erhöht, daß sie in eine Briefecke gehängt werden. Dadurch erfahren alle Kinder etwas voneinander: „Was sie nicht schreiben konnten, malten sie: Holger signalisierte mit seinem Brief, daß seine Familie umgezogen war und ein neues Auto besaß." Je mehr Schriftkenntnisse die Schüler erwerben, desto vollständiger werden die Briefe verschriftlicht – Briefe, in denen sie Erlebnisse erzählen, Wünsche äußern und Beobachtungen mitteilen. Die Schwelle zum Lernbereich „Texte verfassen" besteht nicht mehr.

Um den Schulanfängern auch dann, wenn sie noch gar nicht selbst schreiben können, Zugang zur Funktion des Schreibens zu verschaffen, kann auch zunächst die Lehrerin das, was die Schüler zu selbstgemalten Bildern erzählen, für sie aufschreiben. So „schrieb" ein Kind als ersten Satz: „Die Sonne scheint, als das Kind zum Schwimmbad geht." Als das Kind am nächsten Tag wollte, daß die Lehrerin schreibt „Gestern war ich mit meinem Bruder im Schwimmbad", ließ sie das Wort „Schwimmbad" aus „und fragte das Kind, was es gestern hatte schreiben lassen. Durch den Vergleich der beiden Sätze kam das Kind selbst darauf, daß das Wort Schwimmbad in beiden Sätzen vorkommt. Es mußte das Wort selbst in den zweiten Satz einsetzen" (BAILLET 1983).

Auch kurze Geschichten können auf diese Weise schon sehr früh aufgeschrieben werden: „Der Lehrer oder Helfer wird während der Stillzeit oder am Anfang der Pause eine *Geschichte mitschreiben*. Das übertragene und ja nur *äußerst schonend* abgeänderte Erzählte wird dann vom Schüler stolz als *seine* Geschichte vorgelesen. [...] Die Geschichten sind guter zusätzlicher Lesestoff für die Klasse" (BEINLICH [5]1969:437). Wenn die Kinder dabei auch nur wenig oder gar nichts selbst schreiben, so erleben sie doch die kommunikative Funktion der Schrift dadurch, daß das, was sie sagen, anschließend in schriftlicher Form vorliegt. Wichtig ist auch, daß sie den Schreibprozeß beobachten können:

> „Im Anschluß an das gemeinsame Gespräch diktiert zusätzlich jeweils ein Kind seine ‚Geschichte', damit sie an die Tafel geschrieben und ‚vorgelesen' werden kann. Dieses Formulieren und Diktieren des eigenen Textes geschieht noch innerhalb der Kreisarbeit, unter Anteilnahme und mit Formulierungsvorschlägen aller Kinder. Dadurch, daß das Formulieren und Diktieren, später auch das Äußern von Vermutungen über die Schreibweise der Wörter und eigene Schreibversuche ‚öffentlich' im Kreis erfolgen, können alle Kinder am Entstehungsprozeß einer kurzen Geschichte, eines Textes teilhaben. Dies bietet besonders sprachlich weniger geförderten Kindern eine gute Erfahrungsgrundlage für Sprachlernprozesse" (SPITTA 1985:21).

Dadurch, daß beim Diktieren die technische Seite des Schreibens dem Erwachsenen übertragen wird, können die Schüler sich ganz auf das Inhaltliche und Sprachliche konzentrieren und infolgedessen hierin viel weiterkommen, als es ihnen sonst möglich wäre. (Vgl. MARTIN 1981, der dieses

Verfahren auch bei älteren Schülern – 6. Klasse – erfolgreich angewandt hat.)

Schon in der ersten Klasse können die Schüler Bücher mit eigenen Texten („Lesebuch“, „Ich-Buch“, „Buch über unsere Klasse“, „Traumbuch“, „Sachbuch“, „Geschichten-Buch“) herstellen. Einige Schüler schreiben ihre Texte selbst auf, andere diktieren sie dem Lehrer. Inhaltlich geht es in den Texten um Erlebtes, um Ausgedachtes oder um Sachwissen. Wird das Buch fotokopiert, so können auch Bilder und Fotos aufgenommen werden; die Schüler geben dazu schriftliche Erläuterungen.

Seit den Tagen der Reformpädagogik galt es als ausgemacht, daß das konzeptionelle Schreiben mit dem Aufschreiben von Erlebtem beginnen müsse. Neuerdings ist dieses Dogma ins Wanken geraten. Es gibt Kinder, die lieber Fakten festhalten, die sie gehört oder gelesen haben. Manche Kinder werden auch durch Behauptungen zu Stellungnahmen provoziert, d. h. sie geben nicht primär wieder, was sie erlebt haben, sondern sie drücken aus, was sie denken und wollen. Insofern ist die Aufforderung: „Schreibt auf, was ihr dazu denkt“ auch in den ersten Klassen kein schlechter Schreibimpuls. Als motivierend hat sich auch das Aufschreiben von Rätseln (Dehn 1990) und Scherzfragen erwiesen: diese werden dann in der Schülerrunde vorgelesen und gelöst.

Literatur:
Baillet 1983, Bergk 1987, Brügelmann 1983, Buchner 1990, Dehn 1990, Liedel 1978, Neuhaus-Siemon 1981, Spitta 1985, Spitta 1988.

III Phasen des Schreibprozesses

Schreiben ist eine Handlung. Bei allen Handlungen lassen sich bestimmte Momente unterscheiden, und sofern diese Momente Zeit beanspruchen und nacheinander vorkommen, kann man von „Phasen" sprechen. Der Lehrer, immer um ökonomisches Arbeiten bemüht, wird versuchen, dasjenige zu üben, was sich immer wiederholt. Er wird also einzelne Momente des Schreibprozesses üben lassen, oder er wird wenigstens sein Augenmerk auf diese einzelnen Momente legen: Man muß seinen „Stoff" zusammenbekommen, man muß ihn anordnen, ausarbeiten und überarbeiten. „Taylorisierung" (MATSUHASHI/GORDON 1985) des Schreibens?

1. **Sammlung:** Ideen und Stoff sammeln

„Inventio" hieß in der antiken Rhetorik jene Phase des Schreibprozesses, in der die für die Behandlung eines Themas passenden Gedanken gefunden wurden. „Der lateinische Terminus inventio, Erfindung, macht deutlich, daß es sich dabei um eine im eigentlichen Sinne schöpferische Phase handelt, die nicht einfach im Ausschlachten tradierter Stoffsammlungen besteht, worauf die inventorische Forschung in manchen Phasen der Rhetorikgeschichte reduziert wurde" (UEDING 1985:29). Mit dem Begriff „Sammlung" meine ich noch mehr als diese rhetorische Praxis, nämlich all das, was ein Schreiber sich im Kopf und auf dem Papier zusammenstellt, ehe er mit dem eigentlichen Formulieren beginnt. Ich wähle diesen Ausdruck wegen seiner Doppeldeutigkeit: Zum einen meint er den technischen Vorgang des Sammelns von Material (Zitate, Thesen, Beobachtungen, Bilder, Einfälle usw.), das für die Ausarbeitung des geplanten Textes nützlich sein könnte, und zwar jeglichen Textes, nicht nur eines argumentativ-rhetorischen. Zum anderen meint er einen inneren Vorgang, nämlich die geistige Hinwendung und Konzentration auf das Thema, die „Inkubation", in der der Geist unbewußt und vorbewußt tätig ist, indem er das Gedächtnis durchforscht, Verbindungen herstellt und Ideen produziert. Dabei können unterschiedliche Anregungen wirksam werden – gelesene oder gehörte Literatur, mündliches Erzählen, Gespräche, Bilder. Wer sich sammeln will, braucht Ruhe, aber dieser Ruhe kann eben alle mögliche Unruhe vorausgegangen sein – zugelassene Unruhe oder eigens veranstaltete.

Die folgenden Vorschläge sollen eine Hilfe für diese innere Sammlung sein; denn die äußerliche Stoffsammlung versteht sich von selbst: Wer über ein Thema schreiben will, wird versuchen, sich so umfassend wie möglich kundig zu machen (Literatur dazu lesen, in Lexika nachschlagen, Fachleute befragen, Quellen auswerten, Wahrnehmungen festhalten usw.). Aus Mangel an Zeit fällt diese selbständige Recherche in der Schule allerdings fast immer flach; an ihrer Stelle erhalten die Schüler allenfalls Textausschnitte, die schon auf das Thema hin ausgewählt worden sind, so daß sich die Schüler nicht mehr die Mühe machen müssen, selbst etwas zu suchen.

Neben dieser äußeren Recherche verlangt aber eben jedes Thema, jede Schreibaufgabe eine innere Suche, und hierfür also sollen die folgenden Vorschläge eine Hilfe sein. Indem sie den Schreiber auf Gedanken bringen, nehmen sie ihm die Angst vor dem weißen Blatt Papier, bauen Schreibhemmungen ab und bringen ihn schneller ins Schreiben hinein. Sie helfen also der Kreativität (Findungs- und Erfindungsgabe) auf die Sprünge, indem sie gerade nicht zu dem normalerweise gebotenen logischen Voranschreiten auffordern, sondern zum Sich-gehen-Lassen und zum Um-die-Ecke-Denken. Wenn jemandem partout „nichts einfällt", so ist das nicht selten ein Zeichen für ausgeprägte Selbstzensur, und diese kann ihre Ursache in starker sozialer Kontrolle haben, also etwa in einem besonderen Konformitätsdruck der Gleichaltrigengruppe oder in hohen Leistungserwartungen der Eltern.

Das Cluster
Was ein Cluster ist, versteht man am besten, wenn man eines herstellt. Angenommen, wir wollen eine Glosse über Computer schreiben. Um auf Ideen zu kommen, schreiben wir in die Mitte eines Blattes COMPUTER, ziehen einen Bogen um das Wort und beginnen zu assoziieren. Jedes Wort, das uns zu COMPUTER einfällt, kreisen wir wiederum ein: Technik, Maschine, Ratio; Rechnen, Zahl, Zähler, Nenner; Spiel, Kinder, Video, Unterhaltung; Schreiben, Speichern, Abstürzen; Einsamkeit, Konzentration, Arbeit, Mühe; Rauschen, Blinken, Leuchten, Lichter, Bildschirme; Komm. Puter, Hühner, Käfig, Gefangenschaft, Zwang.

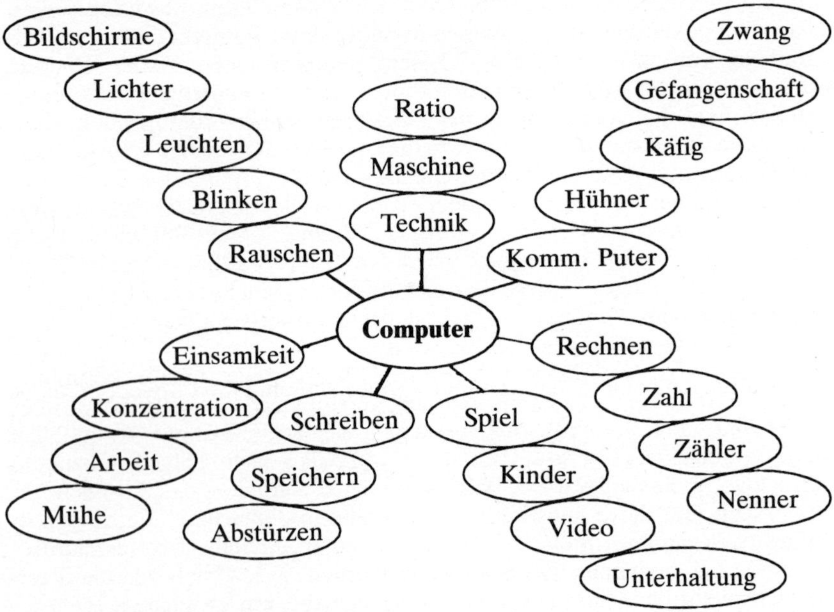

Entscheidend ist, daß wir unsere Gedanken dabei wirklich schweifen lassen und frei assoziieren. Der Tod des Verfahrens wäre das logische Folgern. Es ist völlig in Ordnung, wenn wir uns treiben lassen und „vom Hütchen aufs Stöckchen“ kommen. Jedes hingeschriebene Wort kann zum Ausgangspunkt eines neuen Gedankenbündels (einer Ideen-„Traube“, wie das englische Wort sagt) werden. Die Wörter werden jeweils durch einen Strich mit ihrem Ausgangswort verbunden. Wenn einem in einer Richtung nichts mehr einfällt, macht man an einer anderen Stelle weiter oder geht zum Ausgangswort zurück und läßt die Gedanken in einer neuen Richtung treiben.

„Clustering, das Knüpfen von ‚Ideennetzen‘ [...] ist ein nichtlineares Brainstorming-Verfahren, das mit der freien Assoziation verwandt ist. Durch die blitzartig auftauchenden Assoziationen, in deren ungeordneter Vielfalt sich unversehens Muster zeigen, wird die Arbeitsweise des bildlichen Denkens sichtbar“ (Rico 1984:27). Der Clou des Verfahrens liegt, wie beim Brainstorming, im vorübergehenden Ausschalten der Verstandeskontrolle und damit dem Zurückhalten der Bewertung von Einfällen. Ob die Einfälle brauchbar sind, wird erst später entschieden. Über diese vom Brainstorming her bekannte Technik hinaus soll das Clustering aber auch dazu dienen, einen individuellen Zugang zum Thema zu eröffnen, indem sich nämlich die Einfälle zu einem persönlichen „Muster“ ordnen. In unserem Beispiel tauchen die Wörter „Einsamkeit, Abstürzen, Gefangenschaft“ auf – keine sehr positiven Assoziationen bei diesem doch so nützlichen Gerät! Aber wahrscheinlich bilden sie gerade das „Muster“, von dem aus die Glosse geschrieben werden könnte.

Das Entdecken eigener „Muster“ ist besonders wichtig, wenn es um das Schreiben literarischer Texte geht. Das Clustering kann aber als Verfahren des Ideenfindens bei allen Schreibaufgaben verwendet werden, bei denen aus dem Kopf heraus (ohne Vorlage) geschrieben werden muß, also insbesondere auch bei Erörterungen ohne Textgrundlage.

Das Kalkül

Dieses von Pielow (1973) im Anschluß an Greimas' „Strukturale Semantik“ vorgeschlagene Verfahren besteht im Finden von Gegensatzpaaren, von binären Oppositionen, von Alternativen; man könnte es wohl auch als dialektische Methode bezeichnen. Ein Thema wie „KIRMES“ wird „durchkalkuliert“, also hinsichtlich der in ihm liegenden Möglichkeiten aufgeschlossen, indem man sich immer weiter sich verästelnde Alternativen überlegt. Welche Haltungen kann man gegenüber Kirmes einnehmen? Entweder man beteiligt sich, oder man sieht nur zu. Wenn man sich beteiligt, trifft man entweder auf Menschen, die auch mitmachen, oder auf welche, die einen daran hindern. Im positiven Fall kann nun das Mitmachen entweder gelingen, oder es wird gestört.

„Die beiden Alternativen garantieren jedoch eine für diesen Bereich wohl typische Grundstruktur mit Differenzierungen im Detail: nämlich Handlung in der Art einer Kreisbewegung, die eigentlich immer in Schüleraufsätzen über ‚Kirmes‘ sichtbar wird: das Hingehen – das Über-den-Kirmesplatz-Gehen (das Verweilen, Weitergehen und so weiter) – und schließlich das Zurückgehen. Das Negative verändert die typische Kreisbewegung eben partiell zum Schluß hin: Es kommt zum abrupten Schluß (einer geht wütend oder enttäuscht weg – eine Gruppe wird vertrieben – einem einzelnen wird etwas Bestimmtes verboten und so weiter). [...] Aus dem zweiten Merkmal ‚sehen, anschauen, betrachten' ergeben sich verständlicherweise wieder anders gelagerte Alternativen, denen in positiver wie negativer Hinsicht gemeinsam ist, daß bei distanzierterem Betrachten sozusagen die Totale einer Kirmes umfassender in den Blick kommt. In negativer Hinsicht – um nur diesen Aspekt zu skizzieren – etwa die Fülle von Wahrnehmungen in Richtung auf das Vulgäre, Betrügerische oder Lärmende" (1973:76f.).

Im Unterschied zum Clustering wird beim Kalkül also nicht der Verstand ausgeschaltet, sondern er wird gerade aktiviert, und zwar so, daß er immer Alternativen sucht.

W-Fragen
Ebenfalls ein bewußtes Suchverfahren besteht darin, sich zu einem Thema möglichst viele W-Fragen zu stellen: Wer, was, wie, wo, wohin, wann, warum, wozu, wodurch, womit, worüber, wem, wessen, wen. Gleichgültig, ob das Thema nur aus einem Wort, z. B. „FREIZEIT", oder aus einer Frage, z. B. „Wie kann man Vorurteile vermeiden?" besteht, durch die Fragen (und durch versuchsweise Antworten) ergeben sich eine Fülle von Aspekten und Ideen.

Die Fragen müssen sich nicht direkt auf das Thema beziehen. Manchmal hilft eine Frage wie „Warum fällt mir zu diesem Thema nichts ein?" oder „Worüber möchte ich jetzt lieber schreiben? Wie könnte man von diesem Thema zu jenem kommen?" Oder auch: „Was fällt anderen Menschen (den Mitschülern) zu diesem Thema ein? Was würden die wohl sagen?"

Automatisches Schreiben
Ähnlich wie beim Clustering kann man mit diesem Verfahren das Unterbewußte zur Hilfe beim Ideenfinden ansprechen: Zu einem beliebigen Thema macht man sich nicht nur im Kopf Gedanken, sondern man schreibt alles, was einem beim Nachdenken über das Thema in den Sinn kommt, sofort auf, egal ob in ganzen Sätzen, in Satzfragmenten oder nur in einzelnen Wörtern. Man schreibt etwa zehn Minuten lang unablässig, ohne den Stift abzusetzen, und übt keinerlei Kontrolle aus. Erst im nachhinein wird das Niedergeschriebene auf seine Brauchbarkeit hin geprüft.

Stichwortsammlung
Bekannt ist das Verfahren, sich zu einem gegebenen Thema eine Sammlung von Stichworten anzulegen. Dies kann völlig zufällig geschehen, oder aber man fängt schon bald an, zu sortieren und zu ordnen. Durch konzentriertes Nachdenken über die vorhandenen Wörter und durch loses Assoziieren können sie um neue bereichert werden.

Textentwurf
Dieses Verfahren stellt die Negation der Stoffsammlung dar: Man fängt an, den Text zu schreiben, ohne vorher Ideen gesammelt zu haben. Man hangelt sich dabei von Satz zu Satz weiter, immer mit der Frage: Was müßte als nächstes geschrieben werden? Auf diesem Wege entsteht natürlich kein durchkomponierter, strukturierter Text. Ihn herzustellen, ist die Aufgabe einer gründlichen Überarbeitung, wobei der erste Entwurf dann vielleicht nicht mehr ist als eine Gedankensammlung. Manchmal ist es sinnvoll, aufgrund des Entwurfs eine Gliederung anzufertigen; allerdings erfordert das ein hohes Abstraktionsvermögen und allerhand Übung.

Wie aber kommt der Schüler bei diesem Verfahren ins Schreiben? Hilfreich ist hier die Vorstellung, daß es sich ja nicht um einen guten Aufsatz handeln muß, sondern daß man „bloß so" schreibt. Niemand außer einem selbst wird das Geschriebene zu Gesicht bekommen. Wenn ein Schüler besonders große Schwierigkeiten mit dem Beginn hat, wenn er gar zu lange vor dem weißen Blatt Papier sitzt, so ist das meist ein Zeichen zu hohen Anspruchs und zu starker Selbstkritik. Mitunter hilft da die paradoxe Aufforderung, der Schüler solle doch statt einem Anfang deren mehrere schreiben.

2. Planung: Beim Schreiben vorausdenken

Wenn man im Zusammenhang mit Schreiben das Wort „Planung" hört, denkt man zuallererst an die Qual einer Aufsatzgliederung. Qualvoll ist die Gliederung vor allem, weil sie zu einem Zeitpunkt verlangt wird, zu dem der Schreiber oft noch gar nicht genau weiß, was er schreiben will. Um den zu schreibenden Text vorweg zu gliedern, muß er ihn im Geist ja schon entwerfen; viel einfacher ist es, ihn spontan aufs Papier zu bringen und die Gliederung nebenher oder sogar erst nach dem Schreiben des Erstentwurfs zu verfassen. Die Unterscheidung von Stoffsammlung, Ordnung, Gliederung, Ausführung und Überarbeitung ist für Analyse- und Übungszwecke sinnvoll; beim Schreiben folgt aber nicht säuberlich eins aufs andere, sondern die einzelnen Tätigkeiten laufen nebeneinander her und sind miteinander verwoben.

Wird also das Schreiben normalerweise nicht geplant? Wer Menschen zusieht, die schreiben, bemerkt, daß sie den größten Teil der Zeit nicht mit der manuellen Schreibtätigkeit verbringen, sondern zum Nachdenken verwenden; dies gilt schon für Grundschüler. Dieses Nachdenken kann man mit Fug und Recht als Planen bezeichnen; denn der Schreibende überlegt, wie es weitergehen soll, er sucht nach dem nächsten Wort, er entwirft im Geist den weiteren Text. Offensichtlich ist dies aber eine andere Art von Planung als diejenige, die beim Gliedern oder beim antizipatorischen Erstellen eines „Schreibplans" verlangt wird, und es ist nicht ausgeschlossen, daß das zu Übungszwecken isolierte Reflektieren und das Verfassen eines Schreibplans den natürlichen Schreibprozeß eher behindert als fördert. Die Vermutung liegt nahe (und wird durch manche Beobachtung gestützt), daß verschiedene Textsorten unterschiedlich geplant werden und Umfang und Gewicht der

Planung bei den verschiedenen Schreibaufgaben nicht gleich sind. Diskursives Schreiben verlangt in der Regel mehr antizipatorische Planung als narratives. (FROMMER 1992:50f. äußert massive Bedenken gegen das Erzählen nach Plan: Es entspricht nicht dem natürlichen Prozeß des Erzählens.)

Grundsätzlich lassen sich beim Schreibprozeß drei Arten von Planung unterscheiden (FLOWER/HAYES 1980): **Handlungsplanung**, **Inhaltsplanung**, **Schreibplanung**. Bei der Handlungsplanung versteht der Schreiber sein Tun als eine auf andere Menschen bezogene Handlung: Wem will ich was sagen, wie ist mein Verhältnis zum Leser, wozu will ich es sagen, was will ich erreichen? Diese Art der Planung ist natürlich besonders wichtig bei kommunikativen (appellativen, rhetorischen) Texten. – Die Inhaltsplanung betrifft die thematische Textstruktur, also das, was wir als Ordnung und Gliederung des Stoffes kennen: Was ist das Wichtigste, wie hängen die einzelnen Punkte zusammen, welche Sachgesetzlichkeiten sind zu beachten? Diese Planung beschäftigt uns vor allem dann, wenn das Schreiben dem Klären von Gedanken, Texten und Sachverhalten dient; es ist die im Aufsatzunterricht bisher verbreitetste Form der Planung. – Bei der Schreibplanung geht es um das eigene Vorgehen beim Schreiben: Womit fange ich an, wo stehe ich jetzt, was tue ich als nächstes, wie löse ich bestimmte auftauchende Probleme? Die Unterscheidung von Inhaltsplanung und Schreibplanung macht darauf aufmerksam, daß „Einleitung" nicht dasselbe ist wie „Einstieg": Was im Text schließlich als erstes steht, muß nicht als erstes geschrieben sein.

Wenn man Menschen auffordert, während sie schreiben alles zu äußern, was ihnen durch den Kopf geht, kann man deutlich die genannten drei Arten von Planung unterscheiden. Die Schreibfähigkeit hängt zum guten Teil davon ab, ob man in der Lage ist, den eigenen Schreibprozeß zu steuern. Methodisch angeleitet wurde aber bisher nur die Inhaltsplanung.

Vorschläge zum Üben der Handlungsplanung:

1. Gemeinsam wird in der Klasse ein Bericht erstellt, z. B. über den Verlauf eines Versuchs oder einer Exkursion. Nun überlegt sich jeder Schüler einen bestimmten Leser (oder ein Lesepublikum), für den er diesen Bericht umschreiben könnte, eine bestimmte Absicht, die er erreichen möchte, und eine bestimmte Situation – z. B.: Mitschüler, informieren, Brief ins Krankenhaus; oder: Freundin, erheitern, Brief ins Schullandheim. Die Schüler dürfen den Ausgangsbericht geringfügig verändern, also auch in geringem Umfang Neues hinzufügen.
2. Wie bei Vorschlag 1, aber jeder Schüler nimmt den Bericht als Grundlage für zwei unterschiedliche Texte.
3. Wie bei Vorschlag 1, aber spielerischer: Die Umstände werden verlost, so daß jeder Schüler auf die Konstellation eingehen muß, die sich ein anderer ausgedacht hat. Es können auch die Faktoren der Konstellation (Leser, Absicht, Situation) einzeln verlost werden, so daß sich mehr oder weniger verrückte Konstellationen ergeben. (Es besteht allerdings die Gefahr grotesker Übertreibungen.)
4. Die Schüler erinnern sich an einen Film, den sie neulich gesehen haben,

überlegen sich wie bei 1 eine Konstellation (z. B.: einen Verriß für die Schülerzeitung schreiben) und geben zunächst genau an, worauf sie beim Schreiben achten müssen, um dieser Konstellation gerecht zu werden.
5. Zur Handlungsplanung gehört auch die Festlegung eines Stils. An Beispielen wird erläutert, was in diesem Zusammenhang mit „Stil" gemeint ist: der Stil der Fernsehnachrichten, der Märchenstil, die Jugendsprache, der wissenschaftliche Stil usw. An der Tafel werden möglichst viele „Stile" gesammelt. Nun denkt sich die Klasse gemeinsam einen einfachen Vorfall aus, etwa: In einer Schulklasse geht vormittags um 10 Uhr die Tür auf, ein Mann kommt wortlos herein, geht zur Tafel, schreibt „HITZEFREI" an und geht ebenso wortlos wieder hinaus. Dann wählt sich jeder Schüler einen „Stil", in dem er dieses Ereignis wiedergibt.
6. Auch die Wahl eines Textmusters oder einer literarischen Form ist eine Art von Handlungsplanung. Wie bei Vorschlag 5 werden zunächst gemeinsam Formen gesammelt: Gedicht, Märchen, Gruselgeschichte, Dialog, Nachricht, Leserbrief usw. Dann wird ein Rahmenthema ausgemacht, z. B. „Geisterstunde". Jeder Schüler nennt auf einem Zettel zwei Formen, in denen er das Thema behandeln könnte, und ein Mitschüler bestimmt, welche Form er nehmen soll.

All diese Übungen sollen die Aufmerksamkeit auf die Faktoren lenken, die für das Schreiben wichtig sind, obwohl sie nicht unmittelbar den Inhalt betreffen. Künstlich sind die Übungen insofern, als natürlicherweise Planen und Ausführen nicht als Phasen getrennt sind und außerdem oft keine Entscheidungen zu treffen sind, weil gar keine Wahlmöglichkeiten bestehen.

Vorschläge zum Üben der Inhaltsplanung:
1. Ideen zu einem Thema werden gemeinsam gesammelt; jeder Schüler entwirft nun einen Plan, welche dieser Ideen verwendet werden sollte und in welcher Reihenfolge.
2. Man kann innerhalb der einzelnen Aufsatzarten und literarischen Formen Übungen durchführen, bei denen Inhaltselemente kombiniert werden. Dies ergibt keinen Verlaufsplan für den zu schreibenden Text, also keine „Gliederung", sondern nur einen Materialplan. Bei einem Erzähltext z.B.: Wer soll in der Geschichte vorkommen, wo soll sie spielen, um was soll es gehen? Die Schüler können selbst überlegen, welche Fragen bei anderen Textsorten zu stellen sind, etwa beim Plädoyer: Um was geht es, welche Meinung wird vertreten, welche Gründe sprechen dafür, welche dagegen? Oder beim Stimmungsbild: Welche Stimmung soll ausgedrückt werden, welche Szenerie ist geeignet, welche sprachlichen Mittel könnte man nehmen?
3. Die Schüler schreiben einen Text von hinten her: Zunächst schreibt jeder Schüler einen Schluß; dann werden die Schlüsse verlost, und die Schüler schreiben einen dazu passenden Mittelteil; dann werden die Schlüsse und Mittelteile verlost, und die Schüler schreiben einen passenden Anfang. Als Textsorte für dieses lehrreiche Spiel eignet sich die kurze Erzählung („Rückwärtsgeschichte", FRITZSCHE 1989:63-65): „Ein guter Autor hat bei der ersten Zeile, die er schreibt, schon die letzte im Auge. Der Dichter kann mit-

hin sein Werk am Ende anfangen und wann es ihm gefällt an irgend einem beliebigen Teile arbeiten“ (BAUDELAIRE). Geeignet sind aber auch Erörterungen und Sachverhaltsdarstellungen; sie zu schreiben wird für die Schüler auf diese Weise oftmals attraktiver.
4. Wie bei Vorschlag 3 schreiben die Schüler einzelne Textteile, z. B. einen Anfang, ein Mittelstück und den Schluß einer Geschichte; die Teile brauchen nicht zusammenzupassen und können in beliebiger Reihenfolge geschrieben werden. Anschließend werden die Teile innerhalb der jeweiligen Kategorie gemischt und dann so verlost, daß jeder Schüler Stücke bekommt, die nicht zusammenpassen. Aus diesem Material muß er nun einen plausiblen Text herstellen. Dazu darf er zwischen den Teilen und außen herum noch etwas hinzuerfinden, also gewissermaßen Mörtel benutzen, damit die Teile zusammenhalten („Bausteingeschichte“, FRITZSCHE 1989:66f.). Auch diese Aufgabe kann mit anderen Textsorten durchgeführt werden. Man kann sogar Teile unterschiedlicher Textsorten mischen, also z. B. den Anfang einer Erzählung nehmen, das Mittelstück einer Beschreibung, das Ende einer Erörterung. Mit Phantasie und Geschick muß der Schreiber diese verschiedenen Teile zu einem Text verbinden.

Vorschlag zum Üben der Schreibplanung:
Immer zwei Schüler arbeiten zusammen. Beide beginnen mit der Lösung einer Schreibaufgabe (Schreiben einer Geschichte, eines Berichts, einer Inhaltsangabe usw.). Sie geben einander immer schriftlich Anweisungen über das, was sie als nächstes tun müssen. So beginnen sie etwa: „Du mußt erstmal Ideen sammeln.“ Schon wechselt das Blatt zum Mitschüler. Der führt die Anweisung so weit aus, bis ihm eine nächste einfällt oder er nicht weiter weiß. Die nächste kann sein: „Das reicht noch nicht; sammle noch mehr Ideen!“ Der Zettel geht zurück. Dann folgt vielleicht: „Fang den Text zu schreiben an!“ oder auch „Ordne die Ideen!“ Usw. Natürlich können die Partner auch Anweisungen ablehnen, aber sie müssen dann sich selbst einen anderen Auftrag geben und ihn auch gleich ausführen. Wichtig ist, daß sowohl die Aufträge als auch die Ausführungen schriftlich festgehalten werden, am besten mit unterschiedlichen Stiften oder, falls am Computer geschrieben wird, mit unterschiedlichen Schriftsätzen.

Literatur:
Baurmann/Ludwig 1986, Flower/Hayes 1980, Keseling 1988, Keseling/Wrobel/Rau 1987.

3. **Verbesserung:** Einen Text überarbeiten

„V.“ ist ein Ausdruck, der gewöhnlich für das verwendet wird, was Schüler herstellen müssen, nachdem Lehrer ihre Aufsätze korrigiert haben: Die Schüler schreiben eine „Verbesserung“ oder „Berichtigung“.

Hier soll der Ausdruck allgemeiner für alle Veränderungen stehen, die der Schreiber an seinem Text vornimmt; der Ausdruck bezieht sich also nicht nur auf das Produkt, den (tatsächlich oder zumindest vermeintlich) „verbesserten“ Text, sondern auch auf den Prozeß des Verbesserns selbst. Verbesserungen können entweder schon während des Entwurfschreibens oder aber als nachträgliche Überarbeitung vorgenommen werden, und letztere können aus freien Stücken geschehen oder durch fremde Korrekturen veranlaßt werden.

während des Schreibens

VERBESSERUNG (i. S. von ÜBERARBEITUNG):

nach dem Schreiben

von selbst oder durch andere angeregt (1 u. 2a)

durch Lehrer veranlaßt (2b)

Nach diesem Verständnis ist die Verbesserung also ein wesentlicher Bestandteil jedes Schreibprozesses, nicht nur eine schulische Pflichterfüllung. Nur der unten folgende Abschnitt 2 b) bezieht sich auf die übliche schulische Verbesserung; alle anderen Ausführungen betreffen Textveränderungen, wie sie bei jedem Schreiben vorgenommen werden (1) oder aber vorgenommen werden sollten (2a).

1) Von selbst vorgenommene Verbesserung (Überarbeitung bzw. „Revision“)
Verbesserungen lassen sich auf verschiedenen Ebenen vornehmen:
a) Es können einzelne Buchstaben oder Wörter nachgetragen oder versehentlich doppelt oder unnötig geschriebene Wörter gestrichen werden,
b) es können Korrekturen an Interpunktion, Orthographie, Syntax und Lexik vorgenommen werden,
c) es können kleinere Textstellen stilistisch verändert werden (z. B. zur Vermeidung von Wortwiederholungen, zur Variation der Satzmuster),
d) es können ganze Passagen neu formuliert werden,
e) es können schließlich Sätze und Textteile umgestellt werden. (Baurmann/Ludwig 1985:259f.)

Häufig scheuen Schüler die Mühe, weitreichendere Verbesserungen (c–e) vorzunehmen, und beschränken sich auf Oberflächenveränderungen (a und b), d. h. sie planen und überarbeiten nur „lokal“ statt „global“ (Feilke 1993:30f.). Fragt man Schüler, ob sie ihre „freien Texte“ überarbeiten, so bejahen sie die Frage zwar meistens, meinen damit aber nur die Verbesserung von Rechtschreibfehlern und Verschreibungen, allenfalls das Ersetzen von Wörtern. Diese Verbesserungen werden im allgemeinen nicht erst nach Abschluß des ganzen Textes vorgenommen, sondern begleiten den Schreibprozeß. „Lokale“ Oberflächenkorrekturen sorgen für einen normgemäßen Text, sie sorgen aber nicht für einen kohärenten, sinnvollen Text. Je geläufiger den Schülern das Schreiben ist, desto weitreichendere und tiefergehende Verbesserungen nehmen sie allerdings vor (Bridwell 1980).

Ob Schüler ihre *fertigen* Texte („Entwürfe", s. u.) verbessern, hängt – abgesehen von der Schreibgeläufigkeit – wesentlich von der Motivation ab. Diese kann natürlich die Hoffnung auf eine gute Note sein. Bei nicht benoteten Texten ergibt sich eine Motivation nur sehr selten aus einer selbstgenügsamen Lust am genau treffenden Ausdruck oder an perfekter Gestaltung, sondern eine Motivation zur Überarbeitung stellt sich im allgemeinen dann ein, wenn die Texte veröffentlicht werden, sei es, daß der Lehrer oder die Klassenkameraden sie zu lesen bekommen, sei es, daß sie in der Schule auf einer Wandzeitung aufgehängt oder in einer (Schüler-)Zeitung publiziert werden oder in einem Heft den Mitschülern und Eltern zur Kenntnis gelangen. Das Überarbeiten muß sich für den Schreiber also im Hinblick auf den Leser lohnen, indem nämlich der überarbeitete Text leichter und besser zu lesen ist und das Gemeinte deutlicher zum Ausdruck bringt: Die Mühe, die sich der Schreiber macht, erspart er dem Leser. Die Textrevision ist der Vorgang, bei dem Schreiben und Lesen zusammentreffen; denn sie gelingt in dem Maße, in dem sich der Schüler in den Leser versetzen kann. Um einen Text zu überarbeiten, muß man ihn lesen, und zwar möglichst mit fremden Augen.

Obwohl die Übernahme einer fremden Perspektive und damit das Lesen des eigenen Textes mit den Augen eines fremden Lesers aufgrund der interaktiven Entwicklung erst im Laufe der Sek. I ganz möglich ist, sind auch Grundschüler schon zu solchen Revisionen in der Lage; genaue Beobachtung zeigt, daß sie in der Tat oft das eben Geschriebene verändern. Dabei orientieren sie sich offenbar an ihrem orthographischen, grammatischen und stilistischen Wissen, d.h. an festen Vorstellungen von Richtigkeit einerseits, an Erfahrungen mit gleichaltrigen Lesern (gewonnen z. B. in „Schreibkonferenzen", s. u.) andererseits.

Um diesen Prozeß zu unterstützen, sollten den Schülern Verfahren gezeigt werden, wie sie Textteile streichen (nämlich nicht einklammern, sondern durchstreichen oder tilgen) und ergänzen (Einfügungszeichen, Kreuzchen, vor allem Ziffern) und wie sie Wörter oder Sätze umstellen können (Haken, Schweiflinien). Außerdem müssen sie die gängigen Textveränderungsmöglichkeiten kennen und üben: *Ersetzen* von Wörtern oder Satzteilen durch Nebensätze und umgekehrt, *Umstellen* von Wörtern und Satzteilen, *Verbinden* von Wörtern, Satzteilen und Sätzen. Um Überarbeitungsverfahren einzuführen, sollten Aufsätze gemeinsam verbessert werden, entweder an der Tafel oder, günstiger, mit dem Tageslichtschreiber. Dann sollten die Verfahren zunächst in Kleingruppen- und Partnerarbeit geübt werden, und zwar vor allem an „freien", subjektiv bedeutsamen Texten.

Damit die Schüler auch vollständig geschriebene Texte überarbeiten, ist es nötig, daß sie ihre erste Niederschrift als *Entwurf* verstehen, nicht aber – wie es häufig geschieht – als endgültige Fassung. Schreiben ist etwas anderes als Sprechen. Texte sind Werkstücke (Antos 1988), die bearbeitet werden: Habe ich wirklich das geschrieben, was ich meine und ausdrücken wollte? Trifft es die Sache? Wird mich der Leser verstehen? Ist mein Text anschaulich und ausführlich genug, aber nicht weitschweifig? Kann ich dem Leser das Verständnis nicht noch erleichtern, etwa durch Satzzeichen und durch Abschnitte? Lenke ich ihn nicht durch Rechtschreibfehler ab? Einen Text als Werkstück zu betrachten, ist für Schüler zunächst ungewohnt, da beim Sprechen ja nur mit Sprache ge*handelt* wird und sich die Aufmerksamkeit auf die Sprachhandlungen (bzw. Intentionen) und die Inhalte richtet, beim Schreiben aber etwas mit Sprache ge*macht* wird und sich die Aufmerksamkeit deshalb auch auf die Sprache selbst richten muß.

Schüler sollen ihre Texte mit fremden Augen lesen. Dafür ist es von Vorteil, wenn sie sie nicht, wie oft verlangt wird, gleich nach der Niederschrift „nochmal gründlich durchlesen" und dann abgeben, sondern wenn sie sie in einem Abstand von einigen Tagen wiederlesen und überarbeiten können; MÜNCH (1926:199) plädierte sogar für einen noch größeren Abstand: Er teilte die Aufsätze nach einem halben Jahr wieder aus und ließ sie von den Schülern korrigieren.

Um das Überarbeiten zu erleichtern, sollte das Papier von vornherein so aufgeteilt werden, daß Platz für Veränderungen ist: breite Ränder, Leerzeilen. Als günstig hat es sich auch erwiesen, die Schüler zum Gebrauch von zweierlei Arten von Papier zu veranlassen: Entwurfspapier und Reinschriftpapier. Hilfreich ist darüber hinaus, wenn die Schüler ihre Texte zunächst gegenseitig verbessern, wobei sie entweder „Lehrer" oder „Redakteur" spielen können oder aber sich – ohne alles Spiel – ganz einfach helfen. Bei jüngeren Schülern und kurzen Texten hat es sich bewährt, wenn der Lehrer sie mit den grammatischen und stilistischen Mängeln abtippt und zur Überarbeitung vorlegt; der eigene Text wirkt dann wie von einem Fremden und kann distanziert gelesen werden.

Das Verbessern kann auch eigens geübt werden, und zwar an dafür vorbereiteten Fehlertexten; dabei ist darauf zu achten, daß die künstlichen Fehler solche repräsentieren, die die Schüler zu diesem Zeitpunkt tatsächlich machen. Oft kranken nämlich Sprachübungen und besonders Fehlertextübungen daran, daß entweder offene Türen eingerannt oder aber Spitzfindigkeiten behandelt werden. Als „Fehlertexte" können auch Texte der Mitschüler benutzt werden. Beim Verbessern solcher Texte dürfen aber keine Konkurrenzkämpfe ausgetragen werden. Um dies zu vermeiden, kann man die Schüler auffordern, absichtlich Fehler einzubauen, die dann der Mitschüler beim Verbessern eliminieren muß; das heißt, die Schüler präparieren selbst „Fehlertexte": „Schreib mal einen schlechten Aufsatz!" oder: „Schreib mal einen schlechten Leserbrief!", „Schreib mal eine schlechte Bilderzählung!", „Schreib mal einen Text mit Fehlern (aber nicht Rechtschreibfehlern)!" usw. Diese paradoxe Aufforderung provoziert nicht nur Material für Fehlertextverbesserungsübungen, sondern sie schärft schon an sich das Bewußtsein von Mängeln. – In Klassen mit großen Leistungsunterschieden (also in fast allen Klassen) sollten die Schüler nicht einzeln an denselben Fehlertexten arbeiten, da sonst zwangsläufig die einen Schüler über- und die anderen unterfordert werden.

Eine andere Vorübung zur Textüberarbeitung ist das Verbinden einzelner vorgegebener Sätze zu Satzreihen und Satzgefügen; dabei müssen die entsprechenden Bindewörter gefunden, Nomen durch Proformen ersetzt, Adverbien zur Verdeutlichung der Beziehungen eingesetzt und Umstellungen vorgenommen werden.

Führen Überarbeitungen immer zu besseren Texten? Anhand vieler Beispiele hat REUßE (1980) nachgewiesen, daß gar nicht so selten bei der gewöhnlichen, nicht speziell geübten Überarbeitung die Texte nicht verbessert, sondern stellenweise verschlechtert werden: Da versuchen Schüler, schulische Sprachnormen dadurch einzuhalten, daß sie Wortwiederholungen vermeiden, die aber nötig sind; daß sie Fremdwörter durch unpassende deutsche Wörter ersetzen; daß sie Umgangssprachliches tilgen und statt dessen eine gestelzte Sprache gebrauchen, wenn sie nicht gar den Inhalt nachteilig verändern; daß sie schließlich „Alltagswörter“ (z.B. „machen“, „sagen“) durch weniger passende Wörter („tun“, „sprechen“ usw.) ersetzen. Auch neigen ältere Schüler dazu, ihren Stil beim Überarbeiten aufzuputzen, zu „veredeln“; sie wollen mit hochtrabenden Formulierungen imponieren. Schließlich kann der Zwang zur Deutlichkeit zu sprachlichen Entgleisungen führen. AUGST/FAIGEL (1986) zeigen, daß solche Mißgriffe typisch für eine bestimmte Stufe der Schriftsprachentwicklung sind, nämlich jene (im Alter von etwa 14–17 Jahren), in der die Schüler aus Unsicherheit und mangelnder Geläufigkeit das übertreiben, was sie für schriftsprachlich halten: Sie schreiben überkorrekt. Bewußtmachung solcher Mängel und gezielte Überarbeitungsübungen (s. o.) sind also nötig, damit die Verbesserung nicht zur Verschlechterung wird.

Auch in der Grundschule können gutgemeinte Verbesserungsvorschläge, selbst wenn sie von Mitschülern kommen, nur allzuleicht einen stimmigen Text zerstören, weil sie den Schreiber überfordern. In überarbeiteten Texten von Schülern, die noch weitgehend so schreiben, wie sie sprechen, finden sich auf einmal Einsprengsel von Schriftsprache (etwa ein elaborierter Konzessivsatz), die nicht zum Stil des Textes passen (DEHN 1991). Daß Schüler ihre Texte nicht gern (global) „verbessern“, kann also auch damit zusammenhängen, daß sie die Textveränderungen intuitiv gar nicht als Verbesserungen empfinden, sich aber nicht argumentativ dagegen wehren können. Folglich entwickeln sie hierbei nicht ihre Sprache, sondern passen sich an, nämlich an äußere Forderungen, die sie verinnerlicht haben.

2) Veranlaßte Verbesserung („Berichtigung“)
Hier ist zu unterscheiden zwischen Verbesserungen, die die Schüler bei ihren *Texten* aufgrund von Hinweisen des Lehrers oder von Mitschülern vornehmen (a), und den Verbesserungen von *Klassenarbeiten* (b).

(a) Einen zumindest in der Grundschule erfolgversprechenden Weg der Textüberarbeitung hat nach englischem Vorbild SPITTA (1989a, 1989b, 1992, 1993) vorgeschlagen: die Schreibkonferenz (vgl. auch GRAVES 1983, NIEMER 1989, POLLERT 1990). Dabei wird der Text zunächst nicht vom Lehrer gelesen, sondern die Schüler sind der primäre Adressat: In Partnerarbeit oder in einer Kleingruppe von drei oder vier Schülern wird ein Text zuerst einmal im ganzen vorgelesen. Der oder die Hörer äußern sich zum Inhalt und machen Anmerkungen zur Verständlichkeit. Es kommt dabei darauf an, daß sich die Kinder wirklich wie Leser äußern und nicht wie Lehrer bzw. Korrektoren. Danach wird der Text satzweise durchgegangen, wobei auch auf vorher in der Klasse besprochene Gesichtspunkte (z. B. Satzanfänge und -schlüsse, Satzverknüpfung, Wortwahl, Aufbau) geachtet wird. Auf diese Weise internalisieren die Schüler allmählich die Fragen, die ein erfahrener Schreiber/Leser (oder nur der Lehrer?) gewöhnlich stellt, und stellen sie schließlich selbst. Von Nachteil ist, daß sie damit möglicherweise auch unsinnige Ansprüche übernehmen und ihre individuelle Sprache gegen „Schuldeutsch" (MESSNER/RUMPF 1976) eintauschen. Von Vorteil ist, daß die Schüler sich auf ihrem Niveau helfen und beraten können; der Abstand, der Lehrer und Schüler trennt, wird von den Schülern gemeinsam überwunden. Ziel und Motiv der Überarbeitung des ersten Entwurfs ist es, einen präsentablen Text herzustellen; denn die überarbeiteten Texte werden der Klasse (als Publikum) schließlich vorgestellt.

Selbstverständlich wird der Lehrer bei diesem Verfahren nicht überflüssig; er ist nicht nur Organisator (Zusammensetzung der Gruppen, Zeiteinteilung bei notwendigerweise verschieden schnell arbeitenden Gruppen, Räume!), sondern sorgt auch für die Zusammenstellung der mit den Schülern erarbeiteten Orientierungsgesichtspunkte („allgemeine Schreibhinweise", die z. B. an die Wand des Klassenzimmers gehängt werden) und ist zuständig für die „Endredaktion" der Texte, bei der vor allem noch stehengebliebene Rechtschreib- und Grammatikfehler besprochen und korrigiert werden.

Problematisch an diesem Verfahren ist jedoch, daß die Kriterien der Überarbeitung nicht aus dem Verständnis und der Wirkung des einzelnen Textes gewonnen werden, sondern als allgemeinverbindliche an alle Texte angelegt werden: Die Texte werden „nach Schema F" verbessert. Bei „freien Texten", beim „Kreativen Schreiben" sollte deshalb so oft wie möglich von einer Überarbeitung aufgrund eines Kriterienkatalogs abgesehen werden; statt dessen sollte die Lerngruppe besprechen, wie sie den Text versteht, wie er auf sie wirkt, welche Vorstellungen und Gefühle er wachruft – und dem Autor muß es überlassen bleiben, ob und wie er aufgrund dieser Äußerungen den Text überarbeitet. „Feedback" ist für das Lernen wichtiger als Überarbeitung.

Ermutigende Erfahrungen werden mit der Zuhilfenahme von *Computern* beim Schreiben und Überarbeiten gemacht. Mit diesem Hilfsmittel gelingt es schon Grundschülern, ein ordentliches Buch herzustellen, wobei sie voller Eifer ihre Texte mehrfach überarbeiten und unterschiedliche graphische Gestaltungsmöglichkeiten ausprobieren („Die Kinder beklagten sich später sogar darüber, daß sie ein viel besseres Buch hätten machen können, wenn die Lehrerin ihnen noch ein bißchen mehr Zeit zugestanden hätte. Dabei muß man sich vorstellen, daß es sich hier um Kinder handelte, die man vor Einführung des Computers auch um die kleinsten Verbesserungen hatte bitten und betteln müssen." GREENFIELD, 1987:132). Schreiben und Überarbeiten wird vor dem Bildschirm zu einer gemeinsamen Tätigkeit von zwei bis vier Schülern; an Länge und Qualität sind mit dem Computer geschriebene Texte den handgeschriebenen deutlich überlegen. Zum praktischen Vorgehen: Entweder schreibt der korrigierende Lehrer bzw. Schüler seine Korrekturen und Kommentare mit anderem Schriftsatz am Computer direkt in den Text hinein, oder – traditioneller – der Text wird zunächst ausgedruckt, die Korrekturen und Anmerkungen werden handschriftlich in dem Ausdruck vorgenommen, dann wird der Text vom Schüler auf dem Bildschirm überarbeitet und erneut ausgedruckt. (Alle Textfassungen sollten gespeichert werden, um den Überarbeitungsprozeß gegebenenfalls nachprüfen zu können.) In kleinen Schülergruppen können von einer Textfassung Ausdrucke für alle Mitglieder hergestellt werden, so daß sie nun alle zugleich an dem Text arbeiten können; der Verfasser erhält schließlich diese annotierten Ausdrucke zurück und berücksichtigt sie bei seiner Textüberarbeitung am Bildschirm. – Ohne besondere Übung neigen die Schüler auch beim Schreiben und Überarbeiten am Computer dazu, sich auf Oberflächenverbesserungen zu beschränken und die Wortwahl, den Stil oder gar den Aufbau und Inhalt nicht zu verändern (BRIDWELL u.a. 1987, DAIUTE 1985).

Eine amerikanische Untersuchung über die Methoden besonders erfolgreicher Schreiblehrer zeigte, daß diese nicht erst auf den fertigen Schülertext korrigierend-kommentierend reagieren, sondern schon während des Schreibprozesses Fragen stellen und kritische Anmerkungen machen (FREEDMAN 1985). Dieses Vorgehen wird sicher auch durch das Schreiben mit Computern erleichtert; der Lehrer kann ja das Entstehen des Textes auf dem Bildschirm verfolgen.

(b) Gewöhnlich wird von Lehrern und Schülern unter „Verbesserung" in allen Fächern das verstanden, was Schüler verfassen müssen, nachdem sie eine Klassenarbeit zurückbekommen haben. Der Wert solcher *Berichtigungen*, die Schüler unter eine vom Lehrer korrigierte Klassenarbeit schreiben, ist umstritten. Argumente dafür sind:

1. Falsches und Unpassendes darf nicht einfach stehenbleiben; ein fehlerhafter Text ist noch unfertig, und die Arbeit des Schülers an ihm ist erst mit der Berichtigung beendet. Allerdings wird bei den üblichen Verbesserungen ja nicht alles Korrigierte verbessert, sondern nur das orthographisch oder grammatisch Falsche, und die inhaltlichen Anmerkungen und Einwände des Korrektors bleiben gewöhnlich unberücksichtigt. Dann ist natürlich auch nach der Verbesserung der Text keineswegs „fertig". Außerdem ist oft der Abstand zwischen dem Aufsatzschreiben und dem Verbessern so groß, daß der Schüler keinen Zusammenhang mehr sieht und die Verbesserung nur unter äußerem Druck und ohne alles Lerninteresse anfertigt.

2. Die Berichtigung dient der Übung. Die Schüler arbeiten hier nicht an irgendwelchen Sprachproblemen, sondern an Fehlern, die sie selbst gemacht haben. Dagegen läßt sich allerdings einwenden, daß der Lerneffekt der Berichtigungen meistens sehr gering ist, da die Schüler von selbst nicht die allgemeine Regel erkennen, gegen die sie im Einzelfall verstoßen haben,

und um einen Transfer zu erreichen, wäre die Regel wichtiger als ein einzelner Fall. Das von jüngeren Schülern oft verlangte mehrfache Schreiben von solchen Wörtern, die sie in der Arbeit falsch geschrieben haben, bleibt z. B. folgenlos, wenn es nicht von Einsicht begleitet wird; motorisches Lernen wurde in der Vergangenheit vielfach überschätzt.

3. Beim Berichtigen lesen die Schüler ihren Text noch einmal durch, beachten die Korrekturen und überlegen, wie die Fehler verbessert werden können. Dazu ist es allerdings nötig, daß die Schüler die Korrekturen als Hinweise auf *Probleme* verstehen, für die sie in der Berichtigung Lösungen finden müssen. Das bedeutet, daß nicht alle Fehler verbessert werden müssen, sondern nur solche, bei denen sich sprachliche oder inhaltliche Probleme stellen, nicht aber sog. Flüchtigkeitsfehler. Die Verbesserung zielt hier nicht auf die Herstellung eines unanstößigen Textes, sondern sie ist eine Aufforderung zur Sprachreflexion und -übung.

Argumente gegen Berichtigungen sind:

1. Erfahrungsgemäß sind Schüler wenig motiviert, aufgrund von Fremdkorrekturen nochmal an ihren Texten zu arbeiten. Freilich würden sie ohne den Zwang zur Berichtigung häufig die Korrekturen gar nicht beachten – die Arbeit des Lehrers wäre „für die Katz".

2. Die Berichtigung wird von den Schülern eher als Strafe denn als Lernhilfe aufgefaßt – so wie ja schon die Korrekturen einen „Beigeschmack von Tadel" haben (Münch 1926:200). Diese Einstellung wird verstärkt durch gutgemeinte Ratschläge wie „Arbeitet sorgfältig, sonst müßt ihr um so mehr berichtigen". Verringern und womöglich vermeiden läßt sich diese Einstellung, wenn – wie schon gesagt – nur solche Fehler berichtigt werden müssen, bei denen ein allgemeines Problem sichtbar wird, und wenn durch ein dialogisches Beurteilungsverfahren (s. „Beurteilung") das Verbessern deutlich in den Lernprozeß einbezogen wird.

3. Berichtigungen dienen gar nicht dem Lernen, sondern sie sind Akte der Vergeltung: Der Lehrer hat sich über die womöglich zahlreichen Fehler geärgert und viel rote Tinte verbraucht – nun soll auch der Schüler leiden. Dies wird zwar nicht als Argument geäußert, läßt sich aber bisweilen aus Äußerungen und Handlungen erschließen (Ivo 1982) und wird insbesondere von Schülern leicht als Motiv unterstellt. Offensichtlich ist hier – unter dem Druck der Verhältnisse – der Sinn von Verbesserungen ins Gegenteil verkehrt. Am ehesten läßt sich dem entgegenwirken dadurch, daß sich der Lehrer ausdrücklich den Nutzen der Korrekturen im Hinblick auf die Verbesserung durch den Schüler klarmacht: Warum streiche ich hier an; was soll der Schüler lernen; wird es ihm nützen, das zu verbessern? (75% der von Ivo befragten Lehrer glaubten nicht an den Nutzen ihrer Korrekturen, nahmen sie aber trotzdem vor!)

4. Berichtigungen von Klassenarbeiten sind überhaupt Unsinn; denn Klassenarbeiten sind Prüfungen, und Prüfungsarbeiten (z. B. Examensklausuren) werden nicht berichtigt. Dieses Argument bezieht seine Stärke aus den unterschiedlichen Funktionen, die die Fehlermarkierungen haben: Sie die-

nen einerseits dazu, den Schüler auf noch zu Lernendes hinzuweisen, und sie dienen andererseits der Rechtfertigung der Zensur (Ivo 1982, ABRAHAM 1993). Klassenarbeiten dienen vor allem der Lern- und Leistungskontrolle und stehen deshalb am Ende einer Unterrichtseinheit; es ist fraglich, ob sie sinnvoll in den Lernprozeß selbst integriert werden können. Der gangbarste Weg ist noch immer, die Fehler der Schüler bei der Planung des weiteren Unterrichts zu berücksichtigen und zu versuchen, die Schwächen der Schüler nicht durch Verbesserungen, sondern durch besondere Übungen und durch Automatisierung von Teilleistungen des Schreibens („Schreiben, Schreiben, Schreiben!" AUGST/JOLLES 1986) zu überwinden.

Generell ist zu fragen, wieviel die Schüler bei veranlaßten Überarbeitungen und durch sie lernen. Zwar stimmt es, daß professionelle erwachsene Schreiber ihre Texte oft mehrfach überarbeiten, aber das bedeutet nicht, daß von Anfängern dasselbe erwartet werden muß. Außerdem kommen erwachsene Schreiber im allgemeinen von selbst auf ihre Verbesserungen, wogegen Schüler dazu angestiftet werden. Eine zu frühe und zu strikte Leserorientierung und das damit begründete Postulat, Texte zu überarbeiten, kann Schülern das Schreiben ebenso verleiden wie der traditionelle schulische Aufsatzunterricht mit seiner Orientierung an Aufsatzarten und deren Normen. Tatsächlich ist die heute gängige Forderung, Texte zu überarbeiten („Writing is re-writing", HIRSCH 1977), innerhalb der deutschen Aufsatzdidaktik ein Abkömmling der Forderung nach Sprachgestaltung: Die Schüler sollen nicht einfach nur etwas herunterschreiben, sondern die Worte und Formulierungen bewußt wählen. Neu ist allenfalls der Aufschub dieser Forderung bis zur Phase der (nachträglichen) Überarbeitung; allerdings wurde auch früher zwischen der Anfertigung eines „Konzepts" und der – überarbeiteten – „Reinschrift" unterschieden. Es ist ja auch nicht wahr, daß alles Schreiben grundsätzlich „Nochmal-Schreiben" heißt – Notizen, Tagebucheintragungen, Briefe und viele andere Texte werden nicht überarbeitet.

Wirkungsvoller als fremdbestimmte förmliche Überarbeitungen und „Verbesserungen" dürfte zumindest in der Primarstufe und Sek. I häufiges spielerisches freies Schreiben (vor allem auch gemeinsam) sein; denn dadurch gewinnen die Schüler Schreibgeläufigkeit, Vertrauen in ihre Schreibfähigkeit und eine positive Einstellung zum Schreiben insgesamt. Die spontanen Reaktionen auf ihre Texte müssen, auch wenn sie kritisch sind, die Schüler nicht zu nachträglichen Überarbeitungen veranlassen; gewonnene Einsichten wirken sich vielmehr häufig beim Schreiben der nächsten Texte aus. Im übrigen entwickeln die Schüler ihre Qualitätsmaßstäbe beim Hören und Lesen fremder Texte, also gerade auch im Literaturunterricht.

Literatur:
Antos/Krings 1989, Baurmann/Ludwig 1985, Baurmann/Meyer 1985, Born/Lueg 1979, Bridwell 1980, Bridwell/Johnson/Brehe 1987, Gregg/Steinberg (eds.) 1981, Ivo 1982, Pollert 1990, Reuße 1980.

4. Alternative Möglichkeiten des Umgangs mit Texten

Insbesondere bei „kreativen" und freien Texten ist der übliche Umgang, nämlich Lehrerkorrektur und Schülerverbesserung, nicht angebracht; denn wie bei Briefen sind die Schüler hier nicht an Korrektur, sondern an Resonanz und Reaktion interessiert. Literatur wird nicht für Lehrer, sondern für Leser geschrieben, und die Schüler brauchen keine mehr oder weniger pedantischen Korrektoren, sondern ein kritisches Publikum. Dies trifft auch für manche Texte zu, die primär der geistigen Arbeit dienen wie Stellungnahme und Erörterung, noch mehr aber für leserorientierte Texte wie Essay, Rezension, Beschwerde und Leserbrief.

Lehrer fühlen sich freilich oft unwohl, wenn sie dermaßen das „Heft aus der Hand geben", und viele Schwierigkeiten beim Umgang mit Schülertexten in einem schreiborientierten Unterricht haben ihre Ursache darin, daß der Lehrer sich nach wie vor als Zentrum des Unterrichts betrachtet: Er ist es, der die Texte würdigen, kommentieren und souverän auf sie reagieren muß, er ist es, der den Lernprozeß organisieren muß, er ist es, der für deutlich erkennbare, möglichst abfragbare Lernergebnisse sorgen muß. Aber auch Schüler, die den in allen Fächern üblichen, tagtäglich erfahrenen lehrer- und lernzielorientierten Unterricht gewohnt sind, tun sich verständlicherweise schwer mit der neuen Rolle des gleichwertigen Partners; sie müssen erst lernen, sich selbst und ihre Mitschüler ernst zu nehmen. Hier kommt zum Ausdruck, daß ein anderes Umgehen mit Schülertexten einen anderen Unterrichtsrahmen und einen anderen Unterrichtsstil bedingt oder ihn vielleicht provoziert. „Aufsatzreform ist Unterrichtsreform", war das Credo des Reformpädagogen Gansberg. Ohne eine andere Zeiteinteilung, eine andere Gruppengröße und -zusammensetzung, eine andere Raumaufteilung, eine andere Regelung der Präsenzpflicht, ein anderes Verständnis der Lehrerrolle und einen anderen Begriff von Leistung wird es kaum möglich sein, auf Dauer zu einem befriedigenderen „anderen Umgang mit Schülertexten" zu kommen. (Daß all diese Veränderungen möglich sind, macht das Beispiel der Laborschule Bielefeld deutlich; es zeigt zugleich, daß eine einzelne Änderung innerhalb des Systems Schule nur dann erfolgreich ist, wenn sie zu Änderungen an so gut wie allen anderen Stellen führt.) Im herkömmlichen Unterricht dagegen wird das Schreiben gewöhnlich aus der Schule herausverlagert („Hausaufgaben"), und nur wenige der Texte, die die Schüler zuhause schreiben, werden tatsächlich in den Unterricht eingebracht.

Ein anderer Umgang mit Schülertexten ist also nicht einfach eine Frage der Methodik. Da Unterricht aber im allgemeinen nur schrittweise verändert werden kann, dürfte es sinnvoll sein, einige Methoden zu nennen, die beim alternativen Umgang mit Schülertexten mittlerweile von zahlreichen Lehrern in der Primarstufe und der Sek. I und II mehrfach erprobt worden sind und sich bewährt haben. Wenn man nicht möchte, daß die Schüler immer bloß spontan und zufällig auf die Texte ihrer Mitschüler reagieren (und gleiches gilt für den Lehrer, der ihnen ja im spontanen Reagieren keineswegs überlegen ist), dann sind für das Vorlesen in der Gruppe verschiedene Verfahrensregeln möglich, die durchaus den Charakter von Ritualen bekommen dürfen:

1. „Der Autor schweigt“:
Der Schreiber liest seinen Text vor. (Bei kürzeren Texten – zumal Gedichten – sollte der Text zusätzlich allen Schülern schriftlich vorliegen.) Danach redet die Gruppe darüber. Dabei gibt es eher beurteilende und eher interpretierende Äußerungen; je jünger die Schüler sind, desto mehr ist mit beurteilenden Äußerungen zu rechnen. Wichtig ist: Der Autor schweigt während der Besprechung (er sollte sich aber Notizen machen) und hat erst am Ende die Möglichkeit zu einer Stellungnahme. Eventuell kann *dann* auch ein Gespräch zwischen Autor und Hörern/Lesern stattfinden.

Nun liest der nächste vor, nach demselben Verfahren.

Das Schweigenmüssen kann für den Autor zur Qual werden. Manche Schreiber erleben die Besprechung, in die sie nicht eingreifen dürfen, aber auch sehr positiv: Man muß sich nicht rechtfertigen und braucht nichts zu erklären.

Man kann das Schweigegebot dadurch lockern, daß der Autor zwei „Joker“ hat, nämlich zweimal in das Gespräch eingreifen kann, falls ihm das unbedingt nötig erscheint (z. B. weil es in eine völlig falsche Richtung geht oder die Diskutanten sich an einer unwichtigen Stelle festgebissen haben).

2. „Der Autor hat das erste Wort“:
Genau die Umkehrung von 1: Der Text liegt möglichst schriftlich vor. Der Autor kommentiert ihn, sagt, wie er selbst seinen Text findet, wie er auf die Idee kam, wie schwer das Schreiben war, wo es Schwierigkeiten gab, was leicht fiel, womit er zufrieden und unzufrieden ist usw. Danach erst nehmen die Zuhörer Stellung.

3. „Feedback“:
Der Schreiber liest seinen Text vor. Jeder Zuhörer notiert sich danach einen Satz – eine Frage, eine Beobachtung, einen Einfall, einen Kommentar oder was auch immer. Nun lesen die Hörer reihum ihre Notizen vor, wobei Wiederholungen im Unterschied zum sonst im Gespräch Üblichen hier ausdrücklich erwünscht sind: Der Autor bekommt „Feedback“. Man muß darauf dringen, daß auch jeder was aufschreibt und jeder alles vorliest. Der Autor hört auch hier nur zu und macht sich allenfalls Notizen.

Erst wenn alle vorgelesen haben, wird der Autor gefragt: „Was hältst du davon? Kannst du damit was anfangen? Hast du etwas Neues erfahren?“, und er erhält damit Gelegenheit, zu den Äußerungen der Mitschüler Stellung zu nehmen. Nach seiner Stellungnahme kann noch eine ungeregelte Aussprache folgen.

Praktikabel ist eine Verknüpfung der Verfahren 1 und 3: Erst äußert jeder Schüler seinen Ersteindruck („Feedback“), dann besprechen die Schüler den Text intensiv („Der Autor schweigt“), und danach äußert sich der Autor, und es folgt eine offene Aussprache.

4. „Leserbriefe“:
Der Text wird vorgelesen oder besser schriftlich vorgelegt. Jeder notiert sich einen Satz oder mehrere zu dem Text wie beim „Feedback“; aber die Äußerungen sollten hier nicht einen Ersteindruck wiedergeben, sondern fundierter sein. Diese kurzen Stellungnahmen werden eingesammelt und dem Autor gegeben. Der bereitet sich in Ruhe auf eine Antwort vor und gibt diese mündlich oder schriftlich. Meistens geht der Schüler dabei auf jeden „Brief“ einzeln ein; die Briefe zu bündeln und nach gemeinsamen Gesichtspunkten zu ordnen, gelingt nur geübteren und älteren Schülern.

Dann kann eine ungeregelte Aussprache folgen.

Variante: Die Leser machen Änderungsvorschläge und geben diese dem Autor.

5. „Zettellawine“:
Jeder Schüler hat einen Text geschrieben; es ist in Ordnung, wenn die Texte in Inhalt und Form unterschiedlich sind. Jeder Text liegt in einer leicht lesbaren Fassung vor und geht nun reihum. Jeder Leser schreibt etwas darunter – einen Kommentar, eine Frage, eine Idee, ein Urteil. Diese Bemerkungen werden auf ein gesondertes Blatt geschrieben und zusammen mit dem Ursprungstext offen weitergegeben. Dadurch ist es möglich, daß der zweite Leser nicht nur auf den Ursprungstext, sondern auch auf die Bemerkungen des ersten Lesers eingeht, sie unterstützt oder in Frage stellt. Weil damit die Bemerkungen immer mehr werden, entsteht eine „Lawine“.

Dieses Verfahren führt zu einer sehr intensiven Textarbeit. Es kostet aber auch sehr viel Zeit (es muß ja jedesmal mehr gelesen und womöglich beantwortet werden!). Deshalb ist es nötig, größere Gruppen in kleinere zu höchstens acht Schülern aufzuteilen und eine zeitliche Begrenzung für jede Runde festzulegen, um zu verhindern, daß einzelne Schüler eine Viertelstunde oder noch länger über einem Kommentar sitzen.

6. „Mein Verständnis“:
Entweder liegen alle Texte auf einem Tisch, und jeder Schüler nimmt sich einen, oder die Texte werden verlost. Nun schreibt jeder Schüler auf, wie er den ihm vorliegenden Text versteht: Worum geht es dem Schreiber? Was teilt er mir (als dem Leser) mit? Welche Rolle teilt er mir zu? Was für Ansprüche stellt er? Was für Gefühle drückt er aus? Welche Haltung hat er gegenüber seinem Thema? Usw. Wichtig ist, daß der Text nicht bewertet oder gar korrigiert wird. Die Kommentare sollten deshalb auch nicht so klingen wie Lehrerkommentare unter einem Schulaufsatz (Nicht: „Du hast viele Ideen, mußt sie aber noch besser verbinden!“).

7. „Lektor“:
Der Text wird einem „Verlagslektor“ vorgelegt. Dieser macht Änderungsvorschläge und beantwortet die Frage: „Würdest du diesen Text in eine Sammlung von Texten unserer Gruppe aufnehmen? Begründe!“

„Lektor“ ist ein Mitschüler, und natürlich kann das jeder sein. Möglich ist auch, daß jeder zugleich „Autor“ und „Lektor“ ist, nämlich so, daß man einfach seinen Text dem Nachbarn als „Lektor“ weitergibt. Änderungsvorschläge und Urteil können auch auf einem gesonderten Blatt aufgeschrieben werden, so daß mehrere „Lektoren“ unabhängig voneinander den Text bearbeiten können.

8. „Spezialisten“:
Der Text wird von vier „Spezialisten“ gelesen und überarbeitet, nämlich
- dem Spezialisten für Inhaltliches (er prüft, ob alles stimmig, plausibel, widerspruchsfrei und interessant ist),
- dem Spezialisten für Wortwahl,
- dem Spezialisten für Grammatik, Satzbau und Gliederung,
- dem Spezialisten für Rechtschreibung (ein Wörterbuch sollte bereitstehen!).

Man kann die Gesamtgruppe vierteln, so daß in dieser Phase der Textüberarbeitung jeder Teilnehmer Spezialist wird (natürlich muß er dann auch seinen eigenen Text bearbeiten, aber nur im Hinblick auf sein „Spezialgebiet“). Nach einer gewissen Zeit sollten die „Spezialgebiete“ gewechselt werden.

Das Verfahren wird von Schülern oft als eher stur und langweilig empfunden; es ähnelt ja am meisten dem üblichen Korrigieren und Verbessern. Bisweilen aber entwickeln einzelne Schüler einen unerwarteten Ehrgeiz auf ihrem „Spezial“gebiet; legasthenieverdächtige Kinder werden auf einmal gute Rechtschreiber, weil sie ja hier „Lehrer“ spielen dürfen.

(Für die Verbesserung gedruckter Texte ist ein ähnliches Verfahren möglich. Tesch 1992 berichtet von einer Aufteilung der Klasse in mehrere Gruppen, in denen jeweils ein Experte für Syntax, Lexik, Inhalt und Gliederung war. Ziel des Unternehmens war es, einen schwer verständlichen Fachtext besser zu formulieren und graphisch zu gestalten.)

9. „Antworttexte“:
Die Schüler in der Rolle von Lesern korrigieren nicht die Texte, sondern sie schreiben „Antworttexte“ – auf Rezeption reagiert man mit Produktion. Bei (Leser-)Briefen, Beschwerden o. ä. liegt das auf der Hand. Wie dies bei literarischen oder autobiographischen Texten aussieht, muß mit Hilfe von Beispielen gezeigt werden. Dazu eignen sich vor allem Gedichte, bei denen ein Autor sich auf das Gedicht eines anderen bezieht, es parodiert oder kommentiert. Auch die Behandlung desselben Stoffes oder Motivs durch verschiedene Autoren ist als Orientierung für die Schüler geeignet. (Fritzsche 1989:112–115.)

10. „Geschworenengericht“:
Der Text wird der Gruppe mündlich oder schriftlich vorgelegt. Es wird ein Ankläger (Kritisierer) bestimmt sowie ein Verteidiger. Beide müssen keineswegs ihre persönliche Meinung äußern, sondern sie spielen eine Rolle: Der Ankläger sucht Argumente für das, was gegen den Text spricht, der

Verteidiger sucht Argumente für das, was für den Text spricht. Es können vorher Gesichtspunkte vereinbart werden. – Am Ende wird spielerisch abgestimmt: Wird der Text „angenommen“ oder „abgelehnt“?

11. „Pressekonferenz“:
Der Text wird vorgelesen, und dann notiert jeder Schüler eine Frage. Die Fragen werden eingesammelt. Der Lehrer sortiert und bündelt die Fragen und stellt sie dem Autor. Spontane Zusatzfragen der Schüler sind erlaubt.

12. „Stellvertreter“:
Nach gründlicher Vorbereitung (evtl. in einer Gruppe) stellt ein Schüler den Text eines anderen vor: Er liest ihn möglichst eindrucksvoll vor und beantwortet dann Fragen der Zuhörer.

Zum Schluß sei noch darauf hingewiesen, daß es natürlich noch andere Möglichkeiten der Verbreitung von Texten und des Umgangs mit ihnen gibt; denn keineswegs müssen die Produkte immer vorgelesen und besprochen werden. Möglich sind auch Textausstellungen, eine „Lyrikleine“ im Klassenzimmer, ein „Geschichtenbuch“ u.ä. Dabei stellen sich zwei Fragen. Erstens: Wie öffentlich wollen wir werden? Die erste Öffentlichkeit ist ja die Gruppe, in der geschrieben wird; häufig sind das nicht mehr als drei bis acht Schüler. Die nächste Öffentlichkeit ist die Gesamtklasse. Die nächste ist dann die gesamte Schule: Sollen die Texte etwa außerhalb des Klassenzimmers ausgestellt, soll das Buch in der ganzen Schule verkauft werden? Die noch weitere Öffentlichkeit liegt dann jenseits der Schulmauern. Je nachdem wird man sich auch bei der zweiten Frage entscheiden: Wie intensiv soll an den Entwürfen gearbeitet werden? Bekanntermaßen überarbeiten die Schüler ihre spontanen Texte nicht gern; aber darf man mit Erstentwürfen an die Öffentlichkeit gehen? Wer die Erfahrung gemacht hat, daß Schreiben selbst ein Lernprozeß ist, der wird vorsichtig sein mit allen Formen des Veröffentlichens, die den Autor unter Druck setzen (z. B. unter Zeitdruck). Im Zweifelsfall dürfte es in unserem sowieso heillos analyselastigen Deutschunterricht besser sein, die Textentwürfe auf sich beruhen zu lassen, als sie mit der Absicht der Verbesserung zu zerpflücken oder zu zerreden. Noch besser aber ist es, wenn auf die Texte in Schreibspielen mit weiteren Texten reagiert wird (z. B. „Stille Post“, Fritzsche 1989:31ff., aber auch oben „Antworttexte“): *„Spielorientierung“* des Schreibunterrichts statt *„Produktorientierung“*.

Für einen „alternativen Umgang mit Schülertexten“ reicht Belehrung nicht aus: Er muß praktisch gelernt werden, am besten in Schreibgruppen, zu denen sich Lehrer zusammentun (etwa im „Segeberger Kreis“, Fritzsche 1986). Zweifellos liegt hier ein Defizit der Lehreraus- und -fortbildung, die einer traditionellen Vorstellung von Unterricht und Lernprozeß verhaftet ist.

Literatur:
Bambach 1987, Fritzsche 1989, Tesch 1992.

IV Bewerten, benoten, korrigieren

Zur Begrifflichkeit: Unter **„Bewerten“** wird hier das Feststellen und Beurteilen von Kenntnissen und Fähigkeiten aufgrund sprachlicher Äußerungen verstanden; beim Beurteilen wird das Festgestellte auf Normen bezogen. (Schon hier der Hinweis: Es geht im folgenden zunächst nicht um das sattsam bekannte Problem „*Aufsatz*beurteilung“ – vgl. dazu Punkt 3 –, sondern um die Bewertung von Leistungen im ganzen DU.) Ich vermeide den bisweilen in der didaktischen Literatur gebrauchten Begriff **„Leistungsmessung“**, weil er suggeriert, die im DU zu erwerbenden Kenntnisse und zu entwickelnden Fähigkeiten könnten exakt quantifiziert und wie im Sport mit Meßlatte und Stoppuhr bestimmt werden. Unter **„Benoten“** wird das Zusammenfassen des Urteils in einer Ziffer verstanden; zweifellos verstärkt das Benoten das Mißverständnis, es gehe hier um genau Erfaßbares und Quantifizierbares. Unter **„Korrigieren“** verstehe ich das Verändern und Kommentieren von (vor allem schriftlichen) Schüleräußerungen, das zu Überarbeitungen (siehe **„Verbesserung“**) führen soll. (Die im Grunde genommen synonymen Ausdrücke „Korrigieren“ und „Verbessern“ werden hier also etwas willkürlich in der Weise unterschieden, daß ersterer sich auf das Lehrerhandeln, letzterer auf das Schülerhandeln bezieht. ABRAHAM 1993 versteht demgegenüber sowohl unter „Korrigieren“ als auch unter „Verbessern“ ein Lehrerhandeln, und zwar meint dort, m. E. wenig glücklich, der Ausdruck „Korrigieren“ das Feststellen und Anstreichen der Fehler in „Selektionsabsicht“, der Ausdruck „Verbessern“ dagegen das Verändern des Textes in „Lehrabsicht“.)

Verstehen und Bewerten: In engem Zusammenhang zum Bewerten steht das **Verstehen** von Äußerungen. Zwar ist die Verständlichkeit von Äußerungen ein Beurteilungskriterium, aber es kann die Bereitschaft der Schüler, sich zu äußern, empfindlich schädigen, wenn ihre Äußerungen vornehmlich *bewertet* werden; außerdem gehören zum Verstehen immer zwei, und es wäre voreilig, wenn die Verstehensprobleme immer dem „Sender“, also dem Schüler, angelastet würden. Bewerten und Verstehen sind nicht dasselbe: Der Bewertende steht außerhalb der Kommunikation, der Verstehende nimmt an ihr teil. In der eingespielten schulischen Praxis besteht die Gefahr, daß die Schüleräußerungen nicht als Ausdruck von Gemeintem *verstanden* werden, sondern als Leistungsdokumente *bewertet* werden. Äußerungen zu bewerten statt sie zu verstehen – das ist eine Perversion von Kommunikation. Auch was Schüler schriftlich äußern, fordert primär nicht ein Urteil, sondern eine Antwort. (Siehe „Alternative Möglichkeiten des Umgangs mit Schülertexten“.)

Mündliche und schriftliche Leistungen: Die erwähnte Perversion ist dadurch bedingt, daß die Schule nicht nur ein Ort des Unterrichts ist, sondern auch der Prüfung und Einteilung der Schüler dient. Als Lehrer kommt man nicht umhin, Äußerungen von Schülern zu beurteilen. Dabei ist es üblich, „mündliche“ und „schriftliche“ Leistungen zu unterscheiden. Eine solche Zweiteilung berücksichtigt jedoch nicht, daß die Schüler unterschiedliche Arten von „schriftlichen Leistungen“ erbringen: die Klassenarbeiten einerseits, alle anderen im Unterricht und zu Hause geschriebenen Texte andererseits. Bei der Zweiteilung werden die zuletzt genannten schriftlichen Texte entweder bei der Leistungsbeurteilung ganz vernachlässigt, oder sie werden zu Unrecht zu den mündlichen Leistungen gerechnet. Begrifflich sauberer ist insofern diejenige Zweiteilung, die sich im Kurssystem der Sek. II eingebürgert hat: Klausuren einerseits, laufende Kursarbeit andererseits. Allerdings werden auch bei der „laufenden Kursarbeit“ recht unterschiedliche mündliche und schriftliche Leistungen in einen Topf geworfen.

Unterschieden werden sollte deshalb dreierlei:

1. **Mündliche Leistungen:** Beiträge zum Unterrichtsgespräch, Mitwirkung bei Spielszenen und im Rollenspiel, mündliche Mitarbeit bei Projekten, Vorlesen und Vortragen von Texten, mündliches Referieren und andere tatsächlich *mündliche* Leistungen.
2. **Schriftliche Leistungen:** Übungen, Notizen, Mitschriften, schriftliche Beiträge zur Partner- und Gruppenarbeit, poetische und rhetorische Texte, die zu Hause oder im laufenden Unterricht angefertigt werden, u.ä.
3. **Klassenarbeiten (Klausuren)**, die ausschließlich der Lernkontrolle dienen.

Zu 2. **Schriftliche Leistungen**

Daß Klassenarbeiten beurteilt werden, versteht sich von selbst. Sollen aber auch andere schriftliche Texte der Schüler beurteilt werden? Ob und wie die schriftlichen Texte, die Schüler im laufenden Unterricht und zu Hause verfassen, beurteilt werden, hängt weitgehend von pädagogischen Erwägungen ab. Gesichtspunkte hierfür sind:

- Fördert die Beurteilung das Schreiben, oder verstärkt sie die durch Klassenarbeiten sowieso schon bewirkte unselige Assoziation von Schreiben und Kontrolliertwerden? Motiviert sie den Schüler, sich schriftlich zu äußern, und zeigt sie ihm Wege zur Verbesserung seiner Fähigkeiten?
- Schafft sie eine notwendige Ergänzung zu den in Klassenarbeiten gezeigten Leistungen und verhilft dadurch zu einer besseren Gesamtbeurteilung der schriftlichen Leistungen?
- Erfaßt sie Leistungs*bereiche*, die durch Klassenarbeiten nicht erfaßt werden (z.B. Kreatives, literarisches Schreiben)?
- Erfaßt sie Leistungs*aspekte*, die durch Klassenarbeiten nicht erfaßt werden (z.B. Selbständigkeit, Motivation, Ausdauer)?

Im übrigen gelten für die Beurteilung dieser schriftlichen Leistungen dieselben Unterscheidungen und Kriterien wie bei Klassenarbeiten (s. u.).

Hinweise zur Beurteilung von Leistungen im Bereich des Kreativen, literarischen Schreibens

Solange Kreatives Schreiben für die Schüler noch neu ist, sollte es ganz aus der Beurteilung herausgenommen werden; denn die Kontrolle behindert zunächst die Kreativität, für die ja Angstfreiheit Voraussetzung ist. Manche Verfahren zur Kreativitätsförderung (Brainstorming, Clustering, auch Feedback bei der Textrezeption) setzen deshalb die Beurteilung von Äußerungen für eine begrenzte Zeit absichtlich außer Kraft. Kreatives Schreiben ist insofern freies Schreiben, als es nicht den im Alltagssprachgebrauch üblichen Bindungen und auch nicht den üblichen schulischen Kriterien unterliegt. Als literarisches Schreiben unterliegt es allerdings letztlich den Maßstäben der Literaturkritik. – Auf Dauer sollte der Bereich des Kreativen Schreibens bei der Beurteilung der Schülerleistung aber nicht unberücksichtigt bleiben; denn sonst besteht die Gefahr, daß das Kreative Schreiben nicht ernst genommen und nur auf wenige Stunden oder besondere Gelegenheiten (z. B. Projekttage) beschränkt wird. Im übrigen sollen die Schüler erkennen, daß auch Phantasie, ästhetische Gestaltung und spielerischer Umgang mit Sprache als Leistung anerkannt werden.

Es gibt fünf Möglichkeiten, im Bereich „Kreatives Schreiben" Leistungen zu beurteilen:

a) Beurteilung einzelner Texte

Die Texte, die beim Kreativen Schreiben entstehen, werden in der Regel vorgelesen und rufen dann Reaktionen hervor. In diesen Reaktionen äußern sich Zustimmung und Anerkennung ebenso wie Unverständnis und Ablehnung; ganz natürlich werden die Texte also von den Zuhörern oder Lesern bewertet. Allmählich ist es möglich, über diese spontanen Reaktionen zu sprechen und zu versuchen, sich über die angewandten Kriterien und Maßstäbe klar zu werden – intuitive Urteile also in diskursive Argumentation zu überführen. Das ist nicht nur wichtig im Hinblick auf die beurteilten Texte, sondern auch im Hinblick auf die eigenen Maßstäbe, die dabei bewußt werden und dann auch in Frage gestellt werden können.

Bei Prosatexten („Geschichten") wird erfahrungsgemäß häufig kritisiert:

- *Glaubwürdigkeit:* Einzelne Stellen sind nicht realistisch, und das mindert die Glaubwürdigkeit des gesamten Textes. (Bisweilen dient dieser Vorwurf aber auch dazu, sich einer inhaltlichen Diskussion zu entziehen.)
- *Verständlichkeit:* Der Leser (Hörer) versteht den Text nicht, weil zu wenig Orientierung geboten wird (Wo und wann spielt die Geschichte? Wer ist beteiligt? Wer erzählt? usw.), weil die Ausdrücke zu ungebräuchlich, die Sätze zu lang (fehlende Gliederung) oder verschachtelt sind, es am Zusammenhang und der Anordnung der einzelnen Teile hapert oder die Beziehungen zwischen den Sätzen unklar sind. Manchmal stören auch das Zuviel an Personen, Handlungen, Ereignissen („Zwei Handlungen in einer Geschichte", „Was war eigentlich das Wichtigste in der Geschichte?") oder unmotivierter Perspektivenwechsel.

- *Anschaulichkeit:* Man kann sich das Geschehen und die Personen nicht gut vorstellen, weil der Text zu abstrakt und allgemein gehalten ist; es wird alles nur benannt, aber nicht geschildert, nur behauptet, aber nicht gezeigt; es fehlt die genaue Beobachtung. Oftmals wird auch das Fehlen von wörtlicher Rede oder der Wiedergabe von Gedanken der Personen moniert – aber dabei wirken sich möglicherweise Literaturvorstellungen aus, die der Aufsatzunterricht selbst hervorgerufen hat.
- *Thema:* Der Stoff ist langweilig, uninteressant, dem Schreiber fehlte es an zündenden Ideen.
- *Sprachfehler:* Der Leser (Hörer) wird durch einzelne Fehler (z.B. grammatische oder lexikalische) abgelenkt (vgl. Kapitel V).
- *Darstellung:* Die Darstellung ist monoton, unlebendig, zu wenig spannend oder überraschend, der Text ist insgesamt zu wenig originell („das kennt man schon") oder auch an einzelnen Stellen konventionell und klischeehaft.

Der letzte Punkt ist besonders heikel; denn ob jemand etwas als konventionell empfindet, hängt von den Konventionen ab, die er kennt. Für Schüler eines bestimmten Alters ist manches neuartig und „witzig", was später altbekannt und langweilig wird. Hier greifen die Maßstäbe des Erwachsenen besonders schlecht. Aber nicht nur Alters- und Entwicklungsunterschiede wirken sich in dieser Weise aus, sondern auch Sprach- und Literaturkenntnis: Je mehr Literatur die Schüler kennen, desto anspruchsvoller werden sie. Im übrigen ist zu beachten, daß die Verwendung von Konventionellem auch dazu dienen kann, die Zugehörigkeit zu einer Gruppe (z. B. zur Gruppe der Jugendlichen im Unterschied zu den Erwachsenen) zu markieren; das Konventionelle ist zwar nicht originell und individuell, es dient aber doch der Abgrenzung und damit der Identitätssicherung, und deswegen gibt es gerade über diesen Punkt oft Streit. Schreiber, denen Klischees, Phrasen oder auch Plagiate („Das hab ich neulich im Fernsehen gesehen") vorgeworfen werden, reagieren häufig sehr empfindlich; das zeigt, daß dieser Vorwurf mehr berührt als nur eine sprachliche Schwäche oder einen Ausdrucksfehler.

Vor allem bei Gedichten spielen neben den genannten Gesichtspunkten noch weitere eine Rolle:

- Überzeugen die *Bilder*? Gibt es Bildbrüche?
- Wie *klingt* der Text, wenn man ihn vorliest (Rhythmus, Versmaß, Klänge)?
- Hat die *Form* den Inhalt überwältigt? (Besonders bei Reimgedichten: „Reim dich, oder ich freß dich"!)
- Ist der Text *„dicht"* genug? Kann man etwas weglassen?
- Ist der *Zeilenbruch* an der richtigen Stelle?

Für die Beurteilung kreativer Texte nennt Hess (1983) folgende mit Schülern erarbeitete Kriterien:

- selbständiges Denken, keine Klischees
- Kenntnis des Gegenstands
- Echtheit, Gewissenhaftigkeit des Autors
- sinnvolle Anordnung der Gedanken, folgerichtiges Fortschreiten der gedanklichen Entwicklung, der Handlung, des Geschehens
- bewußte Korrespondenz von Inhalt und Form
- Angemessenheit und Homogenität des Stils
- selbständige Metaphorik
- Stimmigkeit der Beschreibung und der Metaphorik
- Einheit des Gestalteten, keine Brüche

So sinnvoll und naheliegend die Verwendung solcher Kriterien bei der Besprechung von Texten in der *Lerngruppe* ist, so problematisch ist ihre Anwendung bei einer *monologischen Beurteilung* (s. Abschnitt „Korrigieren“). Tatsächlich gibt es zwischen verschiedenen Beurteilern (wozu hier auch die Mitschüler gerechnet werden) viel weniger Streit um die Kriterien der Beurteilung selbst als vielmehr um deren Anwendung: Daß der Inhalt plausibel sein muß, daß die Darstellung den Leser packen soll, daß die Bilder stimmen sollen, ist nicht strittig, wohl aber, ob dies im jeweils vorliegenden Text der Fall ist oder nicht.

Insgesamt bezieht sich diese Form der Textbeurteilung auf bewußte oder unbewußte literarische Maßstäbe: Es handelt sich um eine Form der Literaturkritik. Unberücksichtigt bleibt dabei, wie wichtig das Schreiben und Sichäußern für den Schüler war, also der psychische und pädagogische Aspekt des Kreativen Schreibens. Mit anderen Worten: Die Beurteilung richtet sich zwangsläufig auf *Inhalt und Form*, läßt aber die *Funktion* des Schreibens für den Schreiber, also Schreiben als *Medium*, außer acht. Allerdings berücksichtigt sie durchaus die Funktion des Textes für den Leser, und viele Mißverständnisse und Ärgernisse rühren daher, daß die Schreiber die Texte primär für sich selbst schreiben und nicht an Leser denken, sie dann aber ja doch fremden Augen vorlegen. Je mehr die Texte unter üblichen schulischen Bedingungen geschrieben werden, desto wahrscheinlicher kehrt sich freilich das Verhältnis um: Die Texte bedeuten u. U. den Schreibern gar nichts mehr, haben für sie keine Funktion, kommen aber gut bei Lesern und Beurteilern an, weil sie ihnen nach dem Mund geschrieben sind (schulische Unterhaltungsliteratur!).

Außer an literarischen Maßstäben können die Texte auch an vereinbarten (Spiel- bzw. Verfahrens-)Regeln gemessen oder mit Mustern und (beim Weiterschreiben) mit Ausgangstexten verglichen werden. Diese Bindungen schränken zwar Freiheit und möglicherweise Kreativität ein, heben sie aber nicht auf.

Beispiel:
BROKERHOFF (1976:24f.) hat mit den Schülern die literarische Form der „Skizze“ und dafür bestimmte Qualitätsmerkmale erarbeitet. Die Anwendung der Kriterien demonstriert er an mehreren Beispielen, u.a. diesem:

BARACKEN
Zusammengeflicktes Blech,
sich duckend
an grauer Mauer.
Antennendraht klettert auf morschen
Planken. Im Schatten rostiger
Gitter strebt
Petersilie zum Licht.

Brokerhoff kommentiert: „Hier liegt keine mißlungene Skizze vor, und doch wird man (auch bei wiederholtem Lesen) nicht ganz überzeugt. Die Elemente der Skizze sind da: Es wird dargestellt und nicht über etwas geredet; es wird keine Geschichte erzählt, kein Nacheinander; es wird knapp formuliert. Aber diese Skizze ist nicht originell. Das ‚zusammengeflickte Blech' oder ‚die graue Mauer' oder die ‚morschen Planken' sind strapazierte und verbrauchte Symptome für das Baracken-Milieu; sie können den Leser nicht treffen. Auch das Bild vom Antennendraht auf morschem Holz ist konventionell – wohl erkennt man hier eindeutig den Grundgedanken und die Absicht des Verfassers. Daß Falk auf eine spezielle, eigene Überschrift verzichtet (‚Baracken' war als Rahmenthema vorgegeben, J. F.), paßt zu dieser ersten Beobachtung. Eigenwillig und in seinem ‚trockenen' Understatement überzeugend ist lediglich der Schluß: das Bild von der im Schatten rostiger Gitter zum Licht strebenden Petersilie. Summa: Weder ‚gut' noch ‚ausreichend' würde diesem Versuch gerecht; ich nannte ihn ‚voll befriedigend'."

Der Vergleich mit anderen Arbeiten, die Brokerhoff wiedergibt, macht dieses Urteil verständlich; der Schüler Falk hat offensichtlich die im Unterricht besprochenen Kriterien weniger gut erfüllt als andere Schüler. Ersichtlich wurde ein bestimmter (an Benn erinnernder) Stil erwartet. Kritik an Brokerhoffs Urteil kann sich nun freilich sowohl an den Kriterien als solchen entzünden als auch an ihrer Anwendung (z. B. hinsichtlich der „Originalität" der Ausdrücke). Darüber hinaus läßt sich gegen diese Art der Beurteilung einwenden, daß sie die Schreibmotivation schädigen kann.

b) Beurteilung des Arbeits- und Lernprozesses
Aus Sorge, das Kreative Schreiben könne durch die Textbeurteilung verschult werden, wird manchmal vorgeschlagen, es aus der üblichen monologischen Beurteilung entweder ganz herauszunehmen oder zumindest nicht nur die fertigen Produkte zu beurteilen, sondern die Fähigkeit des Schülers, mit Überarbeitungsvorschlägen umzugehen: Was macht der Schüler mit den Vorschlägen, die er zu der ersten Fassung bekommen hat, wie geht er mit Kritik um? Das heißt, daß nun nicht das einzelne *Produkt*, sondern der Arbeits*prozeß* beurteilt wird.

In eine ähnliche Richtung geht der Vorschlag, zwar nicht das Kreative Schreiben zu beurteilen, wohl aber die analytischen und reflexiven Fähigkeiten, die der Schüler bei der Planung und Besprechung der Texte zeigt.

Hierbei handelt es sich um Leistungen, wie sie sonst auch im LU gefordert werden. Allerdings geraten die Schüler leicht in den Konflikt, sachlich zu einem Text Stellung nehmen zu müssen, zu dessen Autor sie eine (positive oder negative) persönliche Beziehung haben; es fällt Schülern schwer, davon abzusehen, und deshalb stellt ein verstehend-kritischer Umgang mit Texten der Mitschüler – oder gar eigenen – im allgemeinen höhere Ansprüche als der bewertende Umgang mit Texten, die gedruckt vorliegen (vgl. aber das im Abschnitt „Schüler als Beurteiler" Ausgeführte).

MATTENKLOTT (1979:175) schlägt folgende Fragen zur Beurteilung des Arbeits- und Lernprozesses im Bereich Kreatives Schreiben (vor allem in der Sek. II) vor:

- Entwickelt der Schüler die Bereitschaft zuzuhören, oder starrt er nur auf seine eigenen Produkte?
- Lernt er seine Texte als kritisierbar zu akzeptieren, ohne sich gleich als Person angegriffen zu fühlen?
- Entwickelt er Formen der Kritik, die andere annehmen können, die nicht verletzen?
- Bemüht er sich, die oft diffusen Maßstäbe seiner Urteile sich bewußt zu machen und zu formulieren?
- Wie offen wird er im Verlauf des Kurses für Anregungen durch Stoffe und Materialien?
- Kann man an seinen Texten ablesen, daß er Kritik und Zur-Kenntnisnahme anderer Schreibweisen als produktiven Anreiz aufzunehmen vermag?
- Nimmt er die praktischen Aufgaben der Organisation, die im Kurs anfallen, mutig, verständnisvoll und solidarisch in Angriff?

Diese Fragen zielen also weitgehend auf eine Beurteilung psychischer und sozialer Leistungen; es geht nicht um literarische Fähigkeiten oder um die Textqualität. Natürlich können auch solche Forderungen zu bloß äußerer Anpassung führen; nicht immer überzeugen die Überarbeitungsvorschläge ja den Autor. Außerdem ist fraglich, ob hier nicht die ästhetischen Leistungen unter der Hand wieder durch kognitive ersetzt werden.

c) Beurteilung von literaturtheoretischen und -historischen Kenntnissen

Im übrigen schlägt MATTENKLOTT vor, zur Beurteilung der Schülerleistungen auf „Themen aus dem literarhistorisch-theoretischen Lernstoff" zurückzugreifen, also Kenntnisse zu beurteilen, die in dem Unterricht vermittelt wurden: „Auch in einem Schreibkurs wird ja nicht nur gedichtet."

d) Beurteilung der Produkte über einen längeren Zeitraum hinweg

Wenn die Texte selbst nicht aus der Beurteilung herausfallen sollen, so können sie wie im Kunstunterricht in einer Mappe gesammelt und am Ende des Halbjahres beurteilt werden; das ermöglicht dem Schüler eine Auswahl, und er kann auch mehrere Fassungen vorlegen, damit seinen Schreibprozeß dokumentieren und ihn eventuell kommentieren (vgl. b): Der Schüler begründet, warum er diese Texte zur Beurteilung ausgewählt hat, und erläutert die Umarbeitungen. Die Beurteilung bezieht sich dann sowohl auf die ästhetischen als auch auf die reflexiven und kritischen Leistungen.

e) Beurteilung der Texte im Hinblick auf bestimmte Lernziele und Aufgaben
Werden im Bereich Kreatives Schreiben Aufgaben gestellt und werden dabei bestimmte detaillierte Leistungen erwartet – z. B. die Einführung wörtlicher Rede, die Übernahme einer Perspektive oder auch nur die Gliederung in Absätze –, so sind diese Leistungen ähnlich beurteilbar wie die bei Klassenarbeiten verlangten: Beurteilt wird der Lernerfolg.

Wenn in einem strikt lernzielorientierten Unterricht (wie er besonders in den 70er Jahren gefordert wurde) die Schüler „gelernt" haben, „kreativ" zu sein, wenn also de facto mit ihnen bestimmte Gesichtspunkte vereinbart worden sind, die einen Text besonders „kreativ" machen, dann können diese Kriterien natürlich der Beurteilung zugrundegelegt werden. WERMKE (1989 und 1993) hat daraus sogar einen „Test ‚Entdecken und Erfinden'" gemacht. Den Schülern einer 5. Klasse wurde z. B. gesagt „Auf der Straße liegt eine rostige Dose". Nun war ein Text zu schreiben, in dem diese rostige Dose eine wichtige Rolle spielt. *Beurteilungskriterien* waren: a) handelt es sich um einen bloßen Erfahrungsbericht (= am wenigsten kreativ), um die Verwendung literarischer Vorbilder (= kreativer), um eine freie Erfindung (= am kreativsten), b) werden die vorgegebenen Ansatzpunkte genutzt (hier vor allem: Es ist eine *rostige* Dose), c) enthält der Text etwas Überraschendes usw. Sicherlich ist solche „Operationalisierung" von Kreativität willkürlich, und ein in dieser Weise gestalteter Unterricht dürfte eher zur Anpassung als zu nonkonformem Denken oder gar literarischer Kreativität erziehen.

Zu 3. **Klassenarbeiten**
Dies ist der eigentliche Kernbereich der Leistungsbeurteilung im Deutschunterricht, zumindest aber im Lernfeld „Schreiben"; das folgende betrifft also die *Aufsatzbeurteilung*, geht allerdings notwendigerweise darüber hinaus.

Klassenarbeiten sollen der Lern- und Leistungskontrolle („Was hat Schüler X gelernt? Was kann er jetzt?") und der Unterrichtsevaluation („Wie erfolgreich war der Unterricht? Wo steht die Klasse?") dienen. Sie können sich auf alle Lernbereiche und Themen des DU beziehen – also keineswegs nur auf den Aufsatzunterricht – und sind auch nach der Art der Aufgaben verschieden: Neben der zusammenhängenden schriftlichen Darstellung („Aufsatz") und dem Bearbeiten gegebener Texte (vgl. Beispiele im Anhang dieses Abschnitts) stehen das schriftliche Beantworten von Fragen, das Anfertigen von Gliederungen und Übersichten, das Ausfüllen von Lücken und das Finden oder Ankreuzen richtiger Lösungen. (Schon ULSHÖFER 1974:431 nannte „Klassenaufsatz, Kurzarbeit, informellen Test" als Formen der „Klausurarbeit".) Darüber hinaus werden im DU Diktate zur Kontrolle der Rechtschreibfähigkeiten und Grammatikarbeiten zur Kontrolle der grammatischen Kenntnisse geschrieben. Es ist also falsch, „Klassenarbeit" im Fach Deutsch mit „Aufsatz“ gleichzusetzen. Welche der genannten Formen als Klassenarbeit bzw. Lernkontrolle gewählt wird, hängt nicht nur vom didaktischen Konzept und vom behandelten Gegenstand ab, sondern auch von der zur Verfügung stehenden Zeit und davon, wie ökonomisch die Beurteilung der Lösungen ist (s. u. „Hinweise“). Derzeit besteht allerdings in verschiedenen Bundesländern eine Verpflichtung, eine bestimmte Anzahl von „Aufsätzen“ als Klassenarbeiten schreiben zu lassen, und bisweilen sind dabei sogar die Aufsatzarten festgelegt. Durch solche administrativen Vorschriften werden nicht nur andere und möglicherweise für bestimmte Unterrichtseinheiten geeignetere Lernkontrollen ausgeschlossen, sondern es wird der leidige Zusammenhang zwischen Aufsatz und Klassenarbeit festgeschrieben.

Grundsätzlich gelten für Klassenarbeiten dieselben Kriterien wie für wissenschaftliche Tests:

- *Objektivität:* Das Urteil sollte unabhängig vom Beurteiler sein; unterschiedliche Beurteiler sollten zum selben Ergebnis kommen. (Tatsächlich zeigte sich aber, daß Beurteilungen von persönlichen Ab- und Zuneigungen der Beurteiler abhängen.)
- *Validität (Gültigkeit):* Es sollte durch die Arbeit wirklich das erfaßt werden, was man erfassen will, also z.B. durch die Inhaltsangabe das Textverständnis und nicht die Schriftsprachkompetenz. (Es konnte nachgewiesen werden, daß sich gegen die erklärte Absicht der Lehrer bestimmte Aspekte auf die Beurteilung auswirken, nämlich grammatische und orthographische Richtigkeit, die Handschrift, die Textlänge.)
- *Reliabilität (Zuverlässigkeit):* Das Urteil sollte unabhängig sein von Zeitpunkt und Umständen der Beurteilung. (Empirisch wurde festgestellt, daß sich die Position des Aufsatzes im Heftstapel auf die Beurteilung auswirkt; der „Reihenfolgeeffekt“ besteht darin, daß oft zu Beginn des Korrigierens strenger geurteilt wird als später.)

Es versteht sich von selbst, daß diese Kriterien bei schulischen Arbeiten nur selten und nur zum Teil erfüllt werden, und zwar nicht nur bei Aufsätzen. So gibt es hinsichtlich der Validität das grundsätzliche Problem, daß Prüfungen immer nur ein *Verhalten* erfassen, von diesem Verhalten aber auf *Fähigkeiten* geschlossen werden muß; denn der Unterricht hat ja nicht Verhaltensänderung, sondern Fähigkeitsentwicklung zum Ziel. Außerdem wirken sich oft Faktoren auf die Beurteilung aus, die für das zu Beurteilende nicht unmittelbar relevant sind, z.B. die Länge des Textes (längere Aufsätze werden im Durchschnitt besser beurteilt als kürzere), die Länge der Sätze und Wörter, Grammatik und Rechtschreibung, die Handschrift. Es ist auch nachgewiesen worden, daß die Kenntnis der Entstehungsbedingungen eines Aufsatzes die Urteilsübereinstimmung mehrerer Beurteiler mindert.

Beurteilung der Rechtschreibung im Aufsatz: Üblicherweise gilt die Rechtschreibung als der am leichtesten zu beurteilende Bereich des Deutschunterrichts. Daß aber nicht einmal hier Objektivität herrscht, hat REUSSE

(1983) deutlich gemacht. Beurteilungsprobleme entstehen an folgenden Stellen:

- Bisweilen ist die *Handschrift* nicht klar zu lesen. Werden Schreibungen, die nicht zu entziffern oder möglicherweise falsch sind, als Fehler gerechnet?
- Wie werden *Flüchtigkeitsfehler* erkannt und beurteilt?
- Sind nicht einige vermeintliche Rechtschreibfehler in Wahrheit *Grammatik-, Ausdrucks- oder Sinnfehler*? (Z. B.: „Er glaubte, wir konnten/könnten ihm helfen.")
- Wie werden *Wiederholungsfehler* gewertet, und was gilt als Wiederholungsfehler? (Ist es z. B. kein Wiederholungsfehler, wenn ein Schüler immer wieder unvollständige Sätze durch Komma abtrennt?)
- Wie werden die einzelnen Fehler *gewichtet*? Welches sind schlimme, welches weniger schlimme Fehler?

REUSSE kommt zu dem Schluß: „Wegen der prinzipiellen ‚Unschärfe', die bei der Feststellung und Benotung der Rechtschreibleistung vor allem im Aufsatz herrscht, läßt sich diese nicht hinreichend genau quantifizieren und damit auch nicht in ein für die Bewertung verbindliches *Punktesystem* umsetzen. Gegenteilige Beschlüsse von Fachkonferenzen ändern daran nichts, sondern täuschen der Öffentlichkeit höchstens eine Scheinobjektivität vor, die oft nur die Maske der Angst ist." Zu einem ähnlichen Ergebnis kommt FLIEGNER (1980:142) bei der Durchsicht von 350 Übungsaufsätzen aus fünften Hauptschulklassen: „Da man sich beim Lesen zwangsläufig am Schriftbild eines Textes orientiert, ist die Entscheidung, ob orthographische oder stilistische Abweichungen vorliegen, in Grenzfällen kaum eindeutig zu treffen." Abgesehen von solchen Grenzfällen ist es aber sinnvoll, Rechtschreibleistungen von Aufsatzleistungen getrennt zu beurteilen; während nämlich einzelne Aspekte der Aufsatzleistungen (Inhalt, Sprache, Aufbau, s. u.) miteinander korrelieren, besteht ein Zusammenhang dieser Kriterien mit der Rechtschreibleistung offenbar nicht (GRZESIK/FISCHER 1984:177). Deswegen schafft es nur Verwirrung, wenn die Rechtschreibung in die Gesamtbeurteilung des Aufsatzes einbezogen wird. Völlig irreführend wird eine Gesamtnote, bei der die Rechtschreibleistung fehlerhaft ermittelt worden ist, weil nur oberflächlich die Zahl der R-Fehler ermittelt wurde, aber Wiederholungs- oder Analogiefehler nicht beachtet wurden. Die Menge der Anstreichungen allein sagt noch gar nichts über das Können des Schülers. (Dies gilt auch für Grammatikarbeiten, die übrigens gerade wegen der Gefahr analoger Fehler höchst problematisch sind. Oftmals sind Grammatikarbeiten so konstruiert, daß ein Schüler, der ein bestimmtes Prinzip nicht verstanden – oder unter dem Druck der Klassenarbeit verwechselt – hat, in allen Fällen Fehler macht, so daß seine Arbeit in roter Tinte ertrinkt und von den Kenntnissen des Schülers ein völlig falsches Bild entsteht.)

Verbesserung der Aufsatzbeurteilung: Je folgenreicher die Urteile sind – also besonders, wenn Schullaufbahnentscheidungen, Versetzungen und Schulabschlußnoten davon abhängen –, desto nötiger ist es, den Urteilen etwas von ihrer Zufälligkeit und Willkürlichkeit zu nehmen. Bei der *Aufsatzbeurteilung* gibt es dafür verschiedene Möglichkeiten (vgl. auch INGENKAMP 1975 und LAUTERWASSER 1981):

a) Definition der erwarteten Leistung und Festlegung einheitlicher Kriterien
Von verschiedenen Seiten (z.B. WEBER 1973, BECK 1974, ZEIHER 1979, BAURMANN 1987, NUSSBAUMER 1991) sind mehr oder weniger umfangreiche und differenzierte Kriterienkataloge publiziert worden. Sie sollten dazu dienen, die Aufsatzbeurteilung durchsichtiger und objektiver zu machen. Die Kataloge sind aber allesamt wenig tauglich, und zwar nicht nur, weil es von der besonderen Aufsatzart und den jeweiligen Lernzielen abhängt, welche Kriterien wichtig sind – eine Inhaltsangabe muß nicht „spannend" sein, ein Protokoll nicht „lebendig" –, sondern vor allem, weil die Uneinheitlichkeit aus der unterschiedlichen *Anwendung* der Kriterien folgt; Kriterienkataloge bedürfen deshalb zusätzlich genauer Auswertungsvorschriften und durchkorrigierter Musterarbeiten, an denen sich der Anwender orientieren kann. Ohne solche zusätzlichen Hilfen lohnt sich der Aufwand detaillierter Kriteriensysteme nicht: „Eine globale Verbesserung der Beurteilungsobjektivität bei jeder ausdrücklichen Verwendung sorgfältig definierter Kriterien konnte nicht nachgewiesen werden", stellen GRZESIK/FISCHER (1985) auf der Grundlage einer gründlichen empirischen Untersuchung fest.

Die bei Aufsatzbeurteilungen üblicherweise verwendeten Kriterien lassen sich pauschal den Kategorien „Inhalt", „Sprachrichtigkeit", und „Sprachgestaltung (Gliederung, Ausdruck)" zuordnen. (Vgl. die „Flensburger Norm für Aufsatzbeurteilung" [HAHN 1966]: Die Gesamtnote wird aus den Teilnoten für Gehalt, Ausdruck und Sprachrichtigkeit gebildet.) Bisweilen werden auch „Inhalt, Sprache, Struktur" unterschieden; dabei werden „Sprachrichtigkeit" und „Ausdruck", also Grammatik und Stil, zusammengefaßt und der Gliederung, also dem Aufbau des Textes gegenübergestellt. Natürlich sind diese Kriterien alles andere als *eindeutig*. Bedenklich stimmt darüber hinaus das Ergebnis einer Untersuchung von DIEDERICH u.a. (1961; zitiert in SCHÜMANN, M./W. WIECZERKOWSKI), die 53 Beurteilern aus unterschiedlichen Berufsgruppen insgesamt 300 Erörterungen vorlegten und bei der Analyse ihrer Urteile bemerkten, daß Lehrer im allgemeinen die Kriterien anders *gewichten* als Autoren und Verleger: Autoren und Verleger achten vor allem auf Sprachgestaltung, und zwar auf lebendige, originelle, anschauliche Darstellung, Lehrer dagegen auf Sprachrichtigkeit. Daß die Betonung formaler Richtigkeit ein spezifisch deutsches Phänomen ist, ergab eine umfangreiche Hamburger Aufsatzstudie: Wenn man deutsche Schüler fragt, worauf es bei einem guten Aufsatz ankomme, nennen sie vor allem „Einzelheiten beachten" und raten recht oft „sieh zu, daß Du mit dem Lehrer übereinstimmst", wogegen die Schüler der anderen zwölf an der internationalen Studie beteiligten Länder vor allem empfehlen „versuch originell, kreativ, einfallsreich zu sein" (HARTMANN/LEHMANN

1986). Diese deutsche Pedanterie und preußische (?) Gründlichkeit wäre nicht so schlimm, würde sie sich nicht verheerend auf die Schreibmotivation vieler Schüler und auf ihre Selbsteinschätzung auswirken: Schüler, die durchaus etwas zu sagen haben und sich verständlich ausdrücken können, behaupten wegen ihrer schulischen Noten allen Ernstes, sie seien „schlecht in Deutsch".

Wiederholt wurde vorgeschlagen, Lernziele so zu „operationalisieren" (d.h. als beobachtbares Verhalten zu beschreiben), daß objektive Aussagen darüber möglich sind, ob und inwieweit Schüler sie erreichen (z.B. Beck 1974, Büscher/Schilling 1976). Durch solche Operationalisierung werden aber komplexe und kreative Leistungen von der Beurteilung ausgeschlossen; außerdem wird das oben erwähnte Problem der Validität übersehen, da vom Verhalten auf Fähigkeiten geschlossen wird (oder aber der Unterricht verzichtet ganz darauf, die Ausbildung von Fähigkeiten anzuzielen, und beschränkt sich auf momentane Verhaltensänderungen – eine fatale Konsequenz!). Darüber hinaus besteht die Gefahr, daß willkürlich Lernziele gesetzt werden, denn die Rationalität betrifft ja nur das Verhältnis von Lernziel zu Beobachtung, nicht das Verhältnis von Schüler zu Lernziel. (Z. B. lassen Büscher/Schilling ohne Rücksicht auf entwicklungspsychologische Gegebenheiten Grundschüler die Stilmittel „innerer Monolog", „redundante Aussage", „Metapher" usw. lernen – eine klare „Verfrühung".)

b) Mehrfachbeurteilung

Das Verfahren wird wegen seines hohen Arbeitsaufwands im allgemeinen nur bei folgenreichen Prüfungsarbeiten oder in Zweifelsfällen angewandt. Sein Vorteil ist, daß ein Zweitbeurteiler, der den Schüler nicht kennt, in seinem Urteil nicht durch andere Faktoren als die vorliegende Arbeit beeinflußt werden kann. (Daß Vorwissen die Objektivität der Beurteilung schmälert, ist vielfach nachgewiesen worden.) Der Nachteil ist allerdings, daß der Zweitgutachter u.U. die Kriterien, die der Schüler berücksichtigen mußte – sei es, daß sie im Unterricht genannt worden sind, sei es, daß der Schüler sie als für den Lehrer verbindliche erahnt hat –, nicht kennt und seiner Beurteilung andere, eigene Erwartungen zugrundelegt. Die höhere Objektivität ist also u. U. erkauft mit geringerer Validität, sicher aber mit geringerer Gerechtigkeit. Im übrigen gelten hier die unter c) genannten Bedenken.

Eine ökonomische Form der Mehrfachbeurteilung liegt vor, wenn mehrere Beurteiler aufgrund ihres *ersten Eindrucks* den Text pauschal bewerten („rating", also Einschätzung) und ihre Urteile dann mitteln. Die auf diese Weise erzielten Ergebnisse sind offenbar nicht schlechter als die bei gründlicher, kriterienorientierter Einzelbegutachtung (Wendeler 1974), ja „die Objektivität, Reliabilität und Validität dieses Verfahrens sind überaus hoch – deutlich höher als bei anderen Verfahren zur Aufsatzbeurteilung, insbesondere den analytischen" (Grzesik/Fischer). Geeignet ist solche globale Schnellbeurteilung aber nur für erfahrene Auswerter, und die Schule bietet kaum Möglichkeiten, dieses Verfahren anzuwenden.

c) Beurteilungstraining
Immer wieder wird von eindrucksvollen Urteilsübereinstimmungen berichtet, die sich ergeben, wenn die Beurteiler an einem gemeinsamen Training – insbesondere mit einer Beurteilung von Musteraufsätzen – teilgenommen haben. Durch solch ein Training wird die *Anwendung* der Kriterien vereinheitlicht. Bisweilen ergibt sich die Übereinstimmung bei routinierten Prüfern auch durch (oft langjährige) gemeinsame Gepflogenheiten, ohne daß es eines besonderen Trainings bedürfte. Löst dieses Verfahren tatsächlich die Probleme?

Zwar können einige Fehler im Bereich der Reliabilität und Objektivität auf diese Weise vermieden werden, aber insbesondere beim Aufsatz wird hier nur allzu leicht eine Scheinsicherheit erzeugt, die ein kritisches Infragestellen sowohl der Kriterien als auch ihrer Anwendung verhindert. So können z.B. Absprachen über die Gewichtung einzelner Faktoren der Schülerleistung zwar zu einer größeren Übereinstimmung des Urteils führen und es damit unangreifbarer machen, aber durch diesen Schein von Objektivität entziehen sie das Urteil auch der Diskussion. Beurteilerübereinstimmung ist nicht dasselbe wie Gerechtigkeit, Einheitlichkeit nicht dasselbe wie Objektivität. Aus der Perspektive des Schülers wirkt das Beurteilertraining deshalb häufig wie eine Verschwörung: Er sieht nicht ein, daß dies oder jenes falsch ist oder daß die Fehler richtig gewichtet sind, aber alle Beurteiler behaupten es übereinstimmend. Es darf also nicht die Gefahr übersehen werden, daß sich gerade durch dieses Verfahren eine *intersubjektiv* geteilte Meinung unter der Hand in ein *„objektives“* Urteil verwandelt.

Um dieser Gefahr zu entgehen, müßten die Urteile nicht nur einheitlich sein, sondern sie müßten auch jeweils begründet werden. Es fällt aber außerordentlich schwer, das „Selbstverständliche“ – also das, worin alle Beurteiler übereinstimmen – diskursiv zu begründen. Ivo (1983:113) berichtet aus einem Seminar zur Aufsatzbeurteilung, das er mit Lehrern durchgeführt hat: „Wie konnten wir z. B. unsere gemeinsame Abneigung gegen ‚Allerweltswörter‘ begründen? Das auf den ersten Blick so selbstverständlich gültig Erscheinende erwies sich bei näherem Zusehen als keineswegs so sicher, wie wir es alle eingeschätzt hatten. Je häufiger wir solche Erfahrungen machten, um so mehr verdichtete sich unser Verdacht, daß wir – etwas blumenreich ausgedrückt – von einem Band stilistischer Vorlieben umfangen waren, das selbst der Aufklärung über Herkunft und Legitimation bedurfte.“ (Zu den Schwierigkeiten der Begründung von Urteilen zu „Grammatikfehlern“ vgl. KELLER 1980; s. u. Kapitel V.)

Festlegung einheitlicher Kriterien, Mehrfachbeurteilung und Beurteilertraining sollen dazu dienen, die Beurteilungen objektiver, valider und reliabler zu machen. Es gibt darüber hinaus Vorschläge, die den pädagogischen Sinn der Beurteilung verbessern wollen; sie betreffen nicht nur das Beurteilen, sondern auch das Korrigieren.

d) „Mäeutische Korrektur"

Ivo schlägt ein aufwendiges Verfahren vor, das er „mäeutische Korrektur" nennt; sein Ziel ist, dem Schüler durch die Korrektur eine echte Lernhilfe zu verschaffen. Bei diesem Verfahren wird jeder Text vom Lehrer dreimal durchgesehen: Im ersten Durchgang werden – offenbar auf einer Kopie der Arbeit – alle Auffälligkeiten markiert, ohne daß sie schon als *Fehler* eingestuft und damit beurteilt würden. Im zweiten Durchgang wird der Text im Hinblick auf seine Mitteilungs-, Darstellungs- und Ausdrucksabsicht analysiert, und es wird untersucht, ob die im ersten Durchgang bemerkten Auffälligkeiten funktional oder dysfunktional, also gut oder schlecht im Hinblick auf die Verfasserintention sind. Dieser Schritt ist besonders wichtig, weil gewöhnlich alle Abweichungen als Normverstöße zu den Fehlern gerechnet werden. Bei der mäeutischen Korrektur werden dagegen nur dysfunktionale Auffälligkeiten als Mängel angesehen. Im dritten Durchgang werden diejenigen Mängel ausgewählt, auf die die Aufmerksamkeit des Schülers gelenkt werden soll, weil man sich davon eine Lernhilfe verspricht; es handelt sich um wiederkehrende oder grundsätzliche Fehler. Nur sie werden im Original der Arbeit angestrichen, und für diese Fehler oder Schwächen werden nun eigens Übungen vorgeschlagen. Damit soll vermieden werden, daß der Schüler beim Verbessern nur gedankenlos das Richtige hinschreibt, aber nichts dazulernt. (Ähnliches schlug schon GANSBERG 1914 vor.)

Eine solche Beschränkung auf wenige Fehlerschwerpunkte scheint besonders wichtig zu sein; Schüler werden ja oft von der Menge ihrer angestrichenen Fehler erschlagen und wissen nicht, worauf sie sich konzentrieren sollen. Ivo stellt fest, daß bei der mäeutischen Korrektur für die Bearbeitung z. B. eines Grundschulaufsatzes das Vierfache an Zeit benötigt wird, und er begründet damit die Forderung nach Entlastung der Grundschullehrer.

Es bleibt freilich offen, ob sich dieser Aufwand lohnt oder die Zeit nicht lerneffektiver eingesetzt werden könnte; denn bei einem ersten Versuch mit Oberstufenschülern bemerkte Ivo, daß diese die mäeutische Korrektur zwar begrüßten, aber nicht, weil dadurch das von ihnen Gemeinte besser herauskam – wie der Ausdruck „mäeutisch" unterstellt –, sondern weil sie jetzt besser wußten, worauf der Lehrer Wert legt: Anpassung statt Emanzipation (Ivo 1982:130, Anm. 12)! Außerdem fragt es sich, ob das Verfahren tatsächlich zu einer Einstellungsveränderung bei den Schülern führt. Gewöhnlich interessieren sich die Schüler ja nicht für den Text, den sie vor mehreren Tagen oder Wochen geschrieben haben, und verbessern ihn nur sehr widerstrebend. Erfolgreicher sind da Hinweise, die sich auf den nächsten Text (die nächste Klassenarbeit) beziehen, z. B. bei Erzählungen: „Achte das nächste Mal darauf, daß der Begleitsatz der wörtlichen Rede nicht immer an derselben Stelle steht!"

e) Dialogische Beurteilung

Bei den bisher beschriebenen Verfahren zur Aufsatzkorrektur wird über die Arbeit monologisch geurteilt: Der Beurteilende fragt nicht beim Schreiber nach („Welches war denn wirklich deine Intention?", „Warum hast du das so und so geschrieben?“, „Warum hast du hier einen Absatz gemacht?“, „Dieses Wort scheint mir falsch; warum hast du es gebraucht?“ usw.), und der Beurteilte hat keine Möglichkeit zur (weiteren) Explikation und Begründung seiner Äußerungen, geschweige denn zur Rechtfertigung. Das Beurteilen ist aus der Lehrer-Schüler-Kommunikation herausgenommen.

Anders ist dies bei der dialogischen Beurteilung. Hier wird das Beurteilen selbst zu einem Element des Lernens, weil jetzt im schriftlichen oder – gewöhnlich – im mündlichen Dialog erörtert wird, was der Schüler ausdrücken wollte, wie es der Lehrer verstanden hat und schließlich wieso bestimmte Ausdrücke und Formulierungen in diesem Kontext angemessen sind oder nicht. Indem der Schüler am Bewerten teilnimmt, reflektiert er sowohl den Gegenstand als auch den Vorgang des Bewertens selbst, er erwirbt eine Beurteilungsfähigkeit, die sich positiv auf das eigene Schreiben auswirkt.

Eine Vorform der dialogischen Beurteilung besteht darin, daß die Lösung der in der Arbeit gestellten Aufgabe in der Klasse besprochen wird, und zwar nachdem die Schüler abgegeben haben, aber noch bevor die Hefte durchgesehen sind. Dadurch erfährt der Lehrer, wie die Schüler an die Sache herangegangen sind und wo ihr Verständnis möglicherweise von seinen Erwartungen abweicht. Umgekehrt erfahren die Schüler, welche Vorstellungen über die Aufgabenlösung der Lehrer hatte. Praktisch leidet dieses Verfahren aber darunter, daß die Schüler gespannt sind auf die Rückgabe ihrer Arbeit und auf ihre Note und sich deswegen womöglich ungenügend auf die Besprechung konzentrieren; außerdem kann es passieren, daß eine ernsthafte inhaltliche Auseinandersetzung nicht möglich ist, weil die Schüler im Hinblick auf die Benotung strategisch argumentieren.

f) Schüler als Beurteiler

Noch weiter als der Vorschlag, das Bewerten im Dialog von Lehrer und einzelnem Schreiber durchzuführen, geht die Praxis, von der SENNLAUB (1980:104f.) aus der Grundschule berichtet. Er beteiligt die Mitschüler an der Beurteilung. Zu naheliegenden Bedenken nimmt er folgendermaßen Stellung:

„Die wichtigsten Fragen seien hier knapp beantwortet.

- Die Kinder seien überfordert? Sie sind es nicht. Jedes Kind kann die Frage beantworten, wie ihm eine Geschichte gefallen habe. Der Lehrer muß nur gut hinhören: ‚Es geht so‘ oder ‚nicht besonders‘ zeigt an, gelangweilt worden zu sein. ‚Och, ganz gut‘ heißt: Es hat mich einigermaßen unterhalten, aber ich bin nicht bewegt. ‚Gut‘ und ‚schön‘ stehen eine Stufe höher, ‚toll‘ eine weitere, und ‚ganz toll!‘ oder ‚Das könnte ich nicht!‘, ‚Klasse!‘ ist die höchste.
  Mir scheint dieser Einwand der Überforderung unbedacht zu sein. Wer Kinder nicht für überfordert hält, wenn sie Lehrers Urteil kritiklos hinnehmen müssen, der kann sie nicht für überfordert halten, wenn sie eigene Urteile zu fällen lernen. Das allerdings muß man wissen: Sie lernen erst. Sie können es noch nicht. Aber wozu gehen sie in die Schule?
- Die Kinder urteilten ungerecht? Antwort: Weniger gerecht als die Solo-Beurteilung durch den Lehrer können ihre Bewertungen gar nicht sein.“

Sennlaubs Vorgehen zeigt, wie Beurteilung und Lernen verbunden werden können. Er greift dabei (auch in diesem Punkt) auf die Praxis der Reformpädagogen zurück und bezieht sich auf Otto von Greyerz, der schon 1914 erklärte: „Die Beurteilung der Arbeiten geschieht am natürlichsten und wirkungsvollsten durch die Klassenkameraden."

Von einer Form der Selbstkorrektur berichtet Wünsche (1972). Die Korrektur bezieht sich bei ihm weniger auf Sprachliches als auf den Inhalt. Er läßt nämlich die Schüler darüber schreiben, wie sie sich einen „Tag als Lehrling" vorstellen. Dieser Text wird weggelegt, und nun wird das Thema „Ausbildung" im Unterricht behandelt. Nach dieser Lernphase liest jeder Schüler den Text, den er zuvor geschrieben hat, wieder und kommentiert ihn, und zwar möglichst schriftlich. Das Kommentieren kann bis zum Korrigieren (der Vorurteile) führen.

Weitere Vorschläge zur Beteiligung der Schüler an der Beurteilung und Benotung bei Beck (1979), Merkelbach (1989) und in der Zeitschrift Praxis Deutsch H. 84.

g) Beurteilung mehrerer Textfassungen

Immer wieder in der Geschichte des Aufsatzunterrichts ist vorgeschlagen worden, nicht die einmalige Leistung des Aufsatzschreibens zu bewerten, sondern den gesamten Arbeitsprozeß zu berücksichtigen, also auch die Verbesserung: „Die Klausurarbeit kann nur in seltenen Fällen eine vollendete Leistung darstellen; sie ist ein erster Entwurf. Die Verbesserung stellt eine verbesserte Fassung des ganzen Aufsatzes oder einzelner Teile dar. ‚Wenn du deine Leistungen erhöhen willst, so kannst du es dadurch, daß du eine sorgfältige Verbesserung anfertigst'" (Ulshöfer 1974:438). „Es sollte aber zur Gesamtbewertung der Leistung nicht nur die erste Arbeit, sondern auch die Überarbeitung beurteilt werden" (Essen 1956:304).

Winterling (1970:201) unterscheidet allerdings Übungs- und Prüfungsarbeiten einerseits, die Herstellung eines Schriftstücks (z.B. eine Veröffentlichung, ein Vortrag) andererseits. Nur bei letzterem könne „es sinnvoll sein, die verschiedenen Fassungen mit zur Bewertung heranzuziehen, also die Verbesserungsleistungen mit zu beurteilen".

Einen auch methodisch differenzierten Vorschlag zum Überarbeiten und Beurteilen von Klassenarbeiten macht Merkelbach (1986). Dieser bezieht sich nicht nur auf das Beurteilen, sondern auf den gesamten Prozeß des Aufsatzschreibens, und enthält fünf Phasen:

In der ersten Phase schreiben die Schüler den Aufsatz in zweizeiligem Abstand auf ein Blatt, das durch einen Mittelstrich in zwei Hälften geteilt ist; eine Hälfte bleibt für Überarbeitungen frei. Diese Fassung wird als Entwurf angesehen; der Lehrer sammelt sie ein, sieht sie aber nicht durch.

In der zweiten Phase – an einem anderen Tag – erhalten die Schüler ihre Entwürfe zurück mit der Aufforderung, sie inhaltlich und sprachlich noch einmal durchzugehen und, wo nötig, zu überarbeiten. Sie sind dabei auf sich gestellt, dürfen weder den Lehrer noch die Mitschüler konsultieren, aber den Duden benutzen. – Merkelbach begegnet dem an dieser Stelle naheliegenden Einwand, ein solches Verfahren verzerre die Chancen, weil manche Schüler sich in der Zwischenzeit außerhalb der Schule Rat geholt haben, mit dem Hinweis, formal sei die Möglichkeit, sich helfen zu lassen, für alle Schüler gegeben, faktisch gebe es freilich Unterschiede, aber die Unterschiede der Elternhäuser wirkten sich von Anfang an auf das Schreibenlernen und die Noten für Aufsätze aus.

In der dritten Phase korrigiert der Lehrer die Arbeit in gewohnter Weise, allerdings „mit möglichst geringem Zeitaufwand". Von formalen Formverstößen abgesehen, sind die Anmerkungen des Lehrers als Vorschläge gemeint, die der Schüler nur anzunehmen braucht, wenn er sie einsieht. – Der Lehrer benotet die Arbeit dann und begründet die Note, vor allem wenn sie schlechter als 2 ist.

In der vierten Phase fertigen die Schüler *im Unterricht* von ihrem Text eine „auch ästhetisch ansprechende Reinschrift", „bei der die Markierungen des Lehrers berücksichtigt werden sollen" (1986:145). Ein Schüler, der viel zu ändern hat, sollte zunächst mit einem anderen Schüler zusammenarbeiten, ehe er den Lehrer konsultiert: „Einübung in partnerschaftliches Textredigieren in festen oder wechselnden Partnerschaften".

In der fünften Phase schließlich beurteilt und benotet der Lehrer diese Reinschrift. „Wie der Lehrer diese Note für die Reinschrift gewichtet, ob als ‚mündliche' nur oder als Teil (ein Drittel etwa) einer Gesamtnote, – in ihr jedenfalls finden neben den inhaltlichen Korrekturen auch die formal-ästhetischen Textaspekte (Schriftbild, Orthographie) ihre Berücksichtigung."

Kostet dieser Fünf-Phasen-Vorschlag so viel Zeit, daß er nicht praktikabel ist? MERKELBACH setzt seine Hoffnung auf dreierlei: Erstens werden durch dieses Verfahren die zu korrigierenden Texte besser; denn der Schüler hat sie ja schon selbst in der zweiten Phase überarbeitet. Da der Lehrer weniger zu korrigieren hat, spart er Zeit. Zweitens müssen die Markierungen nicht so aufwendig (z. B. mit Hilfe eines Korrekturschlüssels) erläutert werden; denn die Verbesserung geschieht nicht zu Hause, sondern in Anwesenheit von beratenden Mitschülern und des Lehrers. Drittens können auch die Kommentare drastisch eingeschränkt werden „auf die Erläuterung schlechter Noten, Lob erfolgt in der Regel durch gute Noten" (1986:146).

Die verschiedenen Möglichkeiten, wie *Überarbeitungen* bei der Beurteilung berücksichtigt werden können, faßt BAURMANN zusammen:
1. Entwurf und Überarbeitung werden einzeln bewertet.
2. Erst nach Abschluß der Überarbeitung wird der gesamte Schreibvorgang mit einer Note beurteilt.
3. Der Entwurf wird mit einer Vornote bewertet, die durch die Qualität der Überarbeitung dann nuanciert werden kann.

Gegenstände und Aspekte der Beurteilung

Ich habe oben darauf hingewiesen, daß bei der Aufsatzbeurteilung vor allem drei Kriterien eine Rolle spielen: Inhalt, Sprache, Aufbau. Ein viertes, davon getrenntes Kriterium ist die Rechtschreibung; ein fünftes könnte das Schriftbild sein. Bei der Beurteilung eines schriftlichen Textes müssen diese

Gesichtspunkte keineswegs alle berücksichtigt werden; auch hängt ihre Gewichtung ab von den Lernzielen und den Unterrichtsgegenständen, auf die sich die Klassenarbeit bezieht. Schriftliche Lernkontrollen können ja unterschiedliche Kenntnisse und Fähigkeiten erfassen und sich auf einen bestimmten Bereich beschränken:

a) Inhaltskenntnisse, Ideen, Sachverstand: Dies ist in allen Fächern bei Klassenarbeiten der Fall, im DU z.B., wenn die Arbeit am Ende der Behandlung eines Textes steht und geprüft wird, ob die Schüler über Textverständnis verfügen. Je geringer allerdings die Schreibroutine des Schülers ist, je weniger die Grundfertigkeiten des Schreibens automatisiert sind, desto größer ist die Gefahr, daß die Schriftlichkeit eine Hürde darstellt, deren Überwindung den Schüler viel Kraft kostet; diese Kraft fehlt ihm dann bei der Konzentration auf die Inhalte. Deshalb muß das schriftliche Umgehen mit Themen eigens geübt werden, d. h., der Schüler muß auf Klassenarbeiten durch ähnliche schriftliche Arbeiten im laufenden Unterricht und zu Hause vorbereitet werden. Anderenfalls leidet die Validität der Ergebnisse, weil sich der Fokus der Prüfung auf b), c) und d) verschiebt.

b) Sprachkenntnis, Sprachfähigkeit: Hier geht es vor allem um Kenntnisse der Formen-, Satz- und Textbildung, also um grammatische und speziell schriftsprachliche Fähigkeiten, bezogen auf einheitliche Normen.

c) Stilistische Fähigkeit: Hier geht es um die Fähigkeit, Sprache den jeweiligen Erfordernissen gemäß zu gebrauchen. Diese Erfordernisse ergeben sich aus Konventionen der Textsorte, aus dem spezifischen Leserbezug, aus der Intention des Verfassers, aus seinem „Sprachgefühl“ usw.

d) Orthographische Fähigkeit: Durch schriftliche Texte wird auch die Beherrschung der Rechtschreibung kontrolliert. Dies kann in speziellen Rechtschreibarbeiten (Tests, Diktate) geschehen oder in vom Schüler selbst verfaßten Texten.

Je anspruchsvoller die Aufgaben sind, desto schwerer fällt oft die Entscheidung, ob festgestellte Mängel Inhaltliches (a) oder Sprachliches (b und c) betreffen. Dies ist vor allem bei Aufsätzen der Fall, die gedankliche Zusammenhänge ausdrücken. Da fragt sich der Beurteiler mitunter, ob der Schüler den Sachverhalt nicht verstanden oder ob er ihn nur sprachlich unzureichend dargestellt hat. Bisweilen ist auch nicht zu unterscheiden, ob es sich um orthographische oder stilistische oder Inhaltsmängel handelt (s. o.).

Zu beachten ist, daß die hier vorgenommene Aufteilung nach unterschiedlichen Gegenständen, auf die sich die Beurteilung richten kann, bei der Aufsatzbeurteilung oftmals von den Schülern nicht nachvollzogen wird: Die Schüler fühlen sich nicht in bestimmten Teilbereichen, in speziellen Fähigkeiten und Kenntnissen beurteilt, sondern als Personen, und zwar selbst dann, wenn sich die Beurteilung ausdrücklich nur auf wohldefinierte Leistungen bezieht.

Hinweise zur Aufgabenstellung für Klassenarbeiten

1. Im Idealfall sollten die Aufgaben so auf Unterrichtsziele bezogen sein, daß an den Lösungen erkennbar ist, ob der Schüler das Ziel erreicht hat oder wie fern er ihm geblieben ist. Je komplexer die verlangte Lösung ist, desto schwieriger ist dieser Bezug zum vorangegangenen Unterricht herzustellen. Die meisten Aufsätze sind so vielschichtig und verlangen so unterschiedliche Fähigkeiten und Kenntnisse, daß der Schüler nicht nur auf das zurückgreifen kann, was er gerade im Unterricht gelernt hat. (Es ist strittig, in welchem Umfang das bei der Beurteilung zu Buche schlagen soll, was nicht gerade Thema des Unterrichts war; bleibt es ganz unberücksichtigt, so müssen Texte, deren Niveau weit auseinanderliegt, gleich beurteilt werden; im anderen Fall werden Schüler u. U. weitgehend nach Fähigkeiten beurteilt, die sie außerhalb der Schule erworben haben: Soziale Auslese!)
2. Die Aufgaben müssen so gestellt werden, daß die Lösungen möglichst gut beurteilbar sind: Hier gelten die genannten Kriterien Objektivität, Validität und Reliabilität, darüber hinaus aber auch noch Ökonomie, d.h. es ist zu fragen, ob die gewählte Prüfungsform für den zu prüfenden Gegenstand und die zu kontrollierenden Fähigkeiten optimal ist. Von der Konstruktion wissenschaftlicher Tests her ist bekannt, daß die Zeit, die für die Erstellung des Tests benötigt wird, bei der Anwendung der Tests eingespart wird. Oder andersherum gesagt: Je flüchtiger, oberflächlicher und ungenauer die Aufgaben gestellt werden, desto schwieriger und zeitaufwendiger wird danach die Beurteilung der Arbeiten. Die Zeit, die man für eine sorgfältige Aufgabenstellung verwendet, spart man oftmals bei der Beurteilung.
3. Häufig wird zu viel in zu kurzer Zeit verlangt; darunter leidet vor allem die äußere Form der Arbeiten. Schüler müssen genug Zeit zum Sammeln von Gedanken, zur Bildung eines expliziten (Gliederung) oder impliziten (gedanklicher Entwurf) Schreibplans, zum Ausarbeiten, zum Überarbeiten und zur Reinschrift ihres Textes haben. Wenn nicht mehrere Stunden zur Verfügung stehen, können deswegen nur sehr kurze zusammenhängende Texte verlangt oder es muß eine andere Art von schriftlicher Lernkontrolle gewählt werden.

Zur Funktion der Leistungsbeurteilung

Es müssen vier Funktionen unterschieden werden:

a) Die Leistungsbeurteilung kann dazu dienen, die Schüler miteinander zu vergleichen und hinsichtlich ihrer Fähigkeiten auf einer Rangreihe zu plazieren. Außerhalb des Unterrichts geschieht Derartiges z.B. durch Tests (etwa Intelligenztests oder standardisierte Rechtschreibtests), bei Sportwettkämpfen und Wettbewerben („Jugend musiziert" u.a.). In der pädagogischen Diagnostik (Klauer 1978) spricht man von „normorientierter" Beurteilung. Auch bei der üblichen Form von Klassenarbeiten geht es um Rangzuweisungen, da die Leistungen in der Regel weniger auf die Lernziele bezogen werden, als daß sie zum Vergleich der Schüler untereinander dienen. Nur so ist die „Gaußsche Normalverteilung" erklärbar: Die von den meisten Schülern gezeigte Leistung wird zur Mitte erklärt, von der es dann nach oben und unten Abweichungen gibt – dies alles ohne Rücksicht auf die Lernziele. Man kann hier von einer *Differenzierungsfunktion* oder – mit Blick auf schulische und berufliche Laufbahnen – von einer *Selektionsfunktion* sprechen; die Beurteilung soll hier nicht nur Auskunft über den gegenwärtigen Stand des Schülers, sondern auch über seine zukünftige Leistungsfähigkeit geben. – In einer Umfrage der Zeitschrift „Praxis Deutsch" vom November 1978, an der sich 600 Lehrer beteiligten, zeigte sich allerdings, daß sich die meisten Lehrer nicht an die Normalverteilung halten: „Vielmehr werden die Schüler erheblich besser beurteilt, als es der Normalverteilung entspricht; und das ist gut so. Die Lehrer, die sich an der Umfrage beteiligt haben, setzen ihre Schüler nicht unter Gaußens Glockenkurve, sondern sie nehmen sich die Freiheit, genau die Noten zu erteilen, die ihnen beim einzelnen Schüler als die gerechtesten erscheinen." Nach dieser Umfrage ist die am häufigsten erteilte Note die Drei; nach der Normalverteilung müßten 3 und 4 gleich häufig sein (MESSELKEN). Berücksichtigt man allerdings, daß die Note 6 sehr selten gegeben wird, also faktisch nicht existiert, so bildet die Note 3 doch genau die Mitte der Notenskala.

Oft wird übersehen, daß *Notenspiegel*, die eine Übersicht über alle in der Klasse erreichten Noten geben, die Differenzierungsfunktion bekräftigen, weil sie dem Vergleich der Schüler untereinander dienen. Sie bestätigen indirekt die Auffassung, daß der Wert eines Urteils und einer Note sich nur durch den Vergleich mit anderen Schülern ergibt, nicht aber durch Bezug auf Lernziele. Zur Rechtslage: Das Bundesverwaltungsgericht hat entschieden, daß weder Eltern noch Schüler ein Recht auf Bekanntgabe eines Notenspiegels haben (Beschl. v. 3. 7. 1978 in „Sammlung schul- und prüfungsrechtlicher Entscheidungen", Hrsg. Seipp/Knudsen II C S. 11).

b) Im Unterricht kann die Leistungsbeurteilung auch *diagnostische* Funktion haben: Es wird festgestellt, welche Fähigkeiten in bezug auf ein bestimmtes Gebiet ein Schüler oder die ganze Klasse hat. Dies kann zu jedem Zeitpunkt festgestellt werden, also sowohl vor der Behandlung eines Themas (zur Unterrichtsplanung, z.B. auch zur inneren Differenzierung) als auch danach. Die pädagogische Diagnostik spricht hier von „kriterienbezogener" Beurteilung.

c) Die Leistungsbeurteilung kann auch dazu dienen, dem einzelnen Schüler mitzuteilen, ob er das Lernziel erreicht hat oder welche der gesetzten Ziele er erreicht hat. Diese *Informationsfunktion* („Rückmeldung über Lernerfolg") wird in der Praxis mit der Selektionsfunktion verknüpft; dies ist aber unsinnig, da es bei der Information um den Vergleich der gezeigten mit der geforderten Leistung geht und nicht um den Vergleich der von verschiedenen Schülern gezeigten Leistungen. Der Widerspruch von Auslese und Förderung ist unaufhebbar. Tatsächlich wird die Informationsfunktion bei den üblichen Klassenarbeiten deshalb zu Unrecht in Anspruch genommen. Auch die übliche Benotung ermöglicht keine Schlüsse über Fähigkeiten und Defizite, da sie als pauschale Ziffer (s. u.) einfach zu informationsarm ist.

d) Die Information über die Leistungen soll auch als Ansporn dienen; man spricht hier von *Erziehungsfunktion*. Allerdings werden schwache Schüler durch die Bestätigung ihres Versagens *nicht* zu stärkeren Anstrengungen angespornt, sondern eher entmutigt. „Es gibt keinen schlechten Schüler, der nicht zuinnerst auch ein entmutigtes Kind wäre. Zu jedem sprachlichen Ausdruck gehört aber Sicherheit und Mut" (SINGER 1966:67). Als Ermutigung und Ansporn dienen hier vielmehr Informationen über schon erreichte Ziele und über Leistungsverbesserungen. Von der Erziehungsfunktion her ist die übliche Benotungspraxis aufs Entschiedenste in Frage zu stellen: In den meisten Fällen fördern Klassenarbeiten nicht das ersthafte Lernen, sondern schädigen es nachhaltig, etwa auch, indem sie ein vordergründig schulisches Lernen („für die Klassenarbeit lernen") an seine Stelle setzen.

Anders verhält es sich bei normalerweise erfolgreichen und erfolgsmotivierten Schülern: Sie können durch die negative Information (die schlechte Note) angespornt werden, sich mehr anzustrengen. Allerdings wird dadurch auch hier eine Sekundärmotivation aufgebaut oder verstärkt: Die Schüler lernen um der Noten willen und nicht aus Interesse am Stoff, aus Neugier und Erfahrungsbereitschaft. Neben anderen Nachteilen führt dieses sekundär motivierte Lernen auch dazu, daß das Gelernte nach kurzer Zeit wieder vergessen wird.

Der empirischen Unterrichtsforschung verdanken wir die Erkenntnis, daß es neben den genannten bewußten Beurteilungszielen noch Motive gibt, die im allgemeinen unbewußt bleiben, etwa den Nachweis der eigenen Kompetenz des Beurteilers (Ivo 1982:39).

Zur Notengebung

Benoten bzw. Zensieren ist nicht dasselbe wie Beurteilen. Bei der Notengebung werden meistens verschiedene Teilleistungen in einer Ziffer zusammengefaßt. Dabei ist nicht mehr erkennbar, welche Leistungen in welchem Umfang und mit welchem Gewicht berücksichtigt wurden; deshalb werden Noten oft durch informationshaltigere verbale Gutachten ergänzt.

Wenn Teilleistungen in einem Punktesystem erfaßt werden, entsteht das Problem der Umrechnung dieser Punkte auf Noten; vor allem stellt sich die Frage, wo die Schnitte zwischen den einzelnen Noten gelegt werden sollen. Zu beachten ist, daß durch die Schnitte die vorher gleichen Abstände zwischen den Punkten nun unterschiedlich groß werden: Einige Abstände verschwinden, andere führen zu einem Notenunterschied. Wenn man ein starres System anlegt und in gleichen Abständen trennt (z. B.: 0–3 Punkte = 6, 4–6 P. = 5, 7–9 P. = 4 usw.), wird das Problem besonders deutlich, denn viele Schüler haben vielleicht gerade Punktwerte an den Schnittstellen (im Beispiel: 7 und 6 Punkte) und bekommen nun unterschiedliche Noten. Man kann dies vermeiden und das Problem etwas entschärfen (freilich ohne es völlig zu beseitigen), indem man die Schnitte unregelmäßig dort legt, wo keine oder wenige Punktsummen vorliegen. Angenommen, es ergäbe sich folgende Punkteverteilung:

Menge der Schüler	Punktezahl	Menge der Schüler	Punktezahl
1	0	1	11
0	1	0	12
1	2	1	13
4	3	3	14
1	4	4	15
0	5	0	16
0	6	0	17
6	8	1	18
1	9	1	19
5	10	0	20

so wäre es sinnvoll, die Schnitte folgendermaßen zu legen: 0–1 P.: 6; 2–4 P.: 5; 5–9 P.: 4; 10–13 P.: 3; 14–17 P.: 2; 18–20 P.: 1.
(In diesem Beispiel ergäbe sich ein Notendurchschnitt von 3,3; das spräche nicht für einen besonders erfolgreichen Unterricht – oder die Arbeit war zu schwierig.)

Daß Noten aufgrund normorientierter Beurteilung u.U. einen falschen Eindruck von Leistungen und Leistungsveränderungen geben können, verdeutlicht BRÜGELMANN (1983:125) an folgendem Beispiel:

> „Eine dritte Klasse hat bei Lehrer Meyer Deutsch. Meyer hält Rechtschreibung für nicht so wichtig. Folge: Seine Schüler machen durchschnittlich 10 Fehler in einem standardisierten Test-Diktat (im Bundesdurchschnitt 5 Fehler). Heinz' 7 Fehler sind in seiner Klasse also ‚gut', bezogen auf die gesamte Altersgruppe aber unterdurchschnittlich. Nun kommt Lehrer Schulz. Er investiert viel Mühe und Ideenreichtum in den Rechtschreibunterricht. Daraufhin verschiebt sich das Leistungsgefüge in der Klasse: Im Schnitt machen die Schüler ein Jahr später nur noch 5 Fehler in dem Test-Diktat, so auch Heinz. Der Vergleichswert für alle 4. Klassen liegt bei 3 Fehlern. Heinz macht zwar weniger Fehler als im Vorjahr, hat also seine Leistung verbessert, im Vergleich zum Bundesdurchschnitt ist er aber unterdurchschnittlich geblieben. Bezogen auf seine Klassenkameraden ist Heinz sogar schlechter geworden: vom überdurchschnittlichen zum durchschnittlichen Schüler – weil der Lehrer wirksame Rechtschreibförderung betreibt. Preisfrage: Ist Heinz im Vergleich zum Vorjahr nun ein besserer, ein gleich guter oder ein schlechterer Rechtschreiber?"

BRÜGELMANN macht hier darauf aufmerksam, daß die Beurteilung sich auf gezeigtes Verhalten, auf Produkte und auf Durchschnittsleistungen bezieht, daß die dahinterstehende individuelle Leistung aber unter Umständen gar nicht erfaßt wird. Leistungsgerechter wäre deshalb eine Benotung, durch die nicht die Schüler untereinander verglichen, sondern die Veränderungen beim einzelnen Schüler erfaßt würden (interindividueller versus intraindividueller Vergleich).

Zum Korrigieren

Fester Bestandteil des Korrigierens ist das *Markieren* der Fehler. Unterschiede bestehen dagegen darin, ob die Fehler durch den Lehrer *verbessert* werden, ob sie *kommentiert* werden und ob beim Korrigieren auch *Positives* angestrichen und kommentiert wird. Dies hängt vor allem von der den Korrekturen zugedachten Funktion ab: Korrekturen dienen einerseits als Grundlage für die Beurteilung und zur Legitimation der Note (*juristische* Funktion), andererseits als Lernhilfe für den Schüler (*pädagogische* Funktion).

Für die juristische Funktion reicht es, wenn Negatives und Positives nur markiert werden; es braucht nicht kommentiert zu werden. Es genügt dafür auch, die Note in einem kurzen Gutachten zu begründen, wie dies ja bei Examensarbeiten geschieht; die Arbeit muß dann gar nicht korrigiert werden. Tatsächlich ist fraglich, ob die Koppelung von juristischer und pädagogischer Funktion in der Praxis funktioniert, d. h., ob sich die Mühe, eine Klassenarbeit zu korrigieren, lohnt, oder ob es hier ausreichen würde, die Arbeit zu benoten und die Note zu begründen. Dadurch würde Zeit gewonnen, die zur ausführlicheren Korrektur solcher Texte verwendet werden könnte, die Schüler *nicht* als Klassenarbeit schreiben.

In der bekannten KNIGHT-WEGENSTEIN-Untersuchung zur Arbeitszeit der Lehrer wird festgestellt, daß die Korrektur eines Aufsatzes den Deutschlehrer in der Bundesrepublik im Durchschnitt 18 Minuten kostet. In seiner großen Untersuchung über das Aufsatzkorrigieren ermittelte Ivo, daß für die Korrektur eines Aufsatzes faktisch zwischen 10 und 120 Minuten benötigt werden; darin ist auch die Zeit für die Beurteilung und Notenfestsetzung inbegriffen. SENNLAUB (1980:92) berichtet, er schaffe sechs Aufsätze seiner Grundschüler in weniger als einer Stunde. Ohne Zweifel hängt der unterschiedliche Zeitaufwand nicht nur mit der Höhe der Klassenstufe und der Textlänge zusammen, sondern auch mit dem Aufsatzunterricht im ganzen: So läßt SENNLAUB wahlfreie Aufsätze schreiben; da die Kinder diese nicht alle zum selben Zeitpunkt schreiben, entstehen keine Heftstapel, sondern es sind pro Woche nur etwa sechs Arbeiten zu korrigieren. Außerdem schreiben die Kinder über ganz Unterschiedliches, und dadurch bleibt das Interesse des Lehrers erhalten. Demgegenüber bemerkt Ivo, daß Aufsätze auf eine besondere Weise gelesen werden: Nicht das Interesse am Inhalt steuert das Lesen, sondern die Frage, ob der Text gut oder schlecht geschrieben ist. Im übrigen vermutet Ivo, daß die Kürze der Korrektur in der Grundschule auch eine Folge der geringen dafür zur Verfügung stehenden Zeit ist; eine solide, der Schülerleistung gerecht werdende Korrektur eines Aufsatzes würde auch hier 60 Minuten dauern (Ivo 1982:90f.; s. o.: „Mäeutische Korrektur"). Die Korrekturhinweise hätten folgende Bedingungen zu erfüllen:

- Sie müßten sich auf eine begrenzte und für den Schüler erkennbare Auffälligkeit beziehen (Postulat Konkretheit),
- sie müßten begründen, warum etwas als auffällig erschien (Postulat Begründung),
- sie müßten einen Weg zur Lösung des Problems zeigen (Postulat Lösungsweg),
- sie müßten Impulse enthalten, die den Schüler zum Lernen motivieren (Postulat Motivation) (Ivo 1982:131).

Meistens werden schriftliche Arbeiten mit *roter Farbe* korrigiert. Dafür spricht die Signalwirkung von Rot: Der Schüler soll auf die Fehler aufmerksam gemacht werden. Außerdem heben sich die Korrekturen dadurch deutlich vom Text ab. Dagegen spricht, daß Rot mit Warnung und Verbot assoziiert und diese Assoziation unter Umständen unbewußt auf das Schreiben überhaupt übertragen wird. Daß sich die Korrekturen von dem Text unterscheiden, ist auch mit anderen Farben zu erreichen. „Die Verbesserung von Rechtschreibfehlern mit Grünstift in den Text hinein bewährt sich gleichfalls auf allen Stufen" (Essen 1956:303). „In der Reinschrift im Heft sind auffallende Korrekturen jedenfalls zu vermeiden. Hier ist es taktvoller, mit Bleistift oder blauer Tinte zu korrigieren" (Singer 1966:62). (Weitere Äußerungen zur Korrekturfarbe Rot bei Ivo 1982:31ff.; dort wird auch auf die lange Geschichte des mitunter fast schon komischen Plädoyers gegen Rot hingewiesen.)

Oft ist beklagt worden, daß durch die Korrekturen in den Aufsätzen „ein Blutbad" angerichtet werde. Diese Klage bezieht sich nicht auf die rote Farbe allein, sondern mehr noch auf die Menge der Anstreichungen. Deshalb empfehlen Didaktiker, denen es nicht um die juristische, sondern um die pädagogische Funktion geht, schon seit langem, Aufsätze nicht „durchzukorrigieren", also nicht alle Fehler anzustreichen (so schon Gansberg 1914). Aber auch dann bleibt noch der Widerspruch, daß Schüler, die noch nicht abgestumpft sind, ja ihre Aufsätze als etwas Eigenes ansehen, das ihnen nähersteht als etwa eine Mathematikarbeit, und sie die korrigierenden Eingriffe in ihren Text deshalb oftmals nicht als Verbesserung, sondern als Verletzung empfinden (vgl. dazu Ivo 1982:62).

Ob fehlerhafte Stellen nur unterstrichen oder am Zeilenrand markiert oder ob die Fehler gleich vom Lehrer verbessert werden, hängt vor allem von den Folgen ab, die die Fehlermarkierung haben soll. Wenn der Text korrigiert wird, um ihn in eine richtige Form zu bringen (etwa um ihn danach zu veröffentlichen), ist es sinnvoll, die Fehler gleich zu berichtigen. Dasselbe gilt, wenn der Schüler vermutlich nicht selbständig in der Lage wäre, den Fehler zu verbessern. Wenn der Schüler aber auf den Fehler aufmerksam gemacht werden und über ihn nachdenken soll, so muß er ihn in der Regel selbst berichtigen und gegebenenfalls auch selbst finden. Allerdings erweist sich die Hoffnung, der Schüler werde durch das Verbessern etwas lernen und den Fehler in Zukunft vermeiden, allzu oft als Illusion; ganz offensichtlich sind die von Schülern derzeit vorgenommenen Klassenarbeitsverbesserungen ein Ritual mit nur höchst geringem Lerneffekt (siehe „Verbesserung").

Werden Fehler sowohl vom Lehrer korrigiert als auch unterstrichen und am Rand angestrichen, so dominiert wahrscheinlich die juristische Funktion: Dem Schüler soll verdeutlicht werden, daß diese Stelle bei der Beurteilung berücksichtigt wurde. Ivo erwähnt aber noch etwas anderes: „Ein solcher Überschuß an Markierungen läßt sich wohl kaum damit allein erklären, daß die Information an den Schüler gesichert werden soll. Die Kommentare der ‚korrigierenden' Lehrer (z. B. ‚das lernen die nie') lassen denn auch auf anderes schließen; nämlich auf Ärger, Wut, auf Erfahrungen von Vergeblichkeit, die in einem solchen Überschuß zum Ausdruck gebracht werden" (Ivo 1982:34).

Für die Markierung am Zeilenrand gibt es unterschiedliche Möglichkeiten. Häufig werden die Fehler hier nicht nur angestrichen, sondern durch die (oft abgekürzte) Angabe von Fehlerkategorien auch gleich klassifiziert: R, Z, T, Gr usw. Solche Klassifizierungen erlauben zwar einen groben Überblick darüber, ob die Fehler mehr auf der stilistischen, der grammatikalischen, der orthographischen usw. Ebene liegen, aber sie suggerieren auch, es sei möglich, jeden Fehler eindeutig einem bestimmten sachstrukturellen Typus zuzuordnen. Um das Lernen zu unterstützen, reicht diese Information nicht aus.

Anstelle dieser Angaben oder zu ihrer Ergänzung werden bisweilen die Fehler am Seitenrand durchnumeriert; die Zahlen beziehen sich entweder auf einen Lösungsschlüssel oder auf individuelle Erläuterungen, die dem Schüler unter die Arbeit geschrieben werden. Der Lösungsschlüssel führt zwar zur Arbeitsersparnis, er erfaßt aber nur Fehler, die bei vielen Schülern auftauchen. Bei den individuellen Erläuterungen können neben Fehlern auch gelungene Stellen kommentiert werden (Wespel 1990). Einige Lehrer tippen diese Kommentare und kleben sie den Schülern ins Heft. Söllner numeriert die Fehler am Heftrand durch und empfiehlt, die Verbesserung nicht im Arbeitsheft, sondern im Hausheft vorzunehmen; das Arbeitsheft wird dem Lehrer gleich zurückgegeben. Im Unterricht trägt der Lehrer dann die fehlerhaften bzw. fragwürdigen Stellen vor und läßt sich die Verbesserung vorlesen. Die Mitschüler beurteilen diese Verbesserung und machen gegebenenfalls dazu Vorschläge.

Sennlaub (1980:92ff.) plädiert für individuelle Kurzkommentare, bei denen der neue Text des Schülers mit seinen früheren Texten verglichen wird. Dabei geht er folgendermaßen vor:

„Am Anfang stehen erstens einige positive Bemerkungen, verbunden mit mehr oder weniger kräftigem Lob. Gelegentlich kommt es vor, daß ich auf die Suche nach Positivem Zeit verwenden muß. Ich verzichte aber nie darauf. Zweitens beziehe ich mich, so oft das möglich ist, auf Bemerkungen, die ich unter die letzten Geschichten schrieb. Ich habe deshalb vor dem Schreiben des neuen Kommentars zurückgeblättert und ältere überflogen. Dabei habe ich mich erinnert: Ach ja, die ‚Mone' hat eine eigenartige Hemmung, Erlebtes zu schreiben. Statt dessen erfindet sie gequält wirkende Geschichten von sprechenden Häusern und der Japan-Wanderung eines Igels. Letztesmal ermunterte ich sie kräftig, über Dinge zu schreiben, die sie kennt. [...] Danach zähle ich auf, was mir nicht gefällt. Oft nimmt dieser Teil den größeren Raum ein. Damit er nicht zu groß wird, bin ich von vornherein nicht darauf aus, alles zu sagen, was mir aufgefallen ist. Zwei, drei Schwerpunkte suche ich mir heraus. Auf den Rest verzichte ich. [...] Mehr als meine wenigen Punkte kann das Kind gar nicht verarbeiten. Buchhalter-Ehrgeiz habe ich nicht. – Zum Schluß suche ich mir noch etwas Positives heraus, damit die Gesamtwirkung meines Kommentars ermutigend bleibt.

Es kommt auch vor, daß ich Geschichten überhaupt nicht lobe. Eine Regel hierfür läßt sich nicht nennen. Einem besonders empfindsamen oder gar empfindlichen Kind werde ich einen Kommentar wie den folgenden nicht ins Heft schreiben.

Zu Beginn des vierten Schuljahres schrieb Golo diese Geschichte:

> Im Schwimmbad hat Sven K. einen Bauchklatscher gemacht. Das sah aus, als wäre er ein Hängebauchschwein. Mini hat einen erstklassigen Köpper gemacht. Arne hat den besten Bauchklatscher gemacht.

Folgenden Kommentar klebte ich ihm darunter:

> Lieber Golo!
> Das ist doch wohl nicht Dein Ernst: Diese läppischen sieben Zeilen sollen eine Geschichte sein? Für die wirst Du wohl kaum zufriedene Leser finden. Ich fürchte, die Klasse wird Dir einige Unfreundlichkeiten sagen. Ich schlage vor: Schreib eine richtige Geschichte, die der Klasse gefällt. Du kannst das doch! (Achte aber bitte darauf, in der neuen Geschichte ‚machte' nicht zu oft zu wiederholen.)

Diese Kritik hatte Golo so sehr gewurmt, daß er wenige Tage später eine neue vorlegte:

> Als wir am Donnerstag zum Schwimmbad gefahren sind, habe ich an einer Straßenecke gedacht, jetzt würden wir voll vor die Mauer donnern.
> Im Schwimmbad haben wir uns ganz schnell umgezogen und geduscht. Das Duschen machte Spaß. Als wir zum Becken kamen, waren wir sauer, weil wir noch so lange am Rand warten mußten, denn die andere Gruppe war noch im Wasser. Endlich waren wir dran. Da sind wir alle ganz schnell zum Sprungbrett gelaufen. Sven K. sprang wie ein Gorilla ins Wasser. Platsch! Mini machte einen erstklassigen Köpper. Als wir aus dem Wasser raus mußten, dachte ich: Schade, ich fand das Schwimmen toll!

Ich wußte, daß er sich große Mühe gegeben hatte. [...] Wenn meine Reaktion nun ein Kommentar gewesen wäre, der in Umfang und Ernsthaftigkeit seiner Mühe nicht entsprochen hätte, wäre ein solches Erlebnis vielleicht die Grundlage für künftige ‚Unlust zu den deutschen Stunden' geworden. Ich schrieb:

> Lieber Golo!
> Über diese Geschichte spreche ich gern mit Dir. Sie ist nämlich eine richtige Geschichte. Am besten gefällt mir die zweite Seite. Der Satz von Svens Sprung ist erstklassig. Ich kann mir den Sprung so gut vorstellen, als wäre ich dabeigewesen. Als Einleitung schreibst Du fünf Zeilen vom Bus. Im Verhältnis zu der ganzen Geschichte scheint mir das etwas zuviel zu sein. (Übrigens: ‚voll donnern' würde ich nicht schreiben; ‚leer donnern' auch nicht.)
> Jetzt bin ich gespannt auf Deine nächste Geschichte."

ANHANG: Beispiele für Klassenarbeiten, die keine „Aufsätze“ sind

Beispiel 1: Bewerbungsschreiben und Lebenslauf
Am Ende einer Unterrichtseinheit über das Verfassen von Bewerbungsschreiben und Lebenslauf sollen die Schüler zeigen, daß sie fehlerhafte Texte verbessern können:

Radio- und Fernsehtechnik Frankfurt

Wir stellen zum nächstmöglichen Termin

mehrere Radio- und Fernsehtechnikerlehrlinge

ein. Wir bieten ihnen in unserem Ausbildungszentrum eine solide moderne Ausbildung zum Radio- und Fernsehtechniker und helfen bei jeder Form von Weiterbildung. Bewerbungen sind an unsere Personalabteilung zu richten.

Radio- und Fernsehtechnik, Frankfurt 1,
Postfach 2315

(Aus: Verstehen und Gestalten Band 6, 1974, S. 40ff.; teilweise verändert.)

Diese Anzeige hat Bernd in der Zeitung gelesen. Er schreibt daraufhin folgenden Brief:

Bernd Otto
Frankfurt, den 1. April 1994

Firma Radio- und Fernsehtechnik

Frankfurt
Postfach 2315

Personalabteilung

Betr. Lehrlinge

Ich habe gerade Ihre Anzeige gelesen und möchte gern bei Ihnen eine Lehre als Radio- und Fernsehtechniker beginnen. Ich bin 15 Jahre alt und bastle gern mit meinem Electronic-Baukasten. Die Arbeit bei Ihnen wird mir gewiß Freude machen. Ich möchte die Schule am Ende des Schuljahres mit mittlerer Reife verlassen und dann in Ihre Firma eintreten. Einen Lebenslauf schikke ich mit. Bitte geben Sie mir bald Nachricht, ob ich bei Ihnen arbeiten kann.

Mit herzlichen Grüßen
Ihr
Bernd Otto

Auf einem neuen Blatt schreibt Bernd:

LEBENSLAUF

Ich wurde am Ostersonntag 1979 geboren, und zwar als eheliches Kind des Versicherungskaufmanns Josef Otto und seiner Frau Margarete, geb. Kuckert (= meine Mutter). Mein Geburtsort ist Mannheim. Als ich geboren wurde, waren meine Eltern schon 5 Jahre verheiratet und hatten schon 2 Kinder, meinen Bruder Johannes, der jetzt 20 ist, und meine Schwester Daniela, genannt Danny. Danny ist 1976 geboren, also 2 Jahre nach meinem Bruder und 3 Jahre vor mir. Obwohl mir Danny altersmäßig nähersteht, mag ich meinen Bruder mehr; er ist auch in der Elektrobranche tätig. Ich besuchte erst den Kindergarten und dann die Grundschule Liebigstraße von 1985 bis 1989. Dann bin ich ins Goethegymnasium eingetreten. Meine Lieblingsfächer sind Sport und Physik. In meiner Freizeit beschäftige ich mich viel mit Schwachstromradio-Basteleien. Nach der mittleren Reife werde ich Fernsehtechniker werden und mich später zum Ingenieur weiterbilden.

***

Beispiel 2: Satiren
Nach einer Unterrichtseinheit, in der satirische Briefe von FELIX REXHAUSEN behandelt worden waren und die Schüler selbst solche Briefe verfaßt hatten, erhielten sie folgende Aufgabe als Klassenarbeit:

Glückwunsch zur Hochzeit. Die Situation: Der Freund – selbst noch Student – heiratet eine Kommilitonin. Sie wird ihr Studium aufgeben, um Geld zu verdienen. Der Schreiber des Glückwunsches war auch einmal mit ihr befreundet.

Liebe Wilma, lieber Fritz,

Ihr macht es einem schwer. Wer heiratet, dem muß man Glück wünschen. Doch damit ist es bei Euch nicht getan. Ihr braucht außer Glück einen starken Willen zum Durchhalten und viel Geduld (zur Strafe, weil Ihr so ungeduldig wart).
Doch aufrichtig gesagt: ich beneide Euch um Eure Ungeduld, weil ich fühle, daß Ihr es richtig gemacht habt. Sehe ich doch an mir, daß wir Studiker längst, bevor wir fertig sind, einen Partner brauchen, für den wir unser Leben aufbauen, mit dem wir über unsere Arbeit sprechen können, der uns bestätigt.
Liebe Wilma, Du hast immer so sorgfältig Deine Hände gepflegt, weil Du weißt, daß Du schöne Hände hast. Ist dem guten Fritz eigentlich klar, wie groß Dein Opfer ist, wenn Du Kartoffeln für ihn schälst?
Lieber Fritz, ich bin nicht alt genug, um weise Sprüche zu machen. Aber meine Überzeugung darf ich Euch mitteilen: Ihr werdet einmal besitzen, was Ihr habt, weil es Euch nicht geschenkt wurde. Deshalb, meine Freunde, beglückwünsche ich Euch.

Euer Bernhard

Aufgaben:
1. Würdest Du diesen Brief eher in eine Sammlung satirischer Briefe aufnehmen oder in einen „Briefsteller“ mit echten Vorbildern? 2. Versuche den Brief so zu ändern, daß er besser in die von Dir bevorzugte Sammlung paßt!

Der Brief entstammt zwar einer Sammlung von Mustertexten, ist also ernsthaft als Vorbild gedacht (MACKENSEN: Gutes Deutsch in Schrift und Rede, Reinbek:Rowohlt 1968:242), er ist aber unfreiwillig so komisch und enthält so viele geradezu satirische Elemente, daß die Schüler sich mit Fug und Recht auch für die Aufnahme in eine Sammlung von Satiren entscheiden können. Wichtig ist also nicht, wofür sie sich entscheiden, sondern daß sie in ihrer Begründung auf satirische Mittel verweisen und im übrigen den Text so verändern, daß er entweder noch deutlicher satirisch oder seriöser wird.

Literatur:
Abraham 1993, Baurmann 1987, Baurmann 1990, Baurmann/Gierl 1985, Beck 1974, Beck 1979, Beck/Payrhuber (Hrsg.) 1975, Böhmer (Hrsg.) 1979, Bohusch 1972, Brügelmann, 1983, Büscher/Schilling 1976, Diskussion Deutsch 71, Essen 1964, Essen 1965:105ff., Fricke 1974, Grzesik/Fischer 1985, Hahn 1966, Heller (Hrsg.) 1974, Ingenkamp (Hrsg.) [7]1977, Ivo (Hrsg.) 1980, Ivo 1982, Klauer (Hrsg.) 1978, Kötter/Grau 1965, Lauterwasser 1981, Marenbach 1979, Mattl 1979, Merkelbach 1986, Messelken 1979, Nickel (Hrsg.) [2]1973, Nickel/Wieczerkowski 1974, Nussbaumer 1991, Praxis Deutsch. Sonderheft 1979, Praxis Deutsch 84 (1987), Praxis Deutsch 104 (1990), Sanner 1979, Schümann/Wieczerkowski 1984, Söllner 1965, Ullrich/Wöbcke 1981, Wagner 1982, Weber 1973, Wendeler 1974, Zeiher u.a. 1979.

V Stilbildung

1. Geschichte und didaktische Problematik

Früher gehörte *Stilbildung* ganz selbstverständlich zum Aufsatzunterricht (AU). Ein „Aufsatzpraktikum" aus der Zeit der Reformpädagogik hatte den Titel „Der Weg zum eigenen Stil" (JENSEN/LAMSZUS 1912). Eine Quellensammlung aus den 50er Jahren hieß „Deutscher Aufsatz und Stilunterricht" (GEFFERT 1956). In BEINLICHS „Handbuch des Deutschunterrichts" (1961) heißt das dem AU gewidmete Kapitel „Das schriftsprachliche Gestalten und die Stilpflege". Noch 1973 lesen wir in einem Buch über Aufsatzbeurteilung: „Als die Lehre von der angemessenen Auswahl und Anwendung sprachlicher Mittel ist *Stilistik* Kern des Deutschunterrichts" (WEBER 1973:106). Zu diesem Zeitpunkt war solche Redeweise allerdings nicht mehr üblich. Schon neun Jahre früher trug ein Buch zum AU einen etwas anderen Titel: „Aufsatzerziehung und Ausdruckspflege" (SANNER 1964). Damit war jedoch noch fast dasselbe gemeint. Anders in der Folgezeit (etwa ab 1970): Daß man von Stilbildung oder -erziehung nicht mehr sprach und sie auch nicht mehr anstrebte, folgte aus einer veränderten Sicht des Verhältnisses von Mensch und Sprache. Während man mit Stilpflege nämlich geistige Bildung beabsichtigt hatte, sah man nun in der Sprache nicht mehr und nicht weniger als ein Werkzeug, mit dem man informieren, appellieren und sich ausdrücken könne. Da wird nichts mehr gepflegt und nichts mehr gebildet, sondern ein Instrument wird möglichst geschickt gebraucht. Sprache wird nicht mehr als Kraft betrachtet, mit der der Mensch die Welt erobert, sie wird nicht länger als Artikulation des Geistes verstanden. Und deshalb konnte der Stil auch nicht mehr anzeigen, wie gebildet jemand war.

Daß Stilerziehung aufgegeben wurde, ja unter Didaktikern geradezu in Verruf kam, hatte noch einen weiteren Grund. In der Schule waren nämlich ganz bestimmte und – wie man jetzt erkannte – einseitige Stilideale gepflegt worden, die nun mit dem Begriff „Schuldeutsch" gebrandmarkt wurden. Da gab es z.B. den „Erlebnisstil" und den „Sachstil" und nichts weiter. Bestimmte Aufsatzarten forderten ersteren, nämlich eine „subjektive" Ausdrucksweise, andere letzteren, eine „objektive" Ausdrucksweise. Differenziert wurde dies nur dadurch, daß man die Sprachentwicklung in Rechnung stellte und von „Stilaltern" sprach. Aber diese Differenzierung trug schon den Keim der Auflösung des allgemein verbindlichen Stilideals in sich. Wenn man nämlich erst einmal zugibt, daß Kinder anders sprechen und schreiben als Erwachsene, ist es nicht mehr weit, bis man auch andere Ausdrucksweisen anerkennt: den Stil („Code") einer Sozialschicht, den mündlichen und den schriftlichen Stil, den Stil bestimmter Berufe, den akademischen und den journalistischen Stil, den Stil einzelner Textsorten usw. Und schließlich landet man bei der Feststellung, daß jede mündliche und schriftliche Kommunikationssituation eine bestimmte Auswahl an sprachlichen

Mitteln verlangt – und damit hat man den Stilbegriff in seiner herkömmlichen Bedeutung (als einheitliches Ideal) aufgegeben. In der Sprachwissenschaft verwendete man deshalb für die Vielzahl der nun möglichen „Stile" eher den Begriff „Register".

Die starke Differenzierung des jeweils angemessenen Sprachgebrauchs, auf die die Linguisten Wert legen, ist sowohl sachlich als auch pädagogisch ein Problem. Zum einen nämlich scheint diese Forderung im Widerspruch zu stehen zur sprachlichen Alltagserfahrung: Gibt es nicht Stilbrüche, die immer und überall, ob gewollt oder ungewollt, Stilbrüche sind, gibt es nicht sprachliche Qualitäten und sprachliche Mängel, die wir ohne besondere Rücksicht auf die Situation oder Textsorte wahrnehmen? Können wir uns von der Vorstellung einer im großen und ganzen homogenen Alltagssprache und auch einer im großen und ganzen homogenen Schriftsprache so einfach lösen? Kommen wir ohne die Vorstellung einer einheitlichen Standardsprache aus? Brauchen wir sie nicht als Folie, vor der die Abweichungen erst auffallen? (Macheiner 1991:21f. nennt sie „neutrale Sprache" und bezeichnet alle Abweichungen als „markiert".) Zum anderen fragt es sich, ob man Schülern, zumindest in den ersten acht Schuljahren, überhaupt diese Differenzierungen zumuten darf. Ist die Annahme eines „guten Deutsch", einer „gepflegten Sprache", einer „ordentlichen Schreibe" nicht einfach aus pädagogischen Gründen nötig – selbst wenn es sich sachlich oder wissenschaftlich letzten Endes um eine Chimäre handelte? Kann man ohne diese Vorstellung überhaupt „Stilarbeit" (Bleckwenn 1990) betreiben? Oder besteht solche Stilarbeit heutzutage eben gerade darin, die Einsicht zu vermitteln, daß unterschiedliche Kommunikationsbereiche und Textsorten unterschiedliche Stilnormen und Stileigenheiten zeigen, also einen differenzierten „Funktionalstil" zu lehren (Riesel/Schendels 1975), und zwar von Anfang an?

Ich möchte die Frage unter Rückgriff auf die genetische Entwicklungstheorie zu beantworten versuchen. Diese Theorie sagt: Es gibt Konventionen (Verhaltenserwartungen), in die wir hineinwachsen und die wir zunächst einmal übernehmen, um gesellschaftlich handlungsfähig zu werden. (Solche Normierungen betreffen ebensosehr die „Sicht der Dinge" wie die Beurteilung von Handlungen.) In einem späteren Schritt lösen wir uns von ihnen und verhalten uns ihnen gegenüber kritisch; dabei greifen wir auf übergeordnete Prinzipien zurück. Auf die Sprache übertragen heißt das: Es gibt sprachliche Gepflogenheiten, die als Sprachgebrauchsregeln bewußt gemacht werden können; das Duden-Stilwörterbuch spricht von „sprachlichen Umgangsformen", die es mit den gesellschaftlichen Umgangsformen vergleicht. Diese sprachlichen Gepflogenheiten unserer Umgebung übernehmen wir zunächst einmal, eben um unsere Gedanken, unser Fühlen und Wollen auf gängige Weise zu artikulieren und uns zu verständigen. Wir übernehmen dabei naiv die Regeln, die gewissermaßen immer und überall gelten, aber auch diejenigen, die in unterschiedlichen Kommunikationskontexten gelten. Wenn wir nun merken, daß diese Gepflogenheiten nicht einheitlich, ja bisweilen gegensätzlich sind, lösen wir uns aus der Bindung an sie und nehmen ihnen gegenüber eine kritische und bewußte Haltung ein. Wir haben sie dann als Möglichkeiten noch zur Verfügung, aber wir sind nicht an sie gebunden. Wir durchbrechen die Normen absichtlich um bestimmter Wirkungen willen, und wir wählen zwischen verschiedenen Möglichkeiten aus. Wir verwenden nicht nur die in bestimmten Situationen übliche Sprache, sondern wir interpretieren und definieren die Situation durch unseren Sprachgebrauch. Übergeordnete Prinzipien, von denen wir uns dabei leiten lassen, sind in erster Linie Verständlichkeit, Wirkung, Authentizität, Sachangemessenheit und Eleganz. (Die Prinzipien stehen bisweilen im Widerspruch zueinander.)

Diese Annahme reduziert also zunächst die Komplexität der Sprachwirklichkeit und betrachtet die Komplexität zugleich als notwendigen Motor von Entwicklung. Das „gute Deutsch" gibt es solange, als ihm keine anderen Erfahrungen entgegenstehen – Erfahrungen, wie sie im Kontakt mit Menschen anderen Alters oder anderer Herkunft oder mit Texten aus anderen Zeiten oder anderen Gattungen, vor allem der poetischen Literatur, gemacht werden. Aber auch dann erweist sich das „gute Deutsch" nicht als Fiktion oder Illusion, sondern als erweiterungsfähig und wandelbar. Insofern hat die Linguistik, die den Begriff des einheitlichen „guten Stils" aufgegeben hat, ebenso recht wie die neuere Tendenz, so etwas wie „Sprachkultur" (WEINRICH 1985) und „Sprachgefühl" (GAUGER 1982) wieder anzuerkennen.

Für die Sprachdidaktik bedeutet das, daß die Schüler Sicherheit gewinnen müssen nicht nur über falschen und richtigen, sondern auch über guten und weniger guten Sprachgebrauch – und dies angesichts der Vielfalt unterschiedlicher Sprachverwendung in den verschiedensten Textsorten und Kommunikationssituationen. Sie können diese Sicherheit aber nicht gewinnen, indem ihnen ein bestimmter Stil („Schuldeutsch") oktroyiert wird, sondern nur, indem sie vielfältige Sprach-, vor allem auch Schrifterfahrungen machen. Im allgemeinen werden den Schülern zu schnell schon in der Grundschule Maßstäbe anerzogen, die ihre Bereitschaft, sich zu äußern, und vor allem ihre Schreiblust eher vermindern und die Entwicklung von Sprachbewußtsein hemmen. Insbesondere die Konfrontation mit der Schrift (Lesen und Schreiben) ermöglicht demgegenüber den Schülern, selbständig Einsichten in den guten und zweckmäßigen Sprachgebrauch zu gewinnen, sofern ihnen der Unterricht dazu Zeit läßt.

Die ausdrückliche Vermittlung stilistischer Kriterien setzt beim Lehrer ein entwickeltes Sprachgefühl und ein hohes Maß an Sprachkenntnis und Sprachreflexion voraus. Der Lehrer muß sich nämlich der Bedingtheit des eigenen Urteils und seiner eigenen stilistischen Vorlieben bewußt sein, und er muß vor allem bei Widersprüchen, in Zweifelsfällen und bei unterschiedlichem Sprachgebrauch in der Lage sein, diesen Gebrauch nicht nur von Prinzipien aus zu beurteilen, sondern erst einmal zu erklären. Er muß über den Geltungsbereich sowie die unterschiedliche Verbindlichkeit grammatischer und stilistischer Regeln Bescheid wissen und die Veränderungen beachten, denen diese Regeln unterliegen. Dies wird im folgenden näher erläutert und mit Beispielen illustriert.

2. Sprachgebrauchsregeln

Zu unterscheiden sind grammatische und stilistische Regeln. Grammatische Regeln legen den Sprachgebrauch fest und lassen keine Wahl; es gibt richtig und falsch. Stilistische Regeln betreffen die Auswahl zwischen verschiedenen grammatikalisch korrekten Alternativen; es gibt passende und unpassende, auffällige und unauffällige, akzeptable und weniger akzeptable Formulierungen, es gibt gute und schlechte Wahl.

Diese definitorische Unterscheidung von Grammatik und Stil stößt in der Anwendung oft auf Schwierigkeiten, weil nicht klar ist, ob bestimmte sprachliche Auffälligkeiten nun in den Bereich der Grammatik oder in den des Stils fallen. Grammatisch festgelegt sind die Übereinstimmung von Subjekt und Prädikat, die Zeitenfolge, die Kasus nach Präpositionen, die Wertigkeit von Verben, feste Wortverbindungen („einer Bitte entsprechen", „einen Wunsch erfüllen", „Schlüsse ziehen", „Verantwortung tragen", „insofern, als", „dadurch, daß") und vieles mehr. Stilistische Wahlen betreffen die Wörter und Satzglieder, z. T. die Satzgliedstellung, die ja im Deutschen relativ frei ist, und weitgehend den Periodenbau (Haupt- und Nebensätze). So verstanden, betrifft die Grammatik also (neben der Wortbildung, die hier außer Betracht bleibt) die Syntax (Satzbildung), die Stilistik betrifft Semantik und Pragmatik.

Das ist nun aber eine zu starke Vereinfachung. Nicht nur gibt es im Bereich der Syntax bisweilen einen Spielraum (nebeneinander bestehende Alternativen), sondern es gibt auch im Bereich der Semantik teilweise bindende Regeln, die eine Beurteilung nach „richtig" und „falsch" ermöglichen. So ist der Satz (1)„Die kurze Hose ist grün" nicht anders gebildet als (2)„Die kurze Hose ist lang", aber den zweiten Satz lehnen wir als falsch ab, weil er einen logischen Widerspruch enthält. Aber wir empfinden diesen Satz doch in einer anderen Weise als falsch, als wenn ich sage (3)„Die Hose ist große". (2) ist ein Verstoß gegen die Logik, (3) ein Verstoß gegen die Grammatik. Sage ich nun (4)„Die kurze Hose schläft", so steckt wiederum im Semantischen ein Fehler, ohne daß aber der Satz einen direkten Widerspruch enthielte. Es ist üblich, hier von einer „Unverträglichkeit" zu sprechen: Eine Hose ist unbelebt, schlafen können nur Lebewesen. In so krasser Weise wird natürlich normalerweise nicht gegen die „semantische Verträglichkeit" verstoßen. Aber wenn ein Schüler schreibt (5)„Die Ausdrucksweise ist nicht schwierig" oder „Der Erzähler kennt die Gedanken seiner Umwelt nicht", so sind die Formulierungen „schief", weil sie einer strengen logischen Prüfung nicht standhalten: Es liegen Verstöße gegen die „semantische Verträglichkeit" vor. (Solche Fehler können natürlich absichtlich gemacht werden, um den Leser aufmerken zu lassen; so lautet z. B. ein Werbetext: „Geschmack, der auf der Zunge tanzt"; metaphorischer Sprachgebrauch verändert die „semantische Verträglichkeit".)

Etwas anders ist es bei (6)„Er schaute mich unglaubwürdig an". Hier handelt es sich um eine Wortverwechslung; gemeint ist ja „ungläubig". Eine genauere Analyse der Verwendungsmöglichkeiten von „unglaubwürdig" könnte zeigen, daß es in (6) nicht nur schlecht paßt, sondern tatsächlich falsch ist. Wortverwechslungen kommen immer wieder vor, und zwar gerade, wenn Wörter verwandt sind und ähnlich klingen („Abschweifungen“ und „Ausschweifungen“, „vierzehntäglich“ und „vierzehntägig“, „kindlich“ und „kindisch“, „womöglich“ und „wohlmöglich“ u. ä.; eine Oberstufenschülerin schrieb „Der Verfasser hat die Entwicklung des Stils bei Kindern für das gesprochene Wort festgelegt“, ein Drittkläßler stellte fest, das Geheimnis sei „entlüftet“ – eine Kontamination von „entdeckt“ und „gelüftet“ –, und eine Fünftkläßlerin schrieb: „Ich wurde vom Schlaf überrundet“; eine Verwechslung wegen Ähnlichkeit liegt auch vor bei „Da haben wir früher gewohnt. Dann haben wir uns umgezogen“). Viele Sprachbenutzer haben auch Schwierigkeiten mit der Unterscheidung von Wörtern, deren Bedeutung nahe beieinander liegt: „schief“ und „schräg“, „schmal“ und „eng“, „sich ereignen“ – „geschehen“ – „stattfinden“, „greifen“ – „fassen“ – „packen“.

Schließlich gehört zum Bereich der Semantik die Beziehung von Wort und dem, worauf es sich bezieht. Beim „treffenden Ausdruck“ paßt das Wort zu dem Gemeinten. Dies kann natürlich nicht innersprachlich überprüft werden, sondern nur durch Bezug auf die Wirklichkeit selbst. Wenn ein Kind schreibt, daß an einem kühlen Sommermorgen „Reif“ an den Gräsern war und in Wirklichkeit „Tau“ meint, so läßt sich der Fehler nicht innersprachlich, sondern eben nur im Rückgriff auf die Erfahrung, auf unser Wirklichkeitswissen feststellen; wenn ein Lehrer in dem Satz „Die Soldaten umzingelten die Stadt“ „umzingelten“ durchstreicht und „belagerten“ an die Stelle schreibt (Ivo 1982:13), so hat er dafür keine grammatischen oder stilistischen Gründe, sondern sachliche. (Und all diese Unterschiede werden nivelliert, wenn jedesmal nur ein falsche Wortwahl signalisierendes „A“ am Heftrand steht!)

Die Pragmatik nun betrifft die Auswahl von Wörtern und Formulierungen in Abhängigkeit von der Intention, der Situation, der Textsorte und dem umgebenden Text. Dies ist der Kernbereich dessen, was wir unter „Stilistik“ verstehen. Auch hier gibt es Regeln, aber sie binden viel weniger streng. Um so gravierender können die Folgen sein, wenn man gegen Regeln verstößt. Während nämlich syntaktische Fehler im allgemeinen als bloße Versehen oder als die Folge mangelnder Sprachkenntnis abgetan werden und man semantische Fehler allenfalls auf Dummheit, ansonsten auf ungenaues Denken oder unüberlegtes Formulieren zurückführt, hält man jemanden, der pragmatische Regeln nicht beachtet, nicht selten für unhöflich, taktlos oder unsozial (entsprechend deutlich werden Kinder zurechtgewiesen). D.h., Verstöße gegen pragmatische Regeln werden eher moralisch beurteilt. Während man einen Satz wie „Das Kind laufte“ oder die unter (2) bis (4) genannten Sätze schlicht für falsch erklärt, hält man jemandem, der sich im Ton vergreift oder Wörter gebraucht, die nicht zur Textsorte passen (etwa in einem juristischen Text „klauen“ statt „stehlen“), vor: „So kann man das doch hier nicht sagen!“ Bei den pragmatischen Verstößen verweisen wir also auf die Sprachbenutzer („man“) als Entscheidungsinstanz, bei den syntaktischen Verstößen auf die Sprache.

Eine letzte Gruppe von Regeln ist zu erwähnen: die ästhetischen. Für ein geschultes Ohr gibt es deutliche Unterschiede zwischen gut klingenden und schlecht klingenden Formulierungen. Der Klang wird durch die Laute, vor allem aber durch den Sprachrhythmus, d. h. die Verteilung der Akzente, beeinflußt. Da die Regeln, die hier wirken, schwer zu fassen sind, wird dieser Bereich oft ganz übersehen. Für Rhetorik und Poetik sind sie aber wesentlich, und früher war der Hinweis selbstverständlich, daß man sich einen ausgearbeiteten Text laut vorzulesen und auf seinen Klang hin zu prüfen habe: Gibt es Häufung tonloser Silben („Peter Weber"), gibt es Aufeinanderfolge deutlich betonter Silben („Dieser Schicksalsschlag fand Karl stark"), gibt es unbeabsichtigten Gleichklang einzelner Wörter innerhalb eines Satzes („Er läßt das Wort fort")? (Göttler 1991). Die Mißachtung dieser Seite der Sprache ist wohl z. T. eine Folge des „Verlusts der Sinnlichkeit" durch den Gebrauch der Schriftsprache (Schön 1987). Die ästhetische Gestaltung bietet nicht nur dem Autor eine Fülle von Ausdrucksmöglichkeiten, sondern sie hat auch Folgen für die Lesbarkeit (Schnelligkeit, Verständlichkeit) und Wirksamkeit von Texten. Schon in der Grundschule kann das Ohr für diese sinnliche Seite der Sprache geschärft werden.

3. Grammatische und stilistische Probleme von Schülern

a) Grammatik

Kinder, die mit Deutsch als Erstsprache aufgewachsen sind, machen im allgemeinen schon beim Schuleintritt nicht mehr viele Grammatikfehler. Zu Beginn der Sek. I kommen solche Fehler sogar nur noch „äußerst selten vor" (Keller 1980 und 1987, ich greife im folgenden vor allem auf Beispiele dieses Autors zurück; vgl. auch Rickheit 1978). Es gibt bisweilen sog. „Regelfehler", nämlich die fälschliche Anwendung einer ansonsten richtigen Wortbildungsregel:

- falsche Präteritumsbildung („schwaches" statt „starkes" Präteritum, z. B. „biegte", „frierte", „leihte", „rufte", „laufte", heute vor allem „ich fande" u.ä.; bisweilen auch Verwechslung bei ähnlichen Verben: „Sie hat ihn gebetet, das Buch zu holen", „Peter setzte ganz oben auf dem Dach"),
- falsche Bildung des Partizips Perfekt („er wurde gezwingt", „er hat die Schiffe versunken", „sie hat gewunken", „sie hat die Jacke aufgehangen"),
- falsche Imperative bei starken Verben mit e/i-Wechsel („gebe mir das Buch", „lese den Satz", „werfe den Ball"; solche Bildungen sind umgangssprachlich, waren früher allerdings z. T. auch hochsprachlich),
- falsche Steigerung („doof – dööfer – am dööfsten", „der einzigste", „am optimalsten"),
- fälschlicher Umlaut bei der Konjugation im Präsens („Erlkönig fäßt ihn an" analog zu „er läßt" und „er hält an").

Außerdem gibt es weitere Fehler, die durch Dialekt oder Umgangssprache bedingt sind:

- falscher Kasus nach Präpositionen („alle außer der Pastor"),
- falsche Endung bei deklinierten Adjektiven („mit seinen dunklen Augen und dem sanftem Gesicht") u. ä.

Wesentlich diffiziler sind bestimmte von der Grammatik festgelegte Beziehungen: „ein staatlicher Funktionsträger" ist Unsinn, weil sich im Deutschen das Attribut nur auf den zweiten Teil des Kompositums (das Grundwort) beziehen kann; „Es wird hier zu viel geredet anstatt aufzupassen" ist ebenso nicht korrekt, weil sich der Adverbialinfinitiv nur auf das Subjekt des Hauptsatzes beziehen kann. Solche Verstöße gegen grammatische Regeln kommen natürlich während der gesamten Schulzeit und auch bei Erwachsenen vor.

Häufig tauchen Grammatikfehler an Stellen auf, an denen sich der Sprachgebrauch wandelt. Wenn ein Schüler schreibt „Die ganze Klasse war damit einverstanden, weil sie dir vertraut haben", so ist das natürlich logisch nicht korrekt, wohl aber psychologisch, denn die Klasse besteht aus mehreren Personen. Die Duden-Grammatik weist darauf hin, daß in solch einem Fall „auch in der Hochsprache häufig der Plural des Prädikats" stehe. Man spricht hier von einer Konstruktion „nach dem Sinn". Als Beispiele werden angeführt: „... wo eine Menge sonderbarer Sachen herumliegen" (Th. Mann), „eine Unmenge Familien geraten ins Elend" (H. Mann), „die Hälfte meiner Gedanken waren immer bei ihr" (Grass). „Klasse" wird nicht eigens genannt, aber angesichts der Beispiele darf man dem Schüler wohl keinen Kongruenzfehler vorwerfen. Ähnliches gilt für den Satz „Ich wollte mir eine Jeans kaufen". „Jeans" ist offenbar von einem englischen Pluralwort zu einem deutschen Wort im Singular geworden, so daß der Artikel kein Fehler ist. Weitere Stellen, an denen sich der Sprachgebrauch wandelt, sind die Verwendung von „brauchen" als Modalwort, also ohne „zu", eine neuere Erscheinung, gegen die manche Sprachpfleger Sturm laufen, die Fügung „sowohl – wie auch" und die Verwendung von „wie" nach dem Komparativ. (Als grundsätzlich falsch gilt noch „anders wie".) Noch relativ jung ist der Gebrauch von „weil" als nebenordnende Konjunktion, also mit Hauptsatzstellung: „weil ich hatte keine Zeit". Im Mündlichen hört man diese Stellung oft (und da ist sie auch schon viel länger verbreitet, so daß Brecht ohne weiteres schreiben konnte: „Mutter Courage, ich bin ganz verzweifelt, weil alle gehen um mich herum wie um einen faulen Fisch wegen dieser Lügen"); geschrieben ist sie noch anstößig, wird sich aber möglicherweise zumindest als Alternative durchsetzen (Gaumann 1983), obwohl es feine Bedeutungs- und damit auch Verwendungsunterschiede zwischen den Konjunktionen „weil", „da" und „denn" gibt (Eisenberg 1989). Ein ähnlicher Wechsel von der unterordnenden zur nebenordnenden Konjunktion läßt sich bei „obwohl" und (schwächer) bei „während" feststellen. Trotz dieser Schwierigkeiten kann man zusammenfassen: „Für die Muttersprachler gibt es sicher grammatische Problembereiche – in unserer Grammatik haben wir auf knapp hundert ‚Gefahrenstellen' hingewiesen (vgl. HOBERG 1988) –, aber die Zahl der Grammatikfehler in der geschriebenen Sprache ist relativ gering, und es läßt sich nicht belegen, daß solche Fehler heute mehr gemacht werden als früher [...]" (HOBERG 1990).

Wenn Stilbildung zum Ziel hat, die schriftsprachliche Kompetenz zu verbessern, so gehört der Bereich der Grammatik sicherlich dazu. (FLIEGNER 1980 spricht sogar undifferenziert von „grammatischen Stilfehlern", vgl. auch die „stilistische Grammatik" von SCHNEIDER 1969; neuerdings faßt HERINGER 1989 Grammatik und Stil zusammen.) Offenbar gibt es einen Kernbereich, in welchem – bezogen auf die heute gültige schriftliche Standardsprache – über „richtig" und „falsch" eindeutig entschieden werden kann (was keineswegs bewußte Verstöße um bestimmter Wirkungen willen ausschließt), und einen Randbereich, in dem regionale Varianten möglich sind oder aufgrund von Sprachwandel (CHERUBIM 1980) Alternativen nebeneinander bestehen. Da Kinder und Jugendliche meistens die neuere Alternative ergreifen, Lehrer (und bisweilen ja auch Eltern) aber an der älteren hängen, kommt es hier leicht zum Konflikt; die Neuerungen werden als Nachlässigkeit gebrandmarkt, der Tolerante gilt als zu großzügig. Sprachwissenschaftler sind wesentlich vorsichtiger als Lehrer: Als man Lehrern und Germanistikstudenten Beispielsätze aus der Duden-Grammatik mit der Frage vorlegte, ob sie grammatisch korrekt seien, wurden dreimal mehr „Fehler" moniert, als nach der Duden-Grammatik tatsächlich vorhanden waren (BRAUN 1979a)! Vorsicht ist also dringend geboten. Varianten, die der Duden derzeit akzeptiert, sind z. B. „mit drei Litern Wasser/mit drei Liter Wasser", „er lehrt mich/mir die französische Sprache", „die Atlanten/Atlasse", „die Balkone/Balkons", „das Meter/der Meter" (EISENBERG/VOIGT 1990). Über Veränderungen, die sich in der Gegenwartssprache zeigen, informieren EGGERS (1961), POLENZ (1984) und SOMMERFELDT (1988). (Eine solche Veränderung ist z. B. die Tendenz zur Ausklammerung statt der Rahmenbildung: „Der Lehrer teilt die Hefte aus, die er korrigiert hat" statt „Der Lehrer teilt die Hefte, die er korrigiert hat, aus" – am besten wäre aber hier: „Der Lehrer teilt die korrigierten Hefte aus." Schüler sollten üben, solche nicht falschen, aber ungeschickten Sätze zu verbessern.)

Da Grammatikfehler oft leichtfertig markiert werden, soll noch auf die psychischen Folgen hingewiesen werden, die dieses Lehrerhandeln haben kann. Verstoßen nämlich Schüler gegen grammatische Regeln der Schriftsprache, so tun sie dies oft nicht aus Nachlässigkeit, sondern weil in ihrer häuslichen und sozialen Umgebung andere Regeln gelten (Umgangssprache, Dialekt) oder die geltenden Regeln auch von ihren erwachsenen Bezugspersonen nicht beachtet werden. Wird das, was für sie bisher richtig war, in der Schule als falsch gebrandmarkt, geraten die Schüler in einen Konflikt. Im positiven Fall führt er zu einem Entwicklungsschritt, im negativen Fall zu Unsicherheit und Entmutigung. Zu fragen ist also nicht nur: „Ist dies falsch?" sondern auch „Nützt dem Schüler meine Information über seinen falschen/schlechten Sprachgebrauch?" Ein entmutigter und verunsicherter Schüler wird nicht mehr schlecht, sondern gar nicht mehr schreiben.

b) Stilistik

Wichtiger als der Bereich der Grammatik ist für die Stilbildung der Bereich der Stilistik, also jener Bereich, in dem es um die Wahl zwischen verschiedenen grammatisch möglichen Formulierungen geht. Es hat nicht an Versuchen gefehlt, Ordnung in diesem weiten Feld zu schaffen und die Probleme zu klassifizieren. So sortiert KLUTE (1985) tatsächlich (offenbar in der Sek. II) vorgekommene „Formulierungsschwächen" nach Verstößen gegen „Kommunikationsnormen" und Verstößen gegen „Normen für schriftliche Texte", und er bildet verschiedene Untergruppen. Seine Einteilung zeigt die Problematik:

Verstöße gegen Kommunikationsnormen:

Ökonomie (Vermeiden von überflüssigen Wörtern, Klischees, Phrasen): die breite Masse, der einfache Arbeiter; die dabei benutzten Mittel zum Zweck sind Vergleiche und Wortspiele. Gedichte sind gut dazu geeignet, einen Beitrag zur Umweltdiskussion leisten zu können.

Eindeutigkeit: Der Text bzw. die Bücher von A. C. wenden sich in erster Linie an Kinder.

Logik: Der erste Satz gibt die persönliche Meinung des Autors wieder, die jedoch in dem nachfolgenden Satz näher erläutert wird. Eine gewisse Reife ist schon vorhanden, deshalb ist der Spracherwerb leichter zu lernen.

Variation (Vermeiden unnötiger Wiederholungen): Er beschreibt die Aufmachung des Buches. Er gibt uns kurze Mitteilungen über den Inhalt des Werkes. (Besser: Er beschreibt die Aufmachung des Buches und teilt dann kurz den Inhalt mit.)

Verstöße gegen Normen für schriftliche Texte:

Explikation (Ausformulieren der gedanklichen Bezüge): Fremdwörter, für die ein Fachwissen benötigt wird, kommen nicht vor. (Besser: für deren Verständnis). – Gerade in dieser Angst liegt die Intention des Textes. (Besser: Die Intention des Textes besteht darin, diese Angst zu verdeutlichen.)

Transparenz (verständliche Wortstellung): Autoren, die zum Umweltschutz Bücher schreiben, sollten darauf achten... – Eine neue Volksvertretung wählt am Sonntag die Bevölkerung der Bundesrepublik.

Kohärenz: Das Thema dieses Gedichts ist die Sprache, die in der Werbung gesprochen wird. In der ersten Strophe beschreibt er diese Art von Sprache. – Die Politiker benutzen die Sprache, um das Volk zu beeinflussen. Es sind Wörter, die man in sich aufnimmt, ohne ihren Sinn zu erfassen.

Textsortenspezifischer Stil: In der Schulordnung wird betont, daß es besonders verwerflich sei, wenn jemand aus der Garderobe der Mitschüler etwas klaut. (Im schriftlichen Referat deplaziert.) – Lernt er die Standardsprache nicht, wird er in der Schule nie auf einen grünen Zweig kommen.

KLUTES Klassifikation gehorcht keiner wissenschaftlichen Systematik, sondern dient schulpraktischen Zwecken. Sie macht deutlich, wie schwierig es ist, „Formulierungsschwächen" zu gruppieren bzw. zu systematisieren. Ich möchte seinen Versuch nicht im einzelnen diskutieren, sondern fragen, was durch solch eine begriffliche Einteilung gewonnen wird. Sollten Bereiche eruiert werden, in denen besonders häufig Verstöße vorkommen, damit sie nun stärker beachtet werden und hier Übungen ansetzen? Oder bringt die Klassifikation stilistische Prinzipien, denen wir intuitiv folgen (Ökonomie, Eindeutigkeit, Logik usw.), auf den Begriff, damit sie nun bewußt vom Lehrer vermittelt und vom Schüler beachtet werden können? Dient sie als Grundlage zur Erklärung der Fehler? KELLER (1980) hat darauf hingewiesen, wie ungeheuer schwer es ist, einem Schüler den Grund zu erklären, wieso „wir", d.h. die sprachkompetenten Erwachsenen, die eine Formulierung ablehnen, die andere vorziehen. Wir können die abgelehnte korrigieren, wir können erklären, daß „man so nicht sagt" (bzw. schreibt), wir können behaupten, daß die Formulierung nicht gut „klingt", „ungenau", „schief" ist. Aber meistens wäre eine recht umständliche semantisch-pragmatische Sprachanalyse nötig, um den Grund für diese Intuitionen aufzuweisen, und diese Analyse würde den Schüler (und im allgemeinen auch den Lehrer) überfordern. Im übrigen gibt es vielleicht auch eine psychische Sperre gegen Versuche, „sprachliche Intuition in Argumentation zu überführen" (Ivo 1982:104).

Wegen dieser Schwierigkeit werden in der praktischen Stilistik meistens nicht nur Prinzipien vermittelt, sondern vor allem konkrete Regeln gegeben, die dann allerdings ein bestimmtes Stilideal festlegen und es meistens in unzulässiger Verallgemeinerung für jeglichen Sprachgebrauch verbindlich machen. Man orientierte sich dabei in der Vergangenheit an literarischen Vorbildern und der eigenen Sprachintuition; heute bietet die psychologische Verständlichkeitsforschung (empirisch-induktiv die Hamburger Gruppe LANGER/SCHULZ/TAUSCH 1974, SCHULZ 1975, theoretisch-deduktiv GROEBEN 1972, hermeneutisch orientiert BIERE 1989; Überblick: ANTOS/AUGST 1989; Hinweise zur Geschichte des „Ringens um Verständlichkeit" bei GÖTTERT 1989) zumindest in einigen Bereichen eine empirisch solidere Grundlage; allerdings tendiert sie dazu, alle Leser über einen Leisten zu schlagen und die je spezifischen Textsorten und Kommunikationsbedingungen unterschiedlicher Situationen zu vernachlässigen (BRAUN/KRALLMANN 1983). So wird z. B. umstandslos gefordert, ein verständlicher Text müsse möglichst kurze Sätze haben, es dürften nur geläufige Wörter gebraucht werden, Fachwörter seien zu erklären, der Text müsse konkret und anschaulich sein. Tests haben nun aber ergeben, daß geläufige Wörter zwar schneller verstanden werden, jedoch weniger interessant sind, so daß ihr Gebrauch womöglich den Text langweilig macht – mit negativen Folgen für Verstehen und Behalten (GROEBEN/CHRISTMANN 1989). Selbst wenn man die Kriterien akzeptiert, bleibt das Problem ihrer Anwendung im besonderen Fall. (Ist z. B. der vorliegende Text verständlich? Ist er konkret und anschaulich?)

Konkrete **Stilregeln** betreffen meistens die „stilistische Mikrostruktur", nämlich a) die Wortwahl und b) die Wahl von Formulierungen (Satzteile, Sätze).

a) Die Wortwahl

In der Vergangenheit wurden viele *Ausdrücke*, die wir heute akzeptieren, als *„umgangssprachlich"* in schriftlichen Texten abgelehnt. Statt „kaputt" hieß es „entzwei", statt „kriegen" „bekommen" usw. Vorausgesetzt wurde, daß diese Wörter dasselbe bedeuten und die Wahl des einen oder anderen nur durch die Stilhöhe (etwa: grob – umgangssprachlich – normal – gehoben) festgelegt wurde. Diese Voraussetzung ist problematisch; „kriegen" z. B. ist wohl nicht ganz synonym mit „bekommen", sondern in seiner Bedeutung aktiver (Menzel 1979). Zu beachten ist vor allem der Wandel des Sprachgebrauchs; Wörter der Umgangssprache (und der Fach- und Gruppensprachen) dringen durch die Medien immer schneller in die Schriftsprache ein. Das macht die Zuordnung zu einer bestimmten Stilhöhe schwierig. Im übrigen verliert in einer offenen und mobilen Gesellschaft die Ausdrucksweise ihre frühere Funktion, soziale Schichten gegeneinander abzugrenzen. Die Wahl von bedeutungsgleichen oder bedeutungsverwandten Wörtern hängt nunmehr stärker ab von der Rede- bzw. Schreibsituation und damit dem sprachlichen Kontext. Der Schreiber muß wissen, auf welcher Stilhöhe er sich bewegt, und er muß die stilistische Valenz der zur Wahl stehenden Ausdrücke kennen, um zu wissen, ob er durch diesen Ausdruck oder durch jene Formulierung „aus dem Stil fällt". (So gebrauchte ein Schüler in einer ernsthaften Erörterung die Formulierung „Das ist nicht nur flüssig, sondern überflüssig" – er war sich des Kalauers zwar bewußt, nicht aber des damit bewirkten Stilbruchs.) Außerdem ist die Verständlichkeit ein wichtiges Entscheidungskriterium: Kennen die vermutlichen Leser das Wort? Welche Vorstellung verbinden sie damit, welche Assoziationen ruft das Wort wach? Und nicht zuletzt spielen ästhetische Empfindungen eine Rolle: Welches Wort klingt an dieser Stelle am besten? Welche Formulierung ist die eleganteste?

Sprachpfleger sind oft gegen die Verwendung von *Fremdwörtern* Sturm gelaufen; wie das Neue, so stößt auch das Fremde beim Unsicheren auf Abwehr (Braun 1979b), und natürlich hat die Ablehnung von Fremdwörtern auch eine völkisch-nationale Tradition. Heute werden Fremdwörter im allgemeinen nur dann abgelehnt, wenn sie so geballt auftreten, daß die Verständlichkeit leidet. Das passiert/geschieht bisweilen in wissenschaftlichen Texten, obwohl hier der Grund nicht in dem liegt, was der Sprachwissenschaftler als *Fremdwort* bezeichnet, sondern im Gebrauch von *Fachbegriffen*. Der Experte/Fachmann (die Fachfrau!) versteht die Termini/Begriffe, aber der Laie stolpert darüber, wünscht sich eine leichter zugängliche Ausdrucksweise und fragt, ob die Fremdwörter nötig sind. Es läßt sich argumentieren/behaupten, daß das – meist lateinische, griechische oder neuerdings englische – Fremdwort genauer sei als das entsprechende deutsche, dem als umgangssprachlichen meistens auch noch diverse/verschiedene Konnotationen/Nebenbedeutungen anhängen, daß es innerhalb des Kontexts/Zusammenhangs der übliche Begriff sei und international gebraucht werde. Aber nicht selten ist das eine Ausrede, und in Wahrheit werden die Fremdwörter aus Nachlässigkeit und Rücksichtslosigkeit gegenüber potentiellen/möglichen Lesern oder zum bloßen Renommieren/Achtungheischen gebraucht. Mit Fremdwörtern schottet man sich gegen Außenstehende ab, sichert sein Revier/Gebiet (?) und markiert/kennzeichnet bzw. signalisiert/macht deutlich die eigene Kompetenz/Fähigkeit. (Neuerdings brillieren/glänzen männliche Jugendliche mit Computerbegriffen und grenzen sich damit sowohl gegenüber den tumben Älteren als auch gegenüber weiblichen Jugendlichen ab: „Desktop“, „C-Compiler“, „Sound-Digitalisierer“, „Freezer“, „Assembler“ usw.) Verständlichkeit ist eine menschenfreundliche Forderung; die sozialen/gesellschaftlichen Verhältnisse sind aber vielfach durch Konkurrenz/Wettbewerb gekennzeichnet und legen es nahe, das Gebot der Verständlichkeit hinter den Wunsch nach Respektierung/Anerkennung als Experte/Fachmann zu stellen. Besonders der Novize/Neuling greift gern zu einem Fremdwort, um es als Schibboleth/Erkennungszeichen dafür zu gebrauchen, daß er zur scientific community/Gesellschaft (Kaste?) der Wissenschaftler gehört.

Der Rat der Stilkritiker ist deshalb ebenso trivial wie blauäugig: Wenn die Genauigkeit nicht leidet, sollte man die leichter verständlichen, d. h. bekannteren Ausdrücke wählen. Manche Fremdwörter sind allerdings schon so gebräuchlich, daß Verständlichkeit kein Entscheidungsgrund ist (Respekt/Achtung, sozial/gesellschaftlich), und bisweilen ist das Fremdwort praktischer („Experte“ vermeidet das Problem von „Fachmann/-frau“, „reduziert“ vermeidet die Klammerstellung von „nimmt ... ab“). Und schließlich: Wissenschaft – insbesondere die Psychologie – hat unser Verständnis der Welt so beeinflußt, daß es kein Wunder ist, wenn wir wissenschaftliche Ausdrücke gebrauchen, wo unwissenschaftliche möglich und wohl anschaulicher wären. Wir sprechen eben von „Frustration“, wenn wir Enttäuschung meinen, von „verbalen Aggressionen“, wenn es sich um Zank und Schimpf handelt, von „mangelnder Motivation“, wenn der Wille schwach ist, und von „psychischen“ oder – wenig genau, aber üblich – von „psychologischen“ Ursachen, wo wir genauso gut „seelisch“ sagen könnten (aber um die Seele kümmert sich der Seelsorger, um die Psyche der Psychotherapeut – kein Unterschied?).

Häufig werden von Stilkritikern auch *„Modewörter“*, „Phrasen“, „Worthülsen“, „Sprachklischees“ getadelt. Gemeint sind Ausdrücke (Wörter oder Wortgruppen), die wenig sagen und eine Zeitlang viel verwendet werden. Oft handelt es sich um attributive Verstärkungen, die aber gar nicht verstärken sollen: „die breite Masse“, „der einfache Arbeiter“, „der krasse Gegensatz“, „die natürliche Folge“, „die notwendige (oder auch: logische) Konsequenz“, „das echte Bedürfnis“. Offenbar ziehen manche Nomen bestimmte Adjektive magnetisch an. (Ähnliches gilt für manche attributiven Partizipien: „nagender Hunger“, „brennender Durst“, „bohrende Langeweile“.) Wenn man auf solche Attribute verzichtet, spart man Platz, der Text liest sich leichter und wirkt weniger abgedroschen. (Typisierende Adjektive vor Nomen findet man im übrigen recht häufig in der Trivialliteratur, MELZER 1986.) Dasselbe gilt für Erweiterungen wie „Problemlage“ statt „Problem“, „Fragestellung“ statt „Frage“, „Lernprozeß“ statt „Lernen“, „Erwartungshaltung“ statt „Erwartung“, „werbliche Aktivitäten“ statt „Werbung“, „schulischer Bereich“ statt „Schule“, „konjunkturelle Situation“ statt „Konjunktur“, „Erfolgserlebnis“ statt „Erfolg“. Wenn sie gehäuft vorkommen, erzeugen solche Wendungen einen „Blähstil“.

In älteren (REINERS 1943) wie neueren (SCHNEIDER 1987) Stilistiken wird pauschal vor dem Gebrauch von Adjektiven in attributiver Stellung gewarnt: Wenn man sie nicht klar zur Unterscheidung benötigt, müßten sie „mit dichterischer Kraft“ (SCHNEIDER 1987:57) gebraucht werden; ansonsten könne man auf sie verzichten. Dagegen ist zu sagen, daß Adjektive keineswegs nur zur Differenzierung dienen, sondern auch zur Bewertung, zur Veranschaulichung und zur Charakterisierung (MENZEL 1991), sie können näher ausdeuten und eine Aussage verstärken („nach meiner festen Überzeugung“) oder einen Ausdruck abschwächen („die sogenannten Entwicklungsländer“). RIESEL/SCHENDELS erkennen deshalb in ihrer Stilistik Adjektive als Stilmittel ausdrücklich an.

Als *„Allerweltswörter“*, d.h. als nicht spezifisch genug und nichtssagend, werden manche Verben verurteilt: „sagen“, „machen“, „gehen“, die Hilfsverben „haben“ und „sein“. „Sagen“ wird vor allem zur Einführung von wörtlicher Rede oder nach ihr verwendet. Wenn man die Art des Sagens nicht näher bezeichnen will („schreit“, „flüstert“, „befiehlt“, „warnt“), ist das unauffällige „sagen“ durchaus angebracht; es wird von professionellen Erzählern bedenkenlos verwendet. Ob eine Formulierung wie „‚Ich habe eine Zwei im Diktat‘ sagte sie lachend“ durch „‚Ich habe eine Zwei im Diktat‘, lachte sie“ ersetzt werden kann (oder sollte), ist umstritten; manche Stilkritiker lehnen dies strikt ab, derartige Formulierungen finden sich aber durchaus bei älteren wie neueren Erzählern; „bat er flehentlich“ wird ja auch – je nach Ausdrucksabsicht – ohne weiteres durch „flehte er“ ersetzt. (Auch Schüler kennen dieses Stilmittel aus der Jugendliteratur, vgl. „‚Das ist Arztgeheimnis‘, grinse ich.“ ELFIE DONNELLY, Servus Opa, sagte ich leise, dtv 1984:61.) – „Machen“ mit präpositionalem Zusatz wird unnötigerweise häufig anstelle anderer Verben verwendet: „Zumachen“ statt „schließen“, „aufmachen“ statt „öffnen“, „ausmachen“ statt „löschen“, „wegmachen“ statt „beseitigen“.

Manche Schwierigkeit bei der Wortwahl rührt von einer Stilvorschrift her, die wir wohl alle tief verinnerlicht haben: *Wortwiederholungen* sind zu vermeiden (vgl. SEIDEL 1990). Gegen diese Regel ist zu sagen, daß sie unsinnig ist, wenn dadurch Mißverständnisse in der Sache entstehen: Dasselbe sollte auch mit demselben Ausdruck bezeichnet werden. Auch können wörtliche Wiederholungen stilistische Qualität haben, etwa der Intensivierung dienen. Für die Regel spricht aber, daß das geschulte Ohr an unmotivierter Wiederholung Anstoß nimmt, etwa bei „Die Schüler sollten solche Texte selbst herstellen und sich gegenseitig Aufgaben stellen“, „Die Mitarbeit gestaltet sich träge und wird nur von wenigen Mädchen getragen“, „Oft wird dagegen verstoßen, Verstöße gegen Grammatikregeln zunächst zu analysieren“, „Faust schließt schließlich einen Pakt mit dem Teufel“. PORZIG ([6]1975:180) spricht hier von einem Wunsch nach „Verunähnlichung“ oder „Dissimilation“: „Es widerstrebt uns, dasselbe Wort oder denselben Wortstamm kurz hintereinander zu gebrauchen. Man sagt nicht *das Leben, das er lebte*, sondern *das er führte*.“ Manchmal läßt sich die Wortwiederholung durch Tilgung vermeiden: „Die Fragen, die gestellt werden, und die Antworten, die gegeben werden, sind voraussehbar" läßt sich natürlich kürzen zu „Die Fragen, die gestellt, und die Antworten, die gegeben werden, sind ..."; dadurch werden die beiden Satzteile auch enger verklammert. Ansonsten sollten Alternativen gewählt werden, wenn dies möglich ist (z. B. wenn/falls; obgleich/obwohl/obschon/wenn auch; dann/danach/daraufhin; außerdem/im übrigen/des weiteren/ansonsten; häufig/oft; aber/jedoch/freilich), oder die Stelle muß umformuliert werden. Die Forderung nach Varianz erstreckt sich auch auf den Satzbau; hier sollte ebenfalls – aus ästhetischen und kommunikationspragmatischen Gründen – Monotonie vermieden werden, (wenn nicht durch die Gleichförmigkeit der Sätze etwas ausgesagt wird). Damit sind wir beim nächsten Punkt:

b) Die Wahl von Formulierungen

Anders als Kinder verwenden Erwachsene oft gedankenlos das *Passiv*, obwohl das Aktiv dieselbe Bedeutung ausdrücken würde, aber kürzer wäre und besser klänge. Verständlichkeitstests haben gezeigt, daß Passivformulierungen schwerer zu verstehen sind und schlechter behalten werden. (Das gilt aber offenbar nicht unumschränkt, vgl. GROEBEN/CHRISTMANN 1989:178.) Sinnvoll ist das Passiv natürlich, wenn es keinen Täter gibt oder der Täter nicht bekannt ist bzw. nicht genannt werden soll (wie im Verwaltungsdeutsch: „Sie werden hiermit aufgefordert ...", bei Gebrauchsanweisungen und Kochrezepten, bei der Wiedergabe von wissenschaftlichen Erkenntnissen: „Es wurde beobachtet, daß ..."). Allerdings kann diese Stilregel leicht in Konflikt mit einer anderen geraten, nämlich den Satzbau zu variieren (s. o.). Darüber hinaus erlaubt das Passiv natürlich auch, das Objekt, dem etwas geschieht, in den Vordergrund zu rücken: „Der neue Schüler wurde von allen akzeptiert." Dies zeigt noch einmal, wie problematisch die Regeln sind, die die „Stilratgeber" nennen: Man ist versucht, zu jeder solchen Regel gleich die Bedingungen, die Einschränkungen und Ausnahmen anzugeben.

Das *Verb,* und zwar in aktiver Form, ist die einzige Wortart, die für Stilistiker recht unproblematisch ist (mit Ausnahme der oben erwähnten angeblich „blassen" Verben). Sie raten dazu, wann immer möglich *Substantive und Adjektive* durch Formulierungen mit aktiven Verben zu ersetzen. Statt: „Er erfuhr die Ursache der Entwicklung" lieber „er erfuhr, wie es gekommen war", statt „Die Kunst der Verständlichkeit des Schreibens" lieber „Die Kunst, verständlich zu schreiben", statt „Die Kernfrage bei den Neuen Medien wird sein, was in Zukunft technisch denkbar, wirtschaftlich machbar und menschlich zumutbar ist" lieber „... wird sein, was die Technik kann, was die Wirtschaft will und was die Leute mögen" (SCHNEIDER 1987:74f.). Aber sollte man auch „Er gab ihr einen Kuß" durch „Er küßte sie" ersetzen? Da alternative Formulierungen meistens nicht ganz dasselbe bedeuten, muß man sich fragen, was genau man denn ausdrücken will, ehe man zur eleganteren und leichter verständlichen Ausdrucksweise greift. Im übrigen wird eine Tendenz zur Nominalisierung seit längerem beobachtet; wir sind heute weniger empfindlich gegenüber Substantiven, als dies früher der Fall war. (REINERS plädierte für das Verb, weil es Tatkraft ausdrücke: Ein Deutscher sollte Stärke zeigen!)

Für den *Satzbau* geben Stilisten den wohl beherzigenswerten Ratschlag, die eigentliche Aussage nicht in Attributen oder Relativsätzen zu verstekken, sondern das Prädikat wirklich als Satzaussage zu gebrauchen. SCHNEIDER (1987:178) gibt ein Negativbeispiel aus der FAZ: „Die Studie, die sich stellenweise für orthodoxe Kommunisten wie ein Leitfaden zur Ketzerei liest, umfaßt 30 Seiten." Im übrigen wird vor Schachtel- und Klammersätzen gewarnt; zu prüfen ist, ob eine Ausklammerung zurecht besteht. In der Schule ist dies allenfalls in der Sek. II bisweilen ein Problem. Dagegen gebrauchen auch jüngere Schüler oftmals recht ausgiebig Relativsätze, die man meistens durch einfache Attribute ersetzen kann, und sie neigen zu monotonen „daß-Satz"-Bildungen, bei denen die Informationen eben auch im Nebensatz untergebracht sind: „Es steht fest, daß ...", „Ich meine, daß ...", „Man nimmt an, daß ...".

4. Aufgabenvorschläge und Hinweise zur Methode

a) Spezielle Übungen („Etüden")

Wortfeldübungen sind von zweifelhaftem Wert, wenn sie zu künstlichen Unterscheidungen führen; bisweilen ist ein pseudopoetischer Stil die Folge: „Er spähte um die Ecke, blickte dann nach oben, starrte kurz in die Ferne, lugte durch ein Fenster und sah ...". Sinnvoll sind sie, wenn damit Alternativen ermittelt werden, die auf unterschiedlichen Stilebenen oder in unterschiedlichen Kommunikationszusammenhängen angemessen sind (betrügen/beschummeln/bescheißen; stehlen/klauen/mausen/klemmen; auf den Arm nehmen/aufziehen/veräppeln/verarschen). Die Schüler suchen (auch mit Hilfe von Synonymenwörterbüchern) bedeutungsähnliche Wörter, ordnen das Wortfeld und geben Beispielsätze bzw. erläutern den Verwendungszusammenhang. Wenn genug Material beisammen ist, kann ein Ausgangstext von mehreren Schülergruppen auf unterschiedliche Stilhöhe transponiert und für unterschiedliche Sprech- bzw. Schreibanlässe präpariert werden; dann lassen sich „Stilübungen" (s. u.) unmittelbar anschließen.

Wortvarianten: Besonders bei Konjunktionen und Adverbien gibt es oft mehrere gleichbedeutende bzw. gleichfunktionale Wörter; auch bei Nomen gibt es – vor allem durch Fremdwörter – bedeutungsgleiche Ausdrücke. Eine Übung in der Qualität von „5 Minuten Kopfrechnen": Die Schüler überlegen sich solche Wortpaare (oder Worttripel, Wortquadrupel ...). Ein Schüler beginnt und nennt ein Wort. Er ruft einen Mitschüler auf, der sich meldet, weil er ein „Austauschwort" weiß. Dieser Schüler macht dann weiter, indem er ein neues Wort nennt, zu dem wieder jemand anderes ein „Austauschwort" angibt. Z.B. „Orange" – Apfelsine; „Computer" – Rechner; „Revolte" – Aufstand; „weil" – da; „wenn" – falls. Man kann dieses Spiel erweitern, indem man auch Umformungen akzeptiert: „der abendliche

Verkehrsstau“ – der Verkehrsstau am Abend; „Tigerfell“ – Fell des Tigers; „Spanienurlaub“ – Urlaub in Spanien; „Strandcafé“ – Café am Strand. (Wenn kein Mitschüler ein Austauschwort weiß, muß es der Fragesteller selbst nennen.)

Diese Übung kann zwar den aktiven Wortschatz erweitern helfen, sie läßt aber die Frage offen, welche Alternative denn in einer bestimmten Situation gewählt werden soll – und warum.

Satzgliedübungen: Vorgegebene Sätze sind in Satzglieder aufzuteilen, und diese werden umgestellt oder weggelassen. Welche Wirkungen ergeben sich, wie verändert sich der Sinn?

Multiple-Choice-Texte: Es werden Texte so präpariert, daß an einigen Stellen mehrere Wörter zur Auswahl gestellt werden. Die Schüler wählen die beste Möglichkeit. Nachdem sie das Vorgehen verstanden haben, können sie selber Texte in dieser Weise präparieren. Geeignet sind besonders auch Gedichte, weil es da ja auf jedes Wort ankommt und das Versmaß oft beim Lösen eine Hilfe darstellt; nicht immer zeigt das Original auch die beste Möglichkeit! (Vgl. „Multiple-Choice-Lyrik“ in FRITZSCHE 1989.) Bei Prosatexten kann man z.B. Aktiv und Passiv anbieten („er gab ihr einen Kuß“/ „sie wurde von ihm geküßt“/außerdem: „sie bekam von ihm einen Kuß“ und natürlich: „er küßte sie“) oder direkte und indirekte Rede (Er sagte: „Komm her!“/Er forderte sie auf, herzukommen).

Lückentexte: Es werden Texte vorgelegt, bei denen an stilistisch interessanten oder schwierigen Stellen Lücken gelassen wurden, die gefüllt werden müssen. Auch hier sollten die Schüler bald in der Lage sein, solche Texte selbst zu konstruieren und sich gegenseitig Aufgaben zu stellen. (Material findet sich z. B. bei HALLWASS 1989.)

Textschnipsel: Die Schüler erhalten einzelne Satzglieder oder Textteile und müssen damit den ursprünglichen Text rekonstruieren oder einen sinnvollen Text neu herstellen. Wiederum gilt: Die Schüler sollten möglichst bald die Texte selbst zerschneiden und sich die Aufgabe gegenseitig stellen.

b) Stilübungen

Ähnlich wie bei den berühmten „Stilübungen“ von RAYMOND QUENEAU werden zu einem Ausgangstext (Erzählkern, Handlungsplot, Basistext) Texte in unterschiedlichen „Stilen“ geschrieben (Polizeibericht, kindliche Erzählung, Privatbrief, Gerichtsrede, lyrische Skizze, wissenschaftlicher Aufsatz, Partygespräch, Glosse usw. – SPINNER 1990).

Plagiate: Die Schüler erhalten mehrere stilistisch prägnante und ähnliche Kurztexte eines Autors (z. B. von BICHSEL, WONDRATSCHEK oder THOMAS BERNHARD), an denen sie sich orientieren können, und sie schreiben nun selbst einen ähnlichen Text. Der Lehrer sammelt ein und liest einige Schülerarbeiten und ein den Schülern bislang unbekanntes Original vor. Frage: Welcher Text ist das Original?

Weiterschreiben: Den Schülern werden verschiedene stilistisch markante Textanfänge vorgelegt. Jeder Schüler setzt den ihm vorliegenden Anfang so fort, daß man möglichst keinen Bruch bemerkt. Beim Vorlesen müssen die Mitschüler raten, wo das Original verlassen wurde (FRITZSCHE 1989: „Fortschreibgeschichte").

Halbe Gedichte: Auf den Stil von Gedichten werden Schüler aufmerksam, wenn sie versuchen, zu einer Hälfte eines Gedichts eine passende Variante zu schreiben. Dazu sucht sich jeder Schüler aus Anthologien ein Gedicht aus und teilt es in zwei Hälften. Zur ersten oder zweiten Hälfte schreibt er eine neue Fassung, die gut zum Originalanfang bzw. -schluß paßt. Den Mitschülern werden dann die originale Hälfte und zwei Fassungen für die andere Hälfte vorgelegt. Frage: Welche der beiden Fassungen ist die originale? (FRITZSCHE 1989: „Gedichte zur Wahl".)

Précis: Die Schüler stellen einen Paralleltext zu einer Textvorlage her; dieser Text ist nur ein Drittel so lang wie der Ausgangstext. Der Stil wird aber – anders als bei der Inhaltsangabe – beibehalten: Eine Erzählung bleibt im Erzählstil, eine Argumentation bleibt argumentativ, eine Schilderung bleibt stimmungsvoll (SIEDLER 1967). Methodisch geht man so vor, daß der Ausgangstext zusammengestrichen und umgeformt wird; oft muß man sich auch entscheiden, welche inhaltlichen Elemente wesentlich sind.

Übersetzung: Eine wesentliche Übung, um Sprachnuancen erfahrbar zu machen, ist das Übersetzen eines fremdsprachlichen Textes ins Deutsche. Dazu sind schon am Ende der Sek. I einfache englischsprachige Vorlagen (z. B. Kinderbücher wie „Swimmy" von LEO LIONNI) geeignet; zwei- oder mehrsprachige Kinder können solche Übungen noch früher durchführen. Diese Übung eignet sich besonders für Gruppenarbeit; bei kurzen Texten übersetzt jede Gruppe dasselbe, und der Vergleich der Ergebnisse ist lehrreich; bei längeren Texten empfiehlt sich ein arbeitsteiliges Verfahren.

c) Textüberarbeitung

Die Schüler lernen die bei grammatischen Proben üblichen Verfahren zum Ersetzen, zum Erweitern und Weglassen und zum Umstellen syntaktischer Einheiten. Mit Hilfe dieser Verfahren probieren sie Varianten zu ihren Texten aus: Wie wirkt es, wenn ich so formuliere, wie wirkt es, wenn ich anders formuliere? Das kann mit der ernsten Absicht einer Textverbesserung (etwa um Monotonie zu vermeiden) geschehen, aber auch zum bloßen Vergnügen, indem willkürliche Regeln aufgestellt werden, z. B.: Jeder ersetzt das erste Attribut seines Textes durch einen Relativsatz (und umgekehrt), in der zweiten Zeile werden Satzglieder umgestellt, der letzte Satz wird durch möglichst viele Angaben (adverbiale Bestimmungen) erweitert, in den letzten drei Zeilen werden mindestens zwei Wörter oder Satzglieder weggelassen.

Andere zur Übung getroffene Verabredungen gelten der Satzlänge: Lange Sätze sind in kürzere zu zerlegen, oder umgekehrt: kurze Sätze sollen verbunden werden, etwa durch den Gebrauch von Pro-Formen. Wie wirken die kurzen, wie die verbundenen Sätze?

d) Textkommentierung
Die Schüler nehmen zu Aufsätzen und freien Texten ihrer Mitschüler Stellung: Die Texte werden verlost, und jeder Schüler schreibt auf, wie er den Text, der ihm vorliegt, versteht, was ihm daran auffällt und wie der Text gefühlsmäßig auf ihn wirkt. Je genauer die Beobachtungen mit Textmerkmalen verbunden werden, desto mehr fördert die Textkommentierung das Stilbewußtsein. Zur Hilfe können Gesichtspunkte gemeinsam festgelegt werden, z. B. „Was war dem Schreiber besonders wichtig?", „Wie ist der Schreiber vorgegangen?", „Ist der Textanfang geglückt?", „Wie wird der Leser angesprochen?", „Sind Beispiele, Veranschaulichungen, Zitate sinnvoll ausgewählt und eingesetzt?" – Bei der Einführung kann das Verfahren der Textkommentierung an Fremdtexten geübt werden.

Literatur:
Anderegg 1973, Asmuth/Berg-Ehlers 1974, Bleckwenn 1990, Dönnges 1965, Fleischer/Michel u.a. 1975, Fliegner 1979, Förster 1980, Fritzsche 1991, Göttler 1991, Gumbrecht/Pfeiffer (Hrsg.) 1986, Heringer 1989, Hinnenkamp/Selting (Hrsg.) 1988, Kelle 1986, Lobentanzer 1986, Menzel 1990, Michel 1968, Möller 1958, Möller 1961, Möller 1962, Möller 1972, Neuland/Bleckwenn (Hrsg.) 1991, Nickisch 1975, Praxis Deutsch, Heft 102 (1990), Püschel 1988, Püschel 1991, Reiners 1943, Reiners 1951, Riesel/Schendels 1975, Riffaterre 1973, Rupp 1986, Sanders 1977, Sanders 1986, Sandig 1978, Sandig 1986, Sandig (Hrsg.) 1983, Saxalber-Tetter 1991, Schneider 1931, Schneider 1969, Schneider 1987 (STERN-Buch), Spillner (Hrsg.) 1984, Spinner 1990, Storz [2]1958.

VI Geschichte des Aufsatzunterrichts

Seit den 50er Jahren war es üblich, die Geschichte des AU in drei Epochen zu unterteilen: den „gebundenen AU“, den „freien AU“ und den „sprachgestaltenden AU“ (z.B. GEFFERT 1956, BEINLICH 1961, auch noch WAGNER 1979). „Gebunden“ war der Aufsatz hinsichtlich Sprache (Stil), Form (Aufbau) und Inhalt (Thema) und Zeitpunkt des Abfassens: Zu vorgegebenen Themen schrieben die Schüler zur selben Zeit am selben Ort zwar nicht dasselbe (!), aber doch Ähnliches. Die Schüler waren an eine bestimmte Stilebene gebunden (vor allem den Stil CICEROS; LUDWIG 1988:251 weist ihn noch in deutschen Aufsätzen am Ende des 19. Jahrhunderts nach), an eine bestimmte Stilform (etwa die Beweisführung), an feste Stilmittel (Redewendungen) und an eine bestimmte Gliederung. Diese Art des Schreibenlernens herrschte von der Antike über das Mittelalter bis in die Neuzeit, und zwar bis zum Beginn des 20. Jahrhunderts. Sie wurde in der Reformpädagogik abgelöst durch den „freien Aufsatz“, der den Schülern sowohl die Wahl der Themen als auch der Formen und der sprachlichen Ausgestaltung ließ. Damit aber die Freiheit nicht völlige Beliebigkeit und damit das Aufsatzschreiben erlernbar sei, wurde der AU bald wieder in festere Bahnen gelenkt: Der Schüler hatte sich bei der Behandlung vorgegebener Themen an bestimmten Arten der Sprachgestaltung (Aufsatzarten, Darstellungsformen) zu orientieren. Dieser „sprachgestaltende“ bzw. „sprachschaffende AU“ herrschte bis etwa 1970.

GEFFERT sieht in der geschichtlichen Entwicklung zwei Grundmöglichkeiten der Orientierung beim Schreiben verwirklicht: Entweder man geht „von der Sprache als einem objektiven Gebilde (ergon, langue) aus“, oder man wählt den Geist, der sich in der Sprache ausdrückt, zum Ausgangspunkt

„(energeia, parole). Im ersten Falle will man den werdenden Menschen durch das Nachahmen sprachlicher Muster an den richtigen und guten Sprachgebrauch gewöhnen; im zweiten wächst er durch eigenes Gestalten in die Ausdruckswelt der Muttersprache hinein. [...] Die erste Methode, die das sprachliche Vorbild und Muster aus der Erwachsenensprache in den Mittelpunkt des Deutschunterrichts rückte, erzeugte den Typus des *gebundenen* Aufsatzes; die zweite, die dem Kind gestattete, eigene Erlebnisse sprachlich selbständig darzustellen, schuf den *freien* Aufsatz.“

Hier Kind, da Erwachsener; hier freies Gestalten, da bloßes Nachahmen; hier eigene Erlebnisse, da sprachliche Muster: Angesichts einer so klaren Dichotomie fragt man sich, wo der „sprachgestaltende AU“ noch Platz hat. GEFFERT gibt nun an dieser Stelle die sprachphilosophisch-systematische Herleitung auf und beschränkt sich auf eine Beschreibung der didaktischen Entwicklung:

„Dieser freie Aufsatz ist im Deutschunterricht der Gegenwart in eine Spracherziehung eingegliedert worden, deren Hauptanliegen das Gestalten ist. Der neue Aufsatzunterricht will den Gestaltungswillen des Schülers wachrufen, seinen Sinn für die einzelnen Darstellungsformen wecken und seinen Wortschatz erweitern und gliedern; man kann hier daher von dem *sprachgestaltenden* Aufsatz sprechen" (GEFFERT 1956:5).

Dies ist so zu verstehen, daß der gebundene AU dem Schüler die sprachliche Gestaltung oktroyierte, während der sprachgestaltende AU ihm ein Repertoire von sprachlichen Möglichkeiten an die Hand gab, aus dem er zunehmend selbständig auswählen konnte. Beim gebundenen Aufsatz bekamen die Schüler für bestimmte Textsorten (vor allem Rede, Brief, Abhandlung) Muster, beim sprachgestaltenden Aufsatz bekamen sie Regeln. Das Verfertigen von Aufsätzen nach Mustern ging unmittelbar aus den Abschreibübungen hervor; denn der Text wurde im wesentlichen direkt kopiert, nur an einigen Stellen wurde wie bei Formularen das jeweils Variierende (Namen, Ort, Anlaß usw.) eingesetzt. Auch Lesestücke wurden abgeschrieben, damit sich die Sprache einprägte; dies sollte der Erweiterung der sprachlichen Fähigkeiten ganz allgemein dienen. Noch einen Schritt weiter ging das Nacherzählen, weil es eine Reproduktion aus dem Gedächtnis verlangte. Die Vertreter des freien Aufsatzes knüpften demgegenüber an der mündlichen Sprache an und ermunterten die Schüler, diese auch beim Schreiben zu berücksichtigen.

In dieser gewohnten Betrachtungsweise erscheint mithin die Geschichte des AU als dialektischer Prozeß: Auf eine starre Bindung folgt als Antithese die völlige Freisetzung und auf diese wiederum die Synthese des „sprachgestaltenden Aufsatzes". Diese Geschichtsschreibung hat allerdings nachweislich der vermeintliche Sieger, der „sprachgestaltende AU", vorgenommen.

Die übliche Typisierung des AU und die damit verbundene Epocheneinteilung ist nicht nur zu grob, sondern auch in vielen Punkten falsch. Schon HELMERS (^{6}1971) wies darauf hin, daß aus chronologischen Gründen eine Gegenüberstellung von ca. 2000 Jahren (oder, wenn man sich auf den deutschen Aufsatz beschränkt, von immerhin etwa 300 Jahren) „gebundener AU" zu etwa 20 Jahren „freier AU" und etwa 50 Jahren „sprachgestaltender AU" Unsinn sei. Außerdem seien die Begriffe nicht zur Typisierung geeignet, da sie als Kampfbegriffe in der didaktischen Auseinandersetzung entstanden sind (nach LUDWIG, S. 207, hat die Begriffe „Gebundenheit" und „Freiheit" FALKMANN 1823 eingeführt).

HELMERS (1966:252) schlug vor, die Geschichte des AU nach „drei gesellschaftlich bedingten Epochen" zu gliedern: „die Epoche der Imitation, die Epoche der Reproduktion und die Epoche der Produktion. Der Imitationsaufsatz herrschte an den Lateinschulen des Mittelalters; der Reproduktionsaufsatz ging aus dem Imitationsaufsatz nach dem Beginn der Neuzeit allmählich hervor; der Produktionsaufsatz hat um 1900 eingesetzt."

HELMERS' Einteilung unterscheidet sich dreifach von der gängigen: Erstens gliedert er in Epochen, die eine vergleichbare Länge haben, sofern man die Antike übergeht und nur die Entwicklung in Deutschland berücksichtigt. Zweitens versucht er, eine Beziehung zwischen politisch-gesellschaftlicher Entwicklung und der Entwicklung des AU herzustellen, und zwar so, daß der Imitationsaufsatz der statischen und bevormundenden Feudalgesellschaft entspricht, der Reproduktionsaufsatz der aufstrebenden bürgerlichen Gesellschaft, die „an kritischer Stellungnahme und an Progression" interessiert war, und der Produktionsaufsatz offenbar (HELMERS führt dies nicht aus) als bürgerliche Reaktion auf die sozialen Bewegungen des 19. Jahrhunderts zu verstehen ist. Diese Betrachtungsweise ermöglicht es HELMERS, die Geschichte des AU als stufenweisen Prozeß der Befreiung von Bindungen zu beschreiben: von der bloßen Nachahmung über die freiere Reproduktion zur selbstbestimmten Produktion. Der Unterschied von „freiem" und „sprachgestaltendem" AU wird nicht als Rückschritt im Befreiungsprozeß gesehen, sondern schlicht auf den Unterschied von Schularten und -stufen zurückgeführt: Der freie AU ist ein Spezifikum der Volksschule und der Primarstufe, der sprachgestaltende AU ist das Entsprechende für das Gymnasium und die Sekundarstufe. Grundsätzlich aber seien beide Arten des AU gleich: „Nicht mehr die Wiedergabe eines in der Klasse erarbeiteten Aufsatzes wird gefordert, sondern die kreative Gestaltung (= Produktion) aufgrund der eigenen Fähigkeiten des Schreibers. Es ist klar, daß Produktion nur bei solchen Themen zu fordern ist, die dem Schüler einen freien Entfaltungsraum sichern. Das ist insbesondere die Erfahrungswelt, sei diese nun im individuellen oder im gesellschaftlichen Bereich gegeben" (1966:255f.).

Daß auch HELMERS' Epocheneinteilung und Typisierung grobschlächtig ist, macht die detaillierte Untersuchung deutlich, die LUDWIG (1988) der Geschichte des Schulaufsatzes in Deutschland gewidmet hat. Diese Darstellung liegt dem folgenden Abriß vor allem zugrunde.

1. Die rhetorische Vorgeschichte des deutschen Aufsatzes

Bis ins 18. Jh. hinein wurde der AU in den höheren Schulen von der rhetorischen Tradition der Antike bestimmt. Gefragt war ein wirkungsvolles Schreiben, wobei das Schreiben selbst nur der Vorbereitung des Redens diente. Ausbildungsziel war in der Antike der Redner im politischen und juristischen Bereich; darüber hinaus war die rhetorische Fähigkeit Statussymbol: „Die Fähigkeit, eine Rede halten zu können, zeichnete damals den gebildeten Bürger aus" (LUDWIG 1988:8). Kennzeichen dieser Fähigkeit war die Wirksamkeit der Reden: Der gute Redner war der wirkungsvolle. Wirkung erzeugte man aber nicht – wie der heutige Rhetorikunterricht bisweilen nahelegt – durch „rhetorische Tricks", sondern durch Auffinden des für die Rede geeigneten Stoffs („inventio") und dessen Anordnung („dispositio").

Methodisch ging man so vor, daß man fertige Reden in ihre Teile zerlegte und diese Teile einzeln übte. Ein solcher Teil war die (bewußt parteiische) Darlegung des strittigen Sachverhalts; man nannte sie „narratio" (Erzählung). Bei der Erzählung wurden Kürze, Deutlichkeit und Glaubwürdigkeit („probabilitas": also Wahrscheinlichkeit, nicht Wahrheit!) gefordert; diese Kriterien ergaben sich unmittelbar aus dem Ziel der Reden: Wirkung. Der Erläuterung und Veranschaulichung eines Sachverhalts diente die „fabula" (Fabel, gemeint war eine Beispielgeschichte). Ein weiterer Teil war die „confirmatio" (Verteidigung der eigenen Behauptung), ein weiterer die „refutatio" (Widerlegung der Gegenthese). Nachdem diese Teile einzeln geübt worden waren, wurden sie zur ganzen Rede zusammengesetzt; nicht die einzelnen Übungsformen, sondern die ganze Rede war das Ziel des Rhetorikunterrichts.

Bei all dem wurde keine Originalität, keine Phantasie oder Erfindungsgabe verlangt, sondern es kam auf Kenntnisse sowie geschickte Auswahl und Anordnung bekannter Topoi an; diese entnahm man entsprechenden Exzerptensammlungen. Deutlich wird das am Beispiel der **Chrie**. Darunter ist die Behandlung des Ausspruchs (oder der Tat) einer berühmten Person zu verstehen. Diese Behandlung war durch ein Schema genau in acht Schritten festgelegt: 1. „Quis": Nennung und Lob des Verfassers des Ausspruchs, 2. „Quid": Paraphrase des Ausspruchs, 3. „Cur": Begründung der Richtigkeit des Ausspruchs, 4. „Contra": Widerlegung anderer Auffassungen, 5. „Simile": Erläuterung durch einen Vergleich, 6. „Exemplum": Erläuterung durch eine Anekdote als Beispiel, 7. „Testes": Bekräftigung durch Zitate von Autoritäten, 8. Schluß: „So also verhält es sich mit dem Ausspruch des X." Diese schematische Gliederung machte das Verfassen von Reden lehr- und lernbar, zumal man bei der Ausführung auf Versatzstücke zurückgreifen konnte. Außerdem wurden in den Lehrbüchern Musterbeispiele gegeben.

Einige der antiken Redevorübungen wurden später im AU zu selbständigen Aufsatzarten gemacht, so die schon erwähnte Erzählung (ursprünglich eine Art Tathergangsschilderung vor Gericht, also weder literarische Erzählung noch Alltagserzählung), dann die Beschreibung, die Stellungnahme zu konkreten Fragen und schließlich auch die Erörterung allgemeiner Probleme. Doch war die antike Rhetorik nicht die einzige Quelle für diese Aufsatzformen; wichtig wurden auch poetische und philosophische Muster und Traditionen.

Als im Laufe des 17. Jahrhunderts das Deutsche allmählich im Rhetorikunterricht Fuß faßte, blieb es zunächst bei denselben Funktionen und Formen des Schreibens. Es wurden Reden geschrieben und Gedichte verfaßt, und zwar solche, die wir heute als „Gelegenheitsgedichte" bezeichnen würden. Auch diese Hochzeits-, Begräbnis-, Willkommens- und Preisgedichte hatten rein rhetorischen Charakter und dienten nicht, wie spätere Lyrik, dem Ausdruck des Subjekts. Schreiben hatte sein Ziel im mündlichen Vortrag – mit einer Ausnahme: dem Brief. Aber natürlich verfolgt gerade auch der Brief praktisch-kommunikative Zwecke. Schreiben, so könnte man zusammenfassen, diente der Qualifikation zum eloquenten Höfling und später zum angesehenen Gelehrten und erfolgreichen Geschäftsmann.

Von Anfang an bestand die Tendenz, daß sich die Schule verselbständigte. Reden und Redeteile wurden nicht nur geübt, um außerschulisch verwendet zu werden, sondern damit die Schüler in der Schule damit glänzen konnten. Dazu mußten eigens Vorkehrungen getroffen werden, d. h. es wurden „reale" Anlässe gesucht und sicher bisweilen auch geschaffen, die Reden erforderten. Wichtigste Anlässe waren das Schultheater und die oratorischen Darbietungen.

„Jede Gelegenheit wurde wahrgenommen, um Reden vorzutragen: die öffentlichen Examina, Gedenkveranstaltungen für die Stifter von Stipendien, Ehrungen für erlauchte Persönlichkeiten, der Geburtstag des Landesvaters (später auch seiner Favoritin), Abschieds- und Begrüßungsfeiern usw. [...] Daneben gab es viele Anlässe, eigene Gedichte vorzutragen: ‚bald starb ein alter Rektor oder Konrektor, bald feierte ein Lehrer seinen Namenstag oder gar seine Hochzeit, oder er wurde neu introduziert, oder er empfing den Doktorhut, oder er siedelte von einer Schule zu einer anderen über [...]'" (LUDWIG 1988:35).

Man darf sich das nicht so vorstellen, als sei es bei der Rede jeweils nur um den Anlaß gegangen, vielmehr wurden in den Reden oft biblische, historische oder allgemein-menschliche und moralphilosophische Themen behandelt, weswegen der AU später (d. h. nach der Emanzipation von der Rhetorik) daran anknüpfen konnte.

In der Methodik unterschied sich der deutsche vom lateinischen Rhetorikunterricht beträchtlich (was HELMERS' Unterscheidung von „Imitation" und „Reproduktion" rechtfertigt). Schon gegen Ende des 17. Jahrhunderts nämlich wurden vereinzelt nicht nur Muster imitiert, sondern es wurde wesentlich freier mit Vorlagen umgegangen: Sie wurden mit eigenen Worten nacherzählt und umgewandelt. Ziel war schon hier die Ausbildung einer Fähigkeit, mit der selbständig Texte verfaßt werden konnten; d.h. es ging nicht um das Erlernen einzelner Arten von Reden, sondern um den Erwerb stilistischer Fertigkeit allgemein. In immer neuen Vorstößen wurde Kritik am bloßen Imitieren sowie am Formalismus, Schematismus und am Mechanismus der Gliederungen geübt. Der Qualifikationsgesichtspunkt blieb aber bestimmend; nach wie vor diente das Schreiben vorwiegend einer speziellen Fertigkeit, dem Reden, und das Reden diente dem gesellschaftlichen Erfolg. „Worauf es ankam – in diesem einen Punkte sind sich alle Rhetoriker, die deutschen wie die lateinischen, einig –, das war der Effekt der Rede, die Wirkung auf die Gedanken, Gefühle und also auch Handlungen der Hörer oder Leser" (LUDWIG 1988:46).

2. Der Aufsatz als Medium der Denkens und der geistigen Entwicklung

Im 18. Jh. schlich sich unter dem Mantel der Rhetorik ein neuer Gedanke und eine neue Zielbestimmung ein. GOTTSCHED nämlich erklärt, daß die Wirkung einer Rede nicht von der sprachlichen Vollkommenheit, sondern von der Überzeugungskraft der Gedanken abhinge. Wenn dem so ist, müssen zuallererst die Gedanken verbessert werden. „Darum wer wohl gedencken kan, der gelanget auch leicht zum wohlreden" (LANGE 1723, zitiert nach LUDWIG 1988:73). Besseres Erfassen der Gegenstände, klareres Denken war die logische Folgerung. Immer entschiedener wurde das Schreiben von seiner das Reden vorbereitenden Funktion befreit und erhielt eine selbständige Aufgabe: den wohlüberlegten Ausdruck eigener Gedanken. Es sollten nicht mehr nur fremde Gedanken (aus Exzerptensammlungen) geschickt angeordnet werden, sondern der Schreiber sollte sich den Stoff innerlich aneignen (durch Nachdenken bzw. „Meditation") und sich dann aus der Kenntnis und dem Verständnis der Sache heraus äußern.

Schreiben wurde im Laufe des 18. Jahrhunderts erstmals deutlich als ein Instrument des Denkens begriffen: „Von nun an hatten die schriftlichen und mündlichen Übungen im Unterricht an den Schulen verschiedene Aufgaben. Den mündlichen Übungen blieb die alte Aufgabe noch lange Zeit erhalten: die Ausbildung der Eloquenz. Die schriftlichen Übungen wurden dagegen in den Dienst der Verstandeskräfte gestellt. Sie bereiteten nicht auf den oratorischen Vortrag vor, sondern mit ihnen betrieb man Gedankenarbeit" (LUDWIG 1988:106). Der Schreibunterricht hatte nicht mehr zum Ziel, auf eine außerunterrichtliche rhetorische Praxis vorzubereiten, sondern den Schülern ein Lern- und Erkenntnismedium zu vermitteln, und der Nutzen des Schreibens bemaß sich nicht mehr daran, welche Wirkung es beim Leser hat, sondern wie sehr es dem Schreiber beim Erkennen der Wirklichkeit hilft und seine geistige Entwicklung fördert. Zum „oratorischen" Schreiben trat das „philosophische" (auch „dogmatische" genannt) und das „historische" hinzu, die politische Rede wandelte sich zur gelehrten. Der Aufbau der Texte war nicht mehr durch rhetorische Konvention vorgegeben, sondern er wurde abhängig vom Ausdruck der Gedanken. „Damit wurde das Disponieren zum Problem" (LUDWIG 1988:90). „In den Abituraufsätzen aus der 1. Hälfte des 19. Jahrhunderts finden sich nur selten ‚Dispositionen', und sie ähneln mehr einem gedanklichen Entwurf als einer systematischen Gliederung, wie wir sie ab der 2. Hälfte des Jahrhunderts kennen" (LUDWIG 1988:160).

Die Loslösung des Schreibens von der Rhetorik wurde gefördert durch eine neue, in der Aufklärung vorgenommene Aufgabenbestimmung der Pädagogik. Erziehung sollte nicht länger dazu dienen, das Kind mit den Qualifikationen – dem Wissen und den Fertigkeiten – auszustatten, die es später als Erwachsener brauchen würde, sondern dazu, mit Blick auf den ganzen Menschen alle im Kind schlummernden Anlagen zu entfalten. Entschieden wandte man sich gegen Einseitigkeit der Bildung. „Man muß es noch deutlicher sagen. Diesen Pädagogen genügte die Ausbildung der Verstandeskräfte nicht mehr, sie beabsichtigten die Weckung, Entfaltung und Ausbildung *aller* Seelenkräfte, also auch des Gefühls, der Vorstellung, der Phantasie, des Witzes (im alten Sinn des Wortes), der Vernunft, des sittlichen und moralischen Empfindens. [...] Allgemeinbildung lautete das neue Schlagwort, und die Allgemeinbildung definierte sich in Opposition zur Berufsausbildung" (LUDWIG 1988:139f., allerdings bezogen sich diese Forderungen auf das Gymnasium – die Realschule und die Volksschule dagegen bereiteten auf die praktischen, vor allem beruflichen, Bedürfnisse vor). „Die Pädagogen forderten die Ausbildung aller Seelenkräfte. Ausgebildet werden die Seelenkräfte aber nur, indem sie in Anspruch genommen und in Tätigkeit versetzt werden. [...] Die Seelenkräfte in Tätigkeit zu versetzen, heißt also zwar nicht ausschließlich, wohl aber doch vornehmlich, sie einen Ausdruck finden zu lassen, einen sprachlichen Ausdruck, der es dem Lehrer wie dem Schüler ermöglicht, an ihnen im Unterricht zu arbeiten" (LUDWIG 1988:141).

LUDWIG weist nach, daß es im Zusammenhang dieses neuen Bildungsverständnisses schon am Ende des 18. Jh. pädagogisch-didaktische Forderungen gab, wie wir sie aus der Reformpädagogik mehr als hundert Jahre später kennen: Es kommt primär auf den Inhalt der Aufsätze an, und dieser besteht aus den eigenen Gedanken des Schülers; die Form ist eine Funktion des Inhalts. Die Themen müssen kindgemäß und altersgerecht sein und dem Schüler einen emotionalen Halt geben. In freien Aufsätzen können die Schüler eigene Beobachtungen, Erfahrungen und Überlegungen zu Papier bringen. Einschränkend stellt LUDWIG allerdings fest: „Der Gedanke des freien Aufsatzes ist nur bei wenigen Aufsatzdidaktikern des 18. Jahrhunderts zu Ende gedacht worden" (1988:115).

Die Entdeckung des Schreibens als eines Lernmediums steht im Zusammenhang mit einer stärkeren (und auch ausgedehnteren) Verschulung. Überspitzt und modern gesagt: Der Schreibunterricht dient nicht mehr außerunterrichtlichen Zwecken, sondern dem Unterricht selbst, vor allem dem Sachunterricht (Geographie- und Geschichtsunterricht, auch Religionsunterricht) und auch schon dem Literaturunterricht (schriftliches Beantworten von Fragen zum Text, Zusammenfassungen, Gliederungen, Erweiterungen durch Beispiele u. ä.). Das Schreiben dient dem klareren Erfassen von Unterrichtsgegenständen, und erst das Insgesamt des Unterrichts (also nicht jede einzelne Disziplin für sich) macht das Kind lebenstüchtig.

Die neue Funktionsbestimmung des Schreibens löst die alte allerdings nicht einfach ab, sondern beide gehen im 19. Jh. zunächst noch nebeneinander her. Weiterhin gibt es rhetorische Übungen und ausgearbeitete Reden; erhalten ist z. B. BÜCHNERS Rede vom 29. September 1830 über die Frage, wie Catos Tod zu beurteilen sei. Aber die Rhetorik hat sich selbst gewandelt, sie ist zu einer „schreibenden Rhetorik" geworden, bei der die Ausarbeitung des Textes, nicht sein Vortrag, im Vordergrund steht. (In diesem Zusammenhang gewinnt auch das Briefschreiben eine größere Bedeutung.) Die Blüte der Literatur in Klassik und Romantik, die Bedeutung der Philosophie im deutschen Idealismus, der Siegeszug der Wissenschaft im 19. Jh. und die zunehmende Alphabetisierung und Literalisierung waren der Rhetorik ebenso abträglich wie die politische Entwicklung, in der es zwar freie Gedanken, aber kaum freies Reden gab.

Schrift nicht als Vorbereitung des Redens, sondern als Ausdruck von Gedanken, Gefühlen, Urteilen: Diese Idee schuf erst eigentlich das, was wir als „Aufsatz" kennen, und verhalf ihm zugleich zu einer ungeheuren Bedeutung. Da die schulischen Bedingungen, unter denen Aufsätze geschrieben wurden, unbeachtet blieben, konnte man nämlich den Aufsatz als die Äußerung des Innenlebens eines Schülers schlechthin verstehen. Das machte ihn zum Hauptkontroll- und wichtigsten Beurteilungsinstrument. So rückte er ins Zentrum des 1788 in Preußen eingeführten Abiturs. Am Aufsatz glaubte man die „Reife des Charakters" eines Schülers ablesen zu können. „Der Gedanke, daß sich die Gesamtbildung des Schülers im deutschen Aufsatz am deutlichsten dokumentiere, war keineswegs auf den Abituraufsatz beschränkt, sondern bestimmte zumindest gegen die Mitte des 19. Jahrhunderts in zunehmendem Maße den Aufsatzunterricht" (LUDWIG 1988:142). So kann man schon 1857 in Meyers Neuem Conversationslexikon über die Funktion des Schulaufsatzes lesen, er stelle sich „als der Ausdruck der Gesamtbildung des Verfassers und als das geeignetste Mittel dar, diese Gesamtbildung ebensowohl zum Bewußtseyn seines Besitzers, als zur Anschauung für Andere zu bringen".

Die Entwicklung des Schreibunterrichts seit dem 17. Jh. macht deutlich, wie nacheinander die drei didaktischen Funktionen ausgebildet werden, die der AU noch heute hat: Aneignung von Mustern und Regeln zum Verfertigen von Schriftstücken unter praktischen Gesichtspunkten (ein Beispiel für den „Aufsatz" als Lerngegenstand), Entfaltung und Ausbildung aller „Seelenkräfte" (der Aufsatz als Lernmedium) und damit sehr bald verbunden die Dokumentation der „Reife" (der Aufsatz als Lernkontrolle).

In der Aufsatzdidaktik des 19. und 20. Jahrhunderts wurde zum einen darum gestritten, ob der AU mehr allgemeinbildende, auf Grundfähigkeiten („Seelenkräfte") bezogene, oder mehr praktische, auf Schreibfähigkeit bezogene Aufgaben zu erfüllen habe, zum anderen wurden unterschiedliche methodische Wege eingeschlagen, um die Schüler zum klaren Denken, genauen Beobachten und scharfen Urteilen zu führen. Immer wieder trifft man dabei auf Kritik an pedantischem Formalismus und Schematismus, an geforderter Bloßstellung von Gedanken und Empfindungen, die zu Künstelei und Heuchelei führe, an unkindlichen Aufgaben überhaupt und allgemeiner Überforderung der Jugend.

Ein wichtiger methodischer Gesichtspunkt betraf die Wahl der Themen. Zwar unterschied man zunächst noch nicht nach Themen, die sich auf Gegenstände des DU bezogen, und solchen, die andere Fächer und Gegenstände betrafen (dies tat wohl erstmals Paul Klaucke 1881; Ludwig 1988:241), aber man war doch uneins in der Frage, ob sich die Aufsatzthemen auf Unterrichtsgegenstände beschränken sollten oder auch außerschulische Erfahrungen der Schüler einbezogen werden dürften. Für letzteres sprach, daß es für jede zu lernende Sache, für jede Erfahrung, für jede Kenntnis von Vorteil ist, wenn der Schüler sie bewußt sprachlich ausdrückt – indem er also darüber schreibt. Dagegen sprach, daß ohne unterrichtliche Vorbereitung der Stoff meist so verschwommen, die Kenntnis so ungenau ist, daß der Schüler nur „unsachlich" und auf niedrigem Niveau schreibt. Zugespitzt: Im einen Fall vertraut man auf die förderliche Wirkung des Schreibens, im anderen Fall bemängelt man die zu bescheidenen Schreibprodukte. Im einen Fall kommt es darauf an, den Schülern möglichst viel Freiheit zu lassen, im anderen Fall, das Aufsatzschreiben möglichst gründlich vorzubereiten. Der eine Fall tendiert folglich zum „freien Aufsatz", der andere Fall zum „reproduktiven". Robert Heinrich Hiecke forderte 1842: „Production also, jedoch nicht eine ganz freie, sondern eine solche, die auf selbständiger Reproduction und einsichtiger Reflexion auf das, was die Aufmerksamkeit des Schülers hat auf sich ziehen müssen, beruht" (Ludwig 1988:196).

3. Der Aufsatz als Lernmedium im Literaturunterricht

Eine sachlich-stoffliche Vorbereitung des Aufsatzschreibens ist vor allem dann gegeben, wenn sich der Aufsatz auf Gegenstände des LU bezieht. Genau diese Verklammerung des AU mit dem LU wird von den einflußreichsten Aufsatzdidaktikern in der zweiten Hälfte des 19. Jahrhunderts, von HIECKE und nach ihm LAAS, gefordert; das ist die Geburt des Literaturaufsatzes, der die Aufsatzdidaktik des Gymnasiums fortan bestimmen sollte. Unter Literatur verstand man im wesentlichen die deutschen Klassiker SCHILLER und GOETHE, auch LESSING. Folgenreich war, daß das Schreiben (neben Denkschulung und Stilbildung) einzig der Aneignung der Stoffe und des Gehalts der Werke dienen sollte – eine kritische Auseinandersetzung war von vornherein ausgeschlossen. LUDWIG kommentiert:

> „Wer dem Schüler den Stoff zu seinen Aufsätzen vorgibt, gleichzeitig aber ihm verwehrt, sich mit diesem kritisch auseinanderzusetzen, der hat, wie sehr er auch die Eigenständigkeit der Gedankenarbeit des Schülers hervorhebt, nicht nur den Zugang zu den Köpfen und Herzen der Schüler, sondern auch das Mittel, nicht nur die Gedanken, sondern auch die Einstellungen und Wertungen, kurz ihr gesamtes Bewußtsein zu beeinflussen und zu manipulieren. Er lädt damit eine große Verantwortung auf sich. Der Aufsatzunterricht konnte so zur Charakter- und Gesinnungsbildung benutzt werden" (1988:247).

Und über den AU der wilhelminischen Epoche:

> „Über die Lektüre der Nationalliteratur sollte nationales Bewußtsein in die Köpfe und Herzen der Schüler transportiert, durch das Schreiben von Aufsätzen über eben diese Stoffe eine nationale Gesinnung eingeübt und befestigt werden" (1988:254).

Zunächst aber waren die Ziele bescheidener: Der AU diente der formalen Denkschulung bei ERNST LAAS (1872), der inhaltlichen Aneignung der Klassiker bei PAUL KLAUCKE (1871), der Stilbildung bei beiden.

4. Der „freie" Aufsatz als Ausdruck von Individualität

Die Schüler sind unmündiges, bildbares Material und können deshalb nur über das schreiben, was sie zuvor im LU durchgenommen haben: Dieser These stand die berühmte Forderung RUDOLF HILDEBRANDS entgegen, es gelte „erst den eigenen Inhalt der Schülerseele herauszulocken und daran die Form zu bilden; jeder andere Weg hat etwas von dem Sprachunterricht, den man Papageien gibt" (HILDEBRAND 1867, [27]1962:28). Beziehe sich der Aufsatz auf den vorangegangenen Unterricht, so werde er zur „Gedächtnisprobe":

> „Aufgaben mit solchem realen Inhalt, den der Schüler eben erst gelehrt bekommen hat oder noch bekommt, dienen dem eigentlichen Ziele nicht, wenn sie auch sonst nicht ohne Nutzen sind; da wird die wichtige deutsche Arbeit zu leicht erniedrigt zu einer Gedächtnisprobe, der Schüler hat Dinge hinzustellen, die noch nicht Wurzel gefaßt haben in seinem Ich, die Gefahr des Abschreibens tritt ein, das alle Selbsttätigkeit zunichte macht und dem Schüler die Selbstachtung knickt und das Selbstvertrauen, die beiden geistigen Mächte, auf die dabei alles ankommt" (ebd. S. 27).

HILDEBRAND wendet dasselbe Argument gegen den literarischen, philosophischen und historischen Aufsatz, das schon bei der Abkehr von der Rhetorik verwendet wurde: Die Wiedergabe von Stoff, den sich der Schüler nicht innerlich angeeignet hat, führt zu bloßem Nachplappern.

Auf HILDEBRAND konnte die Reformpädagogik am Anfang des 20. Jahrhunderts zurückgreifen. Sie war zunächst eine Bewegung der Volksschule. In der Volksschule, vor allem ihren unteren Klassen, wurde die Kluft, ja der Kontrast zwischen dem, was den Schülern vorgesetzt wurde – der Literatur – und ihrer eigenen (kindlichen und oft dialektalen) Sprache als besonders kraß erfahren. Wenn die Schüler sich der Literatursprache anzupassen versuchten, wurde ihr Stil künstlich und papieren. Die Klage, die Schule erziehe zu Papageien, findet sich wörtlich bei dem Reformer PAUL ANTHES (1905, vgl. LUDWIG 1988:306) wieder. Von der Reproduktion literarischer Texte versprach man sich keine positive Wirkung auf die Entwicklung der Sprachfähigkeit mehr. In einer veränderten Betrachtungsweise konnten vielmehr die freien Aufsätze der Schüler selbst als „Kunstwerke" gelten, da sie ja Ausdruck von individuellen Erlebnissen, Gedanken und Gefühlen waren. Angesichts der nicht zu leugnenden Unterschiede von überkommener Dichtung einerseits, den Schüleraufsätzen andererseits wurde natürlich darüber gestritten, ob der Vergleich des Kindes mit dem Künstler statthaft sei. Doch dieser Streit war eher akademisch; die Lehrer interessierte viel mehr die Frage, „ob und wie Schüler in die Lage gebracht werden können, ‚daß sie aus eigenem Antrieb etwas aufs Papier bringen, was sie selbst erfahren haben und gern erfahren haben und darum anderen mitteilen möchten'" (LUDWIG 1988:312; er zitiert hier aus „Ergebnisse und Anregungen des zweiten Kunsterziehungstages in Weimar am 9., 10., 11. Oktober 1903", Deutsche Sprache und Dichtung, Leipzig 1904). Nicht Kunstwerke, sondern Ausdruck und Mitteilung von Erfahrungen erwartete man von den Schülern. „Eine solche Zielsetzung steht der Persönlichkeitspädagogik näher als der Kunsterziehungsbewegung. So gesehen ist der freie Aufsatz in die Tradition der Persönlichkeitspädagogik zu stellen" (LUDWIG 1988:315). Bindeglied zwischen den Forderungen der Persönlichkeitspädagogik und denen der Kunsterziehungsbewegung ist das Postulat, alle schöpferischen Kräfte des Kindes zu entwickeln. Diese Forderung darf durchaus als Reformulierung der oben erwähnten, alle „Seelenkräfte" auszubilden, gesehen werden.

5. Kritik am „freien" Aufsatz: Zweckformen und Aufsatzarten als Lerngegenstand

Die Konzeption des freien, der Persönlichkeitsentwicklung dienenden Aufsatzes hatte zwei Mängel, einen inneren und einen äußeren. Der innere Mangel betraf den Begriff „Entwicklung": Wenn die schöpferischen Kräfte entwickelt werden sollen, wenn die Persönlichkeit gebildet werden soll, so ist eine Richtschnur vonnöten, an der pädagogische Maßnahmen gemessen werden können – es sei denn, man verzichtet auf jeden Eingriff und vertraut auf natürliches Wachstum. Der äußere Mangel betraf das Verhältnis von Persönlichkeitsbildung und Qualifikation für gesellschaftliche und berufliche Praxis: Wenn sich das, was die Schüler im Unterricht lernen, nicht in ihrer Lebenspraxis anwenden läßt, so ist es offenbar unnütz.

Dem ersten Mangel versuchte man auf vielerlei Weise beizukommen.

Empirische Untersuchungen über die Schriftsprachentwicklung, an denen sich der Unterricht hätte orientieren können, gab es nicht. Gleichsam als Ersatz stellten die Aufsatzreformer kommentierte und mit Altersangaben versehene Texte ihrer Schüler zur Verfügung. Im übrigen versuchte man, das Alter der Schüler bei der Wahl der Stoffe zu berücksichtigen, und stellte ihnen Themen, die ihrem Gesichtskreis entsprachen. Das bedeutete, daß in den unteren Klassen Beobachtungen aus dem Alltag festgehalten und eigene Erlebnisse mitgeteilt und – als Phantasieaufsätze – auch „Lebensmöglichkeiten" ausgedacht wurden; in der Mittel- und Oberstufe weitete sich der Gesichtskreis von den eigenen auf die „von Generationen überlieferten Erfahrungen" (GANSBERG 1914:23). Wenn die Kinder nicht nur erzählen, sondern das Erlebte verallgemeinern und daraus Schlüsse ziehen, haben sie den Grundstein zur „Abhandlung" (Erörterung) gelegt. D.h., das Abstrahieren und Nachdenken wird hier als natürliche geistige Tätigkeit verstanden, an der die Schüler selbst ein Interesse haben; der Unterricht unterstützt es durch die Vorgabe von Themen und Hinweise zur Bearbeitung. Es liegt auf der Hand, daß jeder solche als Hilfe gemeinte Eingriff auch eine Fessel sein kann. Schon die Erweiterung der Erfahrung über den Gesichtskreis hinaus kann dazu führen, daß die Schüler Stoff aufnehmen und wiedergeben, mit dem sie nichts verbindet und mit dem sie nichts anfangen können.

Ähnliches gilt für die sprachliche Seite. Auch hier versuchte man, die Möglichkeiten der Schüler zu erweitern, indem man sprachliche Formen und Mittel einführte, die repräsentativ für die Grundleistungen und -strukturen der Sprache sein sollten; dies war besonders ein Bestreben der Gymnasiallehrer. Die Geschichte des AU im 20. Jh. zeigt, daß die zur „Sprachbildung" gedachten Vorgaben sich zunehmend als Lernstoff verselbständigten. Daran dürften die institutionellen Bedingungen der Schule und ihre Funktion als sozialer „Vorsortierungsapparat" (HECKEL/SEIPP, Schulrechtskunde, Neuwied ^{4}1969:382) wesentlichen Anteil haben. Wenn die „Stilformen", die man den Schülern zu lernen aufgab, auch nicht dasselbe sind wie die alten „Aufsatzformen" (jene sind durch den Aufbau, also die Gliederung bestimmt, diese durch Wortwahl und Satzbau), so ist die grundsätzliche Verwandtschaft doch nicht zu übersehen.

Der andere Mangel des „freien Aufsatzes", von dem die Rede war, betraf den nicht deutlich erkennbaren Lebensbezug. Unter dem Gesichtspunkt der gesellschaftlichen Brauchbarkeit und beruflichen Tüchtigkeit erschien die „Ausbildung aller Seelenkräfte" als Illusion von Schöngeistern; vor allem Volks- und Realschulen sei sie nicht angemessen. Insbesondere eine Spielart der Reformpädagogik, die „Arbeitsschulbewegung", pochte auf Nützlichkeit:

> „Die Arbeitsschule war eine Schule für das Leben. Die Arbeit in der Schule sollte auf die Arbeit im Berufsleben vorbereiten. Das hatte auch für den Schreibunterricht, wie man gerne statt ‚Aufsatzunterricht' sagte, zu gelten. Das bedeutet, daß Formen alltäglichen Schreibens, vom Brief bis zu spezifischen Büroarbeiten (den sogenannten Zweckformen des Schreibens, die in der Volksschule seit ihrem Bestehen immer wieder die Aufmerksamkeit auf sich gezogen hatten), in den Aufsatzunterricht Auf-

nahme fanden, dagegen alle mehr oder weniger schulischen Aufsatzformen, wie die Schilderung, aber auch die Erzählung, auf Reserve stießen" (LUDWIG 1988:330).

Auch die sprachliche Formulierung sollte zweckmäßig und den beruflichen Anforderungen angepaßt sein – keine poetische „Edelsprache", sondern eine „Zwecksprache" (SCHNEIDER 1926). „Gemeint ist eine Sprache, die in wissenschaftlichen Veröffentlichungen, in Verordnungen der Behörde und in der Presse gebraucht wird" (LUDWIG 1988:344).

Die aufsatzdidaktischen Vorschläge und Forderungen in der Weimarer Republik, in der Nazizeit und in der Bundesrepublik bis etwa 1970 können allesamt verstanden werden als (z. T. heftige und polemische) Reaktionen auf den „freien Aufsatz". Bekannt geworden sind sie unter dem Schlagwort „Sprachgestaltung". LUDWIG macht aber auf zwei unterschiedliche Stränge aufmerksam; vom „sprachgestaltenden Aufsatz" unterscheidet er den „sprachschaffenden". Die „Erziehung zu sprachschaffender Darstellung" (SEIDEMANN 1927) zielt auf sprachschöpferische Akte: Die Schüler sollen den für das Gemeinte treffenden Ausdruck, die stimmige Formulierung finden oder auch erfinden. Dahinter steht der seit HERDER und HUMBOLDT vertraute Gedanke, daß die Sprache die Welt erschließt. Beim „sprachschaffenden Aufsatz" wird die Sprache nicht als etwas Vorfindliches gedacht, das der Schüler sich anzueignen hat, sondern er schafft mit Hilfe der in der Sprachstruktur angelegten Möglichkeiten gleichsam selbst eine die Wirklichkeit aufschließende Sprache – entweder „Erkenntnissprache" oder „Erlebnissprache" („dichterische Sprache"). Anders beim „sprachgestaltenden Aufsatz". Hier werden dem Schüler sprachliche Gestaltungsprinzipien an die Hand gegeben, die es ihm ermöglichen, mit der Wirklichkeit in ein bestimmtes Verhältnis zu treten, nämlich entweder in ein sachliches oder in ein emotionales oder in ein verstandesmäßiges. Von RAHN wurde diese Konzeption methodisch und „planmäßig" (fast möchte man sagen: generalstabsmäßig) so detailliert ausgearbeitet, daß sie allen politischen Umbrüchen zum Trotz über Jahrzehnte hinweg (seit den 30er Jahren bis Ende der 60er Jahre) den AU bestimmen konnte. Der einleuchtende Gedanke, daß der Mensch durch die Sprache in ein bestimmtes Verhältnis zur Welt tritt, wurde so ausgelegt, daß es genau vier bzw. sechs derartige Verhältnisse („Haltungen") gibt, und ihnen sollten bestimmte „Stilformen" entsprechen – Erzählung, Bericht, Schilderung, Beschreibung, evtl. noch Abhandlung und Betrachtung (vgl. das Schema von MARTHALER im Kapitel I.6; die Einteilung nach „Erzählung", „Beschreibung" und „Abhandlung" war aber schon im 19. Jh. üblich). Aufgabe des Schülers war es, aufgrund der Themenstellung zu erkennen, welche „Stilform" nötig war, und dann den Aufsatz entsprechend der für diese „Stilform" gelernten Normen zu schreiben. Eine solche Bindung bedeutet eine klare Abkehr vom „freien Aufsatz" der Reformpädagogik.

6. Neue Ansätze

Wohl noch nie in der Geschichte des AU war das Schreiben in der Schule derart schulischer Selbstzweck wie in den 60er Jahren dieses Jahrhunderts. Es nimmt deshalb nicht wunder, daß dieser AU Anfang der 70er Jahre im Zuge schulischer und gesamtgesellschaftlicher Infragestellungen und Veränderungen aufs heftigste bekämpft wurde. Eine neue Konzeption trat an seine Stelle, der „kommunikative Aufsatz". Nun sollte gelernt werden, Schriftsprache gemäß kommunikativen Absichten und mit Rücksicht auf Leser, also wirkungsvoll, zu gebrauchen. Dabei konnte man auf Verfahren zurückgreifen, die aus der Rhetorik bekannt waren. Stil und Form der Texte sollten nicht einfach vom Inhalt abhängen, sondern von mehreren kommunikativen Faktoren; einigender Gesichtspunkt wurde die Zweckmäßigkeit bzw. Funktionalität. Theoretische Grundlagen der neuen Konzeption lieferten nicht länger die Sprachphilosophie und Sprachpsychologie, sondern die Kommunikationswissenschaft und Linguistik (vor allem die Textlinguistik).

Auch die neue Konzeption hatte und hat mit den schulischen Bedingungen zu kämpfen, die konstant – und unter den Bedingungen der verbürokratisierten Schule noch vermehrt – zu Formalismus und Schematismus führen. Was sich überdies als Mangel herausstellte, war die Vernachlässigung des Schreibenden selbst (bzw. des schreibenden Selbst); es fehlte mithin die motivationale Basis. Der Spaß, den das Schreiben dem Schreibenden macht, sollte alsdann beim „Kreativen Schreiben" zur Geltung kommen; die geistige Entwicklung des Schülers, die das Schreiben fördert, sollte der „personale" Ansatz (Boueke 1985) berücksichtigen. Dabei wurden drei Aspekte wichtig:

1. Erkenntnisse der empirischen allgemeinen Entwicklungspsychologie und Untersuchungen über die Schriftsprachentwicklung ermöglichten eine Orientierung des Curriculums an den tatsächlichen Fähigkeiten der Schüler,
2. die Erforschung des Schreibprozesses ermöglichte eine neue Methodik,
3. die Laienschreibbewegung ermöglichte ein neues Verständnis der quasiliterarischen Produktionen von Schülern.

Wie in früheren Phasen der Geschichte des AU, so wurde in der Praxis auch in den 70er und 80er Jahren nicht einfach eine aufsatzdidaktische Konzeption (die des sprachgestaltenden AU oder die des kommunikativen AU) durch eine neue abgelöst, sondern das Alte blieb neben dem Neuen bestehen – weder in seiner Genese durchschaut, noch gar in seinem Geltungsanspruch überprüft.

Literatur

Abraham, Ulf (1993): Verbesserung statt Korrektur. Was man aus der Geschichte der „Aufsatzkorrekturen" für deren Gegenwart lernen kann. In: Diskussion Deutsch 134, S. 464–472

Adam, Wolfgang (1981): Der Essay. In: Knörrich, Otto (Hrsg.): Formen der Literatur. Stuttgart:Kröner, S. 88–98

Albrecht, Dietrich (1974): Bilder und Bildfolgen. In: Albrecht, D.: Curriculumelemente für den Deutschunterricht im 5./6. Schuljahr. Weinheim:Beltz, S. 11–39

Anderegg, Johannes (1973): Literaturwissenschaftliche Stiltheorie. Göttingen:Vandenhoeck&Ruprecht

Antos, Gerd (1982):Grundlagen einer Theorie des Formulierens. Tübingen:Niemeyer

Antos, Gerd (1988): Eigene Texte herstellen! Schriftliches Formulieren in der Schule. Argumente aus der Sicht der Schreibforschung. In: Der Deutschunterricht 40, H. 3, S. 32–48

Antos, Gerd/Augst, Gerhard (Hrsg.)(1989): Textoptimierung. Das Verständlichermachen von Texten als linguistisches, psychologisches und praktisches Problem. Frankfurt a. M.:Lang

Antos, Gerd/Krings, Hans-Peter (Hrsg.) (1989): Textproduktion. Tübingen:Niemeyer

Apelt, Otto (1883): Der deutsche Aufsatz in der Prima der Gymnasien. Leipzig

Asmuth, Bernhard (1978): Schilderung. Zur literarischen und schulischen Geschichte eines malerisch-affektiven Textbegriffs. In: Haubrichs, W. (Hrsg.): Erzählforschung. Theorien und Methoden der Narrativik, Bd. 3. (LiLi Beiheft 8). Göttingen

Asmuth, Bernhard/Berg-Ehlers, Luise (1974): Stilistik. Düsseldorf

Augst, Gerhard (1982): Soll die Schule Sprachnormen als fest, wandelbar oder veränderbar lehren? In: Mogge, Brigitta/Radtke, Ingulf (Hrsg.): Schulen für einen guten Sprachgebrauch. Stuttgart:Klett-Cotta, S. 126–143

Augst, Gerhard/Faigel, Peter (1986): Von der Reihung zur Gestaltung. Untersuchungen zur Ontogenese der schriftsprachlichen Fähigkeiten von 13–23 Jahren. Frankfurt/Bern/New York:Peter Lang

Augst, Gerhard/Jolles, Evelyn (1986): Überlegungen zu einem Schreibcurriculum in der Sek. II. In: Der Deutschunterricht 38, H. 6, S. 3–11

Baillet, Dietlinde (1983): FREINET – praktisch. Weinheim/Basel:Beltz

Bambach, Heide (1987): Lese-Versammlung. Wie Texte Kinder bewegen. In: Balhorn/Brügelmann (Hrsg.): Welten der Schrift in der Erfahrung der Kinder. Konstanz:Faude, S. 11–24

Bambach, Heide (1989): Erfundene Geschichten erzählen es richtig. Lesen und Leben in der Schule. Konstanz:Faude

Bark, Karin (1979): Die Inhaltsangabe. In: Diskussion Deutsch 46, S. 135–144

Baurmann, Jürgen (1987): Basisartikel. In Praxis Deutsch 84: Schreiben: Aufsätze beurteilen, S. 18–24

Baurmann, Jürgen (1990): Aufsatzunterricht als schreibunterricht. Für eine grundlegung des schreibens in der schule. In: Praxis Deutsch 104, S. 7–12

Baurmann, Jürgen/Gier, Eva-Maria (1985): Zur Aufsatzbeurteilung. Eine Auswahlbibliographie. In: Praxis Deutsch 12, H. 72, S. 10–17

Baurmann, Jürgen/Ludwig, Otto (1985): Texte überarbeiten. Zur Theorie und Praxis von Revisionen. In: Boueke, Dietrich/Hopster, Norbert (Hrsg.): Schreiben –

Schreiben lernen. Rolf Sanner zum 65. Geburtstag. Tübingen:Gunter Narr, S. 254–276
Baurmann, Jürgen/Ludwig, Otto (1986): Aufsätze vorbereiten – Schreiben lernen. Basisartikel. In: Praxis Deutsch 80, S. 16–22
Baurmann, Jürgen/Ludwig, Otto (1990): Die Erörterung – oder: ein Problem schreibend erörtern. Versuch einer Neubestimmung. Basisartikel. In Praxis Deutsch 99, S. 16–25
Baurmann, Jürgen/Meyer, Margret (1985): Schreibprozesse beobachten und analysieren. In: Kürschner, Wilfried/Vogt, Rüdiger (Hrsg.): Sprachtheorie, Pragmatik. Interdisziplinäres 19. Kolloquium Vechta 1984. Tübingen
Beck, Oswald (1974): Kriterien zur Aufsatzbeurteilung. Mainz:von Hase und Koehler
Beck, Oswald (1979): Theorie und Praxis der Aufsatzbeurteilung. Ein Handbuch für Lehrende und Studierende. Bochum:Kamp 1979
Beck, Oswald (^{5}1973,^{1}1969): Aufsatzerziehung und Aufsatzunterricht, 1. Bd. (Kl. 1–4). Bad Godesberg:Dürr
Beck, Oswald (1966): Aufsatzerziehung und Aufsatzunterricht 2. Bd. (Kl. 5–9). Bad Godesberg:Dürr
Beck, Oswald/Nikolaus Hofen (1990): Aufsatzunterricht in der Grundschule. Hohengehren:Burgbücherei Schneider
Beck, Oswald/Payrhuber, Franz-Josef (Hrsg.) (1975): Aufsatzbeurteilung heute. Freiburg:Herder
Becker, Elisabeth (1972): Problemerörterung in der Volksschuloberstufe. Hannover:Schroedel
Beinlich, Alexander (1969): Das schriftsprachliche Gestalten und die Stilpflege. In: Beinlich, A. (Hrsg.): Handbuch des Deutschunterrichts im 1. bis 10. Schuljahr. Emsdetten:Lechte, S. 401–490
Bense, Max (1952): Über den Essay und seine Prosa. In: Plakatwelt. Vier Essays. Stuttgart, S. 23–37
Bereiter, Carl (1980): Development in Writing. In: Gregg, L. W./Steinberg, E. R. (Hrsg.): Cognitive Processes in Writing. Hillsdale, N.J.:Lawrence Erlbaum Ass., Publishers
Berg, Martin (1968): Besinnungsaufsatz. Zur Ideologie des Faches Deutsch. In: alternative 61, H. 61, S. 106–118. Wiederabdruck in Ide, H. (Hrsg.): Bestandsaufnahme Deutschunterricht. Stuttgart:Metzler 1970, S. 18–204. Auch in: Schau, A. (Hrsg.): Von der Aufsatzkritik zur Textproduktion. Hohengehren:Burgbücherei Schneider 1974, S. 17–35
Bergk, Marion (1987): Rechtschreiblernen von Anfang an. Kinder schreiben ihre ersten Lesetexte selbst. Frankfurt a.M.:Diesterweg
Bertlein, H. (1971): Das Bild als Unterrichtsmittel. München
Biere, B. U. (1989): Verständlich-Machen. Hermeneutische Tradition – Historische Praxis – Sprachtheoretische Begründung. Tübingen:Niemeyer
Birner, Heinz (1978): Kreative Gestaltungsübungen im Deutschunterricht. München:Oldenbourg
Bleckwenn, Helga (1990): Stilarbeit. In: Praxis Deutsch 101, S. 15–20
Böhmer, Maria (Hrsg.) (1979): Lernerfolgskontrolle. Königstein:Scriptor
Boettcher, Wolfgang u.a. (1973): Schulaufsätze – Texte für Leser. Düsseldorf: Schwann
Bohnenkamp, Albrecht/Brügelmann, Hans (1989): Computer in der Lernwerkstatt. In: Balhorn & Brügelmann (Hrsg.): Jeder spricht anders. Konstanz: Faude, S. 253–258

Bohusch, Otmar (1972): Neue Kriterien für die Aufsatzbeurteilung. München:Don Bosco
Born, Monika/Lueg, Carl Heinrich (1979): Zur Praxis der Aufsatzbenotung
Boueke, Dieter/Schülein, Frieder (1985): „Personales Schreiben". Bemerkungen zur neueren Entwicklung der Aufsatzdidaktik. In: Boueke, D./Hopster, N. (Hrsg.): Schreiben – Schreiben lernen. Tübingen:Narr
Braun, Peter (1979a): Beobachtungen zum Normverhalten bei Studenten und Lehrern. In: Braun, P. (Hrsg.): Deutsche Gegenwartssprache. München, S. 149–155
Braun, Peter (Hrsg.) (1979b): Fremdwort-Diskussion. München:UTB
Braun, Peter/Krallmann, Dieter (1983): Beobachtungen zum Schwierigkeitsgrad von Texten. In: Braun, P./Krallmann, D. (Hrsg.): Handbuch des Deutschunterrichts, Bd. 1. Düsseldorf:Schwann
Bredenbek, Dirk (1977): Ausdruckshilfen, Ausdrucksverbote: Die Briefsteller. In: Warneken, B. J. (Hrsg.): Populare Schreibkultur. Tübingen:Niemeyer
Brenner, Gerd (1990): Kreatives Schreiben. Ein Leitfaden für die Praxis. Frankfurt a. M.:Scriptor
Bridwell, L. (1980): Revising strategies in twelfth grade students' transactional writing. In: Research in the Teaching of English, (3), S. 197–222
Bridwell Bowles, L., Johnson, P. & Brehe, S. (1987): Composing and computers: Case studies of experienced writers. In: Matsuhashi, A. (Hrsg.): Writing in real time. New York:Academic Press
Brinker, Klaus (1988): Bedingungen der Textualität. In: Der Deutschunterricht 40/1988, H. 3, S. 6–18
Britton, James (1973): Die sprachliche Entwicklung in Kindheit und Jugend. Düsseldorf:Schwann (engl. 1970)
Brokerhoff, Karl Heinz (1976): Kreativität im Deutschunterricht. Kastellaun:Aloys Henn
Brügelmann, Hans (1983): Kinder auf dem Weg zur Schrift. Konstanz:Faude
Buchner, Christina (1990): Schreibvergnügen. Anregungen und Materialien für das 1. und 2. Schuljahr. München:Oldenbourg
Bühler, Karl (²1965) : Sprachtheorie. Stuttgart:Gustav Fischer (¹1934)
Buhofer, Annelies (1983): Anleitung zu schriftlicher Kommunikation. Betrachtungen zur Systematik von Privatbriefstellern. In: Grosse, Siegfried (Hrsg.): Schriftsprachlichkeit. Düsseldorf:Schwann, S. 179–189
Buhofer, Annelies (1983): Das alltägliche Schreiben im Berufsleben. In: Grosse, S. (Hrsg.): Schriftsprachlichkeit. Düsseldorf:Schwann, S. 137–178
Büscher, Josef/Schilling, Helmut (1976): Aufsatzbewertung auf der Primarstufe auf der Grundlage lernzielorientierten Unterrichtes. Kastellaun: Aloys Henn
Bullerdiek, Bolko (1987): Einmischungen. Anregungen zu einem produktiven Umgang mit Lyrik und kurzer Prosa. Stuttgart:Klett
Busse, Günther (1979): Stundenblätter „Aufsatz" 7./8. Schuljahr. Stuttgart: Klett
Cherubim, Dieter (1980): Abweichung und Sprachwandel. In: Cherubim, Dieter (Hrsg.): Fehlerlinguistik. Tübingen:Niemeyer, S. 124–152
Cherubim, Dieter (Hrsg.) (1980): Fehlerlinguistik. Beiträge zum Problem der sprachlichen Abweichung. Tübingen:Niemeyer
Dahms, Günter (1967): Von der Nacherzählung zur Inhaltsangabe. In: Päd. Provinz 21, S. 513–528
Dahms, Günter (1968): Von der Nacherzählung zur Inhaltsangabe. In: Päd. Provinz 22, S. 169–178
Dahms, Günter u.a. (1991): Der Précis als Schreibform. Unterrichtsmaterialien

Deutsch der Freien und Hansestadt Hamburg, Behörde für Schule, Jugend und Berufsbildung, Amt für Schule
Daiute, C. (1985): Writing and computers. Reading, MA:Addison-Wesley
Dehn, Mechthild (1981): Das Märchen als Lernmodell. In:Praxis Deutsch 47, S. 7–15
Dehn, Mechthild (1990): Christina und die Rätselrunde. Schule als sozialer Raum für Schrift. In: Brügelmann, H./Balhorn, H. (Hrsg.): Das Gehirn, sein Alfabet und andere Geschichten. Konstanz:Faude, S.112–124
Dehn, Mechthild (1991): Stil von Grundschülern? Schülertexte verstehen lernen – und die Folgen für den Unterricht. In: Der Deutschunterricht 3, S. 37–51
Diehm, Arnold (1962): Der geschriebene Dialog. Eine Form der Erkenntnisdarstellung für die Mittelschule. In: Der Deutschunterricht 14, H. 4, S. 85ff.
Dilthey, Wilhelm ([13]1957): Das Erlebnis und die Dichtung
Dingeldey, Erika (1993): Zur gegenwärtigen Lehrplanentwicklung in Hessen. In: Diskussion Deutsch 134 (Dez. 1993), S. 486–490
Doderer, Klaus (1956/57): Die Phantasieerzählung und ihre Verwendungsmöglichkeit. In: Päd. Rundschau 11, S. 460–465
Doderer, Klaus (1969): Zur sprachlichen Situation der Schulanfänger und der Grundschulkinder. In: Helmers, H. (Hrsg.): Zur Sprache des Kindes. Darmstadt: Wissenschaftliche Buchgesellschaft, S. 308–325
Dönnges, Ulrich (1965): Korrektur und Verbesserung der Ausdrucksfehler mit Hilfe von stilistischen Kategorien. In: Der Deutschunterricht H. 17, S. 100–111
Ebeling, H. (1966): Anschauen, behandeln, begreifen. Zur Arbeit mit Bildern im Unterricht. Hannover
Eckardt, A. (1965): Philosophie der Schrift. München
Eggerer, W./E. Eggerer (1980): Die Erzählung – das Erzählen. 4.–10. Klasse. München:Manz
Eggerer, W./Pröstler, H. (1983): Die Erörterung. München:Manz
Eggerer, Wilhelm/Rötzer, Hans Gerd (1982): Die Inhaltsangabe. München:Manz
Eggers, Hans (1961): Wandlungen im deutschen Satzbau. In: Der Deutschunterricht 5, S. 47ff.
Ehlich, Konrad (1980): Erzählen im Alltag. Frankfurt a.M.:Cornelsen Verlag Scriptor
Eisenberg, Peter (1989): Grundriß der deutschen Grammatik. Stuttgart:Metzler (2. erweiterte Aufl.)
Elflein, Werner (1979): Lernziel Aufsatz. Schriftliche Übungen zum Erzählen und Informieren für das 5. Schuljahr. Stuttgart:Klett
Essen, Erika (1956): Methodik des Deutschunterrichts. Heidelberg:Quelle&Meyer
Essen, Erika (1964): Beurteilung von Leistungen im Deutschunterricht. In: Der Deutschunterricht, H. 1, S. 34ff.
Essen, Erika (1965a): Zur Neuordnung des Deutschunterrichts auf der Oberstufe. Heidelberg:Quelle&Meyer
Essen, Erika (1965b): Problematik der Leistungsforderung und der Beurteilung von Leistungen. In: Essen, Erika: Zur Neuordnung des Deutschunterrichts auf der Oberstufe, S. 105ff.
Ettl, Susanne (1984): Anleitungen zu schriftlicher Kommunikation. Briefsteller von 1880 bis 1980. Tübingen:Niemeyer
Feilke, Helmuth (1988): Ordnung und Unordnung in argumentativen Texten. Zur Entwicklung der Fähigkeit, Texte zu strukturieren. In: Der Deutschunterricht 40, H. 3, S. 65–81
Feilke, Helmuth (1990): Erörterung der Erörterung: Freies Schreiben und Musteranalyse. In: Praxis Deutsch 99, S. 52–62

Feilke, Helmuth (1993): Schreibentwicklungsforschung. In: Diskussion Deutsch 129, S. 17–34 (mit Lit.)
Firges, Jean (1970): Der Einsatz von Medien im Sprachunterricht. In: Der Deutschunterricht 1970, H. 6, S. 67ff.
Firges, Jean/Tymister, Hans Josef (1972): Die Funktion des Bildes im Sprachunterricht. In: Die Grundschule, H. 4
Flader, Dieter/Giesecke, Hermann (1980): Erzählen im psychoanalytischen Erstinterview. In: Ehlich, Konrad (Hrsg.): Erzählen im Alltag. Frankfurt a.M.: Suhrkamp
Fleischer, Wolfgang/Michel, Georg u.a. (1975): Stilistik der deutschen Gegenwartssprache. Leipzig
Fliegner, Josef (1979): Beeinflußbarer Schreibstil. Königstein:Scriptor
Fliegner, Josef (1980): Schreibschwächen in Übungsaufsätzen von Hauptschulanfängern. In: Der Deutschunterricht 32, H. 1, S. 140–156
Flower, Linda S./Hayes, John R. (1980): The Dynamics of Composing: Making Plans and Juggling Constraints. In: Gregg, Lee W./Steinberg, Erwin R. (eds.): Cognitive Processes in Writing. Hillsdale, New York: Lawrence Erlbaum Ass., Publishers
Förster, Uwe (1980): Formulieren – wer lehrt es wie? Versuch einer Antwort an Hand der Stilistiken von Ludwig Reiners, Georg Möller, Elise Riedel/Eugenie Schendels, Wolfgang Fleischer/Georg Michel, Bernhard Sowinski u.a. In: Muttersprache 90, S. 245–262
Frank, Horst Joachim (1973): Dichtung, Sprache, Menschenbildung. Geschichte des Deutschunterrichts von den Anfängen bis 1945. München:Hanser
Freedman, S. (1985): The role of response in the acquisition of written language. Washington, D.C.:National Institute of Education
Fricke, R. (1974): Kriteriumsorientierte Leistungsmessung. Stuttgart:Kohlhammer
Fritzsche, Joachim (1980): Aufsatzdidaktik. Stuttgart:Kohlhammer
Fritzsche, Joachim (1986): Schreiben lehren? Selber schreiben? In: Westermanns Pädagogische Beiträge 2/1986, S. 12–15 und in: Mitteilungen des Deutschen Germanistenverbands 3/1986, S. 15–21
Fritzsche, Joachim (1987): Das Problem der Subjektivität im Erörterungsaufsatz der gymnasialen Oberstufe. In: Diskussion Deutsch 94, S. 167–179
Fritzsche, Joachim (1989): Schreibwerkstatt. Stuttgart:Klett
Fritzsche, Joachim (1991): Andres schreibt anders. Versuch über den Individualstil von Schülern. In: Der Deutschunterricht 43, H. 3, S. 61–71
Frommer, Harald (1984a): Warum nicht Nacherzählen? In: DU, H. 2, S. 21–32
Frommer, Harald (1984b): Die Fesseln des Odysseus. Anmerkungen zu den Stilnormen für die Inhaltsangabe. In: Der Deutschunterricht 36, H. 2, S. 37–47
Frommer, Harald (1988): Lesen im Unterricht. Hannover:Schroedel
Frommer, Harald (1992): Erzählen. Eine Didaktik für die Sekundarstufe I und II. Frankfurt a.M.:Cornelsen Verlag Scriptor
Fühmann, Franz (1978): Die dampfenden Hälse der Pferde im Turm von Babel. Berlin:Kinderbuchverlag
Gansberg, Fritz (1914): Der freie Aufsatz. Leipzig:Voigtländer
Gauger, Hans-Martin u.a. (1982): Sprachgefühl? Vier Antworten auf eine Preisfrage. Heidelberg:L.Schneider
Gaumann, Ulrike (1983): „Weil die machen jetzt bald zu.“ Göppingen:Narr
Geffert, Heinrich (1956): Deutscher Aufsatz und Stilunterricht. Quellen zur Unterrichtslehre H. 1. Weinheim/Basel:Beltz
Geißler, Rolf (1968): Die Erlebniserzählung zum Beispiel. In: Die Deutsche Schule 60, H. 2, S. 102–112

Gerth, Klaus (Hrsg.) (1972): Bildergeschichten. Ein Arbeitsmittel für das mündliche und schriftliche Erzählen. 4. bis 7./8. Schuljahr (mit Lehrerhandbuch). Hannover: Schroedel
Glogauer, Werner (1977): Lernplanung für das schriftliche Erörtern. Lernziele, Situationsvorgaben, Verlaufsstrukturen, stilistische Übungen. In: Blätter für die Lehrerfortbildung 29, H. 11, S. 442–448
Gössmann, Wilhelm (1976): Sätze statt Aufsätze. Schriftliches Arbeiten auf der Primarstufe. Düsseldorf:Schwann
Göttert, Karl-Heinz (1991): Ringen um Verständlichkeit. Ein historischer Streifzug. In: DVJS für Literaturwissenschaft und Geistesgeschichte 65, S. 1–14
Göttler, Hans (1991): Stilbildung durch Klangerfahrung. In: Neuland, E./Bleckwenn, H. (Hrsg.) 1991, S. 195–207
Gollnick u.a. (1976): Schriftliches Arbeiten: Text- und Problemerörterung. Düsseldorf:Schwann
Graf, Günter (1983): Zur Addition heuristischer und kommunikativer Lernziele im Schreibcurriculum – dargestellt am Beispiel der Textsorte „Inhaltsangabe". In: Wirkendes Wort 33, S. 191–207
Graves, Donald (1983): Writing:Teachers and children at work. Exeter/New Hampshire:Heinemann
Greenfield, Patricia Marks (1987): Kinder und neue Medien. München/Weinheim: Psychologie-Verlags-Union (amerik. 1984)
Gregg, Lee W./Steinberg, Erwin (eds.) (1981): Cognitive Processes in Writing. Hillsdale, New York: Lawrence Erlbaum Ass., Publishers
Grenz, Dagmar (1974): Rezension – Text – eigenes Urteil. In: Praxis Deutsch 7, S. 43–46
Groeben, Norbert (1972): Die Verständlichkeit von Unterrichtstexten. Münster: Aschendorff ([2]1978)
Groeben, Norbert (1982): Leserpsychologie: Textverständnis – Textverständlichkeit. Münster:Aschendorff
Groeben, Norbert/Christmann, Ursula (1989): Textoptimierung unter Verständlichkeitsperspektive. In: Antos, Gert/Krings, Hans P. (Hrsg.): Textproduktion. Tübingen:Niemeyer, S. 165–196
Grzesik, Jürgen (1963): Muß das Thema des Besinnungsaufsatzes notwendig eine Wertfrage sein? In: Der Deutschunterricht 15, H. 5, S. 74–90
Grzesik, Jürgen/Fischer, M. (1985): Was leisten Kriterien für die Aufsatzbeurteilung? Theoretische, empirische und praktische Aspekte des Gebrauchs von Kriterien und der Mehrfachbeurteilung nach globalem Ersteindruck. Opladen:Westdeutscher Verlag
Gümbel, Ruth (1973): Lesenlernen und Spracherwerb. In: Arbeitskreis Grundschule e.V. (Hrsg.): Sprachförderung in der Grundschule, S. 53–82
Gumbrecht, Hans Ulrich/Peiffer, K. Ludwig (Hrsg.)(1986): Stil. Geschichte und Funktionen eines kulturwissenschaftlichen Diskurselements. Frankfurt a.M.:Suhrkamp
Günther, Klaus B./Günther, Hartmut (Hrsg.) (1983): Schrift – Schreiben – Schriftlichkeit. Tübingen:Narr
Haas, Gerhard (1984): Handlungs- und produktionsbezogener Literaturunterricht in der Sekundarstufe I. Hannover:Schroedel
Häcki-Buhofer, Annelies (1985): Schriftliches im Alltag. Theoretische und empirische Aspekte – am Beispiel eines Schweizer Industriebetriebs. Bern
Hahn, Heinz (1966): Die Flensburger Norm für Aufsatzbeurteilung. In: Die Päd. Provinz, 20, S. 189–194

Hallwass, Edith (1989): Deutsch müßte man können! Düsseldorf:Econ Taschenbuchverlag
Hartmann, Winfried (1989): Die „Hamburger Aufsatzstudie". In: Der Deutschunterricht 41, H. 3, S. 92–98
Hausmann, W. (1948): Zur Stilform der Charakteristik. In: Der Deutschunterricht 1, H. 1
Hegele, I. (1979): Lerndiagnose und Sprachförderung. Bochum:Kamp
Heller, Kurt (Hrsg.) (1974): Leistungsbeurteilung in der Schule. Heidelberg:Quelle&Meyer
Helmers, Hermann ([1]1966): Didaktik der deutschen Sprache und Literatur. Stuttgart:Klett (zitiert nach der 6. Aufl. von 1971)
Hennig, Christoph (1976): Freinet-Pädagogik: Eine konkrete Alternative für die Schule. In: Vasquez/Oury u.a.: vorschläge für die arbeit im klassenzimmer. die freinet-pädagogik. Reinbek:Rowohlt Taschenbuch Verlag
Herbert, Michael (1983): Selbsttätigkeit: Schulanfänger schreiben „Briefe". In: Grundschule 15, H. 1, S. 27–30
Heringer, Hans Jürgen (1989): Grammatik und Stil. Praktische Grammatik des Deutschen. Frankfurt a. M.:Cornelsen Verlag Hirschgraben
Heß, Renate (1983): Schreiberfahrungen im Deutschunterricht der Oberstufe. In: Diskussion Deutsch 69, S. 59–73
Hess. Kultusminister (Hrsg.) (1987): Finde, erfinde eine Person... „Schüler schreiben – Schüler zeichnen" Ergebnisse der Ausschreibung des Hessischen Kultusministers. Wiesbaden:HIBS
Hildebrand, Rudolf ([27]1962): Vom deutschen Sprachunterricht in der Schule und von deutscher Erziehung und Bildung überhaupt. Bad Heilbrunn:Klinckhardt
Hillmann, Heinz (1977): Alltagsphantasie und dichterische Phantasie. Versuch einer Produktionsästhetik. Kronberg:Athenäum
Hilsbecher, Walter (1993): „Langeweile ist der Tod der Pädagogik wie der Literatur." Gespräch mit Walter Hilsbecher über das Schreiben, geführt von Hans Thiel. In: Diskussion Deutsch 134, Dez. 1993, S. 477–485
Hinkel, Hermann u. a. (Hrsg.)(1978): Bild und Text – Text und Bild. Sonderheft 1978 der Zeitschriften Kunst + Unterricht und Praxis Deutsch. Velber:Friedrich
Hinnenkamp, Volker/Selting, Margret (Hrsg.) (1988): Stil und Stilisierung. Arbeiten zur interpretativen Soziolinguistik. Tübingen
Hippe, Robert (1962): Der Oberstufenaufsatz. Hollfeld:Bange
Hirsch, E. D. (1977): The Philosophy of Composition. Chicago, Ill.
Hirschenauer, Rupert (1968): Verstehen und Gestalten 2 (verf. von W. Eggerer). Schülerband und Hinweise für den Lehrer. München:Oldenbourg
Hirschenauer, Rupert (1969): Verstehen und Gestalten 3, Schülerband und Hinweise für Lehrer. München:Oldenbourg
Hirschenauer, Rupert (1970): Verstehen und Gestalten 4, Schülerband und Hinweise für den Lehrer. München:Oldenbourg
Hoberg, Rudolf (1990): Sprachverfall? In: Muttersprache, Bd. 90, H. 2/3, S. 233–243
Hoberg, Rudolf und Ursula (Bearb.) (1988): Der kleine DUDEN. Deutsche Grammatik. München/Wien/Zürich:Dudenverlag
Hoppe, Otfried (1984): Textschreiben und Aufsatzunterricht. In: Baurmann, J./Hoppe, O. (Hrsg.): Handbuch für Deutschlehrer. Stuttgart:Kohlhammer, S. 281–322
Hujer, Dora (1963): Das System der Darstellungsarten und seine Bedeutung für die Arbeit am sprachlichen Ausdruck. In: Deutschunterricht (Ost), 5/63, S. 241–254
Hujer, Dora (1965): Zum Problem des Erörterungsaufsatzes. Berlin:Volk und Wissen

Hurrelmann, Bettina (1980): Erzähltextverarbeitung im schulischen Handlungskontext. In: Ehlich, Konrad (Hrsg.): Erzählen im Alltag. Frankfurt a.M.:Suhrkamp
Hurrelmann, Bettina (1983): Zur Neuorientierung des Literaturunterrichts in der Primarstufe. In: Braun, Peter/Krallmann, Dieter: Handbuch des Deutschunterrichts, Bd. 2. Düsseldorf:Schwann, S. 15–38
Hurrelmann, Bettina (1990): Kinder- und Jugendliteratur im Deutschunterricht – eine Antwort auf den Wandel der Medienkultur? In: Der Deutschunterricht 42, H. 3, S. 5–24
Ingenkamp, Karlheinz: Die diagnostische Problematik des Aufsatzes als Prüfungsinstrument und die Bemühungen zur Verbesserung der Auswertungsqualität. In: Beck, Oswald/Payrhuber, Franz-Josef (Hrsg.): Aufsatzbeurteilung heute. Problematik – Diagnose – Therapievorschläge. Freiburg:Herder 1975
Ingenkamp, Karlheinz (Hrsg.) ([7]1977): Die Fragwürdigkeit der Zensurengebung. Texte und Untersuchungsberichte. Weinheim/Basel:Beltz
Ivo, Hubert (1971): Die persönliche Meinung ist den allgemeinen Erkenntnissen untergeordnet. Vorbemerkungen zu einer Analyse der schriftlichen Darstellungsformen und der Grammatik in Sprachbüchern. In: Diskussion Deutsch 1, H. 3, S. 36–66
Ivo, Hubert (1982): Lehrer korrigieren Aufsätze. Frankfurt:Diesterweg
Ivo, Hubert (Hrsg.) (1980): Fehlermarkierungen in deutschen Aufsätzen. Zur Rekonstruktion des „Sprachgefühls" von Lehrern. Abschlußbericht Teil I. 2 Bde.
Jägel, Wolf-Dietrich (1972): Sprachliche Mitteilungsformen im Alltag. Paderborn: Schöningh
Jensen, Adolf/Lamszus, Wilhelm (1912): Der Weg zum eigenen Stil. Ein Aufsatzpraktikum. Hamburg/Berlin:Alfred Janssen
Jentzsch, Peter (1988): Training Aufsatz. Inhaltsangabe. Stuttgart:Klett
Jentzsch, Peter (1989): Training Aufsatz. Textbeschreibung/Charakteristik/Gedichtinterpretation. Stuttgart:Klett
Kagerer, Hildburg (1978): In der Schule tobt das Leben. Berlin:Basis
Kelle, Antje (1986): Gutes Deutsch – der Schlüssel zum Erfolg! München:Langenscheidt
Keller, Rudi (1980): Zum Begriff des Fehlers im muttersprachlichen Unterricht. In: Cherubim, Dieter (Hrsg.): Fehlerlinguistik. Tübingen:Niemeyer, S. 23–42
Keller, Rudi (1987): Sprachliches Normbewußtsein – Fehlerdiagnose. In: Gössmann, Wilhelm: Theorie und Praxis des Schreibens. Wege zu einer neuen Schreibkultur. Düsseldorf:Schwann, S. 136–151
Keseling, Gisbert (1988): Probleme der inhaltlichen und verbalen Planung beim Schreiben. Bericht über ein Forschungsprojekt. In: Nerius, Dieter/Augst, Gerhard (Hrsg.): Probleme der geschriebenen Sprache, S. 65–86
Keseling, Gisbert/Wrobel, Arne/Rau, Cornelia (1987): Globale und lokale Planung beim Schreiben. In: Unterrichtswissenschaft 4, S. 349–365
Kienzle, Michael (1970): Spracherziehung als Indoktrination. In: Frankfurter Hefte 1, S. 37–42
Kienzler, Manfred (1981): Aufsatz heute. Band 2. München:Oldenbourg
Kirschner, Ursula (1990): Sprachpotentiale zur Geltung bringen. Stilarbeit an einer Vorgangsbeschreibung. In: Praxis Deutsch 101, S. 33–35
Klauer, K. J. (Hrsg.) (1978): Handbuch der pädagogischen Diagnostik. 4 Bde. Düsseldorf:Schwann
Klein, Klaus-Peter (1981): Erzählen von ausgedachten Geschichten – ein Programm oder: Die Lust am Fabulieren. In: Praxis Deutsch 49, S. 39–42
Klute, Wilfried (1985): Ausdrucksfehler – Formulierungsschwäche. In: Diskussion Deutsch 81, S. 106–122

Knight-Wegenstein AG (1973): Die Arbeitszeit der Lehrer in der BRD, 2 Bände. Düsseldorf, Zürich
Kochheim, Wilfried (1981): Adamson oder Die Sprachlosigkeit der Bildergeschichte. In: Diskussion Deutsch 60, S. 320–346
König, Rudolf (1957): Die Nacherzählung von Bildgeschichten. Ein neuer Weg zur Aufsatzschulung in der Sexta. In: Der Deutschunterricht, H. 6
Koeppel, Matthias (1983): Starckdeutsch. Berlin:Wagenbach
Kötter, L./Grau, U. (1965): Zur Bedingtheit der uneinheitlichen Benotung von Schüleraufsätzen (Nacherzählungen). In: Zeitschrift für experimentelle und angewandte Psychologie 12, S. 278–301
Koitka, Christine (1977): Freinet-Pädagogik. Berlin:Basis
Kraschewski, Martin (1981): Problemerörterung unter Vorgabe einer Kommunikationssituation. In: Der Deutschunterricht 33, H. 5, S. 75–84
Kreft, Jürgen (1974): Zur didaktischen Struktur des Deutschunterrichts. In: Ingendahl, W. (Hrsg.): Projektarbeit im Deutschunterricht. München:List, S. 11–53
Kreft, Jürgen (1977): Grundprobleme der Literaturdidaktik. Heidelberg:Quelle & Meyer
Kroeger, Hans (1993): Aller Anfang ist schwer. Die Bedeutung des Einstiegs für den Schreibprozeß. In: Diskussion Deutsch 134, S. 437–440
Kühn, Georg (1930): Aufsatz und Spracherziehung in der höheren Schule. Leipzig
Kühn, Georg (1957): Zur Problematik des Problemaufsatzes. In: Wirkendes Wort, 8, H. 4, S. 232–238
Kuhl, Helwig (1988): Ermutigung zum Schreiben. Frankfurt a. M.:Scriptor
Labov, William/Waletzky, Joshua (1973): Erzählanalyse: mündliche Versionen persönlicher Erfahrung. In: Ihwe, J. (Hrsg.): Literaturwissenschaft und Linguistik Bd. 2. Frankfurt a.M.:FAT, S. 78–126
Langer, Inghard/Schulz von Thun, Friedemann/Tausch, Reinhard (1974): Verständlichkeit in Schule, Verwaltung, Politik, Wissenschaft. München:Reinhardt
Lauterwasser, Walter (1981): Entwürfe zur Verbesserung der Aufsatzbeurteilung. In: Lehren und Lernen, 7. Jg., H. 4, Villingen
LDB 11 = Lesen, Darstellen, Begreifen 11. Schuljahr (1988), hrsg. von Franz Hebel. Bielefeld:Cornelsen
Lecke, Bodo (1967): Das Stimmungsbild. Musikmetaphorik und Naturgefühl in der deutschen Prosaskizze 1721 – 1780. Göttingen:Vandenhoeck&Ruprecht
Lehmeyer, Manfred/Schober, Otto (1974): Die Sprache der Klappentexte. In: Praxis Deutsch 7, S. 47–52
Liedel, Marianne (1977): Gegenwärtige Tendenz in der Praxis des Schreibenlernens. In: Pädagogische Welt, H. 9, S. 533–537
Liedel, Marianne (1978): Schreibanfänge. In: Hegele, Irmtraud (Hrsg.): Grundschule – Unterricht – Lehrerbildung. Arbeitskreis Grundschule e.V. Frankfurt a.M., S. 167–180
Lobentanzer, Hans (1986): Deutsch muß nicht schwer sein. Eine vergnügliche Sprach- und Stilkunde. München:dtv
Löffler, Erich (1969): Inhalt und Inhaltszensur von Erörterungsaufsätzen. Einige Untersuchungen zum 1. und 2. Thema der Abschlußprüfungen 1968 II. In: Deutschunterricht (Berlin) 22, H. 5, S. 270–277
Lübke, Diethard (1970): Entscheidungsfragen als Aufsatzthemen. In: Der Deutschunterricht 22, H. 5, S. 94ff.
Ludwig, Otto (1981): Die Schulerzählung oder Erzählen in der Schule. In: Praxis Deutsch 49, S. 15–21

Ludwig, Otto (1988): Der Schulaufsatz. Seine Geschichte in Deutschland. Berlin/ New York:de Gruyter
Ludwig, Otto/Merchert, Eckehart (1987): Fritz Rahn und der Besinnungsaufsatz. In: Praxis Deutsch, H. 84, S. 10–16
Ludwig, Otto/Wolff, Gerhard (1978): Berichten im Alltag – Berichten in der Schule. In: Praxis Deutsch 28, S. 16–24
Maas, Utz (1985): Schrift – Schreiben – Rechtschreiben. In: Diskussion Deutsch, H. 81, S. 4–25
Mann, Christine (1977): Aufsatzunterricht mit Acht- bis Zwölfjährigen. Grundlagen, Planung, Unterrichtshilfen. München:Kösel
Marenbach, Dieter (1979): Leistungsmessung und Leistungsbeurteilung im Deutschunterricht. In: Pädagogische Welt 33, H. 6, S. 344–350
Marenbach, Dieter (1980): Zurück zum Aufsatzunterricht? Bestandsaufnahme in einem kontroversen Lernbereich. In: Päd. Welt 34, S. 642–650
Marthaler, Theo (1962): Es gibt 6 Aufsatzarten. In: Der Deutschunterricht 14, H. 4, S. 53ff.
Martin, Hansjörg (1981): „Macht doch mal selber Literatur ...!" Braunschweig: Agentur Pedersen
Matsuhashi, A./Gordon, E. (1985): Revision, edition and the power of the unseen text. In: Freedman, S. W. (ed.): The acquisition of written language. Response and revision. Norwood, N. J., S. 226–249
Mattenklott, Gundel (1979): Literarische Geselligkeit – Schreiben in der Schule. Stuttgart:Metzler
Mattl, Walter (1979): Aufsatzbeurteilung und Ziffernnoten. In: Praxis Deutsch Sonderheft
Meckling, Ingeborg (1972): Kreativitätsübungen im Literaturunterricht der Oberstufe. München:Oldenbourg
Meckling, Ingeborg (1987): Jenseits der Deutschdidaktik. In: Diskussion Deutsch, H. 98, S. 562–580
Melzer, Helmut (1986): Die Herrschaft des Beiworts. Zur stilistischen Funktion des Adjektivs in trivialen Texten. In: Praxis Deutsch 77
Menzel, Wolfgang (1979): „Es heißt nicht ‚kriegen', sondern ‚bekommen'!" In: Praxis Deutsch Sonderheft: korrigieren zensieren beurteilen, S. 34–44
Menzel, Wolfgang (1984a): Schreiben über Texte. Basisartikel von Praxis Deutsch 65
Menzel, Wolfgang (1984b): Nacherzählen. Eine Fabel Luthers (5., 6. Schuljahr). Eine Eulenspiegelgeschichte (8./9. Schuljahr). In: Praxis Deutsch 65, S. 55–58
Menzel, Wolfgang (1984c): Einen Streich erzählen. In: Praxis Deutsch 65, S. 25f.
Menzel, Wolfgang (1990): Stilanalyse und Stilarbeit. In: Praxis Deutsch, H. 101, S. 24–26
Menzel, Wolfgang (1991): Das Adjektiv. Basisartikel in Praxis Deutsch, H. 106, März, S. 16–24
Merchert, Eckehart (1981): Briefe schreiben in der Schule? In: Praxis Deutsch 49, S. 43–45
Merkelbach, Valentin (1979): Darstellungsformen – Zur Kritik und Neukonstruktion des Schreibcurriculums. In: Diskussion Deutsch 46, S. 113–135
Merkelbach, Valentin (1986): Korrektur und Benotung im Aufsatzunterricht. Frankfurt a.M.:Diesterweg
Merkelbach, Valentin (1989): Korrigieren – Lernziel für Lehrer und Schüler. In: Der Deutschunterricht 41, H. 3, S. 44–50
Messelken, Hans (1979): Kollege Durchschnitt. In: Praxis Deutsch, Sonderheft '79. Seelze:Erhard Friedrich, S. 11

Messner, Rudolf/Rumpf, Horst (Hrsg.) (1976): Schuldeutsch? Wien:Österreichischer Bundesverlag
Mettenleiter, Peter (1988): Aufsatz Plus. Paderborn:Schöningh
Michel, Georg u. a. (1968): Einführung in die Methodik der Stiluntersuchung. Ein Lehr- und Übungsbuch für Studierende. Berlin
Mißfeldt, Friedrich-Ernst: Untersuchungen über die Möglichkeit einer einheitlichen Bewertung der „Nacherzählung mit freier Fortsetzung" im Fach Deutsch. In: Der Gymnasialunterricht 1961, Reihe I, H. 2, S. 37–71
Möller, Georg (1958): Guter Stil im Alltag. Berlin:Volk und Wissen
Möller, Georg (1961): Deutsch von heute. Kleine Stilkunde unserer Gebrauchssprache. Berlin:Volk und Wissen
Möller, Georg (1961): Sehen, Denken, Reden, Schreiben. Arbeit am sprachlichen Ausdruck. Berlin:Volk und Wissen
Möller, Georg (1972): Gutes Deutsch in allen Unterrichtsfächern. Berlin:Volk und Wissen
Moffet, James (1968): Teaching the Universe of Discourse. Boston: Houghton, Mifflin & Co
Müller, K. (1990): „Schreibe, wie du sprichst!" Eine Maxime im Spannungsfeld von Mündlichkeit und Schriftlichkeit – Eine historische und systematische Untersuchung. Frankfurt a.M. u.a.:Peter Lang
Münch, Paul Georg (1926): Dieses Deutsch! Ein froher Führer zu gutem Stil. Leipzig:Dürrsche Buchhandlung
Neuhaus-Siemon, Elisabeth (1981): Die Entwicklung des Erstschreibunterrichts seit den Reformbestrebungen in diesem Jahrhundert. In: Neuhaus-Siemon, E. (Hrsg.): Schreibenlernen im Anfangsunterricht der Grundschule. Königstein: Scriptor, S. 13–51
Neuland, Eva/Bleckwenn, Helga (Hrsg.) (1991): Stil – Stilistik – Stilisierung. Frankfurt a.M./Bern/New York/Paris:Peter Lang
Nickel, Gerhard (Hrsg.) (^{2}1973): Beiträge zur Fehleranalyse, Fehlerbewertung und Fehlertherapie. Berlin
Nickel, Horst/Wieczerkowski, Wilhelm (1974): Einflüsse auf die Beurteilung von Schüleraufsätzen. In: Heller (1974), s.o.
Nickisch, Reinhard M. G. (1972): Das gute Deutsch des Ludwig Reiners. In: Diskussion Deutsch 3, H. 10, S. 323–341
Nickisch, Reinhard M. G. (1975): Gutes Deutsch? Kritische Studien zu den maßgeblichen praktischen Stillehren der deutschen Gegenwartssprache. Göttingen:Vandenhoeck & Ruprecht
Niemann, Heide (1989): „Es war einmal ein Löwe". In: Balhorn & Brügelmann (Hrsg.): Jeder spricht anders. Konstanz:Faude, S. 235–241
Niemer, Heide (1989): „Schreibkonferenzen machen Kindern Mut, das Wagnis des Geschichtenschreibens einzugehen ..." In: Die Grundschulzeitschrift 3, H. 30, S. 12–16
Nussbaumer, Markus (1991): Was Texte sind und wie sie sein sollen. Ansätze zu einer sprachwissenschaftlichen Begründung eines Kriterienrasters zur Beurteilung von schriftlichen Schülertexten. Tübingen:Niemeyer
Nystrand, Martin (ed.) (1982): What Writers Know. The Language, Process and Structure of Written Discourse. New York/London
Obrig, Ilse (1969): Kinder erzählen angefangene Geschichten weiter. In: Helmers, H.: Zur Sprache des Kindes. Darmstadt:Wiss. Buchgesellschaft
Oeser, H.-C. (1984): Charakteristik im Deutschunterricht. In: Wirkendes Wort, S. 11–33

Papert, Seymour (1982): Gedankenblitze. Kinder, Computer und neues Lernen. Reinbek:Rowohlt (engl. 1980)
Pelster, Theodor (1983): Argumentation. In: Braun, Peter/Krallmann, Dieter (Hrsg.): Handbuch des Deutschunterrichts, Bd. 1. Düsseldorf:Schwann, S. 563–584
Philipson, W. (1983): Essay Writing. Englischer Aufsatz: Anleitung und Übung. München:Hueber
Pielow, Winfried (1973): Zum Verhältnis von Aufsatz und Kreativität. In: Pielow, W./ Sanner, R. (Hrsg.): Kreativität und Deutschunterricht. Stuttgart:Klett, S. 55–87
Pielow, Winfried/Sanner, Rolf (Hrsg.) (1973): Kreativität und Deutschunterricht. Stuttgart:Klett
Pielow, Winfried (1984): Überlegungen zu einigen Schreibhaltungen. In: Koch, Helmut H./Pielow, Winfried: Schreiben und Alltagskultur. Baltmannsweiler:Pädagogischer Verlag Burgbücherei Schneider GmbH
Pollert, M. (1990): Texte überarbeiten. In: Grundschule 22, H. 2, S. 15–17
Pregel, Dietrich (1969): Die Stilalter im mündlichen Darstellungsstil des Grundschulkindes. In: Wirkendes Wort, H. 2, S. 73–104
Püschel, Ulrich (1988): Stilistik – ein geordnetes Chaos. In: Zeitschrift für Germanistische Linguistik 16, S. 66–70
Rahn, Fritz (1931): Die Schule des Schreibens. Frankfurt a.M.
Rahn, Fritz (1937): Die Schule des Schreibens. Ein Lehrgang der Stilbildung für die deutschen Schulen. Lehrerheft für die Oberstufe. 6. neubearb. Aufl. Frankfurt a.M.
Rahn, Fritz (^{4}1942): Ausdrucks- und Aufsatzschule. Frankfurt a.M.
Rahn, Fritz (1948/49a): Das Unterrichtsprotokoll. In: Der Deutschunterricht 1, H. 1, S. 94ff.
Rahn, Fritz (1948/49b): Der Besinnungsaufsatz. In: Der Deutschunterricht 1, H. 5, S. 45–97
Rahn, Fritz (1952): Können Kinder Geschichten erfinden? Eine Stellungnahme gegen den Phantasieaufsatz. In: Der Deutschunterricht 4, H. 3, S. 25–28
Rathenow, P./Vöge, J. (1982): Erkennen und Fördern von Schülern mit Lese-/ Rechtschreibschwierigkeiten. Braunschweig:Westermann
Reiners, Ludwig (1943): Stilkunst. Ein Lehrbuch deutscher Prosa. München
Reiners, Ludwig (1951): Stilfibel. Der sichere Weg zum guten Deutsch. München:dtv
Reitmajer, Valentin (1988): Die Erörterung – Grundsätzliche und unterrichtspraktische Hinweise zur Erarbeitung dieser Aufsatzform. In: Blätter für den Deutschlehrer. Frankfurt a.M.:Diesterweg S. 83ff.
Reumuth, K./Schorb, A.-O. (1963): Der muttersprachliche Unterricht. Bad Godesberg
Reuße, Walter (1980): Die Bearbeitung des Konzepts als Fehlerquelle der Reinschrift. In: Diskussion Deutsch 55, S. 542–550
Reuße, Walter (1983): Die Rechtschreibnote ist nicht objektiv: trotz „Duden" Korrekturprobleme. In: Diskussion Deutsch 69, S.87–96
Ricken, Thomas (1984): Der Précis. In: Praxis Deutsch 65, S. 69–71
Rickheit, Gert (1978): Grammatische Fehler in der Schriftsprache Acht- und Neunjähriger. In: Augst, Gerhard (Hrsg.): Spracherwerb von 6 bis 16. Düsseldorf: Schwann, S. 81–96
Rico, Gabriele (1984): Garantiert schreiben lernen. Reinbek:Rowohlt
Riesel, Elise/Schendels, Eugenie (1975): Deutsche Stilistik. Moskau
Riffaterre, M. (1973): Strukturale Stilistik. München:Paul List
Rodari, Gianni (1992): Grammatik der Phantasie. Die Kunst, Geschichten zu erfinden. Leipzig:Reclam

Rudloff, Holger (1991): Produktionsästhetik und Produktionsdidaktik. Kunsttheoretische Voraussetzungen literarischer Produktion. Opladen:Westdeutscher Verlag
Rupp, Heinz (1986): Über die Notwendigkeit und das Unbehagen an Stilbüchern. In: Sprachnormen in der Diskussion. Berlin/New York, S. 102–115
Sample Institut (1979): Einstellung der Bevölkerung zum Briefschreiben. Ergebnisse einer Mehrthemenumfrage
Sanders, Willy (1977): Linguistische Stilistik. Göttingen:Vandenhoeck&Ruprecht
Sanders, Willy (1986): Gutes Deutsch – besseres Deutsch. Praktische Stillehre der deutschen Gegenwartssprache. Darmstadt:Wissenschaftliche Buchgesellschaft
Sandig, Barbara (1978): Stilistik. Sprachpragmatische Grundlegung der Stilbeschreibung. Berlin/New York
Sandig, Barbara (1986): Stilistik der deutschen Sprache. Berlin/New York
Sandig, Barbara (Hrsg.) (1983): Stilistik. Bd. 1: Probleme der Stilistik. Hildesheim/Zürich/New York
Sanner, Rolf (1964): Aufsatzerziehung und Ausdruckspflege in der Volksschule. München:Kösel
Sanner, Rolf (1973): Bild und Text. Kreative Möglichkeiten der Medientransformation und Medienmischung. In: Pielow, W./Sanner, R. (Hrsg.): Kreativität und Deutschunterricht. Stuttgart:Klett, S. 41–54
Sanner, Rolf (1979): Textbewertung und Schulaufsatz. München:Kösel
Sarris, Irmgard (1958): Anfänge des Aufsatzunterrichts in der Grundschule. In: Westermanns Pädagogische Beiträge, H. 10, S. 288–294. Auch in: Abels, Frank, Kern (Hrsg.): Sprachunterricht. Heilbrunn:Klinckhardt 1978, S. 109–118
Saxalber Tetter, Annemarie (1989): „Darf ich dir dazu meine Meinung sagen?" In: Der Deutschunterricht 41, H. 3, S. 18–30
Saxalber Tetter, Annemarie (1991): Mit dem eigenen Stil zurechtkommen lernen. In: Der Deutschunterricht 43, S. 52–60
Scardamalia, M./Bereiter, C./Goelman, H. (1982): The Role of Production Factors in Writing Ability. In: Nystrand, M. (Hrsg.): What Writers Know. The Language Process and Structure of Written Discourse. New York u.a.:Academic Press, S. 173–210
Scharrelmann, Heinrich (1905): Im Rahmen des Alltags. Hamburg:Janssen
Scheunemann,Ludwig (1947/48): Der Literaturaufsatz. In: Der Deutschunterricht 1, H. 6, S. 78–95
Schildberg-Schroth, Gerhard/Viebrock, Hans Heinrich (1981): Zur Wissenschaftlichkeit des Deutschunterrichts am Beispiel der Inhaltsangabe. In: DU 33, H. 5, S. 4–24
Schmitz, Edgar (1985): Die Verbreitung von Rechtschreibmängeln und Analphabetismus unter Jugendlichen und jungen Erwachsenen. In: Hoberg, Rudolf (Hrsg.): Rechtschreibung im Beruf. Tübingen
Schneider, Wilhelm (1926): Deutscher Stil- und Aufsatzunterricht. Frankfurt a.M.
Schneider, Wilhelm (1931): Ausdruckswerte der deutschen Sprache. Eine Stilkunde. Leipzig/Berlin. Reprograf. Nachdruck Darmstadt:Wiss. Buchgesellschaft 1974
Schneider, Wilhelm (1969): Stilistische deutsche Grammatik. Freiburg:Herder
Schneider, Wolf (1987): Deutsch für Kenner. Die neue Stilkunde. Hamburg:Gruner+Jahr (STERN-Buch)
Schön, Erich (1987): Der Verlust der Sinnlichkeit oder die Verwandlung des Lesers. Mentalitätswandel um 1800. Stuttgart:Klett-Cotta
Schönbrunn, Walter (1930): Weckung der Jugend. Moderner Deutschunterricht. Frankfurt a.M.:Diesterweg
Schreibweisen (1984). Ein Arbeitsbuch für den Deutschunterricht der Sekundarstufe

II. 1. Teil: Freies Schreiben (Verf.: Fritz Winterling). Dazu auch Lehrerband. Stuttgart:Klett
Schrumpf, B. (1975): Die Analyse von Ausdrucksfehlern – ein Weg zur Bestimmung von Übungsschwerpunkten bei der Arbeit am schriftlichen Ausdruck. In: Deutschunterricht (DDR), 8, S. 267–280
Schulz/Enkemann u.a. (1975): Verständlich informieren. Ein Trainingsprogramm für Schüler. Freiburg:Herder
Schümann, M./Wieczerkowski, W. (1984): Methodologische Probleme bei der Beurteilung von Schüleraufsätzen. In: Heller, Kurt A. (Hrsg.): Leistungsdiagnostik in der Schule. Bern u.a.:Huber
Schüren, Rainer (1993): Putting together a decent essay. Ein Schreibkurs nach amerikanischem Modell für die deutsche Oberstufe. In: Diskussion Deutsch 134, S. 441–450
Scoppewer, Ruth (1960): Der Aufsatzunterricht in der Grundschule. In: Didinger, Paul: Beiträge zur Aufsatzerziehung. Frankfurt a.M.:Diesterweg, S. 51–62
Scribner, Sylvie (1969): The cognitive consequences of unliteracy. Unpublished paper. City University of New York (cf. Greenfield 1987, S. 136f.)
Sedding, Gerhard (1987): Abhandeln – Besinnen – Erörtern. Versuch einer Erörterung des Erörterns. Systematische und historische Grundlegung einer umstrittenen Aufsatzart. Unveröffentlichtes Manuskript
Seidel, Brigitte (1990): Stilnorm „Ausdruckswechsel". In: Praxis Deutsch 101, S. 48–54
Seidemann, Walther ([8]1969): Der Deutschunterricht als innere Sprachbildung. [1]1927. Heidelberg:Quelle & Meyer
Sennlaub, Gerhard (1980): Spaß beim Schreiben oder Aufsatzerziehung? Stuttgart: Kohlhammer
Siedler, Heinz (1967a): Eine neue Aufsatzart: Der Précis. In: Der Deutschunterricht 19, H. 3, S. 3–21. Zitiert nach Abdruck in Schau, Albrecht (Hrsg.): Von der Aufsatzkritik zur Textproduktion. Hohengehren:Burgbücherei Wilhelm Schneider 1974, S. 86–102
Siedler, Heinz (1967b): Der Précis. Erfahrungen, Methoden, Texte. In: Der Deutschunterricht 19, Beiheft 2.
Silbereisen, Rainer K. (1982): Untersuchungen zur Frage sozial-kognitiver Interaktionsbedingungen. In: Geulen, Dieter (Hrsg.): Perspektivenübernahme und soziales Handeln. Frankfurt a.M.:Suhrkamp 1982, S. 485–515
Singer, Kurt (1966): Aufsatzerziehung und Sprachbildung. München:Ehrenwirth
Söllner, M. (1965): Die Verbesserung der deutschen Aufsätze. In: Der Deutschunterricht, S. 112–114
Sommerfeldt, K. E. u.a. (1988): Entwicklungstendenzen in der deutschen Gegenwartssprache. Leipzig
Sonnemann, Ulrich ([2]1970): Gereiztes vom Rande. Aufsatzmarginalien als Denkverbote. In: Sonnemann, U.: Schulen der Sprachlosigkeit. Hamburg, S. 51–66
Sowinski, Bernhard (1983): Textlinguistik. Stuttgart
Spillner, Bernd (1974): Linguistik und Literaturwissenschaft. Stilforschung, Rhetorik, Textlinguistik. Stuttgart/Berlin/Köln/Mainz
Spillner, Bernd (Hrsg.) (1984): Methoden der Stilanalyse. Tübingen
Spinner, Kaspar H. (1985): Phantasierend Personen beschreiben. In: Praxis Deutsch 74, S. 36–41
Spinner, Kaspar H. (1990): Stilübungen. In: Praxis Deutsch 4, 101, S. 36–39
Spitta, Gudrun (1985): Kinder schreiben eigene Texte: Klasse 1 und 2. Bielefeld: CVK

Spitta, Gudrun (1988): Von der Druckschrift zur Schreibschrift. Frankfurt a.M.: Scriptor

Spitta, Gudrun (1989a): Wenn Kinder zu Autoren werden – Erfahrungen aus der Arbeit mit Schreibkonferenzen. In: Balhorn, H./Brügelmann, H. (Hrsg.): Jeder spricht anders. Konstanz:Faude

Spitta, Gudrun (1989b) (Hrsg.): Schreibkonferenzen. Heft 30 der „Grundschulzeitschrift"

Spitta, Gudrun (1992): Schreibkonferenzen – ein Weg vom spontanen Schreiben zum bewußten Verfassen von Texten in Kl. 3 und 4. Frankfurt a.M.: Cornelsen-Scriptor

Spitta, Gudrun (1993) (Hrsg.): Schreibkonferenzen. Heft 61 der „Grundschulzeitschrift"

Ständer, Horst (1981): Die „Problemerörterung unter Vorgabe einer Kommunikationssituation". Eine Möglichkeit adressatenbezogenen Schreibens in der Oberstufe. In: Diskussion Deutsch 12, H. 62, S. 599–611

Steinbügl, Eduard (1965): Der deutsche Aufsatz 1. München:Oldenbourg

Stempel, Wolf-Dieter (1980): Alltagsfiktion. In: Ehlich, Konrad (1980): Erzählen im Alltag. Frankfurt a.M.:Cornelsen-Scriptor

Storz, Gerhard (1948): Unterricht im Schreiben. In: Der Deutschunterricht 1, H. 1, S. 41–47

Storz, Gerhard (^{2}1958): Stilfehler im Oberstufenaufsatz. Ein stilistisches Praktikum mit Fehlerbeispielen

Striedter, J. (Hrsg.) (1971): Russischer Formalismus. München

Tesch, Gerd (1992): Das Gruppenpuzzle als Methode einer Unterrichtseinheit „Zielgruppenorientierte Textoptimierung" in Klasse 10. In: Diskussion Deutsch 126, S. 340–357

Tille, Josef (1952): Das Bild im Aufsatzunterricht. Wien

Ueding, Gert (1985): Rhetorik des Schreibens. Königstein:Athenäum

Ullrich, H./Wöbcke, M. (1981): Notenelend in der Grundschule. Alternative Beurteilungsformen für die Praxis. München:Kösel

Ulrich, Wilfried (1976): Das Bild als Sprech- und Schreibimpuls. Zur Förderung kommunikativer und kognitiver Fähigkeiten durch Verwendung von Bildmaterial im Deutschunterricht der Primar- und Sekundarstufe. Frankfurt a.M.:Diesterweg

Ulshöfer, Robert (1952a): Methodik des Deutschunterrichts. Mittelstufe I. Stuttgart:Klett

Ulshöfer, Robert (1952b): Von der mündlichen zur schriftlichen Inhaltsangabe. In: Der Deutschunterricht 4, H. 3, S. 35–42

Ulshöfer, Robert (1957): Methodik des Deutschunterrichts. Mittelstufe II. Stuttgart:Klett

Ulshöfer, Robert (1963): Methodik des Deutschunterrichts. Unterstufe. Stuttgart: Klett

Ulshöfer, Robert (1967): Produktives Denken und schöpferisches Gestalten im Deutschunterricht. In: Der Deutschunterricht 19, H. 6, S. 5–14

Ulshöfer, Robert (1974): Methodik des Deutschunterrichts. Mittelstufe II. Neufassung. Stuttgart:Klett

Vasquez, Aida/Oury, Fernand u. a. (1976): Vorschläge für die Arbeit im Klassenzimmer. Reinbek:Rowohlt

Villiger, Hermann (1984): Was für sprachliche Fehler machen unsere Abiturienten? In: Praxis Deutsch H. 68, S. 17–21

Wagner, Ludwig (1952): Nacherzählung, Erlebniserzählung und Beobachtungsaufsatz in der 1. Klasse (Gymnasium). In: Der Deutschunterricht H. 3, S. 7–15

Wagner, Petra (1982): Aufsatzkorrektur als professionelles Alltagshandeln. Frankfurt a.M.
Wagner, Reinhold (1979): Formen schriftlichen Sprachgestaltens. 50 Modelle zum Aufsatzunterricht der Grundschule. Ansbach:Prögel
Waldmann, Günter (1984): Grundzüge von Theorie und Praxis eines produktionsorientierten Literaturunterrichts. In: Hopster, Norbert (Hrsg.): Handbuch „Deutsch“ Sekundarstufe I. Paderborn:Schöningh
Waldmann, Günter (1988): Produktiver Umgang mit Lyrik. Baltmannsweiler:Pädagogischer Verlag Burgbücherei Schneider
Waldmann, Günter/Bothe, Katrin (1992): Erzählen. Stuttgart:Klett
Wallrabenstein, Wulf (1974): Zum Beispiel „Bildgeschichten“. Medien und kommunikationsbezogener Deutschunterricht in der Grundschule. In: Kochan, Detlef C./ Wallrabenstein, Wulf (Hrsg.) (1974): Ansichten eines kommunikationsbezogenen Deutschunterrichts. Kronberg:Scriptor, S. 252–277
Weber, Albrecht (1973): Dialektik der Aufsatzbeurteilung. Donauwörth:Auer
Weigl, Egon (1974): Zur Schriftsprache und ihrem Erwerb – neuropsychologische und psycholinguistische Betrachtungen. In: Eichler, W./Hofer, A. (Hrsg.): Spracherwerb und linguistische Theorien. München:Piper, S. 94–173
Weinmann, Siegfried (1970): Schaffung komplexer Schreibsituationen. In: Der Deutschunterricht 22, H. 5, S. 47ff.
Weinrich, H. (1985): Wege der Sprachkultur. Stuttgart:dtv
Wendeler, Jürgen (1974): Bemühungen um Vereinheitlichung der Aufsatzbeurteilung. In: Heller, Kurt (Hrsg.), s.o., S. 309–323
Wermke, Jutta (1989): „Hab a Talent, sei a Genie!“ – Kreativität als paradoxe Aufgabe. 2 Bde. Weinheim/Basel:Beltz
Wermke, Jutta (1993): „Die Kunst zu finden, ohne zu suchen.“ Ein Beitrag zur Entwicklung von Beurteilungskriterien für einen kreativitätsfördernden Unterricht. In: Diskussion Deutsch 129, S. 88–105
Wertheimer, Max: Produktives Denken. Frankfurt a.M. 1957. (Engl.: Productive Thinking. New York 1945)
Wespel, Manfred (1990): Aufsätze korrigieren und kommentieren. In: Die Grundschule 22, H. 2, S. 18–20
Wieczerkowski, W./Kessler, G. (1970): Über den Einfluß der Leistungserwartung auf die Bewertung von Schüleraufsätzen. In: Schule und Psychologie 17, H. 8, S. 240–250
Winterling, Fritz (1970): Korrektur und Verbesserung schriftlicher Arbeiten im Deutschunterricht. In: Wirkendes Wort 3, S. 190–202
Wintgens, Hans-Herbert (1984): Inhaltswiedergabe. In: Praxis Deutsch 65, S. 59–63
Wolff, Gerhart (1974): Zur Funktion und Methodik des Problemaufsatzes. In: Der Deutschunterricht 26, H. 1, S. 66–92
Wolff, Gerhart (1975): Argumentation als dialogisch-kritische Rechtfertigung. In: Praxis Deutsch 9, S. 56–60
Wünnenberg, Hans (1989): Boff – Kinder schreiben sich frei. Heinsberg:Agentur Dieck
Wünsche, Konrad (1972): Die Wirklichkeit des Hauptschülers. Köln:Kiepenheuer &Witsch
Wygotski, L. S. (1964): Denken und Sprechen. Berlin (russisch ^{1}1934)
Zander, Sönke (1972): Aufsatzunterricht in der Grundschule. Bochum: Kamp
Zeiher, Helga u.a. (1979): Textschreiben als produktives und kommunikatives Handeln. Band I: Zeiher, Helga: Beurteilung von Schülertexten. Stuttgart:Klett-Cotta

Zimmermann, E. (1960): Auf dem Weg zum echten Phantasieaufsatz. In: Der Deutschunterricht (Berlin) 13, 31–34
Zimmermann, Friedrich (1960): Das Zukunftsbild im Aufsatz. Ein Versuch. In: Der Deutschunterricht (Berlin), H. 1, 21–31

Personenregister

Sachregister